Anne C. Voorhoeve

Nanking Road

Ravensburger Buchverlag

Als Ravensburger Taschenbuch
Band 58490
erschienen 2016

MIX
Aus verantwortungsvollen Quellen
FSC® C114500

1 2 3 4 5 E D C B A

Ungekürzte Ausgabe

Umschlaggestaltung: Constanze Spengler unter Verwendung
eines Fotos von Getty Images

Printed in Germany

ISBN 978-3-473-58490-1

www.ravensburger.de

»Na, was sagst du zu Shanghai, Ziska?«, fragte Mamu lächelnd.

»Wie kommen wir denn da hin?«, fragte ich skeptisch.

»Mit dem Schiff. Eine Reise von mehreren Wochen.«

»Ist es so weit wie Amerika?«

»Weiter noch, Ziska! Ein ganzes Stück weiter als Amerika.«

»Und wann fahren wir?«

»Sobald ich die Papiere beisammenhabe. Morgen lasse ich unsere Namen registrieren.«

»Brauchen wir denn niemanden, der für uns bürgt, wie die Liebichs?«

»Nein, Schatz. Nach Shanghai kommen wir auch ohne einen Bürgen. Wir brauchen nicht einmal ein Visum, nur die Ausreisegenehmigung und Plätze auf einem Schiff.«

»Shanghai«, wiederholte ich und ließ den Namen auf der Zunge zergehen. »Das klingt richtig gut, finde ich.«

Aus LIVERPOOL STREET

I
Der Wolf im Nacken

(1938 – 1939)

1

Eine Freundin wie Rebekka Liebich würde ich nie wieder finden. Sie zog ihre Stirn in Falten, klemmte die Zungenspitze zwischen die Lippen und peilte kaltblütig die Kuppe ihres linken Mittelfingers an. Ich sah sie zögern, wenigstens für einen Augenblick. Dann stach sie zu.

Oh Gott, dachte ich. Jetzt bin ich dran!

Für meine Mutter gehörte es zu den unumstößlichen Regeln des Zusammenlebens, dass es unter Freundinnen eine geben musste, die voranging – die *führte*, hatte Mamu zunächst sagen wollen, sich dann aber mitten im Wort eines Besseren besonnen, da nichts, was sich von *Führer* ableitete, in meiner Familie noch in den Mund genommen wurde. Selbst seinen Namen sprachen wir nicht aus. Für uns war er nur der Fü.

Und zweifellos war meine Mutter, seit sie laufen konnte, diejenige, der alle anderen hinterherzurennen hatten – erst ihre Freundinnen, dann Papa und ich. Aber schon im Kindergarten hatte es in Bekkas und meinem Fall leider begonnen, sich genau andersherum zu entwickeln.

Wenn Bekka voranging, kam man höchstens durch einen glücklichen Zufall noch aus der Sache heraus. Beim letzten Mal, als Bekka vorangegangen war, hatte mich einzig das Auftauchen der alten Keifziege Bergmann davor bewahrt, aus dem dritten Stock in einen Baum zu springen. Ich hatte keine Ahnung, was – ohne Bekka – von morgen an aus mir werden sollte.

»Nun bring's schon hinter dich!«, forderte meine Freundin mich auf. »Oder soll ich …?«

Ich streckte die Hand aus und mit aufmunterndem Nicken legte sie das Messer hinein. An der Spitze schien noch ein Tröpfchen ihres Blutes zu kleben, ein Anblick, der mir geradewegs in die Knie fuhr. Nie hätte ich für möglich gehalten, dass Bekkas Mutter, die sanfte Frau Liebich, so verantwortungslos war, ein spitzes Messer in Reichweite ihrer Tochter herumliegen zu lassen! Sie schien keinen Schimmer zu haben, wozu diese imstande war. Was in der Konsequenz nichts anderes bedeutete, als dass sie auch nicht auf den vernünftigen Gedanken kommen konnte, ab und zu kontrollhalber ihre Nase durch die Tür zu stecken.

Dabei war die Tür nur angelehnt. Ich hörte die leisen Stimmen der Erwachsenen aus dem Wohnzimmer – die der Liebichs und die meiner eigenen Eltern, schließlich war es auch ihr letzter Abend. Aber weit und breit kein Beistand in Sicht.

»Ich finde die Methode der alten Germanen gut genug«, machte ich einen letzten schwachen Versuch, meinen Kopf aus der Schlinge zu ziehen.

Bekka seufzte. »Wir sind aber keine Germanen, Ziska.«

»Bin ich ein Vampir?«, protestierte ich.

Bekka lehnte sich geduldig zurück, ihren Mittelfinger, auf dem eine Blutperle glänzte, abwartend in die Luft gestreckt. Aus Erfahrung wusste sie, dass sie sich das Reden sparen konnte, da ihre Freundin Ziska über kurz oder lang kapitulieren würde. Hatte sie schließlich immer, oder etwa nicht?

Zum ersten Mal streifte mich der Gedanke, wie Bekka mich in Erinnerung behalten würde – und welch beunruhigendes Licht es auf unsere Freundschaft warf, dass weder sie noch ich unsere Trennung auch nur ein einziges Mal infrage gestellt hatten. Wir beide hatten zu viele andere gehen sehen, um nicht längst begriffen zu haben, dass es nicht mehr um das *Ob* ging, sondern nur noch um das *Wer, Wann* und *Wohin*. Und dennoch: Hätte nicht eine von uns wenigstens *Schade* sagen müssen?

Plötzlich konnte ich vor mir sehen, wie Bekka schon übermorgen nicht mehr an mich denken würde. Wie sie vorangehen würde ohne einen einzigen Blick zurück, konzentriert auf das, was als Nächstes kam, und als hätte es nie eine Ziska in ihrem Leben gegeben. Wenn ich fort war, würde auch Bekka nicht lange bleiben; sie und ihr Bruder Thomas standen auf der Warteliste für einen Kindertransport nach England und planten ihre Eltern nachzuholen.

Es war typisch für Bekka, bereits einen Plan zu haben. Meine und Mamus Aufmerksamkeit war in den letzten Wochen ausschließlich darauf konzentriert gewesen, Ausreisepapiere zu organisieren und Papa zurückzubekommen, und erst jetzt, da der Dampfer praktisch abfahrbereit am Kai stand, fiel mir auf, dass über unserer Zukunft nichts mehr stand außer einem großen Fragezeichen.

Meine Augen spiegelten sich in der Messerklinge, ich sah aus wie ein erschrockener Frosch. »Ich zähle von fünf rückwärts«, bot Bekka an.

Blutsschwestern, hatte sie gesagt. Dass die Germanenmethode, unser Blut durch das Kreuzen der geritzten Arme zu vermischen, sie sowieso nicht überzeugte. Dass wir, wenn es halten sollte, gründlicher vorgehen mussten: wie die Protestanten mit dem Blute Christi! Das einzige Mal, das Bekka meine Eltern und mich zum Gottesdienst begleitet hatte, hatte einen tiefen Eindruck bei ihr hinterlassen, obwohl ich keinesfalls versäumt hatte zu erwähnen, dass sich in dem Kelch, der gereicht wurde, nur Wein befand.

»Fünf, vier, drei, zwo …«

Ich zog die Stirn in Falten, kniff die Zunge zwischen die Lippen und stach zu. Wenn das Mischen unseres Blutes auch nur den winzigsten Hauch einer Chance enthielt, unsere Freundschaft über eine Distanz von achteinhalbtausend Kilometern am Leben zu erhalten, dann sollte es an mir nicht scheitern. Als Feigling durfte ich Bekka nicht in Erinnerung bleiben.

Leider waren weder das Zustechen noch der Blutstropfen, den Bekka mir anschließend fachmännisch aus dem Mittelfinger quetschte, schon das, worauf es ankam. Ich konnte nicht anders, ich sandte einen weiteren flehentlichen Blick zur angelehnten Tür, aber vergebens, das Murmeln der Erwachsenen klang zu eindringlich, zu bedrückt, sie hatten uns vergessen.

»Meiner ist schon fast geronnen«, kam Bekka mir zu Hilfe, indem sie die Prozedur erheblich beschleunigte – jedes weitere Zögern wäre nun wirklich unverantwortlich gewesen. Kaum tauchte Bekkas Finger vor meinem Gesicht auf, öffnete sich mein Mund auch schon wie von selbst und ein metallisch schmeckender Gegenstand rubbelte meine Zunge, während gleichzeitig an meinem eigenen Finger so entschlossen gesaugt wurde, dass ich einen Krampf im Zeh bekam. Vor lauter Selbstbeherrschung schossen mir Tränen in die Augen.

Als ich sie wegblinzelte, entdeckte ich Bekkas älteren Bruder in der Tür. Thomas war so dunkel und still, wie Bekka blond und temperamentvoll war, und seinem Gesichtsausdruck nach zu urteilen, als er uns beide auf dem Fußboden hocken sah – jede einen Finger im Mund der anderen, ich noch mit dem Messer in der Hand –, schien er sich zu fragen, ob er und seine Schwester überhaupt verwandt waren.

Bekka zog ihre Hand zurück und blickte ihn herausfordernd an.

»Habt ihr noch Appetit auf Nachtisch?«, fragte Thomas.

Meine Mutter hatte gezögert, die Einladung zum Abendessen anzunehmen. Bekkas Eltern waren, was Mamu als arm bezeichnete, und da Liebichs es so geschickt zu verbergen wussten, fiel es mir selbst erst auf, seitdem meine Mutter es erwähnt hatte. Vorher hatte ich nicht weiter darauf geachtet, dass wertvolle Teppiche einer nach dem anderen durch braune, abgetretene Läufer ersetzt worden waren, durch die die Dielen schimmerten. Dass, wo Ölgemälde gehangen hatten, Zeichnungen von Bekka an die Wände gepinnt wurden, hatte ich als Anerkennung ihres künstlerischen Talents verstanden und das Verschwinden des Konzertflügels einzig darauf zurückgeführt, dass die Familie Platz brauchte. Anstelle des Flügels war ein wackliges Klavier mit scheppernden gelben Tasten getreten, die mitunter hängen blieben, wenn Thomas Präludien übte, aber für meine Ohren tat es seinen Zweck: Wenn Thomas spielte, klang jedes Instrument wunderbar.

Als Bekka und ich hinter Thomas ins Wohnzimmer zurückkehrten, stand eine Schüssel Pudding auf dem Tisch, dazu Kaffee und Alkoholisches für die Erwachsenen, und Mamu fragte aus reiner Gewohnheit: »Na, was habt ihr ausgeheckt?«

»Reisevorbereitungen«, erwiderte Bekka und erstaunt bemerkte ich, dass ich tatsächlich begann, mich *vorbereiteter* zu fühlen! Mein Weggehen konnte Bekka keinesfalls gleichgültig sein, war sie es doch gewesen, die darauf bestanden hatte, dass wir uns als Blutsschwestern trennten, verbunden für alle Zeit durch ein heiliges Ritual. Ein kleiner Teil von Bekka machte sich soeben auf den Weg durch meinen Körper, ließ hier ein wenig Mut zurück, dort eine Spur Entschlossenheit, woanders vielleicht sogar die Werkzeuge eines Plans. Zum ersten Mal, seit unsere Koffer versiegelt worden waren – damit wir nicht auf den Gedanken kamen, in letzter Sekunde noch Wertsachen außer Landes zu schmuggeln –, fühlte ich mich bereit zu gehen.

Herr Liebich jedoch schüttelte den Kopf. »Niemand kann auf

das da vorbereitet sein«, behauptete er, nachdem der Pudding verteilt worden war. »Verstehen Sie mich nicht falsch: Es gibt ja keinen anderen Ausweg. Aber ist China nicht noch immer im Krieg mit Japan?«

»Richtig, aber die Ausländer im internationalen Sektor sind nicht in Gefahr. Er ist extraterritoriales Gebiet, sein Status entspricht dem einer ausländischen Botschaft und das wird auch von Japan anerkannt. Das Sagen haben Briten und Amerikaner. Es gibt auch noch einen französischen Sektor mit denselben Rechten.«

»Und wovon in aller Welt wollen Sie dort leben?«

»Wovon sollen wir hier leben?«, erwiderte Papa. »Ich darf nicht mehr arbeiten – wie Sie, mein Lieber, schon seit Jahren. Anderswo werden Rechtsanwälte vielleicht noch gebraucht.«

»Im Übrigen bin ich auch noch da«, erinnerte Mamu. »Ich habe vor der Ehe Steno und Schreibmaschine gelernt, und vergessen Sie nicht ... unser Lift!«

Sie beugte sich vor. »Während wir reden«, vertraute sie Frau Liebich an, »ist ein Container mit Möbeln, Teppichen, Geschirr und Bettzeug bereits unterwegs nach Genua. Alles, was wir nach dem Pogrom aus der Wohnung retten konnten, geht mit uns aufs Schiff! Da drüben müssen die Sachen ein Vermögen wert sein.«

Frau Liebich spitzte den Mund zu einem staunenden »Oooh!«.

»Mein Meißen ist nicht mehr dabei«, setzte Mamu hinzu. »Was die Zerstörung heil überstanden hat, haben sie konfisziert, diese Verbrecher. Den Schmuck für einen Spottpreis geraubt, die Konten gesperrt ... zehn Reichsmark darf jeder von uns mitnehmen, zehn Reichsmark! Aber denen werden wir es zeigen, das schwöre ich Ihnen. Meine Familie wird nicht betteln gehen!«

Als sie merkte, dass sie eine Hand zur Faust ballte, legte sie sie verlegen in den Schoß und strich mit der anderen darüber.

»Wenn jemand es schafft, dann Sie«, tröstete Frau Liebich.

Bang erwiderte Mamu: »Wenn wir nur schon über die Grenze wären!«, und sandte zum ungefähr zwanzigsten Mal einen Blick zur Standuhr. Die Zeiger standen auf halb zehn, meine und Bekkas übliche Bettzeit war längst verstrichen, aber ich wusste, dass dies nicht der Grund war, warum Mamu den ganzen Abend die Uhr im Auge behalten hatte.

»Und Sie?«, fragte Papa.

Bekkas Mutter zuckte kaum merklich zusammen. Mamu ebenfalls, denn wenn eine Familie nicht genug Geld besaß, um sich in Sicherheit zu bringen, hütete man sich, das Thema anzusprechen – es sei denn, man war in der Lage zu helfen. Mamu hatte mir allerdings klargemacht, dass selbst wenn die Reichsfluchtsteuer unsere eigenen Ersparnisse nicht restlos verzehrt hätte, zuallererst meine Tante und ihre Familie an der Reihe gewesen wären.

Es war Herr Liebich, der antwortete: »Die Kinder gehen nach England. Das ist die Hauptsache.«

»Außer dass wir euch nachholen, meinst du«, erwiderte Bekka sofort. »Ich habe an Silke Weinstein geschrieben. Sie hat ihren Eltern von England aus eine Arbeitserlaubnis besorgt und kann mir genau sagen, wie man es macht.«

»Wenn jemand es schafft, dann du«, gab Mamu lächelnd zurück, worauf Bekka, die meine Mutter verehrte, vor Freude errötete und Herr Liebich den Rücken straffte.

»Was immer passiert«, sagte er, »lasst uns nicht den Mut verlieren. Lasst uns vorangehen, dann wird sich auch ein Weg auftun. Bessere Zeiten werden anbrechen – das war doch immer so«, fügte er wesentlich leiser hinzu.

»Amen«, hörte ich Mamu murmeln.

Es klang wie das Stichwort zum Aufbruch und wurde offenbar

auch so verstanden, denn Herr Liebich rieb sich über die Knie, Frau Liebich begann mit einer Hand die Krümel vom Tisch zu fegen, aber da meine Eltern von vornherein vereinbart hatten, auf keinen Fall vor zehn zu gehen, entstand eine kleine verlegene Pause.

»Thomas, spielst du uns etwas?«, bat Frau Liebich schließlich und lehnte sich wieder zurück.

Und so musste niemand über Dinge reden, an die man nicht einmal denken wollte, so verklang der letzte Abend unseres alten Lebens zu Etüden von Chopin und die Lampe auf dem Klavier warf Schatten, als wiegte sich der Raum zu Thomas' Musik. Er hätte fröhlichere Melodien aussuchen können, dachte ich, während die Erwachsenen verstohlen Tränen aus den Augenwinkeln tupften, aber ich verstand nur zu gut, dass Bekkas Bruder noch längst nicht beim Aufbruch, sondern erst bei den nicht gesprochenen Worten war.

Bekka saß neben ihm auf dem Hocker, um die Noten umzublättern. Auch sie hatte einmal Klavierstunden genommen, hatte aber, da sie spürte, dass sie an Thomas' Talent nicht heranreichte, die Lust verloren. Wir beide waren zum Glück nie Konkurrentinnen gewesen; es gab – außer im Laufen – nichts, worin ich herausragte.

Und das war mein letztes Bild von ihnen: ihre Köpfe dicht nebeneinander, aufmerksam, lauschend, und Bekkas Zopf, der Thomas' Schulter streifte, wenn sie sich nach den Noten beugte. Ich hatte plötzlich das Bedürfnis, mir jedes einzelne Detail genau einzuprägen, aber je näher ich hinsah – der vertraute Anblick einzelner Strähnen, die sich im Laufe des Abends aus Bekkas Zöpfen gelöst hatten, der Stolz auf Frau Liebichs Wangen, Herrn Liebichs beschlagene Brille –, desto unbegreiflicher wurde mir noch einmal der Aufbruch, an den ich mich gerade erst gewöhnt zu haben glaubte. In diesem Haus war ich immer willkommen gewesen, auf diesen Esstisch war so oft ungefragt ein Teller für mich gestellt worden. In dieser Wohnung hatte ich von Armut gar nichts bemerken können, weil es nie anders als warm, liebevoll und heiter gewesen war.

Außer *danach*, natürlich. Seit dem Pogrom im November war es nirgends in der Stadt mehr warm und heiter; es saß in den Regenrinnen, zwischen den Pflastersteinen, es war wie der Vorbote einer neuen Jahreszeit, die nicht im Kalender stand. Noch unbegreiflicher als zu gehen war nur eins: Liebichs zurückzulassen, und mit einem Mal begann mir vor dem Abschied zu grauen, um die Stirn wurde es kalt, jedes einzelne Härchen auf meinen Armen richtete sich abwehrend auf.

Endlich hatte Thomas ein Einsehen und ging zu einer helleren, aufmunternden Melodie über, die noch lange in meinem Kopf blieb.

Herr Liebich sprach einen Reisesegen, als wir schon in der Tür standen, was meine Eltern ein wenig in Verlegenheit brachte. Den ganzen Abend hatten Liebichs wie immer taktvoll darüber hinweggesehen, dass wir zu den *Getauften* gehörten: Juden, die eigentlich keine mehr waren. Jetzt sagte Frau Liebich leise: »Wer weiß, ob es Ihnen einmal nützt, sich zu erinnern.«

Meine Blutsschwester tat mir den Gefallen und machte es kurz: »Wenn du mal nicht seekrank in der Koje liegst, schick mir von unterwegs Karten! Auf eurer Route liegen mehrere große Häfen, ich hab im Atlas nachgesehen.«

Ein letztes Mal die Silbersteinstraße entlang. Ein letztes Mal die Nachtlichter der S-Bahn, Köpfe, Hüte, Zeitungen, dann das Rücklicht, das sich entfernte. Weiter vorn, im Dunkeln kurz vor dem Bahnhof Hermannstraße, sprang das Signal auf Grün.

Der tiefe Graben der S-Bahn-Schienen durchschnitt unser Viertel, durchschnitt Davor und Seitdem, denn wollte man hinüber in den Teil der Hermannstraße, in dem meine Eltern und ich bis zum November gewohnt hatten, musste man die Brücke überqueren. Es war ein Leichtes, sich einzubilden, es sei mehr als eine Brücke, es sei die Grenze eines fremden Landes, und ich war nicht mehr auf der anderen Seite gewesen, seit sie uns hinausgeworfen hatten. Ich wusste nicht einmal, ob neue Mieter in unsere Wohnung gezogen waren, ein anderes Kind aus dem Hinterhoffenster im dritten Stock in die Birke schaute. Meine Birke, die mir das Leben gerettet hatte! Davon war ich felsenfest überzeugt, obwohl Mamu meine schlechten Träume auszutreiben versuchte, indem sie behauptete, der Wolf hätte mir nichts getan, er habe ihr und Papa nur Angst einjagen wollen und seine Augen seien auch nicht gelb gewesen – wie ich denn darauf käme. Sie müsse es doch wissen, sie habe ihn schließlich aus der Nähe gesehen, während er sie schlug, sie erinnere sich noch genau an sein Gesicht.

Wir gingen sehr schnell, um niemandem Gelegenheit zu geben, Papa zu erkennen. Man hörte von Leuten, die noch am Abend vor der Auswanderung abgeholt worden waren; die Gestapo war, wie Mamu nicht müde wurde zu betonen, genau im Bilde über sämtliche Reisepläne. Ich stellte mir vor, wie sie in ihren Büros saßen, über Stadtpläne gebeugt, die nicht nur mit Straßen und Hausnummern, sondern mit den Abreisedaten von Juden in der ganzen Stadt bedeckt waren.

Die Angst, dass sie uns im letzten Augenblick dazwischenfuhren, war der Grund, weshalb meine Eltern die Einladung angenommen hatten: Bei Liebichs würde uns niemand vermuten. Vorsichtshalber gingen wir am Haus von Tante Ruth erst einmal vorbei und noch ein ganzes Stück die Straße hinunter, um sicher zu sein, dass uns niemand folgte oder in einem Hauseingang, einem Auto oder hinter dem S-Bahn-Zaun auf uns wartete.

»Wir könnten noch ein wenig durch die Seitenstraßen …«, meinte Papa unschlüssig.

Mamu biss sich auf die Lippen und behielt die Eckkneipe im Auge, durch deren offene Tür Gebrüll und Gelächter drangen; der Geräuschpegel schwoll an, je näher wir kamen, und legte sich wie ein Bleigewicht um unsere Füße. Was, wenn jemand heraustrat und einen Blick auf Papa warf? Sein Hut war nicht groß genug, um zu verbergen, dass sein Kopf geschoren war; niemand in Berlin konnte so betrunken sein, dass er nicht ahnte, was das bedeutete!

Kurz bevor wir die Kneipe erreichten, verlor meine Mutter den Mut und flüsterte, um diese Zeit käme die Gestapo sowieso nicht, höchstens in den frühen Morgenstunden könne es noch einmal gefährlich werden und es spräche nicht das Geringste dagegen, sofort nach oben zu gehen und vor der langen Reise noch ein paar Stunden zu schlafen.

Vorsichtshalber ließ sie mich trotzdem vorangehen und nachsehen, ob der Weg durchs Treppenhaus frei war. So leise wie möglich huschte ich am Geländer entlang und gab mir alle Mühe, Bekkas tapferen Blutstropfen ins Bewusstsein zu rufen, der in meinem Körper zweifellos bereits sein Möglichstes versuchte. Das vereinbarte Signal war, das Licht im Badezimmer einzuschalten, dessen Fenster zur Straße hinausging.

Das Mietshaus, in dem Tante Ruth wohnte, sah fast genauso aus wie das, in dem ich bislang zuhause gewesen war, denn viele Straßenzüge unseres Bezirks waren zur selben Zeit um die Jahrhundertwende errichtet worden. Im Gegensatz zu unserem eigenen Haus wusste ich jedoch nicht, wer hinter all diesen Türen wohnte. Seit unserem überstürzten Einzug waren mehr als vier Wochen vergangen, doch erst wenige Male hatte ich jemanden zu Gesicht bekommen. Ich wusste nicht, wer uns feindlich gesinnt war wie früher die alte Bergmann, wem wir egal waren oder wer uns vielleicht sogar geholfen hätte. Gab es auch hier eine Christine? Wenn ja, dann würde ich sie nicht mehr kennenlernen. Neun Stunden noch! Nein, achteinhalb, es war fast geschafft.

»Erik hat anderthalb Stunden auf euch gewartet«, tönte Tante Ruths ärgerliche Stimme aus dem Wohnzimmer, kaum dass ich meinen Fuß über die Schwelle gesetzt hatte.

Mamus Schwester hatte uns so widerwillig aufgenommen, dass ich erwartet hatte, sie froh und dankbar zu sehen, sobald sie uns wieder loswurde, doch das Gegenteil war der Fall: Seit Papa entlassen worden war und unsere Auswanderung unmittelbar bevorstand, erweiterte sich mein Sprachschatz um täglich neue Varianten des Begriffs *im Stich lassen.*

»Ist euch klar, welches Risiko mein Mann eingeht, hierherzukommen? Aber nein, typisch, wie immer denkt ihr nur an euch! Tja, warum sollte es jetzt noch anders werden?«

Ich tippte die halb offene Wohnzimmertür mit dem Zeigefinger an, und sie gab den Blick frei auf Tante Ruth, die aufrecht auf dem Sofa saß, eine Decke um die Beine gewickelt, zitternd vor Entrüstung.

»Aber es ist doch schon alles ausgemacht«, protestierte ich. »Onkel Erik wartet um sieben an der Brücke mit dem Wagen auf uns.«

»Wo sind deine Eltern?«, fragte Tante Ruth scharf.

»Noch unten.« Ich ließ meine Tante auf dem Sofa zurück, öffnete die Badezimmertür und schaltete das Licht ein. Keine zwei Minuten später hörte ich Schritte im Hausflur, zählte langsam bis zehn, dann öffnete ich ein weiteres Mal Schlösser, Kette und Riegel.

»Euer letzter Abend!«, rief Tante Ruth bitter. »Nicht genug, dass ihr uns zurücklasst – ihr müsst euren letzten Abend auch noch mit Fremden verbringen!«

»Nun hör mir mal zu, Ruth«, erwiderte Mamu außer Atem. »Wenn wir erst drüben sind, tun wir, was wir können, um euch nachzuholen, aber einer muss doch den Anfang machen. Oder sollen wir uns alle ducken wie die Kaninchen und hoffen, dass uns keiner packt?«

»Zwei kleine Kinder, der Mann untergetaucht!«, klagte Tante Ruth. »Wie soll ich das schaffen, Margot? Wie stellst du dir das vor?«

»Ach, ich weiß es doch auch nicht!«, sagte Mamu leise und setzte sich neben meine Tante. »Ich weiß nur, dass es unsere letzte Chance ist. Glaubst du, wir gehen *gern*?«

»Überall muss es besser sein als hier«, sagte Tante Ruth heftig.

»Bist du da so sicher?«, erwiderte Mamu. »Als wir unsere Namen auf die Warteliste setzten, dachten wir, dass wir unser Erspartes mitnehmen könnten – und nun? Franz hat keinen Beruf, mit dem man da drüben etwas anfangen kann. Wir werden bettelarm und ausgeplündert ankommen, wir werden von Almosen leben und Krankheiten bekommen, von denen wir hier nicht einmal gehört haben!«

Mein Mund stand offen. Liebichs gegenüber, vor weniger als einer Stunde, hatte Mamu noch genau das Gegenteil behauptet! Hilfesuchend sah ich zu meinem Vater, aber der war zum Fenster getreten und schaute auf die Straße hinunter – seine Art uns mitzuteilen, dass er sich heraushielt. Seit er aus Sachsenhausen entlassen worden war, stand Papa ziemlich oft schweigend am Fenster.

»Evchen und Betti sind zu klein für solche Strapazen«, erklärte Mamu, die, nachdem Tante Ruth nicht antwortete, wieder Oberwasser gewann. Evchen und Betti, meine kleinen Cousinen, schliefen im Zimmer nebenan und rangierten unter den größten Plagen der vergangenen vier Wochen auf einem der vorderen Plätze. »Lass uns erst einmal Fuß fassen, bevor ihr kommt. Schlimm genug, dass wir Ziska all dem aussetzen müssen, sie ist schließlich auch erst zehn.«

»Fast elf!«, protestierte ich.

»Erik ist extra gekommen, um den letzten Abend mit euch zu verbringen, und ihr wart nicht da!«, fing Tante Ruth wieder an.

»Das ist schade, aber woher hätten wir das wissen sollen? Bitte, Ruth, lass uns nicht mehr streiten. Du sagst es doch selbst: Es ist unser letzter Abend – wenn nicht noch etwas dazwischenkommt. Siehst du jemand da unten, Franz?«

Papa reagierte nicht. Am liebsten hätte ich ihn am Ärmel gezupft. Er war seit sechs Tagen wieder bei uns, aber er sah noch nicht aus wie Papa, er sprach noch nicht wie Papa; Mamu meinte, wir müssten Geduld haben, doch insgeheim hatte ich ein wenig Angst, dass er sich vielleicht gar nicht erinnerte, wie Papa war.

»Ich dachte immer«, sagte Tante Ruth leise, »wir würden alle zusammen gehen. Nach Holland, Belgien, Schweden … aber diese Weltreise kostet ein Vermögen. Das schaffen wir nie.«

»Wir müssen raus«, antwortete Mamu fest. »Anders wäre Franz nicht freigekommen. Wohin wir fahren, und ob und wie was zu schaffen ist, ist mir im Augenblick völlig gleichgültig. Darüber kann ich immer noch nachdenken, sobald wir unterwegs sind.«

Bevor ihre Schwester etwas erwidern konnte, stand Mamu auf und stellte sich neben Papa ans Fenster. Tante Ruth lehnte sich zurück. Was gab es auch noch zu sagen? Auch Mamu wäre, wie wir alle wussten, lieber nach Holland, Belgien oder Schweden gegangen – schon vor drei, vier Jahren, aber Papa hatte nicht gewollt und jetzt war es zu spät. Jetzt gab es nur noch einen einzigen Ort, der Juden ohne Visum offenstand; einen Ort, von dessen Existenz ich bis vor wenigen Monaten nicht einmal gewusst hatte.

Je weiter weg, umso besser, sagte Mamu jetzt. Mit dem rechten Bein kratzte sie, während sie am Fenster stand, unentwegt an der Wade des linken und ihre Nervosität war so ansteckend, dass ich es auf dem Sofa nicht länger aushielt und mich zu meinen Eltern stellte.

Acht Stunden und zehn Minuten. Unten auf der Straße war alles still. Unvorstellbar, dass sie wiederkamen, dass der Wolf und ich uns am Ende doch noch gegenüberstanden! Würde es sein wie in meinem Traum? Schon spürte ich meine Knie schwer werden, den Atem in der Brust stecken bleiben, und war da nicht schon ein kalter Luftzug von der Tür …? Ich wusste, dass die Tür gut verschlossen und niemand außer uns in der Wohnung war, aber es fehlte nicht viel und ich hätte mich dennoch umgedreht.

»Shanghai«, murmelte Papa und starrte auf die Straße, als versuchte er in den Lichtflecken zu lesen, die die Gaslaternen aufs dunkle Pflaster malten.

»Das heißt *Stadt über dem Meer*«, munterte Mamu ihn auf und nahm seinen Arm. Ich wünschte, zwischen ihnen wäre noch Platz für mich gewesen.

Mein Vater schüttelte leicht den Kopf. »Das heißt das Ende der Welt«, antwortete er.

2

Für jemanden, der als *untergetaucht* galt, sahen wir meinen Onkel Erik erstaunlich oft. Er kam zum Wäschewaschen und manchmal zum Abendessen, und er war da, wenn man ihn brauchte. Er hatte selbst vorgeschlagen, uns in unserem Wanderer zum Bahnhof zu fahren, damit die versiegelten Koffer in der S-Bahn nicht unnötig Blicke auf uns zogen. Bei dem Wanderer handelte es sich um unseren eigenen Wagen, den Onkel Erik nach unserer Abreise über Dritte verkaufen wollte. Anschließend wollte er einen Weg suchen, uns das Geld irgendwie zukommen zu lassen.

Bis vor Kurzem hatte ich mir vorgestellt, unterzutauchen bedeutete aus der Öffentlichkeit zu verschwinden, doch bei Onkel Erik war das Gegenteil der Fall. Untertauchen konnte man, wie er bewies, nicht nur in einem Keller oder einer Laubenkolonie, untertauchen konnte man auch in einer Menschenmenge. Da das Wort *Jude* niemandem von uns angeschrieben stand, kam es einzig darauf an, nicht aufzufallen, und so fuhr mein rundlicher, glatzköpfiger Onkel seit dem November mithilfe einer Monatskarte kreuz und quer durch die Stadt. Die Nächte verbrachte er bei unterschiedlichen Freunden, und obwohl er derer viele besaß und der Verhaftung bisher glücklich entkommen war, hörte ich meine Eltern in unserer letzten Nacht darüber flüstern, wie lange das wohl noch gutgehen konnte.

»Wenn er das Geld vom Wanderer behält, könnte es reichen …«

Das war Papa und Mamu flüsterte zurück: »Doch nicht für alle vier! Was soll aus Ruth und den Kleinen werden?«

»Frauen und Kindern tun sie nichts. Wenn sie Erik erwischen, und das werden sie früher oder später, steht Ruth auch alleine da. Als Tischler hätte er da drüben mit Sicherheit genug zu tun, die Japaner sollen ja einen großen Teil der Stadt zerstört haben.«

Unter viel anfänglichem Geschrei hatten Evchen und Betti vor einer Woche ihr Kinderzimmer geräumt, das sie davor bereits mit mir hatten teilen müssen, und schlüpften nachts zu ihrer Mutter ins Ehebett. Mamu und ich lagen in die Kinderbetten gezwängt,

Papa zwischen uns auf einer Matratze, und ob sie wollten oder nicht, ich verstand wieder einmal jedes Wort.

»Aber wir brauchen jeden Pfennig für uns, Franz, ich setze alle Hoffnung auf das Geld vom Wanderer!«

»Ich kann nicht glauben, dass du unseren Komfort über die Sicherheit von Erik stellst.«

»Komfort …? Wir sind mittellos, ist dir das nicht klar? Sie lassen uns mit dreißig Reichsmark ausreisen, das ist weniger als ein Taschengeld!«

»Auf dem Schiff haben wir Vollpension, danach sehen wir weiter. Erik behält das Geld, ich will keinen Pfennig davon!«

Nach kurzer Stille sagte Mamu: »Du hast Recht«, und ihre Stimme hörte sich ganz sanft an, als wäre sie erleichtert, dass Papa endlich wieder etwas entschieden hatte. »Und warum überhaupt Shanghai? Erik braucht man nicht mit Ausreisepapieren aus der Haft zu holen, er hat also noch Zeit für andere Möglichkeiten. Wenn sie einen Fluchthelfer nach Holland oder Belgien bezahlen könnten …«

»Dann würden wir alle ruhiger schlafen«, meinte Papa und ich hörte mehr als dass ich sah, wie Mamu sich über den Bettrand beugte und seine Hand nahm.

»Du kannst ruhig schlafen, Franz, ich passe auf«, flüsterte sie.

Aber natürlich wusste sie so gut wie ich, dass Papa nicht schlief, und die beiden flüsterten noch miteinander, als ich zwischen zwei schlechten Träumen irgendwann tief in der Nacht aufwachte. Wortfetzen drangen an mein Ohr – wie viele Monate, wenn nicht Jahre wir von Shanghai aus auf unsere amerikanische Quote würden warten müssen, und Mamus fortwährendes Grübeln, ob sie wirklich die wichtigsten Sachen in unseren »Lift« gepackt hatte oder nicht besser ihren Persianer in eine Schreibmaschine hätte umtauschen sollen. Aber es ging um nichts, das ich nicht schon Dutzende Male gehört hatte, und das war in Anbetracht der schlechten Nachrichten, mit denen man fortwährend rechnen musste, beruhigend genug, um auf der Stelle wieder einzuschlafen.

Als ich beim nächsten Mal aufwachte, war es vor dem Fenster noch dunkel, aber Mamu und Papa waren fertig angezogen und Tante Ruth wisperte etwas in der Tür. Ich fuhr hoch.

»Keine Sorge, es ist alles in Ordnung!«, versicherte Mamu sofort.

Ich schlug die Decke zurück und schlüpfte geradewegs in meine Sachen, die sie mir schon aufs Bett gelegt hatte. Mit den Worten: »Wir frühstücken im Zug«, schob sie mich zur Badezimmertür.

Ein blasses, aufgeregtes, aber keineswegs ängstliches Gesicht blickte mir im Spiegel entgegen. Ziska Mangold, fast elf! Beinahe bildete ich mir ein, ich sähe schon ein wenig anders aus als gestern. Mamu kämmte mein Haar, während ich mir die Zähne putzte, verstaute die Bürste anschließend in ihrer Handtasche und hielt mir die offene Tüte hin, in die ich Zahnbürste und Zahnpasta fallen zu lassen hatte. Auch die Tüte wanderte in die Handtasche, die neben Papas Aktentasche, in der sich unser Proviant befand, und meinem kleinen Rucksack das dritte unversiegelte Gepäckstück war, das wir mitnehmen durften.

Zwischen meinem Aufwachen und dem Zuknöpfen des Mantels, mit dem Papa im Flur bereits auf mich wartete, konnten keine fünf Minuten vergangen sein. Es ging so schnell, als hätten wir es vorher geübt. Es ging so schnell, dass weder Tante Ruth noch Mamu dazu kamen, beim Abschied zu weinen. Es ging so schnell, dass mir erst auf der Straße einfiel, dass ich meine kleinen Cousinen gar nicht mehr gesehen hatte.

Dafür stand Onkel Erik, ganz wie versprochen, mit unserem großen grünen Wanderer an der ersten Straßenecke hinter der

S-Bahn-Brücke, obwohl es noch lange nicht sieben Uhr war. Er stieg rasch aus, als er uns näher kommen sah, öffnete den Kofferraum und hob unser Gepäck ohne ein Wort hinein; erst als wir im Wagen saßen und losfuhren, begannen alle gleichzeitig zu reden.

»Geschafft – oder? Ich glaub's erst, wenn wir im Zug sitzen.«

»Auf dem Schiff meinst du! Oder noch besser in internationalen Gewässern.«

»Wenn sie nur nicht schon am Bahnhof auf uns warten!«

»Warum sollten sie? Sie sind doch froh über jeden von uns, der verschwindet.«

Mamu beugte sich über die Rückenlehne des Beifahrersitzes, auf dem Papa neben Onkel Erik saß, und spähte so angespannt nach vorn, als erwartete sie Straßensperren, Razzien oder dass der Teil der Straße, auf dem wir Richtung Bahnhof fahren wollten, über Nacht einfach verschwunden war. Ein feiner Dezembernebel hing in der Luft, die Pflastersteine glitzerten, und unbemerkt von den Erwachsenen kurbelte ich das Fenster einen Spalt herunter, um meine Fingerspitzen in die Kälte zu halten. Auf Wiedersehen, Bekka. Auf Wiedersehen, unser Haus. Auf Wiedersehen, meine alte Schule.

Vorne im Wagen nahm Papa umständlich ein Blatt Papier aus der Manteltasche und las dem erstaunten Onkel Erik vor, dass er nunmehr im Besitz eines Automobils »Wanderer W15« sei. Mein Vater musste das Schreiben noch am Morgen aufgesetzt haben, er hatte sogar den Stempel seiner früheren Anwaltskanzlei daraufgedrückt, den er eigentlich gar nicht mehr benutzen durfte.

»Damit kannst du den Wanderer einem deiner arischen Freunde übertragen«, meinte Papa. »Der wird einen sehr ordentlichen Preis dafür bekommen, mit dem du versuchen kannst, euch herauszubringen.«

»Wir hatten doch besprochen …«, begann Onkel Erik, aber Mamu unterbrach ihn: »Wir haben es uns eben anders überlegt. Das Geld ist eures, ihr braucht es dringender als wir.«

Onkel Erik antwortete nicht. Papa legte das Dokument und den Ersatzschlüssel ins Handschuhfach und klappte es mit Nachdruck zu. Wir fuhren zügig, aber keinen Stundenkilometer zu schnell am Flughafenzaun entlang; durch die Nebelreste war die schnurgerade Linie der Scheinwerfer zu erkennen, die die Start- und Landebahn markierte. Auf Wiedersehen, Friedhof. Auf Wiedersehen, Sportplatz. Auf Wiedersehen, Flugplatz und Flugzeuge.

Mir war klar, dass dieser Wunsch keinerlei Sinn ergab, da ich mein Zuhause, wenn alles gut ging, nicht wiedersehen würde. Aber ein anderes Wort des Abschieds wollte mir nicht einfallen, und gar nichts zu sagen wäre mir auch nicht richtig erschienen. Konnten Friedhof, Sportplatz oder die Baumwipfel der Hasenheide, die am Ende des Zauns vor uns auftauchten, denn etwas dafür, dass wir gehen mussten? Na also.

Erst als wir den Park hinter uns gelassen hatten, schob ich meine steif gefrorene Hand behutsam in die warme Manteltasche und kurbelte mit der anderen das Fenster hoch. Vorbei. Dieser Teil der Stadt war schon nicht mehr *Zuhause.*

»Noch ein paar Minuten und ihr habt's geschafft«, meinte Onkel Erik.

Hinterher stimmten meine Eltern überein, dass sie eine Art sechsten Sinn gehabt haben mussten, obwohl eigentlich kein ernsthafter Grund zu der Befürchtung bestand, jemand könne unsere Ausreise im letzten Moment noch verhindern wollen. War nicht Papa, nachdem Mamu die Schiffspapiere hatte vorweisen können, innerhalb vierundzwanzig Stunden anstandslos freigelassen worden? Gut, er hatte sich danach jeden Tag bei der Gestapo melden müssen, aber bedroht hatte man ihn nur damit, dass er ein toter Mann sei, wenn er den Ausreisetermin verstreichen ließ.

Bei allen bösen Geistern in diesem Land: Es konnte nichts mehr dazwischenkommen! Doch die Sorge war meinen Eltern mit den Jahren unter die Haut gekrochen und Mamu bei unserer Ankunft am Anhalter Bahnhof so nervös, dass sie im Aussteigen auf ihren Mantel trat und mit einem leisen Schrei aufs Pflaster fiel. Bevor Papa oder Onkel Erik reagieren konnten, war bereits ein Herr herbeigeeilt und half ihr auf.

»Frau Mangold?«, fragte er überrascht und mein Herz stockte.

Herr Graditz – ausgerechnet! Und es dauerte nur den Bruchteil einer Sekunde, bis der Vater meines größten Feindes die Situation erfasst hatte.

»Ach«, sagte er gedämpft. »Sie auch?«

Nicht die Gestapo, sondern die Vergangenheit war es also, die uns im letzten Augenblick einholte. Meine Vergangenheit, um genau zu sein. Allein zu sehen, wie erschrocken Mamu zurückwich, verlieh meinem bewährten Fluchtreflex den nötigen Schub. Ohne zu überlegen schoss ich um den Wanderer herum und ging auf der anderen Seite in Deckung.

Auf Mamus Gesicht malten sich hektische Flecken. »Es tut mir leid, dass Ziska Richards Nase gebrochen hat«, stammelte sie.

»Was?«, erwiderte Herr Graditz ungläubig und reckte sich ein wenig, um über den Wanderer hinweg auf mein ängstliches Augenpaar zu blicken, das hinter der Dachkante hervorlugte. »Du warst das?«

Das sah dem Feigling ähnlich …! Trotz meiner Angst verdross es mich, dass Richard sich offenbar eine Lüge ausgedacht hatte, um aus unserem letzten Zusammenstoß eine Heldengeschichte zu machen!

»Es war ...«, begann Papa und verstummte.

»Notwehr«, vollendete Onkel Erik kühn.

Genau in der Mitte von Herr Graditz' Stirn stand auf einmal eine Furche, die an die Andreasspalte erinnerte.

»Drei Jungen gegen ein Mädchen«, betonte Onkel Erik, obwohl Mamu und Papa ihm flehentliche Blicke zuwarfen. »Ziska war selbst aufs Übelste zugerichtet. Zeig ihm die Narbe an deiner Lippe, Kind!«

Ich duckte mich noch tiefer hinters Auto. Von der Narbe war sowieso fast nichts mehr zu sehen.

»Wenn Ihnen Behandlungskosten entstanden sind, kommen wir selbstverständlich dafür auf«, beeilte sich Papa zu versichern.

»Der Bursche«, erwiderte Herr Graditz ärgerlich, »kann heute Abend was erleben ...!«

An dem Stein, der ihr vom Herzen fiel, quetschte Mamu ein Lachen vorbei. »So sind Kinder eben«, meinte sie. »Man kann sie ja nicht anketten.«

»Aber ihr wart doch mal Freunde«, sagte Herr Graditz zu mir.

Die Worte trafen wie kleine spitze Pfeile. Ja, Richard und ich waren einmal Freunde gewesen, gute Freunde sogar – bevor er herausfand, dass ich Jüdin war! Komisch, dass Herr Graditz fragte, schließlich waren es Richards Eltern gewesen, die ihn darauf aufmerksam gemacht hatten. Konnte er das wirklich schon vergessen haben?

Herr Graditz blickte rasch nach rechts und links. »Wohin geht es denn?«, fragte er gedämpft und meine Mutter schien ernsthaft mit dem Gedanken zu spielen, einen anderen Ort zu nennen. Wahrscheinlich fiel ihr auf die Schnelle nur kein anderer ein.

Als er unser Ziel erfuhr, erwiderte Richards Vater: »Aber da herrscht doch Krieg!«

Einige Sekunden hing das Wort in der Luft wie ein Ballon, den niemand fangen wollte. Dann wippte Onkel Erik herausfordernd auf den Zehenspitzen.

»Für uns herrscht auch hier Krieg, Herr Graditz!«, antwortete er und meine Eltern hielten die Luft an, doch Richards Vater senkte nur ganz leicht den Kopf, worin man, wenn man wollte, ein Nicken erkennen konnte; er trat einen Schritt zurück, zog den Hut vor meiner Mutter und ging rasch auf den Bahnhof zu.

Wir blieben zurück inmitten unserer Koffer und standen noch einige Augenblicke stumm da, bis ein anderer Autofahrer auf unseren Parkplatz wies und zu hupen begann. Onkel Erik gestikulierte ungeduldig zurück; er war fest entschlossen, uns am Zug zu verabschieden, und die Begegnung mit Herrn Graditz hatte ihn offenbar noch bestärkt.

»Du redest zu viel, Erik«, warnte Mamu auf dem Weg. »Bitte sei vorsichtig, denk an Ruth und die Kinder!«

»Danke euch für den Wagen«, erwiderte Onkel Erik nur. »Betrachten wir ihn als Darlehen. Sobald ich kann, zahle ich das Geld zurück.«

Es war vier Tage vor Weihnachten und auf dem Bahnhofsvorplatz hielten die Busse jetzt im Minutentakt. Unermüdlich spuckten sie neben den morgendlichen Berufspendlern auch zahlreiche Weihnachtsurlauber aus, die sich, bepackt mit Koffern und Geschenkschachteln, auf die Reise in andere Teile Deutschlands machten. Da Deutschland sich ständig vergrößerte – allein in diesem Jahr waren Österreich und die Tschechoslowakei hinzugekommen –, nahm ich an, dass die Leute früher und früher losfahren mussten, wollten sie ihr Ziel noch am selben Tag erreichen.

Die Menschenmenge, die vom Vorplatz ins Innere des Bahnhofs drängte, spülte auch uns durchs Eingangsportal und bald befanden wir uns unter der riesigen Kuppel, die Wartehalle und Bahnsteige überspannte. Ein Kofferträger eilte sogleich auf uns zu, aber Papa winkte ab, wir hätten den Mann nicht bezahlen können. Schuhputzer, Zeitungs- und Süßwarenverkäufer machten ebenfalls kein Geschäft mit uns, nur die Schlagzeilen des Tages hörten wir wiederholt durch die Halle gellen, während wir unter den zahlreichen Wartenden nahe der Anzeigetafel in Deckung gingen. Mamu war der Meinung, dass wir auf diese Weise weniger auffielen, als wenn wir wie auf dem Präsentierteller am Bahnsteig standen.

»Japan nennt Vorbedingungen für Frieden mit China!«

»Jüdische Führerscheine werden eingezogen!«

»Hört ihr? Wir gehen genau zur rechten Zeit«, meinte Papa.

Aber die meiste Zeit schwiegen meine Eltern; sie hatten die Koffer zwischen uns gestapelt und behielten die Umgebung im Auge. Onkel Erik hatte sich von uns getrennt, um den wachsamen Augen der Uniformierten, die wichtigtuerisch zwischen den Reisenden umherstolzierten, kein Ziel zu bieten. Da er sich nicht verabschiedet hatte, vermutete ich, dass er noch irgendwo im Bahnhof war und erst direkt vor unserer Abfahrt an den Zug kommen würde.

Eingeklemmt zwischen Erwachsenen, die fröstelnd von einem Fuß auf den anderen traten, saß ich auf unserem Gepäck, ohne viel mehr zu sehen als das Dach der Halle. Der Ruf der Zeitungsjungen, die Lautsprecherdurchsagen, die fremden Stimmen um mich herum und das Trappeln unzähliger Füße mischten sich in meinem Kopf zu einem dichten Brausen. In regelmäßigen Abständen hörte ich den Signalpfiff und das gemütliche Davonpuffen einer Dampflok; ein Geruch nach Kohlenfeuer zog bis in die Wartehalle.

Bekka geht gleich aus dem Haus, dachte ich und stellte mir vor, wie sie zum ersten Mal ohne mich in die S-Bahn stieg, die uns zur jüdischen Schule nach Charlottenburg brachte. Die letzte von uns dreien! Ruben Seydenstickers Familie hatten die Deutschen im Oktober nach Polen abgeschoben und ich konnte mir beim besten Willen nicht vorstellen, wo unser Klassenkamerad in diesem Augenblick war. Auch Ruben kannte Polen nicht; seine Großeltern waren schon vor langer Zeit nach Deutschland ausgewandert, und ich hoffte für ihn, dass er sich wenigstens noch mithilfe der seltsamen Sprache unterhalten konnte, die ich bei Seydenstickers zum ersten Mal gehört hatte.

Standhaft hatte Ruben behauptet, dass es sich bei Jiddisch um *unsere* Sprache handelte, mit der *wir* uns überall auf der Welt verständigten. Ruben, so klug wie er war, hatte einfach nicht verstanden, dass meine Eltern und ich gar nicht richtig jüdisch, sondern evangelisch waren. Aber konnte man es ihm verdenken? Schließlich wollte es in ganz Deutschland niemand verstehen.

Erst als ich an Ruben dachte, fiel mir plötzlich ein, dass Bekka und ich seit dem November gar nicht mehr zur Schule gegangen waren. Wie hatte ich das vergessen können? Als hätten die vergangenen sechs Wochen, die Verhaftung und Rückkehr von Papa, der Verlust unserer Wohnung und die Zeit bei Tante Ruth gar nicht stattgefunden. Als spielte das alles keine Rolle mehr, als wären wir schon weit weg.

Dabei standen wir in Wirklichkeit noch immer am Bahnhof unter der Anzeigetafel, keineswegs in Sicherheit, und als hätten meine unvorsichtigen Gedanken sie herbeigerufen, bahnten sich die ersten Uniformträger ihren Weg. Wie üblich waren sie zu zweit, einer trug die kackbraune Kluft der SA, der andere SS-Schwarz einschließlich der Totenkopfmütze.

Und wie üblich pickten sie zielsicher die Juden heraus. Erkannten sie uns an den versiegelten Koffern? Grundsätzlich hielt ich es nicht für unwahrscheinlich, dass die Nazis darin geschult wurden, Angst zu erschnüffeln. »Papiere!«, hörte ich einen bellen.

Der Angesprochene, ein Mann mit kurzem grauen Bart und Hut, hatte alles schon griffbereit in der Seitentasche seines langen Mantels und reichte dem SA-Mann wortlos ein ganzes Bündel. Selbst aus mehreren Metern Entfernung erkannte ich, worum es sich handelte: drei Ausweise, drei Ausreisegenehmigungen, einen Haftentlassungsschein, drei Zugfahrkarten, drei Schiffspassagen, die Zollbescheinigung für einen vorausgeschickten »Lift«, die Bescheinigung über die Kontrolle des versiegelten Gepäcks, die Bescheinigung über die entrichtete Reichsfluchtsteuer.

Der Mann hatte genau dasselbe dabei wie wir. Nur die Ausweise, die er vorzeigte, sahen anders aus, trugen das verräterische rote »J«, mit dem so viele, die auf einer Behörde hatten vorsprechen müssen, in den letzten Monaten nach Hause zurückgekehrt waren. Dass man uns nicht als Juden gekennzeichnet hatte, gehörte zu den wenigen Dingen, die selbst mein Vater als gutes Omen wertete – was umgekehrt nur bedeuten konnte, dass das »J« auf den Pässen der anderen Familie nichts Gutes verhieß.

Die Lippen meiner Mutter bewegten sich, während sie der Kontrolle zusah; vielleicht betete sie, dass die beiden Nazis nicht auch zu uns kamen, vielleicht zählte sie mit, ob dem Mann auch wirklich kein Papier fehlte. Zu ihm gehörten eine blasse rothaarige Frau und ein Junge, der sich tief in den Kragen seines Mantels kauerte.

Und ob etwas fehlte oder nicht: Die Nazis regten sich auf. Dass es angesichts der vollständigen Unterlagen keinen Anlass gab, war Grund genug. »Nun sieh ihn dir an, diesen neunmalklugen Juden«, sagte der SS-Mann zu seinem Kumpan, um danach den Familienvater böse anzufahren: »Jetzt fühlst du dich sicher, was? Freu dich mal nicht zu früh. Auspacken!«

Der Mann öffnete seine Aktentasche und der Nazi wedelte mit der Hand darin herum. Proviantpäckchen fielen zu Boden, ein Apfel rollte auf uns zu. Roll weiter!, flehte ich stumm, aber es half nichts, der Apfel kollerte zielstrebig direkt vor meine Füße, wackelte noch ein bisschen und blieb liegen.

»Na wird's bald?«, schrie der Nazi. »Aufheben, aber dalli!«

Der Mann bückte sich. Von einer Minute zur anderen war um uns herum auf einmal viel Platz. Es war wie auf dem Pausenhof meiner alten Schule, sobald Richard und seine Freunde auf uns losgingen: Die einen traten zurück, um besser, die anderen, um nichts zu sehen. Der Mann griff hier nach einem Brotpäckchen, zog da eine Thermoskanne zwischen fremden Füßen hervor; er hatte eine schicksalsergebene Art, die mich an meinen eigenen Vater erinnerte, aber als er sich nach dem Apfel umsah, begegneten sich unsere Blicke und ich sah Trauer und Wut in seinen Augen.

»Ziska, nicht ...!«, flüsterte Mamu.

Erschrocken zog ich meine Hand zurück, die in Richtung des Apfels hatte zucken wollen. Der Mann zögerte, dann wandte er sich ab. Ich verstand, dass er die Aufmerksamkeit nicht auf mich lenken wollte.

Vergebliche Mühe – natürlich hatten die Nazis uns längst im Visier. Sie gaben dem Mann seine Dokumente mit der Drohung zurück: »Wir sehen uns wieder, verlass dich drauf!«, und steuerten unverzüglich auf uns zu.

»Papiere!«

Papa hielt sie schon bereit. »Wo ist der andere?«, fragte der SS-Mann barsch.

»Der ... andere?«

»Ihr wart doch eben noch zu viert.«

Papa wurde bleich.

»Unser Nachbar!«, fiel Mamu ein. »Wir haben ihn rein zufällig draußen getroffen und er hat uns mit den Koffern geholfen.«

»Name?«

»Anton Graditz.«

Ich schluckte vor Hochachtung. Mamu war ebenso kaltblütig wie Bekka, wenn es darauf ankam. Auch dem Wolf hatte sie furchtlos ins Gesicht geblickt – nicht, dass es ihr etwas genützt hätte.

»Er sitzt bestimmt längst in seinem Zug«, fügte sie hinzu.

»Halt's Maul!«, herrschte der SA-Kerl sie an, dessen Gesichtszüge an ein Wiesel erinnerten. »Ein Deutscher, der einer Judensau die Koffer trägt? Das könnte euch so passen!«

Mit Schwung riss er Mamu die Handtasche von der Schulter und warf sie auf den Boden. »Jetzt woll'n wir doch mal sehen, ob sie dir einer aufhebt«, sagte er gehässig.

Der äußere Rand der Menge, die uns umstand, bröckelte, als einige weitere Leute verstohlen das Weite suchten. Mit rotem Gesicht bückte sich Mamu und nahm ihre Tasche an sich, worauf das Wiesel sie sofort wieder wegschleuderte.

»Hab ich was von Aufheben gesagt?«, schrie es.

In diesem Moment knackte der Lautsprecher. Ein glühend heißer Strahl durchfuhr meinen Körper. So musste es sich anfühlen, wenn man ein Messer genau an der Stelle in den Rücken gestoßen bekam, die alles zusammenhielt.

Eine Stimme schnarrte: »Der Expresszug nach Genua wird soeben auf Gleis 1 bereitgestellt.«

Auf Papas Gesicht erschien ein halb staunender, halb resignierter Ausdruck und er starrte auf unsere lebensrettenden Papiere in den Händen des SS-Mannes, als könnten diese jeden Augenblick in Flammen aufgehen.

»Das ist unser Zug«, sagte Mamu leise zu dem Wiesel.

»Euer Zug?«, krähte das Wiesel. »Euch gehört hier überhaupt nichts.«

Meine Füße schienen vom Boden abzuheben. Ich sah die andere jüdische Familie blitzschnell ihr Gepäck nehmen und verschwinden, bevor der Kreis um uns sich wieder schloss. Mäntel, Hüte, Schuhe. Ich schwebte, ich bekam keine Luft mehr.

Plötzlich rief jemand: »Lasst sie doch abhauen, Mensch!«

Die beiden Nazis blickten überrascht auf. Dieselbe Stimme rief: »Das macht drei weniger! Was wollt ihr denn noch?«

Die Stimme gehörte zu einem großen Mann, dem ein Arm fehlte und der sich mit dem anderen schwer auf einen Stock stützte. Bestimmt ein Weltkriegsveteran. Die Umstehenden wurden unruhig, mehrere nickten und brummten; das Wort von Veteranen galt etwas, wenn sie nicht gerade jüdische Großeltern besaßen wie mein Vater.

»Der Herr muss uns schon unsere Pflicht tun lassen!«, rief das Wiesel scharf, aber es ließ tatsächlich von Mamu ab und beugte sich zusammen mit dem SS-Mann über unsere Papiere.

Der Mann mit dem Stock blieb aufrecht und mit strengem Blick stehen, wie um sich mit eigenen Augen zu überzeugen, dass wir wirklich in den Zug stiegen. Uns selbst beachtete er nicht, wir waren weniger als unsichtbar, wir hätten genauso gut abheben und durch die Halle schweben können.

Mit einem Mal wurden meine Hände ganz warm, ganz schwer; es war, als ob sie mich an etwas erinnern wollten. Noch im Sitzen hob ich erst vorsichtig den Apfel auf … nichts geschah … ging in die Hocke, nahm allen Mut zusammen, nahm Mamus Tasche … das Wiesel tat, als hätte es nichts gesehen.

Da wusste ich, dass alles gut gehen und wir den Zug nicht verpassen würden, weil ein fremder Mann sich eingemischt und die

Nazis daran erinnert hatte, dass alle in Deutschland wollten, dass wir abhauten.

Das Wiesel bleckte enttäuscht die Zähne, als es uns die Papiere zurückgab. »Wir kriegen euch sowieso«, sagte es. »Überall. So weit könnt ihr gar nicht fahren.«

Für bestimmte Anlässe, oder um eigene Argumente zu untermauern, griff mein Vater bisweilen zu einem Bibelspruch.

»Wenn es nur einen Gerechten in diesem Land gibt, werde ich es nicht verdammen«, erklärte er, kaum dass wir – erleichtert, außer Atem, schwindlig – auf unsere Plätze im Zug gefallen waren. Wir hatten ein winziges Liegewagenabteil für uns; dennoch redeten meine Eltern mit gedämpften Stimmen, damit man uns durch die dünnen Wände, die uns von den anderen Fahrgästen abschirmten, nicht hörte.

Aus der Zeit, in der ich in den evangelischen Religionsunterricht hatte gehen dürfen – ohne zu ahnen, dass meine Tage dort gezählt waren –, glaubte ich mich zu erinnern, dass der Spruch anders lautete, aber Papa störte das nicht; er fand, dass die Bibel dazu da war, sie sich nach Bedarf anzuverwandeln.

»Du glaubst doch nicht im Ernst«, protestierte Mamu, »der hätte sich eingemischt, um uns zu *helfen*?«

»Aber natürlich, was denn sonst?«, erwiderte Papa verblüfft.

Auf den wenigen Metern zwischen Wartehalle und Zug war eine Veränderung mit ihm vorgegangen. Seit seiner Entlassung konnte ich mich an keinen einzigen Augenblick erinnern, in dem er so wach, so zufrieden, so beinahe vergnügt gewirkt hatte. »Das war ein Kamerad«, erklärte er feierlich. »Ein Kamerad, der uns jüdische Frontkämpfer nicht vergessen hat.«

»Lieber Franz, du siehst momentan nicht eben aus wie ein

Frontkämpfer«, erwiderte Mamu nachsichtig. »Woher hätte er das wissen sollen?«

»Er wird sich an andere Juden erinnert haben, mit denen er im Schützengraben gelegen hat«, antwortete Papa. »Wer damals gekämpft hat, hat nicht vergessen, dass wir alle nur ein Ziel kannten: unser Vaterland zu schützen. Unser *gemeinsames* Vaterland!«, fügte er mit bedeutsam erhobenem Zeigefinger hinzu.

Ach du grüne Neune!, dachte ich erschrocken. Jetzt geht das schon wieder los ...!

Meine Mutter wechselte in schneller Folge die Farbe. Sie wurde nahezu lila, sie erinnerte an einen Vulkan, auf den jemand einen Deckel drückt. Vorsichtshalber rückte ich ein Stück ab, bevor sie explodierte.

»Wo waren deine Kameraden, als sie dich verschleppt haben?«, spuckte sie. »Als sie deine Frau und dein Kind auf die Straße gesetzt, als sie uns verhöhnt und gefleddert haben? Du warst im Lager, ich weiß, und es war furchtbar, aber hast du überhaupt eine Ahnung, was Ziska und ich in den letzten Wochen durchgemacht haben? Wie es ist, jeden Tag bei der Gestapo anzukriechen mit noch einem Papier, noch einer Bescheinigung, um immer nur zu hören, dass es nicht reicht? Ganze Tage vor dem Konsulat anzustehen und sich nachher im Bus nicht mal setzen zu dürfen? Zu bitten und zu betteln und zu flehen, um unsere Reisekosten von unserem eigenen Konto abzuheben? Sie konnten uns nicht einmal mit Anstand aus dem Land werfen, Franz. Von deinen sogenannten Kameraden, deinem ganzen verdammten Vaterland ist nichts mehr übrig, begreif das endlich!«

»Wenn dieser Mann nicht gewesen wäre ...«, begann Papa erneut, obwohl er bei Mamus atemloser Rede blass geworden war.

»Dieser Mann hatte nur ein Interesse: uns so schnell wie möglich loszuwerden!«, zischte Mamu.

Stille senkte sich über unser Abteil. Dies war eine Diskussion, wie meine Eltern sie seit Jahren führten, und dass Papa am Ende eingelenkt hatte, musste bei Mamu die Annahme geweckt haben, sie hätte gewonnen. Im tiefsten Herzen jedoch, selbst in diesem Augenblick, glaubte mein Vater immer noch, alles, was uns passierte, sei nichts als ein Missverständnis. Es musste ein niederschmetternder Moment für meine Mutter sein.

»Hattet ihr nicht etwas von Frühstück im Zug gesagt?«, fragte ich schließlich.

Papa gab mir eine Stulle aus seiner Aktentasche; ihm und Mamu war der Appetit offenbar vergangen. Ich sah aus dem Fenster, während sie sich anschwiegen, aber von Onkel Erik war nichts zu sehen. Bestimmt hatte er unsere Begegnung mit dem Wiesel verfolgt und beschlossen, sich lieber aus dem Staub zu machen.

»Können wir es dabei bewenden lassen, dass der Mann uns *vielleicht* helfen wollte?«, fing Papa noch einmal an und ich hörte Mamu bissig antworten: »Solange du nicht vorhast, ihn deswegen in die Familie aufzunehmen …!«

In diesem Moment klopfte es an unsere Abteiltür. Es klopfte leise und keineswegs so, wie man es von den Nazis kannte, aber unwillkürlich fuhren wir zusammen und blickten uns erschrocken an. Onkel Erik? Nein, er würde nicht so verrückt sein, in den Zug zu kommen! Nach einigen Sekunden klopfte es erneut und mein Vater stand auf, um die Tür einen winzigen Spalt zu öffnen. Ich konnte sehen, mit welcher Mühe er sich auf einmal bewegte und dass meine Mutter komplett vergessen zu haben schien, wie man atmete.

Das genügte mir. Noch bevor Papa den Türgriff in der Hand hatte, sprang ich vom Sitz und riss das Fenster auf. Kalte Luft schlug mir entgegen; mehrere Kinder, die gerade am Zug vorbeigeführt wurden, blickten verdutzt, als plötzlich ein Bein aus dem Fenster hing.

»Gott sei Dank, Sie haben es auch geschafft! Mein Sohn behauptete, Sie seien hier im Abteil, aber ganz sicher waren wir nicht ...«

Papa antwortete nicht, aber öffnete weit die Tür und hindurch schob sich der bärtige Mann, der vorhin mit uns zusammen gefilzt worden war. Frau und Sohn hatte er im Schlepp. Ich beeilte mich, mein Bein wieder zurückzuschwingen, aber natürlich hatten sie es gesehen und die Frau begann sich sofort zu entschuldigen, dass ihr Klopfen uns erschreckt hatte.

Ihr Mann durchmaß in zwei Schritten das Abteil und legte mir eine Hand auf den Arm. »Wo wir hingehen«, sagte er mit warmer Stimme, »brauchen wir vor einem Klopfen keine Angst mehr zu haben.«

Ich lief dunkelrot an vor Verlegenheit. Am liebsten hätte ich erklärt, dass meine Beine und Arme bisweilen komische Einfälle hatten. Aus dem dritten Stock oder aus Zügen springen zum Beispiel, und ganz ohne mein Zutun.

Sie stellten sich vor. Die Familie hieß Konitzer, Victor, Irma und Mischa Konitzer. Mischa war der zwölfjährige Sohn, der sich einen Weg zu mir ans Fenster bahnte.

»Was ist denn da draußen los?«, wunderte er sich statt einer Begrüßung.

An unserem Zug gingen immer noch Kinder vorbei, paarweise und dicht nebeneinander, eine schweigende, bedrückte Schar mit Pappschildern um den Hals. Einige Kinder weinten. Eltern waren nicht zu sehen. Aufsichtspersonen verteilten alle auf die Waggons, die am Gleis uns gegenüber standen. Ich ertappte mich dabei, wie ich anfing, nach Bekka Ausschau zu halten, obwohl sie und Thomas doch noch gar nicht dabei sein konnten.

»Ich weiß, was das ist«, sagte ich leise. »Die müssen alle nach England. Das ist ein Kindertransport.«

»Mach das Fenster zu, Ziska«, ordnete Mamu an und Mischas Mutter zog ihren Sohn am Arm von mir weg.

»Aber Onkel Erik …?«, protestierte ich.

»Der hat hoffentlich das einzig Vernünftige getan und das Weite gesucht! Ich möchte wissen«, fügte meine Mutter unruhig hinzu, »warum der Zug nicht endlich abfährt!«

Konitzers setzten sich uns gegenüber auf die zweite der beiden Sitzbänke, die man zu einer Liege umklappen konnte. »Glauben Sie, das ist vielleicht nur ein Scherz?«, flüsterte Frau Konitzer. »Dass sie uns ausreisen lassen, meine ich. Vielleicht haben sie gar nicht die Absicht.«

Aus dem Zugfenster gegenüber starrten mich einige Kinder an, ohne zu lächeln.

»Ach was, ein Scherz! Daran glaube ich nicht!«, antwortete Mamu mit fester Stimme.

Aber als der Zug sich gleich darauf mit einem Ruck in Bewegung setzte, durchfuhr sie ein Schauer und sie schlug vor Erleichterung die Hände vors Gesicht.

»Dem Allmächtigen sei Dank!«, rief Herr Konitzer.

»Langsam, noch sind wir in Berlin!«

»Aber wir rollen, liebe Freunde, wir rollen!«

Ich drückte mich an die Wand neben meinem Sitzplatz. So sehr ich mich für Konitzers freute, dass sie wie wir dem Wiesel entronnen waren, so eng und laut fand ich es mit einem Mal in unserem Abteil.

Über die Füße seiner Eltern hinweg kletterte Mischa zurück auf den Platz mir gegenüber. Er hatte ein blasses Gesicht, dunkle Haare und eine kreisrunde Brille, die ihn klug und ein wenig besserwisserisch zugleich aussehen ließ.

»Ich habe noch etwas, das euch gehört«, erinnerte ich mich und zog den Apfel hervor.

»Ach«, meinte Mischa, »den hättest du auch behalten können.«

Aber er nahm den Apfel doch, wischte ihn am Ärmel ab und biss herzhaft hinein. Gemächlich rollte der Zug am letzten Wagen des Kindertransports vorbei und gab den Blick frei auf den Bahnsteig direkt dahinter.

»Mamu!«, rief ich aufgeregt.

Onkel Erik hatte die kluge Idee gehabt, sich zum Winken unter die Wartenden am Ende des anderen Bahnsteigs zu mischen – weit genug entfernt vom Zug nach Genua, aber bei der Ausfahrt zumindest für Augenblicke sichtbar. Schon war ich erfreut auf die Füße gesprungen, um das Fenster aufzureißen, als ich plötzlich entdeckte, dass mein Onkel nicht allein stand. Ein Mann war dicht neben ihm, mit dem Rücken zu uns, ich sah einen grauen Mantel, einen Hut. Eine Hand, die sich fest um den linken Arm von Onkel Erik gelegt hatte.

»Mamu!«, wiederholte ich entsetzt.

Aber die Erwachsenen redeten in ihrer Erleichterung so laut durcheinander, dass sie auf mich gar nicht achteten. »Was ist denn?«, fragte Mischa.

Ich setzte mich wieder hin, der Zug nahm Fahrt auf. Wir wurden schneller und schneller und rollten an den ersten Bäumen des Tiergartens vorbei.

»Was?«, fragte Mischa noch einmal.

»Nichts«, erwiderte ich.

Es war nur eine Sekunde gewesen. Eigentlich hatte ich fast nichts gesehen. War der Mann, der auf dem Bahnsteig festgehalten wurde, überhaupt Onkel Erik gewesen?

Ich musste mich einfach getäuscht haben.

3

Bekka hätte sich eher die Zunge abgebissen, als es zuzugeben, dennoch wusste ich, wie glühend sie mich beneidete. Eine Reise von über vier Wochen auf einem Ozeandampfer, vorbei an Ländern mit Namen wie aus Märchenbüchern, an Delfinen und fliegenden Fischen! Sie selbst würde in gerade mal dreißig Stunden in England angekommen sein.

»Wie viel davon auf See?«, hatte ich gefragt.

»Vier Stunden«, gestand sie ein wenig mürrisch.

Ich hoffte für sie, dass wenigstens ein kleiner Sturm auftauchte, damit ihr der Hopser über den Ärmelkanal überhaupt in Erinnerung blieb.

Um die Begegnung mit dem Wiesel hätte meine Freundin mich womöglich auch beneidet – jetzt, wo diese hinter uns lag. Um die Fahrt im Liegewagen, Stunde um Stunde mit den redseligen Konitzers, unterbrochen nur von einer unruhigen Nacht, in der es mich auf meiner oberen Liege durchrüttelte. Angestrengt hielt ich Tuchfühlung mit der Wand und überlegte, ob ich bei einer Vollbremsung auf dem Boden oder der gegenüberliegenden Pritsche landen würde. Ich war überzeugt, Bekka hätte jede Sekunde genossen.

Vielleicht sogar den Grenzübertritt am Brenner, als alle Juden, während die deutsche gegen eine italienische Lok ausgetauscht wurde, den Zug verlassen und vor dem Zollhäuschen Aufstellung nehmen mussten. Gewissenhaft verglichen die Zollbeamten den Inhalt unserer Koffer mit den mitgeführten Listen, ließen sich Zeit, ließen uns zittern, ließen den Expresszug ohne uns abfahren.

Gelähmt vor Schreck blickten wir dem Zug nach, der sich zwischen zwei Berghängen um die Kurve wand, Fahrt aufnahm und verschwand. Nur ein paar Dampfwölkchen hingen noch für Augenblicke in der Luft, und ein letzter höhnischer Pfiff der Lok, schon weit entfernt.

Die Wand aus schmutziggrauem Fels und Nadelbäumen, die sich neben dem Bahnhofsgebäude auftürmte, schien noch etwas näher zu rücken. Schnee rieselte von den Baumwipfeln, selbst die Natur schien den Kopf zu schütteln über unsere Dummheit.

Habt ihr wirklich geglaubt, ihr kommt davon?

Bekka, die meine Reise bis ins Detail studiert hatte, hätte es sicher gewusst: »Vom Brenner kommt man auch mit Nahverkehrszügen weiter und hat noch viel mehr vom Panorama!«

Konitzers und wir und ein Dutzend weiterer stehen gelassener Juden mussten das erst einmal unter großer Aufregung herausfinden.

»Das Schiff geht erst übermorgen«, wiederholte Mamu ein ums andere Mal, »wir schaffen es also nicht nur rechtzeitig nach Genua, sondern sparen uns vielleicht sogar eine Übernachtung!«

Papa wanderte vor dem Gebäude auf und ab, in regelmäßigen Abständen schwebte sein vornüber gebeugter Schatten am Fenster vorbei, mal von links, mal von rechts. »Sie Glückliche haben schon Schiffskarten«, murmelte die Frau neben Mamu auf der Bank.

Wir mussten froh sein, dass man uns die Wartezeit im Inneren des geheizten Bahnhofs überbrücken ließ. Beim Halt in Innsbruck hatten uns nur die vertrauten »Für Juden verboten«-Schilder an Bänken, Wartehäuschen und Toiletten empfangen – blitzsaubere, neue Schilder, weil die österreichischen Juden von all den Platzverweisen erst seit dem letzten Frühjahr betroffen waren.

Und in Innsbruck, das hatten Mischa und ich aus dem Fenster beobachtet, waren nicht nur gut gelaunte Skifahrer auf dem Weg in die Alpen zugestiegen. Auch Leute mit schweren Koffern und gesenktem Blick waren dabei gewesen, aber erst jetzt, am Brenner, erkannte ich, wie viele wir waren. Nur die, die weiter vorn in der Zollschlange gestanden hatten, hatten es zurück in den Expresszug geschafft; übrig blieb ein zusammengewürfeltes Häuflein aus uns beiden Familien, mehreren einzelnen Männern, die wie mein Vater und Herr Konitzer ihre Hüte tief ins Gesicht drückten, und zwei allein reisenden Frauen.

Dafür, dass wir so viele waren, war es ungewöhnlich still. Die Bahnhofsmitarbeiter beachteten uns nicht, aber allein ihre Anwesenheit genügte, um sich unsichtbar machen zu wollen. Es dauerte lange, bis die Ersten Mut fassten und sich gedämpft zu unterhalten begannen. Die ältere Frau, die uns angesprochen hatte, war allein in Innsbruck zugestiegen.

»Mein Sohn ist schon in Shanghai«, antwortete sie auf Mamus leise Frage in ihrem weichen österreichischen Dialekt. »Er hat Geld für mich nach Genua überwiesen, aber ob eine Passage zu bekommen ist, ist noch völlig offen.«

»Wie in aller Welt«, fragte Mamu und beugte sich vor, »haben Sie es geschafft, ohne vorab gekaufte Schiffspassage nach Italien reisen zu dürfen?«

Aber die Frau war zu vorsichtig, diese Frage zu beantworten, und erwiderte nur: »Ich muss jeden Tag die Reisebüros abklappern. Manchmal werden bei der Überfahrt aus Bremen oder Hamburg noch ganz kurzfristig Kabinen frei wegen …«

Sie stockte, warf einen Blick auf mich und ich sah ihre Lippen das Wort *Selbstmord* formen.

»Frag Papa, ob er eine Stulle möchte, Ziskele«, trug Mamu mir sofort auf.

Wie immer schickte sie mich außer Hörweite, sobald ein Thema heikel wurde. Aber an diesem Morgen hatte ich ausnahmsweise nichts dagegen, im Gegenteil, ich war regelrecht erleichtert, endlich in Papas Richtung geschickt zu werden. In der langen Stille, die sich über uns gebreitet hatte, nachdem wir am Brennerbahnhof gestrandet waren, hatten sich unaufhaltsam und vorwurfsvoll unsere letzten Augenblicke in Berlin in meine Erinnerung zurück zu nagen begonnen, und was ich mir gern eingebildet hätte, nicht gesehen zu haben, wurde von Minute zu Minute klarer.

Onkel Erik, der fremde Mann, die Hand. Zu wem hatte sie gehört? Würden wir es überhaupt je erfahren? Im Niemandsland zwischen den Nazis und dem rettenden Ozean wurde mir auf einmal bewusst, wie weit wir uns schon von zu Hause entfernt hatten.

Ein Schwall kalter Luft erfasste mich, als ich ins Freie trat. Schnee wehte über die Bahnsteige, fein wie Sand.

Nach ein paar Minuten blieb Papa stehen, drehte sich um und sagte gereizt: »Kannst du bitte aufhören, mir auf Schritt und Tritt zu folgen, Ziska? Ich gehe nirgendwo hin, ich habe auch nicht die Absicht, mich wieder verhaften zu lassen, ich möchte mir nach den vielen Stunden im Zug bloß ein wenig die Beine vertreten!«

»Ich dachte, vielleicht könnten wir mal kurz in Berlin anrufen«, schlug ich kleinlaut vor.

»Bekka hat doch gar kein Telefon.«

»Doch nicht Bekka – Herr Todorovski! Herr Todorovski soll bei Tante Ruth vorbeigehen und sich für uns verabschieden, wo wir doch Onkel Erik nicht mehr gesehen haben.«

Ich war stolz, dass mir Herr Todorovski einfiel, ein Bekannter meiner Eltern, der wie Papa verhaftet, aber einige Tage später freigelassen worden war. Todorovskis gehörten zu den wenigen, von denen ich wusste, dass sie ein Telefon besaßen.

»Liebes Ziskele, Onkel Erik nimmt uns das überhaupt nicht übel!«, beruhigte mich Papa. »Er hat bestimmt gesehen, wie wir kontrolliert wurden, und war klug genug, so schnell wie möglich das Weite zu suchen.«

Ich fühlte meine Arme rechts und links von mir herabhängen. »Kann Herr Todorovski nicht trotzdem …? Vielleicht wollte Onkel Erik uns ja noch etwas sagen …«

Papa legte mir beide Hände auf die Schultern. »Meine große Tochter«, sagte er und ich sah beklommen, dass sich seine Augen mit Tränen füllten. »Ich weiß, es ist schwer zu begreifen, dass wir sie alle zurückgelassen haben, aber dennoch müssen wir uns damit abfinden. Es gibt jetzt keinen Weg zurück, und das vielleicht für sehr, sehr lange Zeit.«

»Ich dachte ja nur, weil man am Bahnhof doch bestimmt telefonieren …«

»Von unseren dreißig lumpigen Reichsmark«, explodierte Papa ohne jede Vorwarnung, »werde ich den Teufel tun und telefonieren! Kannst du mich bitte endlich in Ruhe lassen? Geh wieder hinein, los!«

Unsanft schob er mich Richtung Wartehalle. Ich konnte mich nicht erinnern, dass Papa mich je angeherrscht, geschweige denn geschubst hatte.

»Aber Onkel Erik ist vielleicht verhaftet!«, brach es aus mir heraus.

»Was soll das heißen?«, fragte Papa ärgerlich.

»Er stand am Bahnsteig gegenüber und jemand hielt ihn fest … jedenfalls sah es so aus«, stammelte ich.

Mein Vater ließ mich stehen und lief mit großen Schritten auf den Bahnhof zu. Ich blieb zurück, vom Donner gerührt. Ich weiß nicht, was ich erwartet hatte, aber ganz gewiss nicht, dass Papa loslief, ohne zu fragen – oder auch nur für einen Augenblick *infrage zu stellen*, was ich beobachtet hatte!

Angst schoss in mir hoch – Angst, ich könne zu lange geschwiegen, Angst, ich könne mich geirrt haben. Nicht dass ich *wollte*, dass Onkel Erik verhaftet worden war, aber falscher Alarm gehörte zu den Dingen, die ich lieber nicht auslöste!

Mit weichen Knien schob ich mich zurück in die Wartehalle. Meine Eltern drängten sich bereits vor dem Schalter, um Telefongeld zu wechseln; durch das kleine Loch in der Glasscheibe, hinter der sich der Fahrkartenverkäufer verschanzt hatte, redeten sie eindringlich und gedämpft und mussten sich dabei tief zu dem Mann hinunterbeugen.

Kleinlaut setzte ich mich auf meinen Koffer. Wie immer man es drehte oder wendete: Dass ich am Ende verantwortlich gemacht werden würde, schien unausweichlich, und das wahrscheinlich sogar zu Recht.

»Ihr hättet aus dem Zug heraus doch gar nichts unternehmen können«, tröstete Frau Konitzer, die wohl ahnte, wie mir zumute war.

»Aber ein bisschen eher hätte sie schon etwas sagen können, mein Lieb«, erwiderte ihr Mann und musterte mich mit einer Miene, aus der Vorwurf, ja Enttäuschung sprachen. »Seit über einer Stunde sitzen wir hier, unser Zug kann jeden Augenblick eintreffen, und was dann?«

Mein Mund wurde trocken. An den Zug hatte ich überhaupt nicht mehr gedacht. Mamu und Papa liefen hektisch quer durch die Halle zum Fernsprechhäuschen. Drei Leute standen dort bereits zum Telefonieren an.

»Du hättest«, bohrte Herr Konitzer liebenswürdig, »dich in der Zwischenzeit natürlich auch schon in die Warteschlange stellen können.«

Hätte Mischas Vater im Zug nicht bereits erwähnt, dass er Zahnarzt von Beruf war – ich wäre spätestens jetzt von selbst darauf gekommen.

Nach einer kribbelnden Ewigkeit kamen meine Eltern endlich an die Reihe und mit zitternder Hand warf Papa Geld in den Automatenschlitz. Der Fahrkartenverkäufer schien sich von besonders vielen kleinen Münzen getrennt zu haben. Und ich hätte darauf wetten können: Kaum hatte mein Vater die zweite Ziffer auf der Wählscheibe gedreht, kündigte ein fröhlicher Pfiff das Herannahen unseres Zuges an.

Der Pfiff durchfuhr mich vom Ohr bis zum Knie. Um mich herum entstand ein kleiner Tumult, als alle anderen Passagiere außer mir hastig aufstanden, ihr Gepäck zusammenrafften und ziemlich ungestüm durch die Tür drängten.

»Bestimmt wechseln sie wieder die Lok«, rief Mischa mir ermutigend zu, bevor er inmitten von Mänteln, Rücken und schubsenden Armen verschwand.

Leise Hoffnung keimte in mir auf, ich eilte zur Tür und blickte, einen Fuß drinnen, den anderen draußen, auf den Bahnsteig hinaus. Der Zug hielt an der Brennerstation und fuhr zurück in die Gegenrichtung; es wurde also tatsächlich eine andere Lok vorgefahren! In der Zwischenzeit schien Papa Herrn Todorovski nicht erreicht zu haben; aufgeregt suchte meine Mutter in ihrer Handtasche nach dem Notizbuch, um es bei anderen Bekannten zu versuchen.

Der Bahnsteig leerte sich unterdessen ebenso schnell wie die Halle; ich sah die Leute, die eben noch mit uns gewartet hatten, einen nach dem anderen in den Zug klettern. Ich sah ein Fenster aufgehen und Familie Konitzer in unsere Richtung gestikulieren. Die alte Lok wurde weggefahren, von der anderen Seite des Zuges rollte eine neue heran.

Genau so stellte ich mir Kino vor: Man starrt auf die Leinwand und mag den Helden noch so laut warnen, die Handlung nimmt unaufhaltsam ihren Lauf. Nicht dass ich je ein Kino hatte besuchen dürfen (für Juden verboten), aber Mamu hatte mir oft genug erzählt, wie es früher gewesen war.

Ich blickte hinter mich. Mein Vater legte den Hörer zurück auf die Gabel, Wechselgeld klimperte, er warf es zurück in den Schlitz. »Franz …!«, hörte ich Mamu flehen. »Der Zug!«

»Sie rangieren noch!«, schrie ich.

Während Papa mit zitternden Fingern die nächste Nummer wählte, riss Mamu sich von der offenen Tür des Fernsprechhäuschens los, um davor auf und ab zu laufen, beide Hände in den Haaren vergraben. Ich wusste, wie viele Sekunden eine Minute hatte, aber dauerten sie immer gleich lang …?

Dass sich am anderen Ende der Leitung jemand meldete, erkannte ich an dem Ruck, der Papas Körper bis in die Spitzen seines langen Mantels durchfuhr.

»Ernst! Hier ist Franz, hör mir zu!«

Auch die Zollbeamten hörten jetzt gespannt zu, der Fahrkartenverkäufer und das Fräulein am Zeitungsstand, aber Papa warf jegliche Vorsicht über Bord. »Fahr zu Ruth, meiner Schwägerin, in die Silbersteinstraße. Frag, ob ihr Mann sich gemeldet hat. Ziska hat etwas beobachtet. Bitte kümmere dich darum! Ich rufe morgen von Genua aus wieder an!«

Er legte auf, schwer atmend. Münzen ratterten in die Geldschublade, als gingen Teile des Felsens auf das Bahnhofsdach nieder. Meine Eltern rannten durch die Halle, ergriffen ihre Koffer und stürzten durch die Tür, die ich bereits weit aufhielt. Von Anfeuerungsrufen aus offenen Zugfenstern begleitet, hetzten wir quer über die Gleise und stolperten das Trittbrett hinauf, nur

Sekunden bevor der Bahnhofsvorsteher das Signal zur Abfahrt gab.

Ruckelnd setzte sich der Zug in Bewegung. Meine Knie gaben nach, ich fiel über meinen Koffer und landete bäuchlings in einer Schneepfütze mitten im Gang.

»Bitteschön, die Herrschaften, bei uns ist noch viel Platz!«, trompetete Herr Konitzer.

Auf der Fahrt nach Genua bekam ich einen kleinen Eindruck davon, was es heißt, berühmt zu sein: Es gab nur wenige unter unseren jüdischen Mitpassagieren, die nicht zu uns kamen, um sich zu erkundigen, was passiert sei; wenige, die nicht sofort eine Meinung dazu gehabt hätten. So eingeschüchtert die Reisegesellschaft eben noch gewesen war, so lebhaft ging es zu, nachdem wir Österreich hinter uns gelassen hatten und uns auf italienischem Boden befanden. Die Leute standen im schmalen Gang des Nahverkehrszugs oder drängten sich auf den Sitzen vor und neben uns; auf Fremde mussten wir wie eine geschlossene Reisegruppe wirken, denn Italiener warfen, wenn sie an einer der vielen Zwischenstationen zustiegen, nur einen einzigen Blick auf uns und suchten sich Plätze in einem anderen Waggon.

Derweil fühlte ich mich so hin- und hergerissen, wie ich es von mir gewohnt war: halb angesteckt von der allgegenwärtigen Erleichterung, den Nazis entronnen zu sein, und gleichzeitig geplagt von der kleinen Stimme tief in mir, die nicht aufhörte zu flüstern, dass die Hand des Fü vielleicht noch ein Stück über die Grenze tastete. Schwankend zwischen dem Bedürfnis, mich zu freuen, und den umso größeren Gewissensbissen wegen Onkel Erik. Dankbar über jeden Einzelnen, der meine Eltern in ein Gespräch verwickelte (vielleicht vergaßen sie darüber die Aufregung am Bahnhof, und dass ich dafür verantwortlich war!), und bedrängt von dem Wunsch, eine Tür hinter uns zu schließen und Papa und Mamu endlich zu fragen, wie nun unser Plan lautete.

Denn dass es keinen gab, war undenkbar, obwohl die meisten Mitreisenden sich schon damit abfanden, dass wir zu weit weg waren, um etwas zu unternehmen.

»Das Einzige, was Sie tun können, ist Ihren Angehörigen mitzuteilen, was passiert ist. So haben die Armen wenigstens Gewissheit …« Der Zug schlängelte sich zwischen schneebedeckten Bergen hindurch, wir sahen kleine Ortschaften und einzelne Gehöfte, die sich an die Hänge schmiegten. Ziegen, das Maul in dampfende Atemwölkchen gehüllt, grasten nahe der Gleise. Wir überquerten Bäche, die in der Mitte silbrig sprudelten und an den Rändern zu bizarren Gebilden gefroren.

Hätte Bekka, die mich beneidete, schon einen Grund gefunden, sich zu freuen? Im Schutz meines dichten Ponys beobachtete ich meine Eltern – erfahrungsgemäß oft die einzige Möglichkeit, etwas aus ihnen herauszubekommen. Papa war keine Hilfe, er saß in sich zusammengesunken, den Hut in die Stirn gedrückt, der Einsatz für Onkel Erik hatte ihm den letzten Rest von Kraft abgepresst. Wie so oft in den letzten Jahren erschien mir meine Mutter umso stärker und schöner, je trauriger mein Vater wurde. Mamu hatte sich kurz entschuldigt und kam gekämmt und mit nachgezogenem Lippenstift zurück; aufrecht und lebhaft saß sie zwischen den Mitreisenden und tauschte die schauderhaften Erfahrungen der letzten Wochen mit ihnen aus.

»Sie haben uns ausgeraubt und geschlagen, und nun jagen sie uns aus dem Land, ja, sie kosten es aus bis zur letzten Sekunde, damit wir es nur nicht vergessen!«

Gebannt hingen die Männer an ihren Lippen, folgten den Bewegungen ihrer temperamentvollen Hände, die jedes ihrer Worte unterstrichen. Es war sehr beruhigend, Mamu zu beobachten. Kaum über die Grenze, verwandelte sie sich zurück in die energische, selbstsichere Person, die sie vor Papas Verhaftung gewesen war. Die sich nicht versteckte, kein Blatt vor den Mund nahm. Mamu zu beobachten war die Antwort auf meine Frage, ob wir schon sicherer waren, und trotz der Sorge um Onkel Erik spürte ich, wie mir leichter ums Herz wurde.

Während er mit meiner Mutter diskutierte, hatte Herr Konitzer seine eigene blasse Frau an der Schulter hängen. Ab und zu sackte ihr Kopf vornüber und er fasste ihn beim Kinn und bog ihn sacht wieder zurück. Frau Konitzer erinnerte an eine Blume im Balkonkasten, die zu wenig Wasser bekommen hat.

Mischa hatte ein Englischbuch dabei und paukte Vokabeln. Vokabeln, im Zug nach Genua! Ich konnte nur hoffen, dass noch andere Kinder in unserem Alter auf dem Schiff mitfuhren.

Unsere Mitpassagiere schienen von ihren Reisebüros dieselbe Liste preiswerter, judenfreundlicher Unterkünfte erhalten zu haben wie wir, und nachdem wir am Abend endlich in Genua eingetroffen waren, löste sich unsere Gruppe so plötzlich auf, wie sie im Zug vorübergehend zusammengefunden hatte. Ohne große Worte war jeder nur noch damit beschäftigt, so schnell wie möglich ein bezahlbares Bett zu ergattern, bevor ihm ein anderer womöglich zuvorkam. Selbst Konitzers, die ich fast schon als Teil unseres Gepäcks zu betrachten begonnen hatte, strebten kurz hinter dem Bahnhof in eine andere Richtung – was Mamu in größte Konflikte stürzte, denn sie traute Herrn Konitzer ohne Weiteres zu, die besten Adressen zu kennen.

Aufdrängen wollten wir uns jedoch auf keinen Fall, und nach

kurzem Hin und Her beschlossen meine Eltern, allein unser Glück zu versuchen, obwohl es bereits dunkel war und wir weder einen Stadtplan besaßen noch einen anderen Anhaltspunkt außer einem Stück Papier mit den Namen unbekannter Straßen und Hotels. Uns blieb nichts anderes übrig, als vor jedem neuen Straßenschild unsere Liste ins Licht einer Laterne zu halten, um nachzusehen, ob die Straße darauf stand.

Die Luft am Mittelmeer war schwer, fast greifbar, wie unter einer dicken Decke, wenn man lange geheult hat. Das Kopfsteinpflaster glänzte, obwohl es gar nicht regnete, und unter dem Wintermantel klebte mir der Pullover am Leib, während wir mit unserem Gepäck enge und steile Gassen hinauf- und hinabkeuchten. Dicht an dicht standen schmale, verwitterte Häuser, hinter den geschlossenen Holzfensterläden ahnte man Licht. In Hinterhöfen stritten Katzen- und Frauenstimmen.

Nach einer Weile begann ich im Labyrinth verwinkelter Gassen einzelne Häuser wiederzuerkennen, was aber kein Grund zur Freude war, denn es bedeutete, dass wir im Kreis liefen. Niemand war da, den man hätte fragen können. Begegnete uns überhaupt jemand, dann handelte es sich um Italiener, die uns entweder nicht verstanden oder nicht verstehen wollten, oder um Mitglieder unserer eigenen Reisegruppe, die in keiner besseren Lage waren als wir. Man konnte allenfalls die Listen vergleichen und einander mitteilen, welche Pension oder Privatadresse der andere gar nicht erst anzusteuern brauchte.

Ganz Genua war voller gestrandeter Juden, die auf Schiffe warteten. Wo immer wir klingelten oder klopften, erhielten wir die Auskunft: *Tutto occupato,* alles besetzt.

Mein Koffer wurde schwer und schwerer, während Papa einen Namen nach dem anderen auf der Liste durchstrich. Langsam, aber sicher näherten wir uns der Adresse, die ganz unten stand, der Adresse, die Mamu unter keinen Umständen anzusteuern bereit war.

»Wenn alle Stricke reißen ...«, sagte Papa gedehnt.

»Bis du verrückt? Ich gehe doch nicht mit meinem Kind in ein Obdachlosenasyl!«

Allmählich bekam ich größte Lust zu heulen, aber mich weinerlich an Papa zu drängen hatte nur zur Folge, dass die Laternen unseren Schatten als einen einzigen, unheimlichen, zuckenden Klumpen vor uns aufs Pflaster warfen. Der Wolf wetzte sich voll Vorfreude die Krallen, obwohl ich die Augen noch nicht einmal geschlossen hatte.

Als wir endlich in eine belebtere Gegend kamen, wurde es nicht besser, denn es handelte sich, wie Mamu schaudernd flüsterte, um *Spelunken.* Dies musste ein mir bis dato unbekanntes Wort für eine besonders ärmliche Gegend sein, denn die Frauen, die in kleinen Gruppen vor den Häusern herumstanden, uns auf Italienisch etwas zuriefen und in krächzendes Gelächter ausbrachen, trugen unter ihren dünnen Bademänteln nichts als Unterwäsche. Ein strenger Geruch nach Salz und Fisch lag über den Spelunken, und als wir, spöttische Rufe der Frauen im Rücken, der Straße um eine weitere Ecke folgten, stellten wir auch fest, warum: Vor uns lag der Hafen, das Meer!

Wir stellten unsere Koffer ab. Hinter Fässern und Fischreusen erhoben Schiffskörper ihre Schatten, der leise, warme Wind brachte Masten zum Singen und ließ kleine Wellen mit der Hafenmauer flüstern. Ein Leuchtturm blitzte Signale in die Nacht und wie an einer Perlenschnur zogen sich funkelnde Lichter die Küste entlang, spiegelten sich im Wasser und am Himmel. Nie zuvor hatte ich so viele Sterne gesehen.

Ein Schauer lief über meine Arme. In wenigen Stunden würde

ein ganzes Meer zwischen uns und Deutschland liegen! Und plötzlich war mir egal, dass wir kein Zimmer für die Nacht hatten, plötzlich war der ganze schreckliche Tag wie ausradiert. Plötzlich spürte ich genau, worum Bekka mich beneidete, und ich verstand sie von ganzem Herzen und hätte alles darum gegeben, wenn sie jetzt hätte bei mir sein können.

Meine Eltern waren unterdessen noch weit davon entfernt, die Aussicht zu genießen.

»... und im Reisebüro empfehlen sie, von Italien zu fahren!«, platzte Mamu heraus. »Wegen der Zeitersparnis, der großzügigeren medizinischen Untersuchung ... ich wusste doch nicht, wie du aus dem Lager kommst, Franz!«

»Mir ist klar, dass alles meine Schuld ist«, antwortete Papa bitter, was Mamu zu dem Aufschrei veranlasste: »Wie kannst du so etwas sagen? Keiner von uns ist hier an irgendetwas selber schuld, das will ich nie wieder hören!«

Ein Schatten löste sich aus der Dunkelheit. Unter den ausladenden Fächern einer Palme hatte, von uns unbemerkt, ein junger Mann am Kai gestanden und wie wir aufs Meer geblickt.

»Deutsch?«, fragte er und kam näher.

»Jawohl«, antwortete Papa nach kurzem Zögern und stellte uns vor. Der junge Mann trat seine Zigarette aus, gab uns allen die Hand und erwiderte, er heiße Eddy Fichte und stamme aus Frankfurt am Main.

Aber das Woher war schon nicht mehr wichtig, wichtig war nur die Adresse, unter der er in Genua abgestiegen war. In seiner Pension war noch ein Zimmer frei.

4

Obwohl seit *November* fast sechs Wochen vergangen waren, hatte ich mich noch immer nicht daran gewöhnt, was aus meinen Träumen geworden war. So verzweifelt ich erst das Zubettgehen, dann das Einschlafen hinauszögerte: Irgendwann erwischte es mich doch und der Wolf hatte seinen großen Auftritt.

Bei Tag erinnerte ich mich genau, dass es sich nicht um ein Raubtier, sondern einen ganz gewöhnlichen Mann gehandelt hatte, der aß, trank und aufs Klo ging, der Husten und Schnupfen bekam wie andere Leute auch. Aber bei Nacht spielte das keine Rolle mehr, bei Nacht hetzte mich ein Wolf mit glühend gelben Augen, trieb mich zwischen Häusern entlang, deren Türen fest verschlossen waren, und ich spürte heißen, stinkenden Atem in meinem Rücken. Ich war die schnellste Läuferin meiner Klasse gewesen, aber mit jedem Schritt erkannte ich, dass meine Beine mich nicht retten würden.

Nachdem ich auf dem klapprigen Notbett im Zimmer der Pension die Augen geschlossen hatte, dauerte es nicht lange, bis der Wolf sich um die Ecke schob; wieder und wieder zwang ich mich aufzuwachen, um ihn zu vertreiben. Ich horchte auf den Atem meiner Eltern, auf die Schritte der Schatten in unserem Zimmer, ich versuchte, so lange wie möglich die Augen offen zu halten, aber ich wusste, dass er da war, dass er die ganze Zeit bei uns war und nur zu warten brauchte, bis der Schlaf mich übermannte.

Meine Albträume hatten eine neue Kulisse. Steil ansteigende, immer enger werdende Gassen hetzte ich entlang, hämmerte an klapprige Fensterläden, niemand ließ mich ein. Der Boden bebte, als der Wolf näher kam, bebte und rumpelte und klirrte und –

»Großer Gott, ein Erdbeben!«, schrie meine Mutter und es tat einen weiteren Rumms, als sie aus dem Bett und zum Lichtschalter sprang.

Ich schlug die Augen auf und sah die Lampe an der Decke hin und her schwingen. Das große Holzkreuz über der Tür rutschte Zentimeter für Zentimeter zur Seite und auf dem Tisch tanzten mit winzigen Schritten die drei Tassen, die die Pensionswirtin uns am Abend freundlicherweise mit aufs Zimmer gegeben hatte.

»Können sie uns denn keinen Augenblick in Ruhe lassen?«, schrie Mamu verzweifelt, als ob nur einer für das Erdbeben verantwortlich sein konnte. Blitzartig sah ich den Fü vor mir: die stechenden kleinen Augen, den angriffslustigen Schnurrbart, knochige Altmännerhände, die an der Weltkugel rüttelten, um uns zu erschrecken.

Aber im Gegensatz zu Mamu hatte ich keine Angst, denn alles war besser als der Wolf. Eben noch hatte ich mich in mein Schicksal gefügt und fressen lassen wollen, nun hatte mein Verfolger schon wieder das Nachsehen. Sobald ich wach war, schien es mir nicht unwahrscheinlich, dass er als Erster aufgeben würde.

»Genua liegt zwischen zwei tektonischen Platten«, erklärte Papa. »Kein Grund zur Aufregung! Ab und zu stoßen sie zusammen und dann wackelt die Erde.«

Mamu stand im Nachthemd in der Mitte des Zimmers und starrte zur Decke, an der sich Setzrisse wie Spinnweben entlangzogen. In unserer Erleichterung, ein Dach über dem Kopf zu haben, waren wir beim Zubettgehen gar nicht auf den Gedanken gekommen, dieses näher in Augenschein zu nehmen.

»Vielleicht rennen wir besser auf die Straße«, schlug Mamu zitternd vor.

»Ich glaube, es hört schon auf«, meinte Papa, der auf der Bettkante saß. Der Schatten nachsprießender Haare auf seinem Kopf sah aus wie ein durchscheinendes Häubchen.

Mamu ging mit so vorsichtigen Schritten zum Fenster, als befinde sie sich auf einem Schwebebalken, und klappte den Laden auf, um hinauszusehen. Von Leuten, die in Panik aus den Häusern stürzten, konnte keine Rede sein. Ich hörte einen Holzkarren in aller Ruhe übers Kopfsteinpflaster rumpeln, jemand rief: »Buon giorno!«

»Ach«, sagte Mamu mit veränderter Stimme, »das ist ja ganz zauberhaft!«

Nun sprang auch ich aus dem Bett, dessen Federn gegen die rücksichtslose Bewegung heftig protestierten, und blickte über einen kleinen Geranienkasten hinweg auf die Straße. Es war die erstaunlichste Verwandlung einer Gegend, die ich je erlebt hatte. Erstes Tageslicht umgab die Häuser, die mir im Dunkeln so bedrohlich erschienen waren, mit einem weichen blaurosa Schimmer und machte kunstvoll verzierte kleine Giebel und Balkone sichtbar, auf denen Blumentöpfe standen. Spatzen badeten in Wasserpfützen, von weit entfernt hörte ich Schiffsmotoren und das Kreischen großer Seevögel. Wieder lag jener würzige Duft in der Luft, der die Nähe des offenen Meeres verriet. Freiheit, das hatte ich gar nicht gewusst, besaß einen Geruch.

Mamu legte den Arm um mich. »Gleich nach dem Frühstück spazieren wir zum Hafen«, versprach sie. »Es gibt noch eine Menge zu erledigen, bevor es morgen losgeht. Wir brauchen die medizinische Untersuchung, wir müssen kontrollieren, ob unser Lift angekommen ist …«

»Als Erstes wird telefoniert«, unterbrach Papa sie nicht ohne Schärfe.

Ein kleiner Stich fuhr mir ins Herz. Wie hatte ich in meiner Begeisterung nur für einen Augenblick Onkel Erik vergessen können?

Nacheinander wuschen wir uns an dem Waschbecken neben der Tür und zogen uns an, wobei meine Eltern unter Verrenkungen hinter der ausgeklappten Schranktür in die Wäsche schlüpften. Dass ich kein eigenes Zimmer hatte, war nicht mehr ganz neu, aber bei Tante Ruth hatten sich die Erwachsenen wenigstens im Badezimmer ankleiden können.

Da es kaum Möglichkeiten gab, den Blick woanders hin zu lenken, starrte ich, auf meinem Bett liegend, notgedrungen zu dem verrutschten Kreuz auf. Auch wir hatten daheim ein Kreuz besessen, allerdings ohne den gemarterten Körper von Jesus daran. Zwischen seinen Füßen steckte ein Zweig mit staubigen, verblichenen Blättern, die den Anblick noch trauriger machten.

Seit unser Jüdischsein aufgeflogen war, waren Jesus und ich nicht mehr füreinander zuständig, aber sein vorwurfsvoller Blick bohrte sich unverwandt in mich. Konnte er schon vergessen haben, was der Schulpastor zu mir gesagt hatte …? *Ziska Mangold, du bist ab sofort vom Religionsunterricht ausgeschlossen! Du kannst im Flur warten, bis wir fertig sind.*

Wahrscheinlicher war, dass gerade nur niemand Passendes da war. Na schön, gab ich schließlich nach, kletterte auf einen Stuhl und rückte das Kreuz gerade. Dabei fielen einige Blätter ab und rieselten mit trockenem Rascheln auf den Fußboden.

»Lass das Kruzifix in Ruhe, Ziska«, sagte Mamu streng.

Ich fuhr erschrocken zurück. Als hätte ich es geahnt! Jesus blickte schon wieder an mir vorbei, als hätte er nicht das Geringste mit mir zu tun, und für Sekunden sah ich einen dicken Arm vor mir, der uns beim Betreten des Schiffes den Weg verwehrte: *Ihr habt ein Kreuz entweiht! Ihr müsst es angefasst haben mit euren jüdischen Händen, es lagen vier Blätter auf dem Fußboden!*

Zum Glück war noch genügend trübes Grün zwischen Jesu Füßen übrig, um meine Tat nicht auf den ersten Blick erkennbar werden zu lassen. Schnell sammelte ich die abgefallenen Blätter ein und vergrub sie in der krümeligen Erde des Geranienkastens.

Vom Fenster aus sahen wir die Sonne über den Dächern aufgehen und dort hängen bleiben. Genueser traten auf die Straße, riefen einander Grüße zu, niemand schien hier irgendwelche Sorgen zu haben. Kinder mit Milchkannen jagten sich gegenseitig übers Pflaster, alte Frauen in Kopftüchern und langen schwarzen Röcken blieben an einer Ecke schräg gegenüber der Pension kurz stehen und bekreuzigten sich. Als ich den Hals reckte, entdeckte ich in einer Mauernische die mit Blumen geschmückte kleine Madonna.

Fenster wurden geöffnet und Wäscheleinen setzten sich in Bewegung, Hosen, Jacken, Strümpfe wurden Stück für Stück über die Straße gezogen in der Hoffnung, dass sie in mehreren Metern Höhe einen Sonnenstrahl oder Windhauch erhaschten.

»Shanghai liegt am Wasser«, erinnerte ich mich hoffnungsvoll. »Ist es da genauso hübsch?«

»Das mag gut sein«, meinte Papa zerstreut.

Meine Eltern wollten nicht die Ersten beim Frühstück sein, deshalb zögerten sie das Verlassen des Zimmers so lange hinaus, bis der Duft von frischem Kaffee mit unverkennbarer Aufforderung durch unseren Türspalt zog. Als wir den Frühstücksraum betraten, waren alle Tische bereits besetzt von Leuten, die schweigend aßen und auf unseren Gruß hin kurz und ohne jegliche Neugier nickten. Aber auch Eddy Fichte war da. Er saß an einem Platz am Fenster, winkte und lud uns ein, uns zu ihm zu setzen.

»Na, wie war die erste Nacht in Freiheit?«, wollte er wissen.

»Ein bisschen holprig«, bekannte Mamu, worauf Eddy Fichte lachte: »Ach, das Erdbeben, Sie Glückliche! Ich muss in See stechen, ohne eins erlebt zu haben – ich habe es verschlafen!«

»Und wann stechen Sie in See?«

»Morgen hoffentlich, auf der *Scharnhorst.*«

»Ach – das ist ja unser Schiff! Na so ein Zufall …«

»Noch«, bekannte Eddy Fichte mit gedämpfter Stimme, »habe ich keine Passage, aber ich habe Kontakte geknüpft … die Cousine dritten Grades eines Bordoffiziers …«

Meine Mutter spitzte den Mund zu einem vielsagenden »Oooh!«

»Seit wann sind Sie denn hier?«, fragte Papa.

»Seit zehn Tagen erst. Ja, ich hatte wirklich Glück!«

Meine Mutter und Eddy Fichte lächelten einander zu wie alte Freunde. Ich hätte ihn auch gern etwas gefragt – wo seine Familie war, zum Beispiel –, musste aber erst einmal darüber nachdenken, ob ich ihn Herr Fichte oder Eddy nennen sollte. Mit seinen wirren braunen Locken und dem dünnen Hals, der aus dem Hemdkragen ragte, wirkte er nicht, als ob er schon sehr lange erwachsen wäre, aber einfach Eddy zu sagen traute ich mich doch nicht.

Noch am dritten Reisetag in derselben Bluse gelang es meiner Mutter, auszusehen wie aus dem Ei gepellt. Eine widerspenstige schwarze Haarsträhne fiel ihr keck übers Auge und sofort wieder zurück, kaum dass sie sie mit einer munteren Handbewegung hinters Ohr gestrichen hatte. Eddy Fichtes gute Laune steckte sie an, als hätte sie nur darauf gewartet.

»Bestimmt kennen Sie sich bestens aus«, meinte sie, »und können uns sagen, wo wir die Reederei finden.«

»Aber ja, ich gehe nachher gern mit und zeige es Ihnen!«

Papa hob vorsichtig den Kopf. »Machen Sie sich keine Umstände«, erwiderte er. »Sagen Sie uns einfach, wo es ist, wir kommen schon zurecht.«

»Ach, das macht mir keine Umstände, ich sitze doch ohnehin nur die Zeit ab!«

Aus der Küchentür trat unsere Wirtin, Signora Picciola, und brachte auf einem Tablett das Frühstück. Während wir aßen, blieb sie stehen, um sich zu vergewissern, dass es uns schmeckte. Das Tablett zwischen ihre gekreuzten Arme und den Busen geklemmt, sah sie uns beim Essen zu und gab in regelmäßigen Abständen ein Schnalzen von sich oder schüttelte gewichtig mit dem Kopf, unmissverständliche Zeichen des Mitgefühls für unsere missliche Lage.

Mamu, Papa und ich nickten mit vollen Backen dankbar zurück, aber so froh wir waren, dass man hier nichts gegen jüdische Gäste hatte, so drückend legte sich die Anteilnahme Signora Picciolas nach einigen Minuten auf den Magen. Hinzu kam, dass die anderen Gäste es einer nach dem anderen plötzlich recht eilig hatten zu verschwinden. Nach wenigen Minuten saß nur noch Eddy Fichte mit uns da und machte ein Gesicht, als hätte er Bauchschmerzen.

»Jesus liebt euch«, verkündete Signora Picciola auf einmal zu meiner Überraschung und legte mir eine Hand auf den Rücken.

Ich verschluckte mich fast an meinem Bissen und schielte erschrocken zu ihr auf. »Herr Jesus zuerst gestorben für euch Juden«, verkündete sie. »Jetzt er wartet, dass ihr kommt zu ihm!«

Sie sah mich eindringlich an. »Keine Sorge, das sind ihre einzigen Worte Deutsch«, murmelte Eddy Fichte ärgerlich.

Ich blickte von Signora Picciolas freundlichem Gesicht zu den errötenden Wangen meiner Mutter und flüsterte: »Aber das stimmt doch gar nicht!«

»Sei ruhig, Ziska«, flüsterte meine Mutter zurück und beschäftigte sich eingehend mit ihrem letzten Stück Brot.

»Ratet mal, warum hier immer wieder Zimmer frei werden«, raunte Eddy Fichte.

Signora Picciola rüttelte an meinem Nacken und wiederholte:

»Kommt zu Jesus!« Dann ging sie lächelnd mit ihrem Tablett hinaus und warf mir, bevor sie die Tür hinter sich schloss, über die Schulter noch einen letzten bedeutsamen Blick zu, als säße Jesus gleich bei ihr in der Küche.

»Aber bei Jesus waren wir doch schon!«, sagte ich verwirrt.

»Das verstehst du nicht, Ziska«, erklärte meine Mutter und warf Eddy Fichte einen entschuldigenden Blick zu. Der wirkte enttäuscht. »Ach, ihr seid getauft …?«

»Nicht, dass es uns etwas genützt hätte«, antwortete Mamu schroff. »Wir sitzen jetzt alle im selben Boot, Herr Fichte.«

Nachsichtig hob er die Schultern. »Wenn's nur schon so weit wäre!«

Nach der langen Reise ähnelte Papa seinem eigenen Anzug – verstaubt und zerknittert –, und genauso schlich er neben meiner Mutter durch Genua. Zu Mamus anderer Seite federte Eddy Fichte, einen Daumen im Gürtel, und kickte Steinchen aus dem Weg. Ich trabte hinter ihnen her, als gehörte ich gar nicht dazu, und ärgerte mich, dass er mir einfach den Platz wegnahm. Wenn er uns führen wollte, sollte er vor uns allen herlaufen, oder etwa nicht?

Widerwillig musste ich zugestehen, dass unser Begleiter sich auskannte. Flink lotste er uns kreuz und quer durch die Altstadtgassen, zeigte uns einen berühmten Platz mit einer Kathedrale und einem Brunnen und brachte uns sicher zum Büro des Norddeutschen Lloyd. Wie wir ohne ihn zurück zur Pension finden sollten, war mir ein Rätsel und Mamu wohl auch, denn am Ziel angekommen, fragte sie lächelnd, aber mit zweifelndem Blick in Papas Richtung, ob Eddy Fichte wohl Zeit hatte, auf uns zu warten.

»Das hat er doch schon gesagt«, brummte ich.

Drinnen saßen wir für kurze Zeit in einem überfüllten Warteraum, bevor uns jemand beim Seitenblick auf unseren kleinen Stoß Dokumente zuflüsterte, dass wir gleich zum Kundenschalter vorgehen konnten, weil wir doch offenbar schon eine Passage hätten. Neidvolle Blicke trafen uns, als wir aufstanden. Am Schalter selbst war fast nichts los, flüchtig überflog der Mitarbeiter unsere Papiere. Von einer Fotografie an der Wand in seinem Rücken starrte uns der Fü an, der Schnurrbart gesträubt.

»Wo findet denn die medizinische Untersuchung statt?«, fragte Mamu.

»Gar nicht«, erwiderte der Mann, ohne aufzusehen.

»Aber … uns wurde gesagt …«, begann Mamu nach einer Schrecksekunde von Neuem.

»Es gibt keine medizinische Untersuchung«, wiederholte der Mann gleichgültig, stapelte unsere Dokumente, legte sie ordentlich wieder zusammen und schob sie auf Mamu zu.

Die streckte die Hand aus, zog sie wieder zurück.

»Verdammt!«, sagte der Mann erbost. »Wie oft soll ich es denn noch sagen?«

Hastig ergriff Mamu den kleinen Stoß Papiere und wir traten den Rückzug an. In der Eingangstür des Gebäudes prallten wir auf Konitzers.

»Ach, sieh an!«, rief Herr Konitzer aufgeräumt, aber Mamu unterbrach ihn: »Die sagen, es gibt keine medizinische Untersuchung!«

Über Konitzers fiel eine große Stille. »Aber im Reisebüro haben sie uns gesagt, dass wir noch einen Stempel für eine medizinische Untersuchung brauchen!«, flüsterte Frau Konitzer.

»Uns doch auch!«, flüsterte Mamu zurück.

Sie sahen sich ratlos an. Auch Mischa und ich tauschten Blicke, um die Erwachsenen zu unterstützen, ohne dass mir allerdings klar war, was wir alle damit ausdrücken wollten.

Schließlich beschloss Herr Konitzer: »Sie warten draußen! Wir gehen hinein und sehen, ob sie uns dasselbe sagen, und wenn sie uns zur Untersuchung schicken, kommen Sie einfach mit!«

»Das wird wohl das Beste sein«, stimmte Mamu zu. Sie war ganz blass geworden, fast blasser noch als Papa, der stumm neben ihr stand.

»Haben Sie eine medizinische Untersuchung machen müssen?«, stürzte sich Mamu draußen auf Eddy Fichte.

Dieser schüttelte den Kopf. »Eine medizinische Untersuchung brauche ich erst, wenn ich auch eine Passage habe!«, erklärte er.

»Siehst du?«, rief meine Mutter atemlos und griff nach Papas Arm. »Es ist allgemein bekannt, dass man eine medizinische Untersuchung braucht!«

Papa fragte: »Ist das da drüben eine Telefonzelle?«

»Untersteh dich, Franz! Du bleibst jetzt hier, wir warten auf Konitzers!«

»Fünf Minuten«, gab mein Vater zurück und war schon auf dem Weg. Bevor Mamu mich festhalten konnte, rannte ich hinter ihm her und hörte sie schreien: »Ziska! Ja, sind denn jetzt alle verrückt geworden?«

Durch die schmutzige Scheibe der Telefonzelle beobachtete ich, wie Mamu mit Eddy Fichte gestikulierte, bis der ihren Unterarm festhielt und beruhigend auf sie einredete. Sie ließ erst die Arme sinken, dann den Kopf; noch auf hundert Meter Entfernung wirkte sie mit einem Mal todmüde, obwohl der Tag doch gerade erst begonnen hatte.

Hinter mir rollte der Rest der Münzen, die Papa am Brenner gewechselt hatte, durch den Schlitz des Fernsprechers. Als das Freizeichen ertönte, stellte ich mich auf die Zehenspitzen und wollte mithören, aber Papa schob mich weg.

Plötzlich hatte ich die Erwachsenen ziemlich satt. Da schleppten sie mich durch die halbe Welt, stritten unentwegt, verloren vor meinen Augen die Nerven – aber anstatt dass irgendjemand auf den Gedanken kam, dass man mich vielleicht auch einmal dafür loben konnte, wie wenig ich dabei störte, heulte oder jammerte, taten sie, als ginge mich alles gar nichts an …!

»Ernst, hier ist Franz!«, erschreckte mich Papas plötzlicher Ausruf; weder er noch ich hatten damit gerechnet, dass die Verbindung so schnell zustande kam. Vielleicht hatte Papas Bekannter schon neben dem Telefon gesessen und auf den Anruf gewartet.

»Also doch«, murmelte Papa niedergeschmettert, nachdem er eine halbe Minute zugehört hatte. Seine Hand fuhr zum Kopf und über den kahlen Schädel, der Hut fiel zu Boden, ich hob ihn auf und klopfte Staub und Zigarettenasche ab.

»Sie haben ihn mitgenommen, Ziska hat es gesehen. Ernst, vor dem Anhalter Bahnhof steht unser Wanderer – hoffentlich steht er noch da! –, im Handschuhfach liegen Papiere und Ersatzschlüssel. Wenn du ihn holen könntest … mein Schwager hat Kontakte, über die man den Wagen verkaufen kann, und mit dem Erlös … ja, meine Schwägerin kennt die Namen.«

Gehetzt warf Papa Münzen nach. Sie ratterten fast schneller in die Geldschublade, als er sie oben in den Schlitz rollen konnte.

»Wir hatten gehofft, sie kämen alle vier von dem Geld raus, aber unter diesen Umständen … ja, ich weiß, dass es fast unmöglich ist … ja, von Shanghai aus, vielleicht.«

Aus dem Gebäude der Reederei traten Konitzers auf Mamu und Eddy Fichte zu. Herr Konitzer hob die Arme und ließ sie wieder fallen, dann standen alle mit hängenden Schultern kurz herum, bevor Mamu offenbar einfiel, dass sie Eddy noch gar nicht vorgestellt hatte. Eddy und Konitzers gaben einander die Hand.

»Ich wünschte, ich müsste dich nicht darum bitten, Ernst«, sagte Papa und ich stellte mir vor, wie die Leitung seine Worte durch halb Europa zurück nach Hause trug, nach Berlin. »Aber du bist der Einzige, der jetzt noch helfen kann.«

Es stimmte also: Onkel Erik war verhaftet worden. Meine Kehle schnürte sich zu, als ich mich plötzlich erinnerte, was ich tags zuvor gehofft hatte, wenigstens für einen Augenblick: dass ich mich nicht getäuscht hatte, dass am Bahnhof tatsächlich etwas vorgefallen war, nur um mich nicht zu blamieren …

Ich senkte den Kopf, als wir zurück zu den anderen gingen. Und diesmal war ich sehr, sehr dankbar, dass niemand auf mich achtete.

Mamu und Konitzers blickten nicht weniger bedrückt drein als Papa und ich. Ein fehlender Stempel schwebte über uns allen … erst beim Betreten des Schiffes würden wir erfahren, ob man uns überhaupt an Bord ließ.

»Tun wir einfach, als wäre alles in Ordnung«, sagte Frau Konitzer tapfer. »Haben Sie Ihren Lift schon ausgelöst? Wenn nicht, könnten wir zusammen zum Zoll gehen.«

»Wie *ausgelöst*?«, wiederholte Mamu erstaunt.

»Ja, wissen Sie denn nicht …? Es kostet Gebühren, bevor der Container aufs Schiff darf.«

»Die Gebühren für den Lift hat unsere Bank von Berlin aus überwiesen.«

»Sind Sie ganz sicher? Die Banken ziehen das Geld von Ihrem Konto zwar ein, aber sie überweisen es nicht weiter, diese Betrüger. Man muss vor Ort noch einmal bezahlen. Hat man Sie etwa nicht gewarnt?«

»Wie viel?«, fragte Mamu erschrocken und blickte auf das Häuflein Münzen in Papas Hand.

Frau Konitzer folgte ihrem Blick und schien den Atem anzuhalten. Dann sagte sie: »Wir haben Verwandte in Schweden gebeten, an die italienische Bank Geld zu überweisen, wir hätten ja sonst auch nur die dreißig Mark mitnehmen dürfen …«

»Wie viel wäre es denn gewesen?«, fragte Mamu tonlos.

»Zweihundert Mark«, sagte Frau Konitzer leise. »Ach, Frau Mangold, dass man Ihnen das nicht gesagt hat …!«

Genua, den 22.12.1944. Liebe Bekka, wir sind jetzt am Hafen, aber alles geht schief. Onkel Erik ist verschwunden, unser Lift bleibt hier stehen, bis wir 200 Mark auftreiben, und uns lassen sie vielleicht gar nicht erst aufs Schiff, weil uns ein Stempel fehlt. Vielleicht sind wir ja schneller wieder in Berlin als diese Karte …

Mit der Bemerkung, auf die paar Groschen käme es nun auch nicht mehr an, hatte Mamu mir gestattet, eine Postkarte für Bekka zu kaufen. Wenigstens diese eine Karte sollte sie erhalten, falls wir am nächsten Tag wieder zurückgeschickt wurden!

Aber nachdem ich den letzten Satz geschrieben hatte, bedauerte ich es sofort, denn danach wurde ich das Gefühl erst recht nicht mehr los, dass es genau so passieren würde: Man würde uns nicht aufs Schiff lassen, wir würden in Genua stranden, wir würden nicht einmal genug Geld haben für die Rückfahrt nach Berlin. Meine Eltern versuchten mir und einander zwar vorzuspielen, es gebe keinen Grund zur Sorge; Mamu überlegte und plante bereits, wie sie es von Shanghai aus schaffen konnte, unseren Lift auszulösen. Unser Besitz sei nicht verloren, behauptete sie, alles sei fest und sicher verpackt, der Container sei wetterfest und könne gut und gern noch ein halbes Jahr hier stehen.

Und so fort, und so fort. Hielten sie mich für so dumm …? Als ob ich es nicht längst begriffen hatte: Mit ein bisschen Pech gehörten wir ab morgen zu denen, die in den Wartesälen saßen, die nicht zu den Schaltern vorgelassen wurden, die die Freiheit zwar schnuppern, das rettende Ufer aber nicht erreichen konnten.

Es dauerte einige Minuten, bis ich mich von meinem eigenen letzten Satz auf der Postkarte so weit erholt hatte, dass ich an den untersten Rand quetschen konnte: *Aber wenn morgen alles gut geht, bekommst du als Nächstes eine Karte aus Ägypten von Deiner Freundin Ziska.*

Eddy Fichte kannte ein Café in wenig bevorzugter Lage, in dem man stundenlang sitzen konnte, ohne mehr als ein Glas Sprudel zu sich zu nehmen, und dort verbrachten wir zu viert den Tag. Konitzers waren unterwegs, um weitere Besorgungen zu machen. Sie hatten alles viel geschickter eingefädelt als wir; allerdings kannten wir auch niemanden mit einem Konto in Schweden, auf das die Deutschen keinen Zugriff hatten.

Für Mamu war dies der einzige Trost. Hatte man ihr im Reisebüro wirklich nichts gesagt von dem Betrug mit den Lift-Gebühren oder hatte sie nur nicht richtig zugehört? Ich konnte ihr ansehen, wie die Frage an ihr nagte.

Eddy Fichte gab sich Mühe, uns aufzuheitern. Er besaß ein zerfleddertes Reclam-Heftchen, das er im Kleiderschrank der Pension gefunden hatte, und trug uns ein Drama von Schiller mit mindestens zehn verstellten Stimmen und so todernster Miene vor, dass selbst Mamu nach einer Weile nicht anders konnte und lachen musste.

Woher er kam und wen er zurückgelassen hatte, darüber sprach er nur kurz: Seine Eltern und seine Schwester waren noch in Frankfurt. Seine Schwester Reba, nur zwei Jahre älter als ich … aber er musste sofort aufhören, über sie zu reden. Vielleicht war das der Grund, warum er sich nur mit meinen Eltern unterhielt und nicht mit mir.

Am Nachmittag meinte Eddy, die *Scharnhorst* müsse jetzt bald einlaufen, und schlug vor, am Anleger zu warten und einen ersten Blick auf »unser Schiff« zu werfen.

Wir waren nicht die Einzigen, die auf diese Idee kamen. Dutzende hatten sich bereits eingefunden und starrten gespannt übers Meer; bei jedem neuen hellen Fleck am Horizont erhob sich erwartungsvolles Murmeln. Ja, ein Passagierdampfer! Aber nahm er auch Kurs auf Genua? Und wie viele Schornsteine …? Die *Scharnhorst* hatte nur einen; zwei Schornsteine konnten zu einem italienischen Schiff gehören, zur *Conte Rosso* vielleicht, die auch nach Ostasien fuhr, aber nicht zur *Scharnhorst*.

Mehr und mehr Leute blieben stehen, es gab genug zu sehen: Fischer, die am Kai ihre Netze flickten, Möwen, die auf dem Wind ritten, Fischbuden, aus denen es verlockend duftete. Andenkenverkäufer gingen von einem zum anderen, auch Kinder mit Musikinstrumenten, die hofften, sich ein paar Lira zu verdienen. Papa schüttelte beschämt den Kopf, als einer der Jungen ihm seine Mütze hinstreckte.

Etwas atemlos gesellten sich Konitzers zu uns – atemlos weniger, weil sie sich so beeilt hatten, als wegen des umfangreichen Gepäcks, mit dem sie beladen waren. Herr Konitzer trug einen großen Koffer, Mischa und seine Mutter verschwanden beinahe hinter zusammengeschnürten Federbetten.

»Na, noch eingekauft …?«, fragte Mamu kühl.

Den Verlust unseres Lifts schien sie Konitzers persönlich übel zu nehmen, obwohl diese überhaupt nichts dafür konnten. Und nun behielten sie nicht nur ihren Container, sondern hatten offenbar noch Geld zum Einkaufen!

Frau Konitzer lief auf Mamus Frage hin rot an und tat, als hätte sie nichts gehört.

»Seht mal, ist sie das?«, fragte Mischa und nickte über sein Federbett hinweg Richtung Horizont.

Diese Familie schien das Glück abonniert zu haben: Seit fast zwei Stunden standen wir am Kai und kaum tauchten Konitzers auf, ließ sich die *Scharnhorst* nicht länger bitten. »Da ist sie, da kommt sie!«, hörte ich es aufgeregt rufen, und während sich unter den einen ein freudiges Stimmengewirr erhob, ein Winken und Klicken von Kameras, stand eine andere Gruppe von Passagieren blass und stumm dabei.

Wieder erschrak ich, weil wir Juden so auffielen. Wir waren aus Deutschland heraus; wurde es nicht Zeit, uns langsam wieder wie normale Leute zu benehmen …?

Das Schiff kam näher, majestätisch und erhaben, als wäre es sich seiner Bedeutung bewusst: nicht irgendein Passagierdampfer, sondern erwartet, ersehnt, erhofft. Es schwebte auf uns zu, kostete den Auftritt aus, es hatte alle Zeit der Welt. Mehrere kleine Boote legten ab und fuhren der *Scharnhorst* entgegen, Händler, die den Passagieren, die bereits in Bremen an Bord gegangen waren, frisches Obst oder Andenken verkaufen wollten.

Das Schiffshorn gab einen tiefen, durchdringenden Begrüßungston von sich, der mir durch Mark und Bein ging. Aber erst als sie in den Hafen einfuhr und langsam beidrehte, um anzulegen, erkannte ich, wie groß die *Scharnhorst* war. Der schwarze Schiffskörper türmte sich vor uns auf, hoch wie ein fünfstöckiges Haus, darüber ragten weitere Stockwerke eines weißen Aufbaus mit vielen kleinen Fenstern und überdachten Freigängen in die Höhe. Auf diesen langen Gängen drängten sich bereits zahlreiche Passagiere, winkten und fotografierten. Über ihnen schwebten auf jeder Seite des Schiffes fünf imposante Rettungsboote.

Taue von der Dicke eines Armes wurden von Bord geworfen

und von Helfern am Kai vertäut. Motoren dröhnten, Wellen schäumten, das Vibrieren des riesigen Schiffes durchlief mich von den Zehen bis in die Fingerspitzen. Man musste zurücktreten, ihre Majestät brauchte Platz; alle Gespräche verstummten, als ihr gewaltiger kühler Schatten sich über uns warf. Ich hielt den Atem an, während eine Tür in der Bordwand sich öffnete und als Erstes der Kapitän erschien. Eine Holztreppe rollte heran. Noch bevor ihre obere Plattform den Einstieg berührte, wurden die unteren Stufen bereits mit einem Gitter verhängt, an dem ein Blechschild hing.

Zutritt nur für Passagiere.

Plötzlich spürte ich einen Kloß im Hals. Wir waren Passagiere! Dies war »unser Schiff«! Es durfte uns nicht zurücklassen, es musste sein Versprechen halten! Instinktiv registrierte ich, dass die Holztreppe mit einem einzigen Sprung zu erreichen gewesen wäre …

Uniformierte postierten sich zu beiden Seiten, als wollten sie sagen: »Denkt nicht einmal daran!«

Wir gingen zurück zur Pension – ohne Eddy Fichte, der in der Menge verschwunden war, um seine Passage zu organisieren. Der Glückliche hatte jetzt wenigstens etwas zu tun. Meine Eltern und ich waren zur Untätigkeit verdammt, lagen auf unseren Betten in dem kleinen Zimmer und konnten uns nicht einmal ausmalen, was nun werden würde.

Hinzu kam der Hunger. Wir hatten unser Zimmer nur mit Frühstück gebucht; das bisschen Geld, das wir noch besaßen, für eine weitere Mahlzeit auszugeben, wagten meine Eltern nicht, zumal Papa am nächsten Morgen noch einmal telefonieren und sich nach dem Wanderer erkundigen wollte.

Gegen acht Uhr zogen die verlockenden Düfte des Abendessens, das die anderen Gäste nun einnahmen, durch den Türspalt direkt in unsere leeren Mägen und Mamu schlug vor: »Lasst uns noch einen Spaziergang zum Hafen machen. Bestimmt hat unser Schiff die Lichter eingeschaltet und sieht ganz wunderbar aus!«

Keiner von uns hatte Lust zum Spazierengehen, erst recht nicht auf ein Wiedersehen mit der *Scharnhorst,* solange wir nicht wussten, ob wir an Bord gehen durften. Aber der Duft des Essens war nicht auszuhalten.

Stumm standen wir hinter der streng bewachten Absperrung. Vom Schiff drang Musik, unzählige Lichter funkelten zu uns hinunter.

»Eine eigene Welt da oben«, sagte Papa müde.

Signora Picciola trug einen großen Topf in ihre Küche, als wir zurück in die Pension kehrten, und begrüßte uns mit einem freundlichen: »Buonasera.« Wie es aussah, räumte sie, nachdem der letzte Gast aus dem Speiseraum verschwunden war, den Abendbrottisch ab. Und wie es aussah, war der Topf keineswegs leer …

Ohne zu überlegen, unter den verdutzten Blicken meiner Eltern, trat ich unserer Wirtin in den Weg. »Wir sind gar keine richtigen Juden!«, klärte ich sie auf. »Wir sind nämlich getauft.«

»Ziska!«, flüsterte Mamu entsetzt.

»Come?«, fragte Signora Picciola und blieb stehen.

»Getauft«, wiederholte ich und machte eine Handbewegung, als gieße ich Wasser über mein Haupt. »Jesus!« Dann wies ich auf meine Eltern und mich.

Signora Picciolas Gesicht hellte sich auf. »Siete battezzati?«, fragte sie erfreut.

Meiner Mutter blieb nichts anderes übrig, als zu nicken.

Eine Minute später saßen wir am Tisch, vor uns drei große Teller Suppe, zwischen uns Signora Picciola, die das Vaterunser sprach, worauf wir uns – wie sie – bekreuzigten.

»Tut mir einen Gefallen und erwähnt nicht, dass wir evangelisch sind«, sagte Mamu mit strahlendem Lächeln in Richtung unserer Wirtin.

Ich tauchte meinen Löffel in die Suppe. Erleichtert schloss ich die Augen, während ich fühlte, wie die heiße Flüssigkeit durch meine Speiseröhre rann … geradewegs in Arme und Beine, wie mir schien.

Erst dann fragte ich: »Warum eigentlich nicht?«

»Später, Ziska«, erwiderte meine Mutter gedämpft, was nach meiner Erfahrung das letzte Wort war, bevor über ein Thema nie wieder gesprochen wurde.

Die zweite Nacht in Genua verlief besser. Es gab kein Erdbeben und der Wolf verzichtete auf die Jagd, stattdessen stand er feixend und mit glühenden Augen auf der Schiffstreppe und wollte mich nicht an Bord lassen. Doch meine Sorge war nicht, ob er mich töten würde, sondern wo ich noch einen zweiten Aufgang fand.

Zumindest im Traum hatte ich also wieder Mut. Ich war fast schon wie früher, vor dem November – kein schlechtes Zeichen, wie ich fand.

Ich vermisste Eddy Fichte am Frühstückstisch, was nur bedeuten konnte, dass er es tatsächlich geschafft hatte, aufs Schiff zu kommen, aber Mamu beteiligte sich nicht an meinen Spekulationen, sondern ließ den Blick unentwegt vom Teller zur Tür und wieder zurück schweifen. Obwohl sie vehement die Meinung vertreten hatte, wir müssten unter allen Umständen zusammenbleiben, hatte Papa das Frühstück ausfallen lassen, um zu telefonieren.

Es war mir peinlich, dass sie so laut stritten. Jeder in der Pension musste sie hören! Ich war froh, als Papa endlich ging, selbst wenn Mamu ihm alle Papiere bis auf seine eigenen abgenommen und ihn sogar gezwungen hatte, seinen Koffer mitzunehmen. »Tu, was du willst, dann gehen wir eben ohne dich an Bord!«, hatte sie ihn angeschrien.

Ich konnte ihr ansehen, wie sehr sie diese Worte bedauerte – jetzt, wo Papa tatsächlich weg war. Mamu steckte mich derart an mit ihrer Unruhe, dass ich nach einigen Bissen fast nichts mehr herunterbrachte. Obwohl dies äußerst unklug war, denn wenn man uns tatsächlich nicht aufs Schiff ließ, war die Frage nach unserer nächsten Mahlzeit schließlich noch völlig offen.

In der Regel fand ich mich bei Meinungsverschiedenheiten auf der Seite meines Vaters wieder, doch diesmal hatte Mamu Recht. Was, wenn Papa das Schiff verpasste, oder schlimmer noch: wieder verhaftet und von uns getrennt wurde? Ich malte mir aus, wie Mamu und ich auf einem der langen weißen Decks standen, ganz weit oben, und hilflos zu meinem Vater hinunterwinkten. Wie die Treppe weggezogen wurde, wie die Motoren zu dröhnen begannen, wie Papas einsame Gestalt am Kai kleiner und kleiner wurde …

Ich schob meinen Teller von mir. Papa brachte unser ganzes Unternehmen in Gefahr!

Doch als wir mit unseren Koffern an den Schiffsanleger gehetzt kamen, war mein Vater bereits dort und begrüßte uns mit den Worten: »Der Wanderer stand noch am Bahnhof!«

Mamu war so erleichtert, dass sie fast in Tränen ausbrach. »Ist das ein Grund, uns in Angst und Schrecken zu versetzen? Du hättest genug Zeit gehabt, in die Pension zurückzukommen!«

Ich machte meinem Vater keine Vorwürfe, ich wusste gar nicht, wie das ging. Aber als er mir meinen Koffer abnehmen wollte, schob ich seine Hand einfach weg.

Weiter vorn war die Gangway zum Schiff bereits offen, um an Bord gehen zu können, und ein Kran hievte über unsere Köpfe hinweg Container und riesige Lastnetze zu den Frachträumen. Im Inneren des Schiffes hörte ich die Ladung krachend zu Boden gehen und schwere Ketten ohrenbetäubend über die Planken rasseln, bevor sie im nächsten Augenblick leer und bedrohlich schwankend wieder über uns auftauchten. Wir beeilten uns, von der Frachtseite weg und zu dem Teil des Schiffes zu gelangen, wo mittlerweile eine Droschke nach der anderen vorfuhr und Passagiere absetzte. So zielbewusst und erwartungsfroh, wie sie die Treppe zur *Scharnhorst* hinaufstiegen, musste ich unwillkürlich an Postkarten mit der Aufschrift *Gruß vom Matterhorn* denken.

In einer Droschke kamen auch Konitzers und gaben sich alle Mühe, wie normale Kreuzfahrttouristen auszusehen. Herr Konitzer winkte großmütig zu uns hinüber, aber sie machten keine Anstalten, sich zu uns zu gesellen, sondern ließen ihre Koffer ausladen, gaben dem Kutscher ein Trinkgeld und näherten sich gemessenen Schrittes der Einstiegstreppe.

Wir dagegen standen wie angewurzelt, umgeben von einer Wolke aus Angst, und starrten auf Konitzers und die uniformierten Deutschen links und rechts der Gangway. Auf die Papiere, die aus Herrn Konitzers Hand in die des Kontrolleurs wechselten, auf Herrn Konitzers schweißnassen Kragen. Der Kontrolleur prüfte die Papiere, rasch und routiniert, als mischte er einen Stapel Karten – und winkte Konitzers durch!

Mischa und sein Vater hatten es danach sichtlich eilig, aufs Schiff zu kommen, aber Frau Konitzer drehte sich in der Mitte der Gangway noch einmal um und machte ermutigende Bewegungen in unsere Richtung. Nach dem Stempel für die medizinische Untersuchung hatte also niemand gefragt! Dennoch wog mein Koffer auf den letzten Metern doppelt so schwer, während wir uns den Kontrolleuren näherten.

Der Mann sah uns nicht einmal richtig an, bevor er unsere Papiere zurück und die Treppe freigab. Mit weichen Knien, noch halb ungläubig, stolperten wir aufs Schiff.

»Willkommen auf der *Scharnhorst*!«

Eine freundliche weibliche Stimme, blaue Uniform, schräg stehende Mütze. Ich fühlte mich wie unversehens auf eine Bühne gestoßen. Verstört, ohne Text, starrten wir die Stewardess an.

»Hier ist Ihr Kabinenschlüssel«, erklärte sie nachsichtig. »Sie finden die Touristenklasse im mittleren Teil des Schiffes. Sie haben noch etwas Zeit, sich einzurichten, aber verpassen Sie nicht das Ablegen in einer halben Stunde.«

Mamu bewegte ihre Lippen zu einem Dank. Sie sah aus, als würde sie gleich in Ohnmacht fallen. Im nächsten Augenblick trugen wir unsere Koffer auch schon einen der Freigänge entlang, die ich vor einer Minute noch von unten gesehen hatte. Ein Schachfeld war auf die Planken gemalt und an der Wand aufgereiht standen hölzerne Liegestühle mit am Fußende gefalteten Decken. Einige Liegestühle waren belegt von Leuten, die trotz des Tumults um uns herum in aller Ruhe lasen oder Briefe schrieben.

Zur Wasserseite war der Gang offen und gab den Blick frei auf den Hafen, viele Schaulustige und die Häuser und Palazzi der Altstadt, die aus dieser Perspektive wie Bauklötzchen am Hang lehnten. Auf der anderen Seite sah ich Türen mit der Aufschrift *Bibliothek*, *Kinderzimmer* oder *Sportraum*.

Durch eine größere Tür ging es ins Innere des Schiffes und wir folgten wie ferngesteuert weiteren Schildern erst eine Treppe hinab, dann entlang Dutzender schmaler, nummerierter Türen, bis wir endlich vor der »122« standen.

Es hätte mich nicht gewundert, wenn es diese Kabine gar nicht gegeben hätte. Dass der Schlüssel nicht passte, überraschte mich keineswegs. Dann erst erkannte ich, dass es an Papas Hand lag, die so sehr zitterte, dass sie das Schloss nicht traf.

Mich ließen sie als Erste eintreten.

Augenblicklich versanken meine Schuhe in weichem Teppichboden. Unsere Kabine! Zwei übereinander liegende Kojen mit kleinen Bettlampen, ihnen gegenüber – mit höchstens einem Meter Zwischenraum – das Kanapee, das nachts mein Bett sein würde. Ein schmaler Schrank stand am Fuß der Kojen, über dem Kanapee hing ein Regal. Da waren ein Waschtisch mit Spiegel und Schubladen und ein kleines Fenster, das nicht nur einen Blick aufs Meer bot, nein: Man konnte es sogar öffnen.

Das Zimmer war eine Streichholzschachtel. Ich fand es so schön, dass meine Knie von jäher, unerwarteter Vorfreude schon wieder ganz weich wurden. Rasch nahm ich Papa den Schlüssel aus der Hand, steckte ihn von innen ins Schloss, drehte zwei Mal um und ließ den Schlüssel in der obersten Schublade des Waschtischs verschwinden.

Am besten, wir warteten jetzt ganz still ab, bis das Schiff sich auf hoher See befand!

Meine Mutter sank auf das untere Bett und verbarg das Gesicht in beiden Händen. »Tja«, sagte Papa heiser und sah sich um. »Sieht aus, als hätten wir es geschafft, Margot.«

»Wo ist denn hier das Klo?«, fragte ich, um darauf aufmerksam zu machen, dass ich auch dabei war.

»Wollen wir es suchen gehen?«, schlug Papa vor. »Ich glaube, deine Mutter möchte ein paar Minuten allein sein.«

Zögernd griff ich in die Schublade und nahm den Schlüssel wieder heraus.

Auf dem Gang trafen wir eine Gruppe vergnügter, lärmender Passagiere, junge Männer, die auf dem Weg zum Ausgang waren, um das Ablegen nicht zu verpassen. Papa fuhr zurück, als wir die lachenden, rufenden Stimmen, die festen Schritte auf uns zukommen hörten. Nirgends eine Nische, in die man hätte verschwinden können …

Die Leute grüßten freundlich und sortierten sich anstandslos hintereinander, im Gleichschritt wie ein Trupp Pfadfinder, um an uns vorbeizukommen. Erleichtert grüßten wir zurück. In Sicherheit!, flüsterte ich mir selber zu, wenngleich ohne das Wort *wir* schon mitdenken zu können.

Die Gemeinschaftstoiletten und Duschen lagen am Ende des Gangs, nicht weit von unserer Kabine entfernt. Daneben hing ein Plan des Schiffes, auf dem ich sofort das kleine Rechteck mit der Nummer 122 suchte. Tatsächlich, da war es: Nummer 122, schwarz auf weiß. Es gab unsere Kabine, es gab – wirklich und wahrhaftig! – uns auf diesem Schiff.

Wenn man über Jahre nichts anderes kennt, als geschubst und gestoßen zu werden, dann geht etwas Merkwürdiges mit einem vor. Man erwartet es, sieht es voraus, plant seine Schritte und macht sich unsichtbar. Denn allein unsere Gegenwart war ja schon anstößig gewesen. In Kinos, Cafés und auf Parkbänken war kein Platz für uns, in Bussen durften wir uns nicht setzen; zuletzt hatte ich mich nicht einmal mehr getraut, mit meinen jüdischen Händen unser Treppengeländer zu berühren. Kamen Nachbarn im Hause entgegen, drückte ich mich an die Wand, um möglichst wenig von ihrem Platz wegzunehmen, und sie sahen großzügig über mich hinweg. Wenn es nicht gerade Richard Graditz war, der mir begegnete, beherrschte ich mein Unsichtbarwerden nahezu meisterhaft.

Und hier waren wir mit einem Mal reguläre Passagiere, denen andere im Gang auswichen, wir hatten eine Kabine mit einer Nummer, die auf einem richtigen Plan stand. Ich konnte mir überhaupt noch nicht ausmalen, was das bedeutete, aber irgendwo tief in mir hatte ich plötzlich ein Gefühl, als kitzelte mich jemand mit einer Feder.

He, Ziska! Aufwachen! Du bist wieder da!

Mit dem Finger erkundeten wir die Lage der Touristen- und der ersten Klasse (wir am hinteren, die anderen am vorderen Ende des weißen Deckaufbaus), wir verfolgten den Weg zu den Aufenthaltsräumen und Außendecks und zu den Notausgängen. Auch die Rettungsboote waren eingezeichnet. Das Schiff hatte ein Kino, ein Schwimmbad und eine Bibliothek, es hatte sogar Fahrstühle.

Papa und ich prägten uns immer noch den Plan ein, als das Signal zum Ablegen ertönte und wir uns beeilen mussten, den Weg hinaus zu finden. Den Aufgang zum Promenadendeck erkannten wir im Vorübergehen daran, dass auch diese Treppe mit einem Blechschild verhängt war. Darauf stand: *Zutritt nur für Passagiere der ersten Klasse.*

»Weißt du was?«, sagte ich. »Ich glaube, Konitzers sind da oben!«

»Deine Mutter wird's freuen«, meinte Papa. Wir sahen uns an und zum ersten Mal, seit er aus Sachsenhausen zurückgekehrt war, mussten wir beide gleichzeitig lachen.

Mit einiger Mühe fanden wir das Deck mit den Liegestühlen, über das wir aufs Schiff gelangt waren, und blickten auf die Zuschauer am Kai hinunter. Der Wind zauste mein Haar, und es war ein anderer Wind als unten am Boden. Ein Wind mit mehr Kraft, ein Wind, der bereit und schon ein wenig ungeduldig war, uns übers Meer zu tragen.

Ich schob meine Hand in die meines Vaters und lehnte mich an ihn. Wir waren an Bord, wir hatten es geschafft. Schon fragte ich mich, wie ich je daran hatte zweifeln können.

Und dann sah ich ihn: Eddy Fichte. Dicht an der Hafenkante stand er mit seinem grauen Seesack, während die Treppe zurückgezogen und vom Schiff weggerollt wurde, stand da und winkte und hob bedauernd die Schultern, als er uns entdeckte.

Tat, als machte es ihm nichts aus. Aber Papa erstarrte, als er ihn sah, und sagte leise: »Oh nein.«

Wo war Mamu? Vielleicht hatte sie den Aufgang nicht gefunden und stand an einer anderen Stelle des Schiffes, vielleicht saß sie immer noch in der Kabine und weinte vor Erleichterung. Die ersten Takte eines Volksliedes erklangen: »Muss i denn, muss i denn zum Städtele hinaus?« Auf dem Promenadendeck spielte die Kapelle, Passagiere der ersten Klasse warfen zum Abschied Konfetti und Luftschlangen.

Taschentücher flatterten. Kusshände flogen. Eddy Fichte schulterte seinen Seesack und wandte sich ab; für Sekunden erkannte ich zwischen den winkenden, lachenden Zuschauern noch seine Mütze, dann war er in der Menge verschwunden. Ein letztes Mal grüßte das Schiffshorn und das Dröhnen und Stampfen unter meinen Füßen nahm zu, während wir Fahrt gewannen. Möwen strichen durch die Luft mit triumphierendem Schrei, eine segelte lange neben mir auf der Stelle, als wollte sie sich mein Gesicht einprägen.

»Egal, wie es uns dort drüben ergeht ... nie dürfen wir die vergessen, die zurückbleiben«, sagte Papa und drückte meinen Arm.

Ich starrte auf die Stelle, an der Eddy Fichte gestanden hatte, und wusste, dass mir das Vergessen nie gelingen würde ... selbst wenn ich es wollte.

5

Meine Mutter hatte im Reisebüro einen Prospekt des Norddeutschen Lloyd vorgelegt bekommen. Die Beschreibung der luxuriösen Salons, des beheizbaren Schwimmbassins und der vorzüglichen Speisen an Bord der *Scharnhorst* bedeutete ihr nichts; meine Mutter wäre, wenn nötig, auch auf einem Ruderboot ausgereist. Aber ein Satz war ihr doch in Erinnerung geblieben: Dieser schnelle Ozeandampfer, so hieß es, sei eine schwimmende Stadt.

Hätte es nicht bereits im Prospekt gestanden, wir hätten es spätestens am zweiten Tag bemerkt – nicht nur, weil es auf der *Scharnhorst* an nichts fehlte, sondern weil diese Stadt ein Oben und Unten hatte, als hätten wir Berlin nie verlassen. Es gab Reiche und Habenichtse, Menschen, die dienten, und andere, die bedient wurden, es gab Deutsche und Juden und ein paar Nationalitäten, die nicht weiter auffielen. Man fand sich sofort zurecht.

Das war einerseits sehr beruhigend: Obwohl wir uns mit jedem Stampfen der Motoren, jeder Welle, die der Bug zerteilte, weiter von Europa entfernten, trafen wir auf nichts, das uns nicht bereits vertraut war. Andererseits spürte ich deutlicher denn je, dass irgendetwas an dem, was wir kannten, nicht mehr stimmte, ja, nie gestimmt hatte; ich hatte bloß erst einmal losfahren müssen, um es zu bemerken.

Zum ersten Mal den Speisesaal zu betreten, hatte mein Herz bis zum Hals schlagen lassen und meine Eltern waren so blass, dass ihnen der Steward ungefragt ein Mittel gegen Seekrankheit anbot. Es war Jahre her, dass wir mit so vielen Deutschen auf engem Raum zusammengeworfen worden waren, aber aller mulmigen Gefühle zum Trotz war ich entschlossen, jetzt, wo wir es glücklich an Bord geschafft hatten, wo wir unsere reguläre Kabine hatten und junge deutsche Männer uns im Gang Platz machten, nichts Besonderes mehr zu sein. Die ängstlichen Gesichter meiner Eltern konnten alles verderben!

Doch die Sorge hätte ich mir sparen können. Das Bordpersonal wusste, wer wir waren, und hatte Vorkehrungen getroffen. Deutsche und Juden blieben für sich, wie gewohnt, man hatte uns klugerweise an getrennten Tischen platziert. Dort bedienten uns die Stewards jedoch nicht weniger freundlich als alle anderen und als wir nach einigen angespannten Minuten erkannten, dass uns auch von den Nachbartischen keinerlei Blicke trafen, atmeten meine Eltern auf.

»Waffenstillstand«, raunte Mamu. »Neutraler Boden.«

Die Plätze am Tisch waren namentlich zugeteilt und gespannt wartete ich, in wessen Gesellschaft wir die Reise verbringen würden. Gleich nach dem Ablegen war eine Bordzeitung unter unserer Kabinentür hindurchgeschoben worden, der man die Namen der Mitreisenden entnehmen konnte, und es waren, stellte Papa fest, »große Namen« darunter, nicht nur in der ersten Klasse.

Die Namen waren mir egal; ich hoffte, dass sich jemand in meinem Alter zu uns setzte. Verstohlen schielte ich zu den anderen Tischen hinüber. Die wenigen Kinder, die mitfuhren, waren leider deutlich jünger als ich, nur schräg gegenüber, auf der anderen Seite des Raums saß ein Mädchen mit blonden Zöpfen, das zu mir gepasst hätte. Sein herausfordernder Gesichtsausdruck erinnerte mich sogar ein wenig an Bekka. Für den Bruchteil einer Sekunde begegneten sich unsere Blicke, dann schaute sie weg, als hätte sie mich nicht gesehen.

Eine heiße Welle der Kränkung und Blamage durchlief mich. Deutscher Tisch! Papa konnte seinen Hut noch so tief in die Stirn drücken – dass sein Haar geschoren war, war nicht zu übersehen, und noch bevor der erste Gang serviert worden war, verabscheute ich das Mädchen mit den blonden Zöpfen ebenso sehr wie sie mich.

Das immerhin war neu und ein wenig überraschend; in Deutschland hätte ich ihr nicht einmal einen Vorwurf gemacht. Auf der *Scharnhorst* jedoch reichten nur wenige Stunden, um zu spüren, dass sich etwas verändert hatte, ein Gefühl, das trotz des Dämpfers im Speisesaal nicht mehr bereit war, restlos zu verfliegen. Über die Distanz des Raumes hinweg spürte ich zum ersten Mal, dass auch ich auf die Deutschen herabsehen und ihre Hässlichkeit und Gewöhnlichkeit erkennen konnte, wie etwas, das im Dunkeln nicht sichtbar gewesen war.

Das junge Ehepaar, das sich zu uns an den Tisch setzte, kam aus England. Mr und Mrs Tatler waren Lehrer auf dem Weg zu einer Arbeitsstelle an der britischen Schule in Shanghai, und der Einzige, der sich mit ihnen verständigen konnte, war Papa. So saßen abwechselnd die Tatlers oder Mamu und ich angestrengt und fragend lächelnd dabei, aber immerhin musste Papa auf diese Weise die ganze Zeit reden und war vom Grübeln abgelenkt.

Auf das Essen war ich gespannt. Die Menükarte hatte seit dem Mittag an der Tür des Speisesaals gehangen, sodass man sich einige Stunden hatte vorfreuen können. Schon bei der Vorspeise merkte ich allerdings, dass an den Tischen in unserer Nähe auffallend viele Leute den Löffel gar nicht erst in die Hand nahmen.

»Was haben sie denn?«, flüsterte ich Papa alarmiert zu und versuchte zu erkennen, was in meiner Suppe schwamm.

»Nicht koscher«, flüsterte Papa.

»Nicht *was*?«

»Später, Ziska«, sagte Mamu warnend.

Mrs Tatler lächelte. »Children!«, sagte sie verständnisvoll. »They always hate soup!«

Ich fühlte, wie mir die Wärme bis in die Ohrläppchen schoss, und nahm einen großen Schluck Suppe, doch an vielen Tischen waren Passagiere bereits aufmerksam geworden und schauten spöttisch zu den Nichtessern hinüber.

Mamu irrte, wenn sie glaubte, dass ich nicht wusste, was *koscher* bedeutete. Ich mochte nicht gleich daran gedacht haben, schließlich lag meine Begegnung mit der Familie von Ruben Seydensticker schon einige Monate zurück, aber ich wusste genau, worauf es hinauslief: Das Essen an Bord entsprach nicht den jüdischen Speisevorschriften.

Was hatten die Leute erwartet – dass auf einem deutschen Ozeandampfer ihretwegen nach irgendwelchen *Riten* gekocht wurde?

Ich schämte mich für sie. Mein kurzer Anfall von Überheblichkeit war dahin; ich aß mit großen Gesten und lobte die Suppe wie verrückt, damit die nichtjüdischen Tische besänftigt waren. Ein starkes Gefühl überkam mich, dass wir nicht hierher gehörten, dass das alles ein riesengroßer Irrtum war. Egal, was die Nazis behaupteten und was in den Papieren meiner Urgroßeltern gestanden hatte: Mamu, Papa und ich waren *nicht jüdisch!*

Dieses Gefühl hatte ich lange nicht mehr gehabt, und ohne zu wissen warum, schämte ich mich plötzlich auch dafür ein wenig. Bei den Deutschen hätte ich schließlich auch nicht sitzen wollen, und wenn sie mich eigenhändig hinübergeschleppt hätten.

Eine kühle Brise empfing uns, als wir über das Promenadendeck der Touristenklasse zurück zu unserer Kabine spazierten. Den ganzen Tag über war es angenehm warm gewesen, jetzt jedoch spürte man deutlich, dass auch am Mittelmeer noch Winter herrschte.

»Morgen ist Weihnachten«, erinnerte uns Papa.

Niemand antwortete. Was hätten Mamu oder ich auch dazu sagen sollen? Konnte sich Papa nicht denken, dass jede einzelne

Minute der letzten Wochen davon bestimmt gewesen war, ihn aus dem Lager zu holen und unsere Abreise vorzubereiten? Ich hatte weder daran gedacht, Geschenke für meine Eltern zu basteln, noch erwartete ich, dass sie etwas für mich besorgt hatten. Was mich betraf, so konnte man Weihnachten dieses Jahr einfach aus dem Kalender streichen, ich würde es nicht vermissen.

Eine junge Frau in der Uniform eines Zimmermädchens klopfte an unsere Kabinentür, kaum dass diese sich hinter uns geschlossen hatte, und bot an, unsere Betten für die Nacht zu bereiten. Flink bezog sie mein Kanapee mit dem dafür vorgesehenen Bettzeug, das tagsüber im Schrank aufbewahrt wurde, und zeigte mir, dass man aus der getäfelten Wand an meinem Kopfende einen kleinen Tisch herunterklappen konnte. Bevor sie uns gute Nacht wünschte, legte sie mir augenzwinkernd noch einen Bonbon aufs Kopfkissen.

Vielleicht hätte sie meinen Eltern auch einen Bonbon schenken sollen. Kaum war das Zimmermädchen verschwunden, machten diese wieder die gewohnten betretenen Gesichter. Es gab in der engen Kabine nämlich nicht einmal mehr eine nennenswerte Schranktür, hinter der sie zum Aus- und Anziehen verschwinden konnten.

»Dreh dich zur Wand, Ziska«, befahl Mamu schließlich.

Ich tat, wie mir geheißen, obwohl ich diese Umstände etwas albern zu finden begann, und hörte, wie sie sich in meinem Rücken aus den Kleidern raschelten. Die Motoren des Schiffes vibrierten und hinterließen im Körper ein prickelndes Gefühl, als würden mein und Bekkas Blut ordentlich gequirlt. Ich fragte mich, ob jemand, der eine Schiffsreise mit fremdem Blut im Körper antrat, vielleicht sogar mit anderer Blutgruppe ans Ziel kam.

»Leg dir eine Notfalltüte unters Bett, Ziska«, ordnete Mamu an und ich schloss daraus, dass ich mich wieder umdrehen durfte.

Papa war bereits dabei, sich in seine untere Koje zu falten. Meine Eltern hatten kurz beratschlagt, ob er nicht lieber das obere Bett benutzen sollte, wo er mehr Platz zur Decke hin gehabt hätte, aber er fand, dass er als unser Beschützer gleich auf den Beinen sein musste, wenn von der Tür Gefahr drohte. Welche Gefahr ihm jetzt noch vorschwebte, wusste ich nicht, sah allerdings lebhaft vor mir, wie wir Papa morgen früh an den Beinen aus seiner Koje würden ziehen müssen.

Mamu hielt eine der diskreten braunen Tüten in der Hand, die im Schrank bereitlagen. »Mir ist aber überhaupt nicht schlecht!«, wandte ich ein, nachdem ich einen Augenblick besorgt in mich hineingehorcht hatte.

»Von Seekrankheit wird man von einer Minute auf die andere überfallen«, belehrte mich meine Mutter. »Willst du riskieren, dass du es nicht bis zum Gemeinschaftsklo schaffst?«

Auf keinen Fall, dachte ich und schob die Tüte unter mein Kanapee, wo sie unberührt liegen blieb. Der Wolf ließ mir keine Zeit, nachts auch noch seekrank zu werden.

Hatten die anderthalb Tage in Genua eine Ahnung in mir geweckt, dass es keineswegs selbstverständlich war, drei Mahlzeiten pro Tag zu bekommen, so weckte Mamu nun eine Ahnung, dass es damit bald wieder vorbei sein konnte. Schon am ersten Morgen ließ sie eins der kleinen Päckchen vom Frühstücksbüfett, die zwei Stück Zwieback enthielten, in ihrer Handtasche verschwinden. »Vorrat«, erklärte sie, »für die Zeit danach«, und verstaute ihre Beute ganz hinten im Schrank unserer Kabine.

Die Zeit danach. Die Zeit ohne Geld, die Zeit ohne unseren Lift, die Zeit ohne ein Dach über dem Kopf und ohne »eine Zukunft«. *Die Zeit danach* war, seit wir unterwegs und in Sicherheit waren, das einzige Thema, sobald sich die Kabinentür erst nach dem Frühstück, dann nach dem Mittagessen hinter uns schloss.

Ich rollte mich auf meinem Kanapee zusammen, im Schoß »Pucki«, ein Buch aus der Bibliothek, das man sich ungefragt aus dem Regal nehmen durfte. Mamu bestand darauf, uns langsam an die Sonne zu gewöhnen und nicht gleich mehrere Stunden im Freien zu verbringen. Aber die Luft in unserer Kabine wurde dick von all den Sorgen und man konnte das Fenster leider nur theoretisch öffnen, da der ölige Gestank der Motoren geradewegs zu uns hineinzog.

»Die erste Klasse hat heute eine Rettungsübung«, bemerkte ich. »Ob wir morgen drankommen? Dann müsste es aber am Schwarzen Brett gestanden haben, meint ihr nicht?«

Ich bekam keine Antwort, was ich ein wenig leichtsinnig fand. Zehn Rettungsboote hingen außen am Schiff, zehn Boote für fast dreihundert Passagiere plus Besatzung, und ich bezweifelte sehr stark, dass der Platz für alle reichte. Wäre es da nicht besser gewesen, wir hätten einen Plan …? Meine Eltern jedoch, von denen mein Wohl und Wehe abhing, schienen sich nicht dafür zu interessieren.

»Soll ich euch vorlesen?«, versuchte ich es ein paar Minuten später – bei Eddy Fichte hatte es schließlich auch funktioniert.

Als wäre ich gar nicht da, fuhren sie fort, auszubreiten, welch wenige Möglichkeiten wir »jetzt überhaupt noch hatten«.

Nach einer Weile zog ich meine letzte Karte und verkündete: »Also, ich gehe jetzt hinauf!«

Doch nicht einmal das beachteten sie. Dabei waren wir gerade einmal dreißig Stunden an Bord und ich hatte mich ohne meine Eltern noch keinen Schritt aus der Kabine getraut. Ich redete mir ein, dass nichts dabei war – bei ruhiger See konnte man auf einem

Schiff wohl kaum verloren gehen –, trotzdem wartete ich noch einige Augenblicke für den Fall, dass jemand, *irgendjemand!*, mir befahl zu bleiben.

Nichts. Nicht einmal eine Ermahnung, von der Reling wegzubleiben. Trotzig machte ich mich auf den Weg, das Buch mit dem Bibliotheksaufkleber unter den Arm geklemmt. Mein Ausweis, dass ich an Bord gehörte.

An der Treppe zum Promenadendeck blieb ich stehen und lauschte. Stimmen und Gelächter waren zu höre und ich stellte mir vor, wie die Passagiere der ersten Klasse in ihren orangen Schwimmwesten herumstanden, ein Glas Sekt in der Hand.

»Bitte, meine Herrschaften, ich brauche einen Freiwilligen«, warb eine männliche Stimme. »Wer klettert für uns ins Rettungsboot?«

Halb erwartete ich, dass Mischa Konitzer sich meldete und ich auf diese Weise ein Lebenszeichen von ihm erhielt, aber er tat keinen Mucks. Wahrscheinlich mochte man als Jude auch in der ersten Klasse nicht auffallen.

Ich öffnete die Tür, die zum Außendeck der Touristenklasse führte. Am Vormittag hatte die Backbordseite des Schiffes im Sonnenschein gelegen, jetzt, am Nachmittag, war es dort schattig und kühl und die Mitreisenden lagen in Wolldecken gehüllt in ihren Liegestühlen. Dicht an dicht standen die hölzernen Gestelle, aufgereiht an der schützenden Wand, ein Anblick, der an ein Sanatorium erinnerte. Da ich nicht kühn genug war, sofort einen freien Platz zwischen all den fremden Leuten einzunehmen, beschloss ich, erst einmal ein Weilchen an der Reling zu stehen, um mich zu gewöhnen.

Der Wind zerrte an meinem Haar, meinem Rock, und kroch die Beine hinauf. Es war ein kühlerer Wind als am Morgen und

Meer und Himmel hatten andere Farben. Vorm Bug der *Scharnhorst* sprühten Schaumkronen und am Horizont erkannte ich ein Schiff als schmalen grauen Streifen, der ab und zu in der Sonne aufblitzte.

»Was soll nur aus uns werden?«, klagte es plötzlich hinter mir. »Wovon sollen wir leben?«

Einen Augenblick dachte ich, Mamu und Papa wären doch mit hinausgekommen. Aber als ich mich umdrehte, sah ich fremde, blasse Gesichter aus ihren Wolldecken starren.

»Wie sollen wir die Eltern nachholen? Wir werden selbst nur das Nötigste haben, vielleicht nicht einmal das!«

»... die Schwester und ihren Mann ...«

»... bei mir sind es die Kinder ...«

Die Erwachsenen hatten keinen Blick für die Farben des Meeres, sie spürten nicht, dass es verschiedene Arten von Wind gab. Sie rückten ihre Deckstühle dicht an die Wand, sie wären in der Wand verschwunden, wenn es möglich gewesen wäre.

»Jetzt gibt es kein Zurück mehr«, sagte jemand. Aber er sagte es nicht in erleichtertem Ton, sondern so verzagt, als habe er einen unverzeihlichen Fehler begangen.

Gebt doch eure Tickets zurück! Andere warten darauf!

Ich spürte, dass Bekka vor all diese Leute hingetreten wäre und ihnen genau das ins Gesicht gesagt hätte. Dass sie es vielleicht sogar von mir erwartete. Aber ich senkte nur beschämt den Kopf und wechselte auf die andere Seite des Schiffes.

Die Seite der Deutschen.

Nicht dass es irgendwo gestanden hätte: *Für Juden verboten,* und es dauerte einige Minuten, bis ich es überhaupt bemerkte. Auf der Steuerbordseite des Außendecks wurde nicht etwa deshalb nicht gejammert, weil dort nachmittags die Sonne schien, sondern weil es die Seite der Deutschen war. Auch außerhalb des Speisesaals hatten sich unsere beiden Gruppen ganz selbstverständlich und ohne Aufhebens getrennt, hier die einen, da die anderen, mit jeweils ein paar ahnungslosen Engländern, Italienern oder Franzosen dazwischen.

»Ziska, dear, why don't you sit with us?«, lud mich Mrs Tatler ein und klopfte auf den freien Liegestuhl neben sich.

Warum nicht?, dachte ich, dankbar, dass ich zu jemandem gehörte, selbst wenn wir nicht dieselbe Sprache sprachen.

Aber sobald ich mich neben Mrs Tatler niedergelassen hatte, merkte ich, was los war. Ich merkte es daran, dass ich unter dem Hut und der Sonnenbrille im Liegestuhl zu meiner Linken das Mädchen mit den blonden Zöpfen erkannte, das, ohne von seinem Buch aufzusehen, einen deutlich spürbaren Zentimeter von mir wegrückte.

Die nächsten Minuten lag ich wie gelähmt. Die unangenehme Situation wurde dadurch noch verstärkt, dass das Mädchen ausgerechnet einen Folgeband von »Pucki« las. Ich hörte sie atmen und umblättern und ziemlich lange auf dieselbe Seite starren; sie konnte sich, seitdem ich neben ihr saß, genauso wenig auf ihr Buch konzentrieren wie ich.

»I love Berlin«, sagte Mrs Tatler gesprächig. »Kurfurstendämm! Älexänderplätz!«

Bekka, Thomas und ihre Eltern hatten zwei Jahre Englisch gepaukt, weil sie ebenso fest wie vergeblich damit gerechnet hatten, dass eine Verwandte ihnen die Ausreise nach Amerika ermöglichte. Sie hatten mir damals vorgeschlagen mitzumachen, aber ich hatte keine Lust gehabt.

Großer Fehler! Hätte ich über mehr als drei, vier Sätze Englisch verfügt – spärliches Überbleibsel der wenigen Unterrichtsstunden, die wir nach den Sommerferien in der jüdischen Schule noch gehabt hatten, bevor die Englischlehrerin nach Schweden auswanderte –, hätte ich mich mit Mrs Tatler unterhalten und so tun können, als wäre das Mädchen mit den Zöpfen gar nicht da. Nun blieb mir nichts anderes übrig, als fieberhaft zu überlegen, wie ich unauffällig und würdevoll den Rückzug auf unsere Seite des Decks antreten konnte.

Dies war ohne Zweifel, was auch das Mädchen von mir erwartete. Ich konnte sie geradezu denken hören: *Diese Engländerin hat keine Ahnung, aber du weißt genau, dass du nicht hierher gehörst!*

»What are you reading?«, fragte Mrs Tatler und nahm mir das Buch aus der Hand, wohl mehr aus Freundlichkeit, als weil sie mit dem deutschen Text etwas anfangen konnte.

Ein toller Gefallen! Jetzt hatte ich nicht einmal mehr etwas, woran ich mich festhalten konnte. Ich spürte die Anspannung des Mädchens neben mir; ich spürte, wie sie wartete.

Bekka würde nicht gehen, schoss mir plötzlich durch den Kopf.

Ein Gedanke, der mich verblüffte. Mir so gar nicht ähnlich sah. Wieder wurde etwas seltsam klar, genau wie gestern, als die Männer uns im Gang Platz gemacht hatten. Als Mrs Tatler mir lächelnd das Buch zurückgab, lehnte ich mich mit klopfendem Herzen zurück und wühlte meinen Po noch etwas tiefer in den Segeltuchstoff. Ich versuchte, ruhig zu atmen und mir nichts anmerken zu lassen, aber meine Hände um den Buchumschlag wurden feucht vor Anstrengung und dem Bewusstsein unfassbarer Kühnheit.

Das Mädchen stand auf. Zu der Frau, die auf seiner anderen Seite döste, sagte es: »Ich geh noch mal in die Bibliothek, Tante Rosel. Dieses Buch ist nicht besonders spannend.«

»Tu das, Riekchen. Ich halte dir den Liegestuhl frei«, erwiderte die Tante schläfrig.

Der Liegestuhl blieb frei, Riekchen kam nicht zurück. Es war, das musste ich mir eingestehen, kein schönes Gefühl, dass jemand den

Tag lieber in einer stickigen Bibliothek verbrachte, als in meiner Nähe zu sitzen, aber immerhin: Ich hatte einen kleinen Sieg errungen.

Auf der *Scharnhorst* gab es keine Schilder mehr, die die Juden in ihre Schranken gewiesen hätten, es gab – Papa hatte eigens in der Schiffsordnung nachgelesen – keine Verbote, die nur uns betrafen. Einmal an Bord, waren wir Passagiere mit denselben Rechten wie alle. Wir hatten unsere Kabinen und unsere Plätze am Tisch, wir aßen dieselben Mahlzeiten, durften Liegestühle und die Aufenthaltsräume für Damen, Herren oder Kinder benutzen. Wir durften uns ungefragt dieselben Bücher aus der Bibliothek nehmen.

Aber ziemlich schnell begann ich zu begreifen, dass man Dinge, die sich in den Köpfen der Menschen bereits festgesetzt haben, auf keine Hinweistafel mehr zu schreiben braucht. Die Schilder, die uns voneinander trennten, galten, obwohl sie gar nicht zu sehen waren. Sie galten, weil beide Seiten es so wollten.

Am zweiten Abend gab es ein Festessen aus mehreren köstlichen Gängen, es gab Weihnachtsmusik und einen großen Tannenbaum, der direkt vor der Wand mit dem Porträt des Fü stand und diesen aussehen ließ wie den obersten Stern auf der Tannenspitze. Die Reederei spendierte jedem Kind sogar ein Geschenk: eine Tüte mit Süßigkeiten, einem kleinen Plastikmodell der *Scharnhorst*, Postkarten und Aufklebern des Norddeutschen Lloyd.

Auch ich bekam eine solche Tüte und der Steward zwinkerte mir zu, als wollte er sagen: »Du darfst es ruhig nehmen, auch wenn für euch Juden gar nicht Weihnachten ist.«

Am liebsten hätte ich gesagt: »Wir feiern zu Hause immer Weihnachten, und die Familie meiner besten Freundin auch, obwohl die nicht mal evangelisch sind!«

Stattdessen senkte ich beschämt den Kopf. Überall im Speisesaal fiel der Blick auf leere Tische und Stühle, den traurigen Anblick unberührten Festschmucks vor verschmähten Tellern.

»Auch Ihnen ein frohes Fest«, sagte unser Steward förmlich und zog für Mamu den Stuhl zurück.

Blicke trafen uns. Köpfe schoben sich zusammen. Ich sah, wie Riekchens Lippen sich spöttisch kräuselten, und diesmal tat sie mir nicht den Gefallen wegzusehen. Meine Eltern und ich saßen zwischen fast leeren jüdischen Tischen, ohne richtig jüdisch zu sein, und feierten Weihnachten, obwohl es uns nicht zustand. Und dies, wie mir plötzlich bewusst wurde, nach Meinung *beider* Seiten auf unserem Schiff!

Der Speisesaal war der Ort, an dem alle guten Vorsätze, alle klugen Antworten, die man im Gang, in der Kabine oder an Deck fand, einem wieder um die Ohren flogen.

Kaum weniger verwirrend war die Situation für Mr und Mrs Tatler. Ich glaube, die beiden merkten erst jetzt, wo sie platziert worden waren. Sie warfen einander erschrockene Blicke zu und gaben sich vergebens Mühe, ihr Unbehagen vor uns zu verbergen.

»Margot, wenn du möchtest …« Papa beugte sich vor.

»Auf keinen Fall!«, flüsterte Mamu und ihre Augen blitzten. »Jetzt erst recht, Franz!«

Sie trank ihr Wasserglas in einem Zug leer, lehnte sich zurück und hob es dem Steward lächelnd entgegen. Meine Mutter mochte in der Stille unserer Kabine weinen und jammern, aber wenn es darauf ankam, gab es niemanden, der furchtloser war als sie.

»Merry Christmas«, sagte Papa zu den Tatlers, die sich beeilten, ihre Gläser zu erheben und mit ihm anzustoßen. Wieder wechselten die beiden verstohlene Blicke. Ich fragte mich, ob sie auch bei der nächsten Mahlzeit noch an unserem Tisch sitzen würden.

Plötzlich sprach Mr Tatler einen langen Satz, von dem ich genau zwei Worte verstand: *children* und *radio.*

»Yes«, erwiderte mein Vater sofort. »Ziska's friends …«, und sie verstrickten sich in eine längere mysteriöse Unterhaltung, von der ich, obwohl ich die Ohren spitzte, bis sie rauschten, nichts heraushörte als noch zwei weitere Male meinen Namen.

»Was sagen sie? Was?«, flüsterte ich Mamu mit wachsender Frustration zu, obwohl ich wusste, dass auch sie nichts verstand. Wieder verfluchte ich meine Faulheit, Englisch zu lernen – oder war es damals etwas anderes gewesen, das mich abgehalten hatte? Der Kummer vielleicht, dass ich meine beste Freundin an ein Land mit dieser Sprache verlieren würde?

Am Ende zückte Mr Tatler ein Notizbuch, blätterte es auf und schob es zusammen mit einem Bleistift zu Papa hinüber, der in seinen gestochen scharfen Buchstaben etwas hineinschrieb. Ich reckte den Hals und las:

Betti Bechstein (5 years)

Eva Bechstein (4 years)

Darunter die Adresse von Onkel Erik und Tante Ruth. Mit großen Augen blickte ich meinen Vater an, obwohl mir, seit ich denken konnte, eingebläut worden war, Kinder hätten nicht zu *starren*, wenn Erwachsene sich unterhielten.

Mrs Tatler lächelte meiner Mutter ermutigend zu, bevor sie einen Satz sagte, in dem das Wort *help* vorkam. Ich sah, wie Mamu ganz lange den Atem anhielt.

Kein Weihnachtslied, das an diesem Abend nicht gesungen worden wäre. Mit vier Gängen zog sich das Festessen in die Länge, gefolgt von den unvermeidlichen, demütigenden Minuten zum Schluss, als man an den deutschen Tischen aufstand und mit vorgerecktem rechtem Arm die Nationalhymne anstimmte. Deutschland, Deutschland über alles. Unverhohlene Blicke richteten sich auf uns Sitzenbleiber. *Wir wissen, wer ihr seid!*

Aber die Deutschen waren mir plötzlich egal, meine Gedanken kreisten um nichts anderes mehr als die Namen der Töchter von Onkel Erik und Tante Ruth, die jetzt in dem fremden Notizbuch standen. Um die beiden kleinen Nervensägen, von denen ich mich nicht verabschiedet hatte und die ich, wenn ich ehrlich war, selbst in tausend Kilometern Entfernung noch nicht angefangen hatte, lieb zu gewinnen. Um Evchen und Betti, *5 years* und *4 years,* und das Wort *help.*

Erst in der Kabine erfuhren wir, worüber Papa und die Engländer gesprochen hatten.

»In England gibt es Aufrufe im Radio, jüdische Kinder in englische Familien aufzunehmen«, begann mein Vater und ich unterbrach: »Aber das wissen wir doch! Das sind die Kindertransporte, für die Bekka angemeldet ist!«

»Richtig, Ziska. Aber es gibt viel mehr Kinder, die nach England wollen, als Familien, die sie aufnehmen können. Mr Tatler sagt, es stünden schon Hunderte Namen auf den Wartelisten und es werden täglich mehr …«

Mir verschlug es die Sprache. Bekka hatte mir unter dem Siegel größter Verschwiegenheit von den Kindertransporten erzählt und schlagartig wurde mir klar, warum.

»Tatlers kennen eine Familie, die sich bereit erklärt hat, ein Kind aufzunehmen«, sagte Papa.

»Aber Franz!«, rief Mamu schockiert. »Du glaubst doch nicht, Ruth würde die Kleinen nach England schicken – allein!«

»Und wenn es ihre einzige Möglichkeit ist?«, erwiderte Papa. »Wenn diese Familie noch kein Kind zugeteilt bekommen hat … eine persönliche Einladung wäre wie eine Fahrkarte.«

In meinen Ohren begann es zu summen, meine Fingerspitzen prickelten, meine Füße standen auf tausend Nadeln. »Und Bekka?«, hörte ich mich fragen. »Und Thomas?«

Papa sah mich ernst an. »Ich habe auch an die beiden gedacht«, bekannte er. »Aber wir wollen nicht, dass Mr Tatlers kleine Liste am Ende auch zu lang wird, nicht wahr?«

Mamu wiederholte eindringlich: »Nein, Franz. Evchen und Betti sind zu klein!«

»Sind sie nicht. Kinder dieses Alters werden mitgenommen, das Mindestalter ist vier!«

Mamu schossen Tränen in die Augen und sie schüttelte nur noch den Kopf.

»Papa«, vergewisserte ich mich, »wenn Evchen und Betti im Notizbuch von Mr Tatler stehen, kommen sie dann auf eine bessere Liste als Bekka?«

»So kann man es ausdrücken«, erwiderte mein Vater, bevor er zu Mamu sagte: »Du musst an Ruth schreiben. Morgen kommen wir nach Port Said, dort wird Post aufgenommen.«

Langsam, ganz langsam ließ meine Mutter sich aufs Bett sinken und drehte sich zur Wand.

Mr Tatlers Liste. Es war nicht schwer zu begreifen, warum Papa nur Evchen und Betti daraufgesetzt hatte, aber *Mr Tatlers Liste* würde mir nicht mehr aus dem Kopf gehen – nicht, solange noch ein Name fehlte.

6

Im Gegensatz zu uns durften sich die Passagiere der ersten Klasse frei an Bord bewegen, und am Vormittag des ersten Weihnachtstages wagten sich Mischa und seine Mutter zu uns hinunter. Unsere Kabinennummer hatten sie in der Bordzeitung gefunden.

»Ach, hier ist es doch auch ganz hübsch!«, meinte Frau Konitzer, als sie unsere winzige Unterkunft sah, und da es ihr Ernst zu sein schien, erwiderte Mamu ohne Verdruss: »Nicht zu vergleichen mit der ersten Klasse, nehme ich an.«

»Nein«, entgegnete Frau Konitzer traurig, »wir haben zum Glück mehr Platz. Mein Mann kommt nämlich keinen Schritt aus der Kabine. Er ist der Einzige da oben mit kahlem Kopf.«

»Herrje«, sagte Mamu und legte spontan eine Hand auf Frau Konitzers Arm. Sie wirkte erschrocken – als erinnerte sie sich erst jetzt daran, dass Konitzers vor all dem Glück, das sie auf der Reise begleitete, dieselben Ängste ausgestanden hatten wie wir.

»Wir lassen Papa das Essen in die Kabine bringen«, sagte Mischa. »Mama und ich gehen allein in den Speisesaal, wir tun, als sei er krank. Nicht mehr lange«, fügte er mit einem ziemlich ungenierten Blick auf das Haupt meines Vaters hinzu, als dividiere er die Höhe der Stoppeln durch die bisherige Dauer unserer Reise. »Höchstens zwei Wochen, dann sieht man es ihm nicht mehr an.«

»Stören wir?«, fragte Mischas Mutter und wies auf den Schreibblock, den Mamu beiseitegelegt hatte, als der Besuch unsere Kabine betrat.

»Nein, nein«, erwiderte Mamu rasch und schob den Block unter ihr Kopfkissen. Sie hatte begonnen, einen Brief an Tante Ruth zu schreiben, aber viel stand noch nicht auf dem Papier. Schon im ersten Absatz – Teilnahme und Ermutigung wegen der Verhaftung

Onkel Eriks – war sie ins Stocken geraten, weil ihr keine Worte einfielen, die meiner Tante ein Trost gewesen wären.

Ob Mr Tatler jetzt ebenfalls einen Brief schrieb? Gegen Nachmittag sollten wir in Port Said ankommen und ich stellte mir vor, wie er vielleicht just in diesem Augenblick die Namen von Evchen und Betti aus seinem Notizbuch auf einen Briefbogen übertrug. *Wenn ihr nicht bereits ein Kind aufgenommen habt, sucht euch bitte eins von diesen aus …*

Ratlos schielte ich nach der Spitze des Schreibblocks, die unter Mamus Kopfkissen hervorschaute. Kurz bevor es an unsere Tür geklopft hatte, hatte ich Mamu ebenfalls um ein Blatt Papier gebeten – um Bekka zu schreiben, wie ich vorgab, obwohl ich insgeheim befürchtete, dass man mir mein Vorhaben, so intensiv, wie ich seit dem letzten Abend darüber grübelte, womöglich bereits von der Stirn ablesen konnte.

Was würde ich meinen Eltern sagen, wenn sie je dahinterkamen? Etwa: »Diese Familie hätte sich sowieso ein Kind ausgesucht, das schon Englisch kann?« Oder: »Ich habe nur einen Namen aufgeschrieben, obwohl es zwei hätten sein müssen?«

Ich versuchte, nicht an Thomas zu denken, den schmalen, stillen, freundlichen Thomas, aber zwecklos, als wollte er sich mir in Erinnerung rufen, hatte ich plötzlich sogar wieder die Musik im Ohr, die er an unserem letzten Abend gespielt hatte.

Nein, dachte ich entschlossen, es muss bei einem Namen bleiben! Um einen Platz für Thomas kann Bekka sich kümmern, wenn sie erst in England ist … und für Evchen und Betti, wenn Tante Ruth will …

Ich hatte keinen Zweifel, dass es meiner Freundin gelingen würde. Wenn ich ihr schrieb, dass jetzt alles von ihr abhing, würde sie Himmel und Hölle in Bewegung setzen.

Und genau das, beschloss ich, würde ich meinen Eltern sagen, wenn sie erfuhren, was ich getan hatte: Bekka nach England zu schicken, war gleichbedeutend mit der Schaffung von mindestens drei weiteren Plätzen auf dem Kindertransport!

Ob Konitzers *mich* gestört hatten mit ihrem unerwarteten Besuch, fragte niemand. Kaum hatte Mamu angefangen, ein Blatt für mich aus ihrem Block zu reißen, kaum schien alles wunderbar klar, simpel und einleuchtend, klopfte es an der Tür. Augenblicklich geriet ich wieder in Zweifel, sowohl über meinen Plan als auch über meine Ausreden.

»Wir wollten fragen, ob Sie irgendetwas benötigen«, sagte Mischas Mutter und errötete ein wenig. »Oder hat man Ihnen gesagt, dass Sie ein Bordgeld ...?«

»Oh ja«, erwiderte Mamu rasch, »über das Bordgeld wussten wir Bescheid«, aber ihr Gesicht umwölkte sich sofort.

Das Bordgeld – einer der Gründe, weshalb meine Mutter eine Passage auf einem deutschen und nicht, wie die meisten jüdischen Auswanderer, auf einem neutralen italienischen Dampfer gebucht hatte – war ein weiterer wunder Punkt dieser Reise. Alle Passagiere hatten beim Erwerb der Schiffskarten mehrere hundert Reichsmark von der Bank an die Reederei überweisen lassen dürfen. In einer Schatulle in unserem Kleiderschrank lag ein ganzes Bündel Scheine, das uns am zweiten Vormittag ausgehändigt worden war und das in der Summe vollkommen ausgereicht hätte, den Container mit all unserem Besitz auszulösen – aber wir durften es nur an Bord ausgeben. Für Süßigkeiten, für Postkarten, für Kosmetik und Reisebedarf aller Art, der in den Bordläden angeboten wurde ... aber außerhalb der *Scharnhorst* war das Geld wertlos, markiertes Papier, und was wir nicht ausgaben, würde am Ende der Reise konfisziert werden.

»Wenn ich Ihnen einen Rat geben darf«, bemerkte Frau Konitzer, »kaufen Sie hier an Bord Kurzwaren. Nähnadeln, Garn, Scheren, Rasierklingen. In Shanghai lässt sich das eine oder andere weiterverkaufen. Und oben bei uns ...« Sie zögerte kurz und setzte hinzu: »Einige Passagiere der ersten Klasse kaufen Schmuck und Pelze an. Zu Schleuderpreisen natürlich, aber wenn Sie es dennoch weitersagen möchten ... oder vielleicht selbst etwas haben ...«

»Ich hätte da einen Persianer«, erwiderte Mamu, den Tränen nahe. »In unserem Container.«

Frau Konitzer umarmte meine Mutter, was diese sich zu meiner Überraschung gefallen ließ.

»Möchtest du unser Außendeck sehen?«, sagte ich rasch zu Mischa. Wenn man seine eigenen Sorgen hat, möchte man niemanden über andere Dinge klagen hören.

»Jammern sie oben auch den ganzen Tag?«, machte ich mir an der Reling Luft.

Mischa verneinte. Die Passagiere der ersten Klasse verbrachten den Tag unter Sonnenschirmen am Schwimmbecken, wo ihnen Cocktails und Eisbecher direkt an den Liegestuhl gereicht wurden, und die wenigen Juden, die in der ersten Klasse mitfuhren, verrieten sich allenfalls durch ihre Namen.

Ich hob den Kopf und lauschte auf das Wasserplätschern und die Musik vom Deck über uns. Der Wind war an diesem Vormittag kaum spürbar und ich stellte es mir herrlich vor, in einem Schwimmbecken zu treiben. Obwohl es in meinem Fall wohl eher ein Hocken am Rand gewesen wäre, denn als Bekka und ich in das Alter gekommen waren, in dem alle um uns herum ihren Freischwimmer machten, waren die Bäder in Berlin für Juden bereits verboten gewesen.

»In welchem Lager war dein Vater eigentlich?«, fragte Mischa.

»Sachsenhausen, und deiner?«

»Auch. Komisch, dass sie sich nicht gesehen haben. Sie waren wohl einfach zu viele.«

Schockiert sah ich Mischa an. Es war ein wenig so, als sähe ich ihn zum ersten Mal. Erst jetzt, und völlig unerwartet, traf mich die Erkenntnis, dass ich vor Mischa noch nie jemandem begegnet war, dessen Vater ebenfalls in einem Lager gewesen war.

»Hat er«, ich musste schlucken, »schon irgendetwas erzählt?«

Mischa rückte ein wenig näher. »Was willst du wissen?«

Ich starrte in das blaugraue Wasser. Was wollte ich wissen? Ob sie die Männer nach der Verhaftung weiter geschlagen hatten vielleicht. Das Geräusch, mit dem der Wolf Papas Nase gebrochen hatte, würde ich nie vergessen, und auch nicht den blutigen Handabdruck, der an der Wand zurückgeblieben war. Selbst mit viel Seife hatte Mamu es nicht geschafft, die Spuren zu beseitigen. Ob die neuen Mieter unserer Wohnung sich manchmal fragten, warum der seltsame, hartnäckige Fleck im Flur fünf Finger hatte?

Ob sie die Männer weiter angebrüllt hatten. Die Stimme des Wolfes hatte sich mir eingebrannt, sein heiseres Gebell. Warum hätte er zu brüllen aufhören sollen, nachdem er Papa auf den Lastwagen geworfen hatte?

Wie die Gefangenen Tage und Nächte verbracht hatten, ob man sie hatte ausruhen lassen, ob sie gefroren und gehungert hatten – aber wusste ich nicht auch das schon längst? Fünf Wochen war Papa fort gewesen und es hatte keinen Tag und keine Nacht gegeben, in der ich nicht versucht hatte, es mir auszumalen.

Ein kalter Hauch, der nicht vom Fahrtwind kam, streifte mich. Ich hielt es für möglich, dass es in Wahrheit noch viel schlimmer gewesen war.

Mischa, der merkte, dass ich nichts fragen würde, schlug vor: »Wollen wir auf die andere Schiffseite gehen? Dort müssten wir bald die Küste sehen können.«

»Gute Idee«, erwiderte ich dankbar und ging ihm voran durch die Tür, die quer durchs Schiff auf die Steuerbordseite führte. Auf dem Weg klärte ich Mischa auf, wie die Regeln hier unten waren, aber er zuckte nur mit den Schultern und erwiderte, man müsse sich auf der Seite der Deutschen ja nicht unbedingt in einen Liegestuhl setzen.

Ich spürte, wie sich Riekchens Blick in meinen Rücken bohrte, während Mischa und ich in der Sonne standen und zu dem braunen Streifen Land hinüberschauten, der sich am Horizont abzeichnete. Diesmal genoss ich es geradezu. Guck nur, dachte ich. Ich habe einen Freund in der ersten Klasse, während du noch immer bei Tante Rosel im Liegestuhl liegst.

Sofort fühlte ich mich ein wenig besser. Es sprach eine Menge dafür, eine Feindin an Bord zu haben, die einen auf andere Gedanken brachte! Kühn stellte ich einen Fuß auf das untere Gitter, um Riekchen zu ärgern. »Habt ihr noch Verwandte in Deutschland?«, fragte ich und machte ein paar Dehnübungen.

Wahrscheinlich hatte Mr Tatler seinen Brief sowieso längst zugeklebt.

Mischa trug einen blau-weißen Pullover mit passender Mütze; lässig lehnte er über der Reling, als kenne er keine Sorgen auf dieser Welt.

»Die meisten sind schon in Amerika«, gab er zurück. »Bei uns kann es auch nicht mehr lange dauern. Wir haben einen Bürgen, den Bruder meines Vaters, wir warten in Shanghai nur auf unsere Quote. Die Familie von Mama ist noch in Berlin, aber denen passiert ja nichts.«

»Wieso nicht?«, fragte ich und hörte erschrocken auf zu turnen. Das fehlte gerade noch – dass es einen rettenden Trick für unsere Verwandten gegeben hätte, von dem uns bloß wieder niemand erzählt hatte!

Mischas Antwort musste ich erst einmal verdauen. »Mama ist nicht jüdisch«, erklärte er.

»Wie … nicht jüdisch?«, wiederholte ich verdutzt.

Mischa sah mich spöttisch an. »Das weißt du nicht …? Bis vor ein paar Jahren war es nicht verboten, einen Juden zu heiraten.«

Links und rechts von uns stellten sich weitere Passagiere an die Reling, erfreut, dass es zum ersten Mal seit zwei Tagen wieder etwas anderes zu sehen gab als Wasser. Immer mehr kamen hinzu und schauten durch ihre kleinen Fernrohre – meist das gleiche Modell, im Bordladen erworben, und wenngleich niemand auf uns achtete, verstummte unser Gespräch augenblicklich. Auf der Seite der Deutschen achtete man besser auf seine Worte.

Die *Scharnhorst* war keineswegs das einzige Schiff auf dem Weg zum Suez-Kanal. Auf dem Wasser erkannten wir Passagier- und Containerschiffe, die alle denselben Kurs hatten. Ein langer Frachter mit britischem Hoheitszeichen war uns am nächsten und wir nahmen spürbar Fahrt auf, um an ihm vorbeizukommen. Aus der ersten Klasse wurde unser Schiff angefeuert: *Deutschland, Deutschland, Deutschland!,* und über unseren Köpfen brach Jubel aus, als wir an den Engländern vorbeizogen.

Bestimmt gab es vor der Einfahrt in Port Said bereits eine Warteschlange. Mein Magen zog sich zusammen, als ich wieder an den Hafen dachte.

»Wenn der Suez-Kanal nicht wäre«, bemerkte Mischa, »würde unsere Reise doppelt so lange dauern, denn dann müssten wir ganz außen herum um Afrika …«

»Mischa«, unterbrach ich, »du hast nicht zufällig ein Stück Papier und einen Stift?«

»Einen Moment«, erwiderte er sofort und ließ mich stehen, schlüpfte unter der Absperrungskette zum Oberdeck hindurch und lief die Treppe hinauf. Als er zwei Minuten später zurückkam, hielt er mir einen dicken weißen Briefbogen mit dem Emblem des Norddeutschen Lloyd hin, dazu einen Bleistift. »Oben bei uns gibt es alles«, erklärte er nicht ohne Stolz.

Irgendwie hatte ich nicht damit gerechnet, dass es so schnell gehen würde.

»Und?«, fragte Mischa erstaunt, als ich mit Papier und Stift dastand. »Was jetzt?«

Ehrlich gesagt, fragte ich mich das selbst. Natürlich wollte ich Bekkas Namen auf das Papier schreiben und es Mr Tatler geben, bevor er in Port Said seine Post aufgab. Natürlich hatte ich mir seine Kabinennummer bereits aus der Bordzeitung herausgesucht und war auf alles bestens vorbereitet, auch darauf, dass ich nicht einmal Englisch können musste, damit Mr Tatler verstand, was ich von ihm wollte.

Aber etwas zu beschließen und es tatsächlich zu tun, das waren nun einmal zwei völlig unterschiedliche Dinge.

»Was würdest du tun«, fragte ich Mischa, »wenn du Leute bestimmen dürftest, zwischen denen ein Preis verlost wird? Würdest du mehr oder weniger Namen in die Trommel geben?«

»Weniger natürlich«, sagte Mischa wie aus der Pistole geschossen. »Nur die Namen meiner drei besten Freunde.«

Das hatte ich befürchtet. Ich fühlte, wie meine Schultern sanken.

»Was ist denn der Preis?«, fragte Mischa leise.

»Es kann sein …«, flüsterte ich, »ein Platz auf einem Kindertransport.«

Mischa sah mich groß an. »Aber das wird doch nicht *verlost*!«, sagte er ungläubig.

Kurz entschlossen packte ich ihn am Arm, zog ihn zur Treppe, wo uns niemand zuhörte, und erzählte flüsternd von Mr Tatlers Liste. Gemessen daran, wie viele Stunden ich das Problem bereits wälzte, war mein Dilemma unerwartet leicht in Worte zu fassen: dass ich meinen Cousinen auf keinen Fall schaden durfte, aber doch auch meiner besten Freundin helfen musste, selbst wenn Papa es mir so gut wie verboten hatte.

Als ich geendet hatte, antwortete Mischa: »Weißt du, was ich glaube? Wenn eine Familie ein Kind von Mr Tatlers Liste ausgesucht hat, dann wirft sie sie nicht weg. Dann gibt sie sie weiter an eine andere Familie. Genauso würden meine Eltern es machen. Deine etwa nicht?«

Ich holte zwei Mal tief Luft. Ich war so erleichtert, dass ich für Augenblicke meine Beine nicht mehr spürte.

»Du hast Recht!«, flüsterte ich. »So eine Liste würde doch niemand wegwerfen!«, und schon saß ich auf der untersten Treppenstufe, legte das Papier auf die Stufe darüber und sah meine Hand in blitzschnellen Bögen die Worte schreiben:

Rebekka Liebich, 11 years, Silbersteinstraße 20, Berlin-Neukölln.

Und noch während die Worte entstanden, spürte ich, dass es das Wichtigste war, das ich je geschrieben hatte.

Ich drehte mich wieder um und strahlte Mischa an. Ich hatte das Gefühl, jeden Moment vom Boden abheben und eine kleine Runde über das Schiff drehen zu können.

»Na also«, sagte er ernst. »Jetzt brauchst du nur noch die Kabinennummer und dann gibst du den Leuten den Zettel.«

»Ach, die hab ich doch schon!«, freute ich mich. »Kommst du mit oder willst du warten?«

»Ich komme natürlich mit«, erklärte Mischa.

Wir machten einen Umweg an dem Schalter vorbei, an dem man Telegramme und Briefe aufgeben konnte, nur für den Fall, dass Mr Tatler zufällig dort anstand; vorsichtshalber schauten wir im Vorübergehen auch in die Bibliothek und den Sportraum. Aber Tatlers waren tatsächlich noch in ihrer Kabine. Auf mein Klopfen öffnete Mr Tatler die Tür und kam kaum dazu, ein überraschtes: »It's Ziska!« auszurufen, da hatte ich ihm schon mein Blatt Papier in die Hand gedrückt.

»Friend«, sagte ich und errötete so heiß, dass ich fast in Flammen aufging.

Mr Tatler warf einen einzigen Blick auf den Zettel, *Rebekka Liebich, 11 years,* und verstand sofort. »All right«, sagte er langsam, und: »Don't worry.«

Was, wie Mischa mir auf dem Rückweg übersetzte, nichts anderes bedeutete, als dass ich mir um meine Freundin Bekka keine Sorgen mehr zu machen brauchte.

Ferdinand de Lesseps winkte uns persönlich in den Suez-Kanal. Die in Stein gehauene Statue des Kanalerbauers stand mitten in der Hafeneinfahrt, eine Hand einladend zum Kanal hin ausgestreckt, und einlaufende Schiffe verständigten sich mit ohrenbetäubenden Signalen. Auf allen Decks standen Passagiere, winkten und fotografierten. Ich schlüpfte zwischen Erwachsenen hindurch, um etwas sehen zu können, jemand rief sogar: »Lasst mal die Kleine vor!« Wahrscheinlich wusste er nicht, dass ich auf die andere Seite gehörte.

Am Ufer leuchteten inmitten von Palmen, blühenden Büschen und Sträuchern die prachtvollen Fassaden reicher Häuser – Ägypten verdiente gut an den vielen Schiffen, die Durchfahrt durch den

Kanal begehrten –, und gleich nachdem wir zum Stehen gekommen waren, begann das Wasser zu Füßen der *Scharnhorst* zu brodeln wie ein überfüllter Fischteich. Zwischen Frachtkähnen mit Kohlen und Lebensmitteln, die seitlich an den Ladeluken anlegten, fuhren Einheimische ihre mit Obst, Stoffen und Kunstgewerbe beladenen kleinen Boote dicht an uns heran und priesen lautstark ihre Waren feil. Hände, Arme, Schultern behängt mit Stoffen, Teppichen und Körbchen, standen sie breitbeinig auf den wackligen Planken ihrer Gefährte und hatten Mühe, einander zu überschreien. »Orange, buy orange, lecker, lecker, lecker! Carpet, beautiful carpet!«

Treffsicher warfen sie Körbe hinauf, an denen lange Leinen hingen. Ich hörte das Gelächter der Passagiere auf dem Promenadendeck, die die Körbe auffingen und wieder hinunterließen. Mit lautem Durcheinanderrufen verständigten sich Käufer und Verkäufer, welche Waren nach oben geschickt werden sollten. Orangen, Bananen, zu Päckchen gefaltete Teppiche und orientalische Gewänder ruckelten wie in kleinen Aufzügen an mir vorbei, und wenn der Kauf zustande kam, ging der jeweilige Korb, mit Münzen oder Scheinen gefüllt, auf die Reise nach unten.

Es war für alle Beteiligten ein Heidenspaß und auch ich lachte aus voller Kehle. Dass es in Wirklichkeit ein Schreien vor Glück war, konnte ja niemand wissen. Höchstens Mischa, aber der war wieder nach oben gegangen, als wir uns dem Hafen näherten, da man vom Promenadendeck, wie er sich entschuldigte, einfach bessere Sicht hatte.

Ich hatte das unbestimmte Gefühl, mich bei ihm bedanken zu müssen, wusste aber nicht recht wofür, und hatte ihn lediglich gebeten, niemandem zu verraten, dass ich Mr Tatler Bekkas Namen gegeben hatte.

»Ich sage nichts«, beteuerte er. »Aber woher weißt du, dass er selbst den Mund hält?«

Darauf konnte ich nur von ganzem Herzen hoffen. Bei der Vorstellung, Mr Tatler könne beim Abendessen ganz unbefangen darüber zu plaudern beginnen, breitete sich in meinem Magen plötzlich ein unangenehmer Druck aus. Es bestand wenig Grund zu der Annahme, dass Papa es nicht sofort für Mamu übersetzen würde.

Unwillkürlich begann ich mich umzusehen, ob ich die beiden Tatlers zufällig in der Nähe entdeckte, aber an der Reling rechts und links von mir lehnten sie nicht und hinter mir drängten sich zu viele Erwachsene, um einen Blick an Deck werfen zu können.

»Nicht so zappeln, Kleine, sonst gehst du noch über Bord«, warnte jemand.

Ein Motorboot tuckerte heran, auf dem ein dicker Ägypter in Uniform stand. Wenn man sich ein wenig vorbeugte, konnte man mehrere Meter unter uns den Kapitän der *Scharnhorst* erkennen, der den Lotsen im Eingang persönlich erwartete. Der Ägypter kam mit pompösen Schritten an Bord, die Frachtkähne legten ab, die einheimischen Verkäufer ruderten eilig weiter zum nächsten Schiff. In wenigen Minuten würden wir unsere Fahrt wieder aufnehmen.

»Entschuldigung, darf ich …?«

Ich schlüpfte unter den Armen der Erwachsenen hindurch, die sofort näher zusammendrängten, und drehte mich um mich selbst, um mir ein Bild von der Lage zu verschaffen. Unter normalen Umständen hätte ich lachen müssen. Die Leute hingen in Trauben über der Reling, als wären alle gleichzeitig seekrank geworden!

Aber heute hatte ich dafür keinen Blick. Wie sahen Tatlers von hinten aus? Ratlos lief ich über das Deck, reckte den Hals, stellte mich auf die Zehenspitzen, aber vor mir sah ich nichts als Rücken. In der Kabine waren die beiden Engländer bestimmt nicht mehr, denn die Einfahrt in den Suez-Kanal war ein Höhepunkt der Reise, den man nicht verpassen durfte. Ich mochte wetten, dass selbst meine Eltern jetzt irgendwo in der Menge standen. Wenn ich Pech hatte, liefen sie sich also bereits hier an Deck über den Weg!

Hallo, Herr Liebich, gerade hatte ich eine nette Begegnung mit Ihrer Tochter, und jetzt steht doch tatsächlich noch ein Name auf meiner Liste …

Mir wurde fast ein wenig schwindlig, als ich mir die Szene vorstellte. Eine Ahnung streifte mich, die mit der Tragweite von Entscheidungen zu tun hatte. Ich stellte mich auf die Zehenspitzen und schrie aufs Geratewohl: »Mr Tatler …?«

Einige Köpfe wandten sich zu mir um, mein Schrei hatte selbst in meinen eigenen Ohren ziemlich herzzerreißend geklungen, aber niemand gab sich zu erkennen. Waren Tatlers und meine Eltern auf der anderen Seite … und dort möglicherweise längst zusammengetroffen? Mit weichen Knien beeilte ich mich, zur Tür zu kommen.

Als sich mein Blick im vertrauten Muster eines blau-weißen Seemannspullovers verfing. Pullover, Mütze, Brille … ich blieb stehen. Hatte Mischa nicht nach oben gehen wollen? Ein großer Herr mit freundlichem Gesicht schaute ernst zu ihm hinunter, hörte zu, streckte die Hand aus. Ein zusammengefaltetes Blatt Papier wechselte den Besitzer.

Erst dann entdeckte Mr Tatler mich, lächelte und nickte, aber mir hatte es die Sprache verschlagen. »No say«, hatte ich zu ihm sagen wollen und gehofft, dass er verstand.

Ein Beben durchlief den Schiffsrumpf, als die Motoren sich wieder in Betrieb setzten. Mr Tatler drehte sich zurück zur Reling und hob den Fotoapparat.

»Ich habe auch Freunde«, sagte Mischa leise.

»Wie viele?«, flüsterte ich.

»Nur drei! Und ich habe Mr Tatler gesagt, dass er nichts verraten darf.«

In den nächsten Stunden sahen wir atemberaubende Bilder. Kleine ägyptische Dörfer, Bauernfamilien, die auf ihren Feldern arbeiteten, Karren, die von Rindern oder Wasserbüffeln gezogen wurden. Wir sahen eine Karawane aneinander festgebundener Kamele, deren Hälse im Gleichschritt wippten wie tanzende Schlangen, wir sahen Palmen und Sanddünen und den im Licht des sinkenden Sonnenballs langsam wachsenden, gestochen scharfen Scherenschnitt der *Scharnhorst*, der lautlos und geheimnisvoll neben uns über die Landschaft glitt. Die Fahrrinne zwischen beiden Ufern war an manchen Stellen so schmal, dass man an Land hätte springen können. Kinder badeten im seichten Wasser, Frauen wuschen Kleidungsstücke, Hunde liefen bellend neben uns her.

Schiffe mit den Hoheitszeichen vieler Länder kamen uns entgegen und die *Scharnhorst* musste in Wartebuchten ausweichen, da der Verkehr aus dem Süden Vorfahrt hatte. Das fortwährende Klick-klick der Fotografen wurde zum Teil der Landschaft wie der Wüstensand, der zwischen meinen Zähnen knirschte, wie das Geplauder von Mischa.

Obwohl die Sicht vom Promenadendeck so viel besser war und seine Eltern zweifellos längst nach ihm suchten, wich er mir nicht von der Seite. Er wies auf dies und jenes, erklärte mir alles Mögliche, was er vor der Reise eigens nachgelesen hatte; es war, als wollte er vermeiden, dass ich ihm, wenn er mich nur eine Minute zu Wort kommen ließ, Vorwürfe machte.

Dabei konnte ich ihm nicht einmal böse sein. Wäre ich an seiner Stelle gewesen, ich hätte alles genauso gemacht wie er. Das Einzige, was ich ihm übel nahm, war, dass er es heimlich getan hatte. Hätte ich gewusst, was er vorhatte, hätte ich doch auch Thomas' Namen auf Mr Tatlers Liste gesetzt!

Ich starrte hinab in das bräunliche Wasser und versuchte mir einzureden, es sei gut, dass die Liste jetzt auf dem Weg war, je schneller, desto besser. Dass alles andere von Bekka abhing, die schaffte, was sie sich vornahm – ganz im Gegensatz zu mir, die unverzeihliche Fehler beging, wie den Namen eines Freundes zu opfern. Ich sagte mir, dass ich unmöglich ein zweites Mal zu Mr Tatler gehen und den Anschein erwecken konnte, seine Hilfsbereitschaft würde ausgenutzt, ja, sobald er den Kopf aus der Kabine steckte, würden Kinder an ihn heranschleichen und ihm Namen zustecken.

Ich redete mir ein, dass ich mein Bestes getan hatte, aber meine zuversichtliche Freude von vorhin war wie weggefegt. Aus den Tiefen des Kanals, den Windfiguren im Sand, aus den zerzupften Wattewolken, die über den Himmel huschten, flüsterten dieselben Worte: *Nicht genug, nicht genug …*

7

Im neuen Jahr lag der Indische Ozean vor uns. Hatte man im Roten Meer die eine oder andere Küste von fern noch erkennen können, und hatte das Fähnchen auf der Landkarte im Speisesaal, das unsere Position anzeigte, noch einen gewissen Halt geboten, so war es damit nun vorbei. Da waren nur noch das Meer und der Himmel und eine immer heißer auf uns niederbrennende Sonne, da trug uns nichts mehr außer unserem Schiff, das in der Weite des Ozeans mit einem Mal unfassbar klein und verloren wirkte.

Wenigstens ließen die Stürme uns in Ruhe. Die Mannschaft hatte, so hieß es, im Januar noch nie eine so ruhige Passage erlebt.

Irgendwo auf halber Strecke zwischen Asien und Afrika erschien eines Abends der Erste Offizier im Speisesaal. Mit finsterem Gesicht baute er sich neben der Tür auf, die meisten deutschen Tische im Rücken, die meisten jüdischen Tische im Blick. Es wurde mucksmäuschenstill. Die Raumtemperatur sank augenblicklich um mehrere Grad.

»Es hat sich vielleicht herumgesprochen«, schnarrte der Offizier und fixierte uns über seinen Schnäuzer hinweg mit strafendem Blick, »dass Passagiere sowohl der ersten als auch dieser Klasse sich wegen des Besuchs ungebetener Gäste an die Schiffsführung gewandt haben.«

Mir schoss die Hitze in die Wangen. Ungebetene Gäste …? Wir hatten unsere Fahrkarten teuer bezahlt, sogar ein Rückfahrtticket hatten wir erwerben müssen, obwohl von vornherein klar gewesen war, dass es verfallen würde. Wir hatten dasselbe Recht wie alle anderen, auf diesem Schiff zu sein!

Gut, ich war ab und zu auf der Seite der Deutschen, aber ich hatte nur ein einziges Mal in einem ihrer Liegestühle gesessen und das war am ersten Tag gewesen, als ich noch nicht wusste, wie die Dinge hier funktionierten. An den Gesichtern um mich herum konnte ich ablesen, dass anderen ähnliche Gedanken durch den Kopf schossen wie mir.

»What does he say? What does he say?«, flüsterte Mrs Tatler Papa zu, aber der war zu erstarrt, um zu übersetzen.

»Mäuse«, fuhr der Offizier fort, nachdem er die Spannung eine halbe Minute ausgekostet hatte, »gehören zu den unvermeidlichen Begleitern der Seefahrt. Das Vorhandensein von Mäusen an Bord ist nicht zu verhindern. Dass Mäuse in Ihre Kabinen vordringen, indes sehr wohl! Zu Beginn der Reise wurden Sie aufgefordert, die Schiffsordnung zu studieren, und an dem vermehrten Auftauchen von Mäusen in den letzten Tagen erkenne ich, dass etliche von Ihnen dies nicht getan haben. Für die Unannehmlichkeiten für sich selbst – und für Ihre Mitpassagiere! – sind die Betreffenden nun ganz allein verantwortlich!«

Der Offizier wippte herausfordernd auf den Zehenspitzen, um seine Worte zu unterstreichen.

»Es ist Ihnen ausdrücklich untersagt«, dröhnte er unvermittelt los, »Essen vom Büfett einzustecken und in Ihren Kabinen aufzubewahren! Ab morgen wird es überall auf dem Schiff unangekündigte Kontrollen geben und die Namen derer, bei denen wir Lebensmittel finden, werden für alle sichtbar am Schwarzen Brett veröffentlicht. Die von Mäusen befallenen Mitreisenden können sich dann bei Ihnen bedanken. Heil Hitler!«

Sprach's, knallte die Hacken zusammen und ging. Ich versuchte, nicht zu meiner Mutter hinzusehen, aber die Hitzewelle, die von ihr ausging, war verräterisch genug.

Die Bewohner des Ozeans konnten sich in dieser Nacht über eine Fülle unerwarteter Leckerbissen freuen. Während Papa und ich gegen Mitternacht an der Reling standen und verstohlen Zwieback ins Wasser bröselten, sah ich zehn Meter weiter zwei Gestalten im Bademantel bei derselben heimlichen Verrichtung. Als sie fertig waren, kamen sie an uns vorbei und kicherten unterdrückt. Es waren zwei Frauen, eine flüsterte: »Wohin mit dem ganzen Papier?«

»Abfalleimer im Sanitärraum«, raunte Papa, worauf die beiden noch mehr lachen mussten und »Einen schönen Gruß an Ihre Frau« auftrugen.

Mein Vater wirkte schlagartig belebt. »Die haben völlig Recht«, murmelte er, als die beiden verschwunden waren. »Was können uns die Deutschen denn jetzt noch anhaben?«

Die Antwort auf diese Frage erhielten wir rasch. Kaum waren wir am nächsten Morgen vom Frühstück zurück, hämmerte es an unsere Kabinentür. Etwas fuhr pfeilschnell meine Beine hinauf und mitten durch den Bauch, wie eine Patronenkugel, dachte ich, ein kleines heißes Stück Blei, das in der Kehle stecken blieb.

Meine Eltern und ich waren gerade dabei gewesen, unsere Siebensachen für den Vormittag an Deck zusammenzusuchen: Bücher, Schreibzeug, Sonnenhüte und ein Quartettspiel, falls Familie Konitzer zu uns herunterkam. Jetzt erstarrten Mamu und Papa mitten in der Bewegung, Mamu mit der Hand an der Schranktür, Papa im Bücken nach seinen Schuhen. Sie gefroren, als flüchte alles Leben aus ihren Adern.

Es klopfte ein zweites Mal, noch energischer. Eine Stimme rief: »Jemand da? Aufmachen!«, worauf Papa aus seiner Starre erwachte und den Schlüssel umdrehte.

Sofort drängten zwei Offiziere in die Kabine. Sie nahmen so viel Platz ein, dass Mamu und ich uns an den Schrank drücken mussten.

»Heil Hitler! Kabinenkontrolle, Sie wissen ja schon Bescheid. Darf ich?«

Einer winkte uns, vom Schrank zu verschwinden, und Mamu und ich mussten sitzend übers Kanapee rutschen, um an ihm vorbeizukommen. Stumm sahen wir zu, wie die beiden unsere Kleiderstapel aus dem Schrank hoben, hinter den Ablauf des Waschbeckens fassten, sogar den Kopf aus dem Fenster steckten, als könne es uns gelungen sein, an einer nicht vorhandenen Befestigung Beutel ins Freie zu hängen.

Natürlich fanden sie nicht den kleinsten Krümel. Aber im Hinausgehen blieb ihr Blick an Mamu hängen, den Schweißperlen auf ihrer Stirn, dem flachen Atem.

»Wenn Sie doch was versteckt haben, sagen Sie's lieber gleich!«

Mamu antwortete leise: »Wir haben nichts versteckt.«

»Und warum zittern Sie so? Da stimmt doch was nicht.«

Meine Mutter straffte den Rücken. »Ich zittere, weil mich Ihre Durchsuchung an einen gewissen Abend letzten November erinnert, als auch in unsere Wohnung eingedrungen wurde.«

Der Offizier schnob durch die Nase. »Eingedrungen ...!«, wiederholte er und sah vielsagend zu seinem Kollegen. »Sie möchten ihre Ruhe haben, die Juden. Vielleicht möchten sie ja, damit niemand mehr eindringt, ihre Reise lieber in einem Ruderboot fortsetzen?«

»Werden wir dann mal vorschlagen«, soufflierte der andere und musterte uns drohend, bevor sie hinausgingen und die Tür hart hinter sich zuschlugen.

Mischa versicherte, ich brauche keine Angst zu haben: Eine ganze Schrankhälfte in ihrer Kabine stünde leer und dort könne er mich wunderbar verstecken. Meine Eltern würden leider nicht mit hineinpassen, aber wenn sich für sie kein geeignetes Versteck an Bord fände, würden er und seine Eltern für mich sorgen, sobald das Ruderboot ausgesetzt worden war.

»Es fahren jede Menge Schiffe auf dieser Route! Mit Sicherheit würde sie ganz schnell jemand auflesen.«

Konnte ich Mischa trauen? Ich hatte keineswegs vergessen, wie er mich hintergangen hatte, aber die Augen hinter seinen Brillengläsern blickten offen und anteilnehmend. Hatte ich überhaupt eine Wahl? Natürlich würden wir Helfer brauchen!

»Im untersten Fach in der Bibliothek«, sagte ich gedehnt und unterzog Mischa einem weiteren prüfenden Blick, bevor ich fortfuhr: »Hinten links an der Wand stehen die Bücher in zwei Reihen, und wenn man die hintere Reihe herausnimmt und auf die anderen Regale verteilt …«

Mischas Gesicht hellte sich auf. »Du sprichst von einen Hohlraum?«

»Zwei Personen könnten sich ohne Probleme lang hinter den Büchern ausstrecken und nachts, wenn die Bibliothek abgeschlossen ist …«

»… dann kommen sie heraus! Und ich habe tagsüber Zeit, ihnen Essen zu verstecken!«

Mischa war so entzückt, als könne er sich bereits nichts Schöneres vorstellen, als dass meine Eltern den Rest der Reise hinter Bibliotheksbüchern liegend verbrachten.

»Wie in aller Welt hast du das so schnell herausgefunden?«, fragte er anerkennend.

»Ach, das ist mir schon am ersten Tag aufgefallen«, gestand ich.

»Lass mich raten: Ihr musstet schon mal untertauchen?«

Ich sah sein erwartungsvolles Gesicht und konnte nicht anders, ich verspürte Stolz. Unterzutauchen war so ziemlich das Aufregendste, was ich mir vorstellen konnte, und dass Mischa es uns zutraute, hob meine Laune ganz erheblich.

»Meine Freundin Bekka und ich haben einen Plan gezeichnet«, klärte ich ihn auf. »Eine kleine Karte mit unseren besten Verstecken und Fluchtwegen im Viertel, die wir ständig erweitert haben. Bekka trägt sie in ihrem Schuh. Eigentlich sollte der Plan helfen zu verschwinden, wenn die Hitlerjungen hinter uns her waren, aber es gibt Verstecke, in denen man gut und gerne eine längere Zeit unterschlüpfen könnte.«

»Sag bloß«, staunte Mischa, »du hast so eine Karte auch für dieses Schiff?«

»Nein, ich habe bloß einen Blick für Verstecke. Wenn irgendwo eins ist, erkenne ich es sofort und merke es mir, ganz egal ob ich es gerade brauche oder nicht.«

Mischa nickte nachdenklich und es war unschwer zu erkennen, mit welch großem Respekt er mich auf einmal betrachtete. Ein Blick für Verstecke war zweifellos eine brauchbare Fähigkeit, selbst auf dem Weg nach China.

Wir verloren keine Zeit und begannen sofort alles vorzubereiten. Wir nahmen die hintere Reihe der Bücher aus dem betreffenden Wandregal und sortierten sie in die Lücken der übrigen Regale, mehrere Stapel über die nächsten Tage verteilt, damit es nicht auffiel. Wir klauten einen Putzeimer aus dem Duschraum – schließlich würden meine Eltern auch eine Toilette benötigen – und versteckten ihn bis auf Weiteres in einem der Rettungsboote. Wir sammelten leere Flaschen als Trink- und Waschwasserbehälter. Auf diese Weise vergingen die nächsten Tage wie im Flug.

Dennoch konnte ich erst wieder richtig durchatmen, als die Küste Britisch-Westindiens in Sicht kam. Unsere Feinde hatten uns vergessen, oder, was noch wahrscheinlicher schien: Es gab gar kein Ruderboot an Bord, das sie entbehren konnten.

Nicht nur ich war froh, Land zu sehen. Die Passagiere der *Scharnhorst* drängten so erleichtert zur Reling, als könnten sie nicht abwarten, endlich wieder festen Boden unter die Füße zu bekommen. In Colombo, wo wir Lebensmittel, Kohlen und Post aufnahmen, war ein Ausflug geplant, und gemeinsam sahen Mischa und ich zu, wie die Teilnehmer unter Geschrei, Gekicher und Geschaukel in einheimische Boote umstiegen, die sie an Land brachten.

Mischa winkte seiner Mutter. Wir Juden durften, wie sich herausstellte, nämlich nicht mit – die Engländer befürchteten, wir könnten in ihrer Kolonie untertauchen.

Die Briten schienen gut über uns Bescheid zu wissen. Ich versuchte, den Kopf oben zu behalten und mich nicht anstecken zu lassen von der wachsenden Unruhe, aber es war einfach nicht zu überhören: Die Juden in der Touristenklasse hatten die lange Strecke von Dschibuti nach Colombo vorwiegend dazu genutzt, einander davon zu überzeugen, dass wir mit jedem Tag, der uns vermeintlich dem Ziel näher brachte, in Wirklichkeit nur ein kleines Stück näher an neues Unheil heranrückten. Inzwischen wusste jeder Bescheid. Es gab keinen Ort auf der Welt, der gefährlicher, schmutziger, erbärmlicher, kurz: für uns mitteleuropäische Juden ungeeigneter war als Shanghai, die Stadt über dem Meer.

Grüne Pillen fanden reißenden Absatz, auch ich musste jetzt jeden Morgen und Abend eine schlucken. Die Pillen stählten angeblich gegen Tropenkrankheiten, die uns sofort angreifen würden, sobald wir auch nur eine Zehenspitze auf chinesischen Boden setzten. Die Tropenkrankheiten hatten allesamt schauderhafte Namen, die man lieber gleich wieder vergaß. Unter anderem spielten Würmer eine Rolle, die dem Mitteleuropäer unter die Haut krochen, dort wuchsen und sich vermehrten und ab und zu den Kopf ins Freie streckten – vorwiegend nachts, wenn man sie nicht sehen und herausziehen konnte.

»Achte darauf, keine Würmer an dich heranzulassen«, riet Mischa. »Sonst könnt ihr nicht nach Amerika, wenn eure Quote aufgerufen wird, und müsst für immer in Shanghai bleiben.«

»Woran erkenne ich sie denn?«, fragte ich nervös und spürte bereits, wie sich unter meiner Haut etwas bewegte, das nicht dorthin gehörte.

»Gar nicht, das ist ja das Fiese! Sie sind winzig klein und schwimmen im Wasser. Groß«, und er breitete warnend die Arme aus, »werden sie erst, wenn du sie geschluckt hast und sie sich von dir ernähren können.«

Meine vage Hoffnung, dass Mischa mich nur hochnehmen wollte, verging, als ich feststellte, dass auch andere an Bord bereits über diese Würmer diskutierten.

Zwölf Tage noch – und dann?

»Liebe Ziska«, schrieb Bekka, »danke für deine Postkarte aus Genua! Ich hoffe, sie haben euch doch noch an Bord gelassen. Hier nichts Neues, außer dass sich die Sache mit dem K. herumspricht wie ein Lauffeuer. Plötzlich will jeder Jude in Berlin seine Kinder rausbringen, aber wir sind ja zum Glück bestens vorbereitet. Ich hatte, während Herr Weitz von der jüdischen Gemeinde unseren Antrag aufnahm, die glückliche Idee, ein paar Sätze auf Englisch zu ihm zu sagen, das hat er hoffentlich weitergegeben.«

Ich ließ Bekkas Brief sinken und meinen Blick übers Deck schweifen, während ich an sie dachte. Überall saßen Auswanderer und lasen ihre Briefe von zu Hause. Einige, die keine Post bekommen hatten, weinten oder flüsterten miteinander, was das wohl zu bedeuten hatte. Die meisten Juden, die mit uns in der Touristenklasse reisten, kannten wir mittlerweile mit Namen – zumindest die, die mit uns redeten. Für die »Orthodoxen«, die mehrmals am Tag beteten und an Bord nichts als Obst und Wasser zu sich nahmen, waren wir »Assimilierten« Luft, erst recht, seit wir an der Weihnachtsfeier teilgenommen hatten.

Wie klug meine Freundin plante! Nichts überließ sie dem Zufall. Brauchte sie mich überhaupt? Im Postsack der *Scharnhorst,* der mit den Ausflüglern an Land gerudert worden war, befand sich meine zweite Karte an sie: auf der Vorderseite das Foto unseres Schiffes, hinten eine Schilderung unseres Lebens an Bord. Das gute Essen, die gemütliche Kabine, die Delfine, die wir im Ozean gesehen hatten.

Kein Wort von Mr Tatlers Liste. Ich wusste einfach nicht, wie ich Bekka beibringen sollte, dass Thomas' Name fehlte. Log ich: »Ich habe eure Namen auf eine bessere Liste gesetzt«, konnte es ans Licht kommen, wenn Bekka nach der Ankunft in England die Liste je mit eigenen Augen sah. Sagte ich die Wahrheit: »Ich habe deinen Namen aufgeschrieben«, würde sie sofort nach Thomas fragen.

Es half nichts: Ich würde warten müssen, bis Bekka sich aus England meldete, erst dann konnte ich sie bitten, meinen Cousinen zu helfen. Und falls ich diejenige war, der sie ihren Platz auf dem Kindertransport verdankte, würde sie es nie erfahren.

Ich musste mir eingestehen, wie sehr mich das wurmte. Immer war sie diejenige gewesen, die die besten Ideen hatte; wie gern hätte ich ihr bewiesen, dass auch ich etwas zuwege brachte! Dabei hätte sie es wahrscheinlich gar nicht nötig gehabt, dass ich ihren Namen auf Mr Tatlers Liste setzte – im Gegensatz zu Evchen und Betti, den beiden kleinen Nervensägen, die jetzt zwischen den Namen älterer, unkomplizierterer, sympathischerer Kinder verschwanden …

Bei der Vorstellung, Bekka könne den beiden von England aus keinen Platz besorgen, wurde mir ganz flau im Magen. Es wäre nicht der erste Plan von Ziska Mangold, der nicht aufgegangen war. Wenn meine Eltern je davon erfuhren …

Hastig brach ich diesen schweißtreibenden Gedanken ab und versuchte mich auf die zweite Seite des Briefes zu konzentrieren, auf der Bekka berichtete, wie sie und ihre Familie zum Rathaus hatten gehen müssen, um ihre zusätzlichen Vornamen eintragen zu lassen. Vom 1. Januar an hatte in den Pässen aller jüdischen

Frauen und Mädchen der Name Sara zu stehen, in denen der Männer und Jungen der Name Israel. Meine Eltern und ich waren dieser seltsamen Vorschrift um nur wenige Tage entgangen.

»Wir haben deine Tante mit deinen Cousinen dort gesehen«, berichtete Bekka, »aber sie hat nicht gegrüßt. Kennt sie uns nicht mehr? Ist irgendwas? Mami hat sich Sorgen gemacht und auf dem Rückweg bei ihr geklingelt, aber es machte niemand auf.«

Abermals ließ ich den Brief sinken und mein Herz sank gleich mit. Wenn meine Mutter Bekkas Seiten lesen wollte, würde dieser kleine Absatz ihr, falls das überhaupt noch möglich war, den Rest geben. Denn auch Mamu hatte einen Brief bekommen.

Berlin, den 26.12.1938. Liebe Margot, nun sitzt du also irgendwo in der Sonne und willst wissen, wie es uns geht. Du kannst deinem Mann sagen, dass das Auto in Sicherheit ist und über eure Freunde wohl einen guten Preis erzielen wird. Die beiden geben sich alle Mühe, die Scherben aufzulesen, die ihr hinterlassen habt, also werde ich gegen Franz' Einsatz aus der Ferne keine bösen Worte verlieren. Aber dass es noch schlimmer gekommen ist, als ich befürchtet habe, wirst du nicht bestreiten. Du wirst jetzt wohl sagen, Erik sei selbst schuld, er hätte eben nicht mit in den Bahnhof hineingehen dürfen. Aber was ihm passiert ist, hat woanders angefangen und das weißt du sehr gut.

Ich weiß nicht, was ich weiter schreiben soll, Margot. Vielleicht in ein paar Wochen, wenn etwas Gras darüber gewachsen ist. Die Frau von eurem Freund E. nimmt mich morgen mit zum Reisebüro, dabei weiß ich nicht einmal, wo Erik ist.

Euch gute Reise. Deine Ruth.

Es war einer dieser Briefe, die man ganz gewiss nicht mehrmals lesen muss, um sie nie zu vergessen. Aus Mamus Gesicht war die

Farbe gewichen, sie war aus dem Liegestuhl aufgestanden und wortlos zurück in unsere Kabine gegangen. Das war eine halbe Stunde her und nachdem erst Papa, dann ich Tante Ruths bissige Zeilen gelesen hatten, hatte ich erwartet, dass mein Vater Mamu folgte und sie tröstete.

Aber erst blieb er einfach sitzen und starrte mit hängenden Mundwinkeln in die Gegend, dann war – zu seiner sichtlichen Erleichterung – sein neuer Freund Herr Konitzer aufgetaucht. Seit einigen Tagen verließ Herr Konitzer nämlich seine Kabine, wenngleich er lieber zu uns kam, als sich in der ersten Klasse zu zeigen. Sobald er am Fuß der Treppe stand, nahm er seinen Hut ab, riss ihn sich nahezu vom Kopf und ließ sich Sonne und Wind mit einem Genuss ums stoppelige Haupt wehen, als sei die Luft oben weniger frisch.

Herr Konitzer und Papa standen mir gegenüber an der Reling und redeten leise über Tante Ruths Brief. Herr Konitzer fand, dass meine Eltern alles richtig gemacht hatten und dass auch Papas Arrangement mit dem Wanderer sehr klug gewesen war. Mit etwas Glück, meinte er, würde uns Onkel Erik in wenigen Monaten folgen und sei außer Gefahr, aber ob wir Tante Ruth mit den kleinen Kindern nachholen sollten, könne man wohl erst einschätzen, wenn man die Situation vor Ort selbst erlebt hatte.

»Ihre Schwägerin beruhigt sich schon wieder, mein Freund. Ganz gewiss sind nicht Sie und Ihre Frau für ihre Lage verantwortlich, sondern Hitler, verflucht sei sein Name, und die Deutschen, diese feigen Fahnenschwenker!«

Er spuckte angewidert ins Wasser.

»Na, zum Glück sind die Deutschen nicht alle so«, erwiderte Papa gedehnt. »Noch bei der Abfahrt am Bahnhof ist ein Mann für uns eingetreten.«

»Für mich nicht«, erwiderte Herr Konitzer kühl. »Nehmen Sie mir's nicht übel, aber von sogenannten anständigen Deutschen will ich nichts hören. Ich weiß selbst, was ich erlebt habe.«

Papa verstummte. Es war ohnehin ungewohnt still, seit die Motoren ruhten. Ihr Vibrieren steckte nur noch in meinem Bauch und meinen Armen, aber auch dort wurde es allmählich schwächer. Ich hörte kleine Wellen an den Schiffsrumpf schlagen, eine Fliege brummen.

»Einer von uns geht jetzt am besten mal runter und sieht nach Mamu«, versuchte ich es.

Doch selbst einem verärgerten Herrn Konitzer gab Papa den Vorzug vor unserer häuslichen Krise. Je weiter wir uns von Europa entfernten, desto weniger konnte man sich auf meine Eltern verlassen.

Die *Scharnhorst* lag im Dreimeilenabstand zum Hafen; es hatte sich herumgesprochen, weshalb: In einigen afrikanischen Häfen hatten Einheimische am Kai gestanden und anlegenden deutschen Dampfern »Hitler kaputt!« und »Es leben die Juden!« entgegengebrüllt. Arbeiter hatten sich geweigert, deutsche Schiffe zu beladen, die Offiziere und Besatzungsmitglieder hatten selber Kohle schaufeln müssen.

Ein Grund zur Freude war das aber nicht, im Gegenteil: Was, wenn die Stimmung an Bord sich gegen uns wandte? Die Atmosphäre war angespannt, während wir in Colombo vor Anker lagen, und auf den Unterdecks konnte man Männer mit Maschinengewehren auf und ab gehen sehen.

Auch Mamu ging auf und ab, soweit man bei den drei Schritten, die sich in unserer Kabine zurücklegen ließen, überhaupt davon reden konnte. Mir fiel ein Stein vom Herzen, als ich sie sah. Eine wütende Mutter war mir bedeutend lieber als eine verzweifelte.

Mit einer wütenden Mutter war ich vertraut. Ich setzte mich aufs Kanapee und zog die Beine an, um ihr den nötigen Raum zu lassen.

»Ich will zu ihren Gunsten vermuten, dass sie den Brief im Affekt geschrieben hat und es ihr leid tat, sobald sie ihn eingeworfen hatte!«, schnaubte Mamu. »Am liebsten würde ich ihn in einen Umschlag stecken und einfach zurückschicken!«

»In Singapur geht noch mal Post«, bemerkte ich hilfsbereit.

»*Euch gute Reise!* Nichts als unser nacktes Leben haben wir gerettet, als ob sie das nicht wüsste! Das Einzige, was wir noch besitzen, ist unser verdammtes Auto, und das haben wir Erik überschrieben. Am besten frage ich sie mal, ob das die *Scherben* sein sollen, die wir hinterlassen haben!«

»Ich glaube, das ist anders gemeint«, begann ich, aber Mamu hörte mir gar nicht zu.

»Sobald wir da drüben angekommen sind«, schwor sie grimmig, »werden wir uns alle drei am Riemen reißen und nicht eher ruhen, bis wir diese undankbare Person mitsamt ihren Launen und Tiraden und ihren Nervensägen von Kleinkindern zu uns rübergeholt haben. Und sei es nur, damit ich ihr diesen Brief um die Ohren schlage!«

Mamu gefiel mir immer besser. Langsam fühlte ich mich geradezu zu Hause. »Tante Ruth hat ziemlich viel Pech«, bemerkte ich. »Wahrscheinlich ist sie die Erste von uns, die diese Würmer bekommt.«

»Das schadet nichts«, brummte Mamu. »Die Würmer werden es bei ihr nicht lange aushalten.«

Sie nahm einige Kleidungsstücke aus dem Schrank, schüttelte sie so heftig, als könnte Tante Ruth dazwischen herausfallen, roch daran und verzog das Gesicht. Die hohe Luftfeuchtigkeit ließ alles, was sich in unserer Kabine befand, muffeln und meine Mutter hängte unsere Sachen regelmäßig zum Lüften ins Bullauge. Ölgeruch schlägt Schimmelmief, meinte sie.

»Mamu«, fragte ich, »wird es in Shanghai wirklich so schlimm, wie alle sagen?«

»Nein, mein Schatz«, erklärte sie zu meiner Überraschung. »Wie könnte es dort schlimm werden? Shanghai ist uns jetzt näher als alle anderen Länder in Europa, denn die wollen uns in der Stunde der Not nicht helfen.«

»Aber alle sagen doch …«

»Keiner von denen, die da draußen das große Wort führen, war je persönlich in Shanghai. Wir sind bis hierher gekommen, was keineswegs leicht war, also schaffen wir auch den Rest. Dieses Gejammer will ich nicht mehr hören, Ziska!«

Einen Augenblick war ich sprachlos vor Empörung. Ich war die Einzige von uns, die in den ganzen drei Wochen seit unserer Abreise noch nicht ein Mal gejammert hatte!

Aber die Erleichterung gewann schnell die Oberhand. Wenn Mamu anfing, sich ihrer Spezialdisziplin zu besinnen – dem Verdrehen von Worten und Tatsachen zu ihren Gunsten –, dann musste man sich keine Sorgen mehr machen, dann ging es endlich wieder aufwärts mit unserer Familie.

Noch am selben Abend verließen wir Colombo und nahmen Kurs auf Singapur, und als die Lichter der Küstenstadt in der Dunkelheit verschwammen, breitete sich eine Stille auf dem Schiff aus, die man fast mit Händen greifen konnte. Der größte Teil der Reise lag jetzt hinter uns; von nun an konnte man die Tage rückwärts zählen.

8

Wir umrundeten die Welt. Wir merkten es daran, dass es, kaum hatten wir uns an die Sommerhitze gewöhnt, mit einem Mal wieder kühler wurde, bis wir im Südchinesischen Meer schließlich wieder unsere Mäntel brauchten und dazu übergingen, statt im Liegestuhl an Deck in den Aufenthaltsräumen und der Bibliothek zu sitzen.

»Was ist denn das für ein Durcheinander?«, beschwerte sich Riekchens Tante und brachte Stunden damit zu, falsch eingeordnete Bücher aufzuspüren und wieder an ihren Platz zu stellen. »Man könnte meinen, jemand habe sich einen Scherz erlaubt!«

»Vielleicht hatte jemand keine Ahnung«, sagte Riekchen bissig.

Nicht dass ich sie sehen konnte – wir richteten es so ein, dass immer ein Regal zwischen unseren Leseplätzen stand. War kein Platz frei, an dem der einen der Anblick der anderen erspart blieb, ging diejenige, die später kam, einfach wieder hinaus. Ich fand es beachtenswert, dass Leute, die einander auf den Tod nicht ausstehen konnten, sich ganz ohne Worte offenbar ebenso problemlos verständigen konnten wie beste Freunde.

Es war Mischa, der mich darauf aufmerksam machte, dass sich die Farbe des Wassers veränderte. Ich sah ihn nicht mehr so häufig wie zu Beginn unserer Reise, da er sich mit einem Jungen in der ersten Klasse angefreundet hatte – einem gewissen Rainer, der froh war, dass er jemanden zum Schachspielen gefunden hatte, egal ob arisch oder nicht.

»Bring ihn doch mal mit herunter!«, schlug ich vor, aber Mischa hob nur die Schultern und ließ seinen Blick andeutungsweise über unser Deck schweifen. Was gibt es hier schon Besonderes?, hieß das wohl.

Mir schoss der Ärger in die Wangen und ich verbiss mir die Antwort: Wenn du dich für uns schämst, bleib ruhig selber oben! Stattdessen sagte ich spitz: »Langsam kommen mir nämlich Zweifel, ob es diesen Rainer überhaupt gibt!«

Mischa legte den Kopf in den Nacken und lachte so herzhaft, dass ich mir noch überflüssiger vorkam.

Nebeneinander hingen wir an einem der letzten Vormittage noch einmal über der Reling und schauten hinunter. Das Wasser war grau, trübe und voller Schlieren. »Weit ist es jetzt jedenfalls nicht mehr«, meinte Mischa.

»Wisst ihr schon, was ihr nach der Ankunft als Erstes macht?«, fragte ich.

»Papa will eine Wohnung im französischen Sektor suchen. Da ist es am schönsten, das sagen alle. Rainer wohnt auch da, er will mir die Gegend zeigen.«

Ich spürte einen kleinen Stich der Enttäuschung, der Verlassenheit beinahe. Verglichen mit Bekka hielt ich Mischa und mich nicht gerade für befreundet, aber im Stillen hatte ich damit gerechnet, dass wir einander helfen würden, sobald wir in Shanghai ankamen.

»Vielleicht könnt ihr sogar auf dieselbe Schule gehen«, meinte ich und spürte eine Träne im Auge brennen, weniger Mischas als meines eigenen Edelmuts wegen.

»Das glaube ich kaum«, erwiderte Mischa. »Rainer geht auf die Kaiser-Wilhelm-Schule. Für uns gibt es nur die International Jewish School, dort sind viele Flüchtlinge.«

Flüchtlinge! Fast hätte ich protestiert. Wir waren Juden, daran hatte ich mich gewöhnt, obwohl ich es bis vor wenigen Jahren selbst nicht gewusst hatte, und Juden, die es aus Deutschland herausschafften, waren Auswanderer, Emigranten, Exilanten. Es gab viele Worte für uns, während wir unterwegs waren. Aber ankommen, da hatte Mischa Recht, würden wir als Flüchtlinge, und obwohl es nur ein Wort war und an unserer Situation überhaupt nichts änderte, machte es mir plötzlich ein wenig Angst.

»Und wenn ihr eure Wohnung gefunden habt?«, fragte ich rasch.

»Papa will eine Praxis eröffnen, mit Mama als Sprechstundenhilfe. Und bei jedem Stopp …«, er senkte die Stimme. »Sie hat während der Reise unsere Praxisausstattung zusammengekauft. In Genua, in Colombo, in Singapur … alles, was sich transportieren lässt.«

»Ach, dafür war also der neue Koffer?«

»Genau. Papa musste seine Praxis mit allem Inventar abgeben und sein Nachfolger hat wie ein Luchs aufgepasst, dass wir nichts mitnahmen. Dauernd tauchte er auf und wollte die Buchführung sehen, jeden Wattebausch musste Mama aufführen! Glaubst du«, fragte Mischa, »dass die Deutschen irgendwann die Strafe bekommen für all das?«

»Ganz bestimmt!«, antwortete ich wie aus der Pistole geschossen.

Er sah mich schräg an. »Da bin ich aber froh. Papa sagt, dein Vater denkt anders darüber.«

»Mein Vater?« Ich runzelte die Stirn. »Was soll das heißen?«

»Dein Vater will nach Deutschland zurück, hat meiner gesagt. Stimmt das?«

Ich trat einen Schritt zurück. »Erstens stimmt es nicht, und zweitens … wieso redet ihr hinterrücks über meinen Vater?«

»In unserer Kabine können wir ja wohl reden, über wen wir wollen!«

Ärger schlug über mir zusammen wie eine heiße Welle. Natürlich war das so, in unserer Kabine redeten wir ja auch über Konitzers, aber erst Rainer und jetzt die Vorwürfe gegen Papa … mir platzte der Kragen.

»Dann geh doch wieder in deine feine Kabine!«, fuhr ich Mischa an. »Bei uns hier unten habt ihr sowieso nichts verloren!«

»Nun reg dich doch nicht gleich auf! Ihr geht sowieso nicht zurück, das weiß ich doch.«

»Aha, und woher?«, rief ich empört.

»Na, weil deine Mutter es zu meiner gesagt hat.«

Ich stieß mich von der Reling ab und ließ ihn stehen. Sprühregen hatte eingesetzt und graue Schwaden hingen über dem Wasser, die sich im Laufe des Nachmittags zu Nebel zusammenziehen und uns laut Wettervorhersage für den Rest der Strecke begleiten würden. Wenn wir Pech hatten, erreichten wir unser lang erwartetes Ziel, ohne irgendetwas davon zu sehen.

Papa wollte also nach Deutschland zurück und Mamu nicht. Na und? Das hätte ich auch ohne Mischa gewusst! Er brauchte sich nicht einzubilden, er hätte mir irgendetwas Neues mitzuteilen, und erst recht nicht, dass ich ihm verraten würde, was Papa und Mamu vielleicht irgendwann einmal vorhatten. Abgesehen davon, dass wir im Augenblick ja noch nicht einmal dort angekommen waren, wohin wir aus Deutschland geflüchtet waren.

Geflüchtet. Da war es schon wieder, dieses Wort. Wie lange würde es für uns gelten? War man noch Flüchtling, wenn man eine Wohnung hatte? Die Sprache des neuen Landes sprach? Neue Freunde fand?

Wer bestimmte, wann man aufhörte, Flüchtling zu sein – oder musste man selbst darauf achten? Vielleicht wachte man ja eines Tages auf und merkte: Jetzt ist es soweit …

Ich hatte noch keine Ahnung, wie es sein würde, aber ich nahm mir fest vor, den Moment nicht zu verpassen und nur so kurz wie möglich Flüchtling zu bleiben.

Meine Freundin Bekka betrachtete das Thema Auswanderung von der praktischen Seite. Das Ziel sei unwichtig, behauptete sie, und wenn das eine scheiterte, wandte man sich eben der nächsten Möglichkeit zu. Ein einziges Mal hatte ich sie weinen sehen: als ihr Vater verhaftet worden war und sie mir gleichzeitig gestehen musste, dass aus ihrer Ausreise in die USA nichts wurde.

Aber schon kurz darauf hatte sich der Weg nach England aufgetan und seitdem verschwendete Bekka keinen Gedanken mehr an Amerika. Ganz bestimmt war es ihr auch vollkommen egal, wie es in England *aussah*! An diesen Gedanken klammerte ich mich, als wir durch Nebelschleier einen ersten Blick auf das Land werfen konnten, das als Einziges bereit gewesen war, uns aufzunehmen.

Von Shanghai war nämlich nichts mehr übrig. Es war so kaputt, dass die Leute nur noch auf dem Wasser wohnen konnten. Schwarze Fensterhöhlen, abgebrochene Dächer, halb eingestürzte Wände glitten stumm an uns vorbei wie Schatten, die über Gräber schwebten.

Leben gab es nur noch vor unserem Bug. Ich schnappte unwillkürlich nach Luft, als ich, seltsam schnatternden Lauten folgend, aufs Wasser hinunterblickte. Ganze Chinesenfamilien trieben auf flachen Holzbooten mit und ohne Segel und grinsten zu uns hoch. Auf den Planken waren die fadenscheinigsten Bruchbuden zusammengezimmert und bei dem Geschnatter handelte es sich ganz offensichtlich um die Landessprache. Nach Luft zu schnappen war allerdings ein Fehler, denn vom Wasser stieg ein Geruch zu uns hinauf, der sehr stark an die tote Katze erinnerte, die Bekka und ich einmal in einem Gebüsch gefunden hatten. Klos gab es auf den Booten offensichtlich nicht und auch Abfall anderer Art wurde direkt ins Wasser geworfen, wie der vorbeitreibende Müll verriet.

Oder besser: Die *Scharnhorst* trieb und der Müll blieb, wo er war. Die Wasseroberfläche war mehr oder weniger davon bedeckt und wir wühlten ihn nur ein wenig auf. Irgendwo in meiner Nähe brach eine Frau in Tränen aus, während wir alle entgeistert auf den unappetitlichen Fluss hinunterstarrten.

Doch als ich wieder den Kopf hob, hatten wir die Trümmerlandschaft hinter uns gelassen und kreuzten einen schmalen Nebenfluss, den in einiger Entfernung eine gewölbte Brücke überspannte. Gleich darauf kamen weitere Gebäude ins Blickfeld und die Anspannung an Bord löste sich in Rufen und Gelächter.

Natürlich! *Das* war Shanghai! Nicht die verbrannten Trümmer und im Unrat schwimmenden Flöße, sondern schimmernde Wolkenkratzer an einer breiten Prachtstraße.

»Hurra!«, schrie jemand. »Wir sind in Amerika!«

Eine fast andächtige Stimmung kam auf, als die herrschaftlich anmutenden Bauten näher kamen. Eins war schöner als das andere und nicht einfach grau oder braun wie die meisten Häuser in Berlin, sondern mit kunstvollen Ornamenten versehen. Trotz des diesigen Wetters hörte ich Kameras klicken, um jeden Augenblick der eben noch gefürchteten Ankunft im Bild festzuhalten. Orthodoxe murmelten Dankgebete.

Und verstummten. Stille legte sich über das Schiff, als hätte uns jemand die Luft abgedrückt. Direkt vor uns wehte eine Hakenkreuzfahne.

Das war zu viel für einige der Männer. Sie drehten sich vor Entsetzen um oder verließen sogar fluchtartig das Deck.

Mein Vater biss die Zähne zusammen und sagte eine Weile nichts. Erst als die Fahne aus dem Blickfeld geschwebt war, bemerkte er: »Na, das war wohl zu erwarten.«

»Was machen denn die Deutschen hier?«, flüsterte ich.

»Das ist bestimmt das Generalkonsulat, Ziska. Erinnerst du dich an die Botschaften in Berlin? Jedes Land hat Vertretungen im Ausland und hängt dort seine Fahne auf.«

»Dann ist es also ganz normal, dass hier die Nazifahne hängt?«

»Ja, Kind«, erwiderte Papa fest. »Das ist ganz normal.«

Mamu schob ihren Arm unter den seinen und ließ ihn dort, nachdem das deutsche Generalkonsulat schon längst aus unserem Blickfeld verschwunden war.

»Du meinst, die Deutschen sind hier, aber sie können uns nichts mehr anhaben?«, vergewisserte ich mich noch einmal.

Papa antworte nicht. Vielleicht hatte er mich nicht gehört. Der Lärm vor dem Bug der *Scharnhorst* nahm zu, je näher wir dem Hafen kamen – es war wie in anderen Küstenstädten, in denen wir unterwegs angelegt hatten. Dutzende Boote und Flöße trieben auf dem Fluss und man musste fürchten, dass sie in den Sog unserer Schiffsschraube gerieten, doch die Ruderer wichen geschickt aus.

Stundenlang lagen wir in der Mitte des Huangpu-Flusses vor Anker und warteten, dass ein Anlegeplatz frei wurde. Shanghai war ein Freihafen, es war eine Menge los. Containerschiffe legten an und wurden entladen, und unmittelbar vor uns kam ein großes italienisches Passagierschiff an die Reihe, die *Conte Rosso*.

Eine Mahlzeit gab es an Bord jetzt nicht mehr und wir standen abwechselnd entweder an der Reling oder saßen in der Kabine bei unseren gepackten Koffern. In meinem Magen kribbelte es, eine Mischung aus Vorfreude und Angst. Um mich zu beruhigen, versuchte ich, in meinem Kopf an Bekka zu schreiben, aber ich fand nur Bruchstücke von Sätzen.

Ich wünschte, sie wäre bei mir gewesen. Ich vermisste sie schon die ganze Zeit, aber erst jetzt spürte ich, was unsere Trennung wirklich bedeutete. Unser ganzes Leben waren wir zusammen gewesen, hatten alles gemeinsam unternommen. Es hätte so bleiben müssen!

Meine Eltern hatten einander, aber ich, ich war überhaupt nicht darauf vorbereitet, ohne Bekka auszukommen!

Endlich sprangen die Motoren wieder an und wir bewegten uns so langsam und majestätisch auf unseren Anlegeplatz zu, wie es sich für einen Ozeanriesen inmitten lästiger kleiner Boote gehörte. Der Nebel hatte sich aufgelöst und die Stadt schien so nah, dass man ein Lasso danach hätte werfen können. Ich sah die Schaufenster der Geschäfte, protzige Bankhäuser mit Portalen wie im alten Rom, ich sah die dicken Lettern der Kinowerbung und livrierte Pagen unter den Baldachinen der Nobelhotels. Die Gebäude waren mit Fahnen übersät, oft mehrere nebeneinander, wobei das Rotweißblau des britischen Union Jack dominierte. Auch die meisten Schilder und Kinotitel waren auf Englisch. Mr und Mrs Tatler konnten sich vom ersten Augenblick an zu Hause fühlen.

Die beiden Engländer hatten sich am Morgen von uns verabschiedet und uns viel Glück gewünscht, und ich hatte erwartet und gehofft, dass Mr Tatler mir wenigstens kurz zuzwinkerte, um zu besiegeln, dass er mir etwas versprochen hatte. Aber er ließ sich nichts anmerken.

Hieß das, er hatte Bekka vergessen? Oder nahmen Engländer das *Siegel der Verschwiegenheit* so ernst, dass sie auch Mitverschwörern gegenüber keinerlei Zeichen des Erkennens mehr gaben? Wieder rächte sich, dass ich mich geweigert hatte, Englisch zu lernen. Hätte ich es gekonnt, hätte ich Mr Tatler zuflüstern können, dass in anderen Ländern ein Zwinkern durchaus erlaubt gewesen wäre. So blieb mir nichts anderes übrig, als mich auf ihn zu verlassen.

Vor allen anderen durften die Passagiere der ersten Klasse von Bord. Niemand schien es hier besonders eilig zu haben. Zwischen kleinen Gruppen, die plaudernd die Treppe hinunterspazierten – oft mit Bediensteten im Gefolge, die die Koffer trugen –, gab es größere Lücken, sodass sich in der Touristenklasse allmählich ein Murren erhob, weil wir umso länger warten mussten. Wie eine Herde Schafe drängten wir uns an der Reling, stolperten über die Gepäckstücke zu unseren Füßen und spähten zu den Tischen, die am Kai aufgestellt waren.

Männer in Hut und Mantel saßen dahinter und erwarteten uns. Ich beschloss, vorbereitet an Land zu gehen, und wollte bei den Passagieren der ersten Klasse abschauen, wie man sich an den Tischen zu verhalten hatte. Aber die meisten spazierten einfach daran vorbei und winkten Rikschas herbei, Gefährte auf zwei großen Rädern, die an Sulkys erinnerten – mit dem Unterschied, dass kein Trabrennpferd davor gespannt war, sondern die Chinesen selber zogen. Auf jeweils eine Rikscha wurde das umfangreiche Gepäck geladen, auf eine zweite die dazugehörigen Passagiere, dann zogen die Kulis an und trabten auf bloßen Füßen los.

Unter denen, die an Land gingen, entdeckte ich bald auch Konitzers und beobachtete, wie Mischa sich per Handschlag von einem Jungen verabschiedete. Das also war der geheimnisvolle Rainer! Bestimmt würde er seinen jüdischen Reisegefährten bald vergessen haben. Ich war Mischa nicht mehr böse wegen dem, was er über meine Eltern gesagt hatte, aber ein bisschen Schadenfreude verspürte ich trotzdem, als er Rainer nachblickte. Und Enttäuschung, dass er, der immerhin für kurze Zeit fast mein Freund gewesen war, sich nicht einmal umdrehte, um zu uns hinaufzuwinken.

Als die Gangway endlich für die Touristenklasse freigegeben wurde, gab es oben ein großes Gedränge und unten einen Stau, weil einige, kaum dass sie die Treppe verließen, Anstalten machten, den Boden zu küssen – so schien es mir wenigstens, bis ich selbst an die Reihe kam und die Erde unter mir nachgab. Nach über vier

Wochen an Bord, ohne auch nur ein einziges Mal an Land zu dürfen, war »fester Boden« ein Gefühl, als laufe man über dicke Kissen.

Mit unsicheren Schritten gingen wir auf die bereitstehenden Tische zu, von denen wir annahmen, es handle sich um eine sehr schlichte Version der Zoll- und Einwanderungsbehörde. Meine Mutter flüsterte etwas, in dem das bange Wort *Stempel* vorkam; die Angst vor der fehlenden medizinischen Untersuchung holte sie ein, kaum dass sie einen Fuß an Land gesetzt hatte.

Aber zu unserem Erstaunen standen auf den Tischen Schilder mit der Aufschrift: *Jewish Relief Committee.* Es gab weder eine Einwanderungsbehörde, noch Zoll, noch Pass- oder Gepäckkontrolle. Wer vom Schiff kam, durfte direkt in die Stadt spazieren!

Und dies war der zweite Schock: Niemand wurde mehr behelligt. Statt uns zu kontrollieren, rief der Herr am nächstgelegenen Tisch auf Deutsch: »Bitte kommen Sie kurz zu mir, es ist für Ihre Ankunft schon alles vorbereitet!«

Papa stellte seinen Koffer ab und gab dem Herrn die Hand. Er wollte uns auch vorstellen, aber der Herr schien sich für unsere Namen noch nicht zu interessieren.

»Dort drüben warten Lastwagen, um Sie zu einem der Heime zu bringen«, erklärte er ein wenig gehetzt. »In den Heimen erhalten Sie alle Hilfe, um schnell für sich selbst sorgen zu können. Hier«, er drückte Papa ein Blatt Papier in die Hand, »sind ein paar wichtige Informationen. Und melden Sie sich in den nächsten Tagen auf dem Generalkonsulat.«

Das war alles. Er schüttelte uns allen die Hand und fügte hinzu: »Herzlich willkommen in der freien Stadt Shanghai!«

»Der Stadt über dem Meer«, korrigierte ich, was dem Herrn immerhin ein Lächeln entlockte, bevor er sich eilends dem nächsten Ankömmling zuwandte.

Wir gingen einen Schritt weiter, waren am Tisch vorbei – und in China. Mittendrin. Rikschas rollten uns fast über die Füße, ein Gewusel von Menschen umströmte uns, als wären wir Steine in einem Strom. Stimmen riefen und schnatterten durcheinander und ein seltsamer Geruch erfüllte die Luft, eine Mischung aus vergammelndem Müll, rauchender Kohle und dampfenden, undefinierbaren Speisen, die in Töpfen und Pfannen direkt am Straßenrand feilgeboten wurden.

Ich stand wie angewurzelt. Seit dem Frühstück hatte ich nichts mehr gegessen, der fremdartige Duft wehte geradewegs in meinen Magen. Eine zahnlose Chinesin lächelte mich an, hob ein Schälchen, um es für mich zu füllen … und ich stellte als Erstes fest, dass die Welt über die Chinesen belogen wurde. Sie waren nämlich überhaupt nicht gelb, sondern blassbraun!

Papa warf einen Blick auf das Informationsblatt. »Hier steht, dass wir auf keinen Fall aus den Garküchen essen dürfen.«

Die Chinesin und ich wechselten einen enttäuschten Blick, als ich von meinen Eltern weitergezogen wurde.

Auf dem Weg zu den Lastwagen wurden wir bereits erwartet. »Maurer?«, wurde Papa entgegengerufen und auch als Bäcker, Koch oder Schreiner hätte er direkt vom Schiff weg anheuern können. Auf seine Antwort »Ich bin Rechtsanwalt« wandten sich die Suchenden allerdings gleich wieder ab und sprachen den nächsten Kandidaten an.

Mamu bekam zwei Angebote als Barfrau. Die Arbeitgeber teilten ihr mit, sie würden auch am nächsten Tag wieder am Anleger stehen, für den Fall, dass sie es sich überlegte.

Zeit zu überlegen war nämlich nicht, denn auf der offenen Ladefläche dreier Lastwagen standen schon zahlreiche Mitreisende und warteten darauf, dass es weiterging. Mitsamt Gepäck kletterten wir über eine Stiege hinauf und wurden oben so geschickt zusammengedrückt, dass keiner während der Fahrt umfallen konnte, auch nicht die, die vor Schreck kaum stehen konnten. Mein Gesicht versank in seidenweichem, nach Mottenkugeln duftendem Pelz, feine Härchen kitzelten meine Nase und ich musste herzhaft niesen, worauf die Besitzerin des Mantels einen Protestschrei ausstieß und den vergeblichen Versuch unternahm, von mir wegzurücken.

»Hallo, Ziska!«, rief eine Stimme und irgendwo weiter vorn sah ich zu meiner Überraschung eine Hand wedeln. Waren wir etwa auf demselben LKW wie Konitzers?

Dann fiel mir ein, dass Konitzers und die Dame im Pelz gar keine Passagiere der ersten Klasse mehr waren. Jetzt waren wir in China, jetzt waren sie nur noch Flüchtlinge wie wir.

Es soll Kinder geben, die Rummelplätze lieben, aber ich gehörte nie dazu. Ob mit vier, fünf oder sechs Jahren, ich schrie aus Leibeskräften. An die Karussells, mit denen Mamu und Papa mich Jahr für Jahr auf den Rummel lockten und vorübergehend vergessen machten, was beim letzten Mal passiert war, konnte ich mich kaum erinnern; wahrscheinlich hatte ich sie vor lauter Rücken, die sich vor und neben mir herschoben, überhaupt nicht zu Gesicht bekommen.

»Lasst mal die Kinder an den Rand!«, rief jemand, als wir beim Anfahren auf dem Wagen zusammengeworfen wurden. »Sie kriegen ja keine Luft!«

Hände griffen nach mir und schoben mich unter dem Arm der Pelzmanteldame durch, die darüber zweifellos froher war als ich. Schon fand ich mich am Rand des LKW wieder und musste aufpassen, nicht übers Geländer geschubst zu werden, mitten hinein in das lärmende chinesische Gewimmel am Boden. Immerhin hörte ich über die Köpfe der anderen Papas Stimme: »Ziska, wir sind ganz in der Nähe!«

Fremden Mänteln entschlüpfte mit puterrotem Gesicht Mischa Konitzer und japste: »Jetzt können wir wenigstens etwas sehen!«

Ich riskierte einen vorsichtigen Blick. Fußgänger, Rikschas, Autos, mit Gepäck beladene Schubkarren und Fahrräder waren zwei Flüsse; der eine schob sich in unsere, der andere in die Gegenrichtung, während unsere Lastwagen auf der falschen, der linken Straßenseite mitrollten und ab und zu ein hilfloses Hupen von sich gaben. Zwischendrin schoben sich auch noch eine Tram und ein doppelstöckiger Bus vorwärts, der an einer Oberleitung hing. Außen an Bus und Tram klebten Menschen und hielten einander auf den Trittbrettern fest; ich wollte mir lieber nicht vorstellen, wie es drinnen aussah.

Ein sehr großer, offenbar lebensmüder Mann mit Turban stand auf einem flachen Podest mitten auf der Straße und führte einen Tanz auf. Er streckte den linken Arm aus, fuchtelte mit dem rechten, drehte sich auf einer Fußspitze elegant um die eigene Achse und schaffte es, gleichzeitig mit dem anderen Fuß zu wedeln. Erwartete er, dass ihm jemand für diese Verrenkungen ein Trinkgeld gab? Erst als Fahrzeuge unmittelbar vor ihm zum Stehen kamen und einige Fußgänger von beiden Seiten über die Straße eilten, begriff ich, dass wir es mit einem Verkehrspolizisten zu tun hatten. Mischa hingegen hatte von Rainer bereits gehört, dass für diese Aufgabe indische Sikhs eingestellt wurden, da sie alle anderen um eine Kopflänge überragten.

Hatte ich bislang geglaubt, Berlin sei eine Großstadt und verfüge über eine beträchtliche Menschenmenge, so wurde ich während der ersten Minuten in Shanghai schlagartig eines Besseren belehrt.

Das Gedränge lichtete sich ein wenig, als wir die Uferpromenade entlangfuhren, wo gepflegte Limousinen vor den Eingängen großer Geschäfte, Banken und Hotels parkten. Gut gekleidete Menschen flanierten gemächlich und überrascht stellte ich fest, dass wir in diesem zweifellos wohlhabenden Straßenzug viel weniger chinesische als europäische Gesichter sahen.

Ein Stein machte sich bereit, mir vom Herzen zu fallen. Was, wenn diese vornehmen Leute Juden waren, die es geschafft hatten …? Wer sollte schließlich sonst freiwillig in eine Gegend kommen, in der einem Würmer unter die Haut krochen?

Mischas berechtigte Frage dämpfte meine Erleichterung nur ganz wenig: »Es ist ja schön, dass Shanghai alle hereinlässt, aber wo in aller Welt sollen wir hier noch Platz finden?«

Ich dachte mir zunächst auch nichts dabei, auf das Ende der Prachtstraße zuzusteuern. Wir passierten einige umzäunte Botschaften – die Hakenkreuzfahne als eine unter vielen, ganz wie Papa gesagt hatte –, und gleich danach einen gepflegten kreisrunden Park, in dessen Mitte ein kleiner Pavillon stand.

Auch als die Bögen der gewölbten Eisenbrücke vor uns auftauchten, die ich schon vom Schiff aus gesehen hatte, wurde ich nicht misstrauisch, denn ich hatte vollkommen vergessen, was dahinter lag. Ich erinnerte mich erst, als sich mit einem Mal ein unruhiges Murmeln erhob: »Das darf nicht wahr sein! Wir sollen in die Trümmer ziehen!«

Selbst da kam die Wahrheit noch nicht bei mir an. Vermutlich war mein Kopf noch viel zu sehr mit Staunen beschäftigt, als sich schon fürs Kombinieren zuständig zu fühlen. Gebannt sah ich zu, wie wir unaufhaltsam die Brücke hinaufrollten und dabei Fußgänger und Rikschas überholten, deren Kulis sich mit der Steigung abmühten. Ich sah die Adern an ihren Armen und Hälsen hervortreten wie dicke Regenwürmer, ich sah ihre schmutzigen, vernarbten Beine und Füße. Ich sah, wie sie ihre Rikschas in der Mitte der Brücke, kurz bevor es wieder bergab ging, noch einmal abbremsten, um sich drei Mal bis zum Boden vor einer Statue zu verbeugen, die mit aufgepflanztem Bajonett mitten auf der Straße stand. Uniform, hochmütiges, strenges Gesicht – die chinesischen Götter hatte ich mir anders vorgestellt!

Erst auf den zweiten Blick erkannte ich die Handbewegung, mit der die Statue die Leute weiterwinkte. Es war kein Gott, es war einer der Japaner, die mit China im Krieg lagen und einen Teil der Stadt besetzten.

Was das bedeutete, wurde mir augenblicklich klar. Wir rollten über die Brücke und kamen in ein anderes Land. Nur wenige hundert Meter von den prachtvollen Geschäften, den luxuriösen Hotels und Vertretungen aller Länder der Erde taten sich Ruinen, Armut und Elend vor uns auf, oder besser: vor, hinter, neben und unter uns, denn wir rollten mitten hinein und das Elend schloss sich hinter uns wie ein Tor. Es war, als würden wir davon verschluckt.

Stille lag über unseren Wagen, ich hätte nicht sagen können, was gespenstischer war: der grausame Anblick, der sich uns bot, oder nicht doch wir selbst – sprachlos auf offenen Ladeflächen mit unseren wenigen Habseligkeiten, Flüchtlinge mit Koffern und ohne Bleibe und doch in unvergleichlich besserer Verfassung als alle, die hier lebten.

Inmitten ihrer zertrümmerten Häuser saßen, lagen, standen und hausten zerlumpte, zum Skelett abgemagerte Menschen. Bettler hockten zwischen Passanten und Garküchen am Straßenrand, zusammengesunkene Häuflein Lumpen, aus denen sich eine Hand ausstreckte, dürr wie ein Ast. Selbst die, die sich schneller bewegten, die aßen oder lebhaft palaverten, sahen krank und eingefallen aus.

Über und über schmutzige Kinder bedrängten Fußgänger und wurden weggeschlagen, als wären sie Fliegen. Ein Gestank hing über der Straße, festgeklopft wie eine Mauer: ein Gestank nach Urin, Kot und Unrat, nach totem Fleisch.

Die Damen auf unserem Lastwagen hielten sich kreidebleich die Nase zu oder pressten Taschentücher und Schals vors Gesicht; einige schlossen sogar die Augen, als könnten sie dadurch verhindern, dass man uns in dieser Nachbarschaft ablud. Davon ungerührt bogen die Lastwagen in eine Seitenstraße ein, die allenfalls etwas ruhiger und breiter, etwas sauberer und etwas weniger zerstört war als die, die wir soeben verlassen hatten, und hielten vor einem roten Backsteingebäude.

Es war noch immer mucksmäuschenstill, niemand auf dem Wagen bewegte sich. Erst als unsere Fahrer die hölzernen Stiegen an die Ladeluke gerückt hatten und auffordernde Handbewegungen machten, schickten sich die Ersten an, zögernd abzusteigen.

Man hätte meinen können, die Ankunft dreier Wagenladungen schockierter Mitteleuropäer errege Aufsehen unter den Chinesen auf der Straße, aber das Gegenteil war der Fall. Die meisten beachteten uns gar nicht. Der Anblick von Flüchtlingen war für sie nicht so neu wie für uns. In einem Laubengang hinter dem Eingang des Backsteinhauses, das offenbar unser Ziel war, standen bereits zahlreiche weitere Ankömmlinge mit Koffern an; sie kamen, wie sich herausstellte, von dem italienischen Schiff, das kurz vor der *Scharnhorst* angelegt hatte.

Und die Passagiere der *Conte Rosso* wussten bereits mehr als wir: dass es irgendwo im Gebäude für jeden ein Bett in einem Schlafsaal und etwas zu essen geben sollte. Dass die, die schon da waren, nur noch etwas zusammenrücken mussten, um Platz für uns zu schaffen.

Das konnte dauern. In der Zwischenzeit bekamen wir schon einmal unsere Ausrüstung in die Hand gedrückt: eine Blechschüssel, einen Löffel, eine Decke und ein Laken.

»Es ist ja nur für ein paar Tage«, flüsterte Mamu, durchaus weißer als ihr Betttuch.

Frau Konitzer nahm Mamu bei der Hand. Mischas Mutter sah aus, als würde sie jeden Augenblick anfangen zu weinen. In dem dringenden Versuch, jemanden zu finden, dem es noch schlechter ging als Mamu, kam ich zu dem Schluss, dass diese Ankunft für die ehemaligen Passagiere der ersten Klasse doppelt so schlimm sein musste. Mindestens! Wir aus der Touristenklasse wussten immerhin schon, wie man sich auf engem Raum bewegte.

Langsam rückte die Schlange voran. Wer einen Schritt vorwärts gehen durfte, schleppte sein ganzes Gepäck dieses kleine Stück mit und türmte es von Neuem sorgfältig neben sich auf. Auch damit ging es uns besser als Konitzers, die sich mit ihren vielen Koffern und Kisten abmühten. Unsere Warteschlange zog sich vom Laubengang im Innenhof, wo man sich zwischen kreuz und quer hängende Wäschestücke ducken musste, über die gesamte Straßenlänge des Hauses. Wenige Meter neben uns verlief ein übel riechender Graben, an den ich nicht näher herantreten musste, um zu erkennen, dass es sich um eine »Pissrinne« handelte.

Mit einem gewissen Sicherheitsabstand zu den Chinesen standen wir an der Außenmauer aufgereiht und warfen ihnen verstohlene Blicke zu. Wenn die meisten uns auch ignorierten, so kam von ihnen doch ein stetes, rhythmisches Klappern aus Hunderten von Holzpantinen, das sich mit dem Quietschen rostiger Fahrrad-, Schubkarren- und Rikscharäder mischte und die Straße mit ihrer Gegenwart ausfüllte. Die chinesischen Frauen trugen lange Röcke und dicke bunte Jacken, um die Männer flatterten fast bodenlange dunkle Kutten, die an der Seite zugeknöpft waren. Viele trugen Hüte, die einer flachen Schüssel glichen, nur auf den Köpfen der Rikschakulis saßen zerfetzte Kegel aus Stroh und ließen sie aussehen wie verarmte Zauberer.

Ich lauschte auf den fremdartigen Klang der Straße. Alles war in Bewegung und strebte irgendwohin, nur wir standen und boten mit unseren Pelzmanteldamen und ausladenden Gepäckstücken in dieser Kulisse möglicherweise einen seltsameren Anblick als die Ureinwohner. Hatte man sie gefragt, bevor man uns in ihr Land ließ? Vermutlich nicht, aber auch andere schienen nichts mit uns zu tun haben zu wollen. Ab und zu kam ein schon ansässiger Bewohner aus dem Backsteinhaus und warf uns im Vorbeigehen einen vorwurfsvollen Blick zu, als wollte er sagen: Seht ihr nicht, wie voll es hier schon ist?

Bis Konitzers und wir endlich an die Reihe kamen, vergingen Stunden und jeder, der eingelassen wurde, war so erleichtert, von der Straße zu kommen, dass keine einzige Stimme in unserer Schlange sich zur Klage erhob. Jemand ging uns voran zu dem uns zugewiesenen Schlafsaal, die Plätze mussten wir selber suchen.

Man erkannte die freien Betten daran, dass niemand darauf saß. Von allen anderen blickten uns Gesichter entgegen, die mir gänzlich stumm erschienen, obwohl ein vielstimmiges Murmeln den Raum erfüllte. Dutzende Etagenbetten standen in drei Reihen dicht nebeneinander. Manche waren mit Decken verhüllt, um den Bewohnern etwas Privatleben zu verschaffen. Zwischen den Betten und an jedem freien Fleckchen Wand hing Wäsche.

Die freien Plätze waren klar zu erkennen, trotzdem vergewisserte sich Mamu am Nachbarbett, bevor sie unsere Unterkunft belegte: »Entschuldigung – schläft hier schon jemand?«

»Nö, das ist Ihres, wenn Sie schnell sind«, kam die Antwort, worauf Papa rasch einen unserer Koffer auf das obere Bett wuchtete.

Wir setzten uns nebeneinander in die untere Etage; plötzlich hatte ich das Gefühl, keinen Augenblick länger stehen zu können. Zehn Meter weiter waren Konitzers bereits damit beschäftigt, zusätzliche Betttücher aus dem Koffer zu nehmen und ihr Etagenbett so geschickt zu umzäunen, dass man den Vorhang auf und zuziehen konnte. Ich sah ihnen zu, als hätte ich eine Eintrittskarte für einen Film gelöst. Die Koffer schoben sie vor dem Bett zu einem Tisch zusammen und legten eine Decke darauf, während Herr Konitzer bereits angeregt mit den Nachbarn plauderte.

Man konnte über Mischa und seine Eltern denken, was man wollte: Diese Familie machte aus jeder Situation das Beste. Bis wir uns endlich aufraffen konnten, ihrem Beispiel zu folgen und uns einzurichten, hatte sich der Schlafplatz der Konitzers in ein gemütliches Zelt aus gepunktetem Bettzeug verwandelt. Obendrauf saß Mischa, wippte probehalber auf der Matratze und ließ sich von seinem Vater einen kleinen Stapel Bücher hinaufreichen, den er am Fußende aufbaute, als wollte er eine Leihbücherei eröffnen. Tatsächlich kamen sofort zwei, drei Leute, um sich zu erkundigen, was er mitgebracht hatte.

Als auch wir fertig waren, vor unserem bezogenen Etagenbett standen und es nichts, aber auch gar nichts mehr gab, das zwischen den Mangolds aus Berlin-Neukölln und dem Wort *Flüchtlinge* stand, erhob sich unser Nachbar, kam auf uns zu und gab Papa die Hand.

»Fritz Hamburger, Mainz«, stellte er sich vor und fügte unter dem Gelächter der Umliegenden hinzu: »Willkommen im Ward Road-Heim, dem schönsten Obdachlosenasyl Shanghais!«

9

Ich hatte es ja geahnt – das Thema Sprache sollte mich wieder einholen. Meine Probleme beschränkten sich allerdings nicht darauf, weder Englisch noch Chinesisch zu können: Auch mein deutscher Wortschatz passte mit einem Mal nicht mehr zu dem, was ich mein Leben lang damit verbunden hatte, und wie sich ziemlich schnell herausstellte, würde ich nicht nur eine neue Sprache, sondern noch einmal ganz neu denken lernen müssen.

Beim Wort *Heim* fing es an. Solange ich eins gehabt hatte, hatte ich mir kaum Gedanken darüber gemacht, und obwohl ich mittlerweile wusste, dass ein Heim nicht selbstverständlich war und wie schnell man seins verlieren konnte, wäre ich nie darauf gekommen, dass ein Heim etwas anderes sein konnte als ein Zuhause. Das Ward Road-Heim war das Gegenteil eines Zuhauses, ein Ort, von dem man nicht schnell genug wieder verschwinden konnte, und dennoch hieß es unter den Emigranten nicht nur »Heim«, sondern »das Heim«, als ob von diesem Wort nichts anderes mehr zu erwarten war.

Am Abend standen wir zum ersten Mal in der Essenschlange an, um uns zahllose Leute mit Löffeln und Blechschüsseln. Viele waren neu wie wir; man erkannte sie an dem verstörten Blick und den Handschuhen, die manche der vornehmeren Damen noch trugen. Mit einem schleimigen »Klatsch« fiel eine Kelle Brei in jede Schüssel und wir rückten zum nächsten Schalter vor, um eine Becherfüllung Tee entgegenzunehmen.

Misstrauisch untersuchte ich meinen Napf. Auf dem weißlichen Brei klebte, wohl als Sauce, ein großer grüner Fleck, in dem Stücke von etwas Undefinierbarem eingeschlossen waren wie hilflose Urzeittierchen in einem Harztropfen. Auf dem Weg zurück in unseren Schlafsaal hielt ich mein Essen auf Armeslänge von mir, weil ich mich nicht einmal traute, daran zu riechen.

Meine Mutter tauchte ihren Löffel in den Brei und hob aus dem Schleim eine große Portion, die zäh nach links und rechts vom Löffel troff. Gebannt sah ich die bedrohliche Masse auf ihren Mund zufahren, aber zu meiner Erleichterung berührte Mamu den Löffel zuerst nur ein klein wenig mit den Lippenspitzen. »Gar nicht so schlecht«, behauptete sie tapfer, worauf auch Papa vorsichtig probierte.

Ich wollte ihnen keine Schande machen. Ich schaufelte den grünen, glibberigen Fleck ein wenig beiseite und schaute mir genauer an, was darunter lag.

»Grüne Datteln kannst du ruhig essen, Kleine«, bemerkte Herr Hamburger, griff unter seine Bettdecke und zog eine Blechdose hervor, der er ein Stück Weißbrot entnahm. Sorgfältig zerriss er es zu kleinen Brocken, bevor er es zum Brei verspeiste.

Neidvoll starrte ich auf das Brot. »Gibt's zum Frühstück«, tröstete unser neuer Nachbar.

Um Zeit zu gewinnen, beschloss ich, erst einmal einen Schluck Tee zu probieren. An dessen Geschmack war nichts auszusetzen, er schmeckte nämlich nach nichts.

»Sie haben die Teebeutel vergessen«, flüsterte Mamu.

»So trinken es die Chinesen«, bemerkte Herr Hamburger, der es sichtlich spaßig fand, uns zu beobachten. »Heißes Wasser löscht den Durst genauso gut wie alles andere. Kommen Sie bloß nicht auf die Idee, unabgekochtes Wasser zu trinken! Gleich um die Ecke ist ein Stand, an dem man heißes Wasser kaufen kann. Am besten besorgen Sie sich diese hier!«

Er wühlte von Neuem unter seiner Bettdecke und förderte eine Thermoskanne zutage.

Ich konnte meinen Eltern ansehen, dass sie am liebsten den fadenscheinigen Vorhang um unser Bett zugezogen hätten, damit wir die ersten Stunden im Ward Road-Heim hinter uns bringen konnten, ohne dabei den halben Saal zu unterhalten. »Vielen Dank, Herr Hamburger«, murmelte Mamu. »Vielleicht können Sie uns ja morgen noch ein paar Tipps geben.«

»Aber gern«, entgegnete Herr Hamburger erfreut. »Wenden Sie sich jederzeit an mich. Ich bin schon vier Monate hier, ich kenne mich aus.«

Ich beugte mich mit angehaltenem Atem über meinen Napf. Ich konnte nur hoffen, dass meine Mutter nicht ernsthaft beabsichtigte, unsere Zukunft einem Mann anzuvertrauen, der es in vier Monaten noch nicht geschafft hatte, aus dem *Heim* herauszukommen!

Zur Nachtwäsche standen wir wieder an, in einem ungeheizten Raum diesmal, den auf ganzer Länge eine steinerne Rinne durchzog. Die Rinne sah aus wie ein Futtertrog und zwei Dutzend Frauen und Kinder konnten sich gleichzeitig nebeneinander waschen. Als wir an die Reihe kamen, standen wir zentimetertief im Wasser. Die Toilette funktionierte nach demselben Prinzip: ein langes Holzbrett mit Löchern darin, unter denen Eimer standen. Weitere Bretter stellten zwar Trennwände dar, allerdings hatte man am Holz gespart und durch den hohen Türspalt waren die Beine der dahinter Sitzenden gut zu erkennen. Ein kleines Kind ging, während wir vor dem Klo anstanden, an den Türen entlang, fand problemlos die Schuhe seiner Mutter und schlüpfte flink zu ihr durch.

»Helgachen, nu lass mich doch mal ne Minute alleene!«, schalt es aus dem Abteil.

Meine größte Sorge war, für alle sichtbar neben den Eimer zu zielen, aber der stand offenbar an einer erprobten Stelle.

Mamu zog den Vorhang um unser Bett. Wir hatten nicht unbedingt damit gerechnet, ein Bett teilen zu müssen, aber gemessen daran, wie schnell wir uns in den letzten Wochen an Schlafen, Ausziehen und Waschen im selben Raum gewöhnt hatten, würde es bald nichts Besonderes mehr sein. Oben lag Papa, ohne Vorhang, und wir klopften ihm gute Nacht.

»Als Allererstes«, flüsterte Mamu grimmig, »müssen wir hier raus!«

»Ich bin dabei«, meinte ich, was ihr ein leises Kichern entlockte.

Auf der anderen Seite des Vorhangs schlurften Schritte, murmelten fremde Stimmen und hustete es hier und da, bis binnen Kurzem von irgendwo das erste Schnarchen zu vernehmen war. Meine Mutter lag neben mir, angespannt wie ein zu fest geschnürter Strohsack, und voller Vertrauen meinte ich zu spüren, wie Strategien zu unserer Flucht aus dem Ward Road-Heim ihr bereits vom Kopf in die Beine schossen.

Auch das Wort *Straße* enthielt mehr Bedeutungen, als ich geahnt hatte, denn die Straßen in Shanghai dienten nur zum geringsten Teil der Fortbewegung. Auf der Straße wurde gewohnt – Obdachlose und Bettler trugen Bambusmatten auf dem Rücken, um sie zur Nacht irgendwo auszurollen, Rikschakulis legten sich an der letzten Station ihrer Tour einfach unter die Karren –, hier wurde gegessen, sich an Pumpen gewaschen und in die Rinne gepinkelt, die jede Straße in voller Länge durchzog. Die Straße war das Büro von Briefeschreibern, ein blühender Berufszweig, und die Praxis von Ärzten, die ihre Instrumente in Koffern mit sich führten, um den Patienten gleich auf der Straße in den Mund zu schauen.

Man starb auch auf der Straße, aber das wusste ich an unserem ersten Morgen noch nicht. Vorsichtig, um sie nicht etwa anzustoßen, gingen wir an den reglosen, mitten im Weg zusammengesunkenen Gestalten vorbei und nahmen an, dass sie schliefen. Auch was in Bastmatten gewickelt am Straßenrand auf Abholung wartete, konnten wir nicht ahnen und stiegen behutsam darüber hinweg.

Ein drittes Wort, das ich bisher nicht restlos verstanden hatte – obgleich ich immerhin schon geahnt hatte, dass es auf Liebichs nicht passte –, hieß *Armut.* Wie hätte ich mir in Berlin halb verhungerte Menschen vorstellen können, aus deren zerfetzter Kleidung jede einzelne Rippe hervorstach, Menschen, die von offenen, faulenden Wunden oder über und über von schwarzen Beulen bedeckt waren? Manchen fielen die Haare in Büscheln aus, andere hatten, wo Augen gewesen waren, eine weißlichblaue, verklebte Wölbung. Man sah so viel *Armut*, dass der Blick gar nicht wusste wohin.

Tief in die Glieder fuhr auch das Wort *Lärm.* Die gellenden Marktschreie der Verkäufer und Garköche mischten sich mit den Hilfeschreien der Hühner und Enten, die in Körbe gezwängt ihrer Schlachtung entgegensahen, und dem durchdringenden Gebimmel von Glöckchen, mit denen alle paar Meter ein Blinder auf sich aufmerksam machte. Die Leute stritten, lachten und palaverten wie Trommelfeuer. Hätte ich mitgeschrien, und ich stand kurz davor, ich hätte mich selbst nicht einmal hören können.

Leider war auch der Gestank, der alle diese neuen Wörter untermalte, in der Zwischenzeit nicht verschwunden. Hatten wir ihn am Vortag noch aus der luftigen Höhe des LKW gerochen, so standen wir jetzt mittendrin. Wie ein dünner Lavastrom wälzte sich eine vielfarbige Suppe durch den Rinnstein, man konnte nur ahnen, woraus sie sich zusammensetzte. Der Gestank heftete sich uns an, sobald wir das Heim verließen, er war in der Luft und am

Boden und einfach überall. Er war mit nichts vergleichbar, das ich in meinen bisherigen Erinnerungen hätte finden können, und während ein Teil von mir durch die Zähne atmete, über Abfall, Exkremente und im Weg liegende, von Lumpen bedeckte Körper stieg, stieg ein anderer Teil von mir einfach auf, trennte sich, schwebte über mir und meinen Eltern und sah uns kühl und überlegt beim Weitergehen zu.

Das war der Teil, der einen klaren Kopf behielt und mir die Wegbeschreibung einhämmerte: Immer geradeaus und wir sehen die Garden Bridge, die Brücke zum internationalen Sektor. Kurz davor liegt das Büro der jüdischen Hilfsorganisation. Egal, wie es riecht und was auf dem Boden liegt: Wir sind auf dem richtigen Weg.

Nach nur wenigen Minuten machte ich jedoch eine weitere unheimliche Entdeckung: Als Gruppe auf dem Lastwagen hatte man uns ignoriert, aber das änderte sich schlagartig, sobald wir allein unterwegs waren. Wer immer uns entgegenkam, hatte keinerlei Hemmungen, stehen zu bleiben und über uns zu lachen; ja, plötzlich streckte eine Frau die Hand aus und fasste mich an und danach wollten andere auch!

So musste es sich anfühlen, mit wilden, fremden Wesen eingesperrt zu sein. Obwohl ich gelernt hatte, dass man vor allem, das wild war, auf keinen Fall Angst zeigen durfte, schlüpfte ich entsetzt zwischen meine Eltern und ließ mich zur Seite abschirmen, was allerdings nur zur Folge hatte, dass mir nun ab und zu von hinten etwas übers Haar strich.

Bekka hätte geboxt, dachte ich in meiner Not, aber diesmal half die Anrufung meiner fernen Freundin nichts. Meine einzige, völlig wirkungslose Waffe gegen das unerhörte Verhalten der Chinesen bestand darin, das Starren und Anfassen in einer Weise zu ignorieren, die die Frauen irgendwie von selbst darauf brachte, dass ich mich *belästigt* fühlte.

Aber offenbar musste man sich hier auch von der bisherigen Bedeutung des Wortes *Benehmen* verabschieden. Noch bevor wir das Gebäude der jüdischen Hilfsorganisation erreicht hatten, schwante mir, dass ich mit dem, was ich in Deutschland gelernt hatte, in Shanghai nicht weit kommen würde.

Dasselbe galt leider für meinen Vater.

»Es gibt hier keine Möglichkeit für Sie, als Rechtsanwalt zu arbeiten«, sagte der Mitarbeiter der Hilfsorganisation ohne Umschweife. »Was wollen Sie mit deutschem Recht in China?«

Papa nickte blass, als habe er auf genau diese Frage bereits gewartet.

Der Mann am Schreibtisch schraubte seinen Federhalter auf. Er hatte eine Akte mit unseren Namen angelegt, die nun blütenweiß vor ihm lag, bereit, Angaben über die praktischen handwerklichen Kurse aufzunehmen, die meine Eltern in Vorbereitung auf die Ausreise in Berlin belegt hatten.

»Welche Kurse?«, fragte Papa leise, bevor Mamu energisch übernahm: »Es war keine Zeit für Kurse. Mein Mann ist eine Woche vor unserer Ausreise aus Sachsenhausen entlassen worden. Schreiben Sie auf, dass ich Steno und Schreibmaschine kann.«

»Auf Englisch?«, fragte der Mann.

Mamu schluckte. »Mit deutscher Stenografie und Schreibmaschine ist hier nicht viel anzufangen«, sagte unser Berater spitz.

Plötzlich warf er seinen Federhalter hin, atmete tief aus und lehnte sich zurück.

»Es ist immer wieder dasselbe«, sagte er wie zu sich selbst. »Die Leute warten bis zum letzten Augenblick, bereiten sich nicht vor, nein, lassen sich aus dem Land werfen, als wären sie trotz allem, was sie seit Jahren erleben, nie auf den Gedanken gekommen, dass ihnen etwas passieren kann. Und dann kommen sie zu uns, stehen da und erwarten ein Wunder.«

Mamu stand auf. »Entschuldigen Sie. Uns war gesagt worden, wir bekämen hier Hilfe, aber da liegt ja wohl ein Missverständnis vor. Komm, Ziskele.«

Sie zog mich am Arm. Ich stand verblüfft auf, Papa ebenfalls. »Nun warten Sie schon«, sagte der Berater, seufzte und wurde etwas freundlicher. »Sie sind im Ward Road-Heim? Küchenhelfer werden immer gesucht und es gibt sowohl Sprach- als auch handwerkliche Kurse. Wie wäre es mit Schneidern? Sie hätten gleich ab morgen etwas zu tun.«

»Na schön«, erwiderte Mamu, nahm zögernd wieder Platz und setzte ein Danke hinzu, das ihr schwerfiel.

Auch ich schob mich zurück auf meinen Stuhl. Dessen Oberfläche war glatt wie eine Eisbahn, als wären schon viele Hintern unbehaglich vor dem Berater herumgerutscht. Erst jetzt entdeckte ich zwischen den vielen Ordnern auf seinem Schreibtisch ein Schild, auf dem der Name Jonathan Brod stand.

»Sie müssen mich bitte verstehen«, warb Herr Brod. »Die jüdische Gemeinde Shanghai ist am Rande des Zusammenbruchs, wir können den Flüchtlingsstrom einfach nicht mehr bewältigen. Eigentlich ist diese Stadt schon lange voll.«

»Das haben wir gesehen«, erwiderte Mamu, ihrerseits um Freundlichkeit bemüht. »Und seien Sie versichert, wir werden alles tun, um nicht von Almosen abhängig zu sein.«

Worauf Herr Brod erklärte, dass das *Joint Distribution Committee*, eine jüdische Hilfsorganisation in den USA, allen Emigranten eine Summe von 75 US-Dollar als Startgeld gewährte – eine Mitteilung, die das Gesicht meiner Mutter so schlagartig erhellte, als wären sämtliche Lichter des Hauses auf sie gerichtet worden. Herr Brod bremste ihre Begeisterung ein wenig, indem er einräumte, das Geld sei im internationalen Sektor schnell ausgegeben. Die meisten mittellosen Einwanderer zögen es vor, preiswerte Zimmer und Lebensmittel direkt in Hongkou zu beziehen.

»Hong was?«, vergewisserte sich Mamu.

»Hongkou. Das ist dieser Stadtteil, Frau Mangold, in dem Sie untergekommen sind«, erwiderte Herr Brod schon wieder ein wenig gereizt. »Er ist von Japan bombardiert worden, wie Sie bestimmt bemerkt haben. In Hongkou müssen zahlreiche zerstörte Häuser erst wieder bewohnbar gemacht werden. Einwanderer haben, wenn Sie so wollen, die Chance, sich ihre künftige Bleibe mit eigener Hände Arbeit zu errichten.«

Papa, dessen Kopf während der letzten Minuten wie abgeknickt vornüber gehangen hatte, zuckte hoch. »Ich war in Sachsenhausen bei der Errichtung von Baracken eingesetzt!«

»Na also!« Zum ersten Mal, seit wir sein Büro betreten hatten, wirkte Herr Brod erfreut, fast erleichtert. »Da haben wir doch was! Ich gebe Ihnen eine Adresse, bei der Sie sich melden können. Sie werden sehen, in ein paar Wochen sind Sie raus aus dem Ward Road-Heim und haben eine eigene Adresse. Und was die Kleine betrifft …«

Plötzlich richteten sich alle Augen auf mich und ich setzte mich vorsichtshalber etwas aufrechter hin. »Kann sie schon Englisch?«, fragte Herr Brod.

»Nein«, erwiderte ich rasch, bevor Mamu den Mund aufmachte. Ich konnte es noch nie leiden, wenn in meinem Beisein über mich geredet wurde, als wäre ich das Haustier – auf Deutsch konnte Herr Brod mich schließlich ansprechen, oder etwa nicht?

»Englisch ist bei uns die Unterrichtssprache«, fuhr er fort, unbeirrt an Mamu gewandt, die er zu Recht als unsere Chefin erkannt hatte. »Sie wird es also lernen müssen, bevor sie am Schulunterricht teilnehmen kann, und das geht am besten im Kindergarten.«

»Ziska wird elf«, protestierte Mamu. »Sie können sie doch nicht in den Kindergarten stecken!«

»Wenn sie sich anstrengt«, erwiderte Herr Brod ungerührt, »ist sie schnell wieder draußen.«

Als Flüchtlinge waren wir gekommen, als Bauarbeiter, Schneiderin und Kindergartenkind verließen wir eine halbe Stunde später das Gebäude, wundersam bereichert um einen Scheck über 75 amerikanische Dollar, den Herr Brod uns mit der eindringlichen Warnung überreicht hatte, auf Taschendiebe zu achten. Taschendieb sei in Shanghai ein regulärer Beruf, erklärte er, Taschendiebe hätten sogar ihre eigene Gewerkschaft. Deshalb konnten wir, falls ein Taschendieb doch einmal zugriff, unsere Brieftaschen bei eben jener Gewerkschaft wieder abholen. Mit unseren vollständigen Papieren, hob Herr Brod hervor, aber selbstverständlich ohne die Dollars, die er uns empfahl, im nächsten Bankhaus gegen chinesisches Geld zu tauschen. Der Kurswert sei ausgezeichnet!

Meine Eltern und ich schritten wesentlich munterer über die Garden Bridge, als wir vor einer Stunde im Ward Road-Heim gestartet waren.

Der japanische Posten beachtete uns nicht. Papa suchte seinen Blick, als wir über die Brücke auf ihn zugingen, und versuchte in der undurchdringlichen Miene des flachen, blassen Gesichtes eine Aufforderung zum Stehenbleiben oder Weitergehen zu erkennen, aber da war nichts, nicht einmal eine Handbewegung, die uns gegolten haben könnte. Der Japaner blockierte nicht unseretwegen die Brücke. Während wir wieder Geld mit uns trugen und die Aussicht auf eine Wohnung und etwas zu tun, waren es in dieser Stadt die Chinesen, die bettelten, buckelten und herumgeschubst wurden.

Die Leute taten mir leid. Sie näherten sich dem Posten ängstlich und demütig, beugten sich tief zur Straße hinunter und entblößten ihre dürren, schmutzigen Nacken, als wollten sie den Japaner einladen, ihnen mit seinem Bajonett den Kopf abzuschlagen. Der Anblick schnürte mir die Kehle zu. Zum zweiten Mal in meinem Leben sah ich erwachsene Menschen eine erzwungene Verbeugung machen. Im November war es mein Vater gewesen, den der Wolf dazu gebracht hatte, bevor er ihn zusammenschlug, und genau wie damals stand plötzlich die Ahnung einer tödlichen Gefahr vor mir.

Gelangweilt schaute der Japaner über die Köpfe der Leute hinweg und ließ sie passieren, nur einem Mann stieß er unvermittelt sein Bajonett vor die Brust und bellte ihn an. Ich konnte nicht erkennen, was an diesem Mann anders war als an denen, die über die Brücke durften, aber gesenkten Kopfes zog sich der Abgewiesene unter weiteren Verbeugungen in die Richtung zurück, aus der er gekommen war.

»Komm bloß weiter, Franz«, flüsterte Mamu und zog Papa, der stehen geblieben war, am Arm.

»In ihrem eigenen Land!«, sagte Papa tonlos. »Seht euch das nur an. Den armen Menschen geht es wie uns!«

»Sei still oder willst du ihn auch noch auf dich aufmerksam machen?«, zischte Mamu und scheuchte uns energisch vor sich her.

Trotzdem konnte ich nicht anders, als mich noch einmal umzudrehen. Nicht weil ich das Bedürfnis hatte, die demütigende Situation weiter mit anzusehen, sondern weil ich ganz plötzlich verstand, warum mein Vater viel zu lange gezögert hatte, Deutschland zu verlassen.

Deutschland war *unser Land.* So einfach war das. Wir waren in

Berlin geboren, wir hatten dorthin gehört, und genauso wenig, wie die Japaner das Recht hatten, Chinesen von ihrer eigenen Brücke zu weisen, hatte irgendjemand das Recht gehabt, uns aus Deutschland hinauszuwerfen.

Wie um mich daran zu erinnern, wer dieser Jemand gewesen war, wartete nur wenige Schritte hinter der Brücke die Hakenkreuzfahne auf uns. Kein Wind wehte, schlaff hing sie an ihrer Stange vor dem deutschen Generalkonsulat, ich erkannte sogar ein wenig Taubendreck. Es war dieselbe bekannte, verhasste Fahne, und doch fand ich sie schon etwas weniger furchteinflößend als in Berlin.

Meine Eltern beschlossen, erst einmal Geld tauschen zu gehen – falls wir eine Meldegebühr entrichten mussten, gaben sie vor, aber in Wirklichkeit wollten sie wohl nur unser Betreten des Konsulats ein wenig hinauszögern. Immerhin handelte es sich um ein Stück deutschen Bodens.

Das schmutzige, zerfledderte Geld – ein ganzes Bündel, wie sich herausstellte, denn für einen US-Dollar erhielt man sechs bunte chinesische Scheine – ging als »das jüdische Startkapital« in unsere Familiengeschichte ein. Meine Eltern teilten es noch in der Lobby der Bank unter uns Dreien auf, um es den Taschendieben, die wahrscheinlich schon draußen lauerten, etwas schwerer zu machen. Mamu berührte das Geld so behutsam, als befürchtete sie, auch dieser unerwartete Besitz könne jeden Augenblick in seine Bestandteile zerfallen – gemessen am Zustand der Scheine, schien dies durchaus vorstellbar. Sie hingen mir schwer über den Fingern, wie ein schlaffer feuchter Lappen, und obwohl mir die Januarkälte unter den Mantel kroch, streckte ich im Gehen auf der Straße die Arme etwas von mir ab, um die arg ramponierten Scheine in meinen Seitentaschen nicht etwa durch eine unbedachte Bewegung zu zerreißen.

Am Konsulat angekommen, atmete Papa tief durch und meinte: »Am besten, ich gehe allein.«

»Das kommt überhaupt nicht infrage!«, erwiderte Mamu und instinktiv nahmen wir Papa in unsere Mitte, damit niemand auf den Gedanken kam, wir ließen ihn uns noch einmal abnehmen.

Drinnen empfingen uns weiche Teppiche, Marmor und Kristall, die Alpen in Öl und so viele Fahnen des Deutschen Reichs, als wären sie hier zu verkaufen. Eingerahmt hinter dem Tisch der Rezeptionistin das missmutige Gesicht des Fü: *Ihr schon wieder!*

»Mangold, Berlin«, sagte Papa mit fester Stimme. »Wir sind gekommen, um uns anzumelden.«

Er legte unsere drei Ausweise auf den Tisch und die Mitarbeiterin blätterte den obersten Pass kurz auf. »Bitte warten Sie«, sagte sie danach nicht unfreundlich, nahm unsere Pässe an sich und verschwand damit in einem Nebenraum.

Wir sahen uns um. In der Halle standen Stühle, aber die Frau hatte nichts von Setzen gesagt, also blieben wir, wo wir waren. Nach kurzer Zeit ging die Tür wieder auf, eine andere Frau kam und nahm dort Platz, wo eben die andere Rezeptionistin gesessen hatte.

Meine Eltern tauschten besorgte Blicke. Irgendwo in diesem Haus waren gerade unsere Pässe unterwegs und ich konnte Mamu ansehen, dass ihr Herrn Konitzers deutliche Worte beim Frühstück wieder einfielen: »Ich melde mich auf keinen Fall beim Generalkonsulat, und wenn sie sich auf den Kopf stellen. Was geht die Deutschen denn jetzt noch an, wo ich bin?«

Mein Vater jedoch war der Meinung gewesen, es müsse alles seine Ordnung haben, wir seien, ob die Nazis es wollten oder nicht, immer noch deutsche Staatsbürger mit gültigen deutschen Pässen. Wenn wir uns nicht meldeten, gab er zu bedenken, könne es vielleicht sogar Schwierigkeiten mit unserer Quote geben.

»Was, wenn die Amerikaner uns als staatenlos einordnen? Dann warten wir womöglich viel länger, als wenn wir auf der deutschen Quote ausreisen!«

Worauf Mamu sofort mit allem einverstanden war, zweifellos erleichtert, dass Papa offenbar Vernunft angenommen hatte und jetzt doch nach Amerika wollte.

Zu unserer Beruhigung tauchten, während wir warteten, noch weitere unbehaglich dreinblickende Flüchtlinge auf, um ihrer Meldepflicht Genüge zu tun. Auch sie mussten ihre Pässe abgeben und warten, und Papa hatte Recht gehabt, es *hatte* alles seine Ordnung, dies war ein ehrwürdiges Konsulat, nicht die Gestapo, die Hakenkreuzfahne bedrohte uns nicht mehr und hinter keiner Tür wurde gebrüllt.

Endlich wurden wir aufgefordert, in den Nebenraum einzutreten, wo Papa eine Meldekarte ausfüllte und unsere drei Pässe wieder entgegennehmen durfte.

Ich sah ihn stutzen, als er einen Blick darauf warf, stutzen und sich zur Ordnung rufen, um den reibungslosen Ablauf nicht zu gefährden.

Dann standen wir auf der Straße. Aus Papas Gesicht war die Farbe gewichen. »Nun seht euch das an«, sagte er tonlos und zeigte uns unsere Pässe.

Auf jedem Ausweis prangte das schmähliche rote »J«. Saß schief und höhnisch mitten auf der Seite und verschmierte das Passbild, der Bogen streifte unsere lächelnden Gesichter wie ein Kinnhaken.

»Das J! Aber warum denn jetzt noch …?«, rief Mamu atemlos.

Achteinhalbtausend Kilometer hatten die Nazis uns aus unserem eigenen Land gejagt. Wir waren im ärmsten, verfallensten, entlegensten Winkel der Erde angekommen. Aber abgeschüttelt hatten wir sie nicht.

II
Die Stadt über dem Meer

(1939 – 1940)

10

Nach ungefähr vier Wochen wollte Miss Schröder wissen, wer von uns denn schon auf Englisch träumte. Dies schien mir unter den dummen Fragen, die ab und zu an uns gerichtet wurden, nur eine ganz gewöhnliche weitere zu sein, doch zu meiner Überraschung meldeten sich tatsächlich über die Hälfte der Kinder in meiner *Prep School*-Klasse und bestätigten errötend, dass ihnen genau dies in letzter Zeit passiert sei: Sie hätten auf Englisch geträumt!

»Du nicht, Ziska?«, fragte Miss Schröder liebenswürdig.

»Nein«, sagte ich wahrheitsgemäß. »Meine Träume sind zu kompliziert.«

Worauf Miss Schröder einen Freudenschrei ausstieß, in ihre Handtasche griff und die gefürchtete blaue Kladde hervorzog. »Meine Träume sind zu kompliziert …!«, wiederholte sie hingerissen und trug meinen Spruch in ihre Sammlung ein. Die Sammlung hieß *Kindermund* und am Ende des Schuljahrs würde sie vor allen Lehrern, Schülern und den Gönnern aus der jüdischen Gemeinde daraus vorlesen, die eigens für die wachsende Zahl deutscher Kinder, die noch kein Englisch sprachen, eine Lehrkraft bewilligt hatten.

Seit ich in Miss Schröders Klasse war, nahm die Sammlung anscheinend richtig Fahrt auf und allmählich begann ich dem Ende des Schuljahrs mit bösen Vorahnungen entgegenzusehen. Zwar würde es für die Teilnahme an Liedern und Reimen, mit denen wir uns »spielerisch dem Erlernen der englischen Sprache näherten«, noch kein Zeugnis geben, dennoch wurde man selbst hier im »Kindergarten« fortwährend von Erwartungen verfolgt.

Die anderen Kinder sahen mich halb mitfühlend, halb vorwurfsvoll an. Schon so lange in Shanghai und träumt noch auf Deutsch!

»Von jetzt an«, versprach Miss Schröder, »werden wir uns nicht nur im Klassenraum, sondern auch hier am Mittagstisch auf Englisch unterhalten. Ihr werdet sehen, es gibt nichts, was ihr nicht zum Ausdruck bringen könnt, ohne deutsche Wörter zu benutzen.«

Diesen Vorsatz setzte sie augenblicklich in die Tat um. Ich warf einen hilfesuchenden Blick quer durch den Raum, aber Mischa saß während der Mahlzeiten zwischen seinen eigenen Klassenkameraden, bis zum Nachhauseweg war ich also auf mich allein gestellt.

Mamu konnte nicht aufhören, von meiner neuen Schule zu schwärmen. Ein früherer Restaurantkoch sorgte für die Verpflegung, unter den Lehrern und Lehrerinnen waren ehemalige Hochschulprofessoren und sogar ein ausgewanderter Sportler, der 1932 eine olympische Medaille gewonnen hatte.

Der frühere Restaurantkoch lehnte wie immer an seiner Spüle, als wir unsere Teller zurückbrachten, verschränkte die Arme über dem Bauch und sah uns mit einem Ausdruck tiefster Resignation zu. An einem der ersten Tage hatte ich mir ein Herz gefasst und ihm für alle hörbar zugerufen: »Es hat mir prima geschmeckt!«

Aber der frühere Restaurantkoch hatte nur noch trauriger dreingeschaut und erwidert: »Och Kindchen, wie soll ich denn von den paar Pfennigen etwas kochen, das schmeckt?«

Auch bei den älteren Mitschülern war mein Einwurf nicht gut angekommen. »Kein Deutsch!«, hatten mich gleich mehrere erschrocken angezischt und den gutaussehenden sephardischen Kindern entschuldigende, fast unterwürfige Blicke zugeworfen. Die sephardischen Jungen und Mädchen blieben meist für sich, höflich zwar, aber reserviert, und obwohl sie aus den Familien stammten, die uns Flüchtlinge unterstützten, merkte man ihnen an, dass unsere wachsende Zahl ihnen nicht behagte.

Ich lief dunkelrot an und Mischa musste mich mit dem Hinweis in Schutz nehmen, ich sei doch noch neu. In fließendem Englisch selbstverständlich. Mischa war genauso »neu« wie ich, aber im Gegensatz zu mir fühlte er sich an dieser Schule vom ersten Tage an zu Hause.

»Spürst du, wie sie uns mit offenen Armen aufnehmen?«, hatte er mit leuchtenden Augen beim ersten Nachhauseweg gefragt.

Ich musste einräumen, dass ich mich während der Ansprache des Direktors in der Tat willkommen gefühlt hatte, dass ich jedoch nicht verstand, warum er jedem von uns persönlich die Hand hatte drücken und erklären müssen, dass wir »die Schule stolz machten«.

»Konnte er nicht einfach sagen, dass wir fleißig lernen und gute Zeugnisse bekommen sollen? Wie kann er denn stolz darauf sein, dass wir nur *da* sind?«

»Er will damit ausdrücken, dass wir etwas wert sind!«, belehrte mich Mischa. »Dass wir uns dessen wieder bewusst werden müssen, damit etwas Großes aus uns werden kann.«

Seine Antwort hatte mir die Sprache verschlagen, doch er schien Recht zu haben: Gerade noch war von uns jüdischen Kindern erwartet worden, dass wir uns unsichtbar machten, jetzt sollten wir auf einen Schlag so viel *Frucht bringen,* dass ich mich schon ganz ausgehöhlt zu fühlen begann. Aber das konnte ich Mischa schlecht sagen, denn dass ich auf diese hervorragende Schule gehen durfte, verdankte ich schließlich seinen Eltern.

Es fiel nicht schwer, mir Herrn Konitzers Gesicht vorzustellen, wenn Miss Schröder am Ende des Schuljahrs die Kladde auspackte und meine Unzulänglichkeit bloßstellte. Herr Konitzers Blick auf mich hatte sich seit jenem Vormittag am Brenner nicht geändert: liebenswürdig, aber enttäuscht, als könne er geradewegs in mich hineinsehen. Seit Kurzem wollte er Onkel Victor genannt werden, woran ich allerdings noch arbeitete – mir war klar, dass es freundlich und ermutigend gemeint war, aber in Wahrheit setzte es mich nur noch mehr unter Druck, dass er trotz allem, was mit mir nicht stimmte, mit mir verwandt sein wollte.

Mamu hatte gezögert, als Frau Konitzer – Tante Irma – mit dem großzügigen Angebot herausgerückt war, meine fünf Dollar Schulgeld für die Shanghai Jewish School zu übernehmen. Die katholische Nonnenschule wäre umsonst gewesen, kam aber nicht infrage.

»Die Nonnen sind nur darauf aus, unsere Kinder zu taufen!«, warnte Tante Irma.

Sie beim Vornamen zu nennen, fiel mir nicht schwer; sie war eine sanfte, freundliche, stets etwas bekümmert wirkende Person, die mich an Frau Liebich erinnerte. »Aber ich bin doch schon getauft«, wandte ich ein.

»Die evangelische Taufe zählt für die Katholiken nicht«, klärte mich Tante Irma auf.

Mein Mund stand offen. »Wieso denn das?«

»Später, Ziska«, sagte Mamu automatisch, und an Tante Irma gewandt: »Ich würde euer Angebot am liebsten ablehnen. Ich weiß nicht, wann wir das Geld zurückzahlen können.«

»Willst du die Nonnen an deine Tochter heranlassen?«, erwiderte Tante Irma mit hochgezogenen Brauen und das Thema war erledigt. Papa und ich wurden nicht gefragt. Auch für die Schuluniform kamen Konitzers auf, für das Schreibzeug, den Ranzen und das Lineal. In der Nacht vor meinem ersten Schulbesuch träumte ich, wie ich damit Nonnen abwehrte, die hinter mir her waren.

»Diese Schule«, appellierte Mamu, als ob ich es nicht selber wüsste, »ist eine Verpflichtung, Ziskele. Andere Kinder helfen beim Geldverdienen, du aber darfst lernen!«

Tatsächlich gab es außer Mischa und mir nur zwei weitere Kinder unter all den neuen Familien in unserem Schlafraum, die morgens in Schuluniform das Heim verließen, und ich spürte jeden einzelnen Blick, der uns folgte. Eine Schule für die Flüchtlingskinder war in Planung, aber noch nicht fertig, und einen anderen Raum, in dem Unterricht hätte stattfinden können – schließlich waren genügend Lehrer und Lehrerinnen unter den Auswanderern –, gab es nicht. Jeder verfügbare Meter im Heim war von Betten belegt. Die meisten Kinder halfen, wenn sie sich nicht auf der Straße herumtrieben, in der Küche oder nähten Knopflöcher.

Dabei war ich mir ziemlich sicher, dass ich mehr um die Schuluniform beneidet wurde als um den Unterricht. Die Schuluniform – blauer Faltenrock und weiße Bluse – war eigentlich nichts Besonderes, aber zum ersten Mal hineinzuschlüpfen hatte sich angefühlt, als würde mir ein Orden um den Hals gehängt. Aufgenommen in einen Kreis, in dem kein Mädchen sich mehr vom anderen unterschied! Ich konnte kaum abwarten, mich mit ihnen zu vermischen und spiegelte mich auf der Nanking Road in jedem erreichbaren Schaufenster.

Leider werden Uniformen überschätzt. Dass ich aussah wie die anderen, hieß keineswegs, dass ich passte. Spätestens beim Betreten der Synagoge wurde mir bewusst, dass wir die Uniform zwei Nummern zu groß gekauft haben mussten.

Wenn ich, die noch nie die Schwelle einer Synagoge überschritten hatte, etwas bescheidener hätte anfangen können, wäre die erste Begegnung vielleicht anders verlaufen, aber die Shanghai Jewish School, ein zweistöckiger gepflegter Backsteinbau, lag ausgerechnet auf dem Gelände der größten und prunkvollsten Synagoge ganz Asiens. Ich war wie erschlagen von der Pracht um mich herum. Funkelnde Kristallleuchter schwebten über mir, links und rechts stemmten Säulen prächtige Balkone und überall glänzte Marmor, verziert mit Gold.

Ich bekam den Mund nicht mehr zu. Wie war das möglich? Was hatte dieser Palast mit dem Jüdischsein zu tun, wie ich es kannte, mit Tritten und Hieben, Beschimpfung und Spott?

»Na, gefällt es dir, Ziska?«, fragte das bildschöne Mädchen, das uns Neue herumführte, und zu dem ehrfürchtigen Staunen über die Synagoge kam der Schock, dass sie sich meinen Namen gemerkt hatte.

Ich platzte heraus: »Es ist so wunderschön! Die Säulen, die Balkone … und erst der Altar!«

Es wurde still. Füße hörten auf zu scharren. Alle Blicke richteten sich auf mich.

»Du meinst bestimmt den Thoraschrein«, verbesserte das Mädchen nach einer bedeutsamen Pause – ob sie fünf oder fünfzig Sekunden dauerte, hätte ich nicht sagen können, die Zeit stand still. »Dieser Schrein ist in der Tat etwas Besonderes. Er enthält dreißig uralte Thorarollen aus Bagdad, die die ersten Mitglieder der Ohel Rahel-Synagoge bei ihrer eigenen Einwanderung mitgebracht haben. Du weißt, was die Thora ist, Ziska?«

Ich hatte noch nicht wieder zu atmen begonnen, und das Mädchen überging die Frage, als hätte sie sie gar nicht gestellt, weil sie wohl davon ausging, dass alle außer mir die Antwort ohnehin kannten.

»Siebenhundert Gläubige haben in diesem Gotteshaus Platz«, fuhr sie fort. »Dies ist die Synagoge der sephardischen Juden: Juden aus Bagdad und Bombay. Es gibt eine weitere, noch größere Gruppe in Shanghai, die Ende letzten Jahrhunderts aus Russland eingewandert ist und eine eigene Synagoge hat, die Ohel Moshe-Synagoge in Hongkou. Wer weiß, wie man diese Juden nennt?«

»Aschkenasim«, antworteten alle außer mir im Chor.

»Auch du wirst unsere Synagoge noch sehr gut kennenlernen,

Ziska«, versprach das Mädchen und plötzlich fiel mir der Name wieder ein, mit dem sie sich vorgestellt hatte – sie hieß Judith. »Ihr werdet sehen, alle von euch werden sich hier bald zu Hause fühlen. So, und als Nächstes gehen wir in unser wunderbares neues Physiklabor!«

Auf dem Weg über den Schulhof hing mir die Uniformbluse wie ein Zehnkilosack über den Schultern. Zu meiner Linken ging Mischa, ohne ein Wort, zur Rechten Judith, die ermutigend auf mich einredete.

»Du kannst nichts dafür, dass du das alles nicht weißt, Ziska. Viele Familien aus unserem Volk sind vom Glauben abgefallen, aber keine Angst, dies ist der beste Ort, um wieder zurückzufinden! Weißt du was? Ich werde dir helfen!«

Ich blickte auf. Judiths klare braune Augen sahen mich aufrichtig und besorgt an und ich musste plötzlich mit den Tränen kämpfen, so sehr schämte ich mich.

Seitdem stellte sich Judith jeden Morgen neben mich, wenn der Schultag mit dem Hissen der weiß-blauen jüdischen Fahne begann, und ich hörte ihre helle, klare Stimme in den Gesang der *Hatikva,* der jüdischen Hymne einfallen. Jeden Tag erklärte sie mir ein neues wichtiges Detail aus dem jüdischen Leben, nahm mich mit in die Bibliothek, in der Männer mit Schläfenlocken die heiligen Schriften studierten, und in die Mikwe, ein rituelles Reinigungsbad nur für Frauen, in dem es herrlich warm war und duftete.

Auf Zehenspitzen, mit angehaltenem Atem, ging ich neben ihr her. Die meisten Frauen in der Mikwe waren sehr schön. In Badetücher gehüllt, saßen sie herum, schwatzten und lachten. Der Kontrast zum Ward Road-Heim hätte nicht größer sein können, in dem meine Mutter von Tag zu Tag blasser, dünner und durchscheinender wurde, aber ich traute mich nicht, Judith zu fragen, ob

Mamu hier ebenfalls zum Baden kommen durfte. Obwohl jede neue Erklärung über das jüdische Leben nur weitere Fragen in mir auslöste, war mir dennoch klar, dass es in der Mikwe um eine andere Art der Säuberung ging, und ebenso fremd, wie ich mich in dieser geheimnisvollen neuen Umgebung fühlte, stellte ich mir Mamu unter all den jüdischen Frauen in ihrer Badeanstalt vor. Womöglich ließ sie sogar peinliche Bemerkungen los! Ich behielt für mich, dass es in der Stadt ein Bad für jüdische Frauen gab.

Mischa Konitzer fuhr jeden Nachmittag an meiner Seite zurück nach Hongkou. Die Shanghai Jewish School lag weit draußen hinter der Brücke im französischen Sektor und in kleinem Abstand folgten wir den Jungen und Mädchen, die dieselbe Richtung hatten wie wir: mit der Straßenbahn die vornehme Bubbling Well Road entlang, in der sich eine Villa an die nächste reihte, unterbrochen von Hotelanlagen, gusseisern umzäunten Gärten und Parks und den luxuriösen Clubs der Briten, Amerikaner und Franzosen. Hinter dem Oval der Pferderennbahn ging die »Bubblewell« in die Nanking Road über und die nächsten drei Kilometer fuhren wir ruckelnd und bimmelnd an einem Schaufenster nach dem anderen vorbei.

Die Nanking Road im internationalen Sektor war die Haupteinkaufsstraße Shanghais. Zwei große Kaufhäuser standen nur noch als Ruinen da, aber die sechs übrigen *Department Stores* und die meisten anderen kleinen und größeren Läden waren während des japanischen Angriffs unversehrt geblieben und zogen Scharen von Kunden an. Im Gewimmel von Rikschas, Fahrrädern und Fußgängern kamen Autos und selbst die Straßenbahn kaum voran; vor den Eingangsportalen der Kaufhäuser sah man Limousinen mitsamt gelangweilt rauchenden Chauffeuren in der Reihe stehen und das Stück Straße mitunter vollends blockieren.

Die Kaufhäuser – mit klangvollen chinesischen Namen wie Wing-On oder Sun-Sun – waren hochmodern, mit Rolltreppen und Aufzügen und Verkäufern, die zwischen Kleiderständern und Schmuckvitrinen hin und her huschten und fortwährend über irgendwelche Scheiben oder Tresen zu wischen schienen. Klimaanlagen kamen ihnen zu Hilfe und hielten den Dreck und Gestank der Straße fern; ich atmete unwillkürlich tief ein, wenn ich eins der Kaufhäuser betrat. Allerdings konnte ich nicht einfach so hineinspazieren, denn die Aufpasser waren darin geschult, zu erkennen, wer etwas kaufen wollte und wer nicht, und setzten mich gleich wieder an die Luft. Ich gewöhnte mir an zu warten, bis ich zusammen mit einem Schwall Kunden durch die Tür schlüpfen konnte, oder nutzte den Moment, wenn der Türsteher einer Kundin die Einkäufe zum Wagen trug.

Menschen aller Herren Länder arbeiteten, lebten und kauften auf der Nanking Road ein, noch nie hatte ich so viele interessante Gesichter und ein solches Sprachgewirr erlebt. Es war, als hätte eine große Hand in jede Ecke der Welt gegriffen, eine Schar Bewohner eingesammelt und in Shanghai abgesetzt. Spazierte man zwischen ihnen die Straße entlang, konnte man nur noch staunen – staunen und sich fragen, warum Leute in anderen Ländern eigentlich alles daran setzten, unter sich zu bleiben. Gut, es stank, es war unfassbar laut: Das schwere Parfüm flanierender Damen mischte sich mit dem Qualm der offenen Kochstellen, Stimmen riefen und schrien durcheinander, aus den weit offenen Türen der Geschäfte schallten, verstärkt von Lautsprechern, gleichzeitig Dutzende Radiosendungen. Über allem lag das ohrenbetäubende Quietschen unzähliger Rikschareifen, die nie geölt wurden, weil die Kulis glaubten, dass der Krach böse Geister vertrieb.

Aber wie langweilig war es auf dem Kudamm im Vergleich zur Nanking Road!

Im bunten internationalen Settlement tauchten auch die Chinesen unter, sicher und geschützt vor den neuen Herren ihres Landes. Chinesische Bedienstete trugen ihrer Herrschaft Päckchen und Tüten hinterher, aber man erlebte auch reiche Einheimische, die noch schöner und vornehmer waren als die Europäer. Die zarten, eleganten Chinesinnen hatten mit den ausgemergelten Gestalten in Hongkou weniger gemein als ich, ein Flüchtling vom anderen Ende der Welt, und ich weiß, es war hier, dass ich zum ersten Mal fühlte, dass ich mit dem Wort *Volk* nichts mehr anfangen konnte.

Kurz vor der Garden Bridge stieg die Schülerschar aus der Straßenbahn oder dem Bus und wir strömten zu Fuß hinüber, erst am britischen Posten vorbei, dann – genau dreißig Meter weiter – an den Japanern, die den Zugang von und nach Hongkou kontrollierten. Erst hinter dem Suzhou Creek trennten sich unsere Wege. Zwar kamen immer mehr Schüler der Shanghai Jewish School aus Hongkou, aber nicht alle lebten noch im Heim.

Mir schwante, dass Herr Konitzer – Onkel Victor – Mischa aufgetragen hatte, ein Auge auf mich zu haben, aber anstatt dankbar zu sein, machten mich die sehnsüchtigen Blicke, die er den anderen zuwarf, ein bisschen wütend und ich wäre beinahe lieber allein gegangen, obwohl ich mich noch immer vor dem japanischen Posten fürchtete. Sobald wir am Postenhäuschen der freundlichen britischen Soldaten vorbei waren und auf die Japaner zugingen, begann mein Herz zu klopfen. Die kalten, mürrischen Gesichter der Besatzer bedrückten mich, selbst wenn ihre Verachtung nicht uns Juden galt.

Heimlich war ich auch froh, dass Mischa und ich noch gemeinsam Straßenbahn fuhren. Dabei hatte selbst er am ersten Tag nicht den Mut gehabt, sich zu setzen, obwohl Platz genug gewesen wäre – erst hinter der Pferderennbahn begann sich die Bahn bis auf den letzten Kubikmeter Atemluft mit Menschen zu füllen. Doch dass Juden in öffentlichen Verkehrsmitteln stehen zu bleiben hatten, gehörte zu den Dingen, die mir so sehr in Fleisch und Blut übergegangen waren, dass mir fast das Herz durch den Hals sprang, als Mischa am zweiten Nachmittag beim Anblick der nahenden Bahn flüsterte: »Heute setze ich mich!«

Denn es war ja nicht so, dass ich nicht selbst schon mit dem Gedanken gespielt hätte. Es war mir nicht entgangen, dass Mischa und ich tags zuvor die Einzigen gewesen waren, die während der ganzen Strecke draußen auf der Plattform stehen geblieben waren. Alle anderen jüdischen Schüler hatten wie selbstverständlich zwischen Einheimischen gesessen, die den Großteil der Passagiere der dritten Klasse stellten, und sich anscheinend nicht einmal mehr bewusst gemacht, was sie da taten.

Wenn man sich erst einmal überwunden hatte, war überhaupt nichts dabei. Das Herzklopfen, das Gefühl eines großen Triumphs verschwand nach wenigen Tagen, und um Straßenbahn zu fahren, brauchte ich Mischa eigentlich auch nicht mehr. Aber er fuhr und trabte weiterhin getreulich neben mir her; vielleicht wartete er, dass ich ihn von selbst aufforderte, mich allein zu lassen.

Einmal noch, dachte ich. Morgen vielleicht! Aber ich schob es immer wieder auf.

Am Tag, an dem ich nicht einmal beim Mittagstisch mehr Deutsch hatte sprechen dürfen, war ich zum ersten Mal dankbar für Mischas Begleitung. Ich war nicht im Geringsten vorbereitet auf seine großen Neuigkeiten.

»Na, den Weg kennst du ja jetzt«, sagte er plötzlich.

Mein Herz sank. Ich fühlte es irgendwo überm Knie.

»Mama, Paps und ich ziehen aus«, ergänzte Mischa.

Als ob ich nicht bereits darauf gewartet hatte! Ich wusste, wie intensiv Konitzers nach einer Wohnung suchten; dass sie bisher keine gefunden hatten, hing lediglich damit zusammen, dass sie bereits mehrere Angebote als ungeeignet ausgeschlagen hatten. Schließlich brauchten sie auch noch ein Zimmer für ihre Zahnarztpraxis.

Als ich beharrlich schwieg, fügte Mischa hinzu: »Noch heute. Wenn wir zurückkommen, haben sie schon gepackt.«

Bevor er auf den Gedanken kommen konnte, mich als Nächstes einzuladen: »Aber natürlich darfst du uns jederzeit besuchen!«, sagte ich patzig: »Und wieso läufst du nicht gleich zu eurer tollen neuen Wohnung?«

»Wegen dir«, erwiderte Mischa kühl.

»Ach, ich darf sie wohl nicht sehen?«, schoss ich zurück, obwohl ich genau wusste, dass er es anders gemeint hatte.

Für den Rest des Weges gingen wir schweigend nebeneinander her. Je eher ich mich ans Alleinsein gewöhnte, desto besser.

Als Papa nach Hause kam, waren Konitzers schon umgezogen und nicht nur das: Auch ihr Bett war bereits neu belegt, der fröhliche Pünktchenvorhang verschwunden, und ich ertappte mich dabei, wie ich immer wieder zu der Stelle sah, wo er bis gestern gehangen hatte. Konitzers Pünktchen waren ein größerer Lichtblick in unserem trübseligen Schlafsaal gewesen, als mir bis zu ihrem Verschwinden bewusst gewesen war.

»Und wann sind wir an der Reihe?«, fragte Mamu, der der Umzug von Tante Irma zusetzte.

»Wenn wir die Arbeit nicht dauernd unterbrechen müssten«, meinte Papa, »wären wir schon weg.«

Seine Tätigkeit auf dem Bau wurde nämlich durch eine merkwürdige Regelung erschwert: Chinesen durften nicht sehen, dass er arbeitete! Körperliche Arbeit war für Weiße in dieser Gesellschaft undenkbar, sie hätte die Chinesen verstört und uns Zuwanderer »das Gesicht verlieren lassen«, deshalb wurde an den Baustellen, die Flüchtlinge beschäftigten, die Arbeit sofort unterbrochen, wenn ein Chinese zusah.

Mamu fand es zwar erfreulich, in den Augen unserer neuen Umgebung wieder ein Gesicht zu haben, das man verlieren konnte, andererseits verlor sie zunehmend die Geduld mit den seltsamen Gepflogenheiten um uns herum. »Verdammt«, sagte sie unumwunden, »könnt ihr keinen Zaun um die Baustelle ziehen? Wenn das so weitergeht, sind wir im Sommer noch hier!«

»Es gibt kein Holz für einen Zaun«, erwiderte Papa gelassen, bevor er sein kleines Handtuch ergriff und dem Waschraum zustrebte.

Mamu schleuderte die Jacke, die er übers untere Bett geworfen hatte, frustriert in seine eigene Etage hinauf. »Ist das zu fassen? Dein Vater findet sich mit allem ab!«

Ich sagte lieber nichts – dass Mamu Papa kritisierte, hieß keineswegs, dass ich mir solche Freiheiten ebenfalls herausnehmen durfte –, aber insgeheim musste ich ihr zustimmen: Papa gab in letzter Zeit eine Menge Anlass zu staunen. Im Gegensatz zu Deutschland schlief er hier tief und fest, im Gegensatz zu Mamu bekam er keine Bauchschmerzen vom Hirsebrei, im Gegensatz zu ihr kam er mit seiner ungewohnten neuen Tätigkeit besser zurecht, als wir alle drei von ihm erwartet hatten. An manchen Tagen machte er einen regelrecht fröhlichen Eindruck und riss sogar den einen oder anderen *Bauarbeiterwitz,* wie meine Mutter es nannte.

»Er hat keinerlei Ehrgeiz mehr«, murmelte sie erschüttert.

Mamus Laune besserte sich nicht, als die etwas litfasssäulenhafte Figur von Frau Friedmann mit festen Schritten auf uns zusteuerte, vorbei an den von Bett zu Bett hängenden Wäscheleinen, überm Arm zerknitterten karierten Stoff. Ich hielt den Atem an, ich wusste, was jetzt kam: »Frau Mangold, so geht das nicht, so kann ich das nicht abgeben!«

Frau Friedmann war die Vorarbeiterin der Schneiderstube und sie gab sich mit Mamu alle Mühe, aber selbst ich konnte erkennen, was los war. »Die Säume sind bisserl scheener als gestern, aber haben Sie schon gesehen eine Mann mit solche schiefe Schultern?«

Sie legte das beanstandete Hemd vor uns aufs Bett und versuchte es glattzustreichen, doch die Ärmel saßen so verquer, dass nicht einmal das funktionierte. »Den armen Mensch, dem das hier würde passen, gibt es hoffentlich nicht«, sagte Frau Friedmann streng.

»Ich bin eben keine Schneiderin«, verteidigte sich Mamu mit roten Ohren.

»Reißen Sie sich am Riemen!«, erwiderte Frau Friedmann, und mit einem Augenzwinkern in meine Richtung: »Immerhin: Heut ist es nur ein Hemd, das Sie müssen machen neu.«

Nachdem Frau Friedmann gegangen war, versammelten sich mehrere Nachbarinnen um unser Bett und begutachteten mit verschränkten Armen das missratene Hemd. »Ich bin selbst überrascht«, bekannte Mamu beschämt.

»Trotzdem«, versetzte Frau Silbermann. »So darf sie nicht mit Ihnen reden. Bis vor ein paar Jahren wäre sie nur durch den Hintereingang zu Ihnen reingekommen, das kann sie nicht vergessen haben.«

Einige Frauen nickten zustimmend. »Das ist vorbei«, antwortete Mamu und behielt zu meinem Erstaunen für sich, dass wir in unserer Etagenwohnung gar keinen Hintereingang für Bedienstete gehabt hatten. »Hier sind wir alle gleich, Frau Silbermann.«

»Verkehrte Welt«, sagte Frau Silbermann kopfschüttelnd. »Kommen Sie, Frau Mangold, gehen wir eine rauchen. Hier muss sowieso Ihr Mann ran.«

Sie zogen ab, Frau Silbermann fröstelnd eingehüllt in ihren flauschigen silbernen Pelz, der in dieser Umgebung wirkte, als ob sie ihn irgendwo geklaut haben musste.

Papa schob die Brille auf die Nasenspitze, sobald er aus dem Waschraum zurückgekehrt war, nahm Mamus kleine Schneiderschere und trennte vorsichtig einen Ärmelsaum auf. Er fand das Nähen äußerst entspannend, wenn er abends vom Bau kam.

»Was ist denn nun mit unserem neuen Haus?«, fragte ich, während ich zusah, wie er einen sauberen Stich neben den anderen setzte.

»Die unteren beiden Wohnungen sind fertig«, erwiderte mein Vater, auf sein Werk konzentriert. »Das Erdgeschoss für den Hausbesitzer Herrn Hu, der erste Stock für Fränkels.«

»Wir sollen unters Dach«, erinnerte ich mich, »das heißt, wir kommen als Letzte dran.«

»So ist es«, bestätigte Papa. »Aber wir sind ja auch als Letzte auf die Baustelle gekommen.«

Er biss den Faden ab und fragte beiläufig: »Und? Warst du heute auf der Post?«

»Klar«, antwortete ich etwas vorwurfsvoll.

Glaubte er wirklich, ich hätte nicht daran gedacht? Jeden Nachmittag kontrollierten Mischa und ich auf dem Rückweg von der Schule unsere Postfächer, eine verantwortungsvolle Aufgabe, mit der unsere Familien uns betraut hatten, und ich war überaus stolz auf den Schlüssel, der an einem Bindfaden um meinen Hals hing.

Aber leider wieder nichts. Da Papa nicht nachfragte, wusste ich, dass er verstanden hatte. In den fünf Wochen seit unserer Ankunft war noch keine einzige Nachricht von zu Hause gekommen, obwohl Mamu alle zwei Tage einen Brief an Tante Ruth schickte, dem ich wiederum eine Seite an Bekka beilegen durfte. Liebichs wohnten ja gleich um die Ecke von meinen Verwandten.

Auch Konitzers warteten vergeblich auf Post, was immerhin Anlass zu der Hoffnung gab, dass die Unseren nicht etwa deshalb schwiegen, weil ihnen etwas zugestoßen war. Wenn selbst Konitzers keine Post bekamen, dann konnte es nur höhere Gewalt sein, dann hingen die Postsäcke wahrscheinlich irgendwo fest und wir würden einen ganzen Schwung Briefe auf einmal erhalten.

In den nächsten Tagen hoffentlich. Lange konnte es bestimmt nicht mehr dauern. Ob Bekka mir schon aus England schreiben würde?

»Ich hatte seit Monaten keine Post«, meldete sich Herr Hamburger vom Nebenbett.

»Sie schreiben ja auch selber nie!«, wies ich ihn zurecht.

Herr Hamburger zog geräuschvoll die Nase hoch. »Wenn ich nicht schreibe, dann nur deswegen, weil mir niemand antwortet. So einfach ist das.«

Ich verkniff mir die Bemerkung, dass, wenn jeder nur auf den ersten Schritt der anderen warten würde, die ganze Welt voll herumstehender Leute wäre. Als hätte ich es gesagt, fügte Herr Hamburger beleidigt hinzu: »Ganz schön vorlaut, die Kleine.«

»Wo soll sie vorlaut sein, wenn nicht auf ihrem eigenen Bett?«, erwiderte Papa, ohne den Blick von seinem Hemdsärmel zu heben.

Das war ein weiterer Unterschied zwischen meinen Eltern: Während Mamu sich an ein Leben unter fortwährender Einmischung der Bettnachbarn nicht gewöhnen konnte, konnte Papa ohne Weiteres so tun, als redete er mit sich selbst, wenn er Antwort gab. Als Herr Hamburger nachsetzte und mit Nachdruck erklärte, er zumindest hielte es für unmöglich, unter Chinesen zu leben, die allesamt laut, schmutzig und verschlagen seien, meinte mein Vater nur, das Miteinander verschiedener Kulturen in einem Haus oder Schlafsaal sei nach seinem Erfahrungsstand schwierig, aber nicht unlebbar.

»Wir sprechen uns in ein paar Wochen«, meinte Herr Hamburger.

Meine Mutter kam in den Schlafsaal zurück, den Geruch billiger chinesischer Zigaretten hinter sich herziehend, eine nicht näher bezeichnete Mischung, die man in Hongkou für ein paar Cent kaufen konnte. Sie hatte sich das Rauchen in der Schneiderstube angewöhnt, wo es angeblich alle taten, und behauptete, sie könne jederzeit wieder aufhören, wenn sie nur wollte.

Mamu machte einen wesentlich vergnügteren Eindruck, als sie sich vorbeugte, das Hemd inspizierte, Papa einen Kuss gab und sich zu uns aufs Bett setzte. »Happy End«, sagte sie zu Herrn Hamburger, bevor sie den Vorhang zuzog.

Ich stellte mir vor, wie er enttäuscht auf unsere drei Paar Füße guckte, das Einzige, was von uns noch hervorschaute. »Ich glaube, das heißt Happy Ending«, bemerkte ich.

»Sieh mal einer an«, meinte Mamu. »Konitzers Investition beginnt sich auszuzahlen.«

Wir Juden brauchten uns in Shanghai nicht mehr zu verstecken, und eine große Schar selbstbewusster Jungen und Mädchen in Schuluniform ging am nächsten Morgen hoch erhobenen Hauptes zurück über die Brücke, die japanischen Posten ignorierend. Ich beeilte mich, hinter ihnen nicht zurückzufallen, ein komisches Gefühl ohne Mischa an meiner Seite. Die anderen Schüler ließen mich mitgehen, aber ich wusste nicht, wie ich einen von ihnen hätte ansprechen können. Zwar waren mehrere Mädchen meines Alters darunter, doch die Zahl ging gerade auf, alle gingen paarweise, einige sogar fest eingehakt, was mir deutlich zu verstehen gab, dass sie bereits befreundet waren.

Noch nie hatte ich Bekka so schmerzlich vermisst. Wo in aller Welt war sie? Wer öffnete meine Briefe, wenn Bekka sie nicht mehr bekam? Unterhalb meiner Rippen entstand in letzter Zeit ein unangenehmes Kitzeln, wenn ich an meine Freundin dachte, und wie unter Zwang hatte ich mir angewöhnt, alles, was ich erlebte, in lustige oder tapfere Sätze für meinen nächsten Brief zu fassen. Die Sätze lernte ich auswendig, als könnte ich sie wieder verlieren, und sie blieben in meinem Kopf, noch lange nachdem ich die neue Seite abgeschickt hatte.

Ein Kitzeln im Bauch und eine wachsende Zahl auswendig gelernter Sätze – das war ein zu dünnes Band, das reichte nicht, und als die Garden Bridge vor uns auftauchte und ich den mürrischen Japaner mit seinem Bajonett erblickte, kam ich zu dem Schluss, dass es das Beste war, mir keine neue Freundin zu suchen. Keine Freundin außer Bekka zu haben würde die stärkste Verbindung sein, die wir noch miteinander haben konnten.

Mit einem gewissen Hochgefühl ging ich an dem Japaner vorbei, stieg in die Straßenbahn, suchte mir allein einen Platz und starrte entschlossen aus dem Fenster. In Wahrheit wusste ich die ganze Zeit, dass ich nicht durchhalten würde. Ich hätte einiges darum gegeben, wenn sich eins der Mädchen aus der Schule zu mir gesetzt hätte – und dies nicht erst, als sich eine Chinesin mit einem toten Huhn neben mich quetschte, dessen schlaffer Kopf fortwährend auf meinen Schoß rutschte.

Wie gewohnt versammelten wir Schüler uns vor Beginn des Unterrichts auf dem Hof, hissten die Fahne und stimmten die *Hatikva* an. Überall Jungen und Mädchen in Weiß und Blau, die Rücken durchgedrückt, die Stimmen klar – ein Gefühl, als wäre ich in einen Geheimbund geraten.

Kol od ba-lewaw penima
Nefesch jehudi homija
Ulfatej misrach kadima
ajin le-zijon zofija …

Einige Reihen weiter vorn entdeckte ich unter seinen Klassenkameraden Mischa, der sich an diesem ersten Morgen nach seinem Umzug ganz entgegen seiner sonstigen Gewohnheit auffallend nach mir umschaute. Als mein Blick den seinen fing, begann er eifrig zu nicken, aber ich sah rasch weg, denn Judith hatte es auch bemerkt und schüttelte missbilligend den Kopf. Während der Hymne durfte an nichts anderes gedacht werden als an unser Gelobtes Land, hatte sie mir eingeschärft, und ich straffte schuldbewusst den Rücken und sang noch etwas lauter.

Solange noch im Herzen eine jüdische Seele wohnt und nach Osten hin, vorwärts, ein Auge nach Zion blickt, solange ist unsere Hoffnung nicht verloren, die Hoffnung, zweitausend Jahre alt, zu sein ein freies Volk, in unserem Land, und im Lande Zion und in Jerusalem!

Es war eine mitreißende Melodie, auch wenn sie nichts mit mir zu tun hatte. Palästina hatte in den Reiseplänen meiner Eltern nie eine Rolle gespielt, zumal dort, wie Mamu mir erklärt hatte, längst andere wohnten, die überhaupt nicht die Absicht hatten, die Juden ihr eigenes Land gründen zu lassen. An diesem Morgen jedoch war es mir zum ersten Mal ein Trost, mitsingen zu können.

Auf dem Weg hinaus drängte sich Mischa zu mir vor. Ehe ich dazu kam zu fragen, was heute bloß in ihn gefahren war, sein Umzug sei schließlich überhaupt nichts Besonderes und er brauche nicht zu glauben, ich hätte ihn auf dem Weg zur Schule auch nur ansatzweise vermisst, griff er strahlend in seinen Ranzen.

»Ich war heute früh schon da! Sechs Stück auf einmal, bestimmt habt ihr auch welche!«

Mein Herz stand still, als er triumphierend mit seiner Post vor mir herumwedelte.

Wer Post von zuhause bekommt, sollte früher gehen dürfen. Wer Post von zuhause bekommt, für den ist der Schultag sowieso verloren, der erinnert sich hinterher an nichts mehr außer die Zeiger der Uhr, die quälend langsam voranschreiten. Der bekommt kaum das Mittagessen herunter, der vergisst der Lehrerin am Ende des Tages *Goodbye* zu sagen, der rennt, der fliegt die Nanking Road herunter und schlägt Haken um störende Fußgänger, langsame Rikschas, den hupenden Bus.

Vier Briefe! Drei mit der Schrift von Tante Ruth auf dem Umschlag, einer von Bekka, mit Poststempel Berlin. Noch vor dem offenen Postfach riss ich ihn auf.

»Liebe Ziska, meine Eltern sind im Glücksrausch«, las ich unter einem Datum von Mitte Januar. »Thomas hat einen Platz auf dem Kindertransport.«

11

Herr Hu und seine Familie schienen sich aufrichtig zu freuen, als wir im März endlich einzogen. Als wir ihnen gegenüberstanden, kam es zu einem kurzen peinlichen Moment, da Mamu und ich völlig vergessen hatten zu fragen, wie wir sie begrüßen sollten – europäisch? chinesisch? –, aber zum Glück kannte Papa sich aus. Er verbeugte sich, worauf Herr Hu und Oma Hu dasselbe taten.

Familie Hu bestand aus Vater, Oma und vier Kindern, die nach Größe aufgereiht nebeneinanderstanden und sich kichernd anstießen, während sie mich beguckten. Ich grinste freundlich zurück, entschlossen, bei unseren Hausbesitzern den bestmöglichen Eindruck zu machen. Gleichzeitig schoss mir durch den Kopf, wie dumm es war, dass ich mittlerweile zwar etwas Englisch verstand und die jüdische Hymne beherrschte, aber noch immer nicht wusste, wie man mit den Leuten umging, in deren Land wir lebten.

Natürlich hatten meine Eltern und ich schon bei Chinesen eingekauft. Doch auf der Straße verständigte man sich in einem eigenartigen, misshandelten Englisch, das *Pidgin* genannt wurde und offenbar eigens für den Handel zwischen Menschen erfunden worden war, die im Alltag nichts miteinander zu tun hatten. Mein Lieblingswort aus einer mehrseitigen Liste, die wir im Büro der jüdischen Hilfsorganisation erhalten hatten und die Mamu bereits auswendig konnte, war »plopa«, das kam von »proper« und bedeutete »gut« oder »richtig«. »All plopa!« zeigte an, dass man einverstanden war. Aber konnte Pidgin weiterhelfen, wenn man mit einer chinesischen Familie unter einem Dach lebte? Es gab auf der Liste keinerlei Worte für Fragen über ihr Land, ihr Leben oder auch nur über das Wetter.

Nach einigen Minuten des freundlichen Nickens und Lächelns zogen Hus sich in ihr Erdgeschoss zurück und ließen uns allein unsere wenigen Habseligkeiten auspacken und in den Schrank legen. Das war schnell erledigt. Es gab ein schmales französisches Doppelbett für meine Eltern und ein Klappbett für mich. Zwei Stühle, ein Schrank und eine Kommode, auf der die Waschschüssel stand, stammten wie die Betten von einem Trödler im französischen Sektor, und anstelle eines Tisches mussten wieder unsere Koffer herhalten, über die Mamu eine Decke gebreitet hatte.

Das Zimmerchen nebenan würde nachts mein Schlafzimmer und tagsüber die Schneiderstube sein; dort gab es sogar schon einen leeren Kleiderständer für die zu erwartenden Aufträge. Mein Bett ließ sich ruckzuck zusammenklappen und an die Wand stellen, und zum Nähen brauchte Papa dann nur noch einen Stuhl aus dem Nebenzimmer zu holen.

Einer Küche hatte sich Herr Hu verweigert. Offenbar glaubten Chinesen nicht an Feuerstellen innerhalb der Wohnung, und so gab es nur einen gemeinsamen Ofen im Hauseingang, dessen ungewohnte Handhabung uns die winzige Oma Hu wortreich demonstriert hatte. Kochen konnten wir allerdings noch nicht: Unser erster Auftrag an den Ofen würden Briketts sein, die man sich aus Kohlestaub selbst zusammenrührte, presste und buk.

Am Abend kamen Konitzers mit Brot, Salz und einer Flasche Wein; sie hatten sogar daran gedacht, Gläser und ein paar Klappstühle mitzubringen, auf denen sie als unsere Gäste sitzen konnten. Das war klug und gut gemeint, unterstrich allerdings auch, dass der Unterschied zwischen uns nur noch größer geworden war.

Anfang des Monats hatten sie uns in ihre eigene neue Wohnung in der Avenue Joffre im französischen Sektor eingeladen und wir hatten nur so gestaunt. Ein Bad mit Wanne und Wasserklosett! Eine Küche mit Spüle! Ein Wohn- und Esszimmer mit massivem Holztisch und einer Vitrine, in der das gerettete Porzellan aus Konitzers Lift ausgestellt war!

»Nach Berliner Maßstäben«, sagte Tante Irma bescheiden, »sind unsere drei Zimmer ja fast zu klein, aber nach ein paar Monaten in China …«

»… sieht man die Dinge mit anderen Augen«, fiel Mamu ein und gab sich große Mühe zu verbergen, dass sie unsere Situation wieder einmal mit der von Tante Irmas Familie verglich. Besorgt fragte ich mich, ob Konitzers schönes neues Zuhause bereits dabei war, Mamu die Vorfreude auf unsere eigene künftige Wohnung zu verderben, noch bevor wir überhaupt dort eingezogen waren.

Onkel Victor öffnete die Balkontür, damit wir auf die Straße hinaussehen konnten. Der Balkon war ein Witz, nicht mehr als eine Balustrade, und ich hoffte, dass Mamu dies bemerkte, aber leider sah man über die Straße hinweg auf wunderschön verzierte Gründerzeithäuser, auf hohe Bäume, die im Sommer Schatten spenden würden, und einen kleinen Park gleich an der nächsten Ecke.

»Mit Bänken!«, betonte Mischa, denn auch das Sitzen auf Parkbänken war schließlich etwas Neues für uns.

»Und?«, fragte ich herausfordernd. »Hat Rainer dir schon die Gegend gezeigt?«

Für den Bruchteil einer Sekunde flog ein Schatten über Mischas Gesicht und er warf seinen Eltern einen raschen Seitenblick zu, bevor er errötend den Kopf schüttelte.

Ich war tief beschämt. Dass dieser Rainer seinen jüdischen Schachpartner von der *Scharnhorst* schnell vergessen haben würde, war mir von Anfang an klar gewesen – umso gemeiner, danach zu fragen! Was konnte Mischa dafür, dass seine Eltern reich waren, oder dass Mamu sich daran störte?

»Mischa hat längst neue Freunde auf der jüdischen Schule«, behauptete Tante Irma.

Er und ich vermieden es, einander anzusehen. Wenn wir irgendetwas noch nicht hatten, dann waren es neue Freunde!

Mamu, die noch nicht über den Ausblick vom Balkon hinweg war, aber etwas Nettes sagen wollte, bemerkte: »Man hört den Straßenverkehr fast gar nicht.«

»Leider«, versetzte Onkel Victor. »Ich wünschte, die Straße wäre stärker frequentiert, dann hätten wir mehr Laufkundschaft.«

Auf ihre Zahnarztpraxis, den größten Raum in der Wohnung, waren Konitzers besonders stolz – kein Wunder, wenn man sich erinnerte, mit welcher Mühe Tante Irma in jeder Hafenstadt auf unserer Reise die Ausstattung zusammengeklaubt hatte. Alles blitzte vor Sauberkeit. In der Mitte des Zimmers stand der Behandlungsstuhl, auf dem einladend ein weißes Handtuch lag.

»Der Stuhl ist der beste auf dem Markt«, hob Onkel Victor hervor. »Setz dich mal drauf, Ziska, damit ich es euch demonstrieren kann!«

Gehorsam kletterte ich auf den Stuhl, bereit, alles zu tun, um meine Mitfreude über Konitzers nicht abreißendes Glück zu beweisen. Onkel Victor betätigte einen Hebel, und in der nächsten Sekunde lag ich auch schon auf dem Rücken und beguckte seinen Bart von unten, wenngleich nur für Sekunden, bevor mir gleißendes Licht in die Augen schoss.

»Hier entgeht mir nichts«, prahlte Onkel Victor. »Mund auf, Ziska!«

Ich fand, das sei nun ein wenig übertrieben, aber hätte ich mich ausgerechnet Onkel Victor widersetzen sollen? »Aaah!«, machte ich bereitwillig und spürte etwas Kaltes, Glattes meine Zunge herunterdrücken, doch immerhin gewöhnten meine Augen sich an das Licht, ich konnte wieder etwas sehen und Onkel Victor dabei beobachten, wie er mit einem Ausdruck vollster Zufriedenheit, den ich von ihm gar nicht gewohnt war, in meinem Mund stocherte.

»Aaah!«, bemerkte auch er begeistert, als ob ich zum ersten Mal etwas Großes geleistet hätte, und ich begann mich ein wenig zu entspannen. Vielleicht machte ich gerade, ganz ohne eigenes Zutun, mein Schulgeld wieder gut! Eigentlich, dachte ich, während ich Onkel Victor mir zulächeln sah, mochte ich ihn ja doch ganz gerne, und ich erinnerte mich, wie wir uns angesehen hatten bei unserer allerersten Begegnung, als ich am Anhalter Bahnhof seinen Apfel aufgehoben hatte.

»Gib mir mal den Kleinen, Irma«, sagte Onkel Victor und ich wollte schon vom Stuhl herunterrutschen, weil ich annahm, nun käme Mischa an die Reihe. Aber eine feste Hand drückte mich zurück in die Rückenlehne und Onkel Victor brummte: »Keine Panik, es ist bloß ein klitzekleines Loch.«

Von Panik konnte überhaupt nicht die Rede sein. Selbst als der Bohrer über mir auftauchte, bildete ich mir noch ein, dies gehörte alles irgendwie zu seiner Demonstration. Erst als Mamu ausstieß: »Das kann ich nicht mit ansehen!«, und fluchtartig den Raum verließ, wurde mir klar, in welch böse Falle ich getappt war.

Mamu und Papa wurden nicht müde zu betonen, wie unschätzbar wertvoll es für uns war, mit einem Zahnarzt befreundet zu sein und kostenlos behandelt zu werden, aber tief in mir spürte ich, dass ich Onkel Victor, während Konitzers als erste Besucher unsere neue Wohnung betraten, noch längst nicht verziehen hatte.

Einen Karton hatten sie noch im Eintreten diskret hinter die Tür gestellt, ohne ein Wort darüber zu verlieren. Später, als sie wieder gegangen waren, war es das Erste für uns, den Karton zu öffnen – Konitzers hatten uns Geschirr, einen Kochtopf und eine der schweren gewölbten Pfannen geschenkt, wie die Chinesen sie benutzten, dazu eine Flasche Jod, um Kochwasser zu desinfizieren. Aber erst einmal taten wir alle sechs, als wäre der Karton unsichtbar.

Bei der kurzen Führung durch unsere Wohnung kam ich allerdings nicht umhin zu bemerken, dass Tante Irma bereits heimlich Maß nahm für weitere Spenden, und obwohl ich wusste, wie gut sie es meinte, ärgerte ich mich ein wenig. Neben der Konitzer-Wohnung mochte sich unsere Bleibe sehr bescheiden ausnehmen, aber winzig oder nicht: Dies war unsere lang ersehnte eigene Wohnung in China, und die eigene Wohnung in China hieß für mich nichts anderes, als dass wir von nun an alles, was zum Leben gehörte, allein meistern würden!

»Morgen holen wir die Nähmaschine!«, sagte ich rasch, als ich Tante Irmas mitleidigen Blick in unser kleinstes Zimmer bemerkte.

»Nähmaschine?«, wiederholte Tante Irma.

Mamu blickte mich warnend an und schüttelte leicht den Kopf, aber Papa hatte keine Lust zu lügen. »Wir bekommen eine Maschine von der christlichen Mission«, erklärte er. »Leihweise, gegen eine kleine Gebühr. Ziska und ich haben gestern den ganzen Abend Zettel mit unserer Adresse im Viertel aufgehängt.«

»*Hose durchgesessen? Hemdärmel gerissen? Mantelfutter zerschlissen? Wir bessern aus!*«, zitierte ich stolz. Mischa verbiss sich ein Grinsen.

»Über kurz oder lang wird jeder Auswanderer seine Sachen flicken lassen müssen«, meinte Papa. »Die wenigsten haben das Geld für neue Kleidung.«

»Aber die christliche Mission …!«, entfuhr es Tante Irma, während Onkel Victor nur traurig und enttäuscht aus dem Fenster guckte und tat, als hörte er gar nicht mehr zu.

»Der Tipp kam aus dem Ward Road-Heim«, verteidigte sich Mamu.

»Müsst ihr etwas dafür tun?«, fragte Tante Irma aufgeregt.

»Nein, es kostet nur die Leihgebühr«, versicherte Mamu. »Kein Gottesdienst, keine Bibelstunden, ihr könnt ganz unbesorgt sein.«

»Nicht einmal Taufen«, witzelte Papa. »Sie haben uns geglaubt, dass wir evangelisch sind.«

»Was warst du eigentlich, Tante Irma?«, fragte ich. »Ich meine, bevor du jüdisch wurdest?«

Tante Irma lief rot an. »Nichts«, sagte sie barsch. »Mein Elternhaus war nicht gläubig.«

Onkel Victor donnerte: »Es spielt überhaupt keine Rolle, was Irma war! Nimm die Maschine, Franz, sieh es als Wiedergutmachung für das, was diese Leute uns angetan haben. Und jetzt will ich entweder nichts mehr davon hören oder wir fahren nach Hause!«

»Willst du Mischa die Dachterrasse zeigen, Ziska?«, fragte Mamu nach einer kurzen unangenehmen Pause, in der ich am liebsten im Boden versunken wäre, obwohl – oder gerade weil – ich gar nicht verstand, was an meiner Frage so schlimm gewesen war.

Ich war froh, als Mischa mir zu Hilfe kam: »Ihr habt eine Dachterrasse? Ja, die muss ich unbedingt sehen!«

»Puh!«, sagte er, als wir auf der Treppe waren. »Sei Paps nicht böse, dass er dich angefahren hat. Er meint es nicht so. Gerade Paps sagt immer, wir dürfen euch nicht verurteilen, ihr werdet schon selber merken, wo ihr hingehört.«

»Erst einmal«, sagte ich feierlich, »gehören wir hierher!«, und mit großer Geste öffnete ich die Tür zum Dach.

»Whhhoooa!«, machte Mischa hingerissen und alle neidischen oder mitleidigen Vergleiche waren auf der Stelle vergessen.

Unsere Dachterrasse bot eine einmalige Kulisse: Über mehrere Reihen anderer Dächer hinweg – darunter das hübsche rote Dach eines chinesischen Tempels und die weniger schönen Ecktürme des Gefängnisses in der Ward Road – waren Hafenkräne und die gemächlich vorbeiziehenden Schornsteine großer Schiffe zu erkennen. Von der Chusan Road drang der Lärm der Händler herauf, die sich bei ihren Geschäften gegenseitig zu übertönen versuchten. Feuerstellen dampften. Wäsche flatterte auf Leinen. Da die Häuser sehr schmal waren – unsere beiden kleinen Zimmer stellten eine ganze Etage dar –, waren auch die Dachgärten nur winzig, doch Papa und Herr Fränkel hatten einen dünnen Bambus aufgetrieben, der bei entsprechendem Wetter Urlaubsstimmung verbreiten würde, und Oma Hu zog Bohnen an einer Ranke.

Niedrige Mäuerchen grenzten unsere Terrasse von denen der Nachbarn rechts und links ab. Über die Mauern konnte man mühelos hinwegsteigen und in luftiger Höhe sowohl die Chusan Road bis zur nächsten Straßenecke ablaufen, als auch über die Dächer der Nebengebäude und Hinterhöfe in mehrere Querstraßen gelangen. Ich selbst hatte es noch nicht ausprobiert, aber die Kinder der Hus besuchten ihre Freunde angeblich über die Dächer, also war auch auf unserem Dach bestimmt ein interessantes Kommen und Gehen.

Jetzt waren wir mittendrin – mittendrin in China! Eine prickelnde Vorfreude ergriff mich, ein Gefühl von Verwegenheit und Abenteuer, und ich musste an die kleine Karte unseres Viertels denken, die Bekka in ihrem Schuh trug. An die Unternehmenslust meiner Freundin, die hier bestimmt keine Grenzen gekannt hätte.

»Wollen wir mal nachsehen, was dort hinten ist?«, schlug ich Mischa vor und zeigte über die Dächer, doch in diesem Augenblick bemerkten wir Frau Fränkel. Oder vielmehr: Sie bemerkte uns.

Auf fast allen Dächern stand in der Nähe des Treppenaufgangs ein mehr oder weniger stabiler Verschlag, hinter dem sich die Haustoilette verbarg, und Frau Fränkel war gerade dabei, eine bevorstehende Sitzung durch energisches Putzen der Klobrille vorzubereiten. Die Anbringung der Klobrille hatten Papa und Herr Fränkel durchgesetzt, obwohl darunter nur ein Kübel stand.

»Ach herrje«, murmelte ich bestürzt, als ich unsere neue Nachbarin sah, und jeglicher Anflug von Freude war sofort wie ausgeknipst.

Frau Fränkel, einige Jahre jünger als Mamu und Tante Irma, war ein Bild des Jammers. Erst vor wenigen Wochen war sie ihrem Mann nach Shanghai gefolgt und hatte noch immer rote, geschwollene Augen wegen Jakob. Jakob, der sechs Jahre alt war, litt an einem Herzfehler und sein Kinderarzt hatte dringend abgeraten, ihn nach Shanghai mitzunehmen. Von früh bis spät bedauerte Frau Fränkel, zugestimmt und ihren Sohn zu Pflegeeltern nach England geschickt zu haben.

Noch keine zwei Stunden unterm selben Dach, hatten wir sie und ihren Mann bereits laut darüber streiten hören können.

»Wie konntest du mich so unter Druck setzen, das verzeihe ich dir nie!«

»Wir sind in Sicherheit, wir alle drei, begreif das doch endlich! Jakob ist bei einer lieben Familie. Für seine Gesundheit wird in England bestens gesorgt, was weder in Deutschland noch hier der Fall wäre, und nächstes, spätestens übernächstes Jahr, wenn wir nach Amerika weiter dürfen …«

»Wenn du gehört hättest, wie er geweint hat! Ich hätte das niemals zulassen dürfen!«

Ich warf Frau Fränkel einen entschuldigenden Blick zu, der heißen sollte, dass wir sie weder beim Weinen noch beim Austreten stören, sondern nur kurz die Terrasse besichtigen wollten. »Willst du mich deinem Freund nicht vorstellen?«, fragte unsere neue Nachbarin, während ihr zwei Tränen die Wangen hinabrollten.

Mischa gab ihr verlegen die Hand und wir verzogen uns ans andere Ende des Daches. Flüsternd erzählte ich Mischa, was mit Frau Fränkel los war und dass man ihr, wie meine Eltern meinten, nicht helfen konnte.

Dabei blickten wir über die Mauer hinweg direkt auf die Chusan Road hinunter. Von Tag zu Tag war hier zu beobachten, wie der

Wiederaufbau Hongkous voranschritt. Die Häuserzeile auf unserer Straßenseite war bereits wieder vollständig, während schräg gegenüber ein beschädigtes Haus in ähnlicher Weise ausgebessert wurde wie das, in dem wir von nun an leben würden: Löcher im Mauerwerk wurden geschlossen, Treppenhaus und Fenster stabilisiert, das Dach und der Balkon im ersten Stock neu aufgebaut. Unten sollte ein Laden oder Restaurant einziehen und einige Straßen weiter machte die neue Schule für die Flüchtlingskinder Fortschritte. Den Stifter der Schule, einen beleibten, freundlichen indischen Herrn namens Sir Horace Kadoorie, konnte man ab und zu persönlich die Baustelle abschreiten und den Stand der Dinge kontrollieren sehen. Die jüdische Gemeinde verehrte ihn.

Auch ich begann, kaum eingezogen, bereits mit einem gewissen Stolz auf *unsere Straße* zu blicken. Neben Cafés und Restaurants betrieben dort auch zahlreiche Lebensmittelhändler ihr Geschäft und wie immer faszinierte mich, was man alles davontragen konnte, wenn man es zu beiden Seiten eines langen Bambusstabes festband. Auch die chinesische Methode, größere Lasten auf Schubkarren zu schieben, fand ich sehr praktisch. Man rangierte damit geschickter als mit einer Rikscha, und Autos kamen in die schmalen Seitenstraßen von Hongkou sowieso nicht hinein.

Um Mischa zu beeindrucken, hob ich lässig die Hand und winkte einer Chinesin auf dem Dach nebenan, als wären wir schon alte Freunde. Ich hatte die Frau noch nie gesehen, aber sie winkte sofort lächelnd zurück.

»Ihr müsst heilfroh sein, aus dem Heim herauszukommen«, meinte Mischa.

»Und wie! Jetzt brauchen wir nur noch einen Platz für Onkel Erik, denn für vier Personen ist die Wohnung auf Dauer zu klein.«

»Wisst ihr schon, wann er kommt?«

»Nein, wir wissen nur, dass er mit dem Zug nach Wladiwostok fahren soll. Von dort ist es nur noch ein Sprung bis nach China und eine Passage leichter zu bekommen.«

»Puh, stell dir bloß vor, wochenlang im Zug zu sitzen! Da hatten wir es aber schöner.«

Ich stimmte zu, und einige Augenblicke dachte ich nun doch wehmütig an die *Scharnhorst*: die Bibliothek, den bequemen Liegestuhl an Deck, die wärmende Sonne während der Passage durch den Indischen Ozean. In Shanghai war der Winter ungemütlicher, als ich erwartet hatte. Nicht so kalt wie in Berlin, aber nass – eine feuchte, unangenehme Kälte, die Arme und Beine hinaufkroch wie eine dünne Eisschicht. Was den Winter betraf, würde das einzig Neue von heute an sein, dass wir ab sofort in unserer eigenen Wohnung frieren durften.

»Hast du schon etwas gehört?«, fragte ich gedämpft, nachdem Frau Fränkel die Tür des Klohäuschens hinter sich zugezogen hatte.

Mischa schüttelte den Kopf. »Vielleicht hat er die Liste gar nicht weitergegeben.«

»Vergessen, meinst du? Wie kann man so etwas vergessen?«

»Du hast Recht. Vergessen hat er es bestimmt nicht. Aber merkwürdig ist es schon, dass ausgerechnet der, der nicht auf der Liste steht, einen Platz bekommt …«

Ich konnte nur schlucken. Seit ich Bekkas Brief erhalten hatte, wurde ich das Gefühl nicht los, dass eine höhere Macht sich für Thomas entschieden hatte, nur um mich zu strafen.

Doch Mischa antwortete sich nach kurzem Nachdenken selbst. »Eigentlich müssen wir froh sein. Es heißt doch, dass die Chancen größer sind, als wir dachten. Vielleicht ist der Erste von Mr Tatlers Liste ja schon unterwegs und wir wissen es nur noch nicht!«

Lass es Bekka sein!

Ich betete stumm, inständig und an niemand Spezielles gerichtet. Welche höhere Macht für mich verantwortlich war, war mir, seit ich auf die jüdische Schule ging, ein größeres Rätsel denn je – sollten Jesus und Jahwe, der jüdische Gott, das bitte unter sich ausmachen! Hauptsache, einer von ihnen unternahm etwas.

Leider blieb Mischa und mir wenig Zeit, das Dach zu genießen, denn urplötzlich schlugen um uns herum dicke Tropfen auf. Auch Regen benahm sich in Shanghai ganz anders als in Deutschland. Kaum hatte man die ersten Tropfen bemerkt und glaubte, aus reiner Gewohnheit noch einmal fragend in den Himmel blicken zu können, bekam man die Ladung eines ganzen Wassereimers schon quasi ins Gesicht geklatscht.

Als wir fluchtartig das Dach verließen, kam Frau Fränkel, die ich schon fast wieder vergessen hatte, aus dem Klohäuschen und blieb mit hängenden Schultern im Regen stehen, als hätte sie keine Wohnung, in die sie zurückkehren konnte. »Ich hoffe, ihr dankt euren Eltern jeden Tag, dass sie euch mitgenommen haben!«, rief sie uns nach.

War es wirklich erst vier Monate her, seit ich das letzte Mal allein in einem Zimmer geschlafen hatte? Es schien mir viel länger zurückzuliegen, so lange, dass ich mich kaum noch erinnern konnte, wie man so etwas machte: allein einschlafen. Einschlafen, ohne vom Wolf zu wissen, einschlafen, ohne zu ahnen, dass es für lange Zeit nur noch letzte Male geben würde.

Kaum war das Licht erloschen und hatten meine Eltern sich in ihr Zimmer zurückgezogen, war ich wieder hellwach und horchte besorgt in die Dunkelheit. Der Wolf war da, aber verhielt sich still; selbst als ich die Augen schloss, konnte ich ihn nur noch verschwommen erkennen. Vielleicht hatte er begriffen, dass mit unserem Umzug in die Chusan Road die Zeit der ersten Male begann, in der er keinen Platz mehr hatte.

Es war nicht seine Schuld, dass ich nicht einschlief. Ich hatte mich an das Atmen anderer Schläfer gewöhnt, das Schlagen von Türen, Schlurfen von Schritten und Flüstern von Stimmen, die im Heim auch nachts nie ganz verstummt waren, und es dauerte eine Weile, bis ich die Geräusche der neuen Umgebung in mich aufgenommen hatte. Regen trommelte ans Fenster, Holzkarren polterten über die Straße und etwas schabte und raschelte hinter der Wand. Einmal erhoben sich laute, zornige Männerstimmen direkt vor dem Haus, sodass ich erschrocken auf und zum Fenster sprang. Im Eingang gegenüber rauften zwei Obdachlose um ein geschütztes Plätzchen für ihre Bambusmatten, neblige, schemenhafte Gestalten im Regen, der wie ein Wasserfall von der Dachkante über meinem Fenster prasselte. Ich sah die beiden kämpfen und war froh, dass unsere Fenster, wie die der meisten Häuser in Shanghai, vergittert waren.

»Nicht, dass die Einbrecher nicht trotzdem an unsere Sachen herankommen«, hatte Herr Fränkel gewarnt. Mit eigenen Augen hatte er beobachtet, wie am helllichten Tag ein Chinese auf eine Leiter gestiegen war und mit einem Eisendraht durchs Gitter eines offenen Fensters gefischt hatte! Herr Fränkel schärfte uns ein, unsere Fenster stets geschlossen zu halten, wenn wir uns nicht unmittelbar daneben aufhielten.

Ob Einbrecher bis zum zweiten Stock kletterten? Hangelten sie sich gar übers Dach …? Die Terrasse direkt über mir verlor jäh allen Reiz und ich riss mit klopfendem Herzen das Fenster auf. Regen trommelte in mein Gesicht, während ich Abstand und Überstand der Dachkante überprüfte und mich ängstlich vergewisserte, dass mich nicht etwa schon ein Dieb kopfüber angrinste.

Zum Glück war es auf dem Dach dunkel und still, nur in der Wohnung unter uns brannte noch Licht und jemand paffte auf dem überdachten Balkon eine Zigarette. Nach dem Abendessen hatten Fränkels wieder gestritten, nun zog ihr Schweigen zu mir hinauf, ein Rauch, der nichts von Friedenspfeife hatte. Herr Fränkel war ein kräftiger kleiner Mann, der seinen Lebensunterhalt mit einem eigenen Taxi verdiente. Sein Taxi war ein echter Opel, keine Rikscha, und bescheiden ließ er durchblicken, dass er nicht schlecht damit verdiente.

Im Zimmer nebenan hörte ich meine Eltern reden und leise lachen. Aufwärts ginge es mit uns zwar noch nicht, hatte Mamu zu Tante Irma gesagt, aber immerhin wieder vorwärts und das sei doch auch schon was.

Ihr Lachen ermutigte mich. Eigentlich musste ich Onkel Victor dankbar sein. Onkel Victor war es gewesen, der Mamu darauf gebracht hatte, dass ihr Ungeschick mit Nadel und Faden womöglich damit zusammenhing, dass sie eine Brille brauchte. Eine neue Arbeit würde sich leichter finden als eine erschwingliche Brille, behauptete sie, hatte ihre »Lehre« unverzüglich abgebrochen und seitdem besserte sich ihre Laune beinahe stündlich.

»Morgen ziehen wir los und suchen mir eine neue Arbeit, Ziskele«, hatte sie beim Auspacken zu mir gesagt.

»Wir?«, wiederholte ich erfreut.

»Ja, natürlich. Erstens sprichst du schon etwas Englisch, ganz im Gegensatz zu mir, und zweitens sollen die Leute ruhig wissen, dass ich ein Kind zu versorgen habe.«

»Soll ich ein Hemd von Papa anziehen, damit ich verhungerter aussehe?«, bot ich an, aber Mamu meinte mit einem Anflug von Traurigkeit: »Wir sehen alle drei schlecht genug aus, das wird schon reichen.«

Konitzers hatten den *Shanghai Jewish Chronicle* mitgebracht, eine zweisprachige dünne Zeitung, die auch Stellenanzeigen enthielt; Tante Irma hatte sich sogar die Mühe gemacht, die für uns infrage kommenden Annoncen einzukringeln. Allerdings befanden sich nur wenige Kringel in dem Blatt, denn unter den meisten Angeboten stand der unmissverständliche Zusatz: *No refugees.*

»Geht das auch hier los?«, hatte Papa erschüttert ausgerufen.

Onkel Victor erwiderte: »Wir sind einfach zu viele. Die jüdische Gemeinde Shanghai fürchtet, dass sich die Stimmung gegen uns wenden könnte. Sie hat beim *Joint* in Amerika darum ersucht, die Auswanderung nach Shanghai nicht weiter zu ermutigen.«

»Dann hat die jüdische Gemeinde Shanghai noch immer keine Ahnung, was in Deutschland und Österreich los ist!«, rief Mamu.

»Doch, aber sie wird mit dem Problem alleingelassen. Immerhin hat der *Joint* zugesagt, die finanzielle Unterstützung zu erhöhen. Alles hier nachzulesen«, sagte Onkel Victor und klopfte auf den kleinen Stapel Zeitungen.

Papa vertiefte sich darin, gleich nachdem Konitzers gegangen waren. Ich sah, wie seine Stirn sich umwölkte, während er las, aber ich fragte nicht nach, ich hatte keine Lust, mir den ersten Abend in der neuen Wohnung durch neue Sorgen verderben zu lassen.

Den ersten Abend, die erste Nacht, die ersten Stunden eines neuen Anfangs! Mit kalten Füßen kroch ich zurück ins Bett, lauschte dem Regen und beschloss, dass von nun an alles gut werden würde.

Als ich das nächste Mal aus dem Fenster sah, hatte sich die Chusan Road in einen morastigen, Blasen schlagenden Fluss verwandelt, der gemächlich Richtung Huangpu zog.

»Mamu! Papa! Wir sind überschwemmt!«

Meine Eltern kämpften sich aus ihrem Bettzeug, in das sie in mehreren Schichten eingewickelt waren wie Mumien. »Wanzen! Kakerlaken! An der Decke, unterm Bett, überall!«, jammerte Mamu. »Ich habe kein Auge zugetan. Als Allererstes müssen wir Fliegenklatschen und Moskitonetze besorgen, Franz!«

»Mach ich«, versprach Papa, bevor er zum Fenster tappte und murmelte: »Auch das noch.«

Nun hielt es auch Mamu nicht mehr im Bett. Beklommen sahen wir aus dem zweiten Stock, wie die Einheimischen sich durch die schmutzige braune Brühe kämpften, die Schuhe, falls vorhanden, an Bändeln um den Hals, die Knöchel unter Wasser.

»Auf keinen Fall gehst du barfuß durch diesen Dreck, Ziska!«, entschied Mamu.

»Vielleicht fällt die Schule heute aus«, schlug ich hoffnungsvoll vor.

»Wohl kaum«, meinte Papa. »Shanghai ist berühmt für seinen Regen. Hast du schon vergessen, was der Name Hongkou bedeutet?«

»Der Mund des Regenbogens«, antwortete ich verzagt.

Worauf Papa beschloss, eine bessere Gelegenheit, das zuverlässigste chinesische Transportmittel einmal auszuprobieren, könne es gar nicht geben.

Keiner von uns war bisher in einer Rikscha gefahren. Meinen Eltern bereitete die Vorstellung Unbehagen, sich von einem anderen Menschen ziehen zu lassen, aber auch Oma Hu schien die Rikscha unter diesen Umständen für das praktischste zu halten. Sie begriff sofort, was der Plan war, als sie uns nebeneinander in der Haustür stehen sah.

»Hello? Hello!«, rief Papa, als die erste freie Rikscha auftauchte, aber der Kuli beachtete uns nicht. Die zweite Rikscha versuchten wir zu dritt herbeizuwinken, aber ohne Erfolg.

Also doch laufen …? Zwei Treppenstufen hielten das Wasser vom Inneren des Hauses fern, doch es war nah genug, um zu erkennen, was zu unseren Füßen vorbeitrieb: eine braune Soße aus Lumpen, Exkrementen, Gemüse- und Fleischabfällen, in der äußerst lebhafte Ratten paddelten und tauchten und sich nicht im Geringsten um uns scherten.

»No can do?«

Oma Hu drängte sich an uns vorbei und pflanzte sich mit energischem Blick in der Haustür auf. Als eine Rikscha sich näherte, streckte sie eine Hand aus und drehte die Handfläche nach unten, worauf uns der Fahrer unverzüglich ansteuerte. Oma Hu zeigte auf mich, und ehe ich mich's versah, hatte der triefnasse Kuli mich auch schon gepackt und in die Pfütze gesetzt, die auf seinem Wagensitz stand.

»What side?«, fragte Oma Hu, nahm Papa unseren Regenschirm ab, spannte ihn auf und reichte ihn mir. Der Regenschirm war nach all den Möbelkäufen die letzte Investition gewesen, für die »das jüdische Startkapital« gereicht hatte.

»Garden Bridge Tram«, antwortete Papa und der Kuli hielt seine ausgestreckten Finger hoch, worauf mein Vater ihm mit Omas Hus Hilfe eine Anzahl Münzen in die Hand zählte.

Dann traten meine Eltern und Oma Hu zurück und winkten. Erst jetzt begriff ich, dass ich allein mit dem Kuli davonfahren sollte!

»Aber Mamu, du wolltest doch nach Arbeit suchen!«, rief ich entsetzt.

»Später, Ziskele«, erwiderte meine Mutter und schlang fröstelnd die Arme um sich.

Der Kuli trabte los und meine Eltern, Oma Hu, unser neues Haus, meine ganze neue Straßenecke, an die ich mich noch nicht einmal gewöhnt hatte, entschwanden meinen Blicken. Fassungslos umklammerte ich den Regenschirm, während die Rikscha unter mir wippte und schwankte und jeden Schritt, den der Kuli tat, an mich weiterreichte. Vom Rand des Schirms tropfte es auf meine Knie.

»Was willst du?«, hätte Bekka gesagt. »Wenigstens ist es sauberes Regenwasser und du musst nicht wie alle anderen durch den Dreck waten!«

Sie hatte Recht und ich versuchte mich ein wenig zu entspannen, indem ich in meinem Kopf die nächsten unerschrockenen und humorvollen Sätze formulierte, mit denen ich ihr von diesem Abenteuer berichten würde. Immerhin, sagte ich mir, kannte der Kuli den Weg.

Wir rollten am Ward Road-Heim vorbei und bogen in eine der beiden Straßen Richtung Garden Bridge ein, die sich großspurig Broadway nannte, obwohl dort kein einziges Theater, sondern nur Freudenhäuser und Hafenkneipen lockten. Schon von weitem erkannte ich meine Schulkameraden, eine nasse, hoppelnde, blauweiße Schar mit hochgekrempelten Hosen, um die Oberschenkel geschlungenen Röcken, Schuhen um den Hals und Ranzen auf dem Kopf. Sie überquerten die nächste Kreuzung im selben Augenblick, als der Kuli und ich an ihnen vorbeitrabten, und mich in meiner Rikscha zu sehen, den Regenschirm aufgespannt, löste einen Heiterkeitsausbruch unter ihnen aus.

Am liebsten hätte ich ihnen zugerufen, dass es nicht meine Idee gewesen war, doch dazu kam ich nicht. Schon waren zwei Jungen aufgesprungen und quetschten sich links und rechts von mir in den schmalen Sitz. Sie saßen mir praktisch auf dem Schoß.

»Na, vielen Dank, da sagen wir doch nicht nein, was, Kurt?«

Der Kuli blieb stehen, drehte sich um und ließ einen Wortschwall auf uns los. Mamu behauptete, es sei unmöglich, chinesischen Gesichtern eine Gemütsregung abzulesen, und nicht nur aus diesem Grund hätte ich gewünscht, sie wäre bei mir gewesen, denn darüber, dass der Mann äußerst aufgebracht war, konnte keinerlei Zweifel bestehen. Schließlich fand er sich damit ab, dass niemand verstand, was er sagte, und trabte ärgerlich, aber schicksalsergeben wieder los.

Ich wusste nicht, ob ich mich für die beiden Jungen schämen oder froh sein sollte, nicht mehr allein fahren zu müssen. Eingequetscht wie das Gürkchen in der Butterstulle, saß ich halb zwischen, halb unter meinen beiden unverhofften Begleitern, die den Schirm, den ich immer noch krampfhaft über mich hielt, ungestüm auf ihre jeweilige Seite zu zerren versuchten und mich dabei knufften und stießen, als wäre ich gar nicht da. Ich knuffte nach rechts und links zurück und versuchte den Schirm zu schließen, aber das ließen sie nicht zu.

Der Weg bis zur Tramhaltestelle war mir nie weiter vorgekommen – besonders als mir einfiel, dass der Kuli bestimmt eine Nachzahlung für die zusätzlichen Passagiere fordern würde. Natürlich hatte ich kein Geld dabei, außer den paar Münzen für die Straßenbahn, und ganz gewiss hatte ich diese beiden Rüpel auch nicht eingeladen – aber wie in aller Welt sollte ich dem Chinesen das klarmachen? Ich war seine Kundin, die anderen waren bloß aufgesprungen, also würde zweifellos ich diejenige sein, die verantwortlich gemacht wurde.

Am liebsten hätte ich mich während der Fahrt von der Rikscha gestürzt und aus dem Staub gemacht, aber die Burschen waren einfach zu schwer.

In der Zwischenzeit waren unsere Mitschüler an der Kreuzung unmittelbar vor der Garden Bridge angekommen und als sie uns von hinten aufschließen sahen, begannen sie zu meinem neuerlichen Schrecken nicht nur zu johlen, sondern so schnell zu laufen, wie das knöcheltiefe Wasser es zuließ. Was sollte das nun schon wieder bedeuten? Der Kuli schien sich das ebenfalls zu fragen, denn auch er wurde merklich schneller und bemühte sich, an der Bande vorbei zu kommen, lautstark angefeuert von den beiden Jungen an meiner Seite.

Womöglich hätte er die Verfolger trotz der Steigung auf der Brücke sogar hinter sich gelassen – wenn, ja wenn er nicht vor dem Japaner hätte anhalten und buckeln müssen. Unwirsch winkte ihn der Posten durch, aber zu spät, eine Traube von Kindern umringte uns.

»Jetzt ist es genug, jetzt sind wir dran, los, raus!«

Hände rissen an meinem Arm, jemand kreischte … und plötzlich geriet die Welt in Bewegung, Häuserzeilen schossen jäh nach unten aus dem Blick, an meinen eigenen Füßen vorbei guckte ich entgeistert in den grauen Himmel.

Wenigstens hatten die anderen bis zur nicht überschwemmten Brückenmitte gewartet, um sich von hinten an die Rikscha zu hängen. Ich fand, der Kuli und ich waren noch halbwegs glimpflich davongekommen. Dass er mich anschrie, überraschte mich trotzdem nicht, schließlich war ich die Einzige, die noch da war. Alle übrigen hatten das Weite gesucht und warteten feixend am Ende der Brücke ab, was passierte.

Der Kuli schrie, ihm standen Tränen in den Augen. Erst jetzt erkannte ich, dass er schon ein älterer Mann war. Weiße Bartstoppeln bedeckten sein Gesicht, Rippen und Wangenknochen standen hervor wie Bergketten, seine Schultern waren von Schrammen und blauen Flecken übersät. Etwas Spucke traf mich, als er vor mir tobte; unwillkürlich wich ich zurück, bis sich das Brückengeländer in meinen Rücken bohrte. Ich war zu entsetzt, um zu heulen.

Binnen Sekunden war der Japaner bei uns. Er packte den schreienden Kuli im Nacken, schleuderte ihn mit einer mühelosen Bewegung auf die Straße und trat mit seinen dicken Stiefeln auf ihn ein. Abgehackte, zornige Laute sprangen aus seinem Mund, wie Pfeile flogen sie auf den Chinesen hinab.

Andere Fußgänger waren stehen geblieben und starrten, aber es war ein gleichgültiges, leeres Starren, nur ein Autofahrer hupte ungeduldig. Unter Fußtritten, Schlägen und Beschimpfungen kroch der Kuli herum und versuchte seine Rikscha aufzurichten. Endlich hatte er es geschafft und rettete sich und sein Gefährt humpelnd zurück nach Hongkou.

Augenblicklich begann der Strom der Fahrzeuge und Fußgänger wieder zu fließen, als wäre nichts geschehen. Der Japaner klopfte sich die Hände ab und fragte freundlich: »Everything all right, young Miss?«

Ich drehte mich um und rannte über die Brücke, so schnell ich konnte. Mein Schirm war sowieso weg, den musste jemand in der gleichen Sekunde gestohlen haben, als ich mit der Rikscha umkippte. Ich sah die betretenen Gesichter der anderen, als ich an ihnen vorbeihetzte.

»Ziska, jetzt warte doch mal!«, rief einer.

Ich hatte gar nicht gewusst, dass sie sich meinen Namen gemerkt hatten.

Wie immer, wenn man die Garden Bridge überquerte, blieb alles, was hässlich und beschwerlich war in dieser Stadt, auf der anderen Seite des Flusses zurück. Armut und Zerstörung verschwanden wie hinter einem Vorhang und großzügige Boulevards taten sich auf. Gleich am Ufer, schräg gegenüber vom deutschen Konsulat, lag der kleine, aber hübsche Public Garden, auf dem Fluss schob sich ein

Passagierdampfer, die italienische *Conte Verde*, majestätisch zwischen die dunklen Segel der Sampans.

Selbst der Regen hielt sich zurück auf dieser Seite der Stadt. Wahrscheinlich lag es nur daran, dass sich die Ausländer im Settlement eine bessere Kanalisation leisteten, aber nicht zum ersten Mal hatte ich das Gefühl, dass der für China zuständige Gott einen ziemlich schlechten Tag gehabt haben musste, als es darum ging, Not und Glück in dieser Stadt gerecht zu verteilen.

Gab es das überhaupt ... gerechte Not? Wer bestimmte, auf welcher Seite der Brücke man ins Leben startete, ob man weiß oder schwarz, arisch oder jüdisch, als Japaner oder Chinese geboren wurde? Zog irgendjemand da oben ein Los? *Alle deine Tage sind in mein Buch geschrieben* – bedeutete das Versprechen der Bibel am Ende nur, dass auch der Himmel Listen führte?

Am unteren Ende der Nanking Road, ganz in der Nähe der Tramhaltestelle, gab es ein deutsches Reisebüro, vor dem keiner meiner Schulkameraden je stehen blieb. Die Bilder im Schaufenster gingen uns nichts mehr an, das erkannte ich an den entschieden abgewandten Blicken der anderen, und auch Mischa und ich hatten nie hingesehen, um nicht den Anschein zu erwecken, wir machten uns etwas daraus. Nur aus den Augenwinkeln hatte ich im Vorbeigehen erkannt, dass auch Bilder aus Berlin dort hingen.

An diesem Morgen, als ich vollkommen vergessen hatte, wohin ich unterwegs gewesen war, als mein Kopf voll war von Papa und dem Wolf, dem Japaner und dem Kuli, dem vollkommen identischen Geräusch von Schlägen und Tritten, kam ich nach längerem Umherlaufen plötzlich wieder bei diesem Fenster an. Erschöpft holte ich Luft, während ich die Bilder betrachtete. Olympiastadion, Brandenburger Tor, der neue Flughafen Tempelhof. Der Eingang zum Zoo, für den meine Eltern und ich eine Jahreskarte besessen hatten, als Juden noch hineindurften. Die Siegessäule mit dem Berliner Himmel darüber. Der Fü hatte sie eigens an eine neue Stelle bringen lassen, damit er mehr Platz für eine schöne Parade hatte.

Shanghai bedeutete Sicherheit, das hatte ich wieder und wieder gehört, und das glaubte ich inzwischen auch. Keine Verbote mehr für uns Juden, keine Angst vor Gebrüll und nächtlichen Besuchern – so würde es sein, zumindest für uns, dem christlichen und dem jüdischen Gott sei Dank! Doch an diesem Morgen ahnte ich zum ersten Mal, dass es vielleicht keinen Ort auf der Welt gab, an dem nicht irgendjemand geschlagen und getreten wurde. Dass das Beste, worauf wir hatten hoffen können, vielleicht bloß ein Ort gewesen war, an dem es andere traf als uns.

An einem solchen Ort waren wir gelandet. Glück gehabt, oder etwa nicht?

Everything all right, young Miss?

Die Tür des Reisebüros ging mit einem leisen Klingeln auf, das mich zusammenfahren ließ, und jemand sagte: »Wie lang willst du denn noch da stehen? Du bist ja schon nass wie ein Pudel.«

Der Berliner Akzent war unverkennbar. Ich starrte die Frau an. Sie war älter als meine Eltern, trug weißblondes langes Haar zu einem lockeren Dutt zusammengesteckt und eine kreisrunde Brille. Die Augen hinter den Brillengläsern musterten mich spöttisch und ein wenig herausfordernd.

»Ich bin auch aus Berlin«, sagte ich, ehe ich es verhindern konnte.

»Hab ich mir gedacht. Na, was ist, kommst du rein?«

Genau so hatten die Probleme für Hänsel und Gretel angefangen. Während alle Sirenen im Kopf Alarm schrillen, folgten meine Füße der Frau über die Schwelle.

Judith fand, die Jungen hätten es besser wissen müssen. Das Leben eines Einzelnen zählte nicht in China, besonders nicht das eines Kulis, der ganz tief unten stand, buchstäblich *vor* den Stufen der Gesellschaftsleiter. Niemals, hämmerte sie der geknickten kleinen Truppe ein, die auf dem Schulhof vor ihr den Kopf hängen ließ, niemals durfte einer von uns irgendetwas tun, das einen dieser Ärmsten der Armen in Schwierigkeiten brachte. Hatten wir in Deutschland etwa nicht gelernt, vorauszuschauen und Gefahren zu erkennen?

»Sie war unglaublich wütend«, berichtete Mischa. Die Strafpredigt war Stunden her, aber ich konnte ihm ansehen, dass er noch einmal ganz von vorn beeindruckt war, während er mir davon erzählte.

Ein Mädchen, das auf der Brücke dabei gewesen war, hatte sich in der Pause Judith anvertraut. Ihr gebeichtet, was auf dem Schulweg passiert war, und dass ich davongelaufen und auch in der zweiten Schulstunde noch nicht wieder aufgetaucht war. Dass doch niemand so etwas gewollt oder gar geahnt hatte!

»Der Mann hätte totgetreten werden können!«, schimpfte Judith. »Totgetreten und in den Fluss geworfen! Niemand hätte mehr danach gefragt, seine Kinder wären verhungert und ihr wäret schuld.«

Sie scherte sich nicht darum, dass sie deutsch sprach und im Umkreis von mehreren Metern über den Schulhof zu hören war. Die Jungen scharrten betreten mit den Füßen.

»Wir Juden müssen es besser machen«, beschwor Judith sie. »Wir haben doch ein Ziel, oder etwa nicht? Wenn wir uns so verhalten, wie ihr es heute Morgen getan habt, dann … dann …«

Ihr waren Tränen in die Augen geschossen, erzählte Mischa andächtig.

»Dann kommen wir nie ins gelobte Land!«, flüsterte Judith.

Ein Schauer rieselte mir über den Nacken. Ich konnte mir lebhaft vorstellen, wie Judith mit blitzenden Augen dagestanden hatte; es tat mir so leid, nicht dabei gewesen zu sein, dass ich um ein Haar vergaß, dass ich selbst der Grund für die ganze Aufregung gewesen war.

Wir saßen beim Mittagessen und ich spürte die Blicke, die mir von anderen Tischen zuflogen. Ich fand es ziemlich tapfer von Mischa, sich zu mir zu setzen, während über mich geredet wurde; andererseits hatte ich das Gefühl, dass er mich gerade dadurch noch sichtbarer machte. Ich wünschte, er würde einfach aufstehen und mich in Ruhe lassen.

Ziska, ist das nicht die Neue, die nicht mal richtig Jüdin ist?

»Ein Dutzend Freiwillige haben sofort angeboten, dich zu suchen. Wo in aller Welt hast du bloß gesteckt?«, raunte Mischa.

Ich rührte mit roten Ohren in meinem Napf. »Irgendwo in der Stadt.«

»Ich zumindest«, meinte Mischa leichthin, »habe mir gleich gedacht, dass du zum Essen wieder auftauchst.«

Damit schien er zufrieden und wollte sich wieder seiner Mahlzeit zuwenden, als ich plötzlich bemerkte, wie sein Gesichtsausdruck sich änderte und er überrascht und alarmiert im Blasen über seinen Löffel innehielt. Als ich mich vorsichtig umwandte, stand Kurt hinter mir – Kurt, der sich am Morgen frech neben mich in die Rikscha gedrängt hatte.

»Wollte mich entschuldigen«, sagte er verlegen auf Deutsch. »Fred kommt auch noch, aber der steht gerade in der Ecke wegen einer anderen Sache.«

Das heiße Rot meiner Ohren zog jäh nach vorn zur Nasenspitze, ich musste glühen wie ein Kupferkessel. »Macht mal Platz«, sagte

Kurt zu meiner weiteren Überraschung und Mischa rückte ein kleines Stück, sodass Kurt sich zu uns an den Tisch setzen konnte.

Schweigend löffelten wir unseren Eintopf. Ich erwartete, dass Mischa zu plaudern begann, aber ganz entgegen seiner sonstigen Gewohnheit schien ihm nichts einzufallen.

»Hast du ein zweites Paar Strümpfe?«, fragte Kurt unvermittelt.

Ich nickte, verblüfft und ein wenig misstrauisch. Ich besaß sogar drei Paar Strümpfe, aber ich hatte nicht die Absicht, Kurt eins davon abzugeben!

»Ich nehme bei diesem Wetter ein Ersatzpaar mit«, sagte Kurt. »Ein Paar Strümpfe ziehst du auf dem Weg an und kannst es hinterher auswaschen. Wenn du nicht gerade in Scherben trittst, ist es auf jeden Fall besser als barfuß. Die trockenen Strümpfe wechselst du in der Schule.«

»Und Gummistiefel …?«

»Klar, wenn man das Geld hat!«

»Also dann … ab morgen in Strümpfen«, sagte ich tapfer.

Kurt nuschelte etwas. »Wie bitte?«, vergewisserte ich mich.

»Wenn du gegen halb acht am Heim vorbeikommst«, wiederholte er etwas unwirsch, »gehen wir alle zusammen. Wie früher sozusagen.«

Ich konnte Mischa anmerken, wie ausgeschlossen er sich mit einem Mal fühlen musste. Plötzlich tat er mir beinahe leid, weil er nun im schicken »Frenchtown« wohnen musste und nicht mehr wie wir anderen in Hongkou.

»Und wir«, sagte ich aufmunternd zu ihm, »treffen uns dann beim Mittagessen.«

»Mal sehen«, murmelte er etwas unwirsch.

Nachdem Kurt Platz genommen hatte, kamen noch zwei andere Jungen mit ihren Blechschüsseln zu uns an den Tisch. Sie hießen

Paul und Erwin und stellten sich sogar vor. Meine Kehle war so zugeschnürt, dass ich kaum meinen Eintopf hindurchbekam, aber ich versuchte mir meine Verwirrung nicht anmerken zu lassen.

Was war passiert – in nur vier Stunden? In meinen Augen gab es nur einen einzigen nachvollziehbaren Grund, warum die anderen offenbar beschlossen hatten, auf mich zuzugehen.

Judith kümmerte sich um mich. Mehr noch: Mitschüler gingen offenbar davon aus, dass die kluge, schöne, allseits respektierte und umschwärmte Judith für mich *zuständig* war! Ich konnte mir gut vorstellen, dass das reichte, um mir mit Achtung zu begegnen.

Ziska, ist das nicht die Neue, die unter dem Schutz von Judith steht?

Am nächsten Tag, während mein zweites Paar Strümpfe auf der Mädchentoilette trocknete, bemerkte Mischa: »Meine Eltern schlagen vor, dass du bei uns wohnst, sobald die richtige Regenzeit beginnt. Du bekämst dein eigenes Zimmer und hättest nur ein paar Minuten bis zur Schule. Überleg es dir.«

»Danke, aber da brauche ich nicht zu überlegen«, antwortete ich. »Ich hab doch jetzt auch wieder ein Zuhause.«

12

In den Augen der jüdischen Gemeinde mochte es zu viele Flüchtlinge geben, aber diejenigen von uns, die schon da waren, bekamen es nicht zu spüren. Weil die Aufträge für Papas Schneiderei auf sich warten ließen, blieb der kleine Schrank, der unsere Vorräte enthalten sollte, leer bis auf ein kostbares Brot, das für mehrere Frühstücke und Abendessen reichen musste, Tee, ein paar Zwiebeln, die auf dem Markt fast nichts kosteten, und einen Sack Reis. Um ihn kochen zu können, musste man zunächst sauberes Wasser im Wasserladen um die Ecke kaufen, das ein freundlicher alter Chinese aus einem riesigen bollernden Kessel direkt in unsere Thermoskanne schöpfte.

Eine Woche nach unserem Umzug wussten meine Eltern sich keinen anderen Rat, als darum zu bitten, vorübergehend noch am Mittagessen im Ward Road-Heim teilnehmen zu dürfen. Halb erleichtert, halb bestürzt entdeckten sie, wie viele von denen, die längst aus dem Heim ausgezogen waren, dort noch zum Essen anstanden. Suppe und Brei wurden noch wässriger, damit sie für alle reichten, aber niemand wurde fortgeschickt.

Mamu begann die ersten Dinge aus unserem Kleiderschrank zu versetzen. Das war normal, am Straßenrand in Hongkou standen zahlreiche Flüchtlinge, die Kleidungsstücke, Schmuck und Hausrat zu Geld machten. Aber die meisten waren deutlich länger in Shanghai als wir und Mamu sorgte sich, dass wir womöglich viel zu schnell anfingen zu verkaufen.

»Die einen verkaufen früher, die anderen später«, erwiderte Papa. »Unser Geschäft muss eben erst anlaufen.«

Aus dem Schrank verschwanden unsere jeweils dritten Pullover, Hosen und Röcke und ich war froh, dass die Transaktion erledigt war, bis ich aus der Schule kam. Die Armut um uns herum war selbstverständlicher geworden. Ich hatte mich an den stinkenden offenen Karren gewöhnt, der allmorgendlich den Inhalt unseres Toilettenkübels aufnahm; jenen zweiten Karren, der dem ersten in kurzem Abstand folgte und die in Decken eingewickelten, am Straßenrand abgelegten Toten der Nacht einsammelte, nahm ich zumindest hin. Mir war klar, dass die wenigsten in

Hongkou sich leisten konnten, gut versorgt in einem Krankenhaus zu sterben.

Aber meine eigene Mutter am Straßenrand unseren Besitz feilbieten zu sehen ... dafür nahm ich mir gern noch etwas Zeit.

Nach Papas erstem, sehnsüchtig erwarteten Auftrag kauften wir einer Köchin direkt vor unserem Haus Lauchpfannkuchen ab. Seit Tagen hatte uns der würzige Duft durchs Fenster verfolgt. Zwar waren wir ausdrücklich gewarnt worden, aus den Garküchen zu essen; ohnehin hatte Mamu sich angewöhnt, vor jedem unbekannten Schritt erst einmal das Informationsblatt zu Rate zu ziehen, das wir bei der Ankunft erhalten hatten und das Warnungen für alle Lebenslagen enthielt.

Trinken Sie kein Wasser aus der Leitung und putzen Sie sich damit nicht die Zähne, wenn Sie keinen Typhus bekommen wollen.

Trinken Sie keine Milch und essen Sie kein frisches Obst und Gemüse.

Tragen Sie keine Wertsachen bei sich und trauen Sie niemals der chinesischen Polizei.

Gehen Sie keinesfalls in die chinesische Altstadt hinter dem französischen Sektor.

Und so fort, und so fort. Aber Fränkels aßen regelmäßig Speisen aus den Garküchen und waren noch nie krank geworden, also beschlossen meine Eltern, es zu wagen. Wir aßen die knusprigen Pfannkuchen an Ort und Stelle und direkt aus der Hand, und es war das Köstlichste, das wir seit Monaten, wenn nicht *jemals* zu uns genommen hatten. Mir wurde schwindelig vor Glück, Mamu schossen Tränen in die Augen.

Herr Fränkel, der uns von seinem Balkon beobachtete, meinte gutmütig: »Sag ich doch, dass man das essen kann.«

Seine Frau saß wieder auf der Treppe und weinte. Die englische Familie hatte Fotos von Jakob geschickt.

»Er sieht zufrieden aus, oder nicht?«, vergewisserte sich Frau Fränkel schluchzend und hielt uns die Bilder hin.

»Aber ja, er sieht ganz hinreißend und fröhlich aus!«, bestätigte Mamu sofort, was Frau Fränkel noch mehr zum Weinen brachte.

Inzwischen hatte ich mir angewöhnt, mich vor jedem Verlassen des Hauses am Treppenabsatz zu vergewissern, ob Frau Fränkel im Weg saß. Wenn es ging, wartete ich, bis sie verschwunden war; ließ sich die Begegnung nicht vermeiden, hielt ich die Luft an – nicht nur weil ich hoffte, dass sie mich nicht ansprach, sondern weil sie allmählich anfing zu riechen. Ich nahm an, dass es an dem vielen Salzwasser lag, das sie aussonderte.

Mit angehaltenem Atem betrachtete ich die Bilder, die Mamu mir weiterreichte: Jakob mit Teddybär auf dem Arm, am Tisch vor einer großen Portion Essen und beim Spielen in einem Garten. Das Gartenbild sah aus, als sei am Rand jemand abgeschnitten worden; wahrscheinlich wollte die englische Familie nicht so tun, als gehörte sie jetzt dazu.

»Es ist eine gute Familie«, sagte Herr Fränkel. »Sie fragen, ob sie auch für uns etwas tun können. Aber ich weiß nicht ... wo sie sich schon um Jakob kümmern, können wir doch nicht auch noch um Unterstützung bitten.«

»Vielleicht helfen sie gern«, gab Mamu zu bedenken. »Ich an Ihrer Stelle würde aber nur auf das Angebot zurückgreifen, wenn es nicht anders geht.«

»Ein guter Gedanke!«, meinte Herr Fränkel erfreut. »Nur wenn wir es wirklich brauchen ... und für den Fall wäre es schön, das Angebot im Hintergrund zu wissen!«

»So eine englische Familie könnten wir auch brauchen«, seufzte Mamu später. »Wer weiß ... wenn Evchen und Betti nach England gehen ...«

Ich spitzte die Ohren. Mr Tatlers Liste war nie wieder ein Thema gewesen, seit die Namen meiner kleinen Cousinen sicher darauf gelandet waren; ich hatte schon den Verdacht gehabt, dass meine Eltern gar nicht mehr daran dachten.

»Wozu brauchen wir eine englische Familie?«, erwiderte Papa. »Ab jetzt geht es aufwärts mit uns!«

»Nur für den Notfall«, meinte Mamu. »Stellt euch bloß vor … jeden Tag Lauchpfannkuchen!«

Meine Eltern lachten. Aber so schnell wollte ich das Thema England nicht aufgeben.

»Wenn Evchen und Betti nach England gehen«, fing ich wieder an, »macht Tante Ruth dann auch so ein Theater wie Frau Fränkel?«

Es kam anders heraus, als ich beabsichtigt hatte, ich erschrak selbst ein wenig über meine Worte. »Aber Ziska, wie kannst du nur so etwas Herzloses sagen!«, rief Mamu. »Es gibt für eine Mutter nichts Schlimmeres, als ihr Kind allein in die Fremde zu schicken!«

»Ach, und warum sind Liebichs so froh, dass Thomas es geschafft hat?«

»Weil er schon fünfzehn ist! Kannst du dir Evchen und Betti, diese kleinen Heulsusen, allein auf der Fahrt nach England vorstellen? Manchmal weiß ich gar nicht, ob ich ihnen das überhaupt wünschen soll.«

»Dann hättet ihr eben Bekka auf die Liste setzen sollen!«, entfuhr es mir. »Sie hätte es nämlich nicht nur selbst geschafft, sondern ganz bestimmt auch Plätze für die anderen gefunden!«

Jetzt war es heraus. Ich hielt den Atem an. »Glaub nicht, dass das eine leichte Entscheidung war«, wies mich Papa sofort zurecht.

»Du musst dich nicht rechtfertigen, Franz. Ziska weiß, dass wir zuerst an unsere eigene Familie denken müssen.«

»Aber jetzt so tun, als sollten die Kleinen gar nicht fahren …!«, rief ich außer mir, worauf Mamu augenblicklich einfiel, dass wir ja nun wieder ein zweites Zimmer besaßen, in das sie mich bei Ungezogenheit schicken konnte.

Unsere gute Laune war dahin. Ich verkroch mich auf meine Pritsche und starrte zur Decke, an der ein nasser Fleck von Tag zu Tag größer wurde. Papa und Herr Fränkel waren eben doch keine Dachdecker.

Nach einer Weile kam Papa herein und setzte sich zu mir aufs Bett. »Ich hätte Bekka gern auf die Liste gesetzt«, sagte er. »Das musst du mir glauben.«

»Ach, die blöde Liste! Man hört sowieso nichts mehr davon.« Ich drehte mich zur Wand. »Wahrscheinlich hat Mr Tatler sie überhaupt nicht abgeschickt.«

Auf einmal hatte ich größte Lust zu heulen – nicht nur weil ich es plötzlich schier nicht mehr aushielt, nichts von Bekka zu wissen, sondern weil ich mir selbst so leid tat. Kaum ging es einem für zehn Minuten gut, musste man sofort wieder ein schlechtes Gewissen haben wegen der anderen. Sie saßen einem im Nacken, sie waren immer da. Gerettet zu werden hatte ich mir jedenfalls schöner vorgestellt.

»Soll ich herausfinden, was aus der Liste geworden ist?«, fragte Papa. »Wir wissen, an welcher Schule Tatlers unterrichten. Vielleicht schreibe ich ihnen einen Brief, was meinst du?«

Ich setzte mich wieder auf.

»Wenn du willst«, sagte mein Vater nach kurzem Zögern, »schicken wir auch Bekkas Adresse mit. Es könnte doch sein, dass jemand anstelle eines Kleinkindes lieber ein älteres, schon englisch sprechendes Mädchen aufnehmen will. Bekka und die Kleinen sprechen sozusagen ganz unterschiedliche Interessengruppen an … aber Ziska, das ist doch kein Grund zu heulen!«

»Evchen und Betti müssen doch auch gerettet werden!«, schluchzte ich.

»Das werden sie – ganz bestimmt!«, versprach Papa und beschloss: »Wir machen es noch einmal. Wir machen es besser! Diesmal schreiben wir etwas zu jedem Kind. Was sie mögen, was sie gut können, wer ihre Eltern sind … da muss mehr stehen als nur ein paar Namen.«

»Evchen kann singen«, fiel mir zu meiner Überraschung ein; ich hätte nicht gedacht, dass mir von meinen Cousinen überhaupt etwas Positives in Erinnerung geblieben war. »Und Betti hilft freiwillig in der Küche. Dass sie dabei von allem frisst, muss man ja nicht erwähnen.«

»Nascht«, korrigierte mich Papa, aber ich sah ein amüsiertes Funkeln in seinen Augen.

Ich wischte mir die Tränen ab. »Können wir gleich anfangen mit dem Brief?«

»Ja, warum nicht?«, meinte Papa und wir gingen zurück ins Wohnzimmer, um zur Tat zu schreiten. Mamu war nicht begeistert, das konnte ich ihr ansehen, aber sie ließ uns gewähren. Vielleicht glaubte sie sowieso nicht mehr an die Liste.

Mein Text dürfe nicht zu lang werden, mahnte Papa. Mit dem dritten Versuch, der die ursprünglich zwei Seiten in wenigen Sätzen zusammenfasste, war er einverstanden.

Rebekka ist elf Jahre alt und wird von allen nur Bekka genannt. Sie ist klug und mutig, aber nicht frech. Erwachsene unterhalten sich gern mit ihr. In der Schule war Bekka eine der besten und für viele eine Anführerin. Sie zeichnet sehr gut und spricht englisch. Bekka mag England und vor allem die Prinzessinnen, und mit ihr bekommt man bestimmt nie Probleme.

Glücklich sah ich zu, wie Papa übersetzte. Nachdem mein Text auf Englisch dastand, setzte ich meine Unterschrift darunter: *Ziska Mangold, 11 years.*

Zwei Tage später fand meine Mutter eine Anstellung als Spülkraft in der Kantine des General Hospital in Hongkou und jemand brachte einen ganzen Korb Kleidungsstücke, die ausgebessert werden mussten. Noch in derselben Woche kam Nachricht von Tante Ruth: Onkel Erik war Ende März aufgebrochen – unterwegs zu uns.

Plötzlich ging es fast zu schnell mit dem Glück. Ich konnte nur hoffen, dass noch genügend für Bekka, Tante Ruth und meine Cousinen übrig blieb.

Gemessen daran, wie viele Menschen wir in den letzten Jahren verloren hatten, wuchs unser Bekanntenkreis in Shanghai atemberaubend schnell. Ich kannte Konitzers, die fast schon Verwandtschaft waren – inklusive des leichten Überdrusses, wenn sie sich einmischten. Ich kannte Fränkels und Hus, Judith und Miss Schröder, auch immer mehr Klassenkameraden konnte ich beim Namen nennen – und sie mich.

In Berlin hatte ich nur Namen verloren. Ich erinnerte mich an die Ersten, die gegangen waren. Die Schule hatte sie feierlich und mit Segenswünschen verabschiedet. Lore reiste nach Schweden zu Onkel und Tante, Veronica und ihre Eltern wanderten nach Frankreich aus, ein Lehrer ging nach Palästina und nahm mehrere Jungen aus den oberen Klassen mit.

Die Letzten, die gingen, gingen ohne Abschied, irgendwann blieb ihr Platz einfach leer. Schon lange vor dem November geschahen die meisten Fluchten nur noch heimlich und es war schwer zu beurteilen, ob sich Hausaufgaben noch lohnten. Einmal schrieb die Lehrerin sogar einen Beschwerdebrief an meine Eltern, weil ich eine Andeutung missverstanden hatte.

»Ich habe die Hausaufgaben nicht gemacht, weil Sie uns *Alles Gute* statt *Schönes Wochenende* gewünscht haben, Frau Kepler!«, verteidigte ich mich. »Ich dachte, Sie sind nächste Woche weg, wie Herr Baum und Herr Kellermann.«

»Herzlichen Glückwunsch, Ziska! Von allen Ausreden, die ich in dreißig Jahren als Lehrerin gehört habe, ist das eine der dreistesten. Heute bleibst du so lange hier, bis du dieses schöne Gedicht von Hölderlin auswendig gelernt hast!«

Tatsächlich war Frau Kepler eine der Lehrerinnen gewesen, die bis zur Schließung der Schule mit uns ausgeharrt hatten, aber dass sie genauso hieß wie Frau Kepler in Shanghai, hatte nichts zu bedeuten. Die beiden hatten nichts gemein außer ihrem Namen. Frau Kepler in Berlin war klein, rund und mütterlich, Frau Kepler in Shanghai war hager und hatte eine raue Stimme. Die Berliner Frau Kepler war neugierig, sie hatte immer wissen wollen, wie es unseren Eltern und Geschwistern ging. Frau Kepler in Shanghai bot mir Tee und einen Schokoladenkeks an, ja, der Keks wartete schon auf mich, wenn ich ihr Reisebüro betrat, sie ging sofort ihre Dose holen und nahm ihn heraus. Aber weder erzählte sie mir von sich noch interessierte sie sich dafür, wer ich war. Wir wussten nichts voneinander außer unseren Namen und wo wir in Berlin gewohnt hatten: ich in Neukölln, sie in Schöneberg.

In der Ecke neben dem Schaufenster stand unter einer Weltkarte ein kleiner runder Tisch mit zwei Stühlen und dort saß ich, knabberte so langsam wie möglich meinen Keks und blätterte in bunten Katalogen. Erst hatte ich es nur aus Verlegenheit getan, weil diese zweite Frau Kepler nicht mit mir redete und ich mein Dasitzen irgendwie meinte rechtfertigen zu müssen; mit dem Keks in der

Hand einfach wieder zu gehen, wäre mir unhöflich erschienen. Inzwischen hatte ich mich nicht nur daran gewöhnt, sondern war froh über ihr Schweigen.

Frau Keplers Reisebüro bestand aus einem großen Schreibtisch, an dem sie selber saß und auf dessen anderer Seite ihre Kunden Platz nahmen. Hinter ihr standen Regale mit Prospekten, Katalogen und sorgfältig beschrifteten Ordnern, vor ihr stand ein Telefon. Schreibtisch, Kataloge, Telefon – mehr brauchte man nicht, um von diesem Raum in die ganze Welt zu reisen.

Und die ganze Welt lag vor mir auf dem Tisch. Amerika brachte mich aus dem Staunen gar nicht mehr heraus. Es gab Berge, Wüsten und Ozeane, Wälder bis zum Horizont und tiefblaue Seen, es gab Wolkenkratzer, ausgedehnte Farmen und hübsche kleine Holzhäuser, die mit Fahnen geschmückt waren. Cowboys trieben Viehherden über Land, Indianer rauchten Friedenspfeifen und die Nachfahren der ehemaligen Sklaven schienen allesamt Musik zu machen. In den Städten flanierten Leute, die wie Filmstars aussahen, vom Restaurant in den Nachtclub, vom Theater ins Kino.

Willkommen in Amerika stand auf dem Katalog. Als ob es ganz einfach wäre. Amerika war eine Schatzkiste voller Versprechen; nach all den Jahren, in denen es eng und enger um mich geworden war, hätte ich mir nie vorstellen können, dass es auf der Welt so unglaublich viel Platz gab.

Im Vergleich zu Amerika nahmen sich die Bilder aus Deutschland ziemlich piefig aus – man kam nicht umhin, es festzustellen. Und dennoch buchten die meisten Kunden nur langweilige Passagen »nach Hause«, um Verwandte zu besuchen. Sie machten sich offenbar überhaupt nichts daraus, dass ihnen – im Gegensatz zu uns mit dem »J« im Pass – die Welt offen stand.

»Sehen wir zu, dass wir dieses Jahr noch mal nach Hause kommen, gelle, Frau Kepler? Wer weiß, wer weiß …«

Eine prallgefutterte Matrone mit zu lauter Stimme war die erste deutsche Kundin, die den Laden betrat, während ich dort war, und reflexartig wäre ich am liebsten aus dem Fenster gesprungen, aber erstens waren auch hier Gitter davor, und zweitens beachtete die Frau mich überhaupt nicht.

»Wer weiß was?«, fragte Frau Kepler, während die Andeutung im Raum verklang.

»Na, wie lange das Reisen noch sicher ist!«, antwortete die Matrone überrascht. »Bei der politischen Lage … nichts für ungut, Frau Kepler, aber haben Sie noch nicht darüber nachgedacht, dass es für Sie bald schwierig werden könnte?«

»Ich kann mich ja auf Truppentransporte spezialisieren«, meinte Frau Kepler unbewegt und die andere Frau lachte laut.

Ich hatte keine Ahnung, wovon sie redeten, erst Monate später sollte ich wieder an die Matrone und ihre Befürchtungen denken. In diesem ersten Frühjahr in Shanghai interessierten mich nur die wenigen Kunden, die eine *richtige* Reise unternehmen wollten, und jedes Mal saß ich wie angewurzelt in meiner Ecke neben dem Fenster und lauschte.

»Der Transamerika-Express bringt Sie ganz bequem von der Ost- an die Westküste. Natürlich können Sie Zwischenstopps auf der Strecke buchen, so viele Sie wollen. Und wenn Sie an einem Ort genug gesehen haben, ruhen Sie sich einfach ein paar Tage im Erste-Klasse-Abteil aus und lassen sich durch die Landschaft fahren, Ihrem nächsten Ziel entgegen …«

Den Katalog auf den Knien, spürte ich den Boden unter mir beben, ich sah riesige Staubwolken und hörte das Brüllen und Stampfen der Rinderherden. Wettergegerbte Cowboys ritten am

Fenster des Transamerika-Expresses vorbei und winkten mir mit ihren Hüten.

»Ach, Ziska, du bist ja auch noch da!«, bemerkte Frau Kepler, wenn der Kunde gegangen war.

Enttäuscht trat ich auf die Straße, ein Gefühl, als müsste ich mich wieder ganz von vorn an *Draußen* gewöhnen: die Kälte, den Gestank, den Lärm und das Gedränge, diese ganze merkwürdige, brutale Stadt, in der keinen Augenblick Stille war.

Unausgesprochen erwartete Frau Kepler von mir, dass ich wieder ging, wenn ich meinen Keks gegessen hatte. Hätte sie ihn mir angeboten, hätte sie mich überhaupt in ihren Laden gelassen, wenn sie gewusst hätte, dass ich jüdisch war? An meiner Uniform aus ganz gewöhnlichem Faltenrock und Bluse war die dazugehörige Schule kaum zu erkennen, auch die Kunden schöpften ja keinen Verdacht. In meiner Ecke lauschend, kam ich mir so unsichtbar vor wie früher in Deutschland. War kein Kunde im Laden, hörte man nur das leise Blättern von Katalogseiten, mal von mir, mal von Frau Kepler.

Sobald ich aufstand und die Kataloge, die ich angesehen hatte, ordentlich wieder zusammenschob, sagte sie: »Na dann bis zum nächsten Mal.«

Ich hatte den Verdacht, dass sie meine Kekse selber buk; ganz sicher legte sie extra für mich Berliner Dialekt in ihre sparsamen Worte, obwohl sie mit ihren Kunden Hochdeutsch sprach. Unwillkommen, das spürte ich, war ich ihr nicht, aber sie schien auch froh, wenn ich nach einer Weile wieder ging.

Ich erzählte niemandem von Frau Kepler – meinen Eltern nicht und schon gar nicht Judith oder Mischa. Onkel Victors Gesicht, wenn er erfuhr, dass ich in einem deutschen Reisebüro Kekse aß, konnte ich mir ausmalen, ohne es selbst erleben zu müssen! Von Kurt und den anderen verabschiedete ich mich in der Straßenbahn eine Station früher und gab vor, eine Bekannte meiner Eltern zu besuchen.

»Sie lebt allein und ich darf mir manchmal ein Stück Kuchen abholen«, behauptete ich und vergewisserte mich nach dem Aussteigen, dass mir niemand folgte. Aber keiner machte sich die Mühe. So groß war das Interesse an mir auch wieder nicht.

Das Deutsche Reisebüro in der Nanking Road, in dem mich niemand vermutete, war der einzige Ort in der Stadt, an dem ich ganz für mich war und für kurze Zeit meine Ruhe hatte.

Judith war zufrieden mit mir.

»Was ist der Unterschied zwischen Kiddusch und Kaddisch?«

»Kiddusch ist die Segnung von Brot und Wein, Kaddisch ist das Gebet für die Toten.«

»Was fällt dir zur Kaschrut ein?«

»Kaschrut heißen die Speisegesetze.«

»Ja, gut, aber was steht da drin?«

»Wie man koschere Speisen zubereitet, und dass man Fleischliches und Milchiges wegen des Reinheitsgebotes immer trennen muss.«

»Und was ist der Unterschied zwischen Mikwe und Mizwa? Achtung, ich helfe dir: Das ist der Satz, der sich reimt!«

»Die Mikwe ist das rituelle Bad, die Mizwa ruft zur guten Tat«, sagte ich und fügte etwas beleidigt hinzu: »Dabei hättest du mir gar nicht helfen müssen!«

Judith lächelte und legte mir den Arm um die Schulter. Mein Herz klirrte vor Freude, beinahe fürchtete ich, man könne es hören. Wenn ich Judith begegnete, geriet ich sofort unter Druck, aber noch mehr, als ich sie fürchtete, verehrte ich sie – wahrscheinlich gab es eins nicht ohne das andere.

Judith war selbst erst im letzten Sommer in Shanghai eingetroffen. Noch beim Aufnahmegespräch hatte der Direktor unserer Schule ihr ein Stipendium angeboten; auch er hatte sofort erkannt, wie außergewöhnlich sie war.

»Das könntest du auch schaffen«, meinte sie bescheiden zu mir.

»Ich? Ich kann nichts außer schnell rennen!«, erwiderte ich.

»Schnell rennen ...? Das gibt's ja nicht, das kann ich auch! Ich war die Schnellste in meiner alten Klasse in Deutschland!«

Ich sah Judith groß an. »Du etwa auch?«, fragte sie verblüfft.

Ich konnte nur nicken.

Judiths Augen leuchteten. »Wollen wir um die Wette laufen? Morgen nach der Schule, im Public Garden am Huangpu?«

»Vor allen anderen?«, fragte ich erschrocken.

»Nein, nur wir beide«, sagte Judith lächelnd. »Ganz für uns und nur zum Spaß.«

Ich war sprachlos. Nie hätte ich zu hoffen gewagt, dass Judith sich außerhalb der Schule mit mir verabredete! In der Nacht zuvor konnte ich kaum einschlafen vor Aufregung. War es ihr Ernst, wollte sie sich wirklich heimlich mit mir treffen? Ich versuchte mich selbst zu bremsen, aber ein geteiltes Geheimnis war nun einmal in nicht wenigen Fällen der Beginn einer echten Freundschaft. Das wusste jeder, oder etwa nicht?

Es war die erste Nacht seit unserem Weggang aus Berlin, in der ich beim Einschlafen ganz vergaß, an Bekka zu denken.

Während des morgendlichen Singens und Fahnehissens ließ ich mir nichts anmerken. Ich hätte mir lieber die Zunge abgebissen, als Judith gegenüber auch nur ein einziges Wort über unsere gestrige Abmachung zu verlieren. Ich hielt es für durchaus möglich, dass sie mir ins Gesicht lachte: »Hör mal, das war doch nichts als ein Witz, Ziska!«

Ich machte mich auf Enttäuschung gefasst. Ich fühlte Großzügigkeit und inneren Frieden sich tief in mir ausbreiten, als ich mir gelobte, Judith keinesfalls zu verübeln, dass sie ihre gestrigen Worte zweifellos schon vergessen hatte.

Doch zu meiner fast schwindligen Erleichterung flüsterte sie mir auf dem Weg zum Unterricht zu: »Um halb vier am Eingang zum Public Garden!«

In dem kleinen Park gegenüber vom deutschen Konsulat sah man keinen einzigen Chinesen. Am Eingang stand unübersehbar ein Schild mit zehn Regeln, zu denen die Bestimmung *Foreigners only* gehörte, doch es hatte eine Weile gedauert, bis ich übersetzen, begreifen und glauben konnte, was die Worte bedeuteten. Im Public Garden hatte jeder beliebige »Ausländer« Zugang, aber Einheimische waren unerwünscht.

Ich fragte mich, warum die Leute, die die Regeln für den Park machten, nach China gezogen waren, wenn sie etwas gegen Chinesen hatten! Die ganze Idee eines für Ausländer reservierten Parks gefiel mir nicht, sie erinnerte viel zu sehr an für Juden verbotene Zonen in Deutschland und deshalb – nicht so sehr wegen der Hakenkreuzfahnen, die gut sichtbar auf der anderen Straßenseite wehten – hatte ich den Public Garden bisher nie betreten, auch wenn ich gedurft hätte.

Nun musste ich, ob ich wollte oder nicht. Judith lebte in der Nähe, hatte sie mir verraten, wenn auch auf der »richtigen« Seite der Brücke, wahrscheinlich hatte sie den Park deswegen vorgeschlagen. Als ich am Nachmittag dort ankam, waren der gepflegte Rundweg und die vom Regen aufgeweichte Wiese fast menschenleer. Einige Krähen tippelten umher und pickten im Gras, eine *Nanny*, deren weiße Schwesterntracht unter ihrem Mantel hervorblitzte, schob mit weit über den Kopf gezogener Kapuze einen Kinderwagen um den Musikpavillon.

Ich brauchte nicht lange zu warten, bis ich unter den Passanten, die am Bund flanierten, Judith erkannte, die sich mit beschwingten Schritten näherte. Zu meiner Enttäuschung war sie jedoch nicht, wie versprochen, allein: Mit ihr, wenngleich einen halben Schritt zurück, kam Mischa Konitzer und trug ihr den Ranzen.

»Wir brauchen doch jemanden, der auf unsere Sachen aufpasst!«, rief sie mir zu, noch bevor sie mich erreicht hatte.

Das sah ich ein. Dennoch hätte ich mir gewünscht, sie hätte nicht ausgerechnet Mischa gebeten, bei dem zu Hause ich und die Meinen ohnehin ständig Gesprächsthema zu sein schienen. Aus dem erhofften Geheimnis zwischen Judith und mir wurde nun mit Sicherheit nichts!

Wir gingen ein Stück in den Park hinein, dann blieb Judith stehen und zog mit dem Schuh eine schnurgerade Linie über den Weg.

»Bist du besser im Sprint oder auf längeren Strecken?«, wollte sie wissen.

»Auf längeren«, sagte ich nach kurzem Nachdenken.

»Auch immer weggelaufen?«, fragte sie leise.

Ich hob die Schultern und sah, wie hinter ihrem Lächeln plötzlich etwas zum Vorschein kam, das ich nicht kannte – eine Erinnerung vielleicht, ein kleines Grauen. Schon war es vorbei und sie beschloss: »Dann rennen wir drei Mal um den Park, schaffst du das?«

»Na klar! Und die Start- ist auch die Ziellinie?«

»Ach«, sagte Judith. »Bis wir zum dritten Mal wieder hier ankommen, ist sowieso längst klar, wer gewinnt. Nimm Ziskas Ranzen, Mischa.«

Ich gab Mischa meinen Ranzen, der ihn sich gehorsam über die

Schulter hängte, und trat mit klopfendem Herzen an den Start. Doch als ich mich zu Judith umdrehte, hatte sie angefangen zu federn, die Arme zu schwingen, sich zu dehnen und kleine Starts zu simulieren.

»Willst du dich denn nicht aufwärmen?«, fragte sie, worauf auch ich ungeschickt ein wenig auf der Stelle zu hüpfen begann. Ich hatte keine Routine im Aufwärmen, ich war ja fast nie dazu gekommen. Ich war einfach immer so schnell wie möglich losgerannt.

Nach einer Weile zog Judith ihren Mantel aus und reichte ihn Mischa und ich folgte ihrem Beispiel.

»Also, ich wäre dann soweit«, meinte sie. »Mischa, du zählst von fünf rückwärts. Auf Los geht's los!«

Ich bückte mich, grub meine Finger in den feuchten Boden und passte auf meine Seite auf – reine Gewohnheit, denn auf dem Sportplatz meiner alten Schule in Neukölln hatte die Nebenläuferin manchmal nach mir getreten, bevor es losging. Keine Ahnung, warum mir das ausgerechnet jetzt einfiel, wo ich mich auf den Lauf mit Judith so gefreut hatte, aber anstatt den Gedanken vertreiben zu können, erinnerte ich mich auch noch an das »Buuuh!«, das über den Sportplatz geschallt war, wenn ich mich trotz allem wieder an die Spitze gesetzt hatte.

Ich schüttelte leicht den Kopf, wie um Wasser aus den Ohren zu schütteln, aber natürlich funktionierte es nicht, wie immer kamen Bilder und Erinnerungen ausgerechnet dann angeschlichen, wenn man sie am wenigsten gebrauchen konnte. Dabei hatte ich in Deutschland sogar einen Trick gegen Demütigungen gehabt: Ich hatte mir eingebildet, dass das »Buuuh« in Wahrheit den anderen Läuferinnen galt und nicht mir. Eine Jüdin gewinnen zu lassen – diese Versagerinnen!

Hilfe war auch von anderer Seite gekommen, gänzlich unerwartet. Bei der Olympiade hatte Jesse Owens gesiegt, nicht die deutschen Herrenmenschen, und diesen blieb nichts anderes übrig, als ihm, dem *Neger* zuzujubeln. Schließlich liefen die Kameras und die Deutschen waren ausdrücklich ermutigt worden, der Welt nicht ihr wahres Gesicht zu zeigen.

Jesse Owens war mein Held. Er hatte es allen gezeigt und heimlich gab ich mir seinen Namen. Ziska Jesse Mangold, eine Sache zwischen ihm und mir, die mich beim Lauf gegen das Buh anfeuerte. Fünf, vier, drei, zwei, eins … ich hatte lange nicht mehr daran gedacht.

Mischa, dieser Clown, rief »Peng!« statt Null. Ich musste lachen und lief eine Sekunde zu spät los, aber Judith brach den Start nicht ab, sondern legte dank des kleinen Vorteils geschickt anderthalb Meter Abstand zwischen uns. Na dann mal los, dachte ich und spurtete, *Ziska Jesse Mangold*, aber bis zum Ende der ersten Runde hatte sich die Distanz um keinen Deut verringert.

Das war eine Überraschung. Eine Perspektive, die ich gar nicht kannte! Noch nie war ich hinter jemandem hergelaufen, und womöglich lag es daran – am Fehlen eines Verfolgers –, dass ich eine Weile brauchte, bis ich Tritt gefasst hatte. Judiths brauner Zopf wippte vor mir her, ich hörte ihre schnellen, geübten Schritte auf dem nassen Kies und sah Erde und kleine Steine unter ihren Schuhen auffliegen. Die Luft war kalt und es nieselte leicht, der Boden viel weicher, als ich gewohnt war, aber jeder Schritt schien etwas Frisches, Angenehmes, fast Reinigendes in mich hineinzupumpen.

Und während wir zum zweiten Mal um die Kurve bogen, hinter der der Suzhou Creek in den Huangpu mündete, hörte ich es: Von den Sampans auf dem Fluss feuerte mich jemand an! Mich, zum ersten Mal in meinem Leben – und auf Chinesisch!

Als Mischas Gestalt am Ende der zweiten Runde wieder an uns

vorbeihuschte, spürte ich, dass ich schneller geworden war. Meine Füße berührten kaum noch den Boden, ich fühlte sie nicht mehr und flog dahin, hörte über dem fernen Tosen der Stadt den Wind meines eigenen Laufs … und die Mitschülerinnen von damals waren vergessen, vergessen war die Furcht, die mein Leben lang zum Laufen dazugehört hatte. Vergessen war Richard Graditz, der Letzte, dem ich davongerannt war, vergessen war, dass es ein Ziel gab. Es hätte endlos weitergehen können, ich wollte nirgends mehr ankommen, ich hatte gar nicht gewusst, wie herrlich es war, zu rennen, ohne dass jemand hinter einem her war. Wie schön es war, mit einer Freundin zu laufen und nicht vor Angst.

Mein Mund öffnete sich und ein Schrei kam heraus, der ein bisschen wie Tarzan klang. Judith stolperte und drehte halb den Kopf, vielleicht vor Schreck, vielleicht um sich zu vergewissern, dass ich nicht etwa gestürzt war. Dadurch verlor sie einen Meter ihres Vorsprungs und ich hörte ein hohes, entrüstetes: »He …!«

Mittlerweile war ich Judith so nah, dass ich deutlich hören konnte, wie ihr die Luft ausging. Sie pfiff und japste und rackerte sich ab, fortwährend wandte sie sich nach mir um und tat mir ein bisschen leid, weil sie zu schnell begonnen und sich verausgabt hatte, lange bevor wir zum dritten Mal bei Mischa angelangt waren. Ich setzte an, an ihr vorbeizuziehen …

… als mich im letzten Augenblick der Verstand einholte. *Ziska Jesse Mangold, was glaubst du eigentlich, was du hier gerade machst?*

Judith, die mir täglich half, mich in der Schule zurechtzufinden! Judith, die eine richtige Jüdin aus mir machte, die von Anfang an freundlich und großzügig zu mir gewesen war. Judith, die drei Jahre älter und einen Kopf größer war als ich … wozu musste ich eigentlich gegen Judith *gewinnen*? Ich wollte ihre Freundin werden, sonst nichts.

Ich drückte mir eine Hand in die Seite und drosselte meinen Lauf – nicht, dass ich zurückfiel, ich blieb dicht hinter ihr, ich wollte mich schließlich nicht blamieren, und als wir nach der dritten Runde bei Mischa ankamen, Judith einen halben Schritt vor mir, keuchten und husteten wir beide, was das Zeug hielt. Mit auf die Oberschenkel gestützten Händen blieb Judith stehen, beugte sich weit vor und schnappte nach Luft wie ein Karpfen. Ich tat es ihr nach, obwohl ich bestimmt noch eine halbe Runde geschafft hätte.

»Mann, Ziska, du kannst rennen ...!«, stieß sie hervor, als sie wieder reden konnte.

»Vielleicht«, japste ich, »kannst du mir ein paar Tricks zeigen?«

»Damit du mich beim nächsten Mal schlägst?«, erwiderte sie lachend und streckte die Hand aus, um sich von Mischa ihren Mantel reichen zu lassen; sie ermahnte auch mich, sofort meine Jacke anzuziehen, damit ich mich nicht etwa erkältete. Meine Freude über ihre Fürsorge war grenzenlos.

»Wenn du Lust hast«, meinte sie auf dem Weg zum Ausgang, »können wir gern mal wieder zusammen laufen!«

»Ach Judith, das wäre fantastisch!«, rief ich.

Vom Eingang des Parks sahen Mischa und ich ihr nach, wie sie in die Peking Road einbog und unseren Blicken entschwand. Ich wäre jede Wette eingegangen, dass Mischa ihr genauso gern hinterhergeschlichen wäre wie ich, um zu sehen, wo sie wohnte.

»Du hast sie gewinnen lassen«, bemerkte er plötzlich. »Ich habe genau gemerkt, dass du absichtlich zurückgefallen bist.«

Ich antwortete nicht. Was spielte es für eine Rolle, dass Judith als Erste im Ziel gewesen war? Ich hatte gewonnen, das spürte ich deutlich.

In den Tagen nach unserem Wettlauf bildete ich mir ein, dass Judith sogar noch herzlicher mit mir umging als vorher. Und hatte sie nicht auch allen Grund, stolz auf mich zu sein? Ihre unermüdlichen Versuche, mich zu einer richtigen Jüdin zu machen, blieben von einer anderen wichtigen Instanz nämlich nicht unbemerkt: Onkel Victor war entzückt, er war regelrecht sprachlos, dass ich zu Pessach die Fragen singen konnte, die bei der Sederfeier dem jüngsten Kind am Tisch oblagen. Als er mich dazu aufforderte, hatte er bestimmt erwartet, dass ich verlegen schweigen und die Aufgabe an Mischa weiterreichen würde.

Warum ist dieser Abend anders als alle anderen? Warum essen wir an allen anderen Abenden gesäuertes Brot, heute aber ungesäuertes? Warum essen wir an allen anderen Abenden beliebige Kräuter, heute aber nur Bitterkräuter? Warum …

Obwohl Mischa sich übergangen fühlen musste, rechnete ich es ihm hoch an, dass er um meinetwillen ein wenig nervös wurde und erleichtert aufatmete, als ich die Fragen fehlerlos hinter mich gebracht hatte. Um meinen Gesang stand es nicht zum Besten, aber die hebräischen Worte waren tadellos.

»Respekt«, murmelte Onkel Victor, was überhaupt nicht zur Liturgie gehörte. Erst dann setzte er an, meine Fragen in seiner schönen Bassstimme zu beantworten.

Die jüdischen Sprechgesänge waren wie immer so ergreifend, dass mir eine Gänsehaut über den Rücken kroch und ich mir sehnlichst wünschte, dass auch meine Eltern davon berührt wurden. Das Gesicht meiner Mutter jedoch trug denselben verlegenen, abwehrenden Ausdruck wie an den wenigen Abenden, an denen wir bei Liebichs zum Schabbat eingeladen gewesen waren, und es verletzte mich, ihr Befremden zu sehen. Ich schämte mich für sie.

Diesen Teil ließ ich aus, als ich Judith nach dem Pessach-Wochenende Bericht erstattete. Ich hatte ihr erzählt, dass Onkel Victor und Tante Irma für meine Schulgebühren aufkamen und wie wichtig es für mich war, bei diesem höchsten aller jüdischen Feste einen guten Eindruck zu machen. Nun freute sie sich mit mir, sie strahlte vor Stolz, sie umarmte mich. Ich lief über vor Glück.

Und obwohl ich von der Reaktion meiner Mutter gar nichts gesagt hatte, bat sie: »Lass dich von deinen Eltern niemals abhalten, das Richtige zu tun. Versprichst du mir das, Ziska?«

»Natürlich«, erwiderte ich ohne nachzudenken.

Ich hätte Judith alles versprochen; ich wunderte mich, dass sie das nicht wusste. Und ich konnte nur hoffen, dass sie vorsichtig umging mit ihren Wünschen an mich.

13

Konnte ich Frau Kepler eine Frage stellen? Fast vierundzwanzig Stunden hatte ich mit mir gerungen, denn es war nicht irgendeine Frage, die mir durch den Kopf ging, es war eine Frage, die mich verraten konnte, und damit stand ich womöglich vor meinem letzten Besuch im Reisebüro. Wieder einmal merkte ich, wie sehr diese heimlichen Ausflüge binnen kurzer Zeit Teil meines Lebens geworden waren und wie schmerzlich ich sie vermissen würde.

»Ein japanisches Schiff ist nach Shanghai unterwegs, die *Sasebo*«, begann ich zögernd. »Kann man herausfinden, wann es anlegt?«

»Natürlich«, erwiderte Frau Kepler sofort und griff zu ihrem Telefon, und wenige Sekunden später hörte ich sie Japanisch reden. Frau Kepler kannte sich aus mit Visa, Einreise- und Zollbestimmungen, sie hörte von jeder Unruhe und wusste, von welchen Gegenden einer fremden Stadt man sich besser fernhielt. Frau Kepler konnte die Leute an jeden beliebigen Ort der Welt schicken, versehen mit allen Informationen, die sie brauchten, und es überraschte mich überhaupt nicht, dass sie auch noch fremde Sprachen beherrschte.

Ich stand vor ihrem Schreibtisch wie eine Kundin und wahrscheinlich war es reine Gewohnheit, dass sie mich, während sie in den Hörer sprach, mit einer Handbewegung zum Sitzen aufforderte. Ich nahm auf dem Kundenstuhl Platz, verlegen und fasziniert. Die Brille vorn auf die Nase geschoben, kritzelte sie auf ihren Schreibblock. Eine graue Haarsträhne fiel ihr ins Gesicht und sie schob sie hinters Ohr. Aus dieser Perspektive, stellte ich plötzlich fest, sah Frau Kepler anders aus als aus meiner Ecke neben dem Schaufenster. Freundlicher. Näher. Fast schon wie eine alte Bekannte.

»Wenn du die *Sasebo* erwischen willst«, sagte sie, als sie den Hörer auflegte, »musst du dich beeilen, sie liegt nämlich schon auf dem Huangpu.«

»Was?«, rief ich und sprang auf wie von der Tarantel gestochen.

»Ich hoffe doch«, sagte Frau Kepler mit einem Ausdruck, der beinahe an ein gutmütiges Zwinkern gereichte, »du hast nicht vor, dich nach Japan abzusetzen?«

»Nein, ganz bestimmt nicht!«, rief ich und konnte nicht anders, ich brach in ein so breites Grinsen aus, dass ich kaum noch sprechen konnte. »Mein Onkel ist auf diesem Schiff! Gestern haben wir eine Karte aus Wladiwostok bekommen und jetzt ist er schon da! Ist es«, fragte ich besorgt, »auch ganz bestimmt dasselbe Schiff?«

»Ganz bestimmt«, sagte Frau Kepler. »Brauchst du Geld für die Straßenbahn?«

»Nein, danke«, erwiderte ich. »Ich bekomme Taschengeld, meine Eltern haben jetzt Arbeit.«

Für Augenblicke hingen die Worte in der Luft – angesichts mehrerer Wochen, die wir hinter uns gebracht hatten, ohne zu reden, war dies nahezu eine Fülle von Informationen – musste sie sich nicht spätestens jetzt denken, was mit mir los war?

Aber sie sagte nur: »Na, worauf wartest du dann noch?«

Frau Kepler war einfach der am wenigsten neugierige Mensch, den ich kannte.

Der Monat Mai musste der beste Zeitpunkt sein, um in Shanghai anzukommen. An den zierlichen Kirschbäumen in den Parks und entlang der Straßen im Settlement blühte es weiß und rosa, die Frühlingssonne legte einen Hauch von Gold über die Häuserschluchten und selbst die Sampans auf dem Huangpu wirkten sauberer, fröhlicher und bunter. Ruhig und geordnet glitten sie zwischen Fracht- und Passagierschiffen dahin, links und rechts, hinter- und nebeneinander, jedes hatte seinen Platz, wie auf einer breiten gemächlichen Straße.

Gut, dass der Fluss stank, daran konnte auch das schöne Wetter nichts ändern, aber ich vertraute darauf, dass es nicht das Erste war, was Onkel Erik auffiel. Er gehörte nicht zu den Menschen, die in allem, was ihnen vor Augen kam, zunächst das Schlechte und Hässliche erblickten.

Die *Sasebo* war viel kleiner als die *Scharnhorst*, ein bescheidener Dampfer mit bloß zwei Decks. Der Lotse hatte das Schiff bereits auf seine Warteposition gewiesen, aber noch ein weiteres Boot legte an seiner Seite an, kaum dass ich atemlos den Fluss erreicht hatte, und ich konnte beobachten, wie mehrere Männer an Bord gingen.

Da die Einwanderung inzwischen strikter gehandhabt wurde als noch bei unserer Ankunft, vermutete ich, dass es sich um Mitarbeiter der Zoll- oder Einwanderungsbehörde handelte – vielleicht rührte daher die merkwürdige Atmosphäre, die das Schiff ausstrahlte. Die *Sasebo* war angekommen, ihre Passagiere noch nicht. Niemand stand an Deck, um die Landung mitzuerleben, nur hinter den Bullaugen der Kabinen meinte ich Bewegungen zu erkennen.

Eine halbe Stunde später stand ich immer noch an meinem Platz. Hätte ich gewusst, dass so viel Zeit blieb, wäre ich nach Hause gelaufen und hätte Papa geholt! Nun war es zu spät, nun musste es jeden Augenblick losgehen und ich wollte Onkel Erik auf keinen Fall verpassen. Ich malte mir sein Gesicht aus, wenn er mich am Kai entdeckte. Papas Gesicht, wenn ich Onkel Erik mit nach Hause brachte! Mamu würde leider auf die Überraschung warten müssen; sie hatte viel zu spülen im Krankenhaus und kam selten vor halb elf nach Hause.

Anderthalb Stunden später begann die Sonne hinter den Fabriken auf der Halbinsel Pudong malerisch in den Ozean zu sinken, die Sampans lagen in Reihen nebeneinander vertäut und ich hörte die Stimmen ihrer Bewohner über das Wasser dringen. Irgendwo schrie gellend eine Frau, hörte gar nicht auf, woanders wurde gelacht und gesungen. Und mittendrin die *Sasebo*, die im grau gewordenen Licht mit einem Mal an ein Geisterschiff erinnerte.

Bis dahin hatten mir nur allmählich die Füße wehgetan, aber als ich die Sonne verschwinden sah, konnte ich nichts dagegen tun, dass ich anfing, mich zu fürchten. Noch nie war ich nach Einbruch der Dunkelheit alleine draußen gewesen, geschweige denn so weit von zu Hause entfernt, und sämtliche Mahnungen unseres Informationsblattes fielen mir ein, aber konnte ich jetzt noch nach Hause laufen? Was, wenn ich mit Papa zurückkehrte – und die *Sasebo* war verschwunden? Ich sah uns die Heime abklappern auf der vergeblichen Suche nach Onkel Erik, ich sah Tante Ruth schreien und weinen und uns in jedem neuen Brief noch bitterere Vorwürfe machen. *Mein Mann war unterwegs zu euch und ihr habt ihn verloren!*

Mein Mund wurde trocken. Nein, ich musste bleiben, einer von uns musste aufpassen, was geschah. Und selbst wenn ich, woran ich nicht denken wollte, Onkel Erik nicht zu Gesicht bekam – irgendeiner würde vielleicht von Bord kommen, der mir sagen konnte, warum sie ihn nicht an Land gelassen hatten und wohin sie ihn brachten.

Auf dem Fluss begann es zu blitzen. In sternklaren Nächten unterhielten sich die Besatzungen der Schiffe per Morsezeichen, die sie mithilfe ihrer Mastbeleuchtung in die Dunkelheit funkten. Von unserem Dach in der Chusan Road war dies ein schöner und spannender Anblick, zumal Herr Fränkel das Morsealphabet übersetzen konnte. Jetzt fühlte ich mich nur noch einsamer und musste an Papa denken, der vor lauter Sorge um mich bestimmt bereits verrückt wurde. War er wohl schon bei Konitzers? Konitzers waren der einzige Anhaltspunkt, den meine Eltern haben würden, wenn mir etwas zustieß. Wenn mir etwas zustieß, würde ich nicht einmal eine Spur hinterlassen!

Mir kamen die Tränen bei diesem Gedanken und ich versuchte, mir nicht auszumalen, was genau mir eigentlich zustoßen konnte, wenn ich allein nach Hongkou zurücklaufen musste. Allein über die Brücke, am Posten vorbei, allein über die Straßen mit ihren finsteren Gestalten. Allein mit all den Geräuschen, die wir nachts durch das vergitterte Fenster hörten.

Und irgendwo dort draußen war bestimmt auch mein Kuli. Ich dachte immer noch an ihn und hielt besorgt die Augen offen, ich hatte keine Ahnung, was aus ihm geworden war. Hatte er die Gegend gewechselt? In der Chusan Road hatte ich ihn nie wieder gesehen, aber was hieß das schon? Vielleicht war er nachts dort, beobachtete unser Haus, sah mich durchs Fenster und sann auf Rache für seine Demütigung. Vielleicht beobachtete er mich gerade jetzt …

Bis sich die *Sasebo* mehr als vier Stunden nach meinem Eintreffen am Hafen endlich in Bewegung setzte, war ich so starr vor Angst, dass ich kaum noch den Kopf wenden konnte. Auf steifen Beinen stakte ich dem Schiff hinterher zu seinem Anlegeplatz – und stellte fest, dass ich, anstatt auf Höhe der *Sasebo* auszuharren, besser ein Stück weiter gewartet hätte. Der Empfangstisch der jüdischen Gemeinde war verlässlich aufgebaut und derselbe Herr, der meine Eltern und mich fast fünf Monate zuvor begrüßt hatte, trat fröstelnd von einem Fuß auf den anderen.

»Was machst du hier zu dieser Stunde?«, fragte er mich streng.

»Ich warte auf meinen Onkel.« Vor Erleichterung hätte ich am liebsten geheult.

»Ganz allein? Sind deine Eltern noch recht bei Trost?«

Ich biss mir auf die Lippen, aber der Mann schien keine Lust zu haben, der Sache auf den Grund zu gehen.

»Kann jetzt nicht mehr lange dauern«, brummte er und sah vorwurfsvoll zu dem Schiff auf. »Hoffentlich lassen sie alle raus. Sie prüfen ja jetzt jeden einzeln.«

Ich wagte nicht zu fragen, wer *sie* waren – die Deutschen waren es vermutlich nicht, sie hatten hier nichts zu sagen, also konnten nur die Japaner gemeint sein. Traf es etwa nicht mehr zu, dass sie nichts gegen Juden hatten? War ihre Meinung umgeschlagen?

So etwas kam vor. Früher waren angeblich auch unsere Nachbarn in der Hermannstraße freundlich gewesen. Armer Onkel Erik – kaum war er hier, schlug die Meinung um!

Dann allerdings fiel mir ein, dass er ja noch nicht einmal hier war, und ich fuhr fort, ängstlich auf die leere Gangway zu starren, die von zwei japanischen Matrosen bewacht wurde. Endlich, nach einer weiteren Viertelstunde, wurde der Ausgang freigegeben und die Passagiere polterten so eilig die hölzernen Planken hinunter, als würde eine Herde Pferde auf die Stadt losgelassen.

Unwillkürlich trat ich zwei Schritte zurück; im Dunkeln konnte ich sowieso nicht erkennen, wen ich vor mir hatte.

»Onkel Erik?«, rief ich schüchtern, als die ersten beladenen, muffig riechenden Gestalten an mir vorbeitrampelten, dann, lauter: »Onkel Eeeeeerik!«

»Hier!«, schallte es von oben zurück. »Hier oben!«, und noch mehr Bewegung kam jäh in die Pferdeherde, als schubste und knuffte sich jemand den Weg frei. »He, lasst mich durch, das war doch meine Nichte, ja, ist denn das die Möglichkeit? Ziska! Hier bin ich, Herzchen, ich bin schon auf der Planke, ich bin gleich … jetzt bin ich da!«

Meine Familie war klein. Ich erinnerte mich an ein kaltes Treppenhaus, das zu einem Wohnzimmer mit dicken Teppichen und schweren Vorhängen führte, an ein Klo mit klappernder Kette und eine stark nach Seife riechende Frau, mit der ich aus irgendwelchen Gründen allein in einer Küche gewesen war. Sie stellte einen widerlich dickflüssigen Kakao vor mich hin und beobachtete wohlwollend, wie ich mich beim Hinunterschlucken beinahe übergab.

Viel schwächer war meine Erinnerung an die beiden gebrechlichen alten Leute, die in der Wohnung gelebt hatten – meine Großeltern väterlicherseits. Noch vor meinem fünften Geburtstag starben beide kurz hintereinander, und obwohl es in Süddeutschland weitere Verwandte gab, lernte ich sie nie kennen. Papas älterer

Bruder war »im Krieg geblieben«, wie es hieß, und bevor ich nach Jahren endlich begriff, dass er keineswegs geblieben, sondern gestorben war, stellte ich mir mitfühlend vor, dass irgendwo auf der Welt ein Onkel von mir kämpfte und kämpfte und einfach nicht aufhören konnte.

Was man als meine Familie bezeichnen konnte, bestand aus meinen Eltern, Tante Ruth, dem angeheirateten Onkel Erik und ihren beiden kleinen Nervensägen – und selbst von diesen Verwandten hatte ich wenig gesehen, bevor wir notgedrungen bei ihnen hatten einziehen müssen. Ich wusste nicht, warum Mamu und ihre jüngere Schwester es miteinander nicht aushielten, vermutete jedoch, dass es mit Neid zu tun hatte. Auf den Fotos meiner unscheinbaren Berliner Großeltern war zu erkennen, dass meine Mutter alles abbekommen hatte, was an Schönheit zu vererben gewesen war, und man konnte Tante Ruth nicht verdenken, dass sie jemanden brauchte, dem sie diese Ungerechtigkeit übel nehmen konnte.

Ihr Ehemann, Onkel Erik, war in jeglicher Hinsicht die bessere Hälfte meiner Verwandtschaft. Er war rundlich, aber flink, stets gut gelaunt und nie um das letzte Wort verlegen, und es wunderte mich überhaupt nicht, ihn zwar verdreckt und abgemagert, aber dennoch zuversichtlich die Planke herab auf mich zueilen zu sehen. Er schien fast unverändert.

Und auch das war wie früher: Von Onkel Erik begrüßt zu werden hieß, abrupt vom Boden gerissen und sich vor Begeisterung praktisch über seine Schulter werfen zu lassen. Nach all der Angst, die ich eben noch ausgestanden hatte, unvermittelt auf eine vertraute Umarmung zu stoßen, überrumpelte mich derart, dass ich zu meiner eigenen und Onkel Eriks Bestürzung in Tränen ausbrach.

Etwas hilflos sah er sich um. »Wo sind denn die anderen?«

»Zu Hause«, schluchzte ich. »Überraschung.«

Einige seiner Reisekameraden blieben stehen, um sich von meinem Onkel zu verabschieden, bevor sie den abfahrbereiten Lastwagen bestiegen. Um uns drängten sich Seesäcke, Koffer, dunkle Jacken und wieder stieg mir der modrig-feuchte Geruch in die Nase, der von den Männern ausging. »Du fährst dann wohl nicht mit«, bemerkte einer von ihnen neidvoll.

»Wohl nicht«, stimmte Onkel Erik zu. »Aber ich weiß ja, wo ich euch finde. Und wie«, fragte er mich, »kommen wir zwei jetzt nach Hause?«

Nach Hause, dachte ich staunend. Wie konnte mein Onkel, kaum dass er seinen Fuß auf chinesischen Boden gesetzt hatte, schon von *zu Hause* reden? Bei mir hatte es Monate gedauert, und meine Eltern wollten das Wort überhaupt noch nicht über die Lippen bringen.

Vielleicht lag es daran, dass wir bereits hier waren und Onkel Erik erwartet hatten. Während wir zur Tramhaltestelle gingen, machte ich mir bewusst, dass der allergrößte Teil meiner Familie sich nun tatsächlich in Shanghai befand – und was bedeutete *zu Hause* anderes, als dass diejenigen beieinander waren, die zusammengehörten?

Als hätte er meine Gedanken erraten, blieb Onkel Erik plötzlich stehen, ließ seinen Blick über das Lichtermeer der Uferpromenade schweifen, seufzte tief und meinte: »Fehlen nur noch Ruth und Evchen.«

»Und Betti«, stimmte ich pflichtschuldigst zu, obwohl keine Rede davon sein konnte, dass mir die kleinen Nervensägen fehlten.

Onkel Erik sah mich an. Seine Schultern hingen herab. »Ach, das wisst ihr wohl noch gar nicht!«, sagte er traurig. »Betti ist jetzt in England!«

Ich fühlte, wie mein Mund aufklappte und statt einer Frage nur ein wenig Luft ausströmte.

»Auf einem Kindertransport«, ergänzte Onkel Erik. »Wir wissen selbst nicht, wie, denn Ruth hatte die Mädchen gar nicht registrieren lassen. Irgendwie muss ihr Name auf eine Liste von Kindern geraten sein, die privat einen Platz suchen, und letzten Monat, ich war gerade aus der Haft entlassen, schrieb tatsächlich eine Familie aus Coventry. Das ist eine große Industriestadt in der Mitte Englands, wir haben im Reiseführer nachgesehen.«

Onkel Erik kratzte sich im Nacken. Ich hörte, wie seine Hand über raue Haut schabte.

»Aber Tante Ruth hat kein Wort davon geschrieben!«, fand ich endlich meine Stimme wieder.

»Wusste wohl nicht, wie«, murmelte Onkel Erik. »War ja keine leichte Entscheidung. Ich in China, Betti in England … nur Evchen ist jetzt noch in Berlin, sonst wäre deine Tante ganz allein. Bis wir sie nachholen natürlich.« Onkel Erik straffte den Rücken. »Und zwar alle beide! Sieh dir das an, was für eine herrliche Stadt!«

Er atmete tief ein und breitete die Arme aus, als wollte er alle Lichter um uns herum umarmen. »Ab sofort geht es aufwärts mit uns, Ziska.«

Genau das beschwor Papa auch immer und ich hätte Onkel Eriks Hoffnung gern bestätigt, aber ich war noch immer zu betäubt, um zu antworten.

Mr Tatlers Liste war angekommen! *Eine private Liste von Kindern, die einen Platz suchen*, kursierte in der Mitte Englands.

Auf den nächsten Kilometern, eingequetscht auf unserem Stehplatz in der dritten Klasse der Tram zwischen Chinesen mit viel Gepäck, die wie gewohnt auf meinen Füßen herumtrampelten und mich in die Seiten stießen, hatte ich reichlich Zeit, zur Besinnung zu kommen. Wie gern hätte ich Onkel Erik jetzt mit Fragen bestürmt, aber als wir ausstiegen, meinte er nur: »Lass es gut sein, bis wir bei deinen Eltern sind, sonst muss ich alles doppelt erzählen!«

»Na gut, aber dann verrate ich dir auch noch nichts!«, erwiderte ich übermütig. »Zufällig weiß ich nämlich genau, wie Evchen und Betti auf diese Liste geraten sind.«

Onkel Erik rückte seinen Seesack über der Schulter zurecht und sah mich nachdenklich an. »Wir hatten uns schon gedacht, dass ihr dahintersteckt«, sagte er schließlich.

Ich nahm ihm nicht übel, dass die Worte nicht begeistert klangen, ich lebte lange genug Tür an Tür mit Frau Fränkel, um zu ahnen, was der Kindertransport für diejenigen bedeutete, die sich trennen mussten. Aber als Onkel Erik neben mir über die Brücke ging, spürte ich wieder, wie dankbar ich war, dass es andere Kinder traf als mich.

»Was ist das?«, fragte mein Onkel scharf, als in der Dunkelheit der japanische Posten vor uns auftauchte.

Ich flüsterte ihm zu, dass die Engländer den Teil Shanghais bewachten, den wir soeben verlassen hatten, und dass ab der Mitte der Garden Bridge die japanische Besatzungsmacht zuständig war. »Aber keine Sorge, die Japaner kontrollieren nicht uns, sondern nur die Chinesen, die den Krieg gegen sie verloren haben.«

»Den Krieg verloren ist gut«, murmelte Onkel Erik. »Die Chinesen sind angegriffen worden, das ist etwas völlig anderes.«

»Ich weiß«, beeilte ich mich zu versichern. »Aber viele wohnen im Settlement und dort können die Japaner ihnen nichts anhaben.«

»Settlement! Ein schönes Wort, das es nicht netter macht«, brummte Onkel Erik und marschierte mit so finsterem Gesicht an dem Posten vorbei, dass mir das Herz in die Hose rutschte und ich fürchtete, der Japaner würde uns sein Bajonett in den Weg stoßen.

Ich war froh, dass es dunkel war – vielleicht hatte der Soldat den Blick meines Onkels gar nicht bemerkt. Er starrte wie gewohnt an uns vorbei und machte keine Anstalten, uns anzuhalten, doch erst am Ende der Brücke erlaubte ich mir, wieder normal zu atmen.

»Onkel Erik«, warnte ich, »du darfst die Japaner nicht ansehen, wenn du über die Brücke gehst! Dann können sie so tun, als sähen sie dich auch nicht.«

»So etwas habe ich lange genug praktiziert«, meinte Onkel Erik grimmig. »Und meine Erfahrung sagt mir, dass es der anderen Seite irgendwann nicht mehr reicht.«

Ich hielt lieber den Mund – Onkel Erik würde schon selber merken, dass es in Shanghai Dinge gab, mit denen man sich einfach abfinden musste.

Hongkou im Dunkeln war sogar noch furchterregender, als ich mir vor ein paar Stunden ausgemalt hatte. Finster und herausfordernd blickende Männer lungerten auf unserem Weg, streitende Betrunkene und schrill geschminkte Frauen mit harten Gesichtern; Gestalten taumelten auf uns zu, denen der süßliche, Übelkeit erregende Geruch von Opium anhaftete. Sie lallten Unverständliches vor sich hin und bettelten uns aufdringlich an.

Vorsichtshalber gingen wir mitten auf der Straße, meine Hand fest in der meines Onkels, und die Nachtgestalten ließen uns in Ruhe – vielleicht weil Onkel Erik einen Kopf größer war als die meisten hier. Ich ging jede Wette ein, dass nicht einmal Bekka sich getraut hätte, alleine im Dunkeln durch Hongkou zu laufen!

Kurz bevor wir die Chusan Road erreicht hatten, kam, wovor ich mich am meisten fürchtete. Dabei wusste ich, dass es jede Nacht hier draußen geschah. Wenn ich im Bett liegend daran dachte, wühlte ich mich jedes Mal tief unter meine Decke und war dankbar, dass eine Wand, ein vergittertes Fenster und mehrere Meter Höhe zwischen mir und der Straße lagen.

»Was macht der denn da?«, fragte Onkel Erik viel zu laut.

Direkt vor uns hatten zwei Chinesen ihren Holzkarren angehalten, hoben ein Bündel heraus und schleppten es an den Straßenrand. Es sah aus wie ein zusammengerollter Teppich.

Eine kalte Gänsehaut kroch mir über den Kopf. »Die Leute legen nachts ihre Toten neben die Straße«, flüsterte ich. »Jeden Morgen kommt ein Wagen und sammelt sie ein.«

»Großer Gott«, stieß Onkel Erik ungläubig hervor und trat noch etwas näher heran.

Wenn es eine Sache gab, die ich verstanden hatte, dann war es die: Chinesen und Flüchtlinge blieben in Hongkou unter sich. Weder sie noch wir stellten Fragen, nur deshalb ließen sie zu, dass Fremdlinge auf so engem Raum mit ihnen zusammenleben durften. Eine einzige Bemerkung, ein einziger Streit oder kritischer Blick konnte alles Wohlwollen verderben und die Einheimischen gegen uns aufbringen, warnte Papa. Daran solle ich immer denken, wenn mir irgendetwas *da draußen* nicht gefiel.

Die Männer, die die Leiche abgelegt hatten, verharrten in ihrer Bewegung, als sie uns stehen sahen. Misstrauisch starrten sie zurück. Mit einer Entschlossenheit, die mich selbst überraschte, zog ich an Onkel Eriks Arm und bestimmte: »Wir gehen besser weiter!«

»Da ist sie!«, schrie in diesem Augenblick jemand und rief meinen Namen; gleich darauf hörte ich hastige Schritte auf dem Pflaster und sah mehrere Personen aus der Dunkelheit brechen. An der Spitze der kleinen Gruppe hüpfte der kastenförmige Hut von Onkel Victor. Schlagartig erinnerte ich mich, dass ich noch in ganz anderen Schwierigkeiten steckte.

»Papa!«, rief ich flehentlich. »Sieh nur, wen ich mitgebracht habe!«

Aber zu spät, Onkel Victors rechter Arm schoss auf mich zu und die Hand landete auf meiner Wange. »Deinen Vater so zu erschrecken! Schäm dich!«

Ich musste ihm zugestehen, dass es nur eine leichte Ohrfeige war, trotzdem hätte ich damit gerechnet, dass von den nunmehr immerhin zwei Männern, die zu mir gehörten, wenigstens einer ein Wörtchen dazu zu sagen gehabt hätte! Stattdessen schrie Papa »Erik!« und riss meinen Onkel in seine Arme, und eine Sekunde später wusste ich, wie es sich anhört, wenn erwachsene Männer weinen.

»Wo kommst du jetzt her?«, fragte Onkel Victor streng.

»Ich habe meinen Onkel vom Schiff abgeholt«, sagte ich und schielte nach meinem Vater. Ich erwog, ebenfalls ein wenig zu heulen, immerhin war ich gerade von jemandem geohrfeigt worden, der nicht einmal zu meiner Familie gehörte. Aber beim Anblick von Papa und Onkel Erik blieb mir mein eigener Schluchzer in der Kehle stecken.

Papa, Onkel Victor und Mischa hatten sich offenbar allein auf die Suche nach mir gemacht. Wahrscheinlich hielt Tante Irma bei uns zu Hause die Stellung und Mamu war noch auf der Arbeit und ahnte nichts.

»Woher wusstest du, wann das Schiff ankommt?«, verhörte mich Onkel Victor.

»Ich habe es auf dem Huangpu stehen sehen, als ich aus der Schule kam. Der Name stand ja groß außen dran: *Sasebo*!«

»Das klingt mir aber nach einem ziemlich großen Zufall«, sagte Onkel Victor misstrauisch.

Mischa, der neben ihm stand, warf mir einen Blick zu, als wollte er mich davor warnen, jetzt überhaupt noch etwas zu sagen.

Ich sah Onkel Victor in die Augen. Ich nahm ihm die Ohrfeige ziemlich übel, auch sein Hinterhalt mit dem Bohrer fiel mir mit einem Mal wieder ein, und meine Stimme klang erfreulich kühl, als ich antwortete: »Das war ja auch kein Zufall. Onkel Erik hat uns den Namen des Schiffes geschrieben und ich hab mir gedacht, geh doch heute einfach mal an den Bund und sieh nach. Und da ... peng!«

»Du hättest«, erwiderte Onkel Victor mürrisch, »natürlich auch nach Hause laufen und etwas sagen können.«

Ich sah ihm an, dass er mir kein Wort glaubte, sich widerwillig jedoch damit abzufinden begann, mich keiner Lüge überführen zu können.

»Wenn ich gewusst hätte, dass es so lange dauert, hätte ich das natürlich getan. Aber plötzlich wurde es dunkel, und da ... und da ...« Meine Stimme zitterte.

»Sie hatte Angst, allein nach Hause zu laufen, Paps«, übersetzte Mischa.

Meine Augen füllten sich mit Tränen. So hilflos, klein und elfjährig, wie ich aus Onkel Victors Perspektive nun aussehen musste, konnte ich nur hoffen, dass es ihm für ein paar Nächte den Schlaf rauben würde, mich geohrfeigt zu haben!

»Soll sich dein Vater mit dir auseinandersetzen!«, gab er sich endlich geschlagen und hob die Hände, als hätte er wieder einmal alles für mich getan, was er konnte.

Auf meinen Vater war Verlass: In seiner überschwänglichen Freude und Erleichterung über Onkel Eriks Ankunft hatte nichts anderes Platz; er kam überhaupt nicht auf den Gedanken, mir Vorwürfe zu machen oder noch irgendetwas wissen zu wollen. Mamu erging es ebenso, als sie eine Stunde später müde und mit schmerzendem Rücken nach Hause kam – und es Onkel Erik war, der ihr die Tür öffnete.

Onkel Victor und Mischa blieben die Einzigen, die sich fragten, woher ich von der Ankunft der *Sasebo* hatte wissen können, aber Vorsicht war nicht der Grund, warum ich beschloss, mich von Frau Kepler in Zukunft fernzuhalten. In dieser Nacht, während wir auf Betten und Fußboden saßen und zuhörten, was Onkel Erik aus Berlin berichtete, trat mir bitter vor Augen, was ich die ganze Zeit geahnt, aber nicht hatte wahrhaben wollen: wie unerhört meine Besuche im Reisebüro gewesen waren und dass ich mit den Deutschen – jedem und jeder Einzelnen von ihnen – nichts mehr zu schaffen haben wollte.

14

Es wurde Juni, bis ich endlich erfuhr, dass Bekka in Sicherheit war. Als ich den Umschlag mit der englischen Briefmarke aus dem Postfach zog, war ich nach der ersten heißen Schrecksekunde nicht einmal besonders überrascht, hatte ich mir diesen Augenblick doch oft genug ausgemalt. Und auch, was ich mit der guten Nachricht tun würde, wusste ich: Ich atmete tief durch, ich trat hinaus auf die Straße, ich fuhr zum Bund und öffnete Bekkas Brief auf einer Bank an der Uferpromenade.

Coventry, den 30. Mai 1939

Dear Ziska! Ist es nicht wunderbar, dass ich das endlich schreiben kann? Fast fünf Monate nach Thomas bin auch ich nun in England, aber ist das überhaupt eine Überraschung für dich? Ich weiß nämlich, wem ich es zu verdanken habe: meiner besten Freundin Ziska! Ich bin bei zwei Tanten von Mrs Tatler gelandet, die ihr auf der Überfahrt getroffen habt, und ich hätte sogar schon früher kommen können, wenn eine Tante nicht im März einen Schlaganfall erlitten hätte. Jetzt geht es ihr besser, und hier bin ich und lebe mit zwei alten Engländerinnen in einem Haus wie aus einem Bilderbuch! Vorn ist ein kleiner Garten mit weißem Zaun und hinten ein Urwald aus Hecken und Büschen, an dem nichts verändert werden darf wegen der Vögel, die dort nisten.

Beide Tanten heißen Miss Read. Nach der Schule helfe ich im Haus – ein bisschen aufräumen und der Miss Read Gesellschaft leisten, die gelähmt im Bett liegt. Sie (Mildred) ist die lustigere von beiden, die andere (Marge) ist ziemlich streng und oft traurig. Das Haus riecht etwas schimmelig und mein Zimmer ist kaum größer als ein Doppelbett und lässt sich nicht heizen, aber egal, jetzt ist sowieso erst mal Sommer!

Thomas war letztes Wochenende aus Cambridge zu Besuch, die Reads waren ganz begeistert von ihm. Wir haben über unsere Eltern gesprochen und Miss Read (Marge) will sich umhören, ob jemand eine Köchin, einen Gärtner oder einen Butler braucht. Irgendwo in der Nähe muss auch eine deiner Cousinen wohnen. Mami schreibt, sie zieht den Hut vor deiner Tante, dass sie sich überhaupt von ihr getrennt hat, jetzt wo dein Onkel weg ist.

Meine Mutter kümmert sich ein bisschen um deine Tante, meine Eltern sind ja so dankbar für eure Hilfe! Immer mehr Namen stehen auf den Wartelisten für den Kindertransport und aus jeder Familie darf jetzt nur noch ein Kind gehen, es sei denn, man sorgt selbst für Pflegeeltern. Ohne eure Hilfe wäre ich also nicht hier. Dass die Reads nicht jüdisch sind, stört uns nicht, andere Familien aber schon, deshalb durfte ein Junge von eurer Liste nicht zu den Leuten, die ihn aufnehmen wollten. Und die englische Familie ist jetzt beleidigt und will überhaupt niemanden mehr, was ich genauso blöd finde.

In Berlin wird es immer schlimmer. Es gibt jetzt Judenhäuser für diejenigen, die aus ihren Wohnungen fliegen, und jüdische Volksküchen, weil Juden aus der allgemeinen Wohlfahrt ausgeschlossen wurden. Aber die Nazis haben alle Vermögen beschlagnahmt und es gibt keine reichen Juden mehr, die das finanzieren könnten. Familien, die keine Verwandten in der Stadt haben, sitzen also praktisch auf der Straße. Ich kann nur beten, dass wir Mama und Papa rechtzeitig rausholen. Wir haben niemanden mehr in Berlin.

Oft kann ich nachts nicht schlafen, dann geht mir durch den Kopf, was noch dazwischenkommen könnte, aber tagsüber sieht es viel besser aus. Thomas und ich sind in England und es gibt Leute, die uns helfen. Der Anfang ist gemacht.

Meine Eltern senden euch Grüße und Umarmungen und Gottes Segen. Sie wollen noch selbst schreiben und sich bedanken. Mama meint, ihr hättet mich wahrscheinlich gerettet. Eines Tages, wenn ich meine beste Freundin Ziska wiedersehe, mache ich das alles wieder gut.

Bis bald, deine Bekka

Manchmal glaube ich, dass mit mir etwas nicht stimmt. Ich kann es nicht einmal benennen, aber irgendwelche wichtigen Fäden laufen in meinem Kopf anders zusammen als bei den meisten Leuten. Wenn man schwarz auf weiß in der Hand hält, dass man seine beste Freundin *wahrscheinlich gerettet* hat, dass sie in Sicherheit ist und für ihre Eltern *der Anfang gemacht*, dann sollte man doch von sich erwarten dürfen, dass man vor Freude völlig aus dem Häuschen gerät.

Stattdessen saß ich auf meiner Bank, blickte von Bekkas Brief auf das Gedränge der Sampans und Frachtschiffe im Huangpu und musste daran denken, wie schnell alles auch ganz anders hätte kommen können. Was, wenn wir Tatlers nicht getroffen hätten? Wir hätten auf der Überfahrt bloß an einem anderen Tisch sitzen müssen. Was, wenn der Weihnachtsabend nicht gewesen wäre? Ohne den Weihnachtsabend und das Aufsehen, das wir erregt hatten, hätten Tatlers vielleicht nicht einmal bemerkt, dass wir Juden waren. Papa und Mr Tatler wären nicht darüber ins Gespräch gekommen und Mr Tatlers Liste hätte es nie gegeben.

Man konnte, wenn man einmal anfing, sogar noch weiter zurückdenken: Was, wenn wir keine Schiffskarten bekommen oder wenn die Gestapo Papa nicht entlassen und wir die Reise gar nicht hätten antreten können? Wären wir noch in Berlin – in einem Judenhaus? Das Wort klang schrecklich, wie Waisenhaus und Armenhaus zusammen.

Es hätte auch einer von uns vor der Abreise krank werden können. Wer wusste, ob wir vielleicht sogar die Schiffskarten von einer Familie übernommen hatten, der genau das passiert war. Zwei Erwachsenen- und eine Kinderpassage, die ziemlich kurzfristig frei geworden waren … Mamu war vielleicht nur im richtigen Augenblick im Reisebüro gewesen. Das war nichts als Glück, genau wie alles andere; ebenso gut hätte es Pech sein können.

Ich saß auf meiner Bank am Bund und hätte mich gern gefreut, aber stattdessen wurde mir mit einem Mal bewusst, dass unser ganzes Leben an einem ziemlich dünnen Faden gehangen hatte, und das Leben von Onkel Erik und Bekka mitsamt ihren Familien hatte auch noch daran gehangen, und der Faden wurde immer dünner, je länger man darüber nachdachte.

Mischa nagte an seiner Unterlippe, als er die Neuigkeit erfuhr, und schwieg eine ganze Weile. Dann fluchte er leise: »Benjamin. Das kann nur Benjamin sein. Mensch, warum hab ich nicht daran gedacht? Seine Eltern würden doch nie erlauben …«

Er brach ab und sah mich ängstlich an. »Die Engländer sind jetzt beleidigt, sagst du? Sie wollen niemanden mehr?«

Schon tat es mir leid, diesen Teil von Bekkas Brief überhaupt erwähnt zu haben. »Nur eine Familie ist beleidigt«, behauptete ich rasch, »die anderen nicht.«

»Woher willst du das wissen? So etwas spricht sich doch herum«, erwiderte Mischa bedrückt und stopfte die Hände zu Fäusten geballt in die Hosentaschen.

Wir gingen die Bubbling Well Road hinunter. Ich hatte Mischa vor dem Schultor abgefangen und er begleitete mich zur übernächsten Tramhaltestelle, damit wir unterwegs in Ruhe reden konnten. Die meiste Zeit allerdings schwiegen wir und ich versuchte mich schon einmal daran zu gewöhnen, nach der Schule nicht mehr fieberhaft zum Postamt rennen zu müssen. Was ich von nun an dort abholte, würde ganz normale Post sein; für Tante Ruths und Evchens Überfahrt würden wir noch lange sparen müssen, um eine Nachricht daraus zu machen.

»Hätten deine Eltern dich denn gehen lassen?«, wollte ich endlich wissen und verschluckte die andere, die entscheidende Hälfte der Frage: *zu einer nicht jüdischen Familie.* Eigentlich hatte ich wenig Lust, daran zu rühren; man wurde ohnehin ständig daran erinnert, was zwischen uns und Konitzers stand. Vielleicht wollte ich nur testen, ob Mischa wusste, was ich meinte.

»Sicher nicht«, murmelte er und ich dachte: Ein Wunder, dass sie sich überhaupt mit uns abgeben.

Schon ärgerte ich mich doch. »Bekka geht auch in die Synagoge, dass du's nur weißt«, bemerkte ich. »Sie feiern Schabbat und meiden Schweinefleisch und in einer Kirche war sie ein einziges Mal. Dass sie jetzt in einer nicht jüdischen Familie lebt, heißt nicht, dass irgendetwas mit ihr oder ihren Eltern nicht stimmt!«

»Das brauchst du mir nicht zu sagen«, erwiderte Mischa ärgerlich. »Mensch Ziska, glaubst du etwa, ich wollte nach England? Da hätten sie mich schon an den Zug ketten müssen! Ich weiß, dass du meine Eltern nicht leiden kannst, aber ich würde mich nie von ihnen trennen!«

»Was?«, rief ich perplex. »Ich soll deine Eltern nicht leiden können? Hör mal, das ist ja wohl genau umgekehrt!«

»Ach, und warum bezahlen sie dir die Schule?«

Ich blieb abrupt stehen. Noch nie hatte Mischa davon gesprochen, was seine Eltern für mich taten, und ich war so entrüstet, dass es nahezu aus mir herausplatzte.

»Um uns zu zeigen, wie viel besser ihr seid mit eurem ganzen Bescheidwissen und Dazugehören! Meinst du, wir kriegten nicht mit, wie dein Vater auf uns herabsieht? Meinst du, ich wollte die Schule ausgerechnet von ihm bezahlt bekommen? Na, vielen Dank!«

Ich hielt den Atem an, als ich Mischas Gesicht sah. Am liebsten hätte ich jedes Wort auf der Stelle zurückgespult – nicht, weil ich nicht die Wahrheit gesagt hatte, sondern weil ich überhaupt nicht damit gerechnet hatte, dass ich Mischa damit wehtun würde.

»Auf dich sieht er nicht herab«, sagte er leise.

»Aber meine Eltern verachtet er!«

»Nein, glaub das bloß nicht! Für deine Eltern hat er keine Hoffnung, das ist alles.«

Tränen schossen mir in die Augen. »Dazu hat er kein Recht! Verstehst du das nicht?«

»Doch«, antwortete Mischa schlicht.

Es war nicht das erste Mal, dass ich mich einfach umdrehte und ihn stehen ließ. Doch diesmal war es anders, diesmal spürte ich mit jedem Schritt, dass es das letzte Mal war. Mir reichte es. Wir hatten nichts gemeinsam! Wir hatten uns auf der Reise kennengelernt, das war alles. Es wurde Zeit, dass wir die Überfahrt endlich beendeten.

Ich war ziemlich erleichtert, als ich Schritte hinter mir hörte. Irgendwie war ich selbst erstaunt, wie schwer mir das endgültige Weggehen gefallen war.

Mischa hielt mich am Arm fest. »Ich treffe mich heimlich mit Rainer«, sagte er.

Fast hätte ich gefragt: *Welcher Rainer …?* Dann fiel mir der Junge wieder ein, mit dem Mischa auf der *Scharnhorst* Schach gespielt hatte.

»Du hast gedacht, er wollte nach der Reise nichts mehr von mir wissen, stimmt's?«, sagte Mischa vorwurfsvoll. »Ja, ehrlich gesagt dachte ich das auch. Sein Vater ist in der Partei, er in der Shanghaier Hitlerjugend. Aber kaum hatte ich ihm meine Adresse in den Briefkasten geworfen, stand er auch schon vor der Tür!«

Mischa senkte den Kopf. Einen Augenblick sah es aus, als hätte er keine Lust, weiterzureden. Dann gestand er: »Mein Vater hat ihn rausgeschmissen. Gesagt, dass wir mit Deutschen jetzt glücklicherweise nichts mehr zu tun haben müssen. Wenn er je herausbekommt, dass ich Rainer noch treffe, ist der Teufel los.«

Ich war verblüfft. So viel Mut, sich Onkel Victor zu widersetzen, hätte ich Mischa gar nicht zugetraut! Aber so leicht wollte ich ihn dennoch nicht davonkommen lassen.

»Was ist mit Tante Irma?«, fragte ich herausfordernd. »Sie ist auch Deutsche und trotzdem hat dein Vater sie geheiratet.«

»Mami *war* Deutsche«, betonte Mischa. »Jetzt ist sie es nicht mehr.«

»Einfach so?« Ich war verdutzt.

Mischa hob die Schultern. »So sagt es jedenfalls mein Vater.«

Ich schüttelte den Kopf. Onkel Victors Theorie wies eine so große Lücke auf, dass man eine ganze Hand hätte hineinlegen können – seit wann konnte einer von uns selbst bestimmen, was er war? Wenn dies so wäre, dann wäre sicherlich keiner von uns ein Flüchtling in Shanghai!

»Bis vor zwei Jahren«, setzte ich Mischa auseinander, »wusste ich nicht einmal, dass ich jüdisch bin. Ich bin in Berlin geboren, ich bin evangelisch, wir sprechen zu Hause deutsch. Bekka und ich haben versucht, es herauszubekommen, aber es konnte uns nicht einmal jemand sagen, ob die Juden ein Volk, eine Rasse oder eine Religion sind.«

»Juden sind von allem etwas«, erklärte Mischa feierlich. »Und es heißt nicht *die* Juden, sondern *wir* Juden, Ziska.«

»Schön, aber wenn *wir* von allem etwas sind, sind *wir* doch auch etwas deutsch!«

Überrascht horchte ich meinen Worten nach. Ich hatte plötzlich das Gefühl, ein großes Welträtsel gelöst zu haben.

Aber Mischa schüttelte ungeduldig den Kopf. »Nein, das ist vorbei«, erklärte er entschieden.

»Für dich und deine Eltern vielleicht«, schoss ich sofort zurück. »Auch für mich und Mamu. Aber mein Vater ist Jude *und* Deutscher.«

»Ziska, hör auf, das gibt es nicht mehr!«

»Doch, das gibt es – weil er sich nämlich so fühlt! Vielleicht bedeutet Jude zu sein gar nicht für alle dasselbe. Vielleicht kommt es darauf an, was man in seinem Herzen hat.«

Mischa runzelte die Stirn, und ich errötete und ging unwillkürlich schneller. Das Judentum, eben noch unerwartet schlicht und klar, erschien mir einen Augenblick später wieder so kompliziert und zerbrechlich, dass ich am liebsten mein Schreibheft herausgeholt, meine Entdeckung aufgeschrieben und festgehalten hätte – und zwar auf der Stelle, bevor ein anderer sie wieder zerpflücken konnte.

Aber als Mischa wieder zu mir aufschloss, sagte er: »Wie Paps mit Rainer umgegangen ist, war nicht richtig. Seitdem frage ich mich, ob er nicht auch in anderen Dingen manchmal irrt.«

Und das war mehr Entgegenkommen, als ich erwartet hatte.

Die Haltestelle, an der wir uns hatten trennen wollen, kam und wir gingen vorbei. Wartete Mischa darauf, dass auch ich ihm etwas erzählte? Konnte er von Frau Kepler wissen? Aber mit Frau Kepler war es vorbei, also sagte ich stattdessen: »Die Deutschen sind vielleicht auch nicht alle gleich. In unserem Haus in Berlin wohnte ein deutsches Mädchen, meine Freundin Christine. In der Nacht, als die Nazis kamen, bin ich aus dem dritten Stock gesprungen und Christine hat mir geholfen, mich zu verstecken.«

»Du bist aus dem dritten Stock gesprungen?«, wiederholte Mischa ungläubig.

»In einen Baum im Hinterhof. Bekka und ich hatten das vorher ausprobiert. Christine hat mir heimlich zu essen und einen Mantel gebracht, sie hätte mich am liebsten noch weiter versorgt, aber ich hatte dann doch keine Lust, im Mülltonnenverschlag hocken zu bleiben.«

Ich quetschte ein Lachen hervor, es gelang nur mit Mühe. Die Erinnerung an die Stunden im kalten Hinterhof wurde unangenehm lebendig, während ich mich davon reden hörte. Bisher hatte ich nur vom Wolf geträumt, der in der Wohnung zurückgeblieben war, aber auch aus meinem Sprung in die Birke, aus dem dunklen, stinkenden Verschlag und meiner Angst vor dem Auftauchen der Müllmänner ließ sich womöglich noch ein Albtraum machen.

»Aus dem dritten Stock …!«, wiederholte Mischa beeindruckt.

Sein Staunen tat mir gut. Eigentlich, dachte ich, war der Umgang mit Mischa Konitzer ziemlich unberechenbar. An manchen Tagen waren wir wie beste Freunde, an anderen mochten wir einander nicht einmal.

»Ich spiele besser Schach als Rainer«, verriet Mischa, »aber ich passe auf, ihn nicht zu oft zu schlagen. Paps meint, die Deutschen würden uns am liebsten als Untermenschen sehen, aber in Wirklichkeit haben sie nur Angst, dass wir ihnen überlegen sein könnten.«

»Und? Glaubst du das auch?«

Mischa hob die Schultern. »Es gibt kluge und dumme Juden, genauso wie kluge und dumme Deutsche. Die Frage ist, wer gerade das Sagen hat.«

»Wenn die klugen Deutschen zulassen, dass die Dummen das Sagen haben, können sie aber nicht besonders klug sein«, gab ich zu bedenken und Mischa meinte: »Ich glaube, in Deutschland gibt es im Augenblick einfach zu viele Dumme. Sie sind in der Überzahl. Aber wer zu dumm ist, kann bekanntlich nicht überleben, über kurz oder lang werden sie sich also selber ausrotten.«

Ich musste lachen. Die Vorstellung gefiel mir. Mischa fügte hinzu: »Hoffentlich sind unsere Freunde aus Deutschland heraus, wenn es losgeht«, und etwas an seinem Ton ließ mir das Lachen augenblicklich in der Kehle stecken bleiben.

»Es gibt vielleicht bald Krieg. Hitler ist scharf auf Polen. Polen zieht seine Truppen zusammen und hat einen Pakt mit England und Frankreich geschlossen. Wenn Polen angegriffen wird, müssen die anderen Länder ihm beistehen und gegen Deutschland gehen.«

»Aha, und woher weißt du das?«

»Von Rainer«, antwortete er und plötzlich fiel mir wieder ein, was ich die Kundin im Reisebüro schon vor Wochen zu Frau Kepler hatte sagen hören.

»Wenn das alles stimmt«, sagte Mischa leise, »dann haben meine Freunde vielleicht nicht mehr viel Zeit, nach England zu kommen. Diese idiotischen Eltern von Benjamin! Weißt du, was ich glaube? Sie müssen zu den dummen Juden gehören.«

Ich sah, wie er die Zähne zusammenbiss. »Hoffentlich haben sie für die anderen nicht alles verdorben«, sagte er leise.

Zögernd gestand ich: »Papa und ich haben noch einmal an Tatlers geschrieben.«

Mischa blieb stehen, mir wurde warm. Hoffentlich fragte er nicht, *was* wir geschrieben hatten! Nur von Bekka und meinen Cousinen war ja die Rede gewesen, Mischas Freunde hatten wir gar nicht erwähnt. Ich war zu feige gewesen, Papa zu erzählen, wie lang die Liste ohne sein Wissen geworden war – oder dass auch Bekkas Name bereits darauf gestanden hatte.

»Ihr habt Tatlers Adresse?«, fragte Mischa.

»Nein, aber sie sind Lehrer an der britischen Schule.«

»Mensch!«, rief Mischa. »Dann könnten wir ja gleich mal hingehen!«

Wir?, dachte ich überrascht, denn meine eigenen Bitten an Tatlers hatten sich ja erledigt – Bekka und Betti waren in England, Evchen demnächst auf dem Weg nach Shanghai.

Aber dann dachte ich: Warum nicht? Mischa und ich hatten die Sache schließlich gemeinsam begonnen, und im Übrigen war ich viel zu froh, dass wir uns wieder vertrugen.

Die britische Schule musste ähnliche Unterrichtszeiten haben wie unsere und kaum saßen wir in der Straßenbahn, begann Mischa auch schon zu zaudern und zu zweifeln. Es hatte, meinte er, bestimmt keinen Sinn, uns so spät am Nachmittag überhaupt noch auf den Weg zu machen. Nachdem ich ihm einen kleinen Vortrag über die vielen Gelegenheiten gehalten hatte, die man im Leben verpassen konnte, stimmte er mir jedoch zu, dass er sich gar nicht erlauben konnte, sein Glück nicht wenigstens zu versuchen.

Er verlor nie ein Wort darüber, aber ich konnte mir vorstellen, dass meine neu entdeckte Theorie von der Bedeutung kleinster Zufälle auch ihm danach nicht mehr aus dem Kopf ging. Die Schüler der britischen Schule mochten längst zu Hause sein, aber hinter dem Zaun und auf dem Schulhof tat sich was. Ein Lastwagen stand vor dem Eingang und zwei Männer entluden Kisten, die an diesem Vormittag per Frachtschiff angekommen sein mussten.

Es überraschte mich überhaupt nicht, in einem der Männer Mr Tatler zu erkennen. Wenn meine Theorie stimmte, und danach sah es zunehmend aus, dann hatte es einfach so sein müssen! Mr Tatlers Aktentasche stand mit darübergelegter Krawatte an der Treppe, er hatte die Hemdsärmel aufgekrempelt, schleppte und schwitzte. Der andere Mann war in Arbeitskleidung und bestimmt der Hausmeister; ich kombinierte, dass Mr Tatler bereits auf dem Heimweg gewesen, aber dazu verdonnert worden war, beim Entladen der Kisten zu helfen. Wir brauchten nur zu warten, bis er fertig war und nach Hause gehen durfte.

Während wir am Zaun lehnten und beobachteten, wie der arme Mr Tatler rackerte, beschlich mich der erfreuliche Gedanke, dass ich – im Gegensatz zu ihm – möglicherweise dazu bestimmt war, zur rechten Zeit am rechten Ort zu sein, und ein völlig neues Gefühl von Wichtigkeit kroch in mir hoch.

Nach einer Weile verschloss der Hausmeister die Ladeklappe des Lastwagens und dieser rollte vom Hof, Mr Tatler warf seine Krawatte in die Aktentasche und kam auf das Schultor zu. Mit klopfendem Herzen rückten wir zum Eingang vor.

»Hello, Mr Tatler«, grüßte ich.

Meine Stimme klang ziemlich zaghaft für jemanden mit meiner Verantwortung, aber ich musste mich ja auch erst daran gewöhnen.

»Hello, dear«, sagte Mr Tatler, nickte auch Mischa kurz zu und ging an uns vorbei.

Ich war perplex. Da spukte mir der Mann wochen- und monatelang im Kopf herum, war meine ganze Hoffnung, ich betete sogar für ihn – und er erinnerte sich nicht einmal an mich …?

»Hinterher!«, flüsterte ich Mischa entschlossen zu und in kleinem Abstand nahmen wir die Verfolgung auf.

Wir brauchten nicht weit zu gehen; schon an der übernächsten Querstraße bog Mr Tatler ab. Es war eine jener hübschen Straßen mit niedrigen Einfamilienhäusern. Sie hatten Vorgärten, die mit Eisenzäunen umgeben waren, aber die Zäune waren so niedrig, dass man problemlos hätte drüberspringen können.

Das brauchten wir zum Glück nicht. Das Zauntor der Tatlers quietschte, als er mit Schwung hindurchtrat. Im Umdrehen entdeckte er uns und ihm fiel auf der Stelle wieder ein, woher er uns kannte.

»Oh, it's you …!«, murmelte er und in der Sekunde, bevor er ein Lächeln aufsetzte, konnte ich deutlich erkennen, dass er nicht gerade begeistert war über das Wiedersehen.

Er schien auch nicht vorzuhaben, uns ins Haus zu bitten. Nur zwei Schritte brauchte er, um zurück zum Tor zu kommen, aber es waren die langsamsten zwei Schritte, die ich je einen Mann hatte gehen sehen. Dann stand er vor uns. Seine Hose war verstaubt und mehrere große Schmutz- und Schweißflecken zierten sein Hemd.

Ein wesentlicher Teil des *Survival Plans*, den Bekka und ich in Berlin ausgeheckt hatten, hatte darin bestanden, auf unvorhergesehene Situationen richtig zu reagieren und, wenn es nottat, augenblicklich auf einen neuen Plan umschwenken zu können. Dies war ein solcher Moment. Wir standen vor einer völlig veränderten Ausgangslage. Das letzte, wonach Mr Tatler jetzt zumute sein konnte, war eine weitere spontane Hilfeleistung!

»Ich bin gekommen, um mich zu bedanken«, sagte ich rasch. »Eine meiner Cousinen und meine Freundin Bekka durften nach England ausreisen. Bekka wohnt sogar bei den Tanten Ihrer Frau. Ich habe einen Brief von ihr bekommen, sie ist sehr glücklich.«

»Und ich wollte mich entschuldigen«, fiel Mischa ein, der zum Glück sofort begriff. »Mein Freund Benjamin darf nicht reisen, obwohl Sie sich für ihn bemüht haben. Es tut mir leid, es ist meine Schuld, ich habe nicht daran gedacht, dass seine Eltern vielleicht gar nicht wollen.«

Mr Tatler sagte nichts. Mischa trat einen Schritt zurück.

»Wir wünschen Ihnen und Ihrer Familie Gottes Segen«, erklärte er förmlich. »Sie sind gute Menschen. Bitte grüßen Sie Ihre Frau.«

»Euer Englisch«, bemerkte Mr Tatler, »ist ja schon viel besser.«

Er lehnte sich über den Zaun. Wir deuteten dies als eine Form des Entgegenkommens und traten einen halben Schritt näher.

»Meine Frau«, sagte Mr Tatler nach kurzem Zögern, »sieht eure Freunde vielleicht bald. Sie geht nämlich zurück nach England.«

»Ach, wie schade, gefällt es ihr hier denn nicht?«, fragte Mischa höflich, aber ich konnte sehen, wie es hinter seiner Stirn bereits kombinierte. *Wenn wir persönlich jemanden in England kennen, gibt es vielleicht noch eine Möglichkeit!*

»Doch«, meinte Mr Tatler. »Aber wenn es Krieg gibt, möchte sie bei ihren alten Eltern sein.«

Zum zweiten Mal am selben Nachmittag fiel das Wort Krieg und man hätte glauben können, ich hätte mich schon ein wenig daran gewöhnt, aber davon konnte keine Rede sein. Im Gegenteil: *Krieg* schien eines dieser Worte zu sein, die erst mit der Wiederholung so richtig bei einem ankommen. Mischas und Mr Tatlers Worte vom Krieg taten sich zusammen und drängten gemeinsam in meinen Kopf, und einen Augenblick hatte ich das Gefühl, da oben müsste etwas zerspringen.

Mr Tatler sah mein erschrockenes Gesicht und meinte: »Hör mal, für euch Juden muss das doch eine gute Nachricht sein! Der Anfang vom Ende Adolf Hitlers. Die Welt wird nicht zusehen, wie er sich halb Europa einverleibt.«

»Wollen Sie kämpfen?«, fragte Mischa respektvoll.

Mr Tatler musste lächeln. »Wir Engländer haben auch hier eine Verantwortung. Auf keinen Fall werden wir das Settlement preisgeben.«

»Das Settlement?«, stotterte ich. »Bis hierher werden die Nazis doch nicht kommen!«

»Nein, ganz bestimmt nicht!«, versicherte Mr Tatler sofort, doch es war nicht zu überhören, dass noch ein Aber mitschwang.

»Sir«, sagte Mischa, »was wird Ihrer Meinung nach mit den Juden in Deutschland passieren, wenn ein Krieg ausbricht?«

Mr Tatler kratzte sich am Kopf.

»Wie viel Zeit haben sie nach Ihrer Einschätzung, um rechtzeitig herauszukommen?«

»Wenn die Eltern deines Freundes ihn nicht gehen lassen wollen, gibt es da ein Problem«, meinte Mr Tatler gedehnt.

Mischa schluckte, blickte ihn fest an und erinnerte ihn: »Es stehen noch zwei andere Jungen auf der Liste, Sir.«

Langsam konnte ich nicht anders als ihn bewundern. Wenn der Engländer nicht bereits begann, von dem klugen, wohlerzogenen Mischa auf dessen Freunde zu schließen, stimmte irgendetwas nicht mit ihm!

Ich behielt recht. »Meine Frau wird sehen, was sie tun kann«, versprach Mr Tatler, und plötzlich fielen ihm sogar noch weitere Details der Liste ein, die er vor Monaten nach England geschickt und dann vergessen haben musste. »Es war von *zwei* kleinen Mädchen die Rede, wenn ich mich nicht irre?«

»Meine Cousine Betti ist schon in England«, antwortete ich. »Evchen soll mit meiner Tante nach Shanghai nachkommen. Mein Onkel ist auch seit ein paar Wochen bei uns.«

Ich konnte es damals noch nicht wissen, aber dies waren Worte, die ich mir nie verzeihen würde.

Wir standen noch ein paar Minuten mit Mr Tatler am Gartentor und berichteten, wo wir zur Schule gingen und wie unsere Eltern in Shanghai zurechtkamen, aber wir achteten darauf, es nicht zu ausführlich werden zu lassen – es war klar zu erkennen, dass Mr Tatler endlich ins Haus wollte und nur der Höflichkeit halber noch zwei, drei Fragen stellte. Als er unvermittelt zum Wetter überging, verstanden wir dies als Signal, uns nochmals zu bedanken und mit den besten Grüßen an seine Frau zu verabschieden.

In der Straßenbahn wirkte Mischa zerknirscht, obwohl der Besuch bei Mr Tatler ein Erfolg gewesen war. Ich konnte mir denken, warum. Die Sekunde, in der er Benjamin aufgegeben hatte, war mir nicht entgangen, aber ich sprach ihn lieber nicht darauf an. Es wäre kein Trost gewesen, wenn ich bestätigt hätte, dass er für diesen Freund jetzt nichts mehr tun konnte.

Frau Fränkel saß wieder auf der Treppe, als ich nach Hause kam. Zu meiner unendlichen Erleichterung hatte sie seit Kurzem begonnen, ab und zu ihre Kleider zu wechseln, zu baden und die Haare zu waschen; von »regelmäßig« konnte zwar noch keine Rede sein, aber man brauchte immerhin nicht mehr die Luft anzuhalten, wenn man an ihr vorbeiging. Ihr Gesicht, das zuletzt fast schon Beulen geworfen hatte, schwoll merklich ab, seit sie nicht mehr pausenlos weinte, und ihre Stimme verlor den erstickten, höhlenartigen Klang.

Der Grund dafür saß neben ihr. Frau Fränkel hatte jemanden gefunden, der nicht die Flucht ergriff, wenn sie über ihren Jakob reden wollte, der ihr zuhörte und sie verstand und dasselbe durchmachte wegen seiner Betti.

»Na, du bist aber spät heute«, bemerkte Onkel Erik.

»Ich war noch mit Mischa unterwegs«, erwiderte ich und wartete, dass sie mich vorbeiließen.

»Wie schön, dass Kinder überall auf der Welt Freundschaft schließen«, flötete Frau Fränkel. »Ein netter Junge, dein Mischa, und so höflich.«

»Dein Mischa …!«, wiederholte Onkel Erik. »Das wird ihr jetzt aber nicht gefallen, Anita.«

Er blickte mich lächelnd an. Onkel Erik wusste genau, dass er sich mir gegenüber mehr herausnehmen konnte als andere. Niemand konnte ihm ernstlich böse sein, selbst Herr Hu nicht, der sich anfangs bitter beklagt hatte, als unversehens eine weitere Person in unserem Haushalt aufgetaucht war. Schon am nächsten Morgen hatte er vor unserer Tür gestanden, laut geredet und immer wütender mit einer Hand in die andere geschlagen, bis wir endlich kapierten, dass wir für Onkel Erik extra bezahlen mussten.

Mittlerweile mochte Herr Hu meinen Onkel so sehr, dass sich sein Grinsen nahezu um seine Ohren wickelte, wenn sie einander begegneten. Die ganze Familie Hu unterhielt sich mit Onkel Erik in einer lebhaften Mischung aus Englisch, Pidgin und den paar Worten Chinesisch, die er im Gegensatz zu uns bereits gelernt hatte; ich hatte sogar schon gesehen, wie Oma Hu ihn freundschaftlich gegen den Arm boxte.

Ich tat, als hätte ich die dumme Anspielung nicht gehört, und quetschte mich zwischen Onkel Erik und Frau Fränkel hindurch. Papa saß im kleinen Zimmer, die Nähmaschine ratterte. Ich lehnte mich gegen das zusammengeklappte Bett, auf dem nachts nun Onkel Erik schlief – meine Matratze lag wieder zwischen den Betten meiner Eltern.

»Rate mal, wen Mischa und ich in der Stadt getroffen habe«, begann ich. »Ach was, du kommst sowieso nicht darauf: Mr Tatler!«

Papa hörte auf zu nähen und sah mich überrascht an. Abgesehen davon, dass er unter Rückenschmerzen litt und seine Augen in letzter Zeit deutlich kleiner geworden waren, war die Schneiderei ein Volltreffer. Der Auftragskorb war gut gefüllt, immer öfter leisteten wir uns das verführerische Essen aus der Garküche unseres Vertrauens und auch der Sparstrumpf für Evchen und Tante Ruth wies schon einen kleinen Betrag auf. Onkel Erik trug ebenfalls dazu bei; erst wenige Wochen in Shanghai, hatte er bereits eine Stelle als Nachtwächter in einer Fabrik auf der Halbinsel Pudong gefunden.

»Mrs Tatler geht zurück nach England«, berichtete ich. »Sie glauben, dass es Krieg gibt, weil der Fü Polen angreifen könnte.«

Papa lehnte sich zurück. Bis zu diesem Augenblick hatte ich die leise Hoffnung gehabt, dass Mr Tatler und Mischa mit dem Krieg übertrieben, aber Papa nickte, als wüsste er schon ganz genau, wovon die Rede war.

»Der Fü hat sich eine Menge erlaubt in diesem Jahr. Erst hat er sich das Sudetenland einverleibt, was die Tschechoslowakei so gut wie gesprengt hat. Dann wollten Böhmen und Mähren angeblich auch noch *heim ins Reich*, und England und Frankreich haben nicht nur nichts dagegen unternommen, sie haben sogar mit Hitler verhandelt, ohne dass die Tschechen auch nur mit am Tisch saßen. Der Versailler Vertrag ist damit faktisch außer Kraft.«

Papa erklärte mir, dass Deutschland im letzten Krieg zu einem Friedensschluss gezwungen worden war und Gebiete hatte abtreten müssen, die nun in der Tschechoslowakei und Polen lagen. Wenn die Siegermächte den ohnehin umstrittenen Vertrag aufs Spiel setzten, indem sie Teile der Tschechoslowakei freiwillig wieder hergaben, sei es nur eine Frage der Zeit, wann der Fü auch die Gebiete beanspruchte, die jetzt zu Polen gehörten.

»Die Engländer und die Franzosen haben einen Fehler begangen«, sagte Papa. »Sie sind dem Fü entgegengekommen, weil sie befürchteten, dass Deutschland sich mit Russland gegen sie verbünden könnte. Jetzt sehen sie, was sie angerichtet haben. Der Fü fordert immer mehr und sie bekommen möglicherweise genau das, was sie vermeiden wollten: einen neuen Krieg.«

»Mr Tatler meint aber, ein Krieg wäre der Anfang vom Ende vom Fü«, wandte ich ein und Papa erwiderte: »Wenn wir Glück haben. Doch bevor ein Krieg zu Ende geht, müssen unzählige Menschen sterben, und immer sind welche dabei, die du kennst.«

Er starrte über seine Nähmaschine hinweg.

»Bis nach Shanghai kommt aber bestimmt niemand«, sagte ich leise.

Papa antwortete nicht, er versank in dumpfes Brüten. Mein Vater war Soldat im letzten Krieg gewesen, wahrscheinlich sah, hörte und roch er ihn immer noch, und ich schlich buchstäblich auf Zehenspitzen aus dem Raum. Mir reichte es, ich musste erst einmal selber nachdenken, bevor ich etwas Neues fragte – oder gar ungefragt erfuhr!

Onkel Erik behauptete, es sei möglich, den Lärm der Straße auszublenden und es auf unserem Dach wunderbar still zu finden, und obwohl mir dies noch nicht gelingen wollte, war unser Dach, seit mir das Reisebüro verloren gegangen war, der Ort, an dem ich es zumindest versuchte. An diesem Tag war es immerhin still genug, um mich selbst zu hören, als ich das neue Wort vor mich hin flüsterte, seinen Klang schmeckte.

Krieg. Was bedeutete es, was hatte Papa eben gesehen? Würde auch ich jemanden kennen, den es traf? Mein Herz klopfte schmerzhaft, als ich an Bekka dachte. Gerade noch hatte ich sie in Sicherheit geglaubt! Evchen, Tante Ruth. Würden sie hier bei uns sein, wenn es losging, oder ließ uns der Fü nicht mehr so viel Zeit?

Krieg. Würden wir etwas davon bemerken, wenn er kam, oder würden wir nur wieder wochen- und monatelang ohne Nachrichten bleiben? Plötzlich erschien mir das eine so schlimm wie das andere, als mir klar wurde, dass ich womöglich wieder Tag für Tag vor einem leeren Postfach stehen würde, und ich hatte große Lust zu heulen, obwohl – oder vielleicht gerade weil – ich mir *Krieg* überhaupt noch nicht vorstellen konnte.

III
Der Mund des Regenbogens

(1940 – 1944)

15

Dass die Hitlerjugend in Hongkou marschierte, war neu. Bisher war sie stets auf der anderen Seite der Brücke geblieben, hatte ihre Paraden und Gesänge im Park veranstaltet oder sich herausfordernd auf dem Bürgersteig gezeigt. Schon mehrmals hatte ich sie marschieren sehen und sie gut ignorieren können. Der internationale Sektor gehörte allen – oder niemandem, wenn man es so sehen wollte –, also mochte sich von mir aus auch die Hitlerjugend dort herumtreiben. Ich fand sie ziemlich lächerlich in ihren hässlichen Braunhemden und Halstüchern mit Lederknoten und konnte fast lachen, wenn sie sich im Gleichschritt durch den chaotischen Straßenverkehr zwängten. Blöde blonde Jungen, die ein noch so wichtiges Gesicht machen konnten: Hier beeindruckten sie niemanden, nicht einmal mich.

Dachte ich. Bis ich eines Nachmittags über die Garden Bridge in Richtung Settlement ging und die Gesänge in meinem Rücken … nein, nicht nur hörte, ich spürte sie, und aus dem ersten kalten Hauch wurde, je lauter das Grölen zu mir aufschloss, ein Griff, der sich fest um meinen Nacken legte.

Und heu-te ge-hört uns Deutsch-land, und mor-gen die gan-ze Welt!

Ich ging schneller und versuchte aus dem Gesang und Getrappel herauszuhören, wie viele und wie nah sie waren. Direkt vor mir lag das britische Postenhäuschen. Ich war völlig außer Atem, als ich dort ankam, dabei war ich nicht einmal gerannt.

»Was guckst du, Judensau?«

Einer spuckte mir vor die Füße, doch das war alles, schon sah ich den kleinen Trupp, der nur aus vier Jungen bestand, von hinten. Der britische Posten zischte: »Bloody brats!«

Zu mir sagte er: »Keine Sorge, Miss, den Hunnen werden wir's schon zeigen.«

Glaubte er etwa immer noch daran? Binnen weniger Wochen hatte die deutsche Wehrmacht nach Polen und Norwegen nun auch Dänemark, Holland, Belgien und Luxemburg überrannt und das alliierte Heer in Frankreich hoffnungslos eingeschlossen. Nur mit viel Glück war es den Briten gelungen, versprengte Reste ihrer Armee an einem Strand in Belgien zu sammeln. Auf Schlachtschiffen, Frachtkähnen, privaten Booten, auf allem, was schwimmen konnte, hatten sie sich Hals über Kopf nach England gerettet und ihre Ausrüstung dabei verloren. In diesen Tagen hielt die Welt den Atem an, klebte vor dem Radio und erwartete die deutsche Invasion Englands.

War das der Grund, warum die Hitlerjugend in Hongkou marschierte? Der Zeitpunkt konnte kein Zufall sein. Jetzt, sollte ihr kleiner Aufmarsch wohl heißen, kommen wir auch zu euch!

Als ich das Ende der Brücke erreichte, war Judith verschwunden und tauchte auch nicht mehr auf, obwohl ich erst an der Brücke, dann am Parkeingang auf sie wartete. Seit im letzten Winter die Kadoorie-Schule eröffnet hatte, die für uns Flüchtlinge kein Schulgeld erhob, trafen wir uns nur noch an zwei Nachmittagen pro Woche und ich war sicher, ihre rote Jacke gesehen zu haben, bevor ich das Grölen hinter mir gehört hatte.

Hieß das, sie hatte tatsächlich die Flucht ergriffen – vor nicht einmal einem halben Dutzend Hitlerjungen, die ein gutes Stück jünger gewesen waren als sie, und dies auch noch auf der internationalen Seite der Brücke? Mit Sicherheit würde jeder Engländer, Amerikaner oder Franzose sofort eingreifen, wenn die Hitlerjugend sich uns gegenüber nicht benahm. Alle im Settlement hassten die Deutschen, seit der Krieg ausgebrochen war – mit Ausnahme der Russen, die sich gar nicht schnell genug mit dem Fü hatten verbünden können, als es darum ging, Polen anzugreifen und untereinander aufzuteilen.

Auf der anderen Seite der Brücke fühlte ich mich augenblicklich sicher. Durften vier einzelne Hitlerjungen überhaupt marschieren ohne den Rest ihrer Truppe, das Fähnlein und den Rudelführer? Wahrscheinlich nicht. Rachsüchtig hoffte ich, dass irgendjemand sie meldete und sie richtig Ärger bekamen. Vielleicht würden sie sogar ausgeschlossen! Ich musste grinsen, als ich mir ausmalte, wie die Hitlerjungen öffentlich und unter Tränen alles ablegen mussten, worauf sie so stolz waren. Das Halstuch. Die Blechorden. Den Lederknoten!

Aber da ich nicht wusste, was Judith in Deutschland erlebt und ob die Hitlerjugend in irgendeiner Weise dabei eine Rolle gespielt hatte, beschloss ich, mich über ihren überstürzten Rückzug nicht zu wundern. Judith redete nie über ihre Zeit in Deutschland und obwohl ich uns als Freundinnen betrachtete, kannte ich weder ihr Zuhause in Shanghai, noch besuchte sie mich je in der Chusan Road.

Judith hatte mich getröstet, als der Bescheid gekommen war, wir Flüchtlinge aus Hongkou würden der neuen Schule zugewiesen. Ich war in Tränen ausgebrochen, als ich davon erfuhr; erst in diesem Augenblick war mir klar geworden, wie sehr ich mich an die Jewish School gewöhnt hatte, die mir anfangs so fremd gewesen war.

»Bestimmt«, meinte Judith, »kann man einen Antrag stellen, dass du bleiben möchtest!«

Doch meine Eltern wollten nichts davon wissen. »Wir sind froh, von Konitzers kein Geld mehr nehmen zu müssen!«, sagte Mamu mit Nachdruck.

»Aber wir verdienen doch jetzt selbst genug«, jammerte ich.

Schließlich entschied Papa: »Na gut! Wenn es dir so viel bedeutet, werden wir dir das Schulgeld bezahlen, aber mach dir klar, dass wir dann noch länger für Evchen und Tante Ruth werden sparen müssen.«

Mein Wunsch blieb mir im Halse stecken. Ich war entsetzt und zugleich tief enttäuscht von meinem Vater, dass er mich so beschämt hatte.

»Dann treffen wir uns eben zum Laufen«, bestimmte Judith.

Noch nie hatte sie unsere Verabredung platzen lassen, und es fiel schwer, mir einzugestehen, dass sie nicht zurückkam. Nach einer Viertelstunde machte ich enttäuscht kehrt, allerdings nicht ohne mich immer wieder umzudrehen in der Hoffnung, Judith doch noch zu erspähen.

Aber die Einzigen, die ich entdeckte, waren die Lederknoten. Zwei liefen hinter mir, vielleicht fünfzig Meter entfernt, zwei warteten kurz vor der Brücke, und ihr Grinsen ließ keinen Zweifel aufkommen, dass ich es war, auf die sie es abgesehen hatten.

Im ersten Augenblick war ich wie vom Donner gerührt. Ein Angriff der Hitlerjungen, hier in Shanghai! Und es waren nicht einmal Richard und seine Truppe, meine treuen alten Feinde, sondern Jungen, die ich gar nicht kannte! Sie hatten mich aus Hongkou kommen sehen und daraus geschlossen, dass ich Jüdin sein musste, aber war das etwa ein Grund, auf mich loszugehen? Oder hatte es ihnen nur nicht gepasst, dass ich beim britischen Posten Schutz gesucht hatte?

Es war müßig zu überlegen, was in ihren widerwärtigen Köpfen vor sich ging – entscheidend war, ihnen aus dem Weg zu gehen, und darin hatte ich Übung. Ich verlor keine Zeit, überquerte halsbrecherisch die Straße, mischte mich unter die Passanten und ging zurück in die Gegenrichtung. Nach einigen Metern riskierte ich einen vorsichtigen Blick, und tatsächlich, die beiden, die mir gefolgt waren, hielten nach einer Lücke im Verkehr Ausschau, um ebenfalls die Seite zu wechseln. Was aus den zweien geworden war, die an der Brücke gewartet hatten, wusste ich nicht, aber es gehörte nicht viel Fantasie dazu, mir auszumalen, dass auch sie mich nicht aus dem Blick verloren hatten.

Kurz entschlossen sah ich mich um, um den nächstbesten geeigneten Passanten anzuhalten und auf meine missliche Lage aufmerksam zu machen – als mir plötzlich einfiel, dass es so einfach nicht war. Was sollte ich zu demjenigen sagen: *Hilfe, die Hitlerjungen benutzen dieselbe Straße wie ich …?* Für niemanden außer mir war zu erkennen, dass sie mir folgten, ich hätte mich nur lächerlich gemacht.

Als ich in die nächste Seitenstraße wechselte und zurückblickte, waren die Lederknoten wieder zu viert – ein Anblick, der unangenehme Erinnerungen weckte. Ich kreuzte erneut, fühlte mich wie ein Hase. Was, wenn ich die Nanking Road weiterlief bis zum ersten großen Kaufhaus? Zwischen Regalen, Kleiderständern und Rolltreppen konnte man problemlos untertauchen. Gut, die Lederknoten brauchten nur an den Ausgängen auf mich zu warten, aber irgendwann würden sie schon die Lust verlieren und nach Hause gehen. Was konnten sie mir schon anhaben – hier in Shanghai, wo mir jeder, wirklich jeder Passant sofort zu Hilfe eilen würde, sobald es *endlich* anfing, gefährlich auszusehen!

Oder etwa nicht …? Plötzlich merkte ich, wo ich war, und hörte einfach auf zu denken. Ich trat zwei Stufen hinauf, nahm die Klinke in die Hand und das gewohnte Klingeln ließ mich ein.

Es war über ein Jahr her, seit ich das letzte Mal hier gewesen war, und trotz meiner Zwangslage war ich überwältigt von dem unerwarteten Gefühl der Vertrautheit. Der Schreibtisch, die Regale, die Wandkarte, der kleine Tisch und der Stuhl, auf dem ich immer gesessen hatte … sie standen unverändert da, als wäre ich erst gestern hier gewesen, und unverändert erschien mir auch Frau Kepler, als sie mit einer Hand den Vorhang beiseiteschob, der das Hinterzimmer vom Laden trennte, und vor mir im Türrahmen stand.

Ihr freundlich-distanziertes Gesicht, der kleine Turm grauer Haare auf ihrem Kopf, die hagere, dunkel gekleidete Gestalt … alles war wie immer; Frau Kepler schien nicht einmal besonders überrascht, mich zu sehen.

»Gibt es einen Hinterausgang?«, flüsterte ich statt einer Begrüßung.

Frau Kepler sah an mir vorbei und ich folgte ihrem Blick in der Befürchtung, meine vier Verfolger bereits hämisch durchs Schaufenster linsen zu sehen. Aber ich hätte es wissen müssen: Auf der Straße zeigte sich nicht die geringste Gefahr. Frau Kepler sah mich mit hochgezogenen Brauen an und ich fühlte meine Wangen glühen.

»Einen Hinterausgang gibt es nicht«, sagte sie. »Aber du kannst übers Dach.«

Sie trat beiseite und ließ mich in den Raum hinter dem Vorhang, in dem sich eine Kochstelle, ein Essplatz und eine Liege befanden. Eine Tür führte weiter ins Treppenhaus.

»Der Ausstieg zum Dach ist immer offen. Die Tür klemmt ein wenig. Das übernächste Haus rechts hat einen Hinterausgang zu einer kleinen Seitenstraße.«

Ich lief drei, vier Treppenstufen hinauf, dann fiel mir ein, dass ich mich gar nicht bedankt hatte. Aber als ich mich umdrehte, war Frau Kepler verschwunden, die Tür hinter ihr zu, und einen Augenblick fühlte ich mich seltsam jämmerlich und allein.

Wenn man davonläuft, setzt das Nachdenken erst einmal aus. Das ist nicht das Schlechteste, im Gegenteil: Die Beine funktionieren ganz von selbst, der Atem, der Kopf; alles, was man weiß, tut sich zusammen und bringt einen voran. Meistens jedenfalls. Wovor man sich unbedingt hüten sollte, ist stehen zu bleiben und sich irgendetwas *klarzumachen*: dass man in einem fremden Treppenhaus eingesperrt ist und der einzige Ausgang nach oben geht. Dass ein unbekanntes Dach wartet, dessen Tür klemmt, oder dass man überhaupt keine Vorstellung hat, wer oder was sich hinter dieser Tür befindet. Wenn man nämlich erst einmal steht und überlegt, besteht die Gefahr, in die nächste Ecke zu kriechen, und eine Ecke ist fast immer eine Falle. Aus einer Ecke hilft einem außer Glück nichts mehr heraus.

Im Kampf mit mir selbst verlor ich mehrere kostbare Sekunden. Dann fiel mir ein, dass die Lederknoten mittlerweile womöglich schon bei Frau Kepler im Laden standen, und dies gab mir endlich genug Schub die Treppe hinauf. Die Tür hinter dem letzten Absatz klemmte tatsächlich, aber als ich mich mit der Schulter dagegenwarf, gab sie nach und ich fand mich auf dem fremden Dach wieder, hörte den Straßenlärm und roch den Qualm, der von den Garküchen heraufzog.

Das übernächste Haus rechts, hatte Frau Kepler gesagt. Ohne weitere Zeit zu verlieren, kletterte ich aufs Nachbardach hinüber. Wenn die Lederknoten zwei und zwei zusammenzählten, waren sie womöglich schon auf dem Weg nach oben. Erst jetzt ging mir auf, wie leichtsinnig es gewesen war, vor den Hitlerjungen ausgerechnet zu einer Deutschen zu flüchten. Frau Kepler brauchte ihnen nur den Tipp zu geben, mich vor dem Hinterausgang des übernächsten Hauses rechts abzupassen, und ich saß fest – genau wie bei meiner letzten Begegnung mit Richard und seiner kleinen Truppe. Die Narbe an meiner Unterlippe hatte ich immer noch.

Ich stand in der Tür, die nach unten führte, und einige Sekunden war ich wie gelähmt. Dann blickte ich zurück über die Dächer – natürlich, auch hoch über der Nanking Road gab es Möglichkeiten, in mehrere Himmelsrichtungen zu verschwinden! Und plötzlich war mein Kopf wieder klar; kurz entschlossen überstieg ich Dach um Dach, bis es in die entgegengesetzte Richtung nicht mehr weiterging. Dort schlüpfte ich durch eine knarzende Holztür und schlich die Treppe hinunter. Unten gab es nur einen einzigen Ausgang, ich würde also wieder auf der Nanking Road landen, aber daran ließ sich jetzt nichts mehr ändern.

Langsam, Zentimeter für Zentimeter, öffnete ich die Tür und atmete erleichtert auf: Weit und breit kein Lederknoten zu sehen.

Ich nahm die Beine in die Hand und rannte den ganzen Weg zurück zur Garden Bridge, ohne mich auch nur ein einziges Mal umzudrehen. Entwischt – den Lederknoten *und* Frau Kepler! Während mein Atem allmählich wieder einen Rhythmus fand, war ich fast noch wütender auf sie als auf die Hitlerjungen. Weil ich mich trotz allem gefreut hatte, sie wiederzusehen. Weil ich nicht wagte, ihr zu vertrauen. Weil ich froh gewesen wäre, wenn sie auf meiner Seite gestanden hätte – und weil ich diesen Wunsch selbst nicht verstand.

Später behauptete Judith, ich müsse mich getäuscht haben, sie wäre gar nicht an der Brücke gewesen, sie hätte unerwartet ihrer Mutter helfen müssen und mich nicht mehr rechtzeitig benachrichtigen können. Ich ließ mir nichts anmerken. Ich war ganz sicher, sie gesehen zu haben, und es beschämte mich, sie lügen zu hören, aber hatte nicht jede von uns ihre kleinen Geheimnisse?

Tante Ruth mochte ihre Arbeit auf dem Friedhof. Sie war zur Zwangsarbeit verpflichtet worden, obwohl sie ein kleines Kind zu versorgen hatte, aber anscheinend machte sie sich nichts daraus:

»Susanna und Hermann sind ja auch dabei und ich komme an die frische Luft und unter Leute.«

»Susanna und Hermann« waren Bekkas Eltern. Wie schnell sie sich angefreundet hatten und wie gut sich die freundlichen, unkomplizierten Liebichs mit meiner launischen Tante vertrugen, verblüffte mich noch weit mehr als Tante Ruths neu entdeckte Freude an frischer Luft. Solange wir unter einem Dach gelebt hatten, hatte sie aus lauter Angst die Wohnung nie verlassen. Aber wahrscheinlich hätte sie jetzt sowieso keine Wahl gehabt.

Es versetzte mir einen unerwarteten Stich, mir Tante Ruth auf dem Friedhof vorzustellen. Bekka und ich hatten dort eins unserer Lieblingsverstecke gehabt, und ich kannte diesen Friedhof so gut, dass ich nahezu Heimweh verspürte, als ich Tante Ruths Zeilen las. Sie harkte Wege, pflegte Gräber, schnitt Büsche, vielleicht sogar *unseren* Busch mit der geheimen Höhle darin. Hätten wir uns besser verstanden, hätte ich meiner Tante auf der Stelle geschrieben, wo sich unser Versteck befand, aber es schien mir zu vertraulich und ich ließ es sein, wobei ich zum ersten Mal Enttäuschung verspürte über die Fremdheit zwischen uns.

Ihre Wohnung hatte Tante Ruth aufgegeben. Bei Liebichs war nach dem Weggang von Bekka und Thomas reichlich Platz; sie und Evchen hatten die beiden ehemaligen Kinderzimmer bezogen, und Liebichs Vermieter hatte ihnen ausdrücklich zugesichert, bleiben zu dürfen, obwohl Nachbarn bereits mit dem Wunsch an ihn herangetreten seien, die »Judenwohnung« zu übernehmen. Zwar hatte er danach ziemlich großzügig die Miete erhöht, aber zwei Familien zusammen konnten die Kosten bewältigen.

Das Judenhaus blieb unseren Verwandten erspart, das war erst einmal die Hauptsache. Selbst Onkel Erik musste es zugeben, der schwer damit fertigwurde, dass wir für die Auswanderung von

Evchen und Tante Ruth jetzt noch viel mehr Geld benötigten. Juden, die bereits Verwandte in der Stadt hatten, durften zwar noch einreisen, doch nur unter der Voraussetzung, dass bei der Buchung der Tickets ein Pfand von 400 US-Dollar pro Person bei der Schifffahrtsgesellschaft hinterlegt wurde. Das Geld sollte sicherstellen, dass nur Flüchtlinge kamen, die die Fürsorge nicht weiter belasteten, und wurde bei der Ankunft in Shanghai wieder ausgezahlt. Für die, die die Summe nicht aufbringen konnten, stellte eine Londoner Flüchtlingsorganisation das Geld leihweise zur Verfügung, aber die Warteliste war lang und zudem hing alles davon ab, dass das Pfand nach der Ankunft für die nächsten Wartenden zurückgegeben wurde. Seit etliche Flüchtlinge das Geld einfach behalten hatten, war das klug ausgedachte Programm ins Stocken geraten.

Wir wagten nicht länger zu warten – was, wenn die Einreise in der Zwischenzeit ganz verboten wurde? Das Geld für die beiden Schiffspassagen hatten wir gespart, einen Teil der 800 Dollar Pfand versprachen Konitzers uns zu leihen, auch Fränkels wollten sich beteiligen. Doch den Rest mussten wir noch zusammenkratzen.

Es war ein Gefühl, als finge man wieder ganz von vorn an, als sei nicht nur unser Reisekonto, sondern unser ganzes erstes Jahr mit all seinen Anstrengungen und Entbehrungen auf einen Schlag entwertet worten. Selbst Mamu, die schon darüber zu witzeln begonnen hatte, dass ihre friedliche Zeit ohne Tante Ruth alarmierend schnell dem Ende zuginge, hatte geweint.

Dennoch glaubte ich, dass Onkel Erik und meine Eltern von diesem Rückschlag nicht halb so niedergeschmettert waren wie Bekka. Denn auch für Liebichs hatte es ja Pläne gegeben, Pläne, die mit dem Kriegsausbruch unwiderruflich zerstört worden waren. Die Einwanderung deutscher Staatsangehöriger nach England war nicht mehr möglich. Es interessierte niemanden, dass es sich um

Juden handelte oder dass Bekka Arbeit für ihre Mutter gefunden hatte und nur noch die Formalitäten ausstanden. Auch die Kindertransporte waren eingestellt.

»Wäre Hitler nur vier Wochen später in Polen einmarschiert, hätte Mami es geschafft«, schrieb Bekka verzweifelt.

Ihr Brief traf mich tief. Wie Bekka zumute war, konnte ich besser nachfühlen, als mir lieb war. Das unverdiente Glück, mit meinen Eltern zusammen ausgewandert zu sein, wurde mir deutlicher bewusst denn je, und zwischen Erleichterung und schlechtem Gewissen klang jedes aufmunternde Wort, das ich Bekka schrieb, hilflos und falsch, und wenn ich es noch so ehrlich meinte.

Meine Sorge, nach Kriegsausbruch wieder vor einem leeren Postfach stehen zu müssen, war unbegründet gewesen. Noch nie waren so viele Briefe zwischen uns und Europa hin und her gegangen wie seit dem letzten Herbst. Der Postverkehr zwischen England und Deutschland war eingestellt, ohne unsere Hilfe hätten Bekka und Thomas nur noch über das Rote Kreuz zu ihren Eltern Kontakt aufnehmen können.

Es war das Einzige, was wir für Liebichs tun konnten, und sie schrieben, als könnte es jeden Augenblick damit vorbei sein. Briefe von oder für Liebichs riss ich noch am Postfach auf, steckte den für England oder Deutschland bestimmten Teil in einen mitgebrachten Umschlag, adressierte und frankierte ihn und sogleich machte er sich auf den langen Weg zurück nach Europa. Manchmal war eine Seite für uns dabei, meist nicht. Dass Bekka auf meine eigenen Briefe immer seltener antwortete, machte den Ernst ihrer veränderten Lage nur noch deutlicher.

Nie verloren meine Eltern oder Onkel Erik ein Wort über die Kosten, die durch das Weiterleiten der Briefe entstanden. Liebichs und Tante Ruth lebten zusammen, kümmerten sich umeinander;

es war, als wären wir mit einem Mal eine Familie geworden, und so weit wir von Deutschland entfernt waren, so nahe rückte es uns mit jedem Brief, der in unserem Fach landete und Bekkas, Thomas' oder Frau Liebichs Handschrift trug.

Ich war nicht unvorbereitet auf das, was Bekka mir im Juni schrieb. Ich wusste, dass es ihre größte Sorge gewesen war, seit die Engländer nach Deutschlands Überfall auf Belgien und Holland die ersten deutschstämmigen jüdischen Männer als »feindliche Ausländer« in Lager gesperrt hatten. In ihrer Furcht vor Spionen unterschied die britische Öffentlichkeit nicht zwischen Deutschen und Juden; beide kamen aus Feindesland, das war alles, was zählte, und es überraschte mich nicht. Warum sollten sich die Briten mit der komplizierten Frage des Unterschieds zwischen Deutschen und Juden abgeben wollen, die in meinen Augen sowieso nur jeder von uns für sich selbst beantworten konnte?

Thomas war sechzehn geworden, zählte als erwachsen und rechnete jeden Tag damit, interniert zu werden. Er war so sehr darauf eingestellt, dass er schon vor dem Geburtstag begonnen hatte, einen kleinen Vorrat an Büchern und Schreibheften anzulegen und alles zu verschenken oder einzutauschen, was man in einem Lager nicht brauchen konnte. Als er den Transportbescheid bekam, muss er praktisch auf gepacktem Koffer gesessen haben.

Zum ersten Mal spürte ich, dass Bekka aufgab, allen Mut verlor. »Was soll ich jetzt noch hier, wo alle weg sind?«, schrieb sie in einer Schrift, die so klein und schief war, dass ich sie kaum erkannte. »Am liebsten ginge ich zurück nach Deutschland zu meinen Eltern, aber nicht einmal das geht ja noch!«

Mein Kopf war wie leergefegt, mir wollte einfach nichts einfallen, was ich ihr zurückschreiben konnte. Ich zerknüllte eine Seite nach der anderen und setzte von Neuem an, nur um gleich darauf die weggeworfenen Blätter wieder auseinanderzufalten und nach Sätzen zu suchen, die man vielleicht doch noch gebrauchen konnte.

Nichts konnte schlimmer sein, als allein in einem fremden Land zurückzubleiben. Nichts, was ich schrieb, würde Bekka helfen.

Doch schon wenige Tage später stieß ich auf einen Hoffnungsschimmer. Seit meinem zwölften Geburtstag durfte ich jeden Donnerstagnachmittag mit Judith ins *Broadway Cinema*. Nachdem uns Juden in Shanghai schon jede Straßenbahn, jede Bank im Park und jeder Tisch im Restaurant wieder offenstand, kam mir das Kino vor wie der Höhepunkt einer ganzen Reihe von Beweisen, dass mit uns alles wieder in Ordnung war.

Ich liebte alles am Kino: den Moment, in dem der schwere Vorhang sich öffnete, den Tanz der Staubfäden im trichterförmigen Lichtstrahl, der aus der Vorführkabine auf die Leinwand fiel, das Knacken und Knistern, mit dem der Film sich Sekunden vor Einsetzen der Musik ankündigte. Noch während der Vorspann mit den Namen berühmter Hollywoodstars über die Leinwand flackerte, vergaß ich alles um mich herum, und trat ich nach dem Film hinaus auf die Straße, brauchte ich immer ein paar Minuten, um wieder sprechen zu können. Dann tat es mir fast leid, dass Judith dabei war und ich nicht noch ein wenig Zeit für mich hatte.

Vor jedem Hauptfilm jedoch lief die Wochenschau der BBC. Es war dieselbe, die die Engländer auf der anderen Seite der Erdkugel sahen, wenn auch mit einigen Wochen Verspätung, und so marschierten die Alliierten vor unseren Augen noch zuversichtlich durch Frankreich, als wir aus dem Radio längst wussten, dass sie unter großen Verlusten zurückgeschlagen worden waren. Beklommen blickte der ganze Saal auf blutjunge, fröhliche Soldaten, die lachten und rauchten. Vielleicht lebten sie bereits nicht mehr.

Wenige Tage nach Bekkas Brief sahen wir einen mehrere Wochen zurückliegenden Bericht über die Internierung der »enemy aliens« auf der Isle of Man, der mir einen Stein vom Herzen fallen ließ. Denn im Speisesaal des Internierungslagers stand ein Klavier.

Ich war mir nicht hundertprozentig sicher. Hatte ich wirklich richtig gesehen? Die Worte *Klavier* und *Lager* waren schwer zusammenzubringen, am liebsten hätte ich den Vorführer angebettelt, zurückzuspulen. Dem Hauptfilm zu folgen war ich kaum in der Lage, obwohl Greta Garbo mitspielte, die so schön war, dass sie »die Göttliche« genannt wurde.

Als ich später am Ausgang Judith bestürmte, glaubte auch sie nach kurzem Nachdenken, ganz zweifellos ein Klavier im Speisesaal erkannt zu haben. Und ein Klavier im Speisesaal konnte nichts anderes bedeuten, als dass die Internierungslager für feindliche Ausländer nichts gemein haben konnten mit den Konzentrationslagern in Deutschland! Gut, hinter dem Stacheldraht waren die Juden zusammen mit deutschen Nazis eingesperrt, was schlimm genug war. Aber sie erhielten Post, es gab richtige Betten, eine Heizung und mehrmals am Tag zu essen, und die Häftlinge mussten zwar arbeiten, aber wurden dafür bezahlt. Eine Bibliothek war eingerichtet worden, Lehrer und Professoren unter den Gefangenen hielten Vorträge und unterrichteten.

»In seiner Gastfamilie in Cambridge hatte Thomas kein Klavier. Vielleicht sitzt er gerade jetzt im Speisesaal und übt, oder er gibt sogar ein Konzert …«, flüsterte ich.

»Ja, das kann man sich sehr gut vorstellen!«, versicherte Judith.

An diesem Abend schrieb ich wie aus dem Handgelenk einen zweiseitigen Brief an Bekka, in dem ich aus der Existenz des Klaviers im Speisesaal mühelos ableitete, dass es Thomas gut ging und Bekka ihn bestimmt wiedersehen würde. Und dies vielleicht sogar bald, konnte ich hinzufügen: »Unsere Nachbarn, die Fränkels, haben gerade heute Post aus England bekommen. Darin stand, dass viele Engländer sich bereits für die Freilassung der Juden aus den Internierungslagern einsetzen. Die Pflegemutter von Jakob Fränkel war sogar selbst bei einem Protestzug dabei!«

Weitere Details der Diskussion, die sich über den Brief aus England in unserem Hausflur entsponnen hatte, schrieb ich Bekka aber lieber nicht.

»Die Engländer haben den Ruf, gerecht und besonnen zu sein«, meinte Papa. »Natürlich werden sie zur Vernunft kommen und merken, wen sie da eingesperrt haben.«

»Falls sie dazu überhaupt noch Gelegenheit haben«, versetzte Herr Fränkel. »Wenn die Deutschen England überfallen, wird es den Juden dort nicht besser gehen als in Deutschland.«

»Ach was! Die englische Zivilgesellschaft funktioniert, unterschiedliche Religionen sind dort ganz normal. Die Engländer werden nicht zulassen, dass Hitler sich an ihren Minderheiten vergreift!«

»Sind Sie da so sicher? Ich glaube, mein Freund, wenn es zu einer deutschen Invasion kommt, werden die Engländer andere Sorgen haben, als die Juden zu schützen.«

»Wir werden sehen«, schaltete sich Onkel Erik ein, »was in Holland und Frankreich passiert.«

Ich rutschte verstohlen auf die nächste Treppenstufe hinunter und riskierte einen Blick. Die drei Männer standen ein Stockwerk tiefer und sahen einander besorgt an. Viele deutsche Juden waren in den letzten Jahren ins neutrale Holland geflohen, auch einige Klassenkameraden von mir. Hieß das etwa, sie waren dort nicht mehr sicher?

Ich verhielt mich still, damit die Erwachsenen nicht meinetwegen das Gespräch unterbrachen. Fränkels besaßen ein Kurzwellenradio, mit dem sie die Nachrichten der BBC empfangen konnten, und meine Eltern gingen oft zum Radiohören hinunter, aber mich nahmen sie dabei nie mit. Warum eigentlich? Wollten sie wirklich nur einen Erwachsenenabend verbringen, wie ich bisher angenommen hatte, oder verbargen sie etwas vor mir?

Ich war mir selbst nicht sicher, ob ich dieses Etwas wissen wollte, aber mit einem Mal hatte ich das Gefühl, um Bekkas willen sehr genau zuhören zu müssen.

Als sich Frau Fränkels entsetzte Stimme erhob, zuckte ich unwillkürlich zusammen. Frau Fränkel klang genau wie damals, als sie verwirrt und weinend im Regen auf dem Dach gestanden hatte.

»Wir müssen Jakob sofort aus England herausholen!«

»Das haben wir doch alles schon besprochen, Anita.« Herr Fränkels Stimme nahm einen ungeduldigen Ton an. »Wenn in London der Krieg ausbricht, geht seine Pflegemutter mit Jakob aufs Land. Sie haben schon vor Monaten ein Pensionszimmer angemietet.«

»Aber seine Pflegeeltern sind doch selbst Juden! Wenn die Deutschen sie auch ...!«

»Dann kommt die andere Familie ins Spiel, das weißt du doch.«

Frau Fränkel verstummte. »Die ... andere Familie?«, fragte Onkel Erik leise.

Herr Fränkel druckste ein wenig herum. »Das ist der Plan«, gab er schließlich kleinlaut zu. »Jakobs Pflegeeltern haben es selbst vorgeschlagen. Der Kleine kann bei nichtjüdischen Bekannten von ihnen unterschlüpfen, wenn es nötig wird. Sie haben drei Kinder und würden Jakob als ihr eigenes ausgeben.«

»Aber das ist doch Wahnsinn!«, rief Onkel Erik ungläubig.

»Natürlich hoffen wir, dass es nicht notwendig sein wird, aber man sollte auf alles vorbereitet sein, meinen Sie nicht?«, verteidigte sich Herr Fränkel.

Ich hörte ein Poltern auf der Treppe, aber kam nicht mehr dazu, in die Wohnung zurückzuhuschen; schon trampelte Onkel Erik an mir vorbei, blass vor Wut. Onkel Erik hatte genug Sorgen wegen Tante Ruth und Evchen, wenigstens Betti hatte er in Sicherheit geglaubt – bis gerade eben. Er war so aufgebracht, dass er mich gar nicht wahrnahm.

»Ja, ist denn die ganze Welt verrückt geworden?«, schrie er, bevor er die Tür heftig hinter sich ins Schloss warf.

Ich hielt den Atem an. Unten scharrte jemand unbehaglich mit dem Schuh.

»Das ist gut möglich«, hörte ich meinen Vater leise sagen.

16

Der zweite Sommer in Shanghai kam mir noch mörderischer vor als der, den wir im Jahr zuvor erlebt hatten. Die heiße, feuchte Luft konnte man kaum atmen, zischend verdampften Regenschauer auf dem Pflaster und Scharen von Moskitos fielen über uns her, die nicht nur lästig waren, sondern Malaria übertragen konnten. Aber lange bevor die »Kleine Hitze« Mitte Juni von der »Großen Hitze« abgelöst wurde, spürte ich, dass sich etwas verändert hatte.

Lag es an all den neuen Sorgen, die in der Luft mitschwangen, dem ungesunden Klima, den Entbehrungen, an allem zusammen? Die meisten Flüchtlinge waren in deutlich schlechterer Verfassung als noch vor einem Jahr. Die Gesichter waren grau, die Wangen zu tiefen Höhlen eingefallen, darüber spannte sich dünne, papierene Haut. Viele hungerten sich von einer kargen Heimspeisung zur nächsten und wenn sie mit ihren Henkeltöpfen in der Schlange vor der Essensausgabe anstanden, sahen sie aus, als sei ihnen alles egal. Es erschreckte mich, denn es gab wohl niemanden unter ihnen, der sich nicht wie wir zuvor unter großen Mühen hierher gerettet hatte.

Den Chinesen erging es noch schlechter. Hatte ich früher für selbstverständlich gehalten, dass die Toten am Straßenrand durch Altersschwäche oder Krankheiten dahingerafft worden waren, so wusste ich es inzwischen besser. Die Einheimischen verhungerten, weil sie im Gegensatz zu uns keinerlei Unterstützung bekamen, sie waren im Winter zu Tausenden erfroren und auch Auseinandersetzungen mit der Besatzungsmacht endeten nicht selten tödlich. Eines Morgens hatte ein Nachbar mit blassem Gesicht an der unteren Kinchow Road gestanden und uns Schüler gezwungen, einen Umweg zur Schule zu nehmen. Später erfuhr ich, warum: Die Köpfe ermordeter Chinesen waren für alle sichtbar an Pfosten aufgespießt worden und der Anblick sollte uns Kindern erspart bleiben.

Seitdem blickte ich mit anderen Augen von unserem Dach. Hinter den Türmen des Ward Road-Gefängnisses, die sich drohend über die Häuser der Nachbarschaft erhoben, mussten sich unbeschreibliche Dinge abspielen. Ein Junge aus meiner Klasse hatte kurze Zeit in einem Haus gegenüber gewohnt und nach der Sache mit den aufgespießten Köpfen erzählt, dass seine Mutter den Vorhang zur Straße nie geöffnet und das Fenster stets geschlossen gehalten hatte. Sonst hätten sie direkt in einen Verhörraum geblickt, in dem Gefangene gefoltert wurden.

»Wir haben es nur zwei Wochen ausgehalten«, sagte mein Klassenkamerad leise. »Jede Nacht musste man die Schreie mit anhören.«

Meine Eltern schienen längst Bescheid gewusst zu haben. Ich erkannte es an den Ausflüchten, in die Papa sich zurückzog, als ich ihn danach fragte. Nur Onkel Erik nahm wie immer kein Blatt vor den Mund.

»Seit letztem Jahr wurden in Shanghai fast dreißigtausend Leichen von der Straße gesammelt«, sagte er grimmig. »Die, die einfach in den Fluss geworfen wurden, sind noch nicht einmal mit eingerechnet.«

»Erik ...«, murmelte Papa warnend.

»Euer Kind hat doch Augen im Kopf. Besser, man weiß, womit man es zu tun hat!«

»Ich will es aber gar nicht wissen!«, rief Papa. »Wer weiß, wie lange wir es hier noch aushalten müssen, und helfen können wir diesen armen Menschen sowieso nicht.«

»Hör dich nur an, Franz! Hättest du so etwas letztes Jahr auch schon gesagt?«

Mein Vater blinzelte irritiert von seiner Nähmaschine auf. Es tat mir weh, sein trauriges Gesicht zu sehen, seinen gebeugten Rücken und die knochigen, schweißglänzenden Schultern, die durch das löchrige Unterhemd stießen. Papa verließ kaum noch dieses kleine Zimmer, in dem sich körbeweise zerschlissene Kleidung türmte. Im feuchten Klima begann Stoff schnell zu schimmeln, wurde dünn und zerriss in den Händen, und obwohl Papa viel Geschick dabei entwickelte, aus zwei kaputten Kleidungsstücken ein tragbares neues zu machen, dauerte das Ausbessern jetzt viel länger, ohne dass er seine Preise erhöhen konnte. Es gab genügend Schneider in der Stadt und keiner konnte sich leisten, Kunden zu verlieren.

Ich bedauerte, die Diskussion überhaupt angestoßen zu haben; am liebsten hätte ich Onkel Erik angefahren, er solle Papa in Ruhe lassen. Er hatte schließlich gut reden! Nachts durchstreifte er gemütlich sein luftiges Fabrikgelände, vormittags schnarchte er ungestört auf dem Dach, um schließlich nach dem Abendessen mit einer späten Fähre wieder zur Arbeit zu fahren. Zwischendurch erledigte er unsere paar Einkäufe auf dem Markt. Onkel Erik sah rosig und gesund aus. Er hatte kein Recht, Papa zurechtzuweisen, bloß weil der keine Kraft mehr hatte für die Sorgen der Chinesen!

Später saßen mein Onkel und ich auf dem Dach, zwischen uns eine der Weihrauchspiralen, die grünlichen Qualm absonderten, um Moskitos fernzuhalten. Mithilfe einiger Pfosten und Matten hatte Onkel Erik einen Sonnen- und Regenschutz errichtet, unter dem man es bei diesen Temperaturen noch am besten aushielt. Familie Hu rollte dort nachts ihre Matten aus, ein Privileg der Hauseigentümer, um das ich sie beneidete. Meine Eltern und ich schwitzten unter Moskitonetzen und jedes Mal, wenn ich mich umdrehte, gab es ein schmatzendes Geräusch, weil ich praktisch an meiner Bambusmatte klebte. Die Benutzung von Laken und Matratzen hatten wir aufgegeben, weil sie binnen kürzester Zeit durchweichten, aber die Gewohnheit vieler chinesischer Familien, im Sommer einfach ihre Liegen draußen aufzustellen, stand für meine Eltern nicht zur Diskussion. Die umliegenden Straßen waren nachts ein großer Campingplatz – Hunderte Chinesen in Pyjamas, ich neidisch am Fenster.

Onkel Erik zündete sich eine Zigarette an. Es erforderte Geduld, weil auch Streichhölzer bei diesem Wetter feucht wurden. Als er es endlich geschafft hatte, erklärte er, der Unterschied zwischen Flüchtlingen und Einheimischen sei der zwischen Hungern und Verhungern. Das müsse nicht so sein, es gebe in dieser Stadt auch viele wohlhabende Chinesen, aber im Gegensatz zur großherzigen Unterstützung, die der *Joint*, die Sassoons und Kadoories den verarmten Juden gewährten, sei Solidarität in der chinesischen Kultur nicht üblich. Man tat nichts für jemanden, der nicht zur eigenen Verwandtschaft gehörte – es sei denn, der andere bezahlte dafür.

»In China mischt sich niemand in fremde Angelegenheiten ein«, erklärte Onkel Erik. »Das schließt Hilfe füreinander praktisch aus.«

»Das macht doch alles noch viel schlimmer!«

»Eben. Aber es ist schwer, Leuten, die in ihren Traditionen leben, unser Denken begreiflich zu machen. Wir können mit gutem Beispiel vorangehen und zeigen, dass es auch anders geht, aber tatsächlich etwas ändern … das müssen sie schon selbst.«

»Wie denn? Die Chinesen und wir haben doch fast nichts miteinander zu tun.«

Onkel Erik sah mich nachdenklich an. »Das ändert sich ja bereits. Immer mehr von uns arbeiten mit Chinesen zusammen. Es sind friedliche, fleißige, höfliche Menschen …«

»Soll das ein Witz sein?«, entfuhr es mir. »Wenn ich schon höre, wie sie den Rotz aus der Nase ziehen! Wenn man nicht rechtzeitig zur Seite springt, landet einem der Schnodder praktisch auf dem Schuh!«

Ich schüttelte mich. Onkel Erik lachte. »Weißt du, dass es für die Chinesen genauso widerlich ist, wenn wir uns in ein Taschentuch schnäuzen, das wir sogar mehrfach benutzen?«

Wie aufs Stichwort flog die Tür auf und Oma Hu erschien auf dem Dach, um einen aufgeregten Redeschwall auf uns loszulassen. »Walkee bottom-side«, drängte sie Onkel Erik, worauf der sich bereitwillig erhob. Wahrscheinlich war bei Hus wieder irgendetwas kaputtgegangen. Seit Hus entdeckt hatten, dass Onkel Erik gelernter Schreiner war, stand er bei ihnen ganz hoch im Kurs.

»Siehst du«, bemerkte er zufrieden. »Es geht voran! Dass eine Chinesin eine Langnase um Hilfe bittet, ist alles andere als selbstverständlich.«

»Einen weißen Teufel«, verbesserte ich, denn der Spitzname der Einheimischen für uns war wohlbekannt. Aber Onkel Erik lächelte nur, verbeugte sich leicht vor Oma Hu und ging hinter ihr die Treppe hinunter.

Am liebsten wäre ich noch länger auf dem Dach geblieben, aber seit einigen Monaten leistete auch ich meinen Beitrag zum Familieneinkommen: Ich trug Papas Aufträge aus. Es war keine schwere Arbeit; in Packpapier gewickelt, passten die Hemden gut in meinen Schulranzen. Dennoch tropfte mir der Schweiß buchstäblich von der Nasenspitze, kaum dass ich die Straßenecke erreicht hatte, und das Baumwolltuch, das jeder im Sommer trug, um Kragen und Kleidung zu schützen, hing mir im Nacken wie ein nasser Lappen.

Ich beschloss, es ruhig angehen zu lassen, und schlenderte ohne Hast auf der schattigen Seite der Straße. Seit ich die Aufträge austrug, hatte ich Hongkou schon recht gut kennengelernt. In der Chusan Road hatten weitere Cafés und Restaurants eröffnet, die fest in der Hand österreichischer Juden waren – unsere Ecke wurde bereits »Little Vienna« genannt. Drinnen saßen die Flüchtlinge bei Kuchen mit »Schlagobers«, lasen Zeitungen, spielten Karten, sangen Heimwehlieder und tauschten die neuesten Nachrichten aus. Mamu, die den weiten Weg zum Krankenhaus satt hatte, hatte versucht, bei »Ollendorf« und im »Café Europa« Arbeit zu finden, doch es war zwecklos. Als Gäste hatten sie nichts gegen uns, aber einstellen wollten die Österreicher uns »Piefkes« nicht.

Einige Straßenzüge weiter, in »Little Berlin«, waren die deutschstämmigen Einwohner mit ihren Antiquariaten und Leihbüchereien in der Überzahl. Ich war ziemlich überrascht, dass an diesem Nachmittag ein Berliner einfach so die Grenze überschritt und sein

Ladenschild in »Little Vienna« anbrachte. Das Schild war geheimnisvoll mit dunkler Pappe verhüllt.

»Heute Abend ist Eröffnung«, rief Herr Simon mir zu. »Sagst du deinen Leuten Bescheid?«

»Mach ich«, versprach ich und blieb stehen. »Was wird denn das überhaupt?«

»Na, ein Café«, sagte Herr Simon stolz. »Und nicht noch ein *Café Vienna*, darauf kannst du Gift nehmen!«

»Dann heißt es bestimmt *Café Berlin*«, riet ich, aber Herr Simon wollte nichts verraten und machte nur ein verschmitztes Gesicht.

Ich schlenderte weiter, vorbei am Wiener Delikatessenladen, an Schuhläden, Schnapsläden und kleinen Geschäften mit chinesischer und europäischer Kleidung. Die Chusan, Wayside und Ward Road hatten vor drei Jahren im Zentrum der japanischen Angriffe gelegen, aber die einstigen Trümmergebiete waren wieder aufgebaut worden und zählten nun zu den beliebtesten Gegenden Hongkous.

Sehr chinesisch ging es vor und in der Markthalle am Ende der Straße zu. *Chinesisch*, das hieß für mich Lärm, Geschrei und Gedränge, und ich schnallte mir die Schultasche mit ihrem kostbaren Inhalt vorsichtshalber vor den Bauch, während ich mich durch die Menge zwängte. Onkel Erik machte es Spaß, hier einzukaufen, aber er überragte die meisten Leute ja auch um einen Kopf. Ich hingegen wurde zwischen Rücken und Bäuchen fast zerdrückt und erhaschte höchstens ab und zu einen Blick in Holzfässer voller Karpfen oder Aale, auf Berge wild durcheinander krabbelnder Krebse oder auf lebende Frösche, Schlangen und Hühner, die in Kisten und Bambuskörben auf ihre Schlachtung warteten.

Ein unbeschreiblicher Gestank umwehte die Fleischstände; ich befürchtete, dass es der Gestank der Angst dieser armen Tiere war.

Den Teil des Marktes, wo traurige Hunde aus ihren Käfigen blickten, mied selbst Onkel Erik. Ein Mann kam mir entgegen, der an einer dünnen, gehäuteten Schlange knabberte, ein Junge nagte, lutschte und knackte an einer Hühnerkralle. Ich war froh, als ich den Markt endlich hinter mir gelassen hatte.

Ganz in der Nähe – in einer kaum zwei Meter breiten Gasse, in der es viele Pfandleiher und Wechselstuben gab, deren Inhaber über klackernde Abakus-Rahmen gebeugt hinter offenen Fensterchen saßen –, hatte ich das erste Paket auszuliefern. Zielstrebig trat ich durch die wie üblich unverschlossene Haustür, durchquerte das Erdgeschoss, gelangte von dort in den ersten und zweiten Hinterhof und stapfte ganz am Ende die Treppe zur bescheidenen Behausung der Familie Erdmann hinauf, wo ich mich mit dem deutlich vernehmbaren Ruf: »Frau Erdmann, die Hemden!« ankündigte.

Es war immer ein wenig unangenehm für mich, unversehens auf einen Klassenkameraden zu stoßen. Dass Hansi ein Erdmann war, hatte ich gar nicht gewusst.

»Meine Mutter ist nicht da«, sagte er statt einer Begrüßung. »Und Geld hat sie auch keins dagelassen.«

Alle Aufträge notierte Papa in einem kleinen Heft, das er mir mit auf den Weg gab. Mehr als zwei, drei Kunden pro Nachmittag waren es zwar nie; ich hätte mir gut merken können, was jeder schuldig war, und war eher in Sorge, das Heft zu verlieren. Aber Papa, der sehr gewissenhaft war, wollte, dass die Leute erkannten, dass alles seine Richtigkeit hatte.

Ich konsultierte das Heft. Einem Kunden den geschuldeten Betrag schwarz auf weiß vor die Nase halten zu können, hieß nicht, dass er ihn anstandslos bezahlte – eine Situation, vor der ich schon mehrmals peinlich berührt gestanden hatte. Aber bei Erdmanns waren immerhin keine alten Schulden vermerkt und ich erklärte:

»Dann musst du hier unterschreiben, dass du die Hemden erhalten hast, und deine Mutter bezahlt beim nächsten Mal.«

»Ich hab aber nichts zu schreiben«, sagte Hansi wie aus der Pistole geschossen.

Stumm hielt ich ihm den Bleistift hin, den ich vorsorglich ebenfalls in der Schultasche hatte.

»Erst mal muss ich sehen, wie die Hemden geworden sind«, verlangte Hansi.

Ich legte das braune Päckchen auf eins der beiden Betten und entnahm ihm die Hemden. Das Packpapier glättete ich sorgfältig und steckte es wieder ein, während Hansi tat, als verstünde er irgendetwas von Nähten.

»In Ordnung«, erklärte er schließlich widerwillig und setzte ein Gekrakel in Papas Heft.

Die nächste Adresse lag in einer Straße, an deren unterem Ende chinesische Medizin verkauft wurde, weiter oben bot ein Laden nach dem anderen Handtaschen und Pelze an. Es ging vorbei an Räucherstäbchenläden und Geschäften mit allem möglichen Zubehör, das man zur Ehrung der Götter und Ahnen einsetzen konnte, und in der nächsten engen Gasse musste man unter wehenden Stoffbahnen praktisch hindurchkriechen. Ich lieferte mein Päckchen aus und wurde bezahlt, worauf ich am Heißwasserstand meinen Becher füllen lassen konnte. Auch einen Lauchpfannkuchen durfte ich mir als Arbeitslohn unterwegs gönnen. Es war üblich, sein eigenes Essgeschirr mitzuführen. Meins baumelte an einer Kordel von meinem Ranzen, und manchmal hatte ich das Gefühl, dass ich Papa ausgerechnet den angenehmsten Teil seiner Arbeit abnahm.

Doch nicht nur die Straßen Hongkous, auch die Behausungen anderer Flüchtlinge waren sehenswert. Einzelne kleine, dunkle

Zimmer wie das der Erdmanns waren am häufigsten anzutreffen, sehr selten gab es Wohnungen wie die der Wangenheims in der North Szechuan Road. Im Norden des Stadtteils, wo sich auch Mamus Arbeitsplatz befand, lebten besonders viele Japaner und meine Abneigung gegen die Besatzer war so groß, dass ich mich kaum dazu bringen konnte, Wangenheims freundlichen Vermieter zu grüßen, der vor seinem Haus auf einem Stuhl saß. Wangenheims taten mir leid, weil sie bei Japanern wohnen mussten; in meinen Augen machte ihre schöne Wohnung diesen Makel kaum wett.

Ihre *sehr* schöne Wohnung. Sie hatten sogar fließendes Wasser! Ich fasste mir ein Herz. »Frau Wangenheim, darf ich wohl bitte Ihre Toilette benutzen?«

Frau Wangenheim zögerte einen langen Augenblick und ich fühlte, wie mir noch wärmer wurde als ohnehin schon und ich innerlich meiner Mutter die bittersten Vorwürfe zu machen begann. Mamu hatte sich im Krankenhaus mit der Angst vor Infektionskrankheiten angesteckt, »Malariacholeraruhrtyphuslepra«, und ihre Besessenheit mit dem Thema *Hygiene* führte dazu, dass ich das Haus nicht verlassen durfte, ohne mich zuvor mit einer klebrigen Salbe einzureiben. Deren einzig spürbare Wirkung allerdings war, dass mich auf Schritt und Tritt ein Brechreiz erregender Gestank begleitete, der auf der Straße nicht weiter auffiel, sich in Wangenheims sauberer Wohnung allerdings noch zu verstärken schien.

»Nötig ist es aber nicht«, trat ich hastig den Rückzug an.

»Ach, lass mal«, sagte Frau Wangenheim wohl mehr zu sich selbst als zu mir und wies mit der Hand auf die Tür zum Bad.

Zu meiner Überraschung kam sie mit hinein. »Das ist die Toilette«, sagte sie und klappte den Deckel auf, als ob ich so etwas noch nie gesehen hätte. »Und hier ist das Waschbecken.«

Sie drehte den Hahn, um zu demonstrieren, wie man das Wasser in Marsch setzte. Als sie einen Schrank öffnete, quollen mir die Augen aus dem Kopf. Der Schrank war voll sauberer Handtücher!

Frau Wangenheim nahm eins heraus und legte es neben das Waschbecken. »Vielleicht«, sagte sie, sich langsam für meinen Wunsch erwärmend, »möchtest du dich ja auch waschen.«

Beinahe erwartete ich, dass sie sagte: *Das hier nennt man Seife.*

»Darf ich …?«, fragte ich beschämt, aber eifrig.

»Aber bitte«, lud Frau Wangenheim mich ein. »Ich mache uns in der Zwischenzeit ein Kännchen Tee!«

Sie zwinkerte mir zu, als hätten wir uns verschworen, und ließ mich allein. Ich stellte meine Schultasche neben die Badewanne und drehte mich einmal um mich selbst, um den Raum in Augenschein zu nehmen. Die sauberen Armaturen, die kaum gesprungenen Kacheln. Vor der Wanne lag sogar ein kleiner Teppich.

Ich atmete tief ein. Ein kleiner Juchzer entschlüpfte mir. Ich hatte den besten Job in ganz Shanghai, so viel stand fest! Rasch ließ ich die Hose herunter und nahm auf dem glatten, angenehm kühlen Toilettensitz Platz, wo ich zum Glück nur kurz befürchten musste, meine Blase spielte vor lauter Aufregung nicht mit.

Ich verlor keine Zeit, obwohl ich gern länger in diesem außergewöhnlichen Raum verweilt hätte, stellte mich auf das Handtuch und schrubbte mich mit kaltem Wasser und Seife. Ein köstlicher Duft nach Zitrone blieb auf meiner Haut, nachdem ich mich mit dem nunmehr nassen Handtuch notdürftig abgetrocknet hatte. Unsere chinesische Seife zu Hause krümelte, anstatt zu schäumen, hinterließ Juckreiz und roch nach Schweißfüßen.

Es tat mir leid, wieder in die verschwitzte Straßenkluft zu steigen, an der noch der verhasste Gestank des Insektenschutzmittels hing. Rasch wischte ich noch ein paar Streifen Seife auf meine Bluse, bevor ich ganz zum Schluss den Boden sorgfältig mit dem Handtuch trocken rieb. Alles blitzte wie zuvor, Frau Wangenheim musste die Einladung nicht bereuen.

»Das Handtuch darfst du behalten«, sagte sie, als ich es ihr zurückgeben wollte, »das Stück Seife auch, wenn du willst.«

Natürlich wollte ich und dankte ihr sehr, und sie und ich taten, als ob sie mir Handtuch und Seife nicht nur deshalb schenkte, weil sie beides nach meiner Benutzung sonst weggeworfen hätte.

Danach tranken wir unser Tässchen Tee und Frau Wangenheim erzählte, was sie gerade im Radio gehört hatte: dass Italien an der Seite Deutschlands in den Krieg eingetreten war.

»Wo soll das bloß enden?«, klagte sie. »Was wird nun aus den armen Flüchtlingen, die in Italien festsitzen?«

Eddy Fichte. Vor meinem inneren Auge stand plötzlich wie ein Gespenst der hilfsbereite junge Mann, den wir in Genua getroffen hatten. Lange hatte ich nicht mehr an ihn gedacht; jetzt fiel mir auch sein Name wieder ein und die mutlose Geste, mit der er seinen Seesack geschultert hatte, während die *Scharnhorst* ohne ihn ablegte.

Mein Tee verlor jäh seinen Geschmack. Ob Eddy Fichte es geschafft hatte, aus Genua herauszukommen? Ich würde es wohl nie erfahren.

Wir erledigten das Geschäftliche. Das nasse Handtuch mit der Seife darin rollte ich in meine Schultasche. Statt Grüße an meine Eltern trug Frau Wangenheim mir auf: »Vergiss nicht, weiterzusagen, dass Italien im Krieg ist.«

Draußen sprach es sich bereits herum. Nur wenige besaßen ein Radio oder das Geld für eine Zeitung und die »Mundorgel« auf der Straße war die beste Methode, Neuigkeiten zu verbreiten. Bis zum Abend würden es alle wissen: Der Fü hatte einen weiteren Verbündeten.

»Jetzt müssen die Amerikaner endlich eingreifen«, war ein Satz, der zur Nachricht dazugehörte, aber später meinte Papa, das sei bestimmt nur ein Wunsch und nicht Teil der Radiomeldung gewesen.

An diesem Abend gab es Gelächter und Beifall, als Herr Simon seine Eingangstafel enthüllte und die Aufschrift *Café Piefke* zum Vorschein kam. Aber kaum hatten die Gäste Platz genommen, schlug die Neuigkeit aus Italien auch schon allen auf die Stimmung. Herr Simon hob zwar hervor, dass es jetzt in der Fremde einen heimischen Ort gebe, an dem man sich bei schlechten Nachrichten besaufen könne, allerdings meinte ein Gast, es könne gar nicht genug Bier geben, wie man in nächster Zeit sicherlich brauchen werde.

Papa warf mir einen besorgten Blick zu. Wahrscheinlich hatte er nicht erwartet, dass es zur Eröffnung eines Cafés etwas anderes geben konnte als Kaffee und Kuchen. »Das bleibt aber unter uns«, sagte er vorsichtshalber, als wir später die Straße zu unserem Haus überquerten. »Deine Mutter reißt mir den Kopf ab, wenn sie erfährt, dass du in einer Kneipe warst.«

»Es ist aber doch ein Café«, wandte ich ein.

»Ab morgen vielleicht«, sagte Papa. »Heute Abend war es eine Kneipe.«

Er und ich vergaßen dabei völlig, dass es in unserer Familie traditionell sowieso nur eine Person gab, der von Mamu der Kopf abgerissen wurde.

Dass es zu Auseinandersetzungen zwischen uns seit Monaten nicht gekommen war, musste an ihrer Abwesenheit gelegen haben. Meine Mutter kam abends so spät von der Arbeit, dass ich meist schon im Bett war und sie erst morgens vor der Schule kurz zu Gesicht bekam. Noch nie war es über so lange Zeit so reibungslos zwischen uns zugegangen. Mein Gespür, worüber Mamu sich aufregen konnte, hatte durch die ganze Harmonie bereits Schaden genommen.

»Sieh mal«, freute ich mich und legte das mittlerweile trockene Stück Seife vor sie auf den Tisch. »Ein Geschenk von Frau Wangenheim.«

Meine Mutter warf einen misstrauischen Blick auf den kleinen gelben Klumpen. »Die ist ja schon gebraucht«, sagte sie streng.

»Ja, klar, von mir«, erwiderte ich überrascht.

»Von dir? Wann?«

Schlagartig ahnte ich, worauf nun alles unaufhaltsam hinauslief. »Frau Wangenheim hat ein richtiges Badezimmer«, erklärte ich wesentlich leiser.

Meine Mutter legte ihr Besteck hin. Wir hoben ihr Abendessen für sie auf, obwohl sie es bei der Heimkehr nur noch kalt verspeisen konnte, aber aus Gründen, die sie nicht verraten hatte, war sie heute früher gekommen und ich hatte noch bei Papa am Tisch gesessen.

»Die Frau hat dich aufgefordert, dich zu waschen?«, fragte sie erschüttert.

Mir war, als hörte ich eine Wanduhr ticken, dabei besaßen wir überhaupt keine.

»Ich glaube, es war anders«, murmelte ich und die Augen meiner Mutter bohrten Löcher in meine Stirn. »Ich glaube, ich habe gefragt«, gestand ich.

»Ziska«, flüsterte sie, »schämst du dich nicht?«

»Doch«, sagte ich und hob die Stimme. »Für die stinkende Salbe, mit der ich mich dauernd einschmieren muss!«

Meine Mutter schob ihren Teller weg. »Jetzt hört mal zu, ihr zwei«, begann Papa.

Weiter kam er nicht. »Stehe ich mir dafür jeden Tag die Beine in den Bauch?«, schrie Mamu. »Wisst ihr eigentlich, wie mein Rücken wehtut? Wie meine Hände aussehen, ist das mal einem von euch aufgefallen? Tag für Tag für Tag rackere ich mich ab, damit wir einen Rest von Würde bewahren, und was macht mein Fräulein Tochter? Bettelt bei fremden Leuten, sich waschen zu dürfen!«

»Na und? Papa tut auch der Rücken weh!«, schrie ich zurück.

Worauf meine Mutter vollends die Fassung verlor und brüllte: »Von früh bis spät stecke ich in einem Spülbecken! Türme von dreckigem Geschirr, die sie neben mir stapeln, bis mir schwindlig wird, Frechheiten und dumme Sprüche, und wenn man mal verschnaufen will, heißt es: Sie stehen herum, Frau Mangold, und der Boden ist noch nicht gewischt!«

Papa streckte beide Arme nach uns aus, als befürchtete er, dass wir aufeinander losgehen könnten.

»Wir müssen alle unseren Anteil leisten. Ich komme aus diesem Kabuff gar nicht erst heraus. Glaubst du etwa, das ist schön?«

»Nein, aber ihr seid wenigstens zusammen«, erwiderte Mamu und begann zu weinen. »Ich bin ja nicht einmal mehr Teil dieser Familie!«

Papa ging um den Tisch herum, um Mamu in den Arm zu nehmen. Ich saß dabei, betreten und erschrocken und mit einem Rest von Wut, den ich auf keinen Fall aufgeben wollte, weil ich sonst auch angefangen hätte zu heulen.

»Du bist der wichtigste Teil der Familie«, schmeichelte Papa. »Das musst du doch wissen.«

Mamu schniefte und schob ihn weg. In Berlin hatte sie nie geheult und wenn es noch so dick für uns gekommen war, aber allmählich hatte sie eine gewisse Übung.

»Eins kann ich euch sagen«, stieß sie hervor. »Gewöhnt euch besser daran, dass ich wieder da bin. Ich habe nämlich im Krankenhaus gekündigt.«

Wir sahen sie groß an. »Italien ist jetzt mit Deutschland verbündet«, sagte Mamu.

»Ja, das wissen wir schon, aber warum …«

»Die halbe Belegschaft des General Hospitals besteht aus Anhängern Mussolinis. Ihr hättet den Jubel hören sollen, der da heute ausgebrochen ist. Ich bin nicht nach Shanghai gegangen, um mir wieder *Sieg Heil!* anhören zu müssen!«

»Das hast du richtig gemacht«, erwiderte Papa, obwohl er noch eine Spur blasser geworden war bei ihren Worten. »Wir finden etwas Besseres für dich.«

»Aber ohne Wasser«, sagte Mamu, und die beiden sahen sich an und mussten lachen. Plötzlich war ich es, die sich fühlte, als würde sie nicht mehr gebraucht.

»Ich muss Hausaufgaben machen«, erklärte ich, obwohl es gar nicht stimmte, und verzog mich in meine Kammer, wo ich eine Weile am Fenster stand und das neue *Café Piefke* beobachtete. Ich sah Fränkels hinüberschlendern und auch einige andere Nachbarn. Österreicher waren nicht darunter.

Wie dumm, dachte ich mürrisch, dass alle so taten, als spielte es am Ende der Welt noch eine Rolle, woher wir gekommen waren! Wir saßen alle in derselben Patsche, und dennoch misstrauten sich Deutschstämmige und Österreicher, wollten Orthodoxe nichts mit Juden zu tun haben, die nicht religiös waren, und auch die russischen und polnischen Einwanderer blieben unter sich und weigerten sich, etwas anderes zu sprechen als das Jiddisch ihrer alten

Schtetl. Selbst in der Flüchtlingsschule standen wir in den Pausen in getrennten Grüppchen, als gehörten wir immer noch zu den Ländern, die uns gar nicht haben wollten.

Am liebsten hätte ich Onkel Victor dazu zur Rede gestellt. Unsere Freundschaft zu Konitzers war eingeschlafen, seit ich nicht mehr mit Mischa zur Schule ging, und ohne sie zu vermissen, dachte ich dennoch ab und zu an die drei. Ich hätte gar nichts dagegen gehabt, Mischa wie Judith noch hin und wieder zu treffen, aber keiner von uns hatte den Vorschlag gemacht, als wir uns am letzten Schultag an der Tramhaltestelle verabschiedet hatten.

»Na dann schöne Winterferien und viel Spaß in der neuen Schule!«

»Dir auch – bis bald?«

Ich hatte die letzte Silbe extra ein wenig gehoben, sodass man meine Antwort als Frage verstehen konnte, aber Mischa hatte es entweder nicht kapiert oder er und seine Eltern hatten die Hoffnung für mich jetzt ebenfalls aufgegeben.

Vielleicht wollte er aber auch nur deshalb nichts mehr mit mir zu tun haben, weil ich ihn daran erinnerte, dass keiner seiner drei Freunde es nach England geschafft hatte. Umgekehrt wäre es bestimmt so gewesen – wenn seine Kandidaten einen Platz auf dem Kindertransport bekommen hätten und Bekka nicht, hätte ich Mischa nie verziehen. Obwohl doch niemand besser verstand als ich, warum er sich auf Mr Tatlers Liste gedrängt hatte.

Ich fühlte etwas wie Ungeduld, als ich an Mischa dachte. Mit ihm war es einfach zu schwierig gewesen – von unseren eigenen Heimlichkeiten bis hin zur komplizierten Beziehung unserer Eltern. Gut, dass es vorbei war! Ich wusste gar nicht, warum ich an diesem Abend überhaupt an Mischa denken musste, während ich am Fenster meiner Kammer stand und mich ausgeschlossen fühlte.

Wenige Tage später marschierten deutsche Soldaten im Triumph über die Champs Elysées und auf den Titelseiten der Zeitungen prangte die balkengroße Überschrift: *Paris ist gefallen!* Frankreich kapitulierte und wurde geteilt – in eine Zone unter deutscher Besatzung und eine zweite unter Verwaltung französischer Faschisten. Deutschland, Russland und Italien nannten sich ab sofort »die Achsenmächte« und der Ehrenname Mussolinis, *Il Duce,* bedeutete auf Italienisch nichts anderes als »der Führer«.

Die Zeit der Passagierdampfer war vorbei, das Mittelmeer nicht mehr passierbar. Für Tante Ruth und Evchen blieb jetzt nur noch der lange, gefährliche Landweg über Russland.

17

Ich muss das am schlechtesten gelaunte Kind bei der Eröffnung der Kadoorie-Schule gewesen sein. Mamu hatte mich an jenem Morgen im November nahezu aus dem Haus schubsen müssen. Die Festreden der Direktorin, des Vertreters der jüdischen Gemeinde und des Stifters, Sir Horace Kadoorie, hatte ich nur mit gereiztem Kribbeln in Lippen und Fingerspitzen überstanden, und bei der feierlichen *Hatikva* pressten sich meine Zähne entschlossen aufeinander. Die *Hatikva* gehörte zur Jewish School, nur dort wollte ich sie singen!

Als wir in Klassen eingeteilt und mit Namen aufgerufen wurden, hingen meine Mundwinkel herab, als hätte ich zu beiden Seiten Gewichte eingeklemmt. Aber das schien nicht jedem aufzufallen. Mein Hinterteil hatte den neuen Stuhl im Klassenzimmer noch nicht einmal angewärmt, als sich jemand mit einem Plumps neben mich fallen ließ, und unter einem so strengen Scheitel, dass er der Besitzerin die Augenwinkel nach oben zog, sah mich ein breites Gesicht eifrig an. »Wollen wir Freundinnen sein?«, fragte das Mädchen atemlos, als habe es gerade ein Rennen um den Platz neben mir gewonnen.

»Wir kennen uns doch gar nicht«, entgegnete ich verdattert.

»Elvi Bauer aus Köln.« Sie schüttelte mir die Hand, es fühlte sich an, als wollte sie etwas aus mir herauspumpen. »Elvi kommt von Elvira, aber dafür kann ich nichts. Meine Mutter heißt auch so, genau wie meine Großmutter und Urgroßmutter, doch meine Tochter wird die Tradition brechen, das schwöre ich dir!«

Erwartungsvoll sah sie mich an. Ich öffnete den Mund: »Ziska Mangold, Berlin-Neukölln.«

»Neu-Köln!«, schrie sie und warf sich zurück, dass die Stuhllehne nur so krachte. »Dann haben wir beide ja schon etwas gemeinsam!«

Mein erster Impuls war, so dicht wie möglich an die äußerste Tischkante zu rücken. Dann dachte ich: Wieso eigentlich …?, und machte mir klar, was soeben passiert war. Zum ersten Mal hatte sich jemand – ganz ohne mein Zutun – offenbar mich als Freundin ausgesucht! Hatte irgendetwas Besonderes in mir gesehen, das anderen bisher entgangen sein musste.

Ich schielte zu meiner Tischnachbarin hinüber. Auf den zweiten Blick wirkte sie nicht halb so kräftig und furchteinflößend, obwohl sie ziemlich raumgreifend über dem gemeinsamen Pult hing. Sie hatte ein Schreibheft aus dem Ranzen genommen und es vor sich gelegt, um es zu beschriften, nun zog sie die Stirn in tiefe Falten und kaute an ihrem Bleistift. Wie wir alle hatte sie ihr Heft aus losen Bögen Papier gebastelt, die sie in der Mitte gefaltet und mit

Zwirn zusammengenäht hatte. Der Griff des Bleistifts war mit tiefen Bissen übersät, als hätte er vorher einem Biber gehört.

»Hier kennt mich ja niemand«, überlegte Elvira. »Ich glaube, ich schreibe mich ab heute mit *w*, was meinst du?«

Sie wartete meine Antwort nicht ab, sondern schrieb in entschlossenen Lettern den Namen ELWI BAUER auf ihr Heft. Dann schob sie es zu mir hinüber. »W ist besser«, stimmte ich zu.

»Na, dann kann es ja losgehen«, meinte Elwi zufrieden und richtete ihre erwartungsvollen Augen von mir auf die junge Lehrerin, die sich als Miss Schmidt vorstellte. Selbstverständlich wurde auch in der Kadoorie-Schule englisch gesprochen, obwohl fast alle Schüler aus Deutschland oder Österreich kamen. Miss Schmidt wickelte ein frisches Stück Kreide aus, schrieb ihren Namen an die neue Tafel und ließ ihn uns im Chor wiederholen.

Als ob irgendjemand in diesem Raum nicht wusste, wie man den Namen Schmidt aussprach! Aber mir war nicht nach Lachen zumute, so wenig freute ich mich auf diese Schule. Ich hatte nicht einmal Erwartungen daran. Alles was ich hatte, war keine Lust mehr auf Neuanfänge.

Doch Elwi dachte nicht daran, das Neue unerforscht zu lassen, und schien überdies automatisch davon auszugehen, dass wir ab sofort jeden Schritt gemeinsam taten. Da ich nicht gewohnt war, Freundschaften zu schließen, hatte ich auch keine Ahnung, wie ich mich wehren sollte. In der Pause zerrte Elwi mich mit, öffnete jede Tür und guckte ungeniert dahinter. Die jüdische Gemeinde hatte unter Mithilfe zahlreicher Flüchtlinge ein Trümmergrundstück in der Kinchow Road wieder aufgebaut. Hinter dem mehrstöckigen Schulhaus lag ein Rasen, an dessen Enden Fußballtore standen, und trotz der winterlichen Kälte schlossen sich sofort zwei Mannschaften zusammen.

Auch Kurt und Dieter spielten mit. Überhaupt war nicht zu übersehen, wie viele Schüler ich bereits aus der Jewish School kannte. Alle fingen an diesem Tag neu an, nicht nur ich, und jeder Einzelne außer mir schien wild entschlossen, es sich hier gut gehen zu lassen.

Meine innere Mauer bröckelte, noch während wir herumschlenderten. Was sprach dagegen, der Kadoorie-Schule nicht wenigstens eine Chance zu geben? Ich kam sowieso nicht aus der Sache heraus, und immerhin gehörte zu den dicken Pluspunkten, dass es nachmittags keinen Unterricht gab. Man konnte sich für verschiedene Freizeitaktivitäten eintragen, doch die Anwesenheitspflicht endete nach dem Mittagessen. Ich würde also genug Zeit haben, meine alten, richtigen Freundschaften zu pflegen!

Doch als ich mich nach dem Essen davonmachen wollte, hielt Elwi mich fest. »Jetzt musst du erst mit zu mir kommen, und dann bringe ich dich nach Hause und sehe, wo du wohnst.«

Konnte es sein, dass sie mich als Freundin ausgesucht hatte, weil ich eine von denen war, die andere bestimmen ließ …? Aber meine Neugier überwog, ohnehin hatte ich nichts Besseres vor. Ich war erstaunt, als Elwi das Ward Road-Heim ansteuerte.

»Seid ihr erst vor Kurzem angekommen?«, fragte ich.

»Nein, aber meine Eltern haben keine Arbeit und hier im Heim gibt es zwei Mahlzeiten am Tag«, sagte Elwi schulterzuckend.

Etwas widerstrebend folgte ich ihr in das Gebäude, vorbei an unserem alten Bettnachbarn Herrn Hamburger, der rauchend im Hof stand und tat, als erkenne er mich nicht mehr. Den Mief und Lärm in den Schlafsälen hatte ich ganz vergessen, und die Unmengen staubiger Klamotten, die an Seilen und Haken von der Decke hingen, sodass man sich fühlte wie in einem großen, ungelüfteten Kleiderschrank.

Herr und Frau Bauer saßen auf ihrem unteren Etagenbett und wirkten eher wie Elwis Großeltern. Ich gab ihnen die Hand, lächelte im matten Licht der Saalglühbirnen in zwei müde, verschattete Gesichter und war froh, als Elwi direkt nach dem Händeschütteln erklärte: »Jetzt hast du alles gesehen, jetzt gehen wir zu dir.«

Unterwegs registrierte sie zufrieden, dass zwischen ihrem und meinem Zuhause der Weg nur kurz, die Voraussetzung für unsere Freundschaft also perfekt war. Hieß das, sie wollte in Zukunft jeden Tag mitkommen …?

Nicht, dass ich es nicht verstand – wenn meine Eltern und ich noch immer in einem dieser scheußlichen Heime lebten, würde auch ich alles versuchen, um wenigstens eine Freundin mit richtiger Wohnung zu finden. Aber dass Elwi so vorfreudig neben mir hereilte, schien mir zunehmend weniger an meiner besonderen persönlichen Ausstrahlung zu liegen.

»Hör mal, Elwi«, sagte ich, »ich habe schon zwei Freundinnen. Eine wohnt im Settlement und die andere in England, aber wenn du willst, können wir *Schul*freundinnen sein.«

Elwi blieb stehen. »Heißt das, ich kann nicht mit zu dir nach Hause?«, fragte sie entsetzt.

»Doch, klar«, beruhigte ich sie rasch. »Aber nicht jeden Tag!«

»In Ordnung«, erwiderte Elwi sofort.

Ich stand kurz davor, ihr die Hand zu reichen, so erfreut war ich über den Erfolg meiner eigenen Diplomatie. Eine weitere Freundin brauchte ich zwar nicht, aber dank Elwi würde ich in der neuen Schule jetzt wenigstens nicht allein herumstehen müssen.

Elwi lächelte, als wollte sie sagen: Wir werden ja sehen.

»Das ging ja schnell«, meinte Papa anerkennend, als ich ihn mit Elwi bekannt machte, und stellte die üblichen Fragen über ihre Familie, während ich uns Tee kochte. Ich hätte Elwi gern das Dach gezeigt, doch es war zu kalt, um sich länger dort aufzuhalten, und ohnehin schien sie bereits beeindruckt genug davon, dass meine Eltern und mein Onkel alle drei Arbeit hatten. Am besten, man führte nicht alles auf einmal vor.

Um unser Wohlergehen ein wenig zu relativieren, erzählte ich Elwi beim Teetrinken, dass mein Vater unbedingt zurück nach Deutschland wollte, und wurde mit einem mitfühlenden Blick belohnt. Elwi und ihre Eltern wollten nach Australien, ein Ziel, auf das immer mehr Flüchtlinge umschwenkten. Die Enttäuschung, dass die Vereinigten Staaten nicht in den Krieg eingriffen, war groß. Australien hingegen hatte von Anfang an an der Seite Englands – an unserer Seite – gestanden.

»Wie lange es wohl noch dauert?«, überlegte ich.

»Entweder sind wir dann schon erwachsen«, meinte Elwi, »oder es geht viel schneller.«

Wir mussten lachen. Man wusste nichts, so viel stand fest – weder, wer wann den Krieg gewinnen würde, noch, ob Elwi und ich für kurze oder längere Zeit Schulfreundinnen sein würden. Gewiss war nur, dass wir alle warteten, dass wir uns irgendwann trennen würden, und dass sich alles, was heute war, jederzeit wieder ändern konnte. Es war, als radierte und schriebe man ständig an den Namen und Orten seines persönlichen *Survival Plans* herum, so wie damals an der Karte in Bekkas Schuh.

Im Sommer 1940 stand Mischa Konitzer bereits nicht mehr auf meinem Plan, dafür – seit nunmehr acht Monaten – der Name Elwi. Kurt und die meisten anderen aus meiner alten Schulweggemeinschaft konnte ich ebenfalls streichen; ich sah sie im Kreis ihrer neuen Klassenkameraden, aber mehr als ein Nicken hatten wir bald nicht mehr füreinander übrig.

Es blieb die wunderbare Judith, zu meiner großen Freude, doch ganz oben stand meine Familie: Mamu, Papa und Onkel Erik. Mit dickem Filzstift, nicht auszuradieren. Ich rechnete nicht damit, einen dieser Namen zu verlieren.

Wenn meine Eltern Onkel Erik je um sein angenehmes Leben in Shanghai beneidet hatten, dann war es damit seit dem Kriegseintritt Italiens vorbei.

»Schön und gut, dass ihr das Geld für die Reise jetzt zusammen habt, aber du erwartest doch nicht, dass die Kleine und ich durch Russland fahren?«, schrieb Tante Ruth. »Russland ist mit Hitler verbündet! Willst du riskieren, dass sie uns aus dem Zug holen? Am besten, wir warten ab und bleiben erst einmal, wo wir sind.«

Meine Mutter ging an die Decke wie eine Rakete. »Das ist wieder mal typisch Ruth!«, platzte es aus ihr heraus. »Überschüttet uns mit Vorwürfen, seit wir in Berlin in den Zug gestiegen sind, und kaum soll sie sich selbst bewegen, macht sie einen Rückzieher!«

Onkel Erik faltete Tante Ruths Brief wortlos zusammen und ging hinaus, zweifellos in Richtung *Café Piefke*, wo sich immer jemand zum Beratschlagen fand.

Mamu standen Tränen in den Augen. »Ich weiß doch auch nicht, was jetzt das Beste wäre. Vielleicht hat Ruth ja Recht. Aber hätte sie es nicht anders ausdrücken können?«

Es gab Kinder in meiner Klasse, die keinerlei Verwandte und Freunde mehr in Deutschland hatten, die weder wussten noch sich dafür interessierten, was in diesem Sommer in Europa vor sich ging. Ihre Eltern hörten keine Nachrichten, lasen keine Zeitungen, sie waren zweifellos die Glücklicheren unter uns. Meine Familie stand immer noch mit einem Fuß im Land des Fü, ob wir wollten oder nicht, und nach Tagen wie diesem wog alles Schlechte, was wir aus Europa erfuhren, um ein Vielfaches schwerer.

Auch um England musste man sich jetzt Sorgen machen. Die Deutschen hatten Jersey, Guernsey und Alderney, die Kanalinseln vor der britischen Küste, besetzt und man fürchtete, dass der Fü eine Seeblockade plante, um England auszuhungern. Die meisten englischen Stadtkinder waren bei Kriegsausbruch aufs Land evakuiert worden, doch sowohl Bekka als auch meine Cousine Betti waren noch in ihren Pflegefamilien.

Bekka schien geradezu belebt von der Gefahr. Deutsche Kanonen schon fast vor der Nase, schrieb sie: »Du solltest diese lustigen Wellblechhütten sehen, die wir jetzt alle im Garten haben! Sie werden in den Boden eingegraben und sehen aus wie Ziegenställe, aber haben vier richtige kleine Etagenbetten. Auf allen Blumenbeeten wächst Gemüse, in allen Fenstern hängen Verdunkelungspappen und kein Kind darf noch ohne Gasmaske auf die Straße. Miss Read (Marge) wird zur Luftschutzhelferin ausgebildet und übt an mir für ihren Erste-Hilfe-Kurs. Die Stimmung im Land ist einfach hervorragend.«

Da Bekka nicht nur ihren Eltern, sondern nun auch ihrem Bruder schreiben musste, war ich froh, dass überhaupt mal wieder ein Brief für mich abgefallen war. Obwohl ich ihre Lage verstand, hatte ich in letzter Zeit ein wenig die Lust am Schreiben verloren – es machte einfach keinen Spaß, wenn man nie Antwort bekam!

Nun machte Bekka es wieder gut, sie legte sogar ein Foto von sich und Betti bei. Aus meiner pummeligen Cousine, der ständig ein Tropfen Rotz an der Nase gehangen hatte, war eine niedliche Siebenjährige mit Zahnlücke geworden, während Bekka in die Kamera blickte wie immer: selbstbewusst und herausfordernd. Über den Schock wegen Thomas' Internierung war sie schon hinweg gewesen, als mein Trostbrief nach langer Reise endlich bei ihr eingetroffen war, nun war sie offenbar in Kampfstimmung.

Meine Hand, die das Foto hielt, wurde schwer vor Kummer. Wie sehr ich sie vermisste!

Auch Onkel Erik standen Tränen in den Augen, als er mir über die Schulter blickte. Im Gegensatz zu Jakobs Pflegeeltern schrieb Bettis Familie so gut wie nie. Was meine Verwandten über ihre Tochter erfuhren, stand fast ausschließlich in den Briefen von Bekka an ihre Eltern; Passagen, die von Tante Ruth Wort für Wort für Onkel Erik abgeschrieben wurden.

»Ziska, könntest du dir vorstellen, mir das Foto zu leihen?«, fragte er leise.

Mein erster Impuls war, das Bild sofort wegzustecken. Dann fühlte ich, wie meine Wangen ganz heiß wurden.

»Natürlich, Onkel Erik«, sagte ich und gab ihm das Foto, ohne einen letzten Blick darauf zu werfen. Nicht, dass es mir gleich wieder leidgetan hätte.

Ich bewegte mich in Onkel Eriks Nähe wie auf Zehenspitzen, keiner von uns wagte Tante Ruths Brief anzusprechen. Wenn Onkel Erik nicht dabei war, redeten wir von nichts anderem.

»Sie wird schon zur Vernunft kommen. Sie darf nicht in Deutschland bleiben, vor allem jetzt, wo ein Luftkrieg droht.«

»Sie fühlt sich eben sicherer mit Liebichs. Ich kann das ja auch verstehen, aber schon um der Kleinen willen kann sie doch nicht einfach dasitzen und abwarten!«

»Dürfen die Juden in Berlin überhaupt in die Luftschutzkeller?«

Etwa eine Woche später kam Onkel Erik morgens von der Arbeit und verkündete noch in der Tür: »Ich fahre nach Berlin. Ich hole sie.«

Bevor Mamu und ich uns von unserem Schreck erholt hatten, antwortete Papa: »Darüber habe ich auch schon nachgedacht.«

Mamu holte tief Luft. »Seid ihr beide noch …«

»Jeder japanische Frachter«, unterbrach Onkel Erik, ohne auf ihren Protest zu achten, »könnte mich nach Wladiwostok oder Dairen mitnehmen, und von dort nehme ich dieselbe Strecke zurück, die ich gekommen bin. Es ist schon versucht worden.«

»Aber nicht bis Berlin! Über die deutsche Grenze kannst du mit deinem Pass auf keinen Fall.«

»Dann treffe ich Ruth eben in Moskau. Von Berlin geht ein Schlafwagen direkt dorthin, das müsste sie alleine schaffen!«

»Schreib ihr«, sagte Papa. »Versuch's.«

Onkel Erik nahm Schreibblock und Stift aus dem Schrank und verzog sich aufs Dach. Kaum war er draußen, zischte Mamu: »Franz, wie kannst du ihn auch noch unterstützen?«

Papa sah sie traurig an. »Es wird sowieso nichts daraus«, sagte er. »Nie und nimmer macht deine Schwester bei diesem verrückten Plan mit. Aber wenn wir uns dagegen stellen, zieht Erik ihn erst recht durch, und zwar ohne uns.«

»Das ist wahr«, murmelte Mamu und sie sahen sich bedrückt an.

»Wenn jemand so etwas schon *versucht* hat«, sagte ich, »heißt das, es hat nicht geklappt?«

Niemand antwortete. »Warum eigentlich nicht?«, fragte ich. »Es hört sich ganz einfach an.«

»Ziska, niemand von uns kann einfach aus- und wieder einreisen«, belehrte mich Papa in einem Ton, der sich weitere Fragen verbat.

»Woher willst du das wissen?«, ließ ich nicht locker.

Meine Eltern taten, als hätte ich nichts gesagt, sie hielten mich aber auch nicht auf, als ich zu Onkel Erik aufs Dach hinaufstieg. Er saß unter dem Baldachin und schrieb seinen Brief. Als er mich kommen sah, hielt er auf eine Weise inne, die mich spüren ließ, dass ich störte, aber plötzlich schien alles ganz selbstverständlich. Es gab keine Zufälle. Ziska Mangold, zur rechten Zeit am rechten Ort.

»Onkel Erik, hat dir jemand gesagt, wie man so etwas macht? Ausreisen und wieder einreisen, meine ich. Zugfahrkarten besorgen, Visa für Russland und solche Sachen?«

Ich setzte mich zu ihm. Onkel Erik sah mich aufmerksam an. »Noch nicht«, sagte er. »Aber ein Kollege in Pudong hat gehört, dass ein anderer Jude seinen Sohn aus Deutschland geholt hat. Er will sich erkundigen, wer das war und wo ich ihn finde.«

»Wenn du ihn nicht findest …«

Ich pulte mit dem Zeigefinger einen Krümel aus dem kleinen Teppich, auf dem wir saßen. »Ich kenne jemanden, der vielleicht auch weiß, was man machen muss«, sagte ich. »Nur für alle Fälle.«

»Jude …?«, fragte Onkel Erik.

Ich schüttelte den Kopf.

»Ich nehme an, es spielt keine Rolle«, erwiderte mein Onkel, »solange es jemand ist, dem man vertrauen kann.«

»Das kann man«, sagte ich. »Bestimmt.«

Die beste Strategie beim Lüften eines Geheimnisses, das besser keins gewesen wäre, ist so zu tun, als wäre es nie eins gewesen. Zu diesem Schluss kam ich nach mehreren Tagen des Erfindens und Verwerfens von Ausreden, die nicht einmal die erste Hürde nahmen: mich selbst zu überzeugen.

»Es bleibt am besten unter uns«, sagte ich zu Onkel Erik. »Wohin wir gehen, darf selbstverständlich jeder wissen, aber ich wäre dir dankbar, wenn du Mamu nicht erzählst, dass du die Idee von mir hast.«

»Keine Sorge«, meinte Onkel Erik. »Ich setze doch nicht das Leben meiner einzigen Nichte aufs Spiel.«

»Am besten, du sagst Papa auch nichts«, fügte ich nach kurzer Überlegung hinzu.

»Klar«, sagte Onkel Erik. »Dann könnte ich es deiner Mutter ja auch gleich selbst sagen.«

In tiefstem Einverständnis bogen wir in die Nanking Road ein und was mir seit Tagen als Sorge im Nacken gesessen hatte, kletterte in Form eines noch halb nervösen, schon halb erleichterten Kicherns in meinen Hals, als wir vor dem Reisebüro standen.

»Hier ist es«, sagte ich, als Onkel Erik nicht automatisch zu begreifen schien.

Mein Onkel trat einen Schritt zurück, las laut: »Deutsches Reisebüro«, und blickte erst das Schaufenster, dann mich ungläubig an.

Ich ging an ihm vorbei durch die Tür, hörte das vertraute Klingeln und spürte mehr, als dass ich sah, wie Onkel Erik sich unwillkürlich nach rechts und links umblickte, bevor er mir folgte. Es war eine Vorsichtsmaßnahme, an die auch ich bisher immer gedacht hatte, und ich weiß nicht, warum ich es ausgerechnet an diesem Tag vergaß. Ich war wohl einfach zu aufgeregt, zu ungeduldig, zu stolz auf mich selbst.

Allerdings nicht lange. »Tun Sie's nicht«, sagte Frau Kepler.

Onkel Erik stand auf. In wohlüberlegten Worten hatte er erklärt, was er vorhatte, und sie hatte zugehört, ohne ihn zu unterbrechen. Dies war ihre Antwort.

»Komm, Ziska«, sagte mein Onkel, aber ich konnte mich nicht rühren vor Enttäuschung.

»Warten Sie«, bat Frau Kepler und legte eine Hand auf den Tisch, als wollte sie die seine festhalten. Onkel Erik blickte stirnrunzelnd auf ihre Hand – und setzte sich wieder hin.

»Ich sage nicht, dass es nicht geht«, fuhr Frau Kepler nach kurzem Zögern fort. »Aber die Angst Ihrer Frau vor der Reise ist berechtigt, Herr Bechstein.«

»Genau deshalb soll sie sie ja auch nicht allein mit dem Kind antreten. Wenn ich die beiden in Moskau treffe und wir dort die Transsibirische Eisenbahn ...«

»Den Plan habe ich verstanden«, unterbrach Frau Kepler. »Aber was, wenn Sie einander verpassen? Sie müssten deutlich vor Ihrer Familie am Treffpunkt ankommen, und alle zusammen deutlich vor dem Transsibirien-Express, damit Sie Ihre gebuchten Plätze wirklich erreichen. Es gibt Truppenbewegungen im ganzen Land, von verlässlichen Fahrplänen für den Personenverkehr kann keine Rede mehr sein.«

»Und wenn ich sie schon vorher, auf der Strecke nach Moskau treffe?«, fragte Onkel Erik. »Gibt es noch den Schlafwagen von Berlin über Kaunas?«

Frau Kepler gab dem dicken Kursbuch, das neben ihr auf dem Schreibtisch lag, einen Schubs. »Hiermit kann man höchstens noch den Ofen befeuern, seit die Sowjets das Baltikum besetzt haben. Das heißt nicht, dass es den Schlafwagen Berlin-Moskau schon nicht mehr gibt. Aber es könnte sein, dass es ihn nicht mehr gibt, bis Sie dort eintreffen.«

»Dann muss ich eben umso schneller los«, erwiderte Onkel Erik und sah ihr fest in die Augen.

Frau Kepler seufzte. »Wissen Sie, wie viele Grenzübergänge das sind – mit Ihrem jüdischen Pass?« Sie beugte sich vor. »Gibt es niemanden, der Ihre Frau nach Moskau bringen könnte?«

»Nein. Und mein jüdischer Pass, wie Sie es nennen, war ein ganz normaler deutscher Pass, bis Ihre Leute mir dieses verdammte J draufgestempelt haben«, sagte Onkel Erik und lief rot an.

Ich hielt den Atem an, als auch über Frau Keplers Gesicht ein

Farbwechsel huschte, der Zorn verriet. »Soso. Und warum sollte ich Ihnen dann helfen, können Sie mir das verraten?«

»Es war meine Idee«, flüsterte ich.

»Ach, Ziska, das weiß ich doch«, sagte Frau Kepler und ihre Schultern sanken.

Onkel Erik machte den Mund auf und setzte an, sich für seinen unhöflichen Ton zu entschuldigen, aber sie schnitt ihm das Wort ab.

»Zusätzlich zu den Zugtickets sind pro Person vierhundert Dollar für die Einwanderung nachzuweisen. Ja, ich weiß, dass Sie das schon wissen, aber haben Sie daran gedacht, dass auch für Sie möglicherweise dieser Betrag hinterlegt werden muss, wenn Sie das Land verlassen? Können Sie überhaupt so viel Geld aufbringen, Herr Bechstein?«

»Ich werde es aufbringen«, erklärte Onkel Erik.

»Na schön.« Frau Kepler schob ein Blatt Papier zu ihm hinüber. »Ich werde mich erkundigen, welche Möglichkeiten es gibt. Schreiben Sie auf, wo ich Sie erreiche. Sie hören von mir.«

Wir standen auf der Straße. Noch vor dem Reisebüro zündete Onkel Erik eine Zigarette an. Ängstlich sah ich zu ihm auf und versuchte an seinem Gesichtsausdruck zu erkennen, ob meine Idee, hierher zu kommen, wenigstens entschuldbar dumm gewesen war.

Endlich sagte er: »Sie scheint entweder nicht zu wissen oder nicht wissen zu wollen, dass es für Juden in Deutschland gefährlicher ist, nichts zu riskieren.«

»Sie kennt sich ziemlich gut aus«, bemerkte ich kleinlaut, bevor mir der Atem stockte.

»Ich bin gespannt«, fuhr Onkel Erik fort, »ob wir wirklich von ihr hören. Glauben tu ich's ja nicht. Sie wird die Adresse wegwerfen und hoffen, dass niemand erfährt, dass zwei Juden sie in ihrem feinen Laden mit unfeinen Sorgen behelligt haben, mit denen sie gewiss nichts …«

Er brach jäh ab und folgte meinem Blick so alarmiert, als erwartete er, dass von der gegenüberliegenden Straßenseite jemand mit einer Pistole auf uns zielte. Aber dort stand nur Judith und sah mich mit versteinertem Blick an.

Meine Gedanken überstürzten sich. Ich hörte kaum, wie Onkel Erik fragte, wer das Mädchen sei, was denn los sei, ob ich ihn nicht vorstellen wolle.

Hinterher fragte ich mich immer wieder, warum ich nicht einfach auf sie zugegangen war. »Judith, stell dir vor, mein Onkel muss zurück nach Deutschland, um seine Familie zu holen!«

Vielleicht hätte die Erklärung gereicht. Judith musste gesehen haben, wie wir im Deutschen Reisebüro verschwunden waren, und das war schlimm genug, aber ich hätte glaubhaft versichern können, dass es aus reiner Not geschehen war. Denn das Entscheidende konnte sie ja nicht ahnen: dass es nicht das erste Mal gewesen war, dass ich Frau Kepler bereits kannte.

Zu spät. Ich hätte wissen müssen, dass Lügen sich schneller auf mein Gesicht malten, als ich denken konnte. Ich stand wie angewurzelt und Judith wandte sich ab und ging.

Drei Tage später waren wir wie üblich zum Laufen verabredet, doch sie erschien nicht, und obwohl ich ahnte, dass sie auch am Kino nicht mehr auftauchen würde, machte ich am folgenden Donnerstag noch einen letzten Versuch. Aber lange wartete ich nicht. Ich wusste, dass ich auch meine zweite beste Freundin verloren hatte. Die wunderbare, außerordentliche Judith, die sich von Anfang an um mich bemüht, die mir in jeder Lebenslage geholfen hatte – aus keinem anderen Grund, als dass ich Jüdin war wie sie.

Meine Trauer war fast noch größer als nach dem Abschied von Bekka. Diesmal, da machte ich mir nichts vor, hatte ich den Verlust meiner Freundin selbst verschuldet.

Zwei Wochen später, während London von den ersten deutschen Bomben getroffen wurde, war das Deutsche Reisebüro in der Nanking Road Schauplatz eines ungewöhnlichen Zusammentreffens. Durch die Tür traten in kleinen Abständen zehn, zwölf sichtlich nervöse Männer, mal allein, mal zu zweit oder dritt, um anschließend hastig wieder zu verschwinden. Weder ihnen noch Frau Kepler war daran gelegen, miteinander gesehen zu werden, aber es gab keine andere Möglichkeit, eine so große Summe Bargeld gefahrlos quer durch Hongkou ins Settlement zu transportieren.

Herr Fränkel war unter Onkel Eriks Unterstützern, Herr Simon vom *Café Piefke* und der Mann von Frau Wangenheim. Selbst Onkel Victor Konitzer betrat mit grimmigem Gesicht diesen Ort, der ihm von Herzen verhasst sein musste, und stand stumm neben dem Schreibtisch, während Frau Kepler sein Geld zählte, es in eine Schatulle einschloss und quittierte. Er kam sogar zwei Mal, weil der Betrag, den er Onkel Erik lieh, so groß war, dass er nicht riskieren wollte, ihn in voller Höhe durch Shanghai zu tragen.

Als Letztes fuhr der Mitarbeiter der japanischen Schifffahrtsgesellschaft vor, der den Empfang von 800 US-Dollar bescheinigte, damit Frau Kepler unverzüglich drei Tickets ausstellen durfte für die dreitägige Überfahrt von Wladiwostok nach Shanghai. Die Fahrkarten waren vorausdatiert auf einen Tag Ende November, aber mit der Möglichkeit, sie kostenfrei für eine andere Verbindung derselben Gesellschaft umtauschen zu können.

Anschließend schüttelte der Japaner meinem Onkel die Hand und erklärte, er verstünde die Schwierigkeiten, die die Juden in

Deutschland hätten, sowieso nicht. Religiöse Diskriminierung sei seinem Volk vollkommen fremd.

Ich stellte mir vor, wie Frau Kepler die drei Schiffskarten oben auf den kleinen Stapel Zugfahrkarten und Transitvisa legte und alles zu meinem Onkel hinüberschob. Ich selbst hatte natürlich nicht mitgehen dürfen ins Reisebüro, nur Papa hatte Onkel Erik begleitet.

Die Reisepapiere lagen in unserem gemeinsamen Zimmer auf dem Tisch und Mamu konnte nicht aufhören zu weinen.

»Versteh mich doch, Margot«, bat Onkel Erik. »Ich werde euch ewig dankbar sein für alles, was ihr getan habt, um mir zu helfen. Aber ich kann doch nicht nur mein Leben retten! Ich muss meine Familie holen, und wenn ich es nicht schaffe, sie hierher zu bringen, dann muss mir eben etwas anderes einfallen.«

»Wir verstehen dich«, sagte Papa gepresst. »Du hättest hier keine ruhige Minute mehr.«

»Wir sehen uns wieder«, versprach Onkel Erik, fasste Mamus Schultern und sah ihr fest in die Augen.

Ich glaubte ihm. Ende November, als das vereinbarte Schiff aus Wladiwostok eintraf, standen wir alle am Kai, um Onkel Erik, Tante Ruth und Evchen in Empfang zu nehmen. Onkel Eriks letzte Nachricht war vom Bahnhof Eydtkau in Litauen gekommen, wo er vor rund sechs Wochen in den Zug aus Berlin hätte steigen sollen, der die beiden bereits an Bord hatte.

»Sie waren noch nicht dabei«, hatte er in hastiger Schrift auf die Postkarte gekritzelt, »sie nehmen wohl den Zug nächste Woche, aber wir haben ja noch reichlich Zeit, bis wir in Moskau sein müssen.«

Wir standen am Kai, fröstelten in der kühlen Winterluft und sahen zu, wie ein Matrose die Ausstiegsrampe des Dampfers nach dem letzten Passagier mit einer Kette zusperrte.

Papa sagte: »Dann haben sie eben auch die Fährverbindung getauscht. So war es ja ausgemacht. Das Ticket kann umgetauscht werden. Vielleicht kommen sie aus Dairen.«

»Kommen wir wieder her, wenn das nächste Schiff eintrifft«, erwiderte Mamu tapfer.

In der Nacht hörte ich sie weinen und mit Papa flüstern, aber mir gegenüber versuchten sich meine Eltern nichts anmerken zu lassen. Als ob ich nicht selber ahnte, dass etwas schief gegangen sein musste! Ich starrte an die Decke, hörte die Kakerlaken an der Wand kratzen und fand keinen Trost in dem Wissen, dass dank Onkel Eriks Verschwiegenheit wenigstens niemand erfahren würde, dass alles meine Schuld war.

Den ganzen Winter gab es keinen Dampfer aus Japan, der nicht von Papa, Mamu oder mir am Kai bereits erwartet wurde. Onkel Erik, Tante Ruth und Evchen kamen nie in Shanghai an.

18

Es könnte schlimmer kommen. Diese Bemerkung hörte man häufig unter den Flüchtlingen in Shanghai, aber je länger wir hier waren, desto seltener wurde der Satz, denn es kam schlimmer und schlimmer, und niemand wollte unter denen sein, die die Katastrophen auch noch herbeiredeten.

Der Shanghaier Teil der Katastrophe begann damit, dass Japan Nordvietnam angriff. Was das für uns bedeuten sollte, war mir zunächst gar nicht klar, denn viel besorgter war die Flüchtlingsgemeinde damals über die Nachrichten aus Europa: die Großangriffe der Luftwaffe auf London und die der Royal Air Force auf Berlin, die Jagd deutscher U-Boote auf britische Handelsschiffe, um England auszuhungern und zur Kapitulation zu zwingen. Währenddessen ließ der Duce seine Truppen in Afrika einmarschieren, was die freie Durchfahrt durch die Meerenge von Gibraltar und den Suez-Kanal gefährdete.

Das Erste, was wir davon bemerkten, war dass der Post- und Frachtverkehr ins Stocken geriet. Selbst die Bewohner des Settlements, die auf europäische und amerikanische Luxusgüter nie hatten verzichten müssen, standen in den Kaufhäusern mit einem Mal vor leeren Regalen – und ich stand vor unserem leeren Postfach. Keine Nachricht von Onkel Erik, Tante Ruth und Evchen, keine Briefe von Bekka oder ihren Eltern. Aus dem Radio konnte man zwar erfahren, wo die Kriegsparteien aufeinandertrafen, aber ob Freunde und Verwandte betroffen waren, wussten wir nicht.

Ich war froh, dass wir wenigstens niemanden in London kannten. Tag und Nacht schickte der Fü seine Bomber in die britische Hauptstadt. Frau Fränkel wandelte wie ein Gespenst durchs Haus und murmelte zusammenhanglos vor sich hin, saß mal auf der Treppe, mal starrte sie reglos von der Dachkante in die Tiefe. Herr Fränkel hatte es aufgegeben, sie davon zu überzeugen, dass Jakobs Londoner Pflegeeltern ihn bestimmt, wie verabredet, in Sicherheit gebracht hatten. Wenn Herr Fränkel von der Arbeit kam, nahm er jetzt direkt Kurs auf *Café Piefke*, wo er bis zur Sperrstunde blieb.

Sie stritten nicht einmal mehr. Nur einmal hörte ich ihn auf dem Dach über mir laut werden. »Dann spring doch endlich!«, schrie er plötzlich und ich kniff die Augen zusammen, hielt mir die Ohren zu und den Atem an, und als ich nach endlosen schwindligen Sekunden wieder zu lauschen wagte, war ich erleichtert, Frau Fränkels lautes Weinen zu hören.

Und dennoch lag alles, was in Europa passierte, in weiter Ferne, bis Ende September eine weitere beunruhigende Botschaft eintraf: Japan hatte ein Bündnis mit Deutschland und Italien geschlossen. Wie alles zusammenhing, begriff ich allerdings erst, als Miss Schmidt eine große Weltkarte in den Klassenraum mitbrachte.

»Das ist das Britische Weltreich«, erklärte sie. »Die Kriegserklärung Englands schloss nicht nur die Kronkolonien in Hongkong, Indien und Malaya mit ein, sondern auch …«

Plopp, plopp, plopp machte es, als sie angefeuchtete gelbe Papierschnipsel an den entsprechenden Stellen auf die Karte klebte.

»… Kanada, Südafrika, Australien und Neuseeland, selbst wenn diese Deutschland den Krieg formell eigenständig erklärt haben. Und nun kommt Italien ins Spiel. Der Duce wittert die Gunst der Stunde, sich die afrikanischen Kolonien der Engländer einzuverleiben. Er hat seine Truppen just in dem Moment in Afrika einmarschieren lassen, als die vereinigten britischen Truppen in Europa praktisch allein gegen die Deutschen kämpften. Zweifellos hat Mussolini mit wenig Widerstand gerechnet, aber da hat er sich getäuscht.«

Mit weiteren leisen Plopps landeten rote Papierschnipsel dort, wo Italien und die Truppen des britischen »Commonwealth« aufeinandertrafen. Aber das war noch nicht alles. Wir standen im Halbkreis um Miss Schmidts Karte herum und konnten buchstäblich zusehen, wie der Krieg, der in Europa begonnen hatte, sich auf den Weg zu uns machte.

»Auch Frankreich – die blauen Schnipsel – ist eine Kolonialmacht. Französische Kolonien findet ihr in West- und Zentralafrika, auch große Teil der Inselwelt des Indischen Ozeans und Ozeaniens gehören dazu. Aber die wichtigsten französischen Kolonien befinden sich hier.«

Plopp, plopp, plopp, sahen wir Indochina unter blauen Schnipseln verschwinden und dem Letzten von uns dämmerte allmählich, was das bedeutete. Shanghai war praktisch umgeben von blauen und gelben Punkten. Wo kein Papier klebte, waren Japan oder die von Japan besetzten Teile Chinas.

»Sind das die Länder, für die sich die Japaner interessieren?«, fragte jemand.

»Ganz genau«, sagte Miss Schmidt. »Von den geschlagenen Franzosen erwarten sie keine Gegenwehr. Die Franzosen haben ein kleines Heer und eine Exilregierung nach Großbritannien gerettet, aber ihre Kolonien können sie nicht mehr schützen.«

Ich beugte mich vor und identifizierte Teile Vietnams, die Philippinen, Neu-Guinea.

»Ein Weltreich«, fuhr Miss Schmidt fort, »braucht immer Versorgungsregionen, um die wachsende Bevölkerung ernähren zu können. Deshalb hat Hitler Osteuropa überfallen, und deshalb will Japan an die Philippinen, Malaya, Indochina und Indonesien heran. Um diese entfernten Versorgungsregionen zu sichern, benötigen die Japaner zusätzliche strategische Stützpunkte im Pazifik, vielleicht in Birma, Neu-Guinea oder auf den Marshall-Inseln.«

»Die Stützpunkte lägen dann aber sehr dicht bei Australien«, wandte ich ein. »Und Australien gehört zum Commonwealth.«

»Ganz genau!«, wiederholte Miss Schmidt und strahlte mich an. »Was meint ihr? Wo würdet ihr Truppen stationieren, um westliche Interessen im Pazifik zu verteidigen?«

Mittlerweile standen alle dicht vor der Karte und riefen durcheinander, als ob es sich um ein Spiel handelte.

»Auf den Philippinen!«

»Nein, Papua-Neuguinea liegt doch direkt gegenüber von Australien!«

»Was ist mit Malaya und Singapur?«

Miss Schmidt trat zufrieden einen Schritt zurück. »Die Franzosen können ihre Kolonien allein nicht mehr verteidigen, aber die Alliierten werden alles tun, damit sie nicht an Japan fallen«, versprach sie. »Davon abgesehen, können die Briten sich nicht leisten, Hongkong oder Singapur zu verlieren. Das wäre ihr Ende als Kolonialmacht.«

»Aber was wird mit Europa, wenn die Briten jetzt auch noch in Asien und Afrika kämpfen müssen?«, fragte ich. »Haben sie denn genug Soldaten für das alles …?«

Miss Schmidt hörte auf zu strahlen. Es wurde still.

»Wir hoffen alle auf Amerika«, sagte sie.

In der Flussbiegung vor der Stadt lag jetzt ein japanischer Zerstörer. Die *Idzumo* musste sich nicht einmal vom Fleck bewegen, um zu demonstrieren, wie sich die Zeiten geändert hatten. Die Engländer hatten nur ein kleines Kanonenboot, die *HMS Peterel*, auf dem Huangpu zurückgelassen, als sie in aller Stille abzogen, um ihre Interessen in Hongkong und Singapur zu verteidigen. Einziges Zeichen, dass unsere einstigen Schutzmächte Shanghai nicht aufgegeben hatten, war ein kleiner Trupp US-Marines, der den immer selbstbewussteren Auftritten der Japaner im Settlement etwas entgegenzusetzen versuchte. Zu ihnen gehörte auch das zweite Kanonenboot auf dem Fluss, die *USS Wake*, amerikanische Zivilisten jedoch waren von ihrer Regierung aufgefordert worden, den Fernen Osten aus Sicherheitsgründen zu verlassen.

Die Kanonen der *Idzumo* waren auf die Stadt gerichtet. Das mochte, wie Papa meinte, einzig der Position des Schiffes gegen den Strom geschuldet sein, aber ganz sicher war er wohl nicht. Wann immer irgendwo ein Schuss knallte, und das kam jetzt auffallend häufig vor, zuckte er nicht weniger erschrocken zusammen als Mamu und ich.

Eine merkwürdige Stimmung hatte das Settlement erfasst. Was ich im ersten Jahr als so wohltuend empfunden hatte – das völlig selbstverständliche Gemisch von Menschen verschiedenster Nationen –, trug jetzt nur noch dazu bei, dass keiner mehr wusste, woran er war. Man blickte in wachsame, misstrauische Gesichter und in den Hafenkneipen kam es jede Nacht zu blutigen Schlägereien. Auf der Garden Bridge wurden Elwi und ich eines Nachmittags Zeugen, wie sich der japanische und britische Posten auf ihre vorgeschriebenen dreißig Meter Entfernung anbrüllten und mit gezogener Waffe bedrohten.

Bisher hatten die einen immer so getan, als seien die anderen gar nicht da, und die blankliegenden Nerven der Soldaten trugen zu meinem mulmigen Gefühl bei, dass ein einziges Streichholz in diesen Wochen ausreichen konnte, um die Stadt in Brand zu stecken. Die ganze Welt war verrückt geworden, wie Onkel Erik vorhergesagt hatte. Es war, als rollte eine riesige Welle auf uns zu – von allen Seiten.

Das erste Todesopfer des Krieges, das wir persönlich gekannt hatten, war Evelyn Tatler. Ausgerechnet Mrs Tatler, die geholfen hatte, Bekka und Betti bei ihren Verwandten unterzubringen, gehörte zu den über fünfhundert Zivilisten, die im November bei den Luftangriffen auf die Stadt Coventry ums Leben kamen.

Mit zitternden Händen hatte ich Bekkas Briefe noch vor dem Postfach aufgerissen. Sie datierten von September bis November und es waren die ersten Nachrichten, die wir seit Monaten erhielten. Eigentlich waren die Briefe an Bekkas Mutter gerichtet, aber mit klopfendem Herzen ließ ich meine Augen über die Seiten fliegen auf der Suche nach den Namen meiner Verwandten.

Nichts. Natürlich nicht. Selbst wenn Liebichs etwas von Tante Ruth wussten, wäre der Umweg über Shanghai ihre einzige Möglichkeit gewesen, es Bekka mitzuteilen. Aus Berlin war jedoch an diesem Tag, als endlich wieder Post ankam, kein einziger Brief dabei.

Dafür las ich: »Liebe Mami, Betti und mir geht es gut, aber die arme liebe Mrs Tatler ist tot und ihre Eltern auch. Niemand an ihrer Straßenecke hat überlebt.«

»Können Sie mir das erklären?«, fragte Mr Tatler meinen Vater, ohne uns ins Haus zu bitten. Er sah aus, als hätte er seit Wochen nicht geschlafen. »Wir haben Ihnen geholfen, und jetzt sind Sie und die Kinder in Sicherheit und meine Frau ist tot, umgebracht von den Deutschen. Wo ist da die Gerechtigkeit?«

»Ich bin sicher«, sagte Papa leise, »alles Gute, was Ihre Frau getan hat, wird ihr von Gott vergolten werden.«

»Kommen Sie mir nicht mit dem Quatsch«, erwiderte Mr Tatler verbittert. »Wenn ich nicht schon wüsste, dass es keinen Gott gibt, dann wüsste ich es spätestens jetzt.«

Er wandte sich ab und ging zurück ins Haus.

Auf dem Heimweg versuchte mir Papa zu erklären, dass wir bloß den falschen Zeitpunkt erwischt hatten; Mr Tatler befinde sich in der zornigen Phase seiner Trauer und wenn wir in ein paar Wochen noch einmal hingingen, würde er uns bestimmt anders empfangen. Aber mein Vater sah nicht aus, als ob er selbst daran glaubte.

Ich versuchte mich an Mrs Tatler zu erinnern, doch ihr Gesicht war bereits verblasst, obwohl sie auf der *Scharnhorst* wochenlang neben mir am Tisch gesessen hatte. Mittelbraune Löckchen hatte sie gehabt, die während der Fahrt durch den Indischen Ozean von der Sonne ausgebleicht worden waren, aber viel mehr stand mir nicht mehr vor Augen. Es war ihr Mann gewesen, der das Wort geführt hatte, und *Mr Tatlers Liste*, obwohl Mrs Tatler wahrscheinlich sogar mehr getan hatte als er.

Mein Herz wurde schwer, innerlich bat ich Mrs Tatler um Verzeihung, dass ich ihr Gesicht vergessen hatte. Und ich hoffte, dass sie im Gegensatz zu ihrem Mann wusste, dass wir keine Schuld an ihrem Tod trugen.

An diesem Abend steckte ich Bekkas Briefe in einen großen Umschlag und legte zwei dicht beschriebene Seiten bei, auf denen ich berichtete, was in der Zwischenzeit bei uns geschehen war. Ich entschuldigte mich, dass meine Eltern und ich ihre Post gelesen hatten, und fügte hinzu, dass sie unsere Sorge um Onkel Erik und die anderen jedoch bestimmt verstehen könne. Schließlich hatte sie in jedem ihrer Briefe selbst geschrieben: »Mami, ich werde verrückt, wenn ich nicht bald Post von euch bekomme und weiß, dass es euch gut geht.«

Ich klebte den Umschlag zu. Um Strom zu sparen, saßen wir bei Kerzenschein um den Tisch, und während ich im flackernden Licht Bekkas Namen auf den Umschlag schrieb, spürte ich plötzlich, wie eine Flut von Tränen in mir aufwallte. Ich wollte ihr nicht mehr schreiben, ich wollte mit ihr reden, ihre Stimme hören! Seit zwei Jahren hatten wir einander nicht mehr gesehen und mit einem Mal hatte ich das alles so satt, dass mir beinahe schlecht wurde.

Zumal Bekka meinen Namen in ihren Briefen nicht ein einziges Mal erwähnt hatte. Konnte es sein, dass auch mein Gesicht bereits verblasste, dass sie nach all der Zeit anfing, mich zu vergessen? Ich konnte nur hoffen, dass, da auch meine Post vermutlich nicht bei ihr angekommen war, es einfach nichts gegeben hatte, was sie ihren Eltern über mich hätte berichten können.

Die Zeiten, in denen ich mich länger im Settlement aufgehalten hatte als irgend nötig, waren vorbei. Überall machten sich Japaner breit und zeigten, wer die neuen Herren in der Stadt waren; deutsche Nazis schritten selbstbewusst mitten auf dem Bürgersteig und zwangen Passanten, ihnen auszuweichen. Der Public Garden erinnerte mich an Judith, das Reisebüro an meine vermissten Verwandten und die Fahnen am deutschen Konsulat wehten wieder bedrohlicher, seit der Fü und seine Verbündeten uns ein Stück näher gerückt waren.

Nachdem ich Bekkas Umschlag zur Post gebracht hatte, schaute ich dennoch bei Frau Kepler vorbei. Diese sprang auf, als sie mich sah.

»Habt ihr etwas gehört?«, empfing sie mich.

Ich schüttelte den Kopf und sah Enttäuschung und Sorge auf ihrem Gesicht. Noch nie hatte Frau Kepler einen Reisenden unterwegs verloren. Bei Papas und meinem letzten Besuch im Dezember hatte sie uns noch einmal genau erklärt, welche Visa und Bescheinigungen sie Onkel Erik mit auf den Weg gegeben hatte und bis wohin er mit dem jeweiligen Papier gekommen wäre.

»Von Eydtkau in Litauen ist man schnell in Moskau.« Frau Keplers Zeigefinger war beinahe vorwurfsvoll über die Weltkarte gefahren. »Von dort geht es nach Tschita, wo man in die Ostchinesische Eisenbahn nach Harbin in der nördlichen Mandschurei umsteigt. Der Zug geht bis Wladiwostok und von dort fahren die Schiffe über Kobe oder Yokohama in nur drei Tagen nach Shanghai. Nachdem Ihr Schwager es bis Litauen geschafft hatte, hätte es kein Problem sein dürfen, auch wieder zurückzukommen. Die ganze Familie hatte gültige Transitvisa für Lettland, Litauen, die Sowjetunion, die Mandschurei und Japan.«

Mit angehaltenem Atem sah ich mich dem riesigen Gebiet gegenüber, in dem meine Verwandten verschwunden waren. Der Weg, den mein Onkel zurückgelegt hatte, bis sich seine Spur verlor, umfasste beinahe die halbe Weltkarte.

»Ich fürchte«, sagte Papa leise, »sie haben einander schon ganz am Anfang verpasst. Meine Schwägerin und die Kleine sind vielleicht gar nicht in Eydtkau angekommen und dann wird er ... hoffentlich nicht ... versucht haben, nach Berlin zu gelangen. Vielleicht haben sie nicht einmal rechtzeitig die Nachricht erhalten, dass sie losfahren sollten.«

»Da kann ich Sie beruhigen. Meine Kollegin in Berlin hat bestätigt, dass die Fahrkarten nach Moskau abgeholt worden sind, auch die Ausreisepapiere waren in Ordnung. Warum sollten die beiden danach nicht in Eydtkau angekommen sein? Ich habe mich erkundigt, ob eins der Papiere, die ich für Ihren Schwager besorgt hatte, im Moment, als er es brauchte, nicht mehr auf dem letzten Stand war, aber dem ist nicht so. Jede Woche kommen Leute hier an, die dieselbe Route mit denselben Papieren nehmen. Ich habe keinen Fehler gemacht.«

»Das hat auch niemand unterstellt«, versicherte mein Vater. »Und wenn, wie Sie sagen, Leute immer noch über diese Route kommen, sollte ich vielleicht versuchen, Kontakt zu ihnen aufzunehmen. Womöglich hat jemand meinen Schwager gesehen.«

»Das kann durchaus sein.« Frau Keplers Gesicht hellte sich auf. »Versuchen Sie es – und lassen Sie mich wissen, was Sie herausbekommen!«

Seitdem war mein Vater in jeder freien Stunde unterwegs, um Juden zu finden, die in den letzten Monaten über Russland geflüchtet waren. Es waren Hunderte, darunter eine ganze *Yeshiva* aus Litauen, der ein Konsul in Kaunus unmittelbar vor der Schließung der niederländischen Vertretung noch Transitvisa für die

Kolonie Curaçao ausgestellt hatte. Die Japaner hatten die Talmudstudenten stattdessen nach Shanghai abgeschoben.

Doch niemand von ihnen erinnerte sich, unsere Verwandten gesehen zu haben. Mittlerweile vermutete Frau Kepler, dass Onkel Erik oder Tante Ruth auf der Reise die Papiere gestohlen worden waren. Transitvisa waren das Kostbarste, was man in diesen Zeiten besitzen konnte, und während Frau Kepler sie ein weiteres Mal aufzählte, entfuhr ihr plötzlich: »Dieser verdammte Krieg! Mein Wissen, meine Erfahrung, meine Kontakte ... alles nichts mehr wert.«

Als ob der Krieg allein dem Ziele diente, den Inhabern von Reisebüros das Leben schwer zu machen. Ich sah verlegen weg.

Frau Kepler hatte bei meinem Eintreffen Teewasser aufgesetzt, nun nahm sie die beiden Tassen und wir setzten uns an den kleinen Tisch unter der Weltkarte. Es war das erste Mal, dass sie sich zu mir setzte. Zögernd sagte ich: »Vielleicht haben meinem Onkel alle seine Visa einfach nichts mehr genützt, mit dem J im Pass.«

»Visum ist Visum«, meinte Frau Kepler. »Zeig einem Beamten ein Papier mit Unterschrift und er fängt gar nicht erst an zu denken. Das ist auf der ganzen Welt so. Was immer passiert ist, lag gewiss nicht daran, dass ein Kontrolleur ein Visum ignoriert hat. Und warum sollte er auch? Hitler will euch loswerden, nicht umbringen. Jedes Land, das euch aufnimmt, ist ihm recht, solange ihr euer Vermögen in Deutschland lasst. Unglücklicherweise wollen die anderen Länder euch auch nicht, zumindest nicht unter diesen Umständen. Wenn ihr am Aufnahmeort für euch selber sorgen könntet, wäre es vielleicht etwas anderes, aber verarmte Flüchtlinge lädt sich niemand auf – der große Denkfehler in Hitlers Plan, wenn du mich fragst.«

Ich hatte nicht gefragt, und schon begann ich mich in die Zeit zurückzuwünschen, in der sie den Mund gehalten hatte. War ihr eigentlich klar, dass sie gerade von *mir* sprach?

»Der Madagaskar-Plan liegt ja nun leider auf Eis«, fuhr sie unbeeindruckt fort. »Es würde Jahre dauern, viereinhalb Millionen von euch in ein eigenes Land umzusiedeln, aber es wäre immerhin eine Lösung, mit der alle leben könnten.«

Unwillkürlich hob ich den Kopf zur Weltkarte. Wie der Zufall es wollte, saß ich direkt auf Höhe der Insel vor der afrikanischen Küste, die die Planer des Fü für die Auswanderung der Juden vorgesehen hatten. Die Franzosen, zu deren Kolonien Madagaskar gehörte, waren nicht mehr in der Lage, Einwände zu erheben, stattdessen standen nun die Briten im Weg – an Land und auf See.

Frau Kepler folgte meinem Blick. »Yünnan war auch lange im Gespräch«, bemerkte sie. »Das hat der Jüdische Weltkongress selbst verworfen, obwohl es sogar einen reichen Juden gab, der eine Kolonie von einhunderttausend von euch finanzieren wollte.«

»Yünnan?« Davon hatte ich noch nicht gehört. »Wo liegt denn das?«

Wir standen auf und Frau Kepler zeigte mir einen Streifen Land im Südwesten Chinas. »Von Shanghai aus wäre es gar nicht weit gewesen«, meinte sie. »Du und deine Eltern hättet sozusagen unter den Pionieren sein können.«

Mit gemischten Gefühlen betrachtete ich das kleine Fleckchen Erde. »Schlimmer als Hongkou wäre es wohl nicht gewesen«, meinte ich schließlich. »Haben Sie einen Prospekt?«

Frau Kepler lachte auf. »Du bringst mich direkt auf eine Idee«, meinte sie. »Wer weiß, was als Nächstes kommt! Man sollte vielleicht vorbereitet sein auf eine Reisewelle.«

Wir setzten uns wieder. Mit einem Mal war sie wie ausgewechselt. »Meine Schulfreundin war auch Jüdin«, erzählte sie. »Olga Lupinski. Herrje, das ist vierzig Jahre her. Ich möchte wissen …« Sie brach ab und pustete in ihre Tasse, als wollte sie den Gedanken, was aus ihrer Freundin geworden war, doch lieber nicht weiterspinnen.

Dann sagte sie: »Es spielte damals überhaupt keine Rolle. Ich weiß gar nicht, wie oft ich freitags bei ihnen war und den Schabbat mitgefeiert habe. An Gott glaubte ich nicht, aber die Freitagabende waren schön.«

»Ich war auch oft bei meiner Freundin zum Schabbat«, erwiderte ich.

»Ja, habt ihr denn zu Hause nicht …?«

»Nein, wir sind alle evangelisch.«

Frau Kepler sah mich zweifelnd an. »Dachten wir zumindest«, räumte ich ein. »Aber meine Urgroßeltern waren jüdisch und deshalb hat der Fü bestimmt …«

Ich verstummte, als ich merkte, dass ich *der Fü* gesagt hatte, aber Frau Kepler schien es gar nicht gehört zu haben. Sie trank ihre Tasse aus und meinte: »Dann werde ich mal weiterarbeiten«, obwohl ihr und mir klar war, dass es nichts zu arbeiten gab.

Plötzlich ärgerte ich mich doch. »Mein Vater will übrigens weder nach Madagaskar noch nach Yünnan noch nach Amerika«, bemerkte ich. »Wenn der Fü weg ist, gehen wir zurück nach Deutschland.«

Und diesmal sprach ich den Namen des Fü so deutlich aus, dass sie es nicht überhören konnte. Es war ein gutes Gefühl.

»Für uns«, legte ich nach und schlüpfte in meinen Mantel, »brauchen Sie also keine Prospekte. Zu Hause kennen wir uns schließlich aus.«

An meinem zehnten, dem letzten »Berliner Geburtstag« hätte ich mir nie träumen lassen, wie ich meine nächsten Ehrentage feiern würde: in einem fremden Land, mit völlig neuen Menschen um mich herum und nicht nur »im Krieg«, sondern in einem ganz anderen Krieg als dem, den alle erlebten, die ich früher gekannt hatte.

Doch schon an meinem 13. Geburtstag musste ich nach dem Aufwachen meinen Kopf sehr anstrengen, um mich überhaupt zu erinnern. An den Duft von Kakao, der mich in Berlin geweckt hätte, an die festliche Musik vom Grammophon und den kleinen Kuchen mit der richtigen Anzahl Kerzen auf dem Frühstückstisch. Vor meinem Teller hätten Päckchen gelegen und wenn ich aus der Schule kam, würde das Wohnzimmer schon geschmückt sein. Wie jedes Jahr würde ich, bevor die Geburtstagsgäste eintrafen, vor Aufregung kaum mein Mittagessen herunterbringen und mindestens zwei Mal nachzählen, ob auch wirklich für jeden Gast ein kleines Geschenk vorhanden war.

An meinem 13. Geburtstag lag ich im Bett und wusste nicht, was ich mit größerem Erstaunen betrachten sollte: mein früheres Leben oder das jetzige. Statt des Dufts von Kakao stach mir der zum Niesen reizende Geruch von Kohlestaubbriketts in die Nase, da meine Mutter im Treppenhaus bereits unser Waschwasser erhitzte und mit Kaliumpermanganat desinfizierte. Statt klassischer Musik sang Herr Fränkel im Zimmer unter meinem mit jammernder Stimme seine Morgengebete, und als ich mich endlich entschließen konnte, einen Fuß auf den eiskalten Boden zu setzen, stoben Dutzende Kakerlaken die Wände hinauf wie Eisenteilchen in einem Magnetismus-Experiment.

Es ist schwer, die Zähne zu putzen, wenn das Gebiss vor Kälte gegen die Bürste klappert. Mamu strich mit eisiger Hand über meine Wange und intonierte die ersten Takte von *Happy Birthday*; Papa, der diese Woche an der Reihe war, den Toilettenkübel vors

Haus zu bringen, wusch sich erst einmal gründlich, bevor er mich küsste und mir gratulierte. Der Wind, der durch die Fensterritzen blies, wehte mein Nachthemd fast von selbst über den Kopf.

»Hast du beim Heraufkommen eine Katze eingesperrt, Franz?«, fragte Mamu, nachdem wir uns an den Tisch gesetzt, meine Geburtstagskerze angezündet und unser Stück Brot zu knabbern begonnen hatten, das hauchdünn mit Marmelade bestrichen war.

Wir lauschten. Tatsächlich, aus dem Treppenhaus klang leises Jammern, gleich darauf hörten wir eine Wohnungstür ins Schloss fallen und die laute, entsetzte Stimme von Herrn Fränkel: »Nein! Nein! Bist du wahnsinnig? Bring das zurück!«

»Hände weg!«, kreischte Frau Fränkel. »Fass sie nicht an!«

Stühle polterten, es klang, als verfolgten sie einander um den Tisch. Meine Mutter und ich starrten uns betreten an. »Also, so geht das nicht weiter«, erklärte Papa und stand auf.

»Vorsicht, Franz, misch dich nicht ein!«, warnte Mamu, bevor sie ebenfalls aufsprang und hinter Papa hereilte.

Na wunderbar, dachte ich enttäuscht. Nun verdarben diese Nervensägen aus dem ersten Stock auch noch das bisschen Geburtstagsfeier, das mir geblieben war! Widerstrebend folgte ich meinen Eltern vor die Tür.

»Ach du großer Gott«, hörte ich Papa auf der Treppe sagen.

Herr Fränkel stand im Treppenhaus, eine zusammengerollte Bambusmatte im Arm. Seine Frau hatte er in der Wohnung eingesperrt, der Schlüssel steckte im Schloss und man hörte sie brüllend von innen gegen die Tür schlagen. Wir waren einiges von den beiden gewohnt, aber Frau Fränkels Radau trommelte selbst Hus aus ihrer Wohnung. Wie immer bildeten Herr Hu und Oma Hu die Vorhut und der Rest der Familie drängte sich zurückhaltend im Eingang.

»Es lebt noch«, sagte Herr Fränkel ratlos und hielt Papa die Bambusmatte hin.

Herr Hu und Oma Hu begannen gleichzeitig zu reden, ein schriller Klang, der das bis eben noch leise Katzenjammern zur vollen Entfaltung brachte. Aus Leibeskräften zeterte es aus der Bambusmatte. Mir klappte der Mund auf, als ich endlich verstand.

Meine Mutter nahm Herrn Fränkel das Bündel ab, während Oma Hu energisch nach vorn drängte. »Finishee!«, erklärte sie streng und streckte die Arme aus, aber Mamu reckte das brüllende Bündel nicht weniger entschlossen in die Höhe.

»Und wie es noch lebt«, meinte sie grimmig. »Ein kleines Mädchen, das jemand einfach auf die Straße geworfen hat!«

Mir verschlug es die Sprache. Plötzlich fiel mir ein, dass ich manchmal, wenn ich am Straßenrand eins der kleinsten Bündel auf seine Abholung warten sah, dachte: Komisch, wenn man näher herangeht, hört es sich an, als ob es noch Töne von sich gibt …

Aber natürlich ging ich nie näher heran, im Gegenteil. Hätte ich es getan, hätte ich möglicherweise auch jemanden retten können …

Mir wurde schlecht. Ich setzte mich auf die nächstbeste Treppenstufe. »No can do!«, erklärte Oma Hu und versuchte Mamu das Baby abzunehmen.

Um was zu tun? Es wieder an den Straßenrand zu legen? Kurz entschlossen trat Mamu einen Schritt zurück, drehte den Schlüssel im Schloss und entließ Frau Fränkel ins Treppenhaus. Wie eine Löwin sprang unsere Nachbarin aus der Tür und riss das Bündel an sich.

Hus prallten zurück. Keiner von uns hatte geahnt, wie viel Kraft in der armen Frau Fränkel steckte, und niemand wagte das Baby noch anzurühren, nachdem sie mit einer zärtlichen Geste die Decke zurückgeschlagen hatte, um dem Kind ins Gesicht zu sehen.

»Gerda«, flüsterte sie. »Da bist du ja!«

»Wir können es doch nicht einfach behalten«, sagte Herr Fränkel hilflos.

»Ich glaube kaum, dass jemand danach fragen wird«, meinte Papa.

Nun wagte auch ich mich die Treppenstufen hinunter und schob mich zwischen meine Eltern. Das Baby hatte pechschwarze Haare, auch das Gesichtchen war ganz dunkel. Durch den weit aufgerissenen Mund konnte man an der kleinen rosa Zunge vorbei bis in den Hals gucken, wo das winzige Zäpfchen vor Empörung vibrierte. Der Gestank, der aus der Matte aufstieg, brachte fast mein Frühstück wieder zum Vorschein, aber Frau Fränkel schien sich nicht im Geringsten daran zu stören.

»Keine vierundzwanzig Stunden alt«, vermutete Mamu.

»Was ist heute für ein Tag?«, fragte Frau Fränkel.

»Der 26. Januar«, sagte ich. »Mein Geburtstag.«

Binnen weniger Tage besaß die kleine Gerda Fränkel einen Kinderwagen, Strampelanzüge, Windeln und einen Teddybären. Die Frauen der Nachbarschaft gaben sich die Klinke in die Hand, Deutsche wie Österreicherinnen sammelten Milchflaschen, strickten Lätzchen und winzige Pullover. Jeder wollte einen Blick in den Kinderwagen werfen, wenn das Findelkind aus der Chusan Road ausgefahren wurde.

Gerda spielte mit, so gut sie konnte. Zum ersten Mal verstand ich, warum man China als das Land des Lächelns bezeichnete. Selbst Hus grüßten nach einigen Wochen wieder und schienen sich damit abzufinden, dass wir »weißen Teufel« unsere Nasen eben überall hineinstecken mussten.

Zumal sie das kleine Wunder, das Gerda bewirkte, nicht übersehen konnten: Frau Fränkels Blick wurde klar, ihr Mann kam wieder gern nach Hause, und wenn etwas durch die dünnen Wände der Nachbarwohnung drang, dann war es jetzt das Lachen und Weinen von Gerda oder eine Melodie, die ihre Mutter ihr vorsang.

Es war unser dritter bitterkalter Winter in Shanghai. Heizungen gab es nicht, Waschwasser gefror, sodass viele aufs Waschen einfach verzichteten. Lebensmittel waren rationiert, Strom begrenzt auf zwei Kilowattstunden pro Haushalt für den ganzen Monat. Es reichte für eine matte 15-Watt-Glühbirne in Papas Arbeitsraum, ansonsten beleuchteten und wärmten wir unsere Zimmer ausschließlich mit Kerzen. Jeder kleinste Stummel wurde aufgehoben, eingeschmolzen und wieder verwendet, aber so viele Kerzen wir auch aufstellten, Wärme entstand nicht. Die Fenster im ganzen Haus waren außen wie innen mit einer zentimeterdicken Eisschicht bedeckt und wir konnten nur hoffen, dass die dünnen Scheiben hielten.

Vor allem Papa tat mir leid, der mit blau gefrorenen Händen zu nähen versuchte, seine Bettdecke über den Schultern. Manchmal hörte ich ihn nachts im Zimmer umhergehen, um einen der hartnäckigen Hustenanfälle loszuwerden, die ihn seit einer Erkältung zu Beginn des Winters plagten. Der Arzt hatte lediglich schulterzuckend gesagt, Papa hätte eben früher kommen müssen, jetzt könne er nur noch Tee trinken und aufs Frühjahr warten.

In diesem Winter wurde die Kadoorie-Schule zum einzigen schönen Ort. Die Schulleiterin, Mrs Hartwich, ließ sich einiges einfallen, um vor allem denen, die in den Heimen lebten, ein zweites Zuhause zu bieten. Elwi war in allen Nachmittagsgruppen der Schule bis auf den Fußballclub. Sie sang, sie spielte Theater, sie malte und töpferte und spielte Pingpong. Auch ich meldete mich zur Theatergruppe – erst Elwi zuliebe, dann weil es mir selber Spaß machte. Wir hörten uns gegenseitig unseren Text ab, malten und bastelten Kulissen und unsere Schulaufführung von »Lady Macbeth« blieb lange im Gespräch.

Nach der Theateraufführung gehörte ich endgültig dazu. Ich genoss diese Schule, ihre Freiheiten, ihre Großzügigkeit. Es gab viele hier, die vor der Auswanderung nichts über ihr Judentum gewusst hatten, deren christliche Mütter sich in Shanghai sogar zu Gottesdiensten trafen. In der Kadoorie-Schule spielte das keine Rolle. Einige Mädchen stichelten, aber diese Mädchen waren nicht beliebt. Solche wie sie gab es wohl auf jeder Schule.

Ich ging zur Schule, trug Papas Aufträge aus und wenn ich nach Hause kam, schlüpfte ich sofort ins Bett, um etwas Wärme wenigstens für kurze Zeit mit unter die Decke zu nehmen. So konnte man es aushalten, während direkt vor meinem Fenster Menschen erfroren und ich nacheinander zu Gott, Jahwe und Jesus betete, dass meine Verwandten, wo immer sie waren, ein Dach über dem Kopf hatten.

Erst im März, als die Eisschicht von unseren Fensterscheiben taute, sah ich Frau Kepler wieder. Mit dem Brief von Bekkas Mutter ging ich geradewegs vom Postamt ins Reisebüro. Der Brief war – unter unserer Adresse – an Tante Ruth gerichtet und es war ein kleines Wunder, dass er überhaupt angekommen war, denn die Deutschen hatten den Suez-Kanal vermint.

»Liebe Ruth«, schrieb Frau Liebich, »wir sind so neugierig, wie es dir und Eva in eurer neuen Heimat ergeht!«

»Abgefahren sind sie also …«, murmelte Frau Kepler nach längerem Schweigen.

Ich schluckte an meinen Tränen, ich konnte nicht einmal Ja sagen.

19

Eins musste man den Amerikanern lassen: Sie wussten, wie man einen stilvollen Abgang hinlegte. Sie selber nannten es Truppenverlegung, aber uns, den stummen Schaulustigen, machten sie nichts vor. Hinter ihrer Marschkapelle stapften die US-Marines mit schwerem Gepäck die Nanking Road hinunter zum Hafen, wo zwei Truppentransporter bereits auf sie warteten. Auf den Philippinen wollte man einer möglichen Invasion zuvorkommen und das Tamtam vor der Abfahrt diente wohl vor allem dazu, den Japanern Stärke zu demonstrieren. Für uns Flüchtlinge, die ohne Schutz zurückblieben, war die Musik bestimmt nicht gedacht, und für die Chinesen auch nicht, die mit ängstlichen, verschlossenen Gesichtern zusahen.

Der Abzug der Marines war das i-Tüpfelchen am Ende eines sorgenvollen Jahres. Außer Amerika gab es keinen einzigen Kontinent mehr, der nicht vom Krieg betroffen war, und langsam schien sich der Fü darauf verlassen zu können, dass dies auch so blieb. Die einzige Macht, die ihn und seine Verbündeten hätte aufhalten können, blieb neutral.

Japan hatte Chongquing angegriffen, die provisorische Hauptstadt der nationalchinesischen Regierung Chiang Kai-sheks, und die Soldaten hatten unter der Zivilbevölkerung ein Massaker verübt, von dem die Erwachsenen nur im Flüsterton redeten. Deutsche Truppen standen in Afrika, um den Italienern gegen die Briten zu Hilfe zu kommen, und sie standen auch in der Sowjetunion, seit sie im Sommer völlig überraschend ihren einstigen Verbündeten überfallen hatten. Mit dem Angriff auf den Erzfeind des Westens hatte der Fü bei den Amerikanern vielleicht sogar Punkte gemacht.

Eine seltsame Nachricht war aus Deutschland zu uns gedrungen: Seit Kurzem zwang man die Juden, sich auf der Straße nur noch mit aufgenähten gelben Sternen an ihrer Kleidung sehen zu lassen. Nun konnte die Bevölkerung sie noch besser erkennen, demütigen und verspotten, aber abgesehen davon, dass ich das selbst für die Deutschen unvorstellbar hässlich und gemein fand, konnte ich nicht erkennen, wozu es gut sein sollte. Die Grenzen waren dicht, Auswanderung nicht mehr möglich. Hatten die Nazis mit ihrem Weltkrieg nicht genug zu tun? Ich fand, sie konnten es langsam gut sein lassen, was die Juden betraf!

Der Brief von Frau Liebich an Tante Ruth war die letzte Nachricht aus Berlin gewesen und auch die Briefe von Bekka an ihre Eltern kehrten mittlerweile ungeöffnet in unser Postfach zurück. Sie waren gestempelt mit der Aufschrift: *Empfänger unbekannt.*

Unbekannt …? Fünfzehn Jahre hatten Liebichs in der Silbersteinstraße gewohnt, natürlich musste der Postbote sie kennen! Wahrscheinlich hatte sich die Post nicht die Mühe gemacht, nachzuforschen. Dass Bekkas Eltern sich die Wohnung ohne die Mietzahlung von Tante Ruth nicht mehr würden leisten können, war zu befürchten gewesen, nun waren sie also umgezogen und konnten ihren Kindern nicht einmal ihre neue Adresse zukommen lassen.

Und wozu?, dachte ich bedrückt. Alles war umsonst gewesen. Wenn Tante Ruth in Berlin geblieben wäre, wären sie, Onkel Erik und Evchen nicht vermisst, Liebichs hätten in ihrer Wohnung bleiben dürfen und Bekka und Thomas könnten ihren Eltern noch schreiben.

Nun also hatten wir in Shanghai unsere eigenen Sorgen. Eines Morgens Anfang Dezember erwachte ich von Donnergrollen. Zum Aufstehen war es zu früh, aber als ich mich umdrehen und weiterschlafen wollte, bemerkte ich einen zuckenden rötlichen Schimmer hinter den zugezogenen Vorhängen.

Feuer! Mein Herz setzte aus. Ich sprang aus dem Bett und riss den Vorhang auf in der Erwartung, das Haus gegenüber in Flammen zu sehen. Aber unsere Straße lag friedlich da, nur ein leichter Gestank nach Schießpulver zog ins Zimmer, als ich das Fenster öffnete. Im nächsten Augenblick ließ ein weiterer ferner Donnerschlag die Scheiben klirren und aus Richtung des Flusses hörte ich ohrenbetäubendes Krachen, als stürze ein großes Haus in sich zusammen.

Weitere Fenster flogen auf. Stimmen, Geschrei, hastige Schritte. Zwischen aufgeregten Chinesen rannte der Bäcker einer benachbarten Konditorei und schrie: »Die *Idzumo* greift an! Die *Wake* und die *Peterel* brennen!«

Ich setzte mich aufs Bett, klemmte die eiskalten Hände zwischen meine zitternden Knie und wartete auf meine Eltern. Nur wenige Sekunden später kam Papa, setzte sich neben mich und legte mir den Arm um die Schultern.

»Nun ist es also soweit«, sagte er. »Der Krieg ist da. Hoffen wir, dass die Amerikaner ein Einsehen haben und der Sache endlich ein Ende bereiten.«

In der Schule fehlte an diesem Tag fast die Hälfte meiner Klassenkameraden – hauptsächlich jene, die aus dem Settlement in die Kadoorie-Schule kamen. Einige ältere Jungen waren im Morgengrauen todesmutig zur Uferpromenade gelaufen, um einen Blick auf die Kampfhandlungen zu erhaschen, aber viel zu sehen gab es dort nicht. Die kleinen Kanonenboote hatten sich der Übermacht der Japaner bereits ergeben. Die britische *Peterel* war abgebrannt, die amerikanische *Wake* geentert, die Besatzungen in Gefangenschaft.

Auf der *Wake* wehte jetzt die japanische Fahne. Nach der Schule gingen Elwi und ich zum Bund, um uns das traurige Schauspiel anzusehen. Noch immer lag Qualm über dem Fluss, in dem gespenstisch die Segel der Sampans dahinglitten. Viele Flussbewohner hatten fluchtartig das Weite gesucht, kehrten aber bereits an ihre Anlegeplätze zurück, als sei nichts weiter geschehen, während sich auf den Straßen die Leute auf die Schulter klopften.

»Habt ihr gehört …? Amerika ist im Krieg gegen Japan!«

Es war die Botschaft, auf die Menschen in der ganzen Welt seit über zwei Jahren warteten. Die Japaner hatten den amerikanischen Stützpunkt Pearl Harbor auf Hawaii mit einem Großangriff überrascht. Mehrere tausend Männer waren tot, Hunderte Flugzeuge und ein Teil der Pazifikflotte zerstört, und jede Minute erwartete man eine Radioansprache des amerikanischen Präsidenten an sein Volk. Die Radioansprache war noch nicht einmal übertragen worden, dennoch schienen alle schon zu wissen, was sie enthielt: »Die Amerikaner sind im Krieg! Jetzt wird alles gut!«

Beklommen blickte ich in das dreckige Wasser, in dem Schwimmwesten, Kleidungsstücke und verkohlte Planken trieben. Die Flussbewohner paddelten dem Treibgut schon eifrig hinterher, und plötzlich beschlich mich eine Ahnung, dass wir, wenn die Spuren dieses Morgens beseitigt waren, eine andere Stadt vor uns sehen würden als die, an die wir uns in nunmehr drei Jahren gewöhnt hatten.

»Meinst du, die Japaner lassen uns weiter zur Schule gehen?«, fragte Elwi besorgt. »Für uns interessieren sie sich doch gar nicht, oder jetzt vielleicht doch?«

Ich antwortete nicht. Was hätte ich auch sagen sollen? Die Sorge, ob sich all die Verbote, die wir aus Deutschland kannten, nun in Shanghai wiederholen würden, ging ja nicht nur Elwi durch den Kopf.

Im *Café Piefke* schloss die Tür nicht mehr, so viele Menschen drängten sich im Gastraum. Wir stellten uns auf die Zehenspitzen, um Bruchstücke der Diskussion zu erhaschen. Befand sich Amerika nur im Krieg mit Japan oder auch mit Deutschland? Welche Auswirkungen hatte es für uns, wenn Amerika sich Deutschland gegenüber weiterhin neutral verhielt?

Nach ein paar Minuten hielt ich es nicht mehr aus und sagte: »Komm, lass uns nach Hause gehen.«

Wir würden schon früh genug merken, was aus uns wurde.

Sofort nach Ausbruch des Pazifikkrieges besetzten die Japaner auch den internationalen Sektor. Sie veranstalteten eine große Parade mit Panzerkolonnen und bewaffneten Soldaten, die Fahnen mit der aufgehenden roten Sonne stemmten. Als die Parade vorüber war, hing an Plakatwänden und Pfosten die japanische Kriegserklärung an die Vereinigten Staaten und Großbritannien.

Schon wenige Tage später machten wir Bekanntschaft mit der ersten Änderung: Ab sofort mussten auch wir Flüchtlinge vor den japanischen Soldaten auf der Garden Bridge buckeln und unsere Papiere vorzeigen. Das britische Postenhäuschen war verwaist, niemand mehr da, der für uns hätte eintreten können. An den Schulen wurde Japanisch als Pflichtfach eingeführt. Wir Schüler betrachteten es als unsere Pflicht, uns dabei nicht anzustrengen.

Unter den britischen, französischen und amerikanischen Zivilisten, die kurz darauf mit roten Armbinden, die sie als Angehörige der Feindmächte identifizierten, durch die Stadt getrieben wurden, erkannte ich den wie erstarrten Mr Tatler. Soldaten versuchten die Passanten vom Straßenrand zurückzudrängen; dass viele Zuschauer Tränen in den Augen hatten und ihre Hüte abnahmen zum Zeichen des Respekts, versetzte sie in Wut.

Später hörten wir, dass die Angehörigen der Feindmächte in einem Lager im Hinterland interniert worden waren. Es hätte sogar die Sassoons und Kadoories getroffen, die britische Pässe besaßen, sich aber rechtzeitig hatten absetzen können. Fabriken, Banken, Hotels und Bürohäuser der Ausländer, ihre Villen und privaten Kunstsammlungen wurden unverzüglich von den Japanern beschlagnahmt.

Danach stand die jüdische Gemeinde mit leeren Händen da. Wie sollte sie ohne Unterstützung der führenden Familien, die geflohen waren, und ohne die Spenden des *Joint* in Amerika, der jeglichen Kontakt eingestellt hatte, Tausende Flüchtlinge versorgen? Ab sofort gab es nur noch eine einzige Heimspeisung pro Tag und die etwas Wohlhabenderen unter uns wurden aufgerufen, Patenschaften für bedürftige Kinder zu übernehmen. Elwi aß bald regelmäßig bei uns zu Abend, obwohl auch wir immer weniger einkaufen konnten. Lebensmittel und Gebrauchsgüter wurden von Tag zu Tag teurer, man sprach von einer galoppierenden Inflation, und schneller, als wir uns hätten träumen lassen, näherten wir uns wieder der Armut unserer ersten Zeit.

Das Nächste, was wir erfuhren, war, dass wir keine Deutschen mehr waren.

Onkel Victors Bart war grau geworden, doch seine Augen blitzten triumphierend. Anscheinend war er aus keinem anderen Grund gekommen, als Papa unter die Nase zu reiben, dass wir nun endlich schriftlich hatten, was Konitzers seit Jahren predigten: Wir Juden waren keine Deutschen! Großzügig ging er darüber hinweg, dass die Entwicklung auch für ihn nicht ohne Folgen blieb, denn dass wir alle für staatenlos erklärt worden waren, machte die Auswanderung nach Amerika oder Australien nur noch schwerer. Für Staatenlose galt eine andere Quote als für deutsche Staatsangehörige;

wahrscheinlich brauchte Onkel Victor nun sogar eine neue Nummer und würde sich wieder ganz hinten anstellen müssen.

Ich konnte ihn nur bewundern für seine Fähigkeit, aus jeder Veränderung das Beste herauszuholen. Anstatt zu verzweifeln, war er nun lieber staatenlos als deutsch, und dies sowieso und immer schon und mit großer Überzeugung. Meine Eltern hingegen waren nicht einmal über den Schock hinweg. Mein Vater wegen des Inhalts der Bekanntmachung, meine Mutter, weil es ihr schier das Herz zerrissen hatte, wie Papa minutenlang auf den Aushang gestarrt hatte. Mit hängenden Schultern war er stumm zum Haus zurückgeschlichen, wo er seitdem ein ums andere Mal ungläubig den Kopf schüttelte. Selbst Onkel Victor erkannte, dass dies nicht der passende Zeitpunkt war für Genugtuung.

Er verabschiedete sich ziemlich schnell, allerdings nicht ohne mir einen Wink zu geben. Ich folgte ihm überrascht. Draußen sagte er: »Du scheinst mir noch die Vernünftigste von euch zu sein. Ich muss leider ein heikles Thema ansprechen.«

Ich hielt Onkel Victor zugute, dass er wenigstens verlegen herumdruckste. »Herr Simon hat auch schon wegen des Geldes gefragt«, kam ich ihm zuvor. »Die achthundert Dollar bekommen wir von der Schifffahrtsgesellschaft zurück. Es ist jetzt über ein Jahr her und keiner glaubt mehr, dass sie noch kommen.«

Ein Schluchzen stieg mir in die Kehle, das ich vergebens zu unterdrücken versuchte. Das Letzte, was ich wollte, war vor Onkel Victor zu weinen! Aber dass auch ihm die Tränen in die Augen stiegen, gab mir den Rest.

Das war die andere Seite von Onkel Victor Konitzer: Er nahm mich ohne Umschweife in den Arm und wir weinten gemeinsam mitten auf der Straße, zwischen Fußgängern und Rikschas und Fahrrädern, die klingelnd um uns herumkurvten.

Kurz danach beschlagnahmten die Japaner sämtliche Kurzwellenempfänger, um zu verhindern, dass wir ausländische Radiosender hören konnten. Sie hatten erst Manila, dann Singapur angegriffen und weitere Gräueltaten sprachen sich herum. Fast 70 000 Menschen starben allein in Singapur, vergewaltigt, erschossen oder lebendig begraben. Dass wegen solcher Nachrichten in Shanghai Unruhe ausbrach, lag nicht im Interesse unserer Besatzer. Von nun an war nur noch die deutsche Wochenschau in den Kinos zu sehen, die die Siege des Fü und seiner Verbündeten bejubelte, und nur linientreue Sender erhielten Lizenzen.

Aus heiterem Himmel gab es Razzien der Militärpolizei in Privathäusern, und wer mit einem Rundfunkgerät erwischt wurde, das ausländische Sender empfangen konnte, wurde verhaftet und für zwei Wochen in das gefürchtete Gefängnis der Kempetai, des japanischen Geheimdienstes, gesperrt. Das kam einem Todesurteil gleich, denn in den überfüllten Zellen tummelten sich Ratten, die Flecktyphus übertrugen, und viele Inhaftierte starben jämmerlich binnen weniger Tage nach ihrer Entlassung.

Die Kadoorie-Schule, die mittlerweile in ein neues, größeres Gebäude umgezogen war, veranstaltete die ersten Luftschutzübungen. Jeder von uns kannte die Signale für Voralarm, Alarm und Entwarnung, wir beherrschten die wichtigsten Regeln der Ersten Hilfe und konnten mit Gasmasken umgehen. Was es im Ernstfall nützen würde, wusste allerdings niemand. In der Stadt gab es keine Keller, da sie knapp über dem Meeresspiegel lag, und wenn wirklich ein Angriff kam, würden wir nur die Türrahmen haben, um uns zu schützen.

Man konnte sich ausrechnen, wie viele aus unserer Klasse unter unseren einzigen Türrahmen passen würden. Im Notfall, so erfuhren wir, sollten wir also einfach in Luftschutzgräben und -löcher springen. Tatsächlich wurden in den Straßen welche ausgehoben, in die die Anwohner ab dem nächsten Tag erfreut ihren Müll warfen.

Die Kabarettisten jubelten. Jede neue Maßnahme der Japaner war ihnen willkommen. Wenn es nichts zu essen gab, sollten die Leute wenigstens lachen! Sie erlebten eine wahre Blütezeit in diesem Jahr, in dem niemand wusste, was als Nächstes auf uns zukommen würde. Wie zuvor im Settlement, entstanden auch in Hongkou Kleinkunstbühnen und Varietés, spielten Flüchtlingstheater Klassiker und selbst verfasste Stücke. Es gab so viele Veranstaltungen, dass sie zahlreiche Zeitungen in der Stadt am Leben hielten. Über die Ereignisse in Europa fand man in der Shanghaier Presse so gut wie nichts, da sie wie die lokalen Radiosender einer strengen Zensur unterlag.

Die Zeitung, die unsere Lehrerin Miss Schmidt gern im Unterricht benutzte, hieß *Gelbe Post* und wollte ihre Leser mit China, seiner Geschichte und Kultur vertraut machen. Überrascht lasen wir, dass viele chinesische Bewohner Hongkous selbst erst vor zehn Jahren als Flüchtlinge gekommen waren. Nach der Bombardierung der chinesischen Altstadt, die hinter dem französischen Sektor lag, waren eine Viertelmillion Menschen obdachlos in Hongkou gestrandet, das bis dahin noch ein ganz normaler Teil des internationalen Sektors gewesen war!

Die Klasse brach in helle Empörung aus, als wir die ganze Wahrheit über Hongkou erfuhren; mit einem Mal sah man die vielen Bettler unseres Bezirks mit ganz anderen Augen. Aber ausgerechnet die *Gelbe Post* verkaufte sich schlecht und dem Verleger ging bald das Geld aus. Die meisten Flüchtlinge hatten kein Interesse an China; ihr einziges Interesse war, China zu überleben und so schnell wie möglich von hier zu verschwinden.

Papa saß weiter über seiner Nähmaschine, ich trug seine Aufträge aus, Mamu arbeitete in gleich mehreren Jobs im ehemaligen Settlement. Für eine Bäckerei radelte sie Kuchen durch die Stadt, den sie hauptsächlich an wohlhabende Deutsche auszuliefern hatte, sie putzte Zimmer in einem der großen Hotels am Bund und für kurze Zeit führte sie sogar vier Hunde spazieren, die einer reichen Japanerin gehörten. Es war eine unerwartet gefährliche Arbeit, denn hungrige Chinesen warfen begehrliche Blicke auf die Pudel, folgten meiner Mutter sogar über längere Strecken und sie verlor fast die Nerven bei der Vorstellung, was passieren würde, wenn man ihr die Hunde stahl. Nach einigen Nachmittagen erfand sie irgendeine Ausrede, um den Job wieder loszuwerden, ohne die Japanerin zu verärgern.

Unterdessen wurde auch den Letzten klar, dass wir alle noch sehr lange in Shanghai bleiben würden. Die Hoffnung, dass die Vereinigten Staaten uns rasch befreiten, erfüllte sich nicht. Der Angriff auf Pearl Harbor war nur der Auftakt eines japanischen Blitzkriegs in Südostasien gewesen; wie eine Dampfwalze pflügten die kaiserlichen Truppen binnen weniger Wochen über Britisch-Malaya hinweg, eroberten nach Singapur auch die Philippinen, Birma und Hongkong. Während die Alliierten mit dem Großteil ihrer Truppen in Europa standen und hauptsächlich auf Soldaten ihrer Kolonien zurückgreifen mussten, erwiesen sich die Japaner als Meister des Dschungelkrieges und gingen mit einer einzigen Ausnahme auch aus den See- und Luftschlachten als Sieger hervor.

Dass viele der Kämpfe so zauberhafte Namen trugen, machte sie in meinen Augen nur noch schlimmer, hieß doch »Die Schlacht in der Korallensee« nichts anderes, als dass auch die idyllischsten Schauplätze der Welt nun von Tod und Zerstörung heimgesucht wurden. Mittlerweile beherrschte Japan den Zentralpazifik mitsamt seinen wichtigen Schifffahrtsrouten und hatte vor der australischen Küste eine eigene große Militärbasis errichtet.

All dies spielte sich in unmittelbarer Nähe zu uns ab, dennoch war die einzige Deutsche, die ich in Shanghai kannte, der Überzeugung, wir Flüchtlinge hätten nichts zu befürchten. Mehr noch: Auch für die Juden in Deutschland sei endlich eine Lösung gefunden! Sie würden, wie Frau Kepler über drei Ecken erfahren hatte, in die besetzten Länder im Osten umgesiedelt, worunter man sich die neueste Version von Madagaskar vorzustellen hatte.

Frau Kepler hatte von ganzen Stadtteilen in Polen, Lettland und Litauen gehört, die bereits von deutschen Juden bewohnt waren; Stadtteile, die sich genau in dem Gebiet befanden, aus dem die letzte Nachricht von Onkel Erik gekommen war!

»Es würde mich nicht wundern, wenn er mit seiner Familie dort wäre«, meinte sie. »Und dann sollte es ihm möglich sein, euch bald eine Nachricht übers Rote Kreuz zu schicken!«

Mir wurde fast schwindlig vor Hoffnung. Am Abend machte Papa sie wieder zunichte.

»Stadtteile …? Das richtige Wort dafür ist Ghetto, und glaub mir, ein Ghetto hat noch nie zu etwas anderem geführt als Mord und Totschlag!«

Mein Vater war entsetzt, er konnte sich gar nicht beruhigen über Frau Keplers Unwissenheit, und ich schämte mich zutiefst, dass ich mich hatte anstecken lassen.

»Diese neuen jüdischen Stadtteile im Osten …«, begann ich zögernd, als ich sie das nächste Mal sah.

»Ja, was ist mit den Stadtteilen?«, fragte Frau Kepler zerstreut und fuhr fort, Kataloge aus den Regalen in Kartons zu räumen. Ich hatte schon damit gerechnet, dass sie das Reisebüro aufgeben würde, und hätte gern gefragt, wollte aber nicht in offenen Wunden rühren.

»Mein Vater sagt, diese sogenannten Stadtteile seien nichts anderes als Ghettos.«

»So? Ach«, sagte Frau Kepler, unterbrach ihre Arbeit aber nicht und fügte nach kurzem Nachdenken hinzu: »Entschuldige, aber ist das nicht auch nur ein Wort ...? Wo ist denn der Unterschied? Es sind Stadtteile, wo nur Juden leben. Sie haben dort Wohnungen und Geschäfte und können unbehelligt unter sich bleiben. Das muss man doch nicht gleich mit einem negativen Wort belegen.«

»Ghetto heißt, dass sie nicht herausdürfen«, erklärte ich und legte einen Katalog, den ich früher besonders gern in die Hand genommen hatte, in einen Karton. Auf der Vorderseite war, unter Knicken vom jahrelangen Gebrauch, der Grand Canyon zu sehen.

»Wenn es ein kleines Ghetto ist, ist das natürlich hart«, räumte Frau Kepler ein. »Aber vielleicht ist es so groß, dass die Leute gar nicht heraus *müssen.* Der Osten ist riesig. Jede Menge Platz.«

Sie nickte ermutigend in Richtung Weltkarte. Zögernd tat ich ihr den Gefallen und nickte zurück. Ich wollte nur allzu gerne glauben, dass Onkel Erik zumindest *irgendwo* war und nicht einfach verschwunden.

Eine Woche später war die Weltkarte das Letzte, was vom Reisebüro übrig blieb. In den Regalen lagen Stifte, Papier und gebundene Hefte, ein Mädchen trat auf mich zu, beguckte meine abgetragenen Kleider und fragte gedehnt: »Willst du irgendwas ...?«

Sie war etwa fünfzehn, kaum älter als ich. »Ist Frau Kepler nicht da?«, erwiderte ich verstört.

Der Vorhang wurde augenblicklich zurückgeschoben. »Ach, Ziska, du bist es!«, sagte sie liebenswürdig. »Sieh dich ruhig um. Das ist Regine, sie hilft mir nachmittags.«

Regine musterte mich kühl und ich versuchte mir nicht anmerken zu lassen, wie schockiert ich war. Frau Kepler hatte mir gegenüber nicht einmal erwähnt, dass sie eine Aushilfe für ihren Laden suchte. Sie hatte lieber ein fremdes Mädchen eingestellt, ein *deutsches* Mädchen. Dabei waren sie und ich sogar Berliner.

»Weißt du was?«, sagte sie eine Spur zu fröhlich. »Ich schenke dir ein Heft. Oder hättest du am liebsten einen schönen Bleistift? Ein Lineal, einen Zirkel?«

Am liebsten hätte ich mich auf der Stelle umgedreht und den Laden verlassen, aber die Blöße wollte ich mir unter den Augen der eingebildeten Regine denn doch nicht geben. Also spielte ich mit und suchte, umständlich wie eine richtige Kundin, einen schönen weichen Bleistift aus. Elwi würde sich freuen.

»Na dann bis zum nächsten Mal«, meinte Frau Kepler beinahe herzlich.

Ganz bestimmt nicht, dachte ich lächelnd.

Ich lächelte noch, als ich mich in der Tür umdrehte, meine Hand hob und winkte. Aber dass wir uns erst Jahre später wiedersahen, lag dann doch nicht an Regine.

20

Die Ersten kamen gleich im Februar. Die Klügsten, die Entschlossensten, diejenigen, die noch Kraft hatten, die Dinge, wenn sie schon ein weiteres Mal von vorn anfangen mussten, wenigstens selbst in die Hand zu nehmen. Viele von denen, die später kamen, hatten nichts geregelt, waren viel zu verzweifelt, besaßen allenfalls einen Zettel mit einer Adresse, die sie im Gewirr der kleinen Gassen in Hongkou ohne Hilfe nicht einmal gefunden hätten. Hinter ihnen wurden die Sperren geschlossen und an den wenigen Ausgängen des Ghettos Hongkou postierte sich der Wachdienst.

Offiziell sprach man nie vom *Ghetto Hongkou* oder nahm auch nur das Wort *Jude* in den Mund, offiziell sprach man von der *Designated Area* für all diejenigen *Staatenlosen*, die seit 1937 ins Land gekommen waren. Die deutschen und österreichischen Juden wurden dadurch von den russischen und polnischen getrennt, die schon länger im Land waren.

Vermutlich hatten die Japaner damit gerechnet, dass viele der Chinesen Hongkous die Gelegenheit ergreifen würden, um im früheren internationalen Sektor eine der nun frei werdenden besseren Wohnungen zu beziehen, aber die meisten unserer einheimischen Nachbarn blieben, wollten ihr Zuhause nicht aufgeben. So wurde es zwar noch enger für uns alle, aber dass Hongkou kein rein jüdisches Ghetto werden würde, konnte immerhin einen gewissen Schutz bedeuten.

Im Winter hatte der Fü einen seiner berüchtigten Judenjäger nach Shanghai geschickt, einen SS-Führer namens Meisinger, dem der mysteriöse Ruf als »Schlächter von Warschau« vorausging. Gerüchte machten die Runde: Schiffe sollten uns aufs Meer fahren, um uns zu ertränken; auf der Halbinsel Pudong solle ein Konzentrationslager errichtet werden.

Wenn das Ergebnis der Unterredungen zwischen dem Deutschen und dem japanischen Stadtkommandanten das Ghetto Hongkou war, war es gewiss das kleinste Übel – aber wer wusste das mit Sicherheit?

Trotz unserer besorgniserregenden Lage musste ich beinahe lachen, als Onkel Victor schon am Tag nach der Bekanntmachung bei uns auftauchte. Ich hatte mit Papa gewettet, dass er keinen Augenblick Zeit verlieren würde.

Onkel Victor nahm mich in den Arm, zerquetschte mich beinahe und rief: »Habt ihr's schon gehört? Nun werden wir also doch wieder Nachbarn!«

Er trieb mich vor sich her in die Wohnung, wo Papa von seiner Nähmaschine aufstand.

»Na, was meinst du, Franz?«, fragte er erwartungsvoll. »Wo finden wir hier die beste Wohnung? Es muss Platz für eine Zahnarztpraxis geben.«

»Im Norden«, sagte ich wie aus der Pistole geschossen. »Bestimmt ziehen jetzt viele Japaner ins Settlement!«

»Ziska kennt sich viel besser aus als ich«, gestand Papa. »Sie kommt überall herum.«

Onkel Victor zog eine Karte von Hongkou aus der Tasche, auf der zu unserer Überraschung das Ghetto bereits eingezeichnet war. Geschäftstüchtige Chinesen hatten die Karten buchstäblich über Nacht produziert und standen seit dem Morgen damit an jeder Straßenecke.

Leider stellten wir fest, dass der Norden von Hongkou nicht Teil des Ghettos sein würde. Die *Designated Area* umfasste nur etwa einen Quadratkilometer, zu dem nicht einmal mehr die Uferstraßen gehörten. Den Huangpu würden wir in Zukunft nur noch aus der Ferne sehen.

»Aber dann müssen Wangenheims ja auch umziehen!«, erschrak ich.

»Nein, zum Glück nicht, denn sie waren schon vor 1937 hier«, wusste Papa und ich war froh für das Ehepaar, das Onkel Erik so großzügig unterstützt hatte.

»Wo gibt es hier noch Japaner?«, wollte Onkel Victor wissen.

Ich wusste von mehreren Häusern, musste ihm allerdings schonend beibringen, dass auch die meisten japanischen Wohnungen keineswegs dem Standard entsprachen, den er vom französischen Sektor gewohnt war.

»Ich glaube nicht, dass wir hier überhaupt eine Wohnung finden, die groß genug ist für eine Praxis.«

Onkel Victors Gesicht nahm einen ungläubigen, fast störrischen Ausdruck an.

»Es gibt vielleicht die Möglichkeit, in eine bestehende Gemeinschaftspraxis einzusteigen, zumal du wertvolle Geräte mitbringst«, schlug ich rasch vor.

»Das ist hier durchaus üblich«, fiel Papa ein. »Mehrere Ärzte teilen sich ein einziges Behandlungszimmer und jeder hat seine eigenen Sprechzeiten. Schau dich mal um, die Häuser sind leicht zu erkennen. Neben der Tür hängen ein halbes Dutzend Praxisschilder übereinander.«

Onkel Victors Mundwinkel zogen sich nach unten. In diesem Augenblick klopfte es an der Tür. »Das wird Mischa sein, er wollte nachkommen«, grummelte Onkel Victor.

Ohne lange nachzudenken, sprang ich auf, lief die paar Schritte zur Tür und riss sie beim Öffnen beinahe aus den Angeln. Mein Freund Mischa! Es war Jahre her!

Er prallte zurück. »Hallo, Ziska«, sagte er verlegen.

Ich wusste nicht, was ich erwartet hatte, aber Mischas Reaktion erstickte jeden Ansatz meiner begeisterten Begrüßung; ich war beschämt und beleidigt, als hätte ich mich ihm ungewollt an den Hals geworfen.

»Ich hab's dir ja gesagt«, meldete sich Onkel Victor aus dem Zimmer. »Sie ist ein großes Mädchen geworden. Wie alt bist du, Ziska?«

Ich antwortete nicht. »Sie ist vor ein paar Wochen fünfzehn geworden«, sagte Papa.

»Willst du da draußen anwurzeln?«, raunzte ich Mischa an.

Er errötete und drückte sich an mir vorbei, ohne mir auch nur die Hand zu geben. Als Onkel Victor vorschlug, einen ersten Erkundungsgang durch unser Viertel zu unternehmen, war mir die Lust schon so gut wie vergangen, und Mischas und Onkel Victors angewiderter Gesichtsausdruck, während ich sie durch die angrenzenden Gassen führte, trug auch nicht dazu bei, meine Stimmung zu heben. Ich wusste, wie ärmlich es im Vergleich zum Settlement »bei uns« aussah, aber das war noch lange kein Grund für ihr geradezu hochnäsiges Getue.

Konitzers waren nicht die Einzigen, die bereits auf Wohnungssuche gingen. Viele fremde weiße Gesichter mischten sich unter die mir schon bekannten, ließen ihre Blicke teils prüfend, teils entsetzt die Fassaden auf und ab gleiten, während Chinesen eifrig Schilder mit der Aufschrift »Zimmer zu vermieten« an die Haustüren hängten.

»Looksee, looksee, nice room!«, forderten sie uns auf.

»Gehen wir doch einfach mal rein«, schlug ich hinterlistig vor.

Mir war klar, was sich hinter solchen Angeboten verbarg, doch der Plan ging auf: Nachdem Konitzers mehrere dunkle Bruchbuden besichtigt hatten, deren Besitzer einen unfassbaren Wucherpreis verlangten, begannen sie alles, was nicht viel größer, aber sauberer war, bereits mit anderen Augen zu betrachten. Und auch was Wohnungen mit komfortabel angrenzender Zahnarztpraxis betraf, näherten sie sich noch im Laufe des Nachmittags der Realität.

»Nun gut«, sagte Onkel Victor nach einigen Stunden matt. »Glaubst du, Ziska, es lassen sich Wohnungen mit zwei Zimmerchen finden, die einigermaßen hell und trocken sind und in denen man wenigstens eine Art Schranktür vor dem Toiletteneimer anbringen kann …?«

»Ich glaube, das ist nicht ganz aussichtslos«, erwiderte ich aufmunternd.

Am Tag bevor das Ghetto Hongkou im Mai 1943 in Betrieb genommen wurde, zogen Konitzers in eine sehr akzeptable Wohnung in der Kung Ping Road, für die sie bereits seit Anfang März eine nicht allzu unverschämte Miete zahlten. Die beiden Zimmer hatten zusammen immerhin die Größe ihres bisherigen Wohnzimmers und an der Art, wie Mischa und sein Vater die weinende Tante Irma trösteten, erkannte ich, dass sie eingesehen hatten, mit dieser Unterkunft eins der größeren Lose in Hongkou gezogen zu haben.

Onkel Eriks Schattenplatz auf dem Dach hatte nicht einmal den ersten Herbst überdauert. Die Abreise meines Onkels war in den Beginn der Taifun-Saison gefallen und schon zehn Tage später krachte, während meine Eltern und ich uns gegen unsere windgeschüttelten Fensterchen stemmten, plötzlich der gesamte Aufbau aus Pfosten und Bambusmatten mit Getöse an uns vorbei vom Dach. Zum Glück konnte sich während eines Taifuns draußen niemand auf den Beinen halten, sonst hätte es auf der Straße womöglich Verletzte gegeben.

Mischa und ich blickten vom Dach auf die nicht abreißende Prozession von Rikschas, die Menschen und Umzugsgut transportierten. Konitzers Besitz hatte auf sieben Rikschas gepasst, einen Teil ihres Mobiliars mussten sie zurücklassen. Mit Seilen vertäut, war der Zahnarztstuhl die größte Attraktion gewesen, und vor der Praxis, die er sich mit mehreren Kollegen teilen würde, hatte Onkel Victor noch während des Abladens Termine gemacht.

»Mama wird sich schon beruhigen«, meinte Mischa. »Hoffentlich tut es ihr nicht leid, dass sie die Scheidung abgelehnt hat.«

Ich sah ihn verdutzt an. »Sie hat eine Aufforderung bekommen, sich im deutschen Konsulat zu melden«, erklärte er. »Es wurde ihr nahegelegt, sich von dem Juden Konitzer scheiden zu lassen, dann würden alle folgenden Maßnahmen sie gar nicht betreffen. Was die Maßnahmen sein sollten, hat ihr allerdings niemand gesagt.«

»Mischa, deine Mutter würde sich doch niemals scheiden lassen!«

»Sag das nicht. Einige Bekannte haben es genauso gemacht, damit ihre christlichen Frauen mit den Kindern im Settlement bleiben können. Es ist keine richtige Scheidung, weißt du? Es bedeutet nichts. Wenn der Krieg vorbei ist, machen sie alles wieder rückgängig.«

Einige Minuten standen wir schweigend an der Dachkante und schlürften unseren Tee. Mischa war vorbeigekommen, um seinen Eltern ein wenig Zeit allein zu geben; dass sie auf so engem Raum zusammenhocken mussten, waren die drei schließlich noch nicht gewöhnt.

Seit unserem unerfreulichen ersten Wiedersehen waren wir uns bereits mehrere Male begegnet und ich war froh, dass er zu uns gekommen war, anstatt ziellos in Hongkou herumzuirren. Vielleicht hoffte er dasselbe wie ich: dass es bald wieder völlig normal sein würde, zusammen Tee zu trinken und zu reden.

Ich warf ihm einen raschen Blick zu. Mischa war groß und dünn geworden, trug eine Nickelbrille und sah mit seinem in die Stirn fallenden Haar und dem karierten Pullunder über dem Hemd aus, wie ich mir einen sehr jungen Studenten vorstellte.

»Ziska, was ist vorgefallen zwischen dir und Judith?«, fragte er plötzlich.

Ich kratzte mich unbehaglich am Bein. »Was hat sie dir denn gesagt?«

»Dass man dir nicht trauen kann.«

»Das ist nicht wahr.« Ich musste schlucken. »Sie hat Onkel Erik und mich ins Deutsche Reisebüro gehen sehen, das ist alles. Im Gegensatz zu ihr weißt du ja, warum wir dort waren.«

»Judith hat durchs Schaufenster gesehen, wie du deinen Onkel vorgestellt hast«, bemerkte Mischa. »Für sie sah es aus, als wäre die Frau da drinnen eine gute alte Bekannte.«

»Ach! Und was sagt sie zu Rainer?«, fuhr ich ihn an.

Mischa schüttelte den Kopf. »Ziska, ich bin der Letzte, der dir Vorwürfe machen würde. Ich treffe Rainer immer noch, niemand weiß davon außer dir! Ich will doch nur wissen …«

Er brach ab. »Was?«, fragte ich unfreundlich.

»Ob wir uns noch vertrauen«, sagte Mischa.

Unter dem Schweißtuch um seinen Hals stieg frische Röte auf. Ich verspürte ein Kitzeln im Hals, irgendwo zwischen Erleichterung und Rührung. »Das müssen wir, du Blödmann! Wir zwei haben die unmöglichsten Geheimnisse, ist dir das nicht klar?«

Mischa musste grinsen. Und plötzlich war alles wie früher.

»Dann verrate ich dir gleich noch etwas«, beschloss er. »Dieses Ghetto … wie es aussieht, werden wir nicht lange bleiben.«

»Aha, und woher willst du das wissen?«

»Der Krieg hat sich gewendet. Viele Städte in Deutschland sind nur noch ein Trümmerfeld. Die Ostfront bricht von allen Seiten ein, seit die 6. Armee in Stalingrad kapituliert hat. Rommels gefeiertes Afrikakorps steht vor der Niederlage. Und seit die Japaner Guadalcanal verloren haben, kennen die Alliierten deren große Schwachstelle: die Versorgung. Die japanischen Soldaten haben im Dschungel praktisch Erde gefressen und sind elend daran krepiert.«

Mir stand der Mund offen. »Rainer hat eine Kurzwelle«, erklärte Mischa. »Er empfängt BBC, sowohl die englischen als auch die Nachrichten für deutsche Emigranten. Mit ein bisschen Glück sind unsere Tage hier gezählt, Ziska.«

Er beugte sich vor. »Im Ghetto von Warschau erheben sich die Juden zu einem gewaltigen Aufstand«, flüsterte er. »Ich weiß nicht, was die Japaner mit uns vorhaben, aber wer sagt, dass wir uns alles gefallen lassen müssen? Auch in Hongkou gibt es einen jüdischen Untergrund.«

»Davon habe ich gehört«, fand ich meine Sprache wieder. »Der jüdische Untergrund in Hongkou besitzt ein illegales Funkgerät und ungefähr zwei Pistolen.«

»Und Kontakte nach draußen«, sagte Mischa bedeutungsvoll.

»Rainer …?«, fragte ich zweifelnd.

Mischa prustete vor Lachen. Vom gegenüberliegenden Dach lachten ein paar Chinesen mit und winkten gutmütig zu uns hinüber.

»Von Rainer weiß ich, dass die meisten Deutschen genug haben vom Krieg.« Mischa wurde wieder ernst. »Goebbels kann sie kaum noch bei der Stange halten, deshalb greifen die Nazis jetzt auf Einschüchterung zurück. In München haben sie Studenten hingerichtet, nur weil die ein paar kritische Flugblätter verteilt haben. Wer am Sieg zweifelt, kommt ins KZ. Ziska, wer zu solchen Maßnahmen gegen die eigene Bevölkerung greifen muss, der kann nur mit dem Rücken zur Wand stehen.«

»Moment … *du* hast Mitleid mit den Deutschen?«

»Nein. Es gibt einige, die schon immer gegen Hitler waren, aber die anderen bekommen nur, was sie verdienen«, sagte Mischa hart.

Unten auf der Straße klapperten noch immer Rikschas und Handwagen, dazwischen mischten sich die Rufe der Garköche,

Wasserverkäufer und Zimmervermittler. Viele Verzweifelte waren selbst jetzt noch auf der Suche, hatten über gerissene Makler ihre Wohnung mit Japanern getauscht, die ihnen bei der Übergabe einen Zettel mit einer Adresse in die Hand gedrückt hatten. Nach der Ankunft in Hongkou mussten sie feststellen, dass es diese Adresse gar nicht gab oder dass sie doppelt vergeben worden war. In einigen Straßen hatte es regelrechte Schlägereien um Zimmer gegeben.

»Komm«, sagte Mischa, »schauen wir uns an, wie sie hinter uns zumachen.«

Die Garden Bridge war hoffnungslos verstopft. Offenbar hatten die meisten, die nach Hongkou umziehen mussten, bis zum allerletzten Augenblick gewartet. Überall sah man gut gelaunte Kulis. Sie hatten ihre Preise der Inflation angepasst und machten an diesem Tag das Geschäft ihres Lebens; überhaupt standen sie mit einem Mal besser da als wir, denn im Gegensatz zu uns Flüchtlingen durften sie sich auch außerhalb des Ghettos bewegen.

Von uns kam aus dem Ghetto nur noch heraus, wer nachweislich Arbeit im Settlement hatte und sich im »Büro für staatenlose Flüchtlinge« die entsprechenden Passierscheine besorgte. Es gab Tages-, Wochen- und Monatsausweise, in denen genau festgelegt wurde, in welchen Straßen man sich bewegen durfte. Mamu würde einen Passierschein beantragen können, Tante Irma durfte als arische Deutsche sowieso hinaus, aber Papa und ich, Elwi, Mischa und Onkel Victor saßen von nun an in Hongkou fest.

Immerhin gab es keine Mauer. An mehreren Stellen hatten die Japaner bewachte Sperren errichtet, an denen jeder Ankommende seine Papiere vorzeigen musste, ansonsten oblag es einem Wachdienst, die Ghettogrenze zu kontrollieren. Einige Flüchtlinge standen, ausgestattet mit Trillerpfeifen und der Armbinde dieser *Bao Jia*, bereits mit unglücklichen Gesichtern herum und traten beschämt von einem Bein aufs andere.

Die Idee, die Ghettobewohner sich selbst kontrollieren zu lassen, fand ich schlau und hinterlistig. Jeder männliche Flüchtling musste sich zur *Bao Jia* melden und die Japaner ließen keinen Zweifel aufkommen, dass nicht nur Verstöße der Grenzgänger, sondern auch des Wachdienstes hart bestraft werden würden. Ganz sicher würde niemand wagen, auch nur den kleinsten Verstoß seiner Landsleute zu tolerieren.

Während ich zur Garden Bridge hinüberschaute, deren Zugang bereits nicht mehr zum Ghetto gehörte, stiegen mir langsam, aber unaufhaltsam Tränen in die Kehle. Den Gang über diese Brücke hatte ich geliebt – gewiss nicht die japanischen Posten, aber den Blick auf die prachtvolle Uferpromenade, die Schiffe aus der ganzen Welt, auf diese völlig andere Stadt, die ich in nur wenigen Metern erreicht haben würde …

Aus. Nie mehr. Von nun an waren das Settlement, die Nanking Road, der Public Garden verbotenes Gebiet. Im Gedränge um mich herum musste ich mich auf die Zehenspitzen stellen, um den vertrauten Anblick wenigstens in der Ferne auszumachen. Die Leute schubsten und schoben einander vorwärts und traten sich gegenseitig auf die Füße; bleiche, verzweifelte Gesichter starrten mich an und durch mich hindurch, und ich merkte, wie ich zu zittern begann.

Denn das hier war schlimmer, als sich auf Bänken im Park nicht setzen zu dürfen, als nicht mehr Straßenbahn fahren oder ins Kino gehen zu können. Das hier war schlimmer als jedes Verbot, das wir in Deutschland gekannt hatten. Aus einer, aus *unserer* Stadt hatte uns bisher noch niemand ausgesperrt.

Meine Hände ballten sich zu Fäusten vor Angst und ohnmächtiger Wut. Ich machte gar keinen Versuch, den hasserfüllten Blick zu unterdrücken, mit dem ich die japanischen Posten bedachte. Wie konnten sie es wagen!

»Na, so eine Überraschung«, sagte in diesem Moment eine bekannte Stimme und Elwi legte mir von hinten den Arm um die Schulter, wobei sie es fertigbrachte, herausfordernd und entschuldigend zugleich dreinzuschauen. »Willst du mich, wo wir nun schon alle zusammen eingesperrt werden, nicht wenigstens vorstellen?«

Ein wenig zerstreut machte ich Mischa und Elwi bekannt. »Es ist natürlich keine Überraschung«, korrigierte sich meine Freundin gleich selbst. »Ich habe am Haus nebenan gewartet und bin euch gefolgt, als ihr endlich herauskamt.«

»Warum bist du nicht zu uns aufs Dach gekommen?«, fragte ich irritiert.

»Warum hast du nicht nach links und rechts gesehen?«, gab sie gelassen zurück, bevor sie sich mit unverhohlener Neugier an Mischa wandte.

»Du bist also der wiedergefundene Freund! Wirst du auf unsere Schule gehen?«

»Ja, wohl oder übel, denn ich habe noch ein Jahr bis zum Abschluss«, gab Mischa zurück und bedachte die freche Elwi mit einem freundlich-belustigten Blick.

»*Wohl oder übel* wirst du bald zurücknehmen, glaub mir. Die Kadoorie-Schule ist einzigartig, vor allem seit wir in das nagelneue Gebäude an der Chaoufoong Road umgezogen sind. Du kannst dich glücklich schätzen, dass du zu uns kommen darfst, aber ich frage mich gerade: Was kannst *du* eigentlich beitragen? Worin bist du besonders gut?«

Ich warf einen letzten langen Blick zurück zur Garden Bridge, während wir im Strom der nach Hongkou flutenden Rikschas und Fußgänger mitgetrieben wurden.

Bis bald!, schwor ich mit einer grimmigen Entschlossenheit, die mich selbst überraschte.

Als ich mich wieder umdrehte, hatten sich zahlreiche Passanten zwischen mich und meine Freunde gedrängt und ich hatte Mühe, sie einzuholen. Allerdings bemerkten die beiden weder mein Zurückfallen noch mein Wiederauftauchen, denn Elwi hatte in der Zwischenzeit den prachtvollen Vorschlag gemacht, dass Mischa in der Schule doch einen Schachclub gründen könnte. Als ich endlich zu ihnen aufschloss, meldete sie sich gerade als erstes Mitglied an und ich trabte unbeachtet und zunehmend überflüssig hinter ihnen her.

Gerade begann ich mich zu fragen, ob ich nicht einfach abbiegen und die beiden »verlieren« sollte, als die Leute vor uns plötzlich zur Seite auswichen und wir uns einem Trupp brauner Uniformen gegenübersahen. Die Nazis schlenderten auf uns zu, breit, herausfordernd und mit Waffen über den Schultern. Hätte Mischa mich nicht geistesgegenwärtig zur Seite gerissen, wären sie glatt über mich hinweggetrampelt.

So war es Elwi, die fast umgerissen wurde, und trotz meines Schrecks war es eine kleine Genugtuung, dass Mischa zuerst mich gerettet hatte und nicht sie. Drohend zogen die Deutschen an uns vorbei und musterten jeden Einzelnen, als wollten sie sich unsere Gesichter einprägen. Etwas Kaltes schoss durch mich hindurch, als einer der Blicke mich traf. Er gehörte dem Jüngsten in der Gruppe, der kaum älter sein konnte als wir, und der Blick hielt mich sekundenlang fest, bevor er zu Mischa wanderte, aufflackerte und sich sofort wieder senkte.

Dunkles Haar, schlaksige Gestalt, wache Augen. Der kurze Moment hatte genügt, um Rainers Gesicht nicht mehr zu vergessen.

»Halt! Dieses Gebiet steht unter dem Befehl Seiner Majestät, des Tenno!«

Schon war der Auftritt vorbei. Vier japanische Soldaten traten den Deutschen in den Weg. Die waren sichtlich verdutzt und keiner von ihnen protestierte, als die Handvoll Japaner sie kurzerhand entwaffnete und zur Garden Bridge führte, als wären sie bei einem besonders dummen Streich ertappt worden.

Die Menge trat beiseite, um die Männer durchzulassen. Es war sehr still geworden. Als Letzter ging der Japaner, der die Waffen trug, wohl um sie den Nazis hinter der Brücke wieder auszuhändigen.

Plötzlich sagte jemand: »Da sperren sie uns ins Ghetto und schützen uns gleichzeitig vor den Deutschen. Das versteh ein anderer.«

Die ersten Flugzeuge sahen wir wenige Wochen später. Die Schlange vor dem »Büro für staatenlose Flüchtlinge« zog sich um den halben Block; stundenlang standen Elwi und ich nach der Schule an Mamus Stelle um einen Passierschein fürs Settlement an, damit meine Mutter zwischendurch nach Hause gehen, etwas essen und sich ausruhen konnte. Am Vortag hatte ich auch schon den Platzhalter gespielt, war für zwei Stunden sogar von Tante Irma abgelöst worden, aber vergebens, während der Geschäftszeit des selbst ernannten »Königs der Juden« rückten wir nicht einmal bis zur Eingangstür vor.

Auf den berüchtigten japanischen Offizier, der mit nur zwei Kollegen für die Flüchtlinge zuständig war und sich als General Goya anreden ließ, hatte ich persönlich noch keinen Blick werfen dürfen, doch sein Ruf war ihm vorausgeeilt, sodass ich zumindest hätte mitreden können, während ich mit den Passierscheinanwärtern Schlange stand. Ich hörte aber lieber zu, den Regenschirm als Sonnenschutz über Elwi und mir aufgeklappt. Es war Ende Juni und buchstäblich zu heiß, um zu reden. Neben mir hatte Elwi den bequemeren Platz an der Hauswand übernommen und lehnte halb schlafend an der Mauer. Eine von uns würde nach Hause laufen und Mamu holen, wenn wir uns dem Eingang näherten.

»Heute sind weniger starke Männer hier«, witzelte eine Frau. »Es wird also schneller gehen als gestern.«

»Ja, vielleicht kommt er zwischendurch sogar vom Tisch«, meinte eine andere.

Den meisten war jedoch nicht nach Witzen zumute. Der »König der Juden« war kleinwüchsig und hatte es auf jeden jüdischen Mann abgesehen, der ihn überragte. Vor besonders Stattlichen kletterte er auf seinen Schreibtisch und ohrfeigte sie, wobei er brüllte und tobte, dass man seine kreischende Stimme bis auf die Straße hören konnte.

Niemand wehrte sich. »General Goya« hatte so offensichtlich eine Schraube locker, dass es unter der Würde jedes Mannes gewesen wäre, zurückzuschlagen. Ich stellte mir den widerwärtigen Kerl vor, der auf seinem Tisch herumsprang, und mich schauderte. Wenn Goyas Stimme durchs Fenster drang, wurde es ziemlich still in unserer Warteschlange. Wir alle wussten, dass er die lebenswichtigen Passierscheine grundlos verweigern konnte.

Es war eine Macht, von der er ausgiebig Gebrauch machte. Die Betroffenen konnten ihre Arbeitsplätze nicht erreichen, verdienten kein Geld, ihre Familien hungerten. Insofern hatte Goya nicht übertrieben – er war »der König der Juden«, Herrscher über Gedeih und Verderb der Ghettobewohner.

Aber an diesem Tag blieb es tatsächlich ruhig und das leise Brummen, das mit einem Mal über uns auftauchte, wurde fast augenblicklich bemerkt. Ich klappte meinen Schirm zu und starrte mit angehaltenem Atem zum Himmel. Auf der Straße stockte der Verkehr; Fußgänger, Rikschas, Fahrradfahrer, die *Bao Jia*-Patrouille, alles stand still, den Kopf im Nacken, als hätte eine höhere Macht die Straße mit einem Bann belegt.

Hunderte Flugzeuge über dem eigenen Kopf haben etwas Beängstigendes, selbst wenn sie in zweitausend Metern Höhe so ruhig, zügig und wenig angriffslustig fliegen wie eine Schar Wildgänse. Selbst wenn Stimmen sie sofort flüsternd als Alliierte identifizierten und fachsimpelten, ob es britische *Hurricanes*, amerikanische *Wildcats* oder australische *Beaufighters* waren. Elwi fand den Anblick nicht weniger unheimlich als ich und zog mich heftig am Arm.

Alliierte schön und gut, hieß das, aber je dichter wir uns an die Hauswand drücken, desto besser.

Die Bomber zogen in südlicher Richtung davon. Nach ihrer Niederlage in Guadalcanal und auf den Salomonen waren die Japaner nun auch auf den Marshall-Inseln, in Neu-Guinea und Birma in Bedrängnis. Ihr Kriegsglück schien sich zu wenden, ganz wie Mischa vorhergesagt hatte, und der Anblick der Flugzeuge über unseren Köpfen löste, kaum dass sie verschwunden waren, Hoffnung, nahezu Überschwang in der Warteschlange aus. Es war, als wäre den abgerissenen, hungrigen, erschöpften Flüchtlingen vor Goyas Fenster eine stärkende Suppe gereicht worden – mit einem Mal hatten alle wieder Kraft.

Nur Elwi klagte: »Ziska, ich kann nicht mehr, ich habe bestimmt einen Sonnenstich. Meinst du, deine Mutter hat sich jetzt genug ausgeruht?«

Sie war leichenblass, ihre Knie zitterten. Ich gab ihr meine Wasserflasche und die Frau hinter uns meinte: »Setz dich besser, Kleine, bevor du aus den Latschen kippst.«

Kleine war ein wenig übertrieben, denn Elwi überragte sowohl mich als auch die hilfsbereite Frau um einen halben Kopf, aber meine Freundin gehorchte und ließ sich langsam an der Hauswand zu Boden rutschen.

»Ich beeile mich«, versprach ich, ließ meine noch halb volle Wasserflasche da und nahm Elwis mit, um sie zu Hause neu zu füllen. Ohne Wasser unterwegs zu sein, kam bei diesen Temperaturen tödlichem Leichtsinn gleich.

Die Warteschlange hinter uns war kürzer als noch vor zwei Stunden. Ich vermutete, dass etliche Anwärter bereits aufgegeben hatten und wieder nach Hause gegangen waren. Wer sich nicht gleich morgens anstellte, hatte kaum eine Chance, zu Goya vorzudringen, und ich bedachte die letzten Wartenden mit einem mitfühlenden Blick.

»Es geht etwas schneller als gestern, er brüllt kaum herum«, sagte ich ermutigend.

Judiths Augen weiteten sich, als sie mich erkannte. Ich hatte sie schon am Vortag in der Warteschlange gesehen und, als sie mich ignorierte, beschämt den Kopf gesenkt. Erst jetzt, als ich direkt vor ihr stand, wurde mir bewusst, dass sie mich einfach nicht erkannt hatte. Unsere letzte Begegnung lag drei Jahre zurück, damals war ich zwölf gewesen. Natürlich hatte ich mich verändert.

»Ziska?«, fragte sie mit heiserer Stimme.

»Hallo, Judith«, sagte ich leise.

Abgesehen davon, dass sie nicht weniger mitgenommen aussah als wir alle, war sie dieselbe schöne, stolze Judith, für die ich so geschwärmt hatte. Sie musste die Schule vor ein, zwei Jahren beendet haben. Wo sie wohl arbeitete? Müde starrte sie mich an, weder feindselig noch neugierig noch allzu überrascht; es war ja zu erwarten gewesen, dass wir uns innerhalb eines so winzigen Ghettos irgendwann über den Weg liefen.

Eigentlich war ich ganz froh, es endlich hinter mich bringen zu können.

»Ich muss los, meiner Freundin weiter vorn in der Reihe geht es nicht gut«, sagte ich. »Aber falls du dich überhaupt je gefragt hast, was ich damals im Reisebüro wollte, dann kann ich es dir jetzt sagen. Mein Onkel hat Papiere gebraucht, um Shanghai zu verlassen und seine Familie aus Deutschland zu holen. Es hat nicht geklappt, er ist mit meiner Tante und meiner Cousine irgendwo unterwegs verschollen. Aber für ihn war es richtig, es wenigstens zu versuchen. Das darfst du gern anders sehen, aber so war es.«

Judith antwortete nicht. Ich wandte mich ab, den Tränen nahe, doch schon während ich mich entfernte, merkte ich, wie meine Schritte leichter wurden.

Es war richtig, es war richtig, flüsterte es in mir, und an der Straßenecke wusste ich schon kaum noch, ob ich es wirklich zu Judith gesagt hatte oder nicht doch zu mir selbst.

Denn endlich, fast drei Jahre später, spürte ich, dass es stimmte. Obwohl Onkel Eriks Reise gescheitert war, ihn vielleicht sogar das Leben gekostet hatte, war es richtig gewesen, alles für Evchen und Tante Ruth zu versuchen, was wir konnten. Hätte ich Frau Kepler mit ihren Kontakten verschwiegen und meinen Onkel auf eigene Faust fahren lassen – dann, nur dann, hätte ich Grund gehabt, mir nicht zu verzeihen.

Was immer danach passiert war: Es war nicht meine Schuld.

21

Mit der wachsenden Zahl alliierter Erfolge fiel es schwerer, Hongkou auszuhalten. Ungeduld kostet zu viel Energie, wenn alle Kraft sich darauf richten müsste, den nächsten und übernächsten Tag zu überstehen, doch das theoretisch zu wissen, half mir nicht. Ich konnte einfach nichts dagegen tun, mich ständig schlecht gelaunt zu fragen, wie lange es denn noch dauerte und ob die Amerikaner tatsächlich von uns erwarteten, einen weiteren Hungerwinter durchzuhalten. In flammender Empörung haderte ich mit dem *Joint*, der russische und polnische Juden in Shanghai weiterhin unterstützte, während wir, die aus den Feindesländern Deutschland oder Österreich stammten, sehen mussten, wie wir zurechtkamen. Wenn ich den wohlgenährten polnischen Flüchtlingen begegnete, die nicht daran dachten, mit uns zu teilen, fühlte ich Neid und Wut mich fast verbrennen – und war noch erschöpfter und missmutiger als zuvor.

Dass die Alliierten auf Sizilien gelandet und Mussolini von der eigenen Bevölkerung gestürzt worden war, erfuhr ich von Mischa, der es wiederum von Rainer gehört hatte. Der Fü musste den Duce in einer dramatischen Aktion sogar entführen lassen, um ihn vor der Auslieferung zu retten. Danach stand Mussolini in Norditalien an der Spitze einer faschistischen Gegenregierung, aber erst lief die gesamte italienische Flotte zu den Alliierten über, dann erklärte die neue Regierung Süditaliens Deutschland den Krieg, und schließlich hatte niemand von uns mehr den Überblick, wer in Italien nun eigentlich wo kämpfte.

Wir merkten nur, dass der Krieg in Europa Kräfte bündelte, die im Pazifik fehlten. Die Eroberung kleinster Inseln dauerte Monate. Die Japaner verloren Zehntausende Soldaten und Unmengen von Schiffen und Flugzeugen, aber zu kapitulieren kam für sie nicht infrage. Lieber stürzten sich Kamikaze-Piloten mit Sprengstoff an Bord auf amerikanische Flugzeugträger, oder in die Enge getriebene Infanteristen verübten im Dschungel *Bushido*, um wenigstens noch eine Handvoll Amerikaner mit in den Tod zu reißen.

Wenigstens wurde mir allmählich klarer, warum der Krieg so lange dauerte. Es war schwer, gegen Leute zu gewinnen, die nicht einmal ihr eigenes Leben zu verlieren hatten.

Im Januar 1944 feierten wir meinen sechzehnten und Gerda Fränkels dritten Geburtstag und fühlten uns in unserem kleinen Ghetto buchstäblich am Ende der Welt. Man hatte uns vergessen. In Europa, Russland, Afrika, im Pazifik, überall waren die Alliierten auf dem Vormarsch, doch unsere Lage wurde immer schlechter. Meine Eltern und ich wurden nur noch selten satt, seit Mamu nicht mehr mitverdiente. Das Hotel, ihr letzter Arbeitgeber im Settlement, hatte ihr gekündigt, nachdem sie mehrmals keinen Passierschein erhalten hatte.

Auch Onkel Victors Praxis warf in den zwei Stunden pro Tag, in denen der Raum zu seiner Verfügung stand, kaum noch etwas ab. In den übrigen Stunden stand er auf dem Straßenflohmarkt in der Kung Ping Road und bot Wertgegenstände, Kleidung und Hausrat an. Ich bewunderte ihn für die gute Laune, die er dabei zur Schau stellte. Er verkaufte seinen aus Deutschland geretteten Besitz, als ob es ihm gar nichts ausmachte.

»Sehen Sie, meine Dame! Über diesen reizenden Teppich ist im Jahr 1928 der berühmte jüdische Dirigent Jascha Horenstein geschritten, wenn auch zugegebenermaßen nur zwei Mal, und Sie können ihn heute zum absoluten Notpreis erwerben! – Was, Sie gehen weiter? Haben Sie nicht gehört, was ich gesagt habe? Wir reden hier von Jascha Horenstein!«

Die Einzigen, die immer gut zu tun hatten, waren die Mitglieder

der Beerdigungsgesellschaft *Chewra Kadischa.* Die beiden kleinen jüdischen Hospitäler kamen an Medikamente kaum heran und für das gut ausgestattete General Hospital fehlte den Flüchtlingen das nötige Bestechungsgeld. Im Februar beerdigten wir Elwis Vater, der an der Ruhr gestorben war, und viele seiner jahrelangen Nachbarn im Heim konnten nicht dabei sein, da sie keine Kleidung mehr besaßen. Als Herr Bauer von den Bestattern abgeholt wurde, sahen wir Menschen schlotternd vor Kälte oder Schwäche um ihre einzige Mahlzeit des Tages anstehen, die Reste eines Mantels oder eines aufgeschnittenen Kartoffelsacks um den Leib gebunden, die frostzerbeulten Füße mit Lumpen umwickelt.

Zu meinem eigenen Erschrecken fühlte ich fast nichts mehr, wenn ich solcher Armut begegnete. Über die am Straßenrand verhungernden Chinesen stieg ich hinweg. Zu Mitgefühl ist man nicht mehr in der Lage, wenn man so hungrig durch den Tag läuft wie wir in diesem fünften Winter in Shanghai. Was den einen heute widerfuhr, blühte uns vielleicht in zwei, drei Wochen, und dann würde auch uns niemand helfen.

Es war hässlich, sich selbst so gut kennenzulernen. An manchen Tagen konnte ich regelrecht spüren, wie die Schäbigkeit und Kälte, das ganze Elend meiner Umgebung sich auch in meinem Inneren auszubreiten begann. Eigentlich musste ich erleichtert sein, dass ich wenigstens noch Schmerz fühlen konnte.

Der Verlust von Mischa und Elwi traf mich völlig unvorbereitet. Seit Monaten hatten wir fast alles zu dritt unternommen. Wir standen in der Schulpause beisammen, trafen uns bei Mischa oder mir, und ab und zu gingen wir sogar ins »Kino«, eine zugige Lagerhalle, die hauptsächlich deutsche Schnulzen zeigte, aber wenigstens ein bisschen Abwechslung bot. Rechtzeitig vor Beginn der nächtlichen Ausgangssperre brachte Mischa uns nach Hause, die eine links, die andere rechts untergehakt, eine Vertrautheit, an die ich mich gewöhnt hatte.

Als wir eines Abends Judith begegneten, drückte ich den Rücken durch und hob den Kopf – nicht unfreundlich, aber auch ein wenig herausfordernd. Zu meinem Unbehagen war sie in Begleitung eines Japaners.

»Guten Abend«, sagten Mischa und ich gedämpft, und Judith nickte uns ernst zu.

»Wer war das?«, fragte Elwi, kaum dass wir an den beiden vorbei waren.

»Jemand, den Ziska und ich auf der Jewish School kannten«, erwiderte Mischa.

»Das war nicht Jemand, das war Judith«, korrigierte ich ihn. »Mischa und ich haben für sie geschwärmt.«

»Geschwärmt? Ich?«, protestierte Mischa.

Ich gab ihm einen leichten Schubs. »Immer kamst du von irgendwo angesaust, jede Gelegenheit hast du genutzt, sie zu sehen! Du hast ihr sogar die Tasche getragen, wenn wir uns zum Laufen getroffen haben.«

Mischa schüttelte den Kopf. »Dich wollte ich sehen, nicht Judith! Hast du gar nicht gemerkt, dass ich seit dem Schiff in dich verknallt war?«

Ich fiel fast über seine Füße vor Überraschung. Wir blieben stehen, ich ließ seinen Arm los und sah ihn fassungslos an.

Mischa seufzte. »Du warst schon immer schwer von Begriff«, meinte er theatralisch.

Elwi, die an seiner anderen Seite hing, kicherte. Noch nie hatte ich mich daran gestört, dass wir zu dritt waren, aber jetzt wusste ich nicht, was mich mehr verletzte: dass Mischa ein solches Bekenntnis in Elwis Beisein einfach so hinwarf oder dass sie darüber lachte.

»Na, Hauptsache, es ist vorbei!«, sagte ich bissig.

»Keine Sorge«, erwiderte er nur.

Ich hakte mich wieder ein, um seiner Bemerkung nicht noch mehr Gewicht zu verleihen, aber nachdem die beiden mich zu Hause abgeliefert hatten, schloss ich die Tür hinter mir und überlegte einen Augenblick ernsthaft, in Tränen auszubrechen. Hinter der Tür hörte ich, wie ihre vergnügten Stimmen sich entfernten.

Wie albern!, dachte ich und riss mich zusammen. Aus welchem Grund sollte ich heulen? »Es« war vorbei, das hatte Mischa selbst gesagt, und Elwi hatte ganz Recht: Über diese alte Geschichte konnte man nur lachen.

Auf dem Schiff! Lichtjahre her!

Darüber, was hätte sein können, wenn Mischa früher etwas gesagt hätte, lohnte sich nicht einmal nachzudenken, schließlich war ich nie in ihn verliebt gewesen. Da war ich mir sicher. Ziemlich zumindest. Und ich lief auch nur zwei Tage lang rot an, wenn ich Mischa in der Schule begegnete. Er schien es nicht zu bemerken, er hatte ja auch genug im Kopf mit seinen Abschlussprüfungen, die unmittelbar bevorstanden.

Kurz darauf setzte meine Freundin Elwi beim Abendessen zu einer kleinen Rede an.

»Liebe Familie Mangold«, sagte sie förmlich, »seit zwei Jahren laden Sie mich immer wieder ein, obwohl auch Sie nicht viel aufzutischen haben. Dafür werde ich ewig dankbar sein, aber ich denke, es ist für uns alle die beste Lösung, wenn ich ab morgen bei Konitzers esse.«

Ich war wie vom Donner gerührt. Elwi mied meinen Blick.

»Konitzers haben es angeboten«, sagte sie rasch. »Zu Ihrer Entlastung … ich meine«, fügte sie etwas lahm hinzu, »Konitzers geht es besser, finanziell gesehen.«

»Das ist sehr freundlich von Konitzers, aber ich kann dir versichern, mit uns haben sie nicht darüber gesprochen«, erwiderte Papa. »Als Ziskas Freundin bist du jederzeit herzlich willkommen, Elwi, wie du hoffentlich weißt.«

»Danke«, antwortete Elwi und schlug die Augen nieder, und in diesem Moment wusste ich, dass sie ihre Entscheidung bereits getroffen hatte. Sie war zum letzten Mal bei uns.

»Das verstehst du doch, Ziska«, sagte sie zu mir, als sie sich vor dem Haus verabschiedete. »Mami darf auch mitkommen. Sie hat doch jetzt niemanden mehr, und wo Konitzers und wir doch später alle nach Australien wollen …«

»Ach, darum!«, brachte ich heraus.

Elwi hob die Schultern. Sie konnte mir kaum in die Augen sehen. Aber das Verrückte war, dass ich sie tatsächlich verstand.

Als ich zurück in die Wohnung kam, konnte Mamu nicht mehr an sich halten. »Nicht viel aufzutischen …! Dafür hat das Fräulein aber ganz schön gefuttert! Sie wechselt an den größeren Napf, doch dass wir ihr nichts geboten hätten, kann nun wirklich niemand behaupten.«

»Sie hat schon Recht, es ist eine gewisse Erleichterung«, bemerkte Papa.

Doch Mamu zürnte weiter. »Immer diese Konitzers! Dass sie mehr Glück hatten mit ihrem Lift, gibt ihnen nicht das Recht, nun auch noch einen Keil zwischen Ziska und ihre Freundin zu treiben. Ja, warum haben sie Ziska nicht auch eingeladen? Bei dem bisschen, was das Kind isst, hätte es sie nicht ärmer gemacht. Aber nein, sie geben ihr nicht einmal die Gelegenheit, abzulehnen!«

Ich hätte mir am liebsten die Ohren zugehalten. Noch lieber etwas Passendes geantwortet, aber nachdem Elwi weg war, stand ich schlicht unter Schock.

»Wie heißt es so schön?«, sagte Mamu verbissen. »Drei sind einer zu viel.«

Würdevoll aufzustehen und ins Nebenzimmer zu gehen, stellte sich als vergebens heraus. Es war eisig und dunkel und durch die dünnen Wände konnte ich immer noch jedes Wort meiner Eltern verstehen.

»Es ist deine Schuld, Franz! Seit Jahren hörst du nicht auf, von Deutschland zu quatschen.«

»Was in aller Welt hat *das* damit zu tun?«

»Wenn *das* nicht wäre, hätte Ziska mit Mischa eine gute Partie gemacht.«

»Nun hör aber auf. Willst du ernsthaft Victor Konitzer als Schwiegervater für unsere Ziska?«

Ich drückte mir mein Kissen über beide Ohren. Wenn wir jemals aus Hongkou herauskommen, dachte ich verzweifelt, will ich für immer alleine wohnen!

Am nächsten Vormittag knöpfte Elwi, anstatt wie immer mit mir in die Pause zu gehen, ihre Jacke zu und verließ eilig den Klassenraum, und ich ließ mir extra viel Zeit, damit ich erst einige Minuten nach ihr draußen ankam. Aus den Augenwinkeln sah ich, dass sie bei Mischa stand. Als sie merkte, dass ich in der Nähe war, küsste sie ihn auf die Wange.

Ich blickte mich hilflos um. Ich kannte jedes einzelne Gesicht auf diesem Schulhof, aber es war, als stünde ich hier zum ersten Mal.

»Vorbei mit Elwi?«, fragte Helena, die mit ihrer Freundin Bonnie fröstelnd im überdachten Rundgang unseres neuen Schulgebäudes stand, durch den man von Klassenzimmer zu Klassenzimmer spazieren konnte.

»Keine Ahnung«, murmelte ich und war dankbar, als die beiden sofort ein wenig auseinander rückten, damit ich mich zu ihnen stellen konnte. Bonnie und ich waren zusammen in der Theatergruppe, bestimmt hatte sie nichts dagegen, dass ich ab und zu …

Mit fassungslosem Staunen begriff ich, dass es tatsächlich vorbei war mit mir und Elwi. Vorbei, ohne uns gestritten, ohne unsere Freundschaft auch nur durch ein einziges Wort beendet zu haben. Meine *Schul*freundin hatte ich sie sein lassen wollen, aber daran, dass ich eines Tages noch vor ihr meine Rolle erfüllt haben würde, hatte ich nie gedacht.

Als wir aus der Pause zurückkamen, fragte Elwi gedämpft: »Wäre es dir lieber, ich würde mich woanders hinsetzen, Ziska?«

»Es ist mir gleichgültig, wo du sitzt, Elwi«, erwiderte ich kühl. »Bleib nur, mich stört's nicht.«

»Das wäre mir sehr recht. Dann könnte ich in Hebräisch weiter von dir abschreiben«, sagte sie mit verbindlichem Lächeln.

Ich hob den ihr zugewandten Mundwinkel zum Zeichen, dass das Friedensangebot angekommen war. Man musste schließlich nicht befreundet sein, um nebeneinander die Schulbank zu drücken. Man musste sich nicht in den Haaren liegen, bloß weil man ab jetzt nur noch befreundet *gewesen* war.

Und man konnte noch miteinander reden, während Mischa, dieser Feigling, von nun an einen schuldbewussten Bogen um mich machte. Wahrscheinlich hoffte er, alles, was zwischen uns nicht gesagt worden war, erledigte sich auf diese Weise ganz von selbst.

Ob er wusste, dass sein Vater ein wenig nachhalf? Beim Ausliefern von Papas Aufträgen begegnete ich Onkel Victor oft, da er jeden Nachmittag am selben Platz auf dem Flohmarkt in der Kung Ping Road stand. Nachdem Mischa und mir die Freundschaft abhanden gekommen war, machte ich die erste Zeit einen Umweg um diese Straße, um seinem Vater nicht über den Weg laufen zu müssen. Ich war beschämt, als ob ich etwas Peinliches verbrochen hätte.

Erst als ich mich einigermaßen gefasst hatte, fühlte ich mich darauf vorbereitet, Onkel Victor gegenüberzutreten. »Hab mich schon gefragt, wann du mir wieder in die Augen sehen kannst«, bemerkte er, noch bevor ich auch nur dazu kam, Hallo zu sagen.

Ich bückte mich und tat, als müsste ich die Decke zurechtzupfen, auf der seine Töpfe und Bestecke lagen. Es gab keinen anderen Menschen, der mich so zuverlässig zum Heulen bringen konnte wie der kluge, unbarmherzige Onkel Victor.

»Unter uns Berlinern«, brummte er, »du bist ein knorke Mädchen. Das hab ich schon erkannt, als du dich damals nach dem Apfel gebückt hast. Ich hätte mir das alles anders gewünscht, das kannst du mir glauben, aber so ist es nun einmal. Du würdest deine Eltern nie alleinlassen.«

»Meine Eltern alleinlassen?« Ich hob den Kopf und starrte ihn an.

»Wir gehen nach Australien«, sagte Onkel Victor. »Ihr nicht. Und bis wir hier wegkommen, werden auch wir alles verloren haben. Viel Zeit für einen Neuanfang bleibt nicht, Fehlstarts kann sich keiner erlauben. Da muss alles stimmen, und das Wichtigste sind die Menschen, mit denen wir uns umgeben. Deshalb gehst du mit deinen Eltern und es ist besser, wir trennen uns, bevor die Freundschaft zwischen dir und Mischa noch enger wird.«

»Aber so eng …« Ich musste schlucken. »So eng war sie doch gar nicht.«

»Herzchen, das hast du nur nicht gemerkt«, sagte Onkel Victor und sah mich so enttäuscht und vorwurfsvoll an, als wäre ich diejenige, die alles vermasselt hatte.

Den Blick hatte ich länger nicht gesehen, aber er trocknete meine Tränen augenblicklich.

»Quatsch«, sagte ich streng. »Mischa und ich waren Kindheitsfreunde. Wenn einer Angst davor hatte, dass mehr daraus wird, dann kannst das nur du gewesen sein.«

»Und ich habe dir gerade erklärt, warum«, erwiderte er streng. »Du bist sechzehn, Mischa achtzehn. Man kann in eurem Alter nicht mehr so befreundet sein, wie ihr euch das vorstellt. Das hätten dir deine Eltern«, fügte er missmutig hinzu, »auch ruhig selber sagen können!«

Plötzlich war ich so wütend, dass ich am liebsten über seine Decke hinweggetrampelt wäre, um ihn zu schubsen. Stattdessen brüllte ich aus zwei Metern Entfernung und dass alle um uns herum interessiert zuhörten, war mir egal.

»Weil *man* das angeblich nicht kann, nehmt ihr mir gleich beide Freunde, ja? Nein, jetzt hörst du mir mal zu, Onkel Victor! Vielleicht hast du Recht, vielleicht kommen wir irgendwann aus Shanghai heraus. Aber wenn *man* in der Zwischenzeit irgendetwas nicht macht, dann den Leuten ihre Freunde wegzunehmen, ohne die sie diesen ganzen Dreck hier nicht überleben!«

Onkel Victors Kiefer klappte betroffen herunter. Ich trat einen Schritt zurück. »Ich hoffe, ich muss dich nie wiedersehen, Onkel Victor«, sagte ich.

»Ziska«, begann er, aber ich drehte mich einfach um und ließ ihn stehen.

Wieder einmal. Ich musste seufzen. Wenn ich versuchte, mich auf diese Weise von jemandem zu trennen, führte es erfahrungsgemäß nur dazu, dass wir uns garantiert wiedersahen! Aber es war ein gutes Gefühl, mich wenigstens gewehrt zu haben.

Als ich hastige Schritte hinter mir hörte, ging auch ich schneller.

Dass Onkel Victor meinetwegen seinen Stand verließ, war das Letzte, was ich erwartet hatte. Wenn er zurückkehrte, würde nichts mehr auf seiner Decke liegen.

Mein Arm wurde gepackt, ich drehte mich ungeduldig um. Na schön, ich hatte noch mehr zu sagen!

Nein, ich war nie in Mischa verliebt, er war wichtiger als das. Er war mein Freund, mein Vertrauter, er ist nicht zu ersetzen. Und trotz allem glaube ich nicht, dass Elwi genau dieselbe Stelle ausfüllen wird wie ich. Der Verlust ist nicht meiner allein!

»Hast du Lust auf einen Tee?«, fragte Judith. »Ich wohne gleich um die Ecke.«

»Schau nicht so«, sagte sie. »Ich weiß, dass es Luxus ist.«

Aber ich konnte nicht aufhören zu starren. Das Zimmer war etwa zehn Quadratmeter groß, eine Wand bestand fast vollständig aus einem großen, hellen Fenster. Ein Bett, ein schmaler Kleiderschrank, ein viereckiges Tischchen mit zwei Stühlen und ein Ofen teilten sich den Raum; die Kohle befand sich in einem Eimer, der fast bis zum Rand gefüllt war.

Und Judith hatte all dies für sich allein.

Man wusste gar nicht, was man als Erstes fragen sollte. Wo ihre Eltern geblieben waren, wo sie arbeitete, um sich das Zimmer leisten zu können. Warum sie so seltsam schaute, als ob sie mir etwas mitteilen wollte, aber nicht wusste, wie.

Plötzlich erinnerte ich mich an den Japaner, mit dem ich sie gesehen hatte, und fühlte einen kleinen Stich der Enttäuschung und Verwirrung.

»Mein Freund heißt Tashi«, sagte Judith, um mir zuvorzukommen. »Er arbeitet in der Funkstation an der Ward Road. Natürlich übernachtet er hier, aber ansonsten ist es meine Wohnung.«

»Und wo arbeitest du?«

»Im Heim an der Seymour Road, aber sie können mich nicht bezahlen. Tashi kommt für alles auf, was ich brauche. Wenn du so willst, leistet auch er seinen Beitrag, um Juden zu helfen«, fügte sie etwas spöttisch hinzu.

»Und deine … deine Eltern?«, fragte ich zögernd. Plötzlich wusste ich nicht mehr, ob ich darauf überhaupt eine Antwort haben wollte.

»Meine Mutter ist im Settlement geblieben.«

»Ach, durfte sie das? Ihr seid doch auch erst 1938 gekommen.«

»Mein Vater ist Deutscher«, sagte Judith ruhig.

Mir verschlug es die Sprache.

»Er hat sich damals von Mutter scheiden lassen, aber uns beide in Sicherheit gebracht. In Shanghai sind wir, weil es weit genug weg ist von Deutschland und Verwandtschaft meines Vaters hier lebt. Parteigenossen, Hitlerjungen, alles dabei. Mein Onkel hat erwirkt, dass Mutter im Settlement bleiben durfte, aber ich will bei meinem Volk sein, wie du dir vorstellen kannst.«

Sie sah mich herausfordernd an. Als mir noch immer keine Antwort einfiel, fügte sie hinzu: »Ich kann meinem Vater keine Vorwürfe machen, er hat sich anständig verhalten – unter den Umständen. Aber ich bin alles andere als stolz darauf, eine halbe Deutsche zu sein, und nur froh, dass ich endlich allein bin. Ich wäre dir dankbar«, ergänzte sie, »wenn du das alles für dich behalten würdest. Komm, setz dich, ich mache uns Tee!«

Sie zog einen der beiden Stühle zurück, aber über ihr Gesicht flackerte zum ersten Mal ein Funken Besorgnis, als ich stehen blieb.

»Du kündigst unsere Freundschaft, weil du mich aus einem deutschen Laden kommen siehst«, fragte ich ungläubig, »und du selbst lebst bei Deutschen, bist praktisch eine von ihnen?«

»Ich hatte keine Wahl, das ist ein großer Unterschied«, sagte Judith mit blitzenden Augen. »Und ich bin keine von ihnen. Sag das nie wieder!«

»Keine Sorge«, erwiderte ich und wandte mich zum Gehen, aber Judith hielt mich fest.

»Ich habe auch keine Freundin«, sagte sie leise.

Der Tee war besser als unserer, den wir auf dem Markt erstanden, aber ich fragte nicht, woher Judith ihn hatte – ich vermutete, dass er wie alles andere von Tashi stammte. Dessen Name tauchte in jedem zweiten ihrer Sätze auf und meine Nachfrage brachte sie nicht einmal in Verlegenheit. Judith fand überhaupt nichts dabei, mit einem der Besatzer zu »gehen«.

»Gegen uns Juden haben sie nichts«, erklärte sie bedeutungsvoll. »Das Ghetto ist eine rein deutsche Idee. Glaub mir, es gab noch ganz andere Pläne, aber die Japaner haben sie verhindert. Du hast ja keine Ahnung, wie viel wir ihnen verdanken.«

»Und was sagt Tashi zu all den toten Chinesen …?«

»China ist mit Japan im Krieg«, erwiderte Judith. »Was hat das mit uns zu tun?«

Ich gab auf. Es hatte keinen Zweck, mit Judith über das Schicksal der Chinesen zu reden. Vielleicht hatte man im Leben, das wir führten, nur Sinn für ein einziges Ziel.

Beinahe hätte ich sie gefragt, ob sie noch ins Gelobte Land wollte, aber im letzten Augenblick biss ich mir auf die Zunge. Ich kannte ja nicht nur die Antwort, ich wusste auch, was die Gegenfrage gewesen wäre, und wahrscheinlich wusste Judith, was ich darauf hätte erwidern müssen.

Wozu also daran rühren? Dass meine Eltern und ich nach Deutschland zurückgingen, würde irgendwann auch das Ende meiner Freundschaft zu Judith bedeuten, aber mit ihrer Einladung hatte sie mir zu verstehen gegeben, dass der Zeitpunkt noch nicht gekommen war.

»Ich hätte auch gern eine Wohnung nur für mich«, gestand ich. »Wenn ich mir vorstelle, irgendwo die Tür schließen zu können! Das war einer der Gründe, warum ich so gern im Reisebüro war. Dort war es still und Frau Kepler ließ mich in Ruhe.«

»Ich hab mir gedacht, dass du nicht zum ersten Mal dort warst«, erwiderte Judith nur.

»Fandest du die Nanking Road nicht auch wunderbar? Alle Nationen, alle Sprachen, alle Hautfarben ... da konnte man als jüdisches Kind auch in ein deutsches Reisebüro gehen.«

»Das ist vorbei, Ziska. Die Nanking Road ist jetzt auch nicht mehr so.«

»Ich weiß«, sagte ich leise. »Vielleicht war sie es schon vorher nicht und ich wollte es nur nicht sehen.«

»Ich bin froh, dass wir uns getroffen haben«, erwiderte sie. »Du darfst jederzeit herkommen. Die Wohnung steht sechs Nachmittage pro Woche leer, an denen ich im Heim arbeite. Ich lasse dir einen Schlüssel nachmachen.«

»Ist das dein Ernst?«

»Na hör mal. Sind wir nun wieder befreundet oder nicht?«

Es war ungewöhnlich, eine Freundin zu haben, die man fast nie zu Gesicht bekam, aber dass sie mich in ihrer Wohnung allein sein ließ, war der größte Gefallen, den Judith mir tun konnte. Ich kam, sobald ich Papas Aufträge ausgetragen hatte, verzichtete auf alle Nachmittagsaktivitäten der Schule – selbst auf den Theaterclub – und freute mich den ganzen Tag auf den Moment, in dem ich die Tür hinter mir schließen konnte. Ich kochte Tee, saß völlig ungestört an dem kleinen Tisch am Fenster, machte meine Hausaufgaben, las oder dachte nach. Machte meinen Frieden mit Mischa und Elwi.

Judith kam gegen fünf. Manchmal trafen wir einander noch, aber da ich Tashi nicht über den Weg laufen wollte, war ich meist früher verschwunden. Dass ich in der Wohnung gewesen war, erkannte Judith dann nur daran, dass ich spülte, putzte und wischte.

»Du brauchst nicht zu arbeiten, um die Wohnung zu benutzen!«, wies sie mich zurecht.

»Ich tue es aber gern«, versicherte ich.

Und das war nicht gelogen. Denn für einige Stunden am Tag war es tatsächlich »meine« Wohnung mit allem, was dazugehörte, und zum ersten Mal seit langer Zeit hegte ich behutsam wieder einen Plan: Ich wollte, ich würde mein eigenes Zuhause haben, wenn der Krieg vorbei war! Bett und Schrank und eine kleine Küche, ein Radio und ein Bücherregal, eine Katze wäre schön oder ein Papagei.

Herrliche Aussichten, die den nächsten Plan schon mit sich brachten, denn natürlich brauchte ich als künftige Besitzerin einer eigenen Wohnung einen ordentlichen Beruf. Doch worin war ich gut? Was würde mir so viel Spaß machen, dass ich über viele Jahre gut darin sein würde?

Ich hatte noch keine Ahnung, aber das machte nichts – eigentlich hieß es doch nichts anderes, als dass mir mehr als eine Möglichkeit offenstand.

»Ziska, ich bin begeistert«, erklärte Miss Schmidt, als sie vor den Ferien unsere Zeugnisse verteilte. »Ich weiß nicht, was im letzten Halbjahr mit dir passiert ist, aber deine Leistung hat sich in fast allen Fächern um eine Note verbessert. Weiter so!«

Elwi warf mir einen langen Seitenblick zu, als wir unsere Ranzen packten. »Nun weiß ich, was du den lieben langen Tag machst«, sagte sie. »Pauken, stimmt's? Muss ich mir Sorgen machen?«

»Überhaupt nicht. Ich denke nur über meine Zukunft nach«, erwiderte ich und ärgerte mich über ihren herablassenden Ton.

»Über deine Zukunft«, wiederholte Elwi gedehnt. »Über eine Zukunft in Deutschland würde ich aber lieber nicht nachdenken wollen.«

Ich lächelte, obwohl ihre Bemerkung mich traf. »Meine Zukunft wird gut sein, egal wo«, meinte ich zuversichtlich und stand auf.

Das ließ sie verstummen. Ich war selbst überrascht, wie überzeugt meine Worte klangen. Viel überzeugter, als ich geglaubt hatte zu sein.

»Schöne Ferien, Elwi«, sagte ich aufrichtig. »Wir sehen uns im August.«

»Wenn wir dann noch leben«, murmelte sie.

Aber ich tat, als hätte ich ihren letzten Satz nicht gehört. Darüber, dass meine vielversprechende Zukunft in wenigen Tagen schon zu Ende sein konnte … nein, darüber mochte ich in diesem Sommer wirklich nicht nachdenken.

Seit die Alliierten die Japaner in breiter Front zurückschlugen und auf dem eigenen Territorium angriffen, erlebten wir fast täglich Fliegeralarm. Von unserem Innenhof, den wir im Notfall schneller in Richtung Straße verlassen konnten als die Wohnung, sahen wir die Geschwader in großer Höhe vorüberfliegen. Meist hörte man nur ein leises Brummen der Motoren, aber einige Male gingen Bomben auch über den Docks von Wusong nieder, einem Ort, der nur vierzehn Meilen entfernt lag und in dem sich ein Internierungslager für kriegsgefangene alliierte Soldaten befand. Es gab zwei, drei dumpfe Schläge, dann verwandelten sich die Explosionen in drohendes Donnergrollen, wie an jenem Morgen vor zweieinhalb Jahren, als Shanghai angegriffen worden war.

Große Angst hatte niemand aus unserem Haus. Warum sollten die Amerikaner uns angreifen? Natürlich konnte sich aus Versehen einmal eine Bombe losklinken, aber wenn diese ausgerechnet uns traf … dann war es Schicksal, oder etwa nicht?

Vorsorglich packten wir Papiere, Kleidungsstücke und die paar Andenken, die man noch als unseren wichtigsten Besitz bezeichnen konnte, in Taschen, die stets an derselben Ecke des Zimmers standen, damit man sie auch im Dunkeln fand. Wir griffen danach, wenn wir, nachts noch im Schlafanzug, bei Alarm in den Hof eilten. Aber nach kurzer Zeit machte sich nicht einmal die kleine Gerda Fränkel mehr Sorgen, wenn die Sirene erklang. Wir waren nur Zuschauer in diesem Krieg, und wie immer mussten wir eben sitzen und abwarten.

Zufrieden lehnte Gerda im Arm ihrer Mutter und beobachtete die Kinder der Hus, die von der gegenüberliegenden Hauswand zu ihr hinübergrinsten. Sie und die beiden jüngsten Hus spielten oft und selbstverständlich miteinander, aber manchmal lag jetzt ein unergründlicher, wie gebannter Ausdruck in Gerdas Gesicht, als stünde sie vor einem großen Rätsel.

In diesem Sommer, während Fränkels, Hus und wir Tag und Nacht gemeinsam die Entwarnung abwarteten, schien Gerda zum ersten Mal aufzufallen, dass sie den Kindern der Hus stärker ähnelte als ihrer eigenen Familie, und ich hoffte für sie, dass sie dieses Rätsel würde lösen können, bevor die kleinen Hus anfingen, freche Bemerkungen zu machten.

Da Gerda und ich miteinander Geburtstag feierten, fühlte ich mich fast wie ihre Patentante und bereitete mich insgeheim auf Fragen vor.

Deine Eltern haben dich gefunden, wie einen wertvollen Schatz oder die Antwort auf ein Gebet …

Wenn ich ihr zufriedenes kleines Gesicht beobachtete, fragte ich mich, was Jakob zu seiner Schwester sagen würde, und war stolz auf sie und beinahe traurig, weil ich bei der ersten Begegnung der beiden nicht mehr dabei sein würde. Ich überlegte, was ich Bekka über Gerda schreiben würde, wenn wir uns noch schrieben, ja, was Bekka denken würde, wenn sie uns alle in diesem Augenblick sehen könnte. Meine Mutter, die grau und schmal geworden war, meinen Vater, der vor Müdigkeit immer wieder zusammensackte. Mich mit tropfender Nase und in einem Schlafanzug, der an mir klebte, als hätte ich darin gebadet. Wenn wir nachher aufstanden, würden Schweißpfützen am Boden zurückbleiben.

Die Chinesen um uns herum, die leise schnatternden, gänzlich unbekümmerten Stimmen, die von Dächern und benachbarten Hinterhöfen zu uns drangen. Den Qualm offener Feuerstellen, das Klirren von Teegeschirr, die Schatten der Hauswände, die uns umgaben, und den schmalen Streifen Himmel über unseren Köpfen, in dem das Brummen der Flugzeuge in Wellen kam und ging, kam und ging.

Würden wir uns überhaupt erkennen, wenn wir uns wiedersahen? Würden wir uns etwas zu sagen haben? Wo würde ich anfangen, Bekka von unserem Leben in China zu erzählen?

Ich schloss die Augen, spürte die feuchte Nachtluft, die warmen Steine unserer Hauswand im Rücken, und fühlte mich weiter entfernt von *Damals* als je zuvor.

VI
Das Ende der Welt

(1945 – 1947)

22

So sicher, wie eins plus eins zwei ergibt, wie ein Hut auf einen Kopf gehört und ein Schuh an einen Fuß, glaubte ich seit Jahren an eine simple Formel: Wenn der Fü tot ist, ist der Krieg aus. Der Tod des Fü und das Ende des Krieges gehörten für mich so untrennbar zusammen, dass ich ein kleines, aber wichtiges Detail dabei völlig übersehen hatte: Wir und der Fü befanden uns in zwei unterschiedlichen Kriegen, und dass er tot war, sich im Bunker seiner Reichskanzlei feige erschossen hatte … bedeutete nichts.

Auf der Straße wurde geraunt, das war alles. Die Japaner waren nervös und zu allem fähig. Viele Soldaten waren in den letzten Monaten abgezogen worden, um den Vormarsch der Alliierten auf Okinawa aufzuhalten, und man munkelte, dass die Verbliebenen begonnen hatten, Gold, Devisen und geraubte Kunstschätze aus Shanghai in Sicherheit zu bringen.

Auch die nationalchinesischen Truppen unter Chiang Kai-shek waren mit einem Mal wieder im Spiel, hatten die Mandschurei zurückerobert und arbeiteten sich aus dem Landesinneren in Richtung der Küstenstädte vor. Aber wir durften uns keinesfalls anmerken lassen, dass wir auch nur auf die Idee kamen, die unbesiegbaren Truppen des Tenno könnten in Auflösung sein! Und dazu gehörte, dass die Japaner keinen Wert darauf legten, den Verlust eines Verbündeten an die große Glocke zu hängen.

Habt ihr gehört, Hitler soll tot sein!

Habt ihr gehört, Deutschland soll kapituliert haben!

Habt ihr gehört, ganz Deutschland soll in Trümmern liegen!

Die Cafés in Hongkou boten einen trübseligen Anblick – weder zahlende Kundschaft noch etwas Nennenswertes anzubieten –, doch an den Tagen, an denen es wenigstens Gerüchte gab, summten sie vor Betriebsamkeit. Allerdings war es hauptsächlich ein Austausch von Nichtwissen und so zogen sich auch diese Tage hin, einer war wie der andere und es lohnte sich nicht einmal, sie in eine Zeit vor und nach dem Tod des Fü einzuteilen. Wäre das Ende des Krieges in Europa nicht von einigen Polen in der Nachbarschaft bestätigt worden, die ihre Radios noch benutzen durften, ich hätte vielleicht wieder aufgehört, daran zu glauben.

Dabei hatte ich vorübergehend sogar gehofft, die deutsche Niederlage käme viel früher. Im letzten Herbst hatte ich Mischa auf der Straße getroffen und nach einem verlegenen Hallo berichtete er, was er als Letztes von Rainer gehört hatte: Alliierte Truppen waren in der Normandie gelandet, hatten Frankreich und Belgien befreit und marschierten Richtung Ruhrgebiet, während von Osten die Sowjets nach Deutschland vorrückten. Deutsche Offiziere hätten bereits vergeblich versucht, den Fü zu stürzen, um weiteres sinnloses Sterben zu verhindern.

Trotz dieser erbaulichen Nachrichten wirkte Mischa bedrückt. »Rainer ist weg«, gestand er. »Eingezogen. Jetzt hat es ihn im letzten Moment doch noch erwischt.«

»Ach«, konnte ich mich nicht enthalten zu sticheln, »es ist keine Ehre für ihn?«

Mischa sah mich niedergeschlagen an. »Er hat gesagt, er würde lieber leben.«

Meine Antwort, wenn ich überhaupt eine gehabt hatte, blieb mir im Halse stecken und Mischa und ich verabschiedeten uns ziemlich schnell mit Grüßen an unsere jeweiligen Eltern.

Was hätte ich zu Rainers Fortgang auch sagen sollen – dass er mir leidtat? Obwohl ich vermutete, dass er zu den heimlich Guten unter den Deutschen gehörte, hatte ich keineswegs vergessen, was mein einziger Blick auf ihn gewesen war: Zur Feier der Eröffnung des Ghettos war er mit den anderen Nazis durch Hongkou marschiert!

Inzwischen verließen deutsche Familien in Scharen das ehemalige Settlement. Man hörte es von Flüchtlingen, die noch Passierscheine zum Verlassen des Ghettos erhielten und die Veränderungen beobachteten. Die frei werdenden Wohnungen wurden sofort von Chinesen bezogen, die vor den im Norden wieder aufflammenden Kämpfen zwischen Kuomintang und Kommunisten nach Shanghai geflohen waren.

Auch unmittelbar vor unserer Haustür veränderte sich also die Welt: Shanghai wurde wieder von denen in Besitz genommen, die immer schon hierher gehört hatten. Wenn es überhaupt noch einen »internationalen Sektor« gab, dann konnte jetzt nur noch Hongkou gemeint sein, wo 18 000 europäische Juden und 100 000 der ärmsten Chinesen von der Welt vergessen worden waren.

Hätte ich nur wenige Stunden in die Zukunft schauen können, dann hätte ich an diesem 17. Juli einiges anders gemacht. Kleinigkeiten nur, die Hölle dieses Tages hätte ich nicht abwenden können, aber ich hätte zum Beispiel nur zwei Minuten früher aufstehen müssen, um Gerda und ihren Eltern mehr als nur ein flüchtiges »Morgen!« zurufen zu können, als ich die Treppe hinab zur Schule hetzte.

Fränkels gehörten zu denen, die nach der Einrichtung des Ghettos von einem Tag auf den anderen ihren Lebensunterhalt verloren hatten. Sein Taxi hatte Herr Fränkel verkaufen müssen und obwohl die drei von dem Erlös einige Zeit hatten leben können, hatte die Inflation längst dafür gesorgt, dass von dem Geld nichts mehr übrig war. Wie so viele andere standen unsere Nachbarn nun täglich in einem der Heime um Essen an, und wie so viele andere mussten sie immer früher aus dem Haus, um nicht leer auszugehen. Seit auch die Japaner aus Shanghai verschwanden, die vielen Flüchtlingen Arbeit gegeben hatten, stieg die Zahl derer, die auf Armenspeisung angewiesen waren, rasant an.

Nein, es hätte nichts geändert, wenn ich Fränkels aufmerksamer gegrüßt hätte. Aber *Morgen* zu rufen, ausgerechnet.

Ich seufzte, als ich auf die Straße trat und die Hitze mir entgegenschlug wie eine Wand. Trotz der frühen Morgenstunde zeigte das Thermometer fünfunddreißig Grad im Schatten und die Luftfeuchtigkeit betrug hundert Prozent. Es waren nur wenige Minuten bis zur Schule, die einige Schritte hinter der Ghettogrenze lag, aber ich wusste jetzt schon, wie zerzaust und verschwitzt ich dort ankommen würde. Eigentlich lohnte es sich gar nicht mehr, sich morgens zu waschen und zu kämmen.

Für die kleine Gasse, die quer zur Chusan Road verlief und durch die ich seit Jahren jeden Morgen zur Schule ging, hatte ich keinen Blick. Nicht für die vielen Fenster, deren Verdunkelungspappen seit Beginn der Fliegeralarme auch noch den letzten Rest von Licht aus den Wohnungen aussperrten. Nicht für die Bewohner, die ihre Töpfe und Wasserkannen über die Straße trugen, Schmutzeimer in die barbarisch stinkenden Abwasserrinnen entleerten oder resigniert nach den streunenden Katzen, Hunden und Ratten traten, von denen es im Ghetto wimmelte. Chinesische Kinder stellten Fallen auf, um sie zu fangen und zu braten, aber ich konnte nicht feststellen, dass die Zahl der Tiere, die in den Abfällen wühlten, abnahm.

Hätte ich näher hingesehen, wäre mir vielleicht aufgefallen, dass die Tiere unruhig waren. Minuten bevor die Sirenen einen Luftalarm ankündigten, konnte man oft beobachten, dass Katzen sich zu verstecken begannen, Hunde hysterisch wurden und die

Singvögel in ihren Käfigen vor den Häusern wie wild gegen ihre Gitterstäbe flatterten. Aber an diesem Morgen bemerkte ich nichts – weil es zu warm war, um Augen für meine Umgebung zu haben, oder weil auch die Tiere zu diesem Zeitpunkt noch gar nichts spürten.

Tags zuvor war ich durchaus wachsam gewesen, wie wohl alle in der Stadt, denn zwei Tage zuvor waren zum ersten Mal Bomben auf Hongkou gefallen. Das Ghetto hatten die Amerikaner, wie erwartet, verschont, aber der Angriff hatte vom frühen Morgen bis spät in die Nacht gedauert, Straßen und Häuser zum Erzittern gebracht und vor allem in den Uferstraßen Schäden angerichtet. Das Dröhnen der Flugzeuge und das Knattern der Flugabwehrgeschütze hallte noch lange nach, als steckte das Echo des Krieges in allen Mauern.

Aber an diesem Morgen blieb es ruhig, waren Mensch und Tier viel zu betäubt von der Hitze, um sich vorzustellen, dass jemand Energie für einen Angriff haben könnte. Ich war froh, als ich die Schule erreicht hatte und mich mit einem matten Plumps auf meinen Platz neben Elwi fallen lassen konnte.

»Puh, warum waschen wir uns eigentlich noch?«, fragte sie zur Begrüßung und wedelte mit ihrem Fächer, um mich wiederzubeleben.

Nur wenig erinnerte noch an die alte Elwi. Ihr einst streng gescheiteltes Haar trug sie offen, die Augenbrauen zupfte sie zu einem schmalen Strich, der sich in einen Bumerang verwandeln konnte, wenn sie sich ärgerte. Sie trug Lippenstift und füllte Kleider aus, die mindestens drei Nummern größer waren als meine – nicht, dass wir solche Intimitäten noch besprachen.

Dass ich selbst mich weiterentwickelte, konnte ich unterdessen weder mit kritischem noch mit wohlwollendem Blick beobachten.

Mein Haar band ich wie die Kleinsten zu einem Pferdeschwanz, weil es bei der Hitze einfach praktischer war. Aus dem blauen Faltenrock, der mir bereits das dritte Jahr passte, staken zwei dürre braune Beine in Sandalen und auch in der Bluse aus der achten Klasse hatte ich noch wunderbar Platz. Papa hatte schon mehrfach Flicken auf die aufgescheuerten Ellenbogen gesetzt und ich bemühte mich, die Arme beim Schreiben so sacht wie nur möglich aufs Pult zu legen.

Jemand schob mir ein Blatt hin und ich setzte gehorsam meine Unterschrift unter das Gesuch, bei diesem Wetter auf die mehrstündige Abschlussarbeit in Englisch zu verzichten. Seit Miss Schmidt uns voller Begeisterung in die politische Kultur fortschrittlicherer Länder eingeweiht hatte, versuchten wir ab und zu vergebens, unser neues Wissen gegen sie zu verwenden. Aber Miss Schmidt warf nicht mehr als einen flüchtigen Blick auf unsere Petition, bevor sie die Aufgaben an die Tafel schrieb und verkündete: »Wer will, darf die Pause durcharbeiten.«

Wir waren fast am Ende der vorgesehenen Arbeitszeit angekommen, als sich die Erde ohne jede Vorwarnung mit einem dumpfen Knall hob und senkte. Als wäre das Gebäude für Sekunden aus seinem Fundament gerissen und wieder fallen gelassen worden, fielen Bilder und Karten von den Wänden, flogen Fenster und Türen auf, zerklirrten Scheiben in tausend Splittern auf den Fußboden. Dem Knall folgte ein seltsamer, irrer Laut, halb Atem, halb Schrei, und ich sah meine ganze Klasse wie erstarrt mit offenem Mund, Füller, die über Tische rollten, und mit der nächsten Detonation einen rauschenden Schneesturm von Papier. Die Druckwelle warf mich fast vom Stuhl.

»Unter die Tische!«, brüllte Miss Schmidt, dumpf wie durch ein Kissen oder als wären wir unter Wasser.

Wir hatten es oft genug geübt, aber hatte wirklich jemand geglaubt, wir wären vorbereitet? In das ohrenbetäubende Krachen der Bombeneinschläge mischten sich Rufe und Schreie aus unserem und anderen Klassenräumen, während sich Elwi unter dem Tisch an meinen Arm klammerte und mir etwas zuheulte. Die Wucht ihrer Angst drückte meine linke Gesichtshälfte schmerzhaft gegen das Tischbein.

Im nächsten Moment begann es zu dämmern. Fassungslos versuchte ich zu begreifen, dass ich gestorben sein musste, als etwas Beißendes in meine Kehle drang und unter verzweifeltem Würgen und Husten zuerst meine Ohren wieder frei wurden, und dann, ziemlich überraschend, mein ganzer Kopf. So kühl, als säße ich nicht selbst mittendrin, kam ich zu dem Schluss, dass die Druckwellen der Bomben sämtlichen Staub aufgewirbelt haben mussten, der auf den Straßen Hongkous lag.

»... mir war das auch nicht egal, das musst du mir glauben, aber was blieb mir denn übrig, was hättest du denn gemacht, es ging doch auch um mein Leben ...«

Ich versuchte vergeblich, der jammernden Elwi meinen Arm zu entwinden, um unter dem Tisch hervorzukriechen. Die Gefahr zu ersticken erschien mir mit einem Mal wesentlich akuter als die, von einer Bombe getroffen zu werden.

»Vergib mir, Ziska, und sag, dass du mir wieder gut bist, bitte, bitte, vergib mir und geh jetzt nicht weg!«

Ich riss an meinem Arm. »Wir müssen hier raus!«, schrie ich Elwi an. »Halt dich an mir fest, aber komm endlich!«

Das half. Augenblicklich hörte sie auf zu heulen und krabbelte, immer noch an mich geklammert, mit mir unter dem Tisch hervor. Mittlerweile taumelten auch andere hustend und halb blind in Richtung Tür.

Wir lagen auf dem Rasen, japsend und keuchend, während die Gewalt um uns herum den Boden erzittern ließ. Elwi ließ meinen Arm los, krümmte sich zur Seite und kotzte etwas Staubiges auf die Wiese.

Lehrer krochen zwischen liegenden und hockenden Schülern umher, trösteten und verarzteten kleine Wunden, aber ernsthaft verletzt war niemand. Wir alle sahen aus wie mit schmutzigem Mehl gepudert. Als die Angriffswelle verebbt war, senkte sich eine nahezu gespenstische Stille über die Stadt. Dann hörten wir erst eine, dann eine zweite und dritte Sirene aufheulen.

Vollalarm! Kamen die Flugzeuge etwa wieder? Eine staubbedeckte Frau mit wirren Haaren blieb vor uns stehen, ich erkannte Miss Schmidt.

»Los, in die Schutzgräben, bevor es wieder losgeht«, krächzte sie. »Jeder der Älteren nimmt einen Kleinen an die Hand!«

Elwi jammerte: »Oh Gott, sie werden doch nicht wiederkommen? Das kann doch nur ein Irrtum gewesen sein! Sie werden doch nicht absichtlich unser Ghetto bombardieren!«

Bedauernd sah ich an mir herab. Meine Bluse würde ich nur noch als Putzlappen verwenden können. Der Ärmel, an den Elwi sich geklammert hatte, war mitten durchgerissen, die untere Hälfte lag wahrscheinlich noch unter dem Tisch.

Ich hätte alles gegeben für einen Schluck Wasser, um Staub und Dreck aus meinem Mund zu spülen. Ich hörte meine Zähne knirschen, während ich mit Elwi sprach.

»Ich haue ab! Ich muss sehen, was mit meinen Eltern ist.«

»Warte, ich komme mit!«

Bevor wir uns davonmachten, schnappten wir uns noch, wie befohlen, zwei jüngere Schüler, um sie in Sicherheit zu bringen. Mein Schützling war zehn und hieß Alfred.

»Jetzt kannst du mich loslassen!«, befahl er, kaum dass wir uns zehn Meter von Miss Schmidt entfernt hatten. »Wenn ich Glück habe, finde ich Schrapnell!«

Er riss seine Hand aus der meinen und verschwand. Elwis »Kleiner« schrie sie an und trat ihr heftig auf den Fuß, bis sie ihn endlich losließ. Dann stürzte er unternehmungslustig hinter Alfred her, gefolgt von Elwi und mir. Miss Schmidt protestierte nicht, wahrscheinlich glaubte sie, wir wollten die beiden einfangen.

Aber die Jungen hatten wir schon an der ersten Straßenecke vergessen. Über Hongkou stand eine Rauchsäule. Beißender Qualm und Staub erfüllten die Luft; auf in graugelben Dunst getauchten Straßen tasteten sich Menschen wie blind vorwärts. Aber was hieß Straßen …? Die umliegenden Gassen, die wir so gut gekannt hatten, waren verschwunden. Häuser brannten oder waren wie Kartenhäuser in sich zusammengestürzt, Krater klafften mitten auf dem Weg und überall lag loses Kopfsteinpflaster, das wie Wurfgeschosse umhergeschleudert worden sein musste. Dazwischen Tote oder ihre Gliedmaßen. Einem Chinesen, der auf uns zu torkelte, steckte ein großes Stück noch qualmenden Schrapnells in der Wange und er schien es nicht einmal zu bemerken.

Erst als die Sirenen verstummten, hörten wir die Schreie. Sie kamen von überall – von den Dächern, aus brennenden Häusern, aus Trümmerhaufen. Von Passanten, die sich Kommandos zuriefen: »Hier lebt noch einer! Ich brauche Hilfe!«

Steine klackerten, als sofort jemand zugriff. Weitere Stimmen – deutsch, englisch, chinesisch. Vor dem Hydranten gegenüber eines brennenden Hauses bildete sich eine Menschenkette, Kinder rannten mit weiteren Eimern hinzu, jemand schleppte im Laufschritt eine Leiter an uns vorbei und lehnte sie an ein Haus, aus dem eingesperrte Bewohner augenblicklich zu klettern begannen. Eine

Schar chinesischer Nonnen in curryfarbenen Kutten stemmte mit vereinten Kräften einen Balken in die Höhe und scharrte mit bloßen Händen Verschüttete aus darunterliegenden Trümmern.

Ein Stück weiter war die Straße fast unversehrt und Rikschakulis hatten Platz, um Verletzte, die auf Türen und Brettern herbeigetragen wurden, in ihre Fahrzeuge zu laden. Aber für viele kam die Hilfe bereits zu spät. Ich sah, wie eine Chinesin, die schon auf einer Trage gelegen hatte, mit Handzeichen für tot erklärt und beiseitegelegt wurde, um einen noch lebenden Verwundeten in die Rikscha zu setzen. Ein kleiner Junge, der zu der Frau gehörte, ging stumm neben ihr in die Hocke.

»Worauf wartet ihr, Mädels, packt mit an!«, brüllte ein Mann mir ins Gesicht.

Es war, als würde ich aus einem Traum geweckt. Bis zu diesem Augenblick war ich wie auf fremden Füßen gestolpert, merkte zwar, dass Elwi an meinem Arm hing, hörte uns beide auch husten und schwer atmen, aber die ganze Zeit kam es mir vor, als wäre ich es gar nicht selbst, die durch die geisterhafte Szenerie taumelte. Erst als der Mann mich anschrie, wurde mir bewusst, dass ich von anderen zu sehen war, dass ich tatsächlich hier war, dass alles, was ich sah, genau so geschah.

Im nächsten Moment sah ich mich auf die Knie fallen und spürte die scharfen kleinen Pflastersteine unter meinen Händen.

»Werft sie dort auf den Haufen!«, kommandierte der Mann und ich fühlte meine Bewegungen schneller werden, mir gehorchen. Merkte, dass Elwi neben mir ebenfalls zu graben begonnen hatte und dass unter dem Steinhaufen Bewegung war.

Es dauerte nicht lange. Erst sah ich einen Arm, der sich schwach hob, eine Hand, die sich öffnete und schloss, als wollte der Besitzer ausprobieren, ob er noch lebte. Schon legten wir den Oberkörper und ein blutverschmiertes Gesicht frei, über das Tränenspuren liefen.

»How muchee?«, fragte der Chinese schwach und setzte sich auf.

Der Mann glaubte, er müsse für unsere Hilfe bezahlen! Es gab Dinge in diesem Land, die würde ich nie verstehen.

Nachdem wir dem Verletzten aufgeholfen hatten, warf ich den Rikschakulis, die sich um die Verwundeten drängten, einen scharfen Blick zu. Ich konnte nicht erkennen, dass sie bezahlt wurden, aber das hieß nicht, dass sie nicht am Ende der Fahrt – im Krankenhaus – die Hand aufhielten.

»Ziska, ich glaube, wir haben jemanden gerettet!«, hauchte Elwi entzückt.

»Na, ich weiß nicht. Wenn wir nicht gewesen wären, hätte ihn ein anderer …«, setzte ich an, als ein Schrei ertönte: »Ziska! Gott sei Dank!«

Mein Vater riss mich in seine Arme. »Ich war auf dem Weg zu euch«, stammelte ich, »aber hier wird überall Hilfe gebraucht.«

»Nicht nur hier. Die Tangshan Road ist zerstört, die Leute graben mit bloßen Händen …«

Er brach ab, als er Elwis und meine Hände sah. »Wo ist Mamu?«, fragte ich bang.

»Bringt Oma Hu ins Krankenhaus. Die war auf dem Dach und ist vor Aufregung die Treppe hinuntergefallen. Beide Arme sind gebrochen, wenn nicht noch Schlimmeres. Kommt, Kinder, wir müssen sehen, wo wir helfen können!«

Erst jetzt sah ich, dass er die Armbinde der *Bao Jia* trug, die ihn zum Erteilen von Anweisungen berechtigte. Andere Männer hatten dieselbe Idee gehabt und an vielen Stellen bereits das Kommando übernommen. Wenig später fanden Elwi und ich uns in einer Eimerkette wieder, um zu verhindern, dass das Feuer in einem

Geschäft auf die umliegenden Häuser übergriff. Deren Besitzer trugen derweil schon einmal ihren Hausrat auf die Straße, was sich leider als realistische Einschätzung der Lage herausstellte, denn nach einer halben Stunde mussten alle Helfer vom Dach herunter und das Vorhaben aufgeben.

Die Chinesen verbeugten sich vor uns, während hinter ihnen ihre Häuser abbrannten. Ich faltete die Hände und verbeugte mich ebenfalls, obwohl ich hätte weinen mögen. Als einer der nun obdachlosen Hausbewohner uns winkte, ihm zu folgen, gingen Elwi und ich und einige andere mit und bekamen in einem Wasserladen etwas zu trinken.

Es tat gut, für einen Augenblick zu verschnaufen, obwohl ich fast aufgeschrien hätte, als meine zerschrammten, zerschundenen Hände sich um den heißen Becher legten.

»Habt ihr vom Seward Road-Heim gehört?«, fragte ein Mann gedämpft.

Jemand nickte bedrückt. Mein Herz setzte aus.

»Was ist mit dem Seward Road-Heim?«, fragte ich tonlos.

»Es soll einen direkten Treffer bekommen haben. Ob da noch jemand am Leben ist?«

Die Zeit stand still. Die dreck- und schweißverschmierten Gesichter der Helfer, der alte Chinese mit seiner Wasserkelle, das Brodeln im Kessel zwischen uns. Alles gefror.

Vor mir tauchte das entsetzte Gesicht von Elwi auf. »Ziska, kennst du jemanden im Seward Road-Heim …?«

Ich stellte den geliehenen Becher ab und stürzte aus dem Laden. Spürte kaum meine Beine, während ich rannte; die versengte Luft brannte sich tief in Kehle und Lunge. Dabei wäre ich vor Angst vor dem, was mich erwartete, am liebsten in die Gegenrichtung geflüchtet.

Nicht sie, bitte nicht sie!, war alles, was ich denken konnte.

Keuchend blieb ich stehen und traute meinen Augen nicht. Das Seward Road-Heim war unversehrt, es diente als Versorgungsstation für die Verletzten der umliegenden Häuser. Judith kniete am Boden und verband die Wunde am Oberschenkel eines Mannes mithilfe irgendeines Wäschestückes, das eine Frau neben ihr in Streifen riss.

Als sie mich reglos vor ihr stehen sah, rief sie ungeduldig: »Ziska, was ist, mach dich nützlich – und du ebenfalls!«

Kaum nahm ich Elwi wahr, die hinter mir hergelaufen und sogar kurz nach mir angekommen sein musste. Ihr Atem ging wie eine Trillerpfeife.

»Ich dachte, du seist tot!«, stammelte ich.

»Wie kommst du denn darauf?«

»Weil das Seward Road-Heim …«

Ich presste die Hand vor den Mund. Tränen sprangen zwischen meinen Fingern hindurch. Judith stand auf und konnte mich gerade noch auffangen, bevor meine Knie nachgaben. Den Schrecken des Bombenangriffs hatte ich einigermaßen standgehalten, nun warf mich die Erleichterung beinahe um. Meine Eltern lebten, Judith lebte! Nichts anderes zählte.

Als Judith und ich uns wieder losließen, war Elwi verschwunden.

»Es ist ein Heim in der Dent Road getroffen worden«, sagte Judith und wischte ihre Tränen ab. »Es hieß *The Safe Place.* Schlafräume, Essensausgabe … die Leute hatten überhaupt keine Chance, die Bombe muss mitten zwischen sie gefallen sein.«

Ich sah mich um. »Wo kann ich hier helfen?«

»Versuch's mal in der Küche. Es werden sämtliche Lebensmittel aus der Nachbarschaft zusammengetragen, damit wir für alle kochen können.«

Ich bahnte mir einen Weg ins Gebäude. Mit mir drängten Leute hinein, die Tüten mit Reis, ganze Schütten Kartoffeln oder Kartons mit Milch- und Sojapulver brachten.

»Du kannst Gemüse schneiden«, nahm mich eine Frau in der Tür in Empfang, bevor ich auch nur den Mund aufgemacht hatte, und schob mich weiter in einen Raum, wo ich Platz zwischen anderen Mädchen und Frauen fand und sogleich ein Messer in die Hand gedrückt bekam.

Unter denen, die sich durch Möhren, Kohl und Rettiche arbeiteten, waren auch zwei Chinesinnen. Sie standen so selbstverständlich unter uns Langnasen, dass auch ich mich schon kaum noch erinnerte, wie undenkbar es bis vor wenigen Stunden gewesen wäre, dass sie eins der Heime betraten. Draußen riss der Strom der Lebensmittelspenden nicht ab.

Meine Erleichterung war unendlich, als ich kurz vor Beginn der Ausgangssperre, die, wie uns eindrücklich klargemacht wurde, nach wie vor galt, nach Hause kam und feststellte, dass die Schäden in der Chusan Road gering waren. In unserer Wohnung war Putz von den Wänden gerieselt, die Möbel von einer Staubschicht bedeckt; entlang der Zimmerdecke zog sich ein gezackter Riss, der an einen Blitz erinnerte, aber die Wände und Fenster hatten gehalten. Papa, Herr Fränkel und Herr Hu mussten bessere Zimmerleute sein, als wir alle gedacht hatten.

Mamu war aufgewühlt. Sie hatte Papa ihre Geschichte schon erzählt, aber als ich kam, platzte sie gleich noch einmal damit heraus.

»Im Ward Road-Spital lagen die Verletzten buchstäblich in ihrem Blut, aber glaubst du, einer der chinesischen Ärzte wäre aus dem Behandlungszimmer gekommen? Sie haben sich geweigert, ohne Bezahlung zu arbeiten! Aus der ganzen Nachbarschaft wurden jüdische Ärzte zusammengetrommelt und baten um Instrumente, um operieren zu können, aber selbst das wurde ihnen verweigert. *No money, no money!* Schließlich haben sich unsere Ärzte mit Gewalt Zutritt zu den Operationssälen verschafft.«

»Chinesen mögen sich für Fremde nicht verantwortlich fühlen, aber sie sind die Einzigen, die uns unter sich dulden. Vergiss das nicht, Margot!«

»Wie geht es denn Oma Hu?«, fragte ich.

»Sie ist kreuzunglücklich mit ihren beiden Gipsverbänden. Sie sieht mich so vorwurfsvoll an, als hätte ich ihr eigenhändig die Arme gebrochen! Aber ihr Sohn hat sich tausendmal bedankt und uns sogar Gurken heraufgebracht.«

Mamu hielt mir die Schale hin, ich nahm mir ein Stück Gurke und biss kräftig hinein.

»Hast du Fränkels gehört, als du gekommen bist?«, fragte Papa mich. »Sie helfen wahrscheinlich irgendwo, aber wenn sie in einer Viertelstunde nicht hier sind, könnte es Ärger geben.«

»Die arme Kleine! Sie muss völlig übermüdet sein«, meinte Mamu.

»Ja, ist sie denn nicht bei Hus?«, fragte Papa alarmiert.

»Nein, sie war doch mit ihren Eltern …«

Mamu brach verwirrt ab. Plötzlich steckte der Apfel wie ein Felsbrocken in meinem Hals.

»Mamu«, flüsterte ich, »wie heißt das Heim, in dem sie ihr Mittagessen bekommen?«

»Herrje. Ein kleines Heim in der Dent Road mit irgendeinem putzigen Namen, der nach Berliner Eckkneipe klingt. *Der rettende Engel* oder so ähnlich. – Ziskele, um Gottes willen, was ist, was hast du denn?«

Wir beerdigten Fränkels nach der jüdischen Tradition schon am folgenden Tag. Die *Chewra Kadisha* hatte sie über Nacht hergerichtet und anhand der Papiere, die jeder von uns bei sich trug, schon gewusst, um wen es sich handelte. Auch das Findelkind aus der Chusan Road war bekannt. Aber die Gemeinde war froh, dass dennoch jemand auftauchte, der Fränkels formell identifizieren konnte und zumindest als Nachbarn zu ihnen gehörte.

Die Särge wurden über eine breite Grube gehievt, in der die ganze Familie Platz fand, und die Klappen im Boden geöffnet. In Tücher gewickelt, fielen die Leichname in die Erde. Diskret trug man die Särge davon, sie wurden noch gebraucht. Zweiunddreißig Gruben waren in der Nacht für Flüchtlinge ausgehoben worden, die Toten der Chinesen waren ungezählt.

Ich konnte mich kaum auf den Beinen halten. Als Gerda, mein »Patenkind«, zwischen ihre Eltern fiel, schwankte auch Papa.

Wie wir vom Friedhof, der außerhalb des Ghettos lag und für den wir alle Passierscheine benötigten, nach Hause kamen, weiß ich nicht mehr. Ich sehe Mamu und mich jedoch am Abend in der leeren Wohnung stehen. War es vor oder nach der Beerdigung, dass mit gesenktem Blick Nachbarn kamen und nach noch brauchbaren Kleidungsstücken fragten? Fränkels hatten fast nichts mehr besessen, all ihre Wertsachen zu Geld gemacht. Die wenigen Lebensmittel aus dem Vorratsschrank lieferten wir im Seward Road-Heim ab.

Von Anita und Heinz Fränkel und ihrer Tochter Gerda blieben ein Dutzend zusammengeschnürte Briefe aus England und zwei Fotoalben, die zwei Geschichten erzählten. Die erste, mit Bildern aus ihren sechs Jahren mit Jakob, brach in der Mitte des Albums ab, die zweite begann mit Gerda, als hätten die ersten Jahre in Shanghai gar nicht stattgefunden. Sie endete nach nur wenigen Seiten mit ein paar Fotos aus dem letzten Herbst und auch das war eine eigene Geschichte, denn Herr Fränkel hatte die Bilder aufgenommen, unmittelbar bevor er seine Kamera auf dem Straßenflohmarkt hatte verkaufen müssen.

»Wir nehmen die Alben mit«, beschloss ich. »Irgendwie werden wir es schaffen, sie Jakob zurückzugeben. Stell dir nur vor, er hat von Gerda nie erfahren!«

Meine Mutter strich traurig und zärtlich über das Deckblatt des Gerda-Albums. »Du hast Recht. Die Alben und Briefe müssen mit, und wenn das das Einzige ist, das wir bis dahin noch im Koffer haben!«

Herr Hu saß im Flur auf der Treppe, an derselben Stelle, an der ich mich so oft an Frau Fränkel vorbeigedrückt hatte. »Finishee?«, fragte er im Aufstehen, als wir aus der Wohnung kamen, und seine Augen wurden feucht.

»Finishee«, sagte meine Mutter leise und ließ den Wohnungsschlüssel in seine Hand fallen.

Draußen wartete bereits die neue Familie. Herr und Frau Löw und ihre erwachsene Tochter Silke hatten ihre Wohnung in der Tangshan Road verloren und konnten ihr Glück kaum fassen, dass in unserem Haus noch am selben Tag ein möbliertes Zimmer frei geworden war.

23

Die von heimlichen Zweifeln begleitete Hoffnung, dass die Bombardierung des Ghettos nur ein Irrtum gewesen sein konnte, stellte sich eine Woche später als trügerisch heraus. Beim zweiten Angriff, der dreieinhalb Stunden dauerte, flogen die *Superfortresses* so tief, dass das Dröhnen ihrer Motoren buchstäblich in meinen Zähnen widerhallte, während ich an unserer Hausmauer kauerte und mein Gesicht in den Armen versteckte. Flugabwehrgeschütze krachten, Sirenen heulten, Hunde wurden hysterisch und Löws, die mit knapper Not dem Einsturz ihres ersten Hauses entkommen waren, überschrien sich vor Angst bei jeder neuen Explosion.

Nicht so die Chinesen. Als die Klappen der Flugzeuge sich öffneten und ihre in der Sonne glitzernden Bomben auf uns niederregnen ließen, saßen viele Einheimische auf den Dächern und feuerten die Amerikaner an. In der Zerstörung ihrer Stadt sahen sie wohl die einzige Chance, sich von den Japanern zu befreien. Dass es dabei Tote geben würde, nahmen sie ebenso selbstverständlich hin wie die Amerikaner, während mich die Tatsache völlig verstörte, dass es für diejenigen, die unschuldig einem größeren Ziel geopfert wurden, sogar eine ausgesprochen sachliche Bezeichnung gab: *Kollateralschaden.*

Waren wir nach Shanghai geflüchtet, um zu *Kollateralschäden* zu werden ...? Obwohl ich mich wie betäubt fühlte, während die Erde krachte und bebte, konnte ich meinem eigenen möglichen Ende keineswegs schon so sportlich entgegensehen wie unsere chinesischen Nachbarn. Wahrscheinlich – und das war immerhin ermutigend – steckte mehr Leben in mir, als ich nach einer Woche des Hungerns geglaubt hatte.

Die Auswirkungen des ersten Bombenangriffs hatten Hongkou zum Erliegen gebracht. Über sechshundert Flüchtlinge waren obdachlos und durchstreiften die Stadt auf der verzweifelten Suche nach Essbarem; Raub und Einbrüche nahmen zu, obwohl die Heime sich redlich bemühten, für alle wenigstens eine karge Mahlzeit pro Tag bereitzustellen. Dies war nur möglich, weil viele

Chinesen immer noch Lebensmittel spendeten. Passierscheine wurden nicht mehr ausgestellt, es gab kein Geld zu verdienen, auch Papas Nähmaschine stand still. Der Verkäufer im Wasserladen ließ uns anschreiben, damit wir morgens wenigstens unsere Kanne gekochtes Wasser holen konnten.

»Wir leben, das ist die Hauptsache«, schwor Mamu uns ein. »Passt bloß auf, dass es uns nicht jetzt noch erwischt! Lauft immer mitten auf der Straße, es könnten Mauerteile oder Stücke von Dächern abbrechen. Geht Ansammlungen von Menschen aus dem Weg und habt ein Auge nach oben, ob Flugzeuge zu sehen sind!«

Wie immer, wenn Gefahr drohte, lief meine Mutter zu großer Form auf, während ich von mir selbst maßlos enttäuscht war. Wenn *Leben* mehr als Existieren bedeutete, wenn es bedeutete, sich mit einem Ziel durch den Tag zu bewegen und einen klaren Gedanken zu fassen, der sich um etwas anderes drehte als um das Thema Essen, dann war ich nur eine Woche nach dem Angriff vom 17. Juli am Ende dessen angekommen, was *Leben* bislang geheißen hatte.

Dasselbe galt für das Wort Hunger. Das Wort Hunger hatte ich gedankenlos verwendet, wann immer ich nicht satt geworden war; jetzt bedeutete es, zu fühlen, wie mein Körper sich selbst verzehrte. Jeden Bissen spürte ich, nagende, bohrende, reißende Schmerzen in meinen Eingeweiden, als säße mir ein Raubtier im Bauch.

Mamu sagte nur: »Das dauert ein paar Tage, dann wird es besser.«

Die zweite Welle der Flugzeuge flog noch tiefer. Bestimmt konnten die Besatzungen uns in unseren Höfen kauern sehen. Bestimmt sahen sie gar nicht hin.

Tod aus der Hand unserer Befreier – was für eine jämmerliche Art zu sterben! Ich drückte mich enger an die Hauswand, als eine Explosion in unmittelbarer Nähe die Erde zerwühlte. Es regnete

Bombensplitter, wie Glas klirrten sie zu Boden. Auf den Dächern schrien verwundete Chinesen, links und rechts von mir beteten meine Eltern, bloß mir wollte nicht ein einziges Wort einfallen, weder an Gott noch an Jahwe noch an Jesus. Nur ein ziemlich unangemessener Gedanke schoss mir durch den Kopf und blieb als kleines, irres Lachen in meiner Kehle stecken: Vielleicht versuche ich's mit Buddha, falls wir am Leben bleiben.

Mamu hatte Recht: Die Hungerschmerzen wurden nach einigen Tagen erträglicher, als mein Körper sich damit abfand, dass es nichts zu essen gab. Ende des Monats lebten wir immer noch, obwohl im Ghetto inzwischen auch noch eine Choleraepidemie ausgebrochen war. Amerika hatte dem Tenno ein Ultimatum gestellt – Kapitulation oder völlige Zerstörung –, und als der nächste Angriff auf Hongkou erfolgte, wussten wir, was die Antwort der Japaner gewesen war.

Von unserer gewohnten Umgebung war wenig übrig, als ich mit einem Rest von Mut und Trotz vorsichtig wieder begann, mich im Ghetto zu bewegen. Vertraute Straßen waren nicht mehr zu erkennen, überall stieß ich auf große braune Flecken, die eingetrocknete Blutlachen auf dem Pflaster hinterlassen hatten. Einstürzende Ruinen kosteten weitere Menschenleben. Die Explosionen hatten die leichten Bauten Shanghais so gründlich durchgerüttelt, dass Gebäude noch Tage später in sich zusammenfielen, weil Holzkarren vorbeirumpelten.

Und dennoch gab es ab und zu einen Hauch von Normalität. Am letzten Schultag, zu dem wir eigens zusammengetrommelt worden waren, wurden Zeugnisse verteilt und Miss Schmidt wünschte uns schöne Ferien – bevor wir alle wieder irgendwo in Deckung gingen. Einige Mitschüler waren in abenteuerlichen

Helmen gekommen, trugen zerbeulte Metalltöpfe oder -siebe auf dem Kopf. Eine wunderbare Idee, auf die ich leider nicht selbst gekommen war – inzwischen würde in den Trümmern nichts Brauchbares mehr zu finden sein.

»Herr Konitzer meint, es kann nicht mehr lange dauern«, sagte Elwi auf dem Heimweg.

Es war das erste Mal, dass sie Konitzers mir gegenüber erwähnte, und überrascht hörte ich, dass sie Onkel Victor immer noch wie einen Fremden anredete. »Wie sieht es denn aus«, fragte ich und fügte halb widerwillig, halb großzügig hinzu: »Bei euch.«

»Wenn Frau Konitzer nicht aus dem Ghetto herauskäme …«

Elwi ließ den Satz verklingen und ich fühlte einen Anflug von Missgunst, als ich erkannte, dass sie und Konitzers offenbar noch satt wurden. Früher hätte Tante Irma mit *uns* geteilt, trotz aller guten Vorsätze musste ich sofort daran denken.

»Grüß sie von mir«, sagte ich rasch, damit neben dem Hunger nicht auch noch der Neid an mir fraß, und bog an der nächsten Ecke ab, um nach Judith zu sehen.

Diese war zu Hause und packte, ich hatte es schon kommen sehen. Tashi, der die Miete für ihre Wohnung bezahlte, arbeitete in der japanischen Funkstation, einem Hauptziel der amerikanischen Bomben, und seit dem ersten Angriff hatte sie nichts mehr von ihm gehört.

»Vielleicht ist er nur abgezogen worden«, wiederholte sie zum dutzendsten Mal, wenn auch schon viel leiser, und wie in den letzten Tagen wusste ich nichts darauf zu erwidern. Mittlerweile war es Anfang August, die Miete überfällig, und uns beiden war klar, dass Tashi nicht mehr auftauchen würde.

Ich half Judith, ihre wenigen Habseligkeiten zu packen. Ich hatte ihr angeboten, zu uns zu kommen, aber das wollte sie nicht.

»Im Heim werde ich gebraucht«, sagte sie und verließ ihre geliebte kleine Wohnung, ohne sich ein einziges Mal umzudrehen.

Nur ich stahl noch einen letzten Blick. Judiths Wohnung, die Kadoorie-Schule, das Reisebüro – die Orte in Shanghai, an denen ich am glücklichsten gewesen war, verschwanden einer nach dem anderen aus meinem Leben.

Wenige Tage später sprach sich, während ich mit unserem Henkeltopf vor dem Ward Road-Heim wartete, eine rätselhafte Meldung herum, die angeblich in Shanghaier Zeitungen stand: Die Amerikaner hätten »eine neuartige Bombe« auf eine japanische Stadt namens Hiroshima geworfen, die weniger als tausend Kilometer Luftlinie von uns entfernt lag. Unter einer »neuartigen Bombe« konnte sich niemand etwas vorstellen, aber jeder hoffte voller Sorge, dass nicht auch noch wir Bekanntschaft damit machen würden.

Die nächsten Tage behielt ich den Himmel streng im Auge. Auf Alarm war kein Verlass, die Flugzeuge waren fast immer schon über uns, wenn die Sirenen uns warnten, aber von Amerikanern, mit oder ohne »neuartiger Bombe«, war zum Glück nichts zu sehen.

Nur die Tiere waren wieder seltsam unruhig in diesen Tagen und später behaupteten mehrere Leute, sie wären von einem Geräusch aufgewacht, das wie Meeresrauschen klang, und hätten, als sie ins Freie traten, in der stickigen, feuchtheißen Nacht zum 9. August einen unerklärlich starken Wind gespürt.

Am 10. August tauchte ein einzelnes amerikanisches Flugzeug über uns auf, zog über die zerstörten Dächer von Hongkou und verschwand in Richtung Fluss. Am Abend hieß es, es seien Flugblätter abgeworfen worden.

»Der Krieg ist aus! Die Amerikaner haben eine zweite Atombombe geworfen, was immer das ist, und der Tenno hat die Kapitulation angekündigt!«

»Das kann nicht sein. Die Japaner sind doch noch da! Sie sind überall, scheuchen die Leute von der Straße und versuchen das Gerede zu unterbinden.«

»Aber es soll auch im Radio gesendet worden sein!«

Eine ratlose Schar hatte sich im *Café Piefke* versammelt. Mein Vater, der an diesem Nachmittag Dienst mit seiner *Bao Jia*-Brigade gehabt hatte, bestätigte, dass sich draußen überhaupt nichts geändert hatte – bis auf das neue Gerücht.

»Ein paar Leute haben getanzt und amerikanische Flaggen geschwenkt, aber die Soldaten sind sofort eingeschritten. Man kann froh sein, dass sie nicht in die Menge geschossen haben.«

»Hätten sie nicht genau das getan, wenn die Nachricht nicht stimmte …?«

»Genau! Der Krieg muss verloren sein, nur deshalb haben sie nicht zu schießen gewagt!«

Bis zum Abend gab es nur noch Einzelne, die nicht an eine japanische Kapitulation glaubten, aber dass der Tenno dazu bereit war, hieß anscheinend nicht, dass die Japaner in Shanghai sie auch akzeptierten.

Noch einmal loderte Angst auf. Was würden unsere Besatzer tun, wenn sie nichts mehr zu verlieren hatten? Das Ghetto anzünden?

Viele, auch Papa, Herr Hu und Herr Löw, verbrachten die nächsten Nächte auf dem Dach, um notfalls Alarm zu schlagen. Ich selbst hatte meine Liege direkt unters Fenster gerückt, wachte, schnüffelte und lauschte, bis mein Kopf surrte, Hände und Beine schwer wurden und ich das panische Gefühl niederkämpfen musste, dass mein strichdünner Körper, sobald ich einschlief, Teil der Matratze wurde.

Dass die Japaner sich in einer dieser bang durchwachten Nächte aus dem Staub machten, blieb unbemerkt. Am vierten Morgen fehlten plötzlich die Posten auf der Brücke, waren das Hauptquartier im Bridge House und die Wachhäuschen an den Ghettogrenzen verwaist, und binnen Minuten war ganz Hongkou auf den Beinen, um es mit eigenen Augen zu sehen: Die Besatzer waren still und heimlich verschwunden, waren einfach nicht mehr da.

Nun kannst du gehen, wohin du willst.

Der Gedanke durchbrauste mich, als ich aus dem Haus trat – und beinahe hätte ich wieder kehrtgemacht. Ich erinnerte mich ja nicht einmal daran, wie man so etwas machte: gehen, wohin ich wollte. Seit ich gehen konnte, hatten meine Eltern und ich genau das nicht gedurft, und die Fülle der Möglichkeiten, die sich mit einem Mal vor mir auftat, war so ungeheuerlich, dass ich nicht wusste, wohin ich mich wenden sollte.

Zur Garden Bridge, meinen vertrauten Weg? Ich brannte darauf, das Settlement wiederzusehen, aber dorthin war jetzt jeder unterwegs und wenn ich eins nicht wollte, dann war es eine weitere Menschenmenge um mich herum! Also riss ich mich von der Haustür los und ging in die Gegenrichtung, streifte ziellos durch Hongkou, während alle anderen Flüchtlinge, die sich irgend auf den Beinen halten konnten, begeistert über die Brücke ins Settlement stürmten. Auf unserer Seite sah ich Chinesen eine japanische Fahne von einem Haus zerren, jubeln, streiten, diskutieren, aufräumen; sah, völlig ungewohnt, kein einziges weißes Gesicht.

So, genau so würde es hier aussehen, wenn wir alle verschwunden waren. Das eine oder andere deutschsprachige Schild würde wohl hängen bleiben, vielleicht übermalt werden, wenn sich jemand die Mühe machte, doch neue Bewohner würden uns sofort folgen, Behausungen in Besitz nehmen, würden sich vielleicht über so seltsame Installationen wie Toilettensitze wundern – aber würden sie sich noch dafür interessieren, wer wir gewesen waren? Würde sich in zehn, in zwanzig Jahren jemand an uns erinnern? Eine große Schar zerlumpter Langnasen, die vor dem Tod in Europa geflohen, überraschend aufgetaucht und für eine Zeit geblieben waren; eine Zeit, die ihnen sehr lang erschienen war, obwohl sie in Wirklichkeit nicht mehr als ein Fingerschnippen in der Weltgeschichte gedauert hatte.

Den Boden Hongkous noch unter den Füßen, fühlte ich mich staunend Vergangenheit werden, als am Ende einer Gasse plötzlich zwei sehr große Gestalten um die Ecke bogen und direkt auf mich zu schlenderten, gefolgt von einem Dutzend lachender, einander schubsender Chinesen. Es handelte sich um die ersten amerikanischen GIs, die bereits erwartet worden waren, und ich setzte ein dankbares Lächeln auf und ging ihnen entgegen.

Einer der Männer hatte rötliches Haar und grinste mich an, der andere …

Ich blieb wie angewurzelt stehen. Träumte ich? Das war doch nicht möglich! *Er, hier?*

Ich war so erschüttert, dass ich mich beinahe umgedreht und die Flucht ergriffen hätte, stattdessen gaben meine Knie nach, ich hielt mich an der Hauswand fest und glotzte den zweiten amerikanischen Soldaten mit offenem Mund auf die peinlichste Art und Weise an.

»Noch nie einen schwarzen Mann gesehen?«, fragte er halb ungeduldig, halb herausfordernd.

Ich starrte auf das Namensschild an seiner Uniform. Da stand es, aufgenäht in schwarzen Buchstaben. Ich konnte es nicht fassen.

»In Berlin«, sagte ich schwach. »Es ist lange her. Ich hatte eine Starpostkarte von Ihnen über meinem Bett …«

Der Soldat legte den Kopf in den Nacken und lachte schallend.

Dann gab er mir die Hand und erwiderte: »Ich werde meinem Onkel schreiben, dass ich sogar in China einen Fan von ihm getroffen habe. Gestatten, Jesse Owens III., fünfzehn Jahre jünger und nur ein Verwandter zweiten Grades, aber meine Mutter findet auch, dass ich ihm wie aus dem Gesicht geschnitten bin.«

Ich drückte seine Hand so fest ich konnte, ich blickte in sein strahlendes Gesicht … und mit einem Mal begriff ich all die Dinge, die an diesem Morgen passierten, begriff sie gleichzeitig und konnte endlich jubeln. Wir waren frei, unsere Feinde vernichtet, der Krieg war aus, aus, aus und wir konnten gehen, wohin wir wollten.

Jesse Owens hatte mich befreit. Hatte ich es nicht immer geahnt?

Nur wenige Stunden später standen meine Eltern und ich wieder in der Warteschlange vor dem Ward Road-Heim, doch statt einer Kelle Suppe oder matschigen Hirsebrei trugen wir einen der großen Kartons nach Hause, die die Amerikaner von ihren Lastwagen reichten: Schatzkisten voller Konserven, Kaffee, Milchpulver, Zigaretten, Schokolade und dünnen, in Silberpapier gewickelten Streifen, die sich *Chewing Gum* nannten. Wir waren nicht ganz sicher, wozu sie gut waren, nahmen sie aber vorsichtshalber trotzdem mit. Vielleicht, flüsterte Mamu mir zu, konnte man sie auf dem Flohmarkt gegen etwas Brauchbares tauschen.

»Mensch, Mamu!«, flüsterte ich zurück. »Wir müssen nicht mehr auf den Flohmarkt, verstehst du das nicht? Die Amerikaner sind da und sorgen für uns!«

Meine Mutter wischte sich eine Träne ab, dann eine zweite. Ich drückte sie ganz fest, der Auftakt für eine weitere Freudenfeier. Erst gesellten sich die Arme meines Vaters dazu, dann beteiligten sich Frau Löw und Frau Wangenheim, und schließlich umarmte und küsste uns jemand, den wir überhaupt nicht kannten.

Mit vereinten Kräften trugen wir unsere Schatzkiste nach Hause, vorbei an vier amerikanischen Soldaten mit Kameras, die auf der Straße standen, uns beobachteten ... und nicht im Geringsten lächelten. Und plötzlich schämte ich mich für unser heruntergekommenes Aussehen, die Ausgelassenheit, mit der wir uns auf die Spenden gestürzt hatten.

»Wie die armen Kerle in den Lagern«, hörte ich einen unserer Retter murmeln.

»Nicht mal halb so schlimm ...!«, wies ihn ein anderer zurecht.

Ich wusste, dass meine Eltern die Bemerkungen ebenfalls gehört hatten, aber sie ließen sich nichts anmerken. Keiner von uns hatte schon am Tag der Befreiung die Kraft, sich zu fragen, was die Soldaten gemeint haben konnten.

Für ausgemergelte Flüchtlinge kann es nichts Erstaunlicheres geben, als in die Obhut einer Großmacht zu geraten, die so reiche Erfahrung mit der Befreiung fremder Völker gewonnen hatte wie die Amerikaner in diesem letzten Jahr des Weltkriegs. Binnen weniger Stunden stampften sie Feldküchen und Lebensmittelausgaben, ein Lazarett und Sanitärcontainer aus dem Boden; wir brauchten nur von Station zu Station zu gehen.

Es war nicht zu erkennen, aus welchem Himmel die Güter und Gaben eigentlich gefallen waren, aber wir fielen von einem Schockzustand in den nächsten. Mamu und ich standen in der Warteschlange vor einem Container, in dem sich angeblich Duschen befanden, und nicht genug damit, dass wir das Plätschern und die Jubelrufe von drinnen bereits hören und langsam glauben konnten – auf einmal bewegten sich Soldaten unsere Reihen entlang und verteilten schon wieder Pakete!

Ich kippte fast hintenüber, als ich meins öffnete und hineinschaute. Es enthielt ein sauberes Handtuch und ein Täschchen mit Seife, Zahnbürste, Zahnpasta und einem Kamm.

Zwei Stunden später prasselte ein dünner, lauwarmer Wasserstrahl auf mich nieder und ich stand mit geschlossenen Augen eine volle Minute einfach da, träumte und erinnerte mich, bevor ich zu der duftenden Seife griff und mein schmutzstarrendes Haar zu bearbeiten begann. Das schaumige Wasser, das meinen Körper hinablief, war erst dunkelbraun, dann heller, dann ganz klar.

Ich bin wieder da, dachte ich.

Draußen verteilten die Amerikaner Kleiderspenden der internationalen Hilfsorganisation UNRRA, darunter chinesische Hemden und Pluderhosen, und ohne Bedauern tauschten Mamu und ich unsere zerlumpten europäischen Kleider gegen das einheimische Erscheinungsbild. Es stand uns ausgezeichnet und fühlte sich wunderbar leicht und luftig an. Zu dumm, dass wir nicht schon Jahre früher auf die Idee gekommen waren!

Mamu kicherte wie ein junges Mädchen, während wir auf Papa warteten. Es war unerhört, was das Gefühl von Sauberkeit aus einem Menschen macht – auch wenn wir, kaum zwei Minuten im Freien, schon wieder aus allen Poren schwitzten. Doch das machte nichts, selbst die makellosen Amerikaner hatten inzwischen nasse Flecken auf ihren Uniformen.

Als Papa aus der Dusche kam, wurden wir von einem erheiternden Anblick belohnt: Auch er hatte sich entschieden, in die Kleidung der Chinesen zu wechseln. »Wenn das Schule macht, bin ich *out of business*«, meinte er.

Vergnügt gingen wir nach Hause, ich zwischen meinen Eltern eingehakt, wir alle von Kopf bis Fuß neue Menschen.

Als mir plötzlich einfiel: »Wieso haben wir eigentlich noch nichts von Konitzers gehört?«

»Wahrscheinlich haben sie es nicht nötig, sich in die Wohlfahrtsschlangen zu stellen«, meinte Mamu. »Aber du hast Recht, es ist ein wenig seltsam. Was meint ihr, sehen wir mal nach?«

»Sicher ist sicher«, erwiderte Papa und wir bogen in die Kung Ping Road ein, vorbei an Trümmern, Misthaufen und schon begonnenem Wiederaufbau, vorbei am verwaisten Straßenflohmarkt der Emigranten.

Dass Konitzers Haus nicht getroffen worden war, wussten wir bereits, dennoch war mir, als wir direkt davor standen, plötzlich mulmig zumute. Ich trat einen Schritt zurück und blickte die Fassade hinauf. Sofort erkannte ich, was nicht stimmte.

»Seht mal!«, sagte ich erschrocken. »Die Vorhänge!«

Zu den allerersten Dingen, die die Einwohner Hongkous nach Kriegsende getan hatten, gehörte das Niederreißen von Verdunkelungsvorhängen und -pappen, um endlich wieder Tageslicht in die Wohnungen zu lassen. Konitzers mussten die Einzigen weit und breit sein, die dies versäumt hatten. Ihre Fenster waren zwei schwarze Höhlen, düster und leer.

Wie immer fasste Mamu sich als Erste und lief mit großen Schritten uns voran die Treppe hinauf. Mir fiel ein Felsbrocken vom Herzen, als ich Mischa und seinen Vater im matten Licht einer Glühbirne am Küchentisch sitzen sah. Dann erst erkannte ich den trostlosen Ausdruck in ihren Gesichtern, die hängenden Schultern.

»Victor«, sagte Mamu ganz leise. »Wo ist Irma?«

Mit Tränen in den Augen nickte Onkel Victor zur angelehnten Schlafzimmertür. Meine Mutter durchquerte den Raum in wenigen Schritten und stieß die Tür auf, und ich fühlte meine Füße ihr ganz gegen meinen Willen folgen, während gleichzeitig ein dumpfes, wattiges Gefühl in meinen Kopf stieg, als wollte er nichts damit zu tun haben, was hinter der Tür war. Schockartig wurde mir klar, dass mein letzter Gedanke an Tante Irma ein Vorwurf gewesen war, ein kleinlicher, neidischer Vorwurf.

»Kann mir einer sagen, was das soll?«, fragte Mamu streng ins Dunkle hinein, und zu meiner Erleichterung hörte ich Tante Irmas eigene schwache Stimme: »Vorsicht, ansteckend …«

Mamu riss erst den Vorhang, dann das Fenster auf. Licht flutete das Zimmer und fiel auf Tante Irma, die blass und eingefallen im Bett lag und mit sichtlicher Anstrengung Luft holte.

»TBC«, flüsterte sie. »Bleib lieber draußen, Margot.«

»TBC! Und was tust du hier? Wieso bist du nicht im Lazarett?«

Tante Irma schüttelte den Kopf und schloss die Augen. Onkel Victor sagte: »Sie will nicht. Es wäre meldepflichtig …«

»Alles wäre umsonst«, weinte Tante Irma.

Verständnislos sah ich von ihr zu Onkel Victor. Sein Gesicht war halb trotzig, halb verzweifelt. Mischa am Küchentisch senkte nur den Kopf.

Im Gegensatz zu Papa und mir verstand Mamu sofort. Sie kam zu uns zurück und schloss die Tür hinter sich. »Victor Konitzer«, zischte sie, »ihr wollt Irma da drinnen sterben lassen, damit ihr eure Einreise nach Australien nicht gefährdet?«

Onkel Victor bedeckte sein Gesicht mit einer Hand und schluchzte.

»So ist es nicht«, sagte Mischa müde. »Es ist Mama, die sich weigert, ins Krankenhaus zu gehen. Sie sagt, sie will nicht dafür verantwortlich sein, dass unsere Zukunft zerstört wird.«

Mamu gab Onkel Victor einen Schubs, dann einen zweiten, bis er sie voller Scham ansah.

»Dann bin eben ich dafür verantwortlich!«, sagte sie zwischen den Zähnen. »Franz und Ziska holen jetzt auf der Stelle Hilfe, ich bleibe bei Irma.«

Onkel Victor war so erleichtert, dass er umso lauter schluchzte. Papa und ich waren bereits an der Tür.

Die Sanitäter holten Tante Irma rechtzeitig aus dem Haus, die amerikanischen Lazarettärzte retteten ihr in den folgenden Monaten das Leben. Aber weder Australien noch die Vereinigten Staaten würden sie jetzt noch einwandern lassen.

24

Niemals zuvor war ich so langsam über die Garden Bridge gegangen. Jeden einzelnen Schritt, jede Sekunde meiner Vorfreude wollte ich auskosten, blieb in der Mitte der Brücke stehen – genau dort, wo einmal das japanische Postenhäuschen gewesen war –, blieb minutenlang stehen und schaute beglückt in das brackige, stinkende Wasser des Suzhou Creek. Noch mehr freute mich der Anblick der Chinesen, die ihre Brücke wieder überqueren konnten, ohne zu buckeln. Ihr Schritt war bereits fester geworden, der Gang aufrecht, die Köpfe erhoben. Es waren auch viel mehr von ihnen zu sehen als früher.

Auf der anderen Seite der Brücke schien hingegen alles wie immer. Die Gebäude waren kaum beschädigt, die Straßen intakt, Busse und Straßenbahnen fuhren, wenn auch unregelmäßig, und aus den Lautsprechern der Geschäfte in der Nanking Road übertönten sich sämtliche Radiosender, als müssten Jahre des Schweigens binnen weniger Stunden nachgeholt werden.

»Aber mit der offenen Stadt ist es endgültig vorbei«, meinte Frau Kepler.

Ich hatte kaum damit gerechnet, sie noch anzutreffen. Deutsche waren in Shanghai auffallend unsichtbar geworden, dafür waren Engländer, Franzosen und Amerikaner zurück, denen nach Jahren in den Internierungslagern ihre Kleidung am Leib schlotterte. Die wenigen japanischen Offiziere, die hatten bleiben müssen, um die Stadt geordnet an die Amerikaner zu übergeben, mussten einiges über sich ergehen lassen. Goya, der »König der Juden« aus der Passierscheinstelle, war von jugendlichen Flüchtlingen gestellt und verdroschen worden.

Japanische Zivilisten verkauften am Straßenrand ihren Hausrat. Sie sollten evakuiert werden, bevor die Truppen Chiang Kai-sheks in der Stadt eintrafen, und ihr flackernder Blick verriet, dass sie die Stunden schon zählten.

Ganz gegen meinen Willen taten sie mir leid, als ich sah, wie sie ihre Kochtöpfe und Kimonos feilboten. Es waren viele würdevolle alte Leute darunter, die schon lange in Shanghai gelebt haben mussten und mit Sicherheit nichts dafür konnten, was die Soldaten des Tenno angerichtet hatten. Nun verloren sie alles, was sie besaßen, und mussten, sichtlich unter Schock, die Schmähungen der chinesischen Passanten über sich ergehen lassen.

Auch Frau Kepler war nervös, so sehr sie sich bemühte, Gelassenheit zu demonstrieren. Immer wieder huschte ihr Blick durchs leere Schaufenster auf die Straße, als erwartete sie, jede Minute aus ihrem Geschäft geworfen zu werden. Geräumt war der Schreibwarenladen bereits, die Regale leer, nur im hinteren Raum standen noch Bett und Kochstelle. Erst jetzt begriff ich, dass sie die ganzen Jahre auf den paar Quadratmetern hinter ihrem Laden gelebt hatte, während ich selbstverständlich davon ausgegangen war, dass sie irgendwo in der Stadt eine Wohnung, eine Familie oder wenigstens einen Ehemann besaß.

»Machen wir uns nichts vor«, sagte Frau Kepler. »Die alten Verträge haben schon seit zwei Jahren keine Gültigkeit mehr. Sobald Chiang Kai-shek seinen Fuß in die Stadt setzt, ist die Zeit der Kolonialmächte auch hier vorbei. England ist durch den Krieg auf Jahre geschwächt, Frankreich sowieso, Deutschland werden die Sieger unter sich aufteilen und dafür sorgen, dass es politisch nie wieder eine Rolle spielt.«

»Das wäre schön«, erwiderte ich kühl.

Frau Kepler zog die Brauen hoch. »Damit wir uns nicht missverstehen: Ich hätte nichts dagegen«, wies sie mich zurecht. »Ich bin seit zwanzig Jahren in Shanghai, ich habe Hitler nicht gewählt. Er war nie *mein Führer*, trotzdem werde ich, wie alle Deutschen, von den Folgen seiner Verbrechen betroffen sein. Angefangen damit, dass es nur eine Frage der Zeit ist, wann ich, die sich nichts hat zuschulden kommen lassen, aus diesem Land geworfen werde.«

Ich schnappte nach Luft.

»Ganz recht, auch ich bin eine Betroffene«, bekräftigte Frau Kepler.

Der Zorn legte mir die Worte in den Mund. Wäre er nicht gewesen, ich hätte für alle Zeiten schweigen müssen.

»Dass wir jüdischen Deutschen unser Land verlassen mussten, fanden Sie damals ganz in Ordnung«, erinnerte ich sie. »Wissen Sie noch …? Madagaskar? Yünnan? Jüdische Stadtteile und irgendwelche einsamen Inseln, *weil keiner euch haben will*? Dass auch wir uns nichts hatten zuschulden kommen lassen, hat Sie gar nicht interessiert, Sie sind nicht einmal auf den Gedanken gekommen, dass irgendetwas an unserer Vertreibung nicht *stimmte*!«

Frau Kepler wurde blass. »Was in den Lagern passiert ist, habe ich nicht gewusst! Ich war achteinhalbtausend Kilometer entfernt, wie hätte ich …«

»Frau Kepler, hören Sie mir überhaupt zu? Meine Eltern und ich sind Berliner! Mein Vater hat eine Schublade voller Orden aus dem Weltkrieg, er wäre für Deutschland gestorben, er liebt es immer noch! Sie brauchen mir nicht zu erklären, was in irgendwelchen Lagern passiert ist. Erklären Sie mir nur, warum wir Ihrer Meinung nach gehen mussten.«

Sie biss sich auf die Lippen. »Aber ich habe euch doch geholfen«, sagte sie leise.

Ich fühlte, wie mich alle Kraft in Richtung meiner Beine verließ, damit ich nicht auf der Stelle umfiel.

»Ich mache uns erst mal einen Tee«, entschied Frau Kepler rasch.

Ich setzte mich an den kleinen Tisch, der immer noch an der Wand stand. Ich fragte mich, wo die Weltkarte geblieben war, an die nur noch ein heller Fleck an der Tapete erinnerte; ich fragte mich, ob die neuen Karten schon gedruckt worden waren oder ob erst einmal jemand erforschen musste, wie die Welt nach dem Ende des Krieges überhaupt aussah.

Ich fragte mich: Wenn die Deutschen so denken … wenn sie nicht einmal begreifen wollen … wie können wir jemals zurückkehren?

»Wann reist ihr ab?«, fragte Frau Kepler, als sie mit dem Tee zurückkam.

Ich vermutete, dass sie die Antwort bereits kannte. Widerstrebend gab ich zu: »Noch nicht. Im Moment gelten wir als *Displaced Persons.*«

Was das bedeutete, schwang mit, ob ich wollte oder nicht. Dass wir befreit worden waren, hieß nicht, dass die sogenannte freie Welt die Arme für uns ausbreitete. Die Quote für Australien, die Vereinigten Staaten und Palästina galt nach wie vor.

»Wenigstens kommt bald wieder Post«, ergänzte ich rasch. »Dann erfahren wir endlich, wo unsere Verwandten sind.«

Frau Keplers Hand, die meine Tasse hielt, begann jäh zu zittern. Tee schwappte auf die Untertasse und von dort auf den Tisch.

»Herrje«, murmelte sie, »wie ungeschickt«, und eilte noch einmal nach nebenan, um einen Lappen zu holen.

Sie blieb lange. Als sie endlich in den Türrahmen trat, zögerte, wieder stehen blieb, nahm ich allen Mut zusammen.

»Frau Kepler, wovon haben Sie vorhin gesprochen? Was ist in den Lagern passiert?«

Sie setzte sich mir gegenüber und holte tief Luft. Auch sie musste sich ihre Worte überlegt haben, während sie im Hinterzimmer war.

»Es gab solche und solche Lager. In einigen mussten die Juden arbeiten, aber blieben am Leben, solange sie sich nützlich machen konnten. In anderen wurden sie gleich nach der Ankunft umgebracht. Männer, Frauen, Kinder, erst aus den besetzten Gebieten, später auch aus Deutschland. Diese Lager dienten keinem anderen Zweck, als Juden, Zigeuner und andere unerwünschte Personen zu ermorden.«

Ich wollte nach der Tasse greifen, die direkt vor mir auf dem Tisch stand, aber ich konnte meine Hand nicht heben.

»Es ist von Hunderttausenden Toten die Rede. Die meisten Vernichtungslager befanden sich im besetzten Osteuropa. Es sieht nicht gut aus für deine Verwandten, Ziska. Es tut mir leid, dass ausgerechnet ich es dir sagen muss.«

Plötzlich rollte eine Träne Frau Keplers Wange hinab, sie verzog das Gesicht und drückte eine Hand vor den Mund. Ich saß wie gelähmt, ungläubig und zu Eis gefroren, nur ein Anflug von Empörung durchschoss mich, dass sie weinen konnte und ich noch nicht.

»Das konnte doch niemand wissen!«, klagte Frau Kepler. »Das Volk hat geglaubt, was die in Berlin gesagt haben: dass es Arbeitslager sind, dass die Juden in den Osten umgesiedelt werden. Die Juden haben es doch selbst geglaubt, sonst wären sie doch niemals freiwillig in die Züge gestiegen!«

Mein Mund öffnete sich und wiederholte ein Wort: »Freiwillig?«

Frau Kepler verstummte. Sie wischte ihre Träne ab. »Gewehrt hat sich jedenfalls keiner, soweit ich weiß.«

Ich wäre gern aufgestanden und gegangen, aber eine Welle aus Schwindel, Übelkeit und Kopfschmerzen überspülte mich, und ich musste mich wieder setzen.

»Du musst mir einfach glauben«, wiederholte Frau Kepler.

Ich nickte schwach. Sie war Tausende Kilometer von Europa entfernt gewesen; es war nicht schwer zu glauben, dass sie von Vernichtungslagern nichts gewusst hatte.

»Und ich habe euch geholfen!«, fügte sie leiser, aber mit Nachdruck hinzu.

Auch das stimmte. Es war nicht ihre Schuld, dass Onkel Erik nicht am Ziel angekommen war.

»Ich wäre euch dankbar, wenn ihr das bestätigen würdet«, murmelte Frau Kepler.

»Sie haben uns geholfen«, bestätigte ich.

»Nein, ich will sagen … könnte dein Vater es mir schriftlich geben? Wenn ich nach Deutschland zurückgehe, werden die Alliierten Fragen stellen.«

Ich fragte: »Haben Sie einen Zettel?«

»Ja, aber mir wäre lieber, wenn dein Vater als Erwachsener …«

»Und einen Stift«, unterbrach ich.

Frau Kepler stand auf, kam mit Schreibblock und Stift an unseren Tisch zurück und sah mir erwartungsvoll zu.

Aber ich schrieb nur zwei Worte und eine Zahl.

»Das ist unsere Adresse«, sagte ich und schob den Block zu ihr hinüber. »Mein Vater ist Rechtsanwalt und kennt sich aus, er wird Ihnen ein gültiges, überall vorzeigbares Dokument ausstellen. Aber Sie müssen schon selbst in unseren jüdischen Stadtteil kommen und es sich abholen.«

»Danke«, erwiderte Frau Kepler leise.

»Und ich danke für den Tee und die Kekse«, antwortete ich, bevor sich mit einem letzten Klingeln die Tür des Reisebüros für immer hinter mir schloss.

Ende August standen meine Eltern und ich mit unseren Papierfähnchen in der Hand am Rande der Nanking Road und winkten zwischen Tausenden Einheimischen, zahlreichen Flüchtlingen und auffallend wenigen Angehörigen der westlichen Siegermächte den nationalchinesischen Truppen zu, die im Triumph in Shanghai einmarschierten.

Die verhassten Fahnen unserer Feinde waren verschwunden. Mit der Fahne der Chinesen wehte ein neuer Wind. Die Truppen Chiang Kai-sheks ließen keinen Zweifel aufkommen, dass sie als Sieger zurückkehrten, dass die Ausländer zwar geduldet waren, aber sich keinesfalls einbilden durften, in der Stadt noch etwas zu sagen zu haben. Es gab keinen internationalen Sektor mehr, und fremde Fahnen durften nur noch vor Botschaften und Konsulaten angebracht werden.

Zur Erleichterung der Flüchtlinge sah es jedoch nicht so aus, als würden die neuen Machthaber den vielen kleinen jüdischen Geschäften und Unternehmen, die mit einem Mal aus dem Boden schossen, Steine in den Weg legen. Bald nach den Landungsbooten der GIs tauchten die US-Marines in ihren strahlend weißen Uniformen auf, überfluteten die Stadt mit Dollars, Zigaretten und Musik und waren Jäger und Sammler auf der eifrigen Suche nach Souvenirs, die sie in die Heimat schicken konnten. Trödler boten enorme Preise für Orden und Andenken aus sämtlichen Kriegen, Jazz drang aus neuen Clubs am Bund und am Broadway. Kinos zeigten wieder amerikanische Filme, und Zeitungen und Wochenschauen aus der ganzen Welt trafen ein, um uns auf den letzten Stand zu bringen.

Wir konnten wieder Briefe versenden. Sie wurden frankiert, gestempelt und auf den Weg geschickt, man konnte zusehen, wie die Postsäcke am Kai verladen wurden und die Schiffe sich auf den Weg über die Ozeane machten. Und sobald der Rauch ihrer Schornsteine sich auflöste, begann man auf Antwort zu warten – und sich gegen die Ahnung zu wehren, dass die meisten Briefe ihr Ziel nicht mehr erreichen konnten.

Denn mit den Zeitungen und Wochenschauen waren die Bilder gekommen. Berge zum Skelett abgemagerter Leichen, Berge von Schuhen, von Brillen, von Koffern. Endlose Reihen immer gleicher flacher, hässlicher Baracken hinter Stacheldraht. Öfen und Schornsteine, Bahngleise, die an Rampen endeten, und verlassene Viehwaggons mit zerkratzten Wänden.

Das Grauen, das diesen Bildern vorausgeeilt war, war unvorstellbar geblieben, nun wurde es noch unfassbarere Wirklichkeit. Und trotz des vielstimmigen Gewirrs auf den Straßen, trotz all der neuen Geschäfte und Pläne und unserer satten Bäuche lag eine dumpfe, wie betäubte Glocke über der Stadt, die das Atmen schwer machte, während die Menschen voller Angst erst auf Nachrichten, dann auf ein Wort, am Ende nur noch auf das kleinste Zeichen von zu Hause warteten.

»Sie haben die Listen ausgehängt!«

Mein Vater kam die Treppe hinaufgestürmt, atemlos, obwohl es nur die wenigen Stufen von Löws bis zu uns gewesen waren, blieb im Türrahmen stehen und schwankte leicht.

Mamu und ich standen auf. Es war früher Morgen, eigentlich mussten wir zu unserem neuen Job in der UNRRA-Kleiderkammer, aber nun, da der Tag gekommen war, musste das Leben eben angehalten werden. Niemand würde etwas anderes erwarten, alle waren auf dem Weg; das Rote Kreuz hatte dieselben Listen vorausschauend an verschiedenen Stellen der Stadt ausgehängt und auch die Erste-Hilfe-Wagen standen schon bereit.

Rücken an Rücken drängte sich vor zwei Hauswänden. Jäh fühlte ich Erleichterung. Von Millionen Toten war die Rede gewesen – aber passten Millionen Namen auf die Länge von nur zwei Hauswänden? Die Zahl der Opfer musste weit geringer sein, als wir befürchtet hatten!

Aus der Menge kam Judith auf uns zu und gab meinen Eltern die Hand. »Viel Glück«, sagte sie leise.

»Und du?«

»Ich habe geholfen, die Listen aufzuhängen, und da habe ich es schon gesehen. Von unseren Verwandten steht kein Einziger darauf.«

Endlich begriff ich. Was an zwei Hauswände passte, waren die Listen der Überlebenden, nicht der Toten.

»Die Listen sind alphabetisch geordnet«, erklärte Judith. »Name und letzter Wohnort, bei manchen das Lager, aus dem sie befreit wurden. Und wenn deine Verwandten nicht auf der Liste stehen, heißt das nicht automatisch schon, dass sie tot sind. Es heißt erst einmal nur, dass sie nicht zu den Überlebenden der Lager gehören.«

Ich nickte, obwohl ihr Blick sie Lügen strafte. Wir hatten bereits gehört, wie gründlich die Nazis Häuser nach Juden durchkämmt hatten, dass auf das Verstecken von Juden die Todesstrafe gestanden hatte und auf das Denunzieren von Juden eine Belohnung.

Aus der Menge, die sich vor den Hauswänden drängte, brachen sich die Ersten weinend den Weg ins Freie, andere rückten nach, die Reihen schlossen sich. Weiter hinten ein Aufschrei: »Ernst! Ernst! Ich hab sie, ich hab die Liesel!«

Meine Mutter wurde blass. »Wollen wir später wiederkommen? Das hat doch keinen Sinn in dem Gedränge.«

Judith deutete mit den Augen eine Richtung an und sagte leise zu mir: »Der Buchstabe B beginnt etwa dort.«

Die Menschenmenge verlor mittlerweile alle Zurückhaltung. Es wurde gedrängt, geschubst und geschimpft, viele weinten oder schienen der Ohnmacht nahe, wollten ihren Platz aber unter keinen Umständen aufgeben. Über Hüte und Schultern hinweg erkannte ich Seite um Seite nebeneinander an der Hauswand hängen und hörte Leute einander anschreien, die Hände wegzunehmen, damit andere auch etwas sehen konnten. Einige gehorchten, die meisten aber ließen sich nicht beirren und ihre Hand Zeile um Zeile hinabfahren – um zitternd wieder von vorn zu beginnen, weil sie nichts gefunden hatten.

Über dem Schreien und Schimpfen hing ein stetes Murmeln; ich erkannte nicht, ob es Gebete, Namen oder eine Mischung aus beidem war. Als eine Frau bleich und stumm aus der Menge drängte, hatte ich Glück und wurde bis fast nach vorn geschoben. Jemand zerrte und knuffte, aber ich verteidigte meinen Platz, landete mit dem nächsten Schubs glücklich in der ersten Reihe und von dort binnen Minuten an der Stelle, wo die Listen mit den Babelsteins, Baums und Baruchs begannen.

Ich holte Luft und tauchte das Blatt hinab. Es war, als sänke ich in tiefes Wasser. Druck legte sich auf meine Ohren und der Lärm ebbte ab; ich war allein mit den Namen, die mir entgegenschwammen, mich ansahen und weitereilten. Auch sie auf der Suche nach Lebenden.

Bechstein, Albert, Salzburg, geb. 1924 (Bergen-Belsen)
Bechstein, Elisabeth, Mainz, geb. 1917
Bechstein, Erik, Berlin, geb. 1903 (Dachau)
Beckmann, Samuel, Darmstadt, geb. 1928 (Auschwitz)

25

Die *Marine Lynx* war ein ehemaliger Truppentransporter und sah auch so aus. Die weiße Farbe war abgeplatzt, der spitz zulaufende Bug zerbeult, an etlichen Stellen war Rost zu erkennen und der Rauch aus ihrem Schornstein war pechschwarz. Aber immerhin schwamm die *Marine Lynx* über Wasser, während die einst so prachtvolle *Scharnhorst* auf dem Grund des gelben Meeres lag. Als Flugzeugträger *Shinyo* war sie Ende 1944 bombardiert worden und gesunken. Die italienische *Conte Verde*, die ich unzählige Male im Shanghaier Hafen hatte anlegen sehen und die dort von den Japanern vorübergehend sogar versenkt worden war, hatte es bei einem Luftangriff auf Kyoto erwischt; ihr Schwesterschiff *Conte Rosso* war schon 1941 vor Sizilien untergegangen, getroffen von einem britischen U-Boot.

Zeit, das Äußere unseres Schiffes auf uns wirken zu lassen, hatten wir ohnehin nicht. Keine Rede von bewegenden Abschiedsszenen, wie sie beim Ablegen der Dampfer zu beobachten waren, die Amerika, Australien oder Palästina zum Ziel hatten. Auf uns wartete ein wütender Mob, der die Fäuste ballte, spuckte und tobte und von einem halben Dutzend Polizisten nur mit Mühe in Schach gehalten wurde.

Man hatte uns bereits gewarnt, dass bei unserer Abreise »etwas Unschönes« passieren konnte und dass wir uns besser zu mehreren Familien zusammenschlossen, um zum Hafen zu fahren, aber damit hatte ich nicht gerechnet.

»Verräter!«, schallte es uns entgegen, als wir die Holzkiste, die all unseren Besitz enthielt, aus der Rikscha hoben und zum Schiff trugen. Selbst Kinder wurden bespuckt; Kinder, die erst in Shanghai geboren oder noch so jung waren, dass sie sich vermutlich nicht einmal an Deutschland erinnerten. Sie kreischten vor Angst. Dem Mob war es egal.

»Seid ihr wahnsinnig?«, schrie Judith, stürzte an mir vorbei und verschwand zwischen rudernden Armen und hasserfüllten Blicken, und ich hörte sie auf Hebräisch, Jiddisch und Englisch schimpfen, während wir von Matrosen die Gangway hinaufgescheucht wurden. Das Gebrüll wurde deutlich leiser, noch bevor wir oben angekommen waren. Judith war Mitglied der *Betar*, der Organisation für die Rückwanderung nach Palästina, die für einen eigenen jüdischen Staat kämpfte. Jeder in der Menge kannte sie.

Ich stand an der Reling, starrte hilflos zu ihr hinunter und rang mit den Tränen. Wir hatten uns nicht einmal verabschiedet.

Plong! Plong!, machte es, als Steine gegen das Schiff flogen. Einige Matrosen mit Schlagstöcken eilten die Gangway hinunter und wurden mit »Nazi!«-Rufen empfangen, obwohl es sich bei der Besatzung der *Marine Lynx* um Amerikaner handelte.

Währenddessen trafen die letzten Passagiere ein. Ich hielt den Atem an, als Tante Irma und Onkel Victor aus ihren Rikschas stiegen. Hinter ihnen kamen Mischa und Elwi und stiegen ebenfalls aus, blieben aber zögernd am Straßenrand stehen, als wollten sie zu verstehen geben, dass sie nicht dazugehörten.

Ich schämte mich für sie. Onkel Victor hingegen handelte ganz nach meinem Herzen, als er geradewegs auf die Protestierer zuging und einen von ihnen am Kragen packte.

»Das alte Deutschland gibt es nicht mehr, lest ihr Idioten keine Zeitung?«, brüllte er, was allerdings nur zur Folge hatte, dass einige der Männer ihn sofort umringten, an seinen Kleidern rissen und versuchten, ihn zu Boden zu werfen.

Onkel Victor wehrte sich wie ein Gladiator. »Papi!«, schrie Tante Irma und stürzte sich ebenfalls ins Handgemenge, und an der Reling litten meine Eltern und ich Höllenqualen, bis einer der Matrosen Konitzers mit seinem Schlagstock zu Hilfe eilte und sie anbrüllte, endlich an Bord zu gehen.

Onkel Victors Nase blutete, als er die Gangway hinaufkam, und ich sah Tränen auf seinem Gesicht. Ich schubste mich zwischen Mitpassagieren hindurch, nahm die beiden am Eingang zum Oberdeck in Empfang und umarmte sie, während viele an Bord in spontanen Applaus ausbrachen.

»Idioten!«, knirschte Onkel Victor. »In keinem anderen Land der Welt sind wir Juden jetzt sicherer als in Deutschland!«

»Da haben Sie wohl Recht«, bekräftigte jemand. »In Australien hat es antijüdische Proteste gegeben, als das Parlament über die Aufnahme von Shanghai-Flüchtlingen beriet, aber das wollen diese Schwachköpfe ja nicht hören.«

»Wir haben die historische Chance, Deutschland neu aufzubauen«, deklarierte Onkel Victor und betupfte seine Nase mit einem Taschentuch. »Wo hat es so etwas zuletzt gegeben? Wir werden mitbestimmen, wir werden eine Partei gründen, wir werden …«

»Komm«, sagte ich zu der zitternden Tante Irma, »wir stehen dort drüben, wir haben einen ausgezeichneten Platz zum Winken.«

»Jetzt haben wir uns nicht einmal von den Kindern verabschiedet«, weinte sie.

Die Gangway war bereits vom Schiff weggerollt worden, bis wir uns den Weg zurück zu meinen Eltern gebahnt hatten, und trotz der Beschimpfungen war ein kleines Häuflein Menschen tapfer am Kai stehen geblieben, um uns zu verabschieden. Auch Mischa und Elwi hatten sich inzwischen vorgewagt, standen aber ein ganzes Stück von Judith entfernt.

Wie konnte es anders sein? Zwischen Judith und dem frischgebackenen jungen Ehepaar Konitzer lagen Welten. Mischa und Elwi genossen das Nachtleben in den Clubs, tanzten, rauchten und tranken und hatten nicht die Absicht, die Zeit des Wartens auf Australien mit Grübeleien über die Zukunft zu verderben. Selbst jetzt, wo der Abschied von Mischas Eltern bevorstand, wirkten sie nicht besonders traurig – höchstens noch nicht ganz wach.

Mischa rauchte eine Zigarette nach der anderen, während er zu uns hinaufsah. Unsere Blicke trafen sich, er grinste und griff sich mit einer Hand an den Kopf, um eine imaginäre Mütze abzunehmen und damit zu winken. Ich winkte zurück. Wahrscheinlich wunderten wir uns im Stillen immer noch, was aus dem jeweils anderen geworden war. Zu seiner Hochzeit hätte er mich trotzdem einladen können, wie ich fand, obwohl ich eingestehen musste, dass ich kaum zu seinen und Elwis Freunden gepasst hätte. Die beiden mussten Judith und mich für unglaubliche Langweiler halten.

Denn auch Judith und ich hatten uns regelmäßig getroffen, um »auszugehen«, allerdings war es in unserem Fall fast immer die ruhige Ecke eines Cafés gewesen, wo wir stundenlang mit den Zeitungen zubrachten, die dort auslagen. Judith hatte einen alten Atlas aufgetrieben, der zwischen uns lag, während wir zu verstehen versuchten, was nach unserem Verschwinden im Ghetto eigentlich passiert war. Warum sich der Krieg so rasend schnell vom Pazifik bis nach Indien ausgebreitet hatte, an welcher Stelle die chinesischen Truppen wieder ins Spiel gekommen waren – aufseiten der Engländer in Birma, um von dort aus später China zurückzuerobern. Was die Sowjets im Schilde führten, die sich nicht entblödet hatten, unmittelbar vor der Kapitulationserklärung des Tenno den Japanern noch schnell den Krieg zu erklären. Wahrscheinlich hatten sie schon den nächsten Konflikt im Auge gehabt und keine Zeit verloren, sich mit den chinesischen Kommunisten im damals noch japanischen Mandschukuo zusammenzutun.

Wie Miss Schmidt legten wir Papierschnipsel auf die Doppelseite in Judiths Atlas, um die Kämpfe nachzuvollziehen, und während die Karte Stück für Stück unter Schnipseln verschwand, schlug uns die Wahrheit über den Krieg entgegen: eine unfassbare Verschwendung.

Verschwendung von Menschenleben – die japanischen Führer hatten ihre Soldaten für etwas anderes als einen Blitzkrieg nicht einmal ausgerüstet und sie zu Tausenden im Dschungel verhungern, verdursten oder an Insekten- und Schlangenbissen sterben lassen, nachdem sich die Briten ihr Kolonialreich nicht einfach so hatten abnehmen lassen.

Verschwendung von Erde, die verbrannt, verwüstet oder gerodet worden war. Strände wurden umgepflügt, ganze Wälder gefällt, um noch auf den kleinsten Inseln einen Stützpunkt hochzuziehen. Landebahnen, wenige Male benutzt, rissen hässliche Schneisen in einst paradiesische Atolle, Flugzeugträger, groß wie Häuserblocks, sanken auf Korallenriffe. Auf dem Meeresgrund verrotteten Schiffswracks, U-Boote, Panzer, Jeeps und Unmengen kleiner Flugzeuge.

Großstädte, über Jahrhunderte gewachsen, waren dem Erdboden gleich. Die Bilder aus Europa kannten wir schon, nun erfuhren wir von Tokio, Kyoto, Yokohama. Von Napalmbomben, die dicht besiedelte Städte in Feuerhöllen verwandelt, und von den beiden Atombomben, die Hiroshima und Nagasaki mit Hunderttausenden Einwohnern binnen Sekunden vom Erdboden getilgt hatten.

Wer sollte das verstehen? Vielleicht war Krieg selbst wie ein Feuer, das, wenn man nicht rechtzeitig löschte, ein Eigenleben zu führen begann, das fraß und vernichtete und nicht danach fragte, ob es Unschuldige oder Verantwortliche traf. Doch am Ende genügte auch diese Erklärung nicht. Wer einen Krieg begann, tat dies im Wissen, worauf er sich einließ, und keiner der ehemaligen Führer, die jetzt in Deutschland oder Japan vor Gericht standen, sollte sich darauf berufen dürfen, gezündelt und leider keinen Feuerlöscher dabeigehabt zu haben.

Dasselbe galt für das Volk, das hinter diesen Führern gestanden hatte. Oder konnte man von *einem Volk* gar nicht sprechen, weil es dort – wie in jeder Menschenmenge – auch andere Stimmen gegeben hatte, Stimmen, die wir damals nur nicht gehört hatten?

Mittlerweile hielt ich es immerhin für möglich. Ich hatte die Japaner in Shanghai gehasst, obwohl ich keinen einzigen persönlich kennengelernt hatte, und doch hatte einer von ihnen die Liebe meiner Freundin Judith gewonnen. Was nichts anderes bedeutete, als dass ich mich ziemlich gründlich geirrt haben konnte.

Und so hatte jede vermeintliche Erkenntnis über den Krieg nur weitere Fragen nach sich gezogen, und auch Judith und ich hatten am Ende den Atlas zugeklappt, waren wieder ins Kino gegangen und hatten uns einen Bubikopf schneiden lassen.

Judith formte mit beiden Händen einen Trichter und rief zu mir hinauf: »Unruhiges Wetter vorausgesagt!«

»Und keine Landausflüge diesmal!«, rief ich hinunter.

»Dann musst du eben für mich winken!«

Wir lächelten uns an. Die Küste des Gelobten Landes würde vom Schiff aus gut zu sehen sein, doch selbst wenn wir unmittelbar davor in Seenot gerieten: Die Briten würden uns nicht anlegen lassen. Sie waren hochnervös wegen der vielen Juden, die aus der ganzen Welt nach Palästina drängten, zumeist Überlebende der Lager, die nicht länger warten, geschweige denn sich ein weiteres Mal von einer Quote abhalten lassen wollten. Nicht mehr als fünfhundert Personen hatten seit Kriegsende von Shanghai nach Palästina auswandern dürfen, andere wagten gefährliche, illegale Wege.

»Pass nur auf«, hatte Judith prophezeit, »wenn ihr durch den Suez-Kanal fahrt, werden einige abspringen und es auf dem Landweg über Ägypten versuchen. Wenn ich dabei wäre … ich würde es genauso machen, obwohl die Araber inzwischen jeden von uns massakrieren, den sie in die Finger bekommen.«

»Und warum bist du nicht dabei?«, hatte ich ein wenig herausfordernd gefragt.

»Glaub bloß nicht, ich hätte nicht darüber nachgedacht«, sagte sie. »Aber ich kann doch nicht einfach abhauen. Hier wird jeder gebraucht, um für unsere Belange zu kämpfen. Eines Tages komme auch ich ins Gelobte Land, aber nicht ohne die anderen.«

Neben der Trauer über unseren Abschied fühlte ich Angst in mir aufflackern, als ich sie am Kai stehen und zu mir hinauflächeln sah. Judith, meine Freundin, auf dem Weg in einen neuen Krieg – und auch in ihrem Rücken brannte es schon. Noch konzentrierten sich die Kämpfe zwischen Kuomintang und Kommunisten auf den Norden Chinas, aber auch im übrigen Land gab es immer häufiger Zusammenstöße. Zwei unversöhnliche Ideologien hatten sich im Kampf gegen Japan für kurze Zeit verbündet, jetzt jedoch redete man von Bürgerkrieg und Shanghai wurde überspült von der nächsten, nunmehr chinesischen Flüchtlingswelle.

Irgendetwas würde passieren müssen, und zwar bald. All die misstrauischen, feindseligen Gesichter! Auf Schritt und Tritt war zuletzt zu spüren gewesen, dass wir Ausländer nicht mehr willkommen waren – und warum auch? Aus welchem Grund sollten die Chinesen uns noch länger behalten, nur weil die Länder des Westens, denen wir angehörten, wieder einmal endlos darum feilschten, wer uns aufnahm?

Vignetten wurden gedruckt und auf jeden Brief ins Ausland geklebt; wir mussten auf uns aufmerksam machen.

Open your hearts for15 000 Shanghai refugees!

Aber die Quote für die jüdische Einwanderung in die Vereinigten Staaten, nach Australien und Palästina änderte sich nicht. Zwei Jahre nach Kriegsende saßen die meisten Flüchtlinge noch immer in Shanghai fest, und nur Deutschland war allmählich bereit, uns in größeren Zahlen aufzunehmen. Man musste nicht einmal von Ein- oder Auswanderung sprechen, sondern durfte unsere Rückreise *Repatriierung* nennen.

»Sehr geehrter Herr Dr. Mangold, mit Freude haben wir von Ihrem Interesse an einer Wiederaufnahme in die Anwaltskammer Berlin erfahren. Da Ihr Ausschluss von 1933 unwirksam ist, steht einer sofortigen Zulassung Ihrer geplanten Kanzlei nichts im Wege. Bitte lassen Sie uns wissen, ob wir bei der Suche nach geeigneten Räumlichkeiten oder bei der Zuteilung einer Wohnung behilflich sein können.«

Seit unserem Weggang aus Deutschland waren meine Eltern alt geworden, aber die Aussicht, wieder in seinem Beruf arbeiten zu können, hatte meinen Vater schlagartig belebt. Mamu, die ihn liebte, hatte sich nicht lange gewehrt, und ich? Ich ertappte mich bei dem Wunsch, dass meine Nachbarin Christine überlebt hatte, dass unser Haus in der Hermannstraße noch stand und die Birke im Hof. Ich wurde unruhig und traurig, wenn ich mir das zertrümmerte, verbrannte Berlin vorstellte, ich fürchtete mich vor dem Wiedersehen und meinem eigenen, unpassenden Mitleid. In meinem Reisegepäck steckte das Abschlusszeugnis der Kadoorie-Schule, ein Cambridge-Examen, das auch von deutschen Hochschulen akzeptiert wurde. Im Herbst wollte ich an der Humboldt-Universität Jura zu studieren beginnen, genau wie mein Vater vor über zwanzig Jahren. Aber was, wenn ich frühere Klassenkameraden in meinen Seminaren traf?

Als hätte ich laut gedacht, sagte plötzlich jemand: »Mir tun deutsche Kinder leid.«

Verblüfft sah ich das höchstens zehnjährige Mädchen an, das sich neben mir an die Reling klammerte und zu den Winkenden hinunterschaute. Es sprach Englisch mit mir.

»Ihre Eltern sind Mörder und laufen alle frei herum! Also, schön ist das nicht.«

Ihre Mutter sagte: »Ach, Evchen!«, und lächelte mich verlegen an. Ich spürte ein hohles Gefühl in der Magengegend und gleichzeitig größte Lust, die Kleine liebevoll an einem ihrer Zöpfe zu ziehen.

»Ich hatte eine kleine Cousine, die Evchen hieß«, sagte ich zu ihr.

Das Mädchen sah mich prüfend an. »Lebt sie noch?«

Ich schüttelte leicht den Kopf.

»Leben die anderen von euch noch? Unsere sind alle tot, bis auf Papa. Der ist nämlich – wie heißt das, Mami, wenn man nicht jüdisch ist?«

Ihre Mutter antwortete nicht.

»Mein Onkel wartet in Berlin auf uns«, sagte ich. »Wohin fahrt ihr?«

»Köln.« Sie zog die Nase kraus. »Heißt das eigentlich noch so, obwohl alles kaputt ist? Man könnte es doch jetzt anders nennen!«

Ein Rütteln durchlief das Schiff und ein leiser Aufschrei aus vielen Kehlen ertönte, als es sich rückwärts in Bewegung setzte – endlich, nach all dem Warten, und doch so plötzlich und unerwartet, dass mein Herz sich zusammenzog. Die Häuser der Uferpromenade, die Rikschas und Fußgänger, Busse, Straßenbahnen und schwarzen Rauchwölkchen, die von Hunderten Garküchen aufstiegen, wurden jäh von mir fortgezogen, erschreckend schnell waren Gesichter nicht mehr zu erkennen, verlor ich die Einmündung der Nanking Road in den Bund, nach der ich noch einmal hatte Ausschau halten wollen, aus den Augen.

Schon glitten die eisernen Bögen der Garden Bridge an uns vorüber. Irgendwo dahinter lag unser Haus, unser Dach, unsere Chusan Road. Vor zwei Stunden noch war ich sie ein letztes Mal entlangspaziert, vorbei am ehemaligen *Café Piefke*, das ein Musikgeschäft geworden war, nachdem Herr Simon – als Polizist einer der Ersten, die gebraucht wurden – schon im Vorjahr nach Berlin zurückgekehrt war. Vorbei an der Markthalle und den vielen Häusern, in die ich Papas Aufträge ausgetragen hatte. Vorbei an meiner unerwartet so geliebten Schule.

Zurück durch die Ward Road, in der unsere Shanghaier Jahre begonnen hatten. Zum Abschied zu Hus, die uns unter herzlichen

Verbeugungen ein Päckchen für Onkel Erik in die Hand drückten. Erst wenige Minuten auf dem Schiff, konnte ich vertraute Gebäude im Häusermeer schon nicht mehr finden.

Das Shanghai, das uns aufgenommen hatte, war kalt, grau und verstörend gewesen. Das Shanghai, das uns gehen ließ, schenkte uns als letzten Blick ein heiteres, glitzerndes, atemberaubendes Panorama, als wollte die Stadt uns zu verstehen geben, dass wir sie in all den Jahren gar nicht richtig angesehen hatten. Und nachdem die Wolkenkratzer hinter der Flussbiegung verschwunden waren, das Schiff Fahrt aufnahm und auch die dunklen Segel der Sampans zurückblieben, die uns ein Stück begleitet hatten, konnte ich nicht aufhören mir vorzustellen, dass in wenigen Stunden hinter Tausenden Fenstern die Lichter angehen, dass der Bund leuchten und feiern, die Nanking Road wirbeln und lärmen, die Menschen in Hongkou immer noch leiden und sterben und das Leben unverändert weitergehen würde, als wäre ich, als wären wir niemals hier gewesen.

Kaum hatte die *Marine Lynx* den Fluss hinter sich gelassen und das ostchinesische Meer erreicht, begannen die Planken, die uns trugen, zu knarren und zu beben. Dumpfe Schläge krachten gegen den Schiffsrumpf, Decken, Wände und Boden schwankten und ich begann zu wünschen, wir wären einfach geblieben, wo wir waren. Wir hatten kaum Zeit, unsere Betten zu beziehen – zwei Etagenbetten zu beiden Seiten eines engen Räumchens tief im Bauch des Schiffes, wo man das Dröhnen der Motoren bis in die Zähne spürte –, als die Ersten von uns stöhnend durch den Gang wankten auf dem Weg zu den *Restrooms*.

Ich zog das Oberdeck vor und hielt mich an einem Handlauf fest. Salzige Gischt sprühte in mein Gesicht und mit brennenden Augen versuchte ich einen Punkt am Horizont zu fixieren, während die *Marine Lynx* wie ein Plastikball zwischen erkennbar näher rollenden oder sich plötzlich vor uns türmenden Wellen auf und nieder geworfen wurde. Ich klammerte mich an den Gedanken, dass sie, so ramponiert sie aussah, immerhin Jahre des Krieges auf stürmischen Meeren überstanden hatte, und dass uns im Gegensatz zu damals nur ein paar läppische Wellen und wenigstens keine feindlichen U-Boote aus der Tiefe drohten.

Namenlose U-Boote, Zerstörer, Flugzeugträger, Fregatten und Lastenboote, die zu Hunderten mit Mann und Maus hier draußen versunken waren. Am Himmel wurde es langsam dunkel; schwarz und drohend umgab mich schäumendes Wasser und ich konnte mich nicht mehr abhalten von der erst unbehaglichen, dann immer schauerlicheren Vorstellung, dass ruhelose Geisterhände von unten nach unserem Schiff griffen. Die Ozeane waren zu Schiffsfriedhöfen geworden, auch die *Yamato* lag auf unserem Weg, die der Stolz der japanischen Marine gewesen war, und vielleicht würden wir direkt über die *HMS Prince of Wales* mit ihren tragischen Schicksalen hinwegrauschen …

Endlich kam ein freundlicher Matrose und vertrieb mich vom Deck. »Hier oben ist es zu gefährlich, Miss. Sie müssen auch etwas essen und danach legen Sie sich auf den Fußboden.«

»Auf den Fußboden?«, wiederholte ich schwach.

»Ja, gegen Seekrankheit gibt es nichts Besseres. Bloß nicht ins obere Etagenbett! Wenn Sie in der Kabine keinen Platz finden, kommen Sie in den Turnraum, dort liegen Matten.«

Im kleinen *Gym* lagen nicht bloß Matten in ordentlichen Reihen neben- und hintereinander, es lagen auch schon zahlreiche Leidende darauf, die bereit waren zu sterben. Zwischen jeweils zwei Matten stand ein Brecheimer, das Ganze sah aus – und roch – wie ein Lazarett.

Eine Hand hob sich und winkte mir schwach. Es wunderte mich überhaupt nicht, dass Konitzers den Geheimtipp mit dem Turnraum bereits kannten, während meine Eltern sich weigerten, mir zu glauben und die Kabine zu verlassen.

Ich winkte zurück und ging so weit wie möglich von Onkel Victor und Tante Irma entfernt zu Boden. Es gibt Situationen, die man lieber zwischen Fremden erleidet. Unterbrochen von wackligen Spaziergängen an Deck und Versuchen, in der Kantine etwas Tee und Zwieback herunterzuzwingen, kotzten wir bis Singapur, dann nahm uns der ruhigere, hitzeflirrende Indische Ozean auf.

Nach Hause. Derselbe Weg wie damals, doch eine neue Weltkarte. Lauter kleine Länder in Asien und Afrika, die ihre Kolonialherren abschüttelten, und auch die meisten von uns waren nicht mehr dieselben. Etliche waren als Eheleute ausgewandert und mussten nun allein zurück; es hatte Trennungen und Scheidungen gegeben unter den neuen Lebensumständen in Shanghai. Viele hatten sich aus anderen Gründen zerstritten, die man zwar nie erfuhr, aber zu beachten hatte; es war ausgesprochen heikel, wer mit wem am Tisch zu sitzen kam.

Da es keine festen Plätze gab, sondern mehrere lange Tischreihen und eine Essensausgabe, an der man sich mit Tabletts anstellte, bedeutete die Frage der Tischnachbarn auch für uns jedes Mal eine gewisse Spannung. Hoffentlich saßen wir nicht wieder bei Friedmanns, die nicht aufhörten zu zanken, oder bei Lanzmanns, Eppsteins, Dollingers und all den anderen, die sich Berge von Essen aufs Tablett luden!

Es war beschämend anzusehen. Mit vollen Backen kauten und redeten sie und stopften Brote in mitgebrachte Taschen, als gäbe es nicht in vier Stunden die nächste Mahlzeit. Lange vor Türöffnung warteten sie schon unruhig vor der Kantine, dabei waren etliche Männer bereits mit einem Zwickel in der Hose an Bord gegangen.

Man hätte diese Leute in einer Sahnetorte übernachten lassen können und sie wären trotzdem in Sorge gewesen zu verhungern. Und es wurde auf der Reise nicht besser, im Gegenteil: Je näher wir Europa kamen, desto mehr Mitreisende warfen ihre Manieren über Bord.

»Iss, Rudi«, forderte Frau Blix ihren Mann auf, bevor beide über ihr Tablett herfielen. »In Deutschland gibt's nix mehr.«

»Ehrlich …?«, fragte Evchen Brinkmann und sah erst ihre Mutter, dann mich bestürzt an.

Frau Brinkmann erklärte tapfer: »Wir werden schon etwas finden.«

»Seien Sie mal bloß nicht so sicher«, mampfte Frau Blix. »Wir kriegen für Brot, Kleidung und Kohle zwar eine kleine OdF-Zulage …«

»Opfer des Faschismus!« Evchen nickte wissend.

»… aber ansonsten leben wir von Lebensmittelkarten wie alle anderen. Ich brauche Ihnen nicht zu sagen, was das heißt. Tausende sind im letzten Winter verhungert und erfroren, ist ja alles kaputt da drüben. Wir können jedes Gramm Fett gebrauchen, das wir hier noch abkriegen, was, Rudi?«

»Soso, und warum gehen Sie dann zurück?«, fragte ich ärgerlich und versuchte Evchen, die völlig entgeistert dreinschaute, gleichzeitig einen aufmunternden Blick zuzuwerfen.

»Wo sollen wir denn hin? Wir sind fast sechzig, wir können doch nicht noch einmal von vorn anfangen! Noch eine neue Stadt, noch eine fremde Sprache? Nein danke! Genug ist genug.«

Ganz Unrecht hätten sie ja nicht, bemerkte Mamu vorsichtig, als wir wieder in unserer Kabine waren. Das Deutschland, das wir kannten, gab es nicht mehr, und was uns erwartete, war ein ebenso großes Rätsel wie seinerzeit das fremde Shanghai.

Aber Papa erklärte überzeugt: »Wir schaffen das! Wer am Ende der Welt zurechtkommt, wird doch wohl keine Angst vor seiner eigenen Stadt haben.«

Ich pflichtete ihm augenblicklich bei, sodass auch Mamu nicht anders konnte. Was wir zweifellos alle dachten, sprachen wir nicht aus: dass wir einiges, womit wir in Shanghai *zurechtgekommen* waren, unter gar keinen Umständen ein zweites Mal erleben wollten.

Zu Evchen sagte ich am nächsten Tag: »Deutschland wird dir gefallen! Gut, die meisten Häuser sollen kaputt sein, aber stell dir vor, in zwei Wochen kannst du in sauberen Seen schwimmen lernen. Es gibt Wälder und Berge und nächsten Winter siehst du Schnee.«

»Ich weiß, was ein Wald ist, ich habe einen auf einem Foto gesehen. Aber was ist so toll an gefrorenem Wasser?«

»Warte es einfach ab«, erwiderte ich und lachte.

»Ich wünschte, wir gingen auch nach Berlin, dann könntest du mir alles zeigen«, sagte Evchen. »Ich kenne niemanden in Köln und mein Deutsch ist auch nicht gut. Dauernd fallen mir Wörter nicht ein.«

Sie schob die Unterlippe vor und zwirbelte mürrisch einen ihrer langen Zöpfe. Wir hatten zusammen einen der wenigen, umso begehrteren Liegestühle auf dem Promenadendeck ergattert. Aus reiner Gewohnheit nannten die Passagiere es so, obwohl kaum Platz zum Flanieren und der Blick aufs Meer von Rettungsbooten versperrt war.

Trotz ihrer zahlreichen Spielgefährten an Bord suchte Evchen zu meiner Freude jeden Tag auch nach mir. Sie war in dem Alter, in dem ich Deutschland verlassen hatte, und konnte nicht genug bekommen von meinen alten Geschichten: von Bekka mit der Straßenkarte im Schuh, vom klugen Ruben und dem hinterhältigen Richard, dem ich die Nase gebrochen hatte. Vom Baum in unserem Hof, dessen Äste so dicht an mein Fenster gereicht hatten, dass ich hatte hineinspringen können, und von der alten Keifziege Bergmann, die jedes Mal schimpfend aus der Tür im ersten Stock geschossen kam, wenn sie mich auf der Treppe hörte.

Eine Postkarte, die ich von der Reise an Bekka schickte, wollte Evchen unbedingt mit unterschreiben. »Wann besuchst du sie, weißt du das schon?«

»Nein. Es ist nämlich gar nicht so einfach, nach England hinübergelassen zu werden. Bekka muss mich einladen und garantieren, dass ich auch wieder zurückfahre, und dann kann ich von Berlin aus einen Antrag stellen.«

»Du kennst drei Leute in England: Bekka, Betti und Jakob. Vielleicht geht es schneller, wenn sie dich alle drei einladen!«

»Gute Idee, das versuche ich«, meinte ich und dachte: Betti lädt mich nicht ein. Betti will nicht einmal ihren Vater sehen.

Kurz hinter der Einfahrt in den Golf von Aden ragten so viele Schiffswracks aus dem Wasser, dass es aussah, als wären sie zum Verrosten eigens hierher geschleppt worden, doch es waren tatsächlich Spuren mehrerer Schlachten, die unser Kapitän mit Hilfe eines Lotsen vorsichtig umschiffen musste. Als wir in Dschibuti anlegten, um Vorräte an Bord zu nehmen, näherten sich uns wie auf der Hinfahrt kleine Boote, von denen Einheimische Waren feilboten, und wir lagen eine ganze Weile vor Anker, aber niemand von uns durfte auch nur einen Fuß an Land setzen. Um unserer eigenen Sicherheit willen, hieß es, aber wahrscheinlich sollte verhindert werden, dass sich tatsächlich jemand in Richtung Palästina absetzte. Übers Rote Meer begleiteten uns immer wieder britische Militärboote, tauchten in gewissem Abstand auf, blieben eine Weile neben uns und verschwanden wieder.

Der Suez-Kanal: weitere kleine Boote, noch mehr Militär. Wir hatten Glück, dass wir überhaupt durchfahren durften, denn bis vor Kurzem war der Kanal gesperrt gewesen.

Es war August, das rotgoldene Ufer flirrte vor Hitze. Diesmal kamen uns nur wenige Schiffe entgegen. Einige Male sahen wir Beduinen, große, ganz in Weiß gekleidete Gestalten, die mageres Vieh vor sich hertrieben, aber für den größten Teil der Fahrt blieb die Wüstenlandschaft zu beiden Seiten des Schiffes still und menschenleer. Ihre Nähe ließ sie umso bedrohlicher wirken. An Bord redeten die meisten nur leise, nicht eine einzige Kamera hörte ich klicken, und ganz gewiss dachte niemand daran, seinen Platz am Büfett aufzugeben, um ins Wasser zu springen und sich durch die Wüste zu schlagen.

Durch Ägypten, das Land, in dem jetzt Feinde lebten. Wir waren froh, dass unser Schiff unter amerikanischer Flagge fuhr.

Nachdem wir den Suez-Kanal passiert hatten, lagen die letzten beiden Tage auf See vor uns. Nervosität machte sich breit, bei den wenigsten Vorfreude; plötzlich schrie jemand durch den Gang: Es fehlten Sachen aus einer Holzkiste! Der Kapitän musste einschreiten, ohne etwas ausrichten zu können; das Paar, das glaubte, bestohlen worden zu sein, saß zitternd vor Entrüstung am Tisch im Speisesaal, eine unsichtbare Barriere um sich herum.

Unsere grob gezimmerten Holzkisten – von den Amerikanern vor der Reise verteilt und mit Ölpapier gegen die Luftfeuchtigkeit ausgeschlagen – enthielten nur noch wenige Kleidungsstücke; den meisten Platz nahmen Kaffee, Zigaretten und Konserven ein, die den Grundstock für künftigen Schwarzmarkthandel bilden sollten. Ohne Schwarzmarkt, so hieß es, ginge gar nichts mehr in Deutschland, und das vermeintlich bestohlene Paar musste das Gefühl haben, von Neuem seiner Lebensgrundlage beraubt worden zu sein.

Aber nachweisen konnten die beiden nichts, nicht einmal sagen, seit wann aus ihrer Kiste etwas fehlte, worauf etliche Passagiere sich persönlich angegriffen und zu Unrecht verdächtigt fühlten. Reden und Gegenreden wurden geschwungen, die stark an eine Gerichtsverhandlung erinnerten, sodass Papa sich plötzlich in seinem Element fühlte und offenbar meinte, wieder Praxis gewinnen und sich einmischen zu müssen.

Mamu und ich verzogen uns an Deck, gefolgt von Tante Irma und Frau Brinkmann. »Puh«, meinte meine Mutter und klopfte Zigaretten für sich und Frau Brinkmann aus der Packung. »Ich komme immer mehr zu dem Schluss, dass überlebt zu haben uns nicht automatisch zu netteren Menschen macht.«

Sie lachten. Ich freute mich daran. Die zart gebräunte Hautfarbe, die wir alle während der Fahrt angenommen hatten, passte zu Mamus grauem Haar und ließ sie um Jahre jünger wirken. Eine Mitreisende war Friseurin und hatte allen Frauen und Mädchen in den letzten Tagen die Haare geschnitten, sodass wir ziemlich flott in Europa ankommen würden. Keine Hungerleider mehr, keine Ärmsten der Armen; niemand würde uns auf den ersten Blick ansehen, woher wir kamen und was wir überstanden hatten. Aus irgendeinem Grund war das wichtig, auch mir, und ich war glücklich, meine Mutter wieder so hübsch und froh zu sehen.

Tante Irma und ich lehnten uns über die Reling, um dem Rauch der Zigaretten zu entgehen – als sie mich auf einmal erschrocken am Arm packte. Wenige Meter neben dem Bug der *Marine Lynx* fuhr ein kleines, mit Menschen vollgepacktes Boot, dessen unregelmäßig tuckernder Motor unseren zwölftausend Bruttoregistertonnen gerade noch hatte ausweichen können. Sein Kapitän beeilte sich, aus unserem Fahrwasser herauszukommen. Das kleine Boot schwankte bedenklich, seine Passagiere mussten sich stehend aneinander festhalten. Ich sah Frauen, Männer, ein paar Kinder, dazwischen aufgespannte Decken, um Babys vor der Sonne zu schützen. Viele Koffer.

»Mein Gott«, flüsterte Tante Irma, »was haben die denn vor?«

»Palästina«, sagte ich leise. »Das Gelobte Land.«

Judith hatte Recht gehabt: Es gab Menschen, die alles riskierten für ihren Traum. Ich hätte dem anderen Boot gern gewinkt und *Masel tov* – viel Glück – zugerufen, aber die Passagiere blieben so still, als wollten sie sich einbilden, nicht gesehen worden zu sein. Dies, obwohl sie für lange Augenblicke unmittelbar neben uns fuhren und ich die weiße Salzwasserkruste sehen konnte, die ihre Gesichter bedeckte.

Und wir fuhren nach Deutschland. Ich bekam keinen Ton heraus. Das kleine Boot tuckerte zielstrebig von uns fort und war bald verschwunden.

Am übernächsten Morgen tauchte die italienische Küste vor uns auf; diesmal war nicht Genua, sondern Neapel das Ziel. Auch hier ragten Überreste gesunkener Schiffe aus dem Hafenwasser, Andenken an die Landung der Alliierten vor vier Jahren.

Keine Passkontrolle, kein Zoll, die Mannschaft der *Marine Lynx* stand nebeneinander an Deck und verabschiedete jeden Einzelnen von uns per Handschlag. Sechshundert Passagiere waren schnell von Bord. Der europäische Boden schwankte unter unseren Füßen.

Wer auf die Idee mit den Viehwaggons gekommen war? Wir würden es nie erfahren. Die Mitarbeiter der italienischen Eisenbahn, die bereitstanden, um uns mit unserem Gepäck hineinzuhelfen, verstanden nicht einmal, warum die meisten von uns davor zurückschreckten, ausgerechnet in einen Viehwaggon zu klettern.

Da standen wir in unseren besten noch erhaltenen Kleidern, unseren neuen Frisuren, und der Mann, der uns auffordernd die Hand zum Einsteigen reichte, rief ungeduldig auf Deutsch: »So reist man jetzt in Europa!«

Immerhin lagen drinnen keine Strohschütten, sondern am Boden ausgebreitete, saubere Matten. Jeweils vierzehn von uns teilten sich einen Waggon, wir hatten uns wie immer mit Konitzers und Brinkmanns zusammengetan.

»Wenn sie die Tür zumachen, fange ich an zu schreien«, kündigte Mamu an und Frau Brinkmann, ich, Tante Irma und eine vornehm wirkende ältere Dame, die sich als Frau Stern vorstellte, erklärten sofort, uns ihr anzuschließen.

Ängstlich warteten wir. Genau so musste es gewesen sein. *Die Juden sind freiwillig in die Züge gestiegen …*

Aber »genau so« wurde es zum Glück dann doch nicht, denn vor die Tür wurde nur ein halbhohes Eisengitter gehängt, damit niemand während der Fahrt hinausfiel. Wir würden jederzeit hinausschauen können. Hinausspringen, wenn wir wollten! Ein Kübel wurde hineingereicht, dazu ein Deckel; für eine Abtrennung mithilfe der mitgebrachten grünen Armeedecken der Amerikaner mussten wir selber sorgen.

Erst gegen Abend setzte sich der Zug in Bewegung, was uns reichlich Zeit gab, im Bahnhof Wasser, Käse und große Laibe Weißbrot einzukaufen. An unsere Holzkisten gelehnt, Brot und Käse in der Hand, ließen wir Italien an uns vorüberziehen. Warmer Wind drang durch die offene Waggontür, weiter vorn spielte jemand Geige. Nein, unsere Fahrt hatte nichts gemein mit der der anderen. Onkel Erik, Tante Ruth, ihr Evchen. Die Eltern von Bekka.

Wir fuhren in einem Viehwaggon, doch wir fuhren nach Hause, Onkel Erik wartete auf uns, und der Krieg, dem wir entronnen waren, zog als Landschaft an uns vorbei. Zerstörte Dörfer am Brenner, die Häuser nichts als ein Haufen Steine. Gesprengter Fels, Reste von Bunkern und Geschützstellungen, ausgebrannte Panzer. Die Ruinen von München, wo wir Brinkmanns verabschiedeten, die verkohlten Trümmer von Leipzig.

Noch mehr zerbombte Bahnhöfe. Zum Schluss die Mondlandschaft, von der es hieß, sie sei Berlin. Langsam rollte unser Zug über die wackligen Eisenträger einer Behelfsbrücke, wir schauten in, auf und durch abgebrochene Mauern, die wie schwarze, faule Zähne in den Himmel ragten.

Ich erkannte nichts. Aber noch bevor ich ausstieg, wusste ich, dass ich mich geirrt hatte. Nicht Shanghai war das Ende der Welt.

Epilog

Hier waren sie also angekommen. Eine lichtdurchflutete, von Säulen gestützte Halle, die man, von den Bahnsteigen kommend, durch einen kleinen Triumphbogen am Ende der Gleise betrat, als stünde ein großer Empfang bevor. In ihrem Fall war es ja durchaus so gewesen. Es fiel schwer, sich vorzustellen, dass sie viele gewesen waren, fast zehntausend, wo man doch immer nur an die Millionen dachte, die es nicht geschafft hatten.

Wir durchquerten den Bahnhof Liverpool Street und navigierten zwischen uns entgegeneilenden Reisenden hindurch, die irritiert »Excuse me!« murmelten.

»Ich hasse London«, murrte Betti.

»Ich bin mir nicht sicher, welche Richtung es war«, überlegte Bekka, den Protest meiner Cousine ignorierend. »Sie haben uns durch die Bahnhofshalle getrieben wie eine Herde Schafe, und hinter dieser Tür … glaube ich … wurden wir dann verteilt.«

Sie eilte voran, ich hinterher. Es war ganz wie früher, mit dem Unterschied, dass wir als Kinder keine meiner schlecht gelaunten Cousinen im Schlepp gehabt hatten.

»Was ist los, warum grinst du so?«, fragte Bekka irritiert.

»Ach, ich habe mich nur gerade erinnert …«

Aber Bekka wartete meine Antwort nicht ab und rüttelte bereits an der Tür, die zu unserer Überraschung nicht verschlossen war. Dahinter befand sich ein großer, kahler Raum, der wie eine Lagerhalle aussah.

»Sie hatten die Halle mit einem Seil unterteilt …« Zögernd ging Bekka einige Schritte in den Raum hinein und wies mit beiden Händen in die entsprechenden Richtungen. »Auf dieser Seite saßen die Leute, die auf uns warteten – in Reihen hintereinander, als sollten wir ihnen etwas vorsingen. Gewundert hätte es mich nicht, schließlich hatten viele von uns noch keine Adresse und hätten so ziemlich alles getan, um auf sich aufmerksam zu machen.«

Sie verstummte. Ihre Schultern sanken herab. Als ich zu ihr aufschloss, sah ich, dass Gänsehaut ihre Arme entlanglief.

»Gegenüber saßen wir«, sagte sie leise, »und in der Mitte, genau zwischen uns und den Engländern, standen Tische für die Frauen vom jüdischen Hilfsverein. Sie hatten Listen und riefen Namen auf. Weißt du noch, Betti?«

»Nein«, erwiderte Betti von der Tür, »zum Glück nicht.«

»Damals fand ich es gar nicht so schlimm.« Bekkas Blick ging zur Decke, wohl um die Tränen zurückzudrängen, die ihr in die Augen geschossen waren. »Im Gegenteil, ich wollte ja herkommen, ich konnte es gar nicht abwarten, die Dinge endlich in die Hand zu nehmen. Wenn Tante Mildred den Schlaganfall nicht bekommen hätte, wenn ich nur ein paar Wochen früher angekommen wäre ...« Sie brach ab und atmete tief ein. »Wie ein einziges kleines *Wenn* über ein ganzes Leben entscheiden kann. Zwei Leben, genau genommen!«

Ich legte ihr eine Hand auf den Arm. Wozu nach Worten suchen, die es nicht gab?

Drei Tage zuvor war ich am Bahnhof der Stadt angekommen, in der Bekka und meine Cousine zu Hause waren, aber nur eine von ihnen hatte mich am Bahnsteig erwartet. Da stand sie, eine schlanke Gestalt im Regenmantel, die flachen Halbschuhe schlammbespritzt; Wassertropfen fingen sich in ihrem langen weizenblonden Haar, und während ich, die zehn Jahre auf diesen Moment gewartet hatte, mit einem Mal nicht mehr wusste, wie man ein Bein vors andere setzt, war sie es, die zu laufen begann.

So vieles, was mir gleichzeitig durch den Kopf stürzte, während wir uns umarmten – von »Ich bin so froh« über »Du bist so hübsch« bis »Es tut mir so leid«. Ich ließ sie los und stammelte: »Komisch, du bist gar nicht so groß, wie ich dachte!«

Bekka lachte und gab mir einen leichten Schubs. »Und ich habe mich gefragt, ob ich dich überhaupt erkenne! Bist du sicher, dass du erwachsen bist …? Du siehst aus wie Ziska, bloß eine Nummer größer.«

Ob ihr Gesicht nur vom Regen nass war, ließ sich nicht feststellen und mir gegenüber war sie damit klar im Vorteil. Aber noch bevor wir auf den Bahnhofsvorplatz traten, hatte ich mich gefasst, war es das Normalste der Welt, neben meiner besten Freundin zum Bus zu gehen. Das einzig nicht Normale war, dass wir es die letzten zehn Jahre nicht hatten tun können.

Der Bus war fast so voll wie die Tram in Shanghai. Wir hielten uns an einer der schaukelnden Halteschlaufen fest, meinen kleinen Koffer zwischen uns eingeklemmt, und steckten uns gegenseitig mit Grinsen an.

»Ich kann nicht glauben, dass du tatsächlich hier bist«, sagte sie.

»Wurde auch langsam Zeit!«, rief ich, um den Lärm zu übertönen.

»Aber nur drei Tage, wie blöd. Du musst unbedingt wiederkommen und länger bleiben.«

»In den nächsten Semesterferien vielleicht?«

»Abgemacht! Siehst du? Schon haben wir mehr Zeit!«

Über die Schultern anderer Passagiere hinweg erhaschte ich durchs Fenster Blicke auf die Ruinen der Innenstadt von Coventry. Wie weit musste man in diesen Tagen eigentlich reisen, um unversehrte Städte zu sehen? Die Ecke, an der wir aus dem Bus stiegen, war eine jener großflächigen Brachen, die Bomben und anschließende Abbruchkommandos in die Mitte einer Siedlung gerissen hatten. Von Gras, Moos und Wildblumen überwucherte Grundmauern ließen erkennen, wo vor dem Krieg Wohnhäuser gestanden hatten.

Nach wenigen Schritten wies Bekka auf eins der Grundstücke. »Hier sind Mrs Tatler und ihre Eltern gestorben.«

»Hast du sie gut gekannt?«

»Ja, sie war häufig bei uns. Mildred Read war ihre Lieblingstante.«

Wir gingen auf die Siedlung zu, die wie an einer Abbruchkante in einiger Entfernung aus dem Schutt aufragte. Zu Kies zermahlene Pflastersteine knirschten unter unseren Schuhen, es hatte aufgehört zu regnen und eine sommerliche Mittagsruhe lag über dem Platz. Ich hörte Bienen summen; die Natur war bereits dabei, sich dieses Fleckchen Erde zurückzuholen.

»Ist Mr Tatler wieder zurück?«, fragte ich.

»Er will in China bleiben, soweit ich weiß«, antwortete Bekka.

»Das dürfte nichts werden. Der Bürgerkrieg ist voll entbrannt. Es sieht nicht gut aus für die Kuomintang.«

»Das sind die, die vom Westen unterstützt werden, nicht wahr? Entschuldige, ich weiß so gut wie nichts darüber.«

»Du weißt mehr als andere«, erwiderte ich. »Die meisten haben den Namen Kuomintang noch nie gehört.«

»Wir haben eben unsere eigenen Sorgen. Keiner will mehr etwas wissen vom Krieg – vor allem, wenn er so weit entfernt ist wie China.« Ihr neugieriger Blick streifte mich, während wir weitergingen. »Unglaublich, dass du die ganze Zeit dort unten warst. Was für ein Abenteuer! Weißt du eigentlich, wie sehr ich dich beneidet habe?«

»Und ob!« Ich musste lachen. »Immer, wenn es besonders ekelhaft wurde, habe ich mir eingebildet, du würdest gerade das spannend finden. Für eine Weile hat das tatsächlich geholfen.«

»Aber dann nicht mehr …?«

Ich blieb stehen. »Dann habe ich nichts mehr von dir gehört.«

Bekka nickte, ohne mich anzusehen, und ging noch einige Schritte, bevor sie zu mir zurückkam.

»Ich träume oft, dass alle, die ich kenne, mit einem Mal verschwunden sind. Ich komme nach Hause und dort wohnen andere Leute, ich gehe zur Schule oder zur Arbeit und sehe nur noch fremde Gesichter. Alle kennen mich, ich merke, dass ich irgendwie dazugehöre, aber niemand außer mir erinnert sich, dass eben noch ganz andere da waren …«

Sie streckte eine Hand aus und drückte meinen Arm, als wollte sie sich vergewissern, ob ich überhaupt echt war. »Vielleicht hört es ja jetzt auf«, sagte sie leise.

Ich wusste nicht, was ich antworten sollte, und schob meinen Arm unter ihren, bevor wir weitergingen.

»Damit eins klar ist«, sagte Bekka nach einigen Sekunden mit festerer Stimme, »wir reden nicht über meine Eltern.«

»In Ordnung«, versprach ich rasch.

Das kleine Haus sah genauso aus, wie Bekka es in ihrem ersten Brief aus England beschrieben hatte, die beiden Misses Read allerdings hatte ich mir nicht so alt vorgestellt. Zwei verwitterte Gesichter begutachteten mich durch dicke Brillengläser, eine Schwester wohlwollend, die andere reserviert. Bekka schob Mildred Read den Rollstuhl am Tisch zurecht und übernahm das Kommando über die Teezeremonie, während Marge Read, die ohne Weiteres als eine der gefürchteteren Lehrerinnen der Jewish School hätte durchgehen können, mich über die Lage in Berlin verhörte.

»Wird eure Währungsreform endlich dazu führen, dass ihr euch selbst versorgen könnt?«, fragte sie streng. »Das Durchfüttern unterlegener Kriegsgegner mag ja völkerrechtlich geregelt sein, aber wir leben hier schließlich selbst noch mit Rationierung.«

Hätte ich ein weißes Fähnchen mitgebracht, ich hätte es geschwenkt. »Die Regale in den Geschäften sind seit ein paar Wochen wieder voll. Keine Ahnung, woher die Waren über Nacht kamen, aber der Schwarzmarkt spielt praktisch keine Rolle mehr.«

»Der Schwarzmarkt! Das habe ich mir gedacht.« Miss Read schnaubte. »Wir Engländer geben von unseren paar Lebensmitteln einen Gutteil an euch ab, und die Geschäfte macht ihr!«

»Die Geschäfte machen nicht zuletzt die britischen und amerikanischen Soldaten«, wehrte ich mich. »Mit ihren Zigaretten halten sie den Schwarzmarkt doch erst am Leben.«

Marge Read kniff die Lippen zusammen. Mildred Read kicherte. »Wir waren ja«, verriet sie diskret, »auch nicht ganz ohne Erfolg auf dem *Black Market*, stimmt's, Bekka?«

Meine Freundin zwinkerte mir zu. »Vergiss nicht, dass Ziska kein unterlegener Kriegsgegner ist, Tante Marge. Noch einen Scone?«

»Ja, kommt denn die Kleine nicht noch?«, fragte Marge Read.

»Die Kleine«, erwiderte Bekka gelassen, »wird versuchen, sofort wieder zu gehen, wenn sie merkt, wer hier ist. Auf keinen Fall wird sie einen zweiten Scone verdrücken.«

»Na dann«, meinte Marge und griff erfreut zu.

»Betti weiß nicht, dass du hier bist, Ziska«, sagte Bekka zu mir. »Aber sie kommt nachher noch vorbei und ist sie einmal drin …«

Bekka stand auf. *Schnapp,* machte der Schlüssel im Schloss. »Du hast nur drei Tage!«, erinnerte sie mich, bevor sie die Tür wieder aufsperrte.

Mildred Read gluckste erwartungsvoll. Nicht einmal eine halbe Stunde war ich in ihrem Haus; das Rattern, Schaukeln und Dröhnen der langen Reise steckte mir in allen Knochen und ich hätte nichts dagegen gehabt, häusliche Krisen noch bis zum nächsten Tag aufzuschieben. Aber wenn ich Bekka und die Schwestern Read richtig einschätzte, dann war mir die Regie über mein Zusammentreffen mit Betti bereits aus der Hand genommen.

Wir saßen in ihrem kleinen, mit Möbeln vollgestopften Wohnzimmer, wo sie des unbeständigen Wetters wegen die Teetafel gedeckt hatten, aber die Terrassentür stand offen und gab den Blick frei auf einen verwilderten Streifen Vogelgarten und mehrere Reihen Gemüsebeet. Dazwischen wölbte sich eine kleine, nach vorne offene Wellblechhütte: ihr Anderson-Shelter, der nun offenbar als Geräteschuppen diente.

Bekka folgte meinem Blick und bemerkte: »Wir haben diesen Ziegenstall nie benutzt, der Kartoffelkeller schien uns bei Fliegeralarm doch etwas stabiler.«

»Und wir haben immer nur an der Hauswand zum Hinterhof gekauert. In Shanghai gibt es keine Keller und das einzige Gebäude im Ghetto mit ausreichend dicken Mauern war ausgerechnet das Gefängnis. Man durfte bei Alarm hinein, aber wir haben lieber verzichtet. Wir waren nämlich nie ganz sicher, ob die Japaner uns wirklich wieder herauslassen ...«

»Lasst uns nicht über den Krieg sprechen«, unterbrach Marge schaudernd.

Eine kleine verlegene Pause entstand. Ich war fast erleichtert, als ein Klopfen an der Haustür meine Cousine ankündigte. Betti ließ sich selbst hinein. Sie winkte Bekka, gab den Schwestern einen Kuss, streifte mich mit einem freundlichen Nicken und setzte sich, um – ganz wie früher – nur noch Augen für das Essen zu haben.

Tante Ruth hatte keine Fotos von mir nach England mitgegeben, so viel stand fest. Betti hatte keine Ahnung, wer ich war, während meine eigene Erinnerung mich auf beinahe beklemmende Weise heimsuchte: Vor mir saß eine fünfzehnjährige Ausgabe von Tante Ruth.

Schnapp. Bekka stand in der Tür und verschränkte die Arme.

»Hallo, Betti«, sagte ich, wie nun wohl von mir erwartet wurde.

Über das Gesicht meiner Cousine huschten in schneller Folge verschiedene Gefühle, keins davon erfreulich. Am Ende färbte es sich puterrot. »Was macht *die* denn hier?«

»*Die* heißt Ziska und ist meine beste Freundin, wie du immer schon wusstest«, erwiderte Bekka, ließ den Schlüssel in ihrer Rocktasche verschwinden und setzte sich wieder zu uns.

»Meine aber nicht«, fauchte Betti und wandte störrisch den Blick ab, um sich dem Zerkrümeln ihres Scones zu widmen. Nach einigen Sekunden hob sie den Kopf und schleuderte mir entgegen: »Ich erinnere mich nicht einmal an dich!«

»Wir konnten uns nicht ausstehen«, half ich nach.

Bekka und die Schwestern Read beobachteten die Familienzusammenführung mit sichtlichem Interesse.

»Schön, und was soll ich dann hier?«, zischte Betti.

»Ach, ich dachte, ich könnte, während ich Bekka besuche, nebenher auch einen Blick auf dich werfen«, erwiderte ich schulterzuckend. »Vielleicht kann ich deinem Vater dann nächste Woche erzählen, dass es sich gar nicht lohnt, um dich zu weinen.«

»Na, na, na«, murmelte Mildred.

Betti starrte mich über den Tisch hinweg an. Sie war misstrauisch, aber auch überrascht.

»Damit wäre euch beiden geholfen«, ergänzte ich. »Also entspann dich, Betti, in Ordnung? Ich habe Bekka fast zehn Jahre nicht gesehen und in den wenigen Tagen weiß Gott anderes vor, als mit dir herumzustreiten. Verwandtschaft, was bedeutet das schon? Die meisten Juden müssen jetzt allein zurechtkommen. Kann ich bitte noch ein Sandwich haben, Miss Read?«

»Aber gern!« Marge Read legte mir ein Gurkensandwich auf den Teller, wobei ihr strenges Gesicht ein wenig zuckte. Ich begriff, dass sie mir soeben zuzwinkerte.

Vor zehn Jahren hatte es zu den Selbstverständlichkeiten meiner Freundschaft zu Bekka gehört, dass wir einander fast nichts erklären mussten. Ich konnte kaum fassen, dass es immer noch so war, dass Bekka augenblicklich mitspielte.

»Als Erstes musst du Stephen kennenlernen«, beschloss sie, als hätte das Zwischenspiel mit Betti überhaupt nicht stattgefunden. »Es wird immer ernster zwischen uns. Ich will deine ganz ehrliche Meinung über ihn hören, Ziska!«

»In Ordnung. Ich muss dich allerdings warnen, dass ich in meiner Einschätzung von Männern wenig Glück habe.«

»Ein wichtiger Hinweis, der in die Gesamtbeurteilung einfließen wird«, erklärte Bekka.

Betti bemerkte: »Ich weiß noch nicht, ob ich ihn leiden kann.«

Sie richtete die Worte an niemand Bestimmtes, was mich immerhin nicht ganz ausschloss. Als Bekka daraufhin aufstand und die Tür entriegelte, blieb meine Cousine trotzig sitzen, entschlossen, sich nicht ignorieren zu lassen.

Unbeeindruckt wandte Bekka sich an die Schwestern: »Tante Marge, Tante Mildred, ich weiß, dass es rasend unhöflich ist, aber hättet ihr etwas dagegen, wenn Ziska und ich ein Weilchen in den Garten gehen? Wir haben so viel zu reden über Leute, die ihr gar nicht kennt oder …«, sie nickte in Bettis Richtung, »die euch nicht interessieren.«

»Selbstverständlich, meine Liebe, geht nur«, erwiderte Marge sofort.

Bekkas Ziel war eine Holzbank, die an der Sonnenseite des kleinen Hauses lehnte und einen Blick auf die verwilderten Büsche bot, in denen Vögel geschäftig ihre Nester versorgten. Die Teetassen in der Hand, streckten wir die Beine aus.

»Wie geht es deinen Eltern? Hast du Fotos mitgebracht?«

»Ja, Fotos sind oben in meiner Tasche. Ich soll dich drücken, besonders von Mamu! Es geht ihr gut, sie arbeitet an der Kasse des Deutschen Theaters im sowjetischen Sektor und kann uns fast jede Woche billige Restkarten besorgen. Papa und ich sind dem Theater schon völlig verfallen. Ein, zwei Jahre, und wir haben alles aufgeholt, was wir an Kultur versäumt haben.«

»Ich würde sie so gern wiedersehen, deine Mutter …«

»Bitte, komm! Sie wäre entzückt.«

Bekkas Gesicht verhärtete sich. »Nicht, solange ihr in Deutschland seid.«

Ich ging leicht darüber hinweg; mit dieser Reaktion war ich schließlich bestens vertraut.

»Dann musst du sie eben hierher einladen. Papa hätte wahrscheinlich keine Zeit. Er ist so froh, wieder arbeiten zu können, obwohl er oft das Gefühl hat, eher Seelsorger als Anwalt zu sein. Die meisten Klienten sind am Ende ihrer Kraft, wenn sie zu ihm kommen. Opferrenten, Wiedergutmachung, Rückgabe von enteignetem Besitz und gestohlenen Kunstschätzen … die Behörden arbeiten mit allen Tricks, um die Leute hinzuhalten. Ohne Anwalt bekämen sie oft keinen Pfennig. An zwei Nachmittagen helfe ich in der Kanzlei mit, auf diese Weise kann ich schon mal Erfahrung sammeln.«

»Für deine eigene Kanzlei!« Bekka sah mich anerkennend an.

»Nein, ich möchte in eine andere Richtung. Völkerrecht, Miss

Read hat es eben schon erwähnt. Diese Abwesenheit von Recht, die wir erlebt haben, erst in Deutschland, dann in Shanghai ... die konnte es nur geben, weil jedes Land für sich bestimmen durfte, was Recht ist. So etwas darf nie wieder geschehen und deshalb haben wir die Vereinten Nationen. Sie beschäftigen Juristen aus aller Welt. Dort will ich dabeisein!«

Bekka lächelte. »Du solltest dich sehen! Du glühst vor Begeisterung.«

»Ich möchte einfach glauben, dass man etwas tun kann, Bekka.«

»Und ich sitze zwar nur in einem langweiligen Büro und tippe, aber ich hoffe, du hast Recht.«

Einige Augenblicke saßen wir schweigend da. Es wäre der Moment gewesen, nach Bekkas Eltern zu fragen.

Sie kam mir zuvor. »Was ist mit Bettis Familie passiert?«, fragte sie rasch.

»Ja, hat sie dir denn nichts erzählt?«

»Sie hat die Briefe deines Onkels nicht einmal geöffnet.«

Ich schüttelte den Kopf. »Wie kann sie ihm die Schuld geben? Er hat alles getan, was er konnte, es gibt buchstäblich nichts, was er nicht versucht hat!«

»Darum geht es gar nicht, Ziska. Es liegt an ihren Pflegeeltern. Von Anfang an haben sie ganz unverhohlen von Adoption geredet. Als die ersten Berichte von den Lagern kamen, war es praktisch beschlossene Sache. Das Letzte, womit diese Leute gerechnet haben, war, dass Bettis Vater plötzlich lebend wieder auftaucht.«

Ich drückte eine Hand an die Stirn und lehnte mich zurück. Solche Geschichten waren Papas täglich Brot, selbst wenn es in der Kanzlei meist nur um Häuser oder Wertgegenstände ging, die deutschen Freunden zu vermeintlich treuen Händen übergeben worden waren.

»Diese Familie hat nie geschrieben«, erinnerte ich mich. »Alles, was Onkel Erik in Shanghai von Betti erfahren hat, stand in deinen Briefen!«

»Betti war erst fünf. Mr und Mrs Hatchett haben es schnell geschafft, ihre Eltern zu werden.«

»Mein Onkel könnte einen Gerichtsbeschluss erwirken«, sagte ich hart. »Es gibt Familien, die genau das getan haben.«

»Ob die miteinander glücklich werden …?«, zweifelte Bekka.

»Eben. Für Onkel Erik kommt das nicht infrage. Aber es ist so ungerecht, Bekka. Tante Ruth und Evchen …«

Ich holte tief Luft. Meine Stimme klang hohl. »Sie hätten es fast geschafft. Evchen ist mit Fieber und Bauchschmerzen in Berlin abgefahren. Tante Ruth dachte, es sei die Aufregung wegen der Reise. Sie wollten Onkel Erik in Eydtkau treffen, aber so weit sind sie gar nicht gekommen. Er hat sie schließlich in Kaunas aufgespürt, wo Evchen mit Blinddarmentzündung im Krankenhaus lag. Bis sie entlassen wurde, waren alle Fahrkarten ungültig, das Reisegeld verbraucht, die drei standen buchstäblich auf der Straße. Ja, und dort sind sie dann aufgegriffen worden.«

Wenige Meter über unserer Bank hörte ich ein Geräusch. Es klang, als würde ein Fenster ganz behutsam geschlossen, lange bevor die Geschichte zu Ende erzählt war.

Ich konnte es verstehen. Den Rest hätte ich an Bettis Stelle auch nicht hören wollen. Das Ghetto in Kaunas, die Fahrt im Viehwaggon, die Rampe in Auschwitz. Der Todesmarsch zurück nach Deutschland, den Onkel Erik vielleicht nur überstanden hatte, weil er fest daran glaubte, für seine andere Tochter am Leben bleiben zu müssen.

»Ziska«, hörte ich Bekka fragen, »glaubst du eigentlich noch an Gott?«

»Ich glaube, dass es ihn gibt, ja. Aber ich glaube nicht, dass wir wissen, wer er ist. Jede Religion behauptet etwas anderes. Warum? Kann es sein, dass jede nur einen Teil der Wahrheit kennt, ein paar Worte … und erst wenn man sie zusammensetzt, ergeben sie einen Satz?«

Ich setzte mein Teeglas an, als Bekka jäh nach Luft schnappte und meinen Arm ergriff.

»Hast du das gehört?«, stammelte sie. »Eine tiefe Stimme … von ganz oben … und ganz deutlich! Sie sagte: *Lob und Dank, endlich bin ich erkannt*!«

Ich prustete meinen Tee über die Wiese. Trotz allem, worüber wir gerade gesprochen und geschwiegen hatten, konnten wir auf einmal nicht mehr aufhören zu lachen.

Aber so etwas passierte mir häufig, seit ich zurück in Deutschland war.

Berlin zelebrierte eine große Begrüßung, als wir am Görlitzer Bahnhof aus dem Zug stiegen. Überlebende Verwandte und Freunde erwarteten uns mit Tränen und Umarmungen, Kamerateams der Wochenschau waren gekommen und der stellvertretende Oberbürgermeister hielt eine Rede. Die Zeit der Judenfeindschaft sei vorbei, versicherte er, alle gegenteiligen Behauptungen beruhten auf bedauerlichen Einzelfällen, die nicht dem neuen Geist Deutschlands entsprächen. Herr Friedensburg (ein beruhigender Name) sagte uns die Unterstützung der Stadt Berlin in allen Belangen unserer Wiedereingliederung zu und überreichte zum Schluss feierlich Ausweise. Nachdem wir erst Deutsche, dann Juden, dann Staatenlose gewesen waren, erklärte uns das neue Papier zu Opfern des Faschismus und sprach uns schnelle Entschädigung für erlittenes Unrecht zu.

Allerdings war der Ausweis keine drei Monate gültig. Papas soeben eröffnete Kanzlei wurde gestürmt von ratlosen Juden mit dem Fragebogen des Berliner Magistrats in der Hand. Hatten wir uns illegal oder politisch betätigt? Wann seien wir in welchen KZ gewesen? Tante Irma und Onkel Victor kreuzten unter fast hysterischem Gelächter an, sie hätten in einer »sternpflichtigen Mischehe« gelebt.

Unsere rassische Verfolgung, die von den Amerikanern fast anderthalb Jahre geprüft worden war, wollte der Berliner Magistrat nicht anerkennen. Die Zeit in Shanghai sei keine Haft gewesen, behauptete der Beauftragte, Hongkous *Designated Area* kein Ghetto, auch wenn wir es damals vielleicht so bezeichnet hätten. Opfer des Faschismus seien alle, die verfolgt und ermordet worden seien, auch die deutschen Soldaten, die für ein verbrecherisches Regime ihr Leben hätten lassen müssen. Aber so weit, dass der Begriff auch uns einschloss, die nur »privat überlebt« hätten, könne man ihn beim besten Willen nicht ausdehnen.

Papa wurde gebraucht – um sich mit oft denselben Juristen auseinanderzusetzen, die bis vor Kurzem noch als Nazis Recht gesprochen hatten. Ein Jahr nach unserer Rückkehr wurde immer noch über unseren Status gestritten und viele Ältere, denen eine Rente versprochen worden war, waren wieder angewiesen auf Unterstützung jüdischer Hilfsorganisationen.

Er begreife nicht, warum wir Juden überhaupt zurückgekehrt seien, sagte einer seiner Kollegen Papa ins Gesicht. Wir hätten doch wissen müssen, dass im zerstörten Berlin nichts mehr zu holen sei.

Nicht einmal Erinnerungen, dachte ich bitter, nicht einmal alte Freundschaften.

Es hatte einige Tage gedauert, bis ich mich aus der Wohnung in der Bergstraße, die Onkel Erik für uns gefunden hatte, in meinen alten Kiez zurückwagte. Ich hatte es ja schon geahnt: Unser Haus war ein Haufen Steine, Stockwerk für Stockwerk zusammengestürzt in mehreren Bombenjahren. Bis zum Sommer 44 hatten, wie ich im Kiosk an der Ecke erfuhr, Nachbarn noch im ersten Stock und im Keller gehaust, dann war es auch damit vorbei gewesen. Die alte Bergmann sei zu ihrer Tochter nach Mariendorf gezogen, von Christine und ihren Eltern wusste die Kioskbesitzerin nichts.

Der benachbarte Friedhof war ein kaum minder trauriger Anblick. Bäume und Büsche, unter denen Bekka und ich als Kinder gespielt hatten, waren abgeholzt und in den Öfen der Nachbarschaft gelandet, Gräber, die Tante Ruth geharkt und bepflanzt hatte, waren verwahrlost und von umgestürzten Grabsteinen bedeckt. Keine Spur mehr von Damals, nicht einmal die alte S-Bahn-Brücke war noch da. Eine Behelfsbrücke führte auf die andere Seite hinüber, wo Einschusslöcher im Mauerwerk noch vorhandener Gebäude darauf hinwiesen, dass es hier zu Häuserkämpfen gekommen war. Sowohl Tante Ruths als auch Liebichs früheres Haus standen noch, aber keiner der Nachbarn gab sich zu erkennen, obwohl ich Bewegungen hinter mehreren Vorhängen bemerkte.

Ausgelöscht. Von der ersten Hälfte meines Lebens war nichts mehr übrig. Lange stand ich am S-Bahn-Zaun und schaute zu Tante Ruths Wohnung hinauf. Ich hätte nicht herkommen sollen, dachte ich, nun werde ich auch meine Erinnerungen verlieren.

Aber als ich mich endlich losriss, fiel mir doch noch etwas ein: die Kleingartenkolonie am Ende des Zauns. Ich fragte mich durch, auf den Trampelpfaden zwischen den Häuschen herrschte reger Betrieb. Viele Berliner hatten den Krieg in ihren Gartenlauben überlebt.

»Die Sielmanns? Übernächster Gang. Was wolln'se denn von denen?«

Mein Herz klopfte, als ich die Glockenschnur am Gartentor zog. Christine, die Treue, die Mutige, die mir als einziges der vielen nichtjüdischen Kinder, mit denen ich aufgewachsen war, zu Hilfe gekommen war. *Wenn nur ein einziger Gerechter in dieser Stadt lebt* … Papas Worte fielen mir wieder ein. Vielleicht hatte ich doch noch eine Freundin in Berlin.

Christine kam auf mich zu. Sie war schmal und blass, ihre Kleidung aus Flicken zusammengesetzt. So hatten wir in Hongkou ausgesehen. Meine Finger umschlossen den Maschendraht.

»Ich bin's, Ziska. Wir sind wieder da!«

Sie sagte nichts. Mein Herz sank. »Wir waren in Shanghai, wusstest du das? Meine Eltern und mein Onkel und ich.«

»Schön«, sagte sie kühl und blieb einen Meter hinter dem Zaun stehen.

»Und ihr? Deine Eltern …?«

»Vati ist in Russland geblieben. Dafür kamen die Russen zu uns. Willst du hören, was sie mit uns gemacht haben? Auch mit Mutti und mir?«

Ich suchte nach Worten, fand Zuflucht in einer neuen Frage: »Was ist mit den anderen? Richard zum Beispiel?«

»Richard Graditz? Der ist mit Tausenden Hitlerjungen bei den Seelower Höhen gefallen. Die meisten Jungen aus unserer Klasse leben nicht mehr, falls es dich interessiert. Wir haben genug gebüßt, mehr kann keiner von uns verlangen.«

Sprach's, drehte sich um und floh zurück in ihre verwitterte kleine Laube.

Meine Beine fühlten sich taub an, als ich die lange Silbersteinstraße zurückging. Ich wusste es damals noch nicht, aber diese Mischung aus Schuld, Selbstmitleid und Zorn würde meinen Eltern und mir noch oft begegnen, wenn Fremde erfuhren, dass wir Juden waren. Die wenigsten in diesem Land freuten sich über unser Überleben. Wer schaute schon gern den Folgen des eigenen Größenwahns ins Gesicht? Ein Jahr nach unserer Rückkehr hatte Papas Kanzlei nur jüdische Klienten, obwohl sie allen offenstand, Onkel Victor hatte nur jüdische Patienten, und ich hatte mich längst damit abgefunden, dass im Hörsaal die Plätze links und rechts von mir stets unter den letzten waren, die besetzt wurden, seit einer der Professoren, ein Kommilitone von Papa, mit besten Absichten den Fehler gemacht hatte, mich vor allen anderen besonders zu begrüßen.

Christine blieb ein kleiner Dorn in meinem Herzen. Vielleicht hätte ich zurückgehen sollen, dachte ich, als ich neben Bekka auf der Bank saß. Vielleicht hätte ich zurückgehen und ihr sagen sollen, woran ich mich all die Jahre erinnert habe, wenn ich an sie dachte.

»Ich verstehe euch nicht«, sagte Bekka. »Wie könnt ihr dort auch nur atmen nach allem, was passiert ist?«

»Wir waren weit von Deutschland entfernt, während *alles passiert ist.* Der Rassenhass, den wir mit angesehen haben, richtete sich gegen andere. Das hat die Deutschen in unseren Augen vielleicht nicht ganz so einzigartig gemacht.«

»Deine Eltern«, sagte sie zitternd, »sind auch nicht nach Lettland verschleppt, an den Rand einer Grube gestellt und erschossen worden.«

»Aber auch das war ein Grund zurückzukommen, Bekka. Uns haben sie nicht gekriegt, und das sollen ruhig alle sehen. Außerdem mussten wir ganz praktisch denken: Meine Eltern können in ihrem Alter nicht noch einmal von vorn anfangen.«

Über die Terrasse kam Betti mit einer Gießkanne in den Garten, schöpfte Regenwasser aus einer Tonne, balancierte die Bodenplatten der Gemüsebeete entlang und ließ ein paar Tropfen auf jede Wurzel regnen.

»Onkel Erik will übrigens nicht in Deutschland bleiben«, sagte ich lauter. »Palästina – oder jetzt Israel – kommt für ihn auch nicht infrage, seit er gehört hat, dass KZ-Überlebende dort nicht selten als Schwächlinge verhöhnt werden, die sich gefälligst hätten wehren sollen. Im Moment träumt er von Kanada, aber ich hoffe nicht, dass er uns wirklich alleinlässt. Was soll ich ohne meinen Lieblingsonkel anfangen? Wir haben wieder zu viert eine Wohnung, wie in Shanghai, von mir aus muss sich jetzt überhaupt nichts mehr ändern.«

Ich senkte die Stimme. »Und wenn Onkel Erik nicht wäre, könnte Betti von mir aus bleiben, wo der Pfeffer wächst.«

»Sei nicht gemein. Ich hab dir doch gesagt, dass es nicht ihre Schuld ist.«

Am nächsten Tag stand Bekka vom Frühstückstisch auf, um das Telefon zu beantworten, und als sie ins Zimmer zurückkam, lächelte sie.

»Das war Betti. Sie hat mir erzählt, dass sie gestern Abend noch alle Briefe gelesen hat.«

Ich musste fast nichts mehr tun. Betti folgte uns hartnäckig, selbst zur Verabredung mit Stephen, Bekkas *boyfriend*. Stephen war ein schlaksiger dunkelhaariger Junge, nicht jüdisch, aber ohne jede Befangenheit mir gegenüber. Es gab mir eine halbe Nacht zu denken, dass ich in ein anderes Land reisen musste, um Gleichaltrige zu treffen, die normal mit mir umgingen.

»Na, was sagst du?«, fragte Bekka erwartungsvoll, nachdem Stephen uns wieder nach Hause gebracht hatte.

»Herzlichen Glückwunsch zum Hauptgewinn«, erwiderte ich und versuchte nicht zu zeigen, dass ich, obwohl ich mich ehrlich für Bekka freute, ein wenig neidisch war.

Meine Freundin lachte. Es war nicht zu übersehen, dass sie und

Stephen sehr frisch verliebt, also noch ziemlich überwältigt voneinander waren.

»In zwei Wochen kommt Thomas aus Cambridge«, verriet sie. »Das wird die nächste kleine Hürde, aber sie werden einander schon gefallen.«

»Das sage ich schon lange«, brummelte Betti.

Es dauerte zwei Tage, bis meine Cousine endlich mit mir redete. Nachdem sie kurz vor meiner Abreise ein Telefonat mit angehört hatte, sprach sie mich an.

»Du fährst noch nach London?«

»Ja, ich besuche einen Jungen, dessen Eltern wir in Shanghai kannten. Sie sind bei einem Bombenangriff ums Leben gekommen, zusammen mit seiner kleinen Schwester.«

»Oje. War er auch dabei?«

Ich schüttelte den Kopf. »Jakob war auf dem Kindertransport. Er ist nur ein Jahr älter als du.«

In Bettis Gesicht arbeitete es. Sie wies auf das Telefon. »War er das eben …?«

»Nein, das war seine Pflegemutter, Mrs Shepard. Wir haben schon von Deutschland aus telefoniert. Eigentlich sollte ich zu ihnen nach Hause kommen, aber Jakob ist nun doch zu nervös und wir haben ausgemacht, dass wir uns woanders treffen.« Ich musste schmunzeln. »Diese Leute besitzen tatsächlich ein Kino! Kino war in Shanghai das Größte für mich. Meine Freundin Judith und ich haben jeden Cent dafür gespart.«

»Judith – ist das das Mädchen, das in einem Kibbuz in Palästina lebt?«

»Israel«, verbesserte ich. »Aber ich vergesse auch noch manchmal, dass es seit ein paar Monaten wirklich einen jüdischen Staat gibt.«

Das reicht, dachte ich, und wollte wieder zurückfallen in unsere Taktik, Betti links liegen zu lassen, bis sie selber Fragen stellte, als mir einfiel, dass sie genau das soeben getan hatte.

Plötzlich hörte ich mich vorschlagen: »Warum kommst du nicht einfach mit nach London?«

»Ich? Wieso denn das?« Betti war genauso verdutzt über den Vorstoß wie ich.

»Keine Ahnung. Blöde Idee. Wahrscheinlich hast du gar keine Lust, Jakob kennenzulernen – warum auch?«

Meine Cousine biss sich auf die Lippen. »Vielleicht«, erwiderte sie nach langem Zögern, »hat Bekka ja Lust …?«

Die Misses Read besaßen einen dicken Kunstreiseführer aus der Vorkriegszeit, und wenngleich zahlreiche Denkmäler und Kirchen nicht mehr standen, man den gewichtigen Reiseführer also beinahe hätte halbieren können, tat, nachdem wir den Bahnhof Liverpool Street verlassen hatten, der Londoner Straßen- und U-Bahn-Plan gute Dienste beim Finden des Stadtteils Camden. Das Kino, das Jakob Fränkels Pflegeeltern gehörte, war klein, aber hübsch; seine Fassade, an der in verschnörkelten Buchstaben der Name *Elysée* prangte, frisch gestrichen. Erleichtert stellte ich fest, dass die Bomben in London mehr Häuser verfehlt als zerstört hatten.

Im Foyer fanden wir uns inmitten einer aufgeregten Horde Kinder wieder, die sich vor dem Kassenschalter drängten, um Karten für die Nachmittagsvorstellung eines Disney-Films zu lösen. Einige wenige Erwachsene – ob Lehrer oder Eltern, war nicht zu erkennen – versuchten sich vergebens Gehör zu verschaffen; dazwischen vernahm ich mehrmals Bruchstücke der Stimme, die ich bereits vom Telefon kannte.

Mrs Shepard saß hinter der Glasscheibe ihres Kassenhäuschens, gab Tickets aus und verkaufte mit der anderen Hand Bonbons und Lakritze an streitende, sich schubsende Achtjährige – ein Job, der auf der Stelle verstehen ließ, wozu die Glasscheibe gut war. Nachdem der letzte junge Kunde zur Saaltür weitergehetzt war, vor der ein Junge, den ich für Jakob hielt, stoisch die Karten durchriss, konnte man Mrs Shepard dabei beobachten, wie sie in ihre Stuhllehne zurücksank und seufzte.

Bekka und Betti im Rücken, trat ich vor die Glasscheibe und schaute durch das kleine offene Fenster. In der letzten halben Stunde hatte mein Herz spürbar geflattert bei der Vorstellung, Jakob Fränkel gegenüberzutreten. Die Aufgabe, mit Fotoalben und Briefen quasi das Andenken seiner Eltern zu überbringen, hatte über die Jahre etwas Ernstes, Feierliches angenommen, als ob Fränkels selbst mich mit einem letzten Wunsch beauftragt hätten, und ich wusste nicht, wie sie und ich damit fertigwerden sollten, wenn Jakob seinen Eltern gegenüber in einer ähnlichen Stimmung war wie Betti.

»Ja, bitte?«, fragte Mrs Shepard und ich fühlte mein eigenes Lächeln federleicht werden.

Nein, dies war nicht Bettis Pflegemutter, die nie von sich hatte hören lassen, die von Anfang an so getan hatte, als wären Tante Ruth und Onkel Erik nicht mehr am Leben. Dies war die warme Stimme vom Telefon, die großzügige Handschrift von so vielen Briefen; dies war die Mutter, die sich selbst aus Fotos herausgeschnitten hatte, damit Fränkels nicht auf den Gedanken kamen, dass jetzt andere zu Jakob gehörten.

Mrs Shepards Gesicht leuchtete auf, als sie meinen Namen hörte, die Fältchen um ihre Augen verwandelten sich in Sonnenstrahlen. Sie war im Alter meiner Mutter, wenngleich ohne jegliches Make-up, und auf ihrem Kopf saß eine jener strengen Perücken für orthodoxe Ehefrauen, die Mamu zum Wimmern gebracht hätte. Dennoch war ich selten einer schöneren Frau begegnet.

Mrs Shepard kam aus dem Kassenhäuschen, um uns zu begrüßen. »Wir sind so froh, dass Sie da sind, Miss Mangold! Entschuldigen Sie bitte, dass wir Sie nicht zu Hause empfangen, aber Jakob ist einfach zu aufgeregt und will sich eine Rückzugsmöglichkeit offen halten …«

»Es gibt nichts Unangenehmeres als Besuch, der zu lange bleibt«, bestätigte ich und schüttelte ihre Hand, bevor ich Bekka und Betti vorstellte.

»Die beiden waren auch auf dem Kindertransport«, erklärte ich.

»Ach«, sagte Mrs Shepard ganz leise, worauf Bekka zu meinem Erschrecken die Tränen in die Augen schossen, die sie vorhin am Bahnhof noch hatte unterdrücken können.

Ich hielt den Atem an. Kindertransport. Ein Wort, das ich leichthin sagen konnte, doch in diesem Augenblick wurde mir klar, dass ich gar nicht verstand, was es bedeutete – dass es wohl nur die wissen konnten, die dabeigewesen waren, und manche Pflegeeltern.

Der Junge, der an der Tür die Karten durchgerissen hatte, trat scheu näher. »Ich bin Jakob.«

Ich gab auch ihm die Hand. Vor all den anderen wusste ich plötzlich nicht mehr, was ich sagen sollte. Dass Jakob seinen Eltern nicht ähnelte, schien etwas unpassend, obwohl es das Erste war, das mir durch den Kopf ging, als wir uns gegenüberstanden.

Mrs Shepard übernahm das Kommando. »Im Büro habt ihr beide eure Ruhe. Miss Liebich, Miss Bechstein, gehen wir solange hinauf zu meinem Mann in die Vorführkabine?«

Betti machte den Mund auf und bat: »Kann ich bei Ziska und Jakob bleiben?«

Jakob nickte rasch; er hatte nicht nur nichts dagegen, sondern schien sogar erleichtert.

Tee war schon gekocht, Mrs Shepard ließ uns eine der beiden Kannen da und nahm die andere mit. Nachdem Jakob Betti und mir Tee eingegossen, die Milch für uns umgerührt hatte und es nichts mehr gab, was einem Gespräch im Weg stand, griff ich in meine kleine Reisetasche.

»Ich habe dir etwas von deinen Eltern mitgebracht«, sagte ich. »Einmal die Briefe, die Mrs Shepard über die Jahre nach Shanghai geschickt hat – der Grund, warum ich deine Adresse in England wusste. Aber es gibt auch noch zwei Fotoalben. Das erste kennst du vielleicht schon, die Bilder stammen aus deiner …«

Ich unterbrach mich erschrocken, beinahe hätte ich gesagt: *aus deiner Zeit.* Jakob blätterte das Album durch und bemerkte, die meisten Fotos kenne er in der Tat, da seine Eltern auch für ihn damals ein kleines Album zusammengestellt hätten.

Er bedankte sich. Sein Adamsapfel hüpfte unbehaglich auf und ab. Ich schob das zweite Album zu ihm hinüber und machte es kurz: »Das ist deine Schwester Gerda.«

»Meine … was!«

Die Augen groß wie Untertassen, klappte Jakob das Album auf. Ich rückte unwillkürlich näher an ihn heran, von seiner anderen Seite tat Betti dasselbe. Zu dritt schauten wir in das kluge Gesicht meiner winzigen Patentochter und ich fühlte meine Kehle eng werden. Seit jenem Nachmittag vor fast drei Jahren, als Mamu und ich Fränkels Wohnung für Familie Löw ausgeräumt hatten, hatte ich es nicht fertiggebracht, mir Gerdas Bilder anzusehen.

»Deine Mutter hat sie am 26. Januar 1942 auf der Straße gefunden, in eine Bambusmatte gewickelt. Ich weiß das Datum noch genau, weil es mein dreizehnter Geburtstag war, aber auch weil sich von einem Tag auf den anderen vieles veränderte, nachdem Gerda ins Haus gekommen war …«

In der nächsten Viertelstunde sprudelte unsere chinesische Geschichte von meinen Lippen, und Jakob und Betti hörten zu, ohne mich zu unterbrechen. Ich erzählte vom Haus in der Chusan Road, das unsere Väter gemeinsam mit Herrn Hu gebaut hatten, von Papas Nähmaschine, Herrn Fränkels Taxi und Mamus japanischen Pudeln. Von Oma Hu und ihren Enkeln, die Gerdas Spielkameraden geworden waren, vom *Café Piefke* und tropischen Sommern, aber auch von Frau Fränkels großer Verzweiflung. Ich erzählte von der Freundschaft zwischen Jakobs Mutter und Bettis Vater und von Frau Fränkels unerwarteter Rettung durch ein kleines Mädchen, dessen eigene Eltern es zum Sterben auf die Straße gelegt hatten.

»Ich habe mir früher oft ausgemalt, was du wohl zu Gerda sagen würdest, Jakob. Sie hätte dir gefallen, da bin ich ganz sicher. Sie war ein besonderes Mädchen, das hat jeder gespürt. Aber glaub bitte nicht, dass deine Eltern dich durch sie ersetzt haben. Deine Mutter ist fast verrückt geworden vor Sehnsucht nach dir und nur Gerda hat sie davor bewahrt.«

»Ich weiß, was du meinst«, sagte er ernst. »Wir haben hier auch jemanden verloren – meinen großen Bruder Gary. Er ist im zweiten Collegejahr zur Infanterie eingezogen worden und in Nordafrika gefallen. Wenn ich nicht gewesen wäre …«

Er brach verlegen ab, als befürchtete er, wir könnten seine Worte als Großspurigkeit auslegen.

»Dann sind unsere Familien in der ganzen Welt gestorben«, bemerkte Betti leise. »Jakobs Eltern in Asien, sein Bruder in Afrika, meine Mutter und Schwester in Polen und Bekkas Eltern in Lettland. Nur Ziskas Eltern leben noch, und … und …« Sie errötete. »Und mein Vater«, fügte sie leiser hinzu.

Jakob stand auf. »Ich habe auch geschrieben«, sagte er, nahm aus einer Schublade eine abgewetzte Kladde, auf der das Wort *Diary* stand, und legte sie schüchtern vor uns auf den Tisch.

Ich schlug das Tagebuch auf. Eine große Kinderschrift, die sich im Verlauf des Büchleins veränderte; krakelige, dann immer präzisere Zeichnungen. Ich erkannte ein Haus, einen Blumengarten, einen großen und einen kleinen Jungen. Flugzeuge, aus denen schwarze Kugeln fielen, und einen Anderson-Shelter. Den großen Jungen in Uniform. Dann keine Bilder mehr.

»Meine Pflegeeltern haben es vorgeschlagen, als die Post eingestellt wurde«, erklärte Jakob. »Meine Eltern sollten das Tagebuch bekommen, wenn wir uns wiedersehen.«

Ich blätterte zu den letzten Seiten und stockte. Das letzte Datum lag keine zwei Wochen zurück. Jakob Fränkel schrieb immer noch an seine Eltern.

»Wir konnten leider nicht verhindern, dass ich mich kaum an sie erinnere«, gestand er und strich zögernd mit dem Zeigefinger über die Alben. »Aber ich bin wirklich froh über die Fotos. Vielen Dank, dass du sie mir gebracht hast.«

Er stand auf. »Ich glaube, ich sehe mal nach, ob die anderen wieder hereinkommen wollen«, erklärte er, bevor er sichtlich erleichtert den Raum verließ.

Betti und ich blieben allein zurück. »Das dürfte der schüchternste Junge sein, den du oder ich je kennenlernen werden«, bemerkte ich, um die Stimmung zu heben, und sah meine Cousine wieder einmal die Farbe wechseln.

»Ich habe auch etwas geschrieben«, bekannte sie, zog einen Briefumschlag aus ihrer Tasche und hielt ihn mir hin. Auf dem Umschlag stand ein Wort: *Papa.*

Ich wog den Brief in der Hand. »Drei Seiten, sehr gut!«

»Woher weißt du …?«

»Ich war in Shanghai unsere Postfachverantwortliche. Ich habe so viele Briefe in andere Umschläge gepackt und weitergeleitet, dass ich fürs Porto nie wieder eine Waage brauchen werde. Ich kann auch jederzeit im Post- und Fernmeldewesen anfangen, wenn es mit der Jurisprudenz nicht klappt.«

Betti grinste. Ich schätzte ihren Brief auf zwanzig Gramm – eine Riesenlast wanderte von ihrer in meine Tasche, und als meine Cousine nach dem Abschied von Jakob und seinen Pflegeeltern zwischen Bekka und mir zurück zur U-Bahn ging, steckte ein solcher Schwung in ihr, dass ich sie beinahe zu einem Wettlauf herausgefordert hätte.

Aber ob ich gewonnen hätte …? Meine eigenen Beine fühlten sich mit jedem Schritt schwerer an. Ja, ich wollte, ich würde wiederkommen, das hatten Bekka und ich einander fest versprochen. Wir hatten uns über all die Jahre, über achteinhalbtausend Kilometer Entfernung nicht verloren, also würde es ganz gewiss auch in Zukunft nicht passieren.

Doch während der drei Tage in England war eine Frage in mir immer lauter geworden: Warum fuhr ich überhaupt wieder – und wohin? Bekka hatte ihre Eltern verloren und doch ein Zuhause gefunden, Menschen, die zu ihr gehörten, Boden unter den Füßen. Meine Eltern, Onkel Erik und ich hingegen waren zwar zusammen, doch immer noch in der Fremde. Um Berlin wieder zu einem Zuhause zu machen, brauchten wir mehr als ein Dach über dem Kopf, und mit jedem Schritt, der mich zurück nach Deutschland brachte, fiel es schwerer zu glauben, dass es uns gelingen würde.

Auch Bekka war aufgewühlt. »So unglaublich nette Leute!«

Noch nachdem wir aus der U-Bahn gestiegen waren und auf den

Bahnhof zugingen, konnte sie sich kaum beruhigen. »Ich war gar nicht traurig, dass du mit Ziska gegangen bist, Betti. Habt ihr das auch schon mal erlebt ...? Auf Menschen zu treffen, von denen man das Gefühl hat, man kennt sie sein Leben lang? Ich habe viel zu viel geredet, aber sie waren einfach beide so ...«

Sie brach verlegen ab. »Ich weiß, ich weiß. Ich habe eine Schwäche für anderer Leute Mütter, das ist mir schon klar. Aber Mr Shepard fand ich genauso hinreißend. Sie haben mich eingeladen, sie wieder zu besuchen. Das sollte ich unbedingt annehmen, was meint ihr?«

»Unbedingt«, antwortete ich. »Ich bin schon lange überzeugt, dass es keine Zufälle im Leben gibt. Auf manche Leute muss man einfach treffen, das ist vorherbestimmt.«

Bekka strahlte. Ich dachte an die sanften, immer freundlichen Liebichs, die durch einen Wald gehetzt und auf unfassbar brutale Weise ermordet worden waren. Nie würde Bekka darüber hinwegkommen. Nie würde sie aufhören, Trost zu suchen. War der Boden unter Bekkas Füßen wirklich schon so fest, wie ich eben noch geglaubt hatte?

Wenn wir doch nur zusammenbleiben könnten!, dachte ich verzweifelt.

Im nächsten Augenblick blieb meine Freundin abrupt stehen. Das Lächeln verschwand von ihrem Gesicht und machte einer Mischung aus Schock und Qual Platz.

»Oh Gott«, flüsterte sie. »Gibt es einen anderen Eingang?«

Vor dem Haupteingang des Bahnhofs standen mehrere Dutzend Männer in rotbraunen Uniformen und rauchten. Prall gefüllte Seesäcke lagen auf dem Boden verstreut. Die Männer wirkten froh und erwartungsvoll, beinahe ausgelassen; die meisten waren kaum älter als Bekka und ich.

»Ich finde, wir sollten an ihnen vorbeigehen«, erwiderte Betti fest. »Gerade weil!«

Als sie mein verständnisloses Gesicht sah, fügte sie hinzu: »Das sind deutsche Kriegsgefangene. Sie werden in diesen Wochen entlassen und in Sonderzügen aus dem ganzen Land an die Küste gebracht.«

Ich nahm Bekkas Arm. »Kein einziger Deutscher«, stimmte ich Betti zu, »wird uns je wieder dazu bringen, einen anderen Eingang zu benutzen.«

Hoch erhobenen Hauptes gingen wir an den Männern vorbei, deren Gespräche abbrachen, als wir uns näherten. Wahrscheinlich waren sie, obwohl jeder zu wissen schien, wer sie waren, nicht sonderlich erpicht darauf, durch ihre deutsche Sprache unnötig Aufsehen zu erregen. Ich konnte nicht anders, als ihnen dennoch einen unfreundlichen Blick zuzuwerfen.

Und nach Luft zu schnappen. Beinahe wäre ich stehen geblieben. Wie in Zeitlupe zog das fragende, verblüffte Gesicht an mir vorüber, obwohl Bekka und Betti mich augenblicklich ins Innere des Bahnhofs zerrten.

»Ziska, um Gottes Willen, wer *war* das? Jemand, den wir kennen?«

Bekka war ebenso verstört wie ich. Ich schüttelte langsam den Kopf. »Das war jemand aus Shanghai«, hörte ich mich fassungslos sagen. »Ein Freund von Mischa Konitzer. Er hat uns mit Nachrichten versorgt, als wir unsere Radios nicht mehr benutzen durften, und sich jahrelang heimlich mit Mischa getroffen. Ich selbst habe ihn nur ein einziges Mal gesehen – und da marschierte er mit der Hitlerjugend durch Hongkou!«

Bekka trat einen Schritt zurück. »Dennoch hast du ihn gleich erkannt.«

»Vielleicht habe ich mich getäuscht«, erwiderte ich hilflos.

»Ach was. Der wusste, wer du bist. Das war nicht zu übersehen.«

»Nun ja.« Ich zwang ein Lachen durch meine Kehle. »Nun habe ich wenigstens einen Grund, nach Australien zu schreiben. Mischa hat sich große Sorgen gemacht, als Rainer eingezogen wurde. Wir sind beide davon ausgegangen, dass er nicht überlebt hat.«

»Und dann triffst du ihn ausgerechnet an deinem einzigen Tag hier in London. So etwas Verrücktes!«, meinte Betti, die als Einzige von uns ziemlich hingerissen wirkte.

Die Eingangstür ging auf und die Deutschen trugen ihr Gepäck durch die Halle, ihrer Entlassung aus der Gefangenschaft entgegen. Rainer sah mich ernst an, nickte fast unmerklich, dann war er an uns vorbei.

Seltsam, dass ich mir sein Gesicht gemerkt habe, dachte ich.

Betti gab mir einen leichten Schubs. »Worauf wartest du? Du brauchst seine Adresse, sonst ist er gleich ein zweites Mal weg!«

Sie hatte Recht – und auch wieder nicht. Während meine Füße bereits zuckten, richtete mein Blick sich auf Bekka und flehte stumm um Hilfe.

Meine Freundin griff in ihre Tasche, zog einen Notizblock und einen Bleistiftstummel hervor und drückte mir beides in die Hand. »Wie war das eben mit den Zufällen?«, fragte sie.

Ich lief durch den Bahnhof. Der Sonderzug stand auf dem äußersten Gleis, ich sah Dutzende rotbrauner Hosen und Jacken, neugierige Gesichter unter schiefen Mützen. Eins begann zu lächeln.

Ich dachte: Mein erster Gerechter, das ist immerhin ein Anfang!

Und: Vielleicht mache ich es wahr, vielleicht gehe ich doch noch einmal zu Christine.

Eine Freundin wie Rebekka Liebich brauchte ich schließlich nicht mehr zu finden.

Nachwort

Mamus Stimme zitterte. »Wenn sie Papa nicht bis nächsten Dienstag rauslassen, können wir nicht fahren.«

»Wieso sollten sie ihn nicht rauslassen?«, rief ich. »Wir haben doch die Papiere beisammen! Sie lassen doch alle gehen, die freiwillig das Land verlassen!«

Jetzt kämpfte sie mit den Tränen. »Ich hab etwas ganz Dummes gemacht, Ziska. Ich hab sie auf den Termin aufmerksam gemacht. Gesagt, dass wir Anfang nächster Woche fahren müssen. Wie konnte ich nur! Wie der Kerl mich angesehen hat! Ob und wann wir Ihren Mann entlassen, bestimmen immer noch wir! Oh Ziska, ich hab's vermasselt, es ist meine Schuld!«

Meine Mutter presste die Hand vor den Mund. Ihr Gesicht zuckte. Ich saß wie erstarrt und versuchte zu begreifen, was sie mir sagen wollte: Sie würden Papa nicht rechtzeitig gehen lassen. Unsere Ausreise nach Shanghai war geplatzt. Das Schiff würde ohne uns ablegen.

Aus LIVERPOOL STREET

Für Juden aus Deutschland und Österreich war die chinesische Großstadt Shanghai nach der Pogromnacht vom 9. November 1938 der einzige Zufluchtsort, der ihnen ohne Visum, Bürgschaft oder Einwanderungsquote noch offen stand. Angehörige aus zwölf europäischen Ländern durften sich im internationalen Sektor der Stadt frei ansiedeln, seit Verträge die Verwaltung mehrerer Bezirke durch Großbritannien, die USA und Frankreich regelten. Bis 1941 gelang es rund 18 000 europäischen Juden, eine der begehrten

Schiffspassagen oder ein Ticket für den Transsibirien-Express zu ergattern und sich nach Shanghai zu retten.

»Nanking Road« erzählt von diesem »Exil der kleinen Leute« und vom Zweiten Weltkrieg, wie er sich fernab von Europa abgespielt hat. Zugleich ist der Roman eine Was-wäre-wenn-Geschichte und basiert auf meinem 2007 erschienenen Jugendbuch »Liverpool Street«. Die Berliner Familie Mangold bereitet darin ihre Auswanderung nach Shanghai vor, doch eine kleine, der Aufregung geschuldete Unvorsichtigkeit macht alle Pläne zunichte. Anstatt auf dem Dampfer nach Shanghai findet sich die zehnjährige Ziska allein auf einem Kindertransport nach England wieder und nur ihre Mutter wird das Mädchen nach sieben langen Jahren wiedersehen.

Was wäre wohl aus Ziska, ihren Eltern, Verwandten und Freunden geworden, wenn es der Familie gelungen wäre, nach Shanghai auszuwandern? Der Roman »Nanking Road« beruht auf der Annahme, dass ein einziger ungesagter Satz lebenswendende Auswirkungen haben kann.

Und so dürfen in diesem Buch die Mangolds im Dezember 1938 gemeinsam auf die Reise gehen. Dabei basieren ihre Erlebnisse auf den zahlreichen Berichten ehemaliger Shanghai-Flüchtlinge vor dem Hintergrund der drei Kriege, die sich in der Region damals abspielten: vom japanisch-chinesischen Krieg (1937 bis 1945), der mit dem Ausbruch des Pazifikkrieges (1941 bis 1945) vorübergehend Teil des Zweiten Weltkriegs wurde, bis zum chinesischen Bürgerkrieg zwischen den Kuomintang und den Kommunisten (1927 bis 1949).

Dieser über Jahrzehnte schwelende innerchinesische Konflikt hatte das Land bereits in den 1930er Jahren stark geschwächt und Japan Gelegenheit gegeben, die Macht in weiten Teilen Chinas an sich zu reißen. 1932, im Jahr der Besetzung der Mandschurei, verwüsteten japanische Bomber auch die chinesische Altstadt Shanghais, 1937 traf es Hongkou, einen Bezirk des internationalen Sektors, der in der Folge ebenfalls von Japan besetzt wurde. Im selben Jahr erregte das Nanking-Massaker, dem 200 000 Einwohner zum Opfer fielen, weltweit Entsetzen. Viele jüdische Flüchtlinge dürften angesichts dieser Gräueltaten mit sehr mulmigen Gefühlen in Shanghai angekommen sein. Dort stellten sie zwar fest, dass sie von den Japanern nicht behelligt wurden. Zeugen des Rassenhasses gegen die chinesische Bevölkerung zu werden, der dem ähnelte, dem sie selbst gerade erst entkommen waren, war für viele Exilanten allerdings nur schwer erträglich.

Nach dem Ende des Pazifikkrieges dauerte es noch Jahre, bis die letzten jüdischen Flüchtlinge Shanghai verlassen konnten. Die meisten wanderten ab 1947 in die USA, nach Kanada, Australien oder Palästina aus, ab 1948 in den neu gegründeten Staat Israel. Ein kleinerer Teil ging zurück nach Deutschland. Etliche Flüchtlinge hatten sich in Shanghai aber auch eine neue Existenz aufgebaut und wären gern geblieben, doch nach der Ausrufung der Volksrepublik China durch Mao Zedong war dies nicht mehr möglich. Anhänger der Kuomintang gründeten auf der Insel Taiwan die Republik China – ein bis heute ungelöster Konflikt, da der Status der Demokratie Taiwan wegen des Widerstands der Volksrepublik China nicht geklärt ist.

Noch heute erschwert Befangenheit die Beziehung zwischen jüdischen und nichtjüdischen Deutschen. Auch der neunzehnjährigen Ziska bleiben ernüchternde, verletzende Begegnungen im Deutschland der Nachkriegszeit nicht erspart. Und dennoch: »Wer am Ende der Welt zurechtkommt, wird doch wohl keine Angst vor der eigenen Stadt haben!« Die 295 Berliner »Shanghailänder«, die sich im Mai 1947 auf den Weg zurück machten, trugen entscheidend dazu bei, dass in Berlin wieder eine jüdische Gemeinde wuchs.

So bleibt auch das letzte Kapitel von Ziskas Shanghaier Geschichte nicht ohne Hoffnung. Am Ende steht ein Wiedersehen, das sie sich in ihrem »Londoner Leben« vergebens gewünscht hat, am Ende steht Mut zu einem weiteren Neubeginn. Und am Ende dieses Buches danke ich für Inspiration, Rat und Ermutigung mit einer tiefen chinesischen Verbeugung nun schon im zehnten Jahr meiner klugen, unverzichtbaren Lektorin Petra Deistler-Kaufmann.

Berlin, im März 2013
Anne C. Voorhoeve

... wenn Ziska in einen jener Züge gestiegen wäre, die jüdische Kinder aus Nazi-Deutschland nach England brachten?
„Ein wichtiges Buch!“
Nürnberger Zeitung
„Ein anrührendes Buch über Krieg und Entfremdung, Trennung und Neuanfang.“
Hajo Steinert im Deutschlandfunk
„Über das Thema Kinderverschickung liegt im Bereich der Kinder- und Jugendliteratur liegt nichts Vergleichbares vor.“
Berliner Zeitung
Das beste Jugendbuch des Jahres
Ausgezeichnet mit dem
Buxtehuder Bullen
„Sehr feinfühlig schildert Anne Voorhoeve die Gefühle, Ängste und innere Zerrissenheit Ziskas. Man vergießt Tränen, freut sich mit, hofft und bangt. Dieses Buch lässt Geschichte lebendig werden!“
Amazon Leserstimme
Ravensburger